人民共和國文化與文學叢書

十 二 編

李 怡 主編

第 **3** 冊

20世紀四川新詩史稿

王 學 東 著

花木蘭文化事業有限公司

國家圖書館出版品預行編目資料

20 世紀四川新詩史稿／王學東 著 -- 初版 -- 新北市：花木蘭
文化事業有限公司，2024〔民 113〕
目 4+284 面；19×26 公分
（人民共和國文化與文學叢書 十二編；第 3 冊）
ISBN 978-626-344-855-1（精裝）
1.CST：中國詩 2.CST：新詩 3.CST：歷史
820.8   113009397

ISBN-978-626-344-855-1

人民共和國文化與文學叢書
十二編 第 三 冊   ISBN：978-626-344-855-1

20 世紀四川新詩史稿

作　　者　王學東
主　　編　李 怡
企　　劃　四川大學中國詩歌研究院
總 編 輯　杜潔祥
副總編輯　楊嘉樂
編輯主任　許郁翎
編　　輯　潘玟靜、蔡正宣　美術編輯　陳逸婷
出　　版　花木蘭文化事業有限公司
發 行 人　高小娟
聯絡地址　235 新北市中和區中安街七二號十一三樓
　　　　　電話：02-2923-1455／傳真：02-2923-1452
網　　址　http://www.huamulan.tw 信箱 service@huamulans.com
印　　刷　普羅文化出版廣告事業
初　　版　2024 年 9 月
定　　價　十二編 10 冊（精裝）新台幣 26,000 元　　版權所有・請勿翻印

20世紀四川新詩史稿

王學東 著

作者簡介

王學東，男，1979 年生於四川樂山。教授、博士，西華大學文學與新聞傳播學院副院長、西華大學蜀學院副院長、碩士生導師。印度尼西亞三一一大學客座教授，主要研究中國新詩、蜀學。四川省作家協會全委會委員、四川省中國現當代文學研究會副會長、四川省寫作學會副會長、四川省校園文藝聯合會副主席、四川省校園文學協會副會長、四川省魯迅研究會常務理事、四川省詩歌學會常務理事、四川省郭沫若研究會理事，成都市作家協會評論委員會主任，巴金文學院簽約作家。發表學術論文 100 多篇，主持國家社科基金等項目 11 項。著有詩學專著《「第三代詩」論稿》、《「地下詩歌」研究》、《〈星星〉詩刊（1957～1960）研究》，詩論集《中國詩歌的現代化》，編著《四川新文學大系‧新詩卷》，詩集《現代詩歌機器》《機器時代的詩歌》等，入選「第二屆四川十大青年詩人」。

提　　要

　　「文宗在蜀」、「文宗自古出西蜀」，四川，也佔據了 20 世紀中國新詩的半壁江山。雖然地處西南內陸，四川卻具有「開天下風氣之先」的歷史氣度。百年四川詩歌的表現，又一次證明了這一點。著作是學界第一進行宏觀的、整體的、全面的梳理和呈現 20 世紀四川新詩，或者說中國新詩百年來「四川方陣」各階段的詩學發展歷史與內容特徵，以及其內在發展模式和演變規律。同時著作著力呈現四川百年新詩為中國現代新詩所呈現出的「四川經驗」，提煉現代新詩的「巴蜀詩學」。由此，百年四川新詩在追隨著時代的歷史潮流的同時，保持著鮮明的地域性特色，為中國現代新詩貢獻出了鮮明而獨特的詩學面孔。

教育部春暉項目（項目號：S2015040）

四川省社會科學重點研究基地重點項目（項目號：SC18EZ033）

成都市社會科學項目（項目號：ZSM13-01）

四川省社會科學重點研究基地「地方文化保護與開發研究中心」項目（項目號：16DFWH002）

四川省社會科學重點研究基地「四川省武則天研究中心」項目（項目號：SCWZT-2021-04）

四川省社會科學重點研究基地「四川省郭沫若研究中心」項目（項目號：GY2021A03）

文學「地方性」問題的發展——《人民共和國文化與文學叢書‧十二編》代序

李 怡

文化發展與文學發展的「地方性」話題自古皆然，至今更成為自我凸顯的一種有效的方式，老話題中不斷醞釀出新的動向。近年來持續討論的「新東北文學」與「新南方寫作」就是兩大當代文學批評的熱點。在這裡，本文無意直接加入對「南北文學」的這場討論，倒是覺得可以通過梳理一下這批評新動向的來龍去脈，對由來已久的「地方性」的資源價值再作反思。

一

「新東北文學」與「新南方寫作」並不是一種既有的文學史建構工程的全新章節，也就是說，到目前為止，它們都還不是業已成熟的文學傳統的當然的構成，而屬於當下文學發展與批評活動中的一種「潮起潮落」的現象，它們的創作者、闡述者主要都是活躍於文學現場的 80 後一代。這在很大的程度上決定了問題的鮮活性、時代性與理想性，當然，也為我們的進一步追問留下了空間。

「新東北文學」是最近四、五年間在東北文學與東北文藝的某種浪潮的基礎上形成的概念。上世紀 30 年代在抗戰文學潮流中出現過「東北作家群」，新時期的東北雖然才俊迭出，但要麼另有旗幟，如名屬「先鋒」的馬原、洪峰、刁斗，要麼鍾情白山黑水卻難成群體陣勢，如遲子建。至新世紀第一個十年行將結束之際，終於在電影、音樂、曲藝和某些文學中湧現出了具有地方個性的新動向，這讓壓抑已久的東北文藝家點燃了希望，「東北文藝復興」與「新東

北作家群」接踵提出。2019 年 11 月 30 日，東北網絡歌手董寶石在《吐槽大會》上，以調侃的方式提出「東北文藝復興」的口號，在媒體發酵中，又連續出現了「東北文藝復興三傑」「東北野生文藝」「東北民間哲學家」等等概念，雖然這些主要由樂隊、脫口秀演員、短視頻博主等為主角的聲音在很大程度上沒有超出自娛自樂的範圍，但卻是呼應了 2003 年國家提出「振興東北老工業基地」戰略，也將一些東北學者「振興東北文化」的願望體現在了大眾文化的層面上。〔註1〕2020 年初，黃平發表《「新東北作家群」論綱》，以「雙雪濤、班宇、鄭執等一批近年來出現的東北青年作家」為中心，鄭重提出了新東北文學作為群體現象的現實。〔註2〕此後，「新東北作家群」「東北文學復興四傑」與「新東北文學」等概念便在批評界傳播開來，成為各種文學批評、學術座談會討論的主題，也引發了不同的意見。

「新南方寫作」，在一開始只是針對某些嶺南作家作品的批評概念，後來隨著範圍不斷擴大，而成為了一個各方關注的文學現象的指稱。2018 年 5 月 27 日在廣東東莞（松山湖）文學創作基地舉行的一個文學活動上，評論家楊慶祥與作家林森、陳崇正、朱山坡等的對話涉及到了「在南方寫作」的問題，林森、陳崇正、朱山坡同時就讀於北京師範大學與魯迅文學院聯辦的文學創作方向研究生班，據說他們也討論過「新南方寫作」作為一種批評概念的意義。當年 11 月 30 日至 12 月 2 日，由《花城》雜誌與潮州市作協、韓山師範學院合辦的「花城筆會暨第三屆韓愈文學月活動」，在廣東潮州舉辦。11 月 30 日文學沙龍的主題之一是「當代文學格局中的地方性寫作」。陳崇正、朱山坡、林森、王威廉與楊慶祥等作家、批評家、編輯聚首，熱烈討論了「新南方寫作」這個概念的學術可能性。11 月 9 日，陳培浩在《文藝報》上發表文章《新南方寫作的可能性——陳崇正的小說之旅》，「希望借助『新南方寫作』這個概念來彰顯陳崇正寫作中的獨特想像力來源」，「新南方寫作」一說正式見諸主流媒體。而與之同時，楊慶祥也在積極籌備相關的學術討論，他的思路也從嶺南延伸到了更遠的地方：「大約是在 2018 年前後，我開始思考『新南方寫作』這個概念。觸發我思考的第一個機緣是當時我閱讀到了一些海外作家的作品，主要

〔註1〕2004 至 2012 年間，東北學者邢正、張福貴、逄增玉、谷曼、吉國秀等都撰文論述過「振興東北文化」的可能，刊發於《社會科學戰線》《社會科學輯刊》《長白學刊》《遼寧大學學報》等期刊上。

〔註2〕黃平：《「新東北作家群」論綱》，《吉林大學社會科學學報》2020 年第 1 期。

是黃錦樹。」〔註3〕

從「南方」的角度來定義文學現象當然不是始於此時，只不過，因為江蘇浙江一代的文學歷來發達，「江南文學」幾乎就被視作「南方文學」的當然代表，今天，「『新南方寫作』是指跟以往以江南作家群為對象的『南方寫作』相對的寫作現象，這個概念既希望使廣大南方以南的寫作被照亮和看見。」〔註4〕換句話說，「新南方」指的不是新的今天的南方，而是「南方之南」的還不曾進入人們視野的那些「南方」。更準確地說，這個概念的提出，原本是提醒一種隨著經濟和文化的發展，而日益重要的「南方之南」的文學存在現象，即在將蘇童、格非、葉兆言等江南區域作家的視作傳統意義的「南方寫作」，而將嶺南等在改革開放時代湧現的區域文學寫作名之為「新南方寫作」。楊慶祥發表於《南方文壇》2021 年 3 期上的《新南方寫作：主體、版圖與漢語書寫的主權》是到目前為止最完整、影響也最大的文章，它和黃平的《「新東北作家群」論綱》遙相呼應，成為新時代中國當代文學「地方性」建構的南北綱要。按照楊慶祥的劃定，「將新南方寫作的地理範圍界定為中國的廣東、廣西、海南、福建、香港、澳門、臺灣等地區以及馬來西亞、新加坡、泰國等東南亞國家。」〔註5〕這已經從陸地伸向了海洋，從中國擴展至了域外，臺灣學者王德威有具體的建議，他認為相關的文學批評可以跨越「閩粵桂瓊作家的點評」範圍：「許假以時日，能有更多發現？如張貴興、李永平的南洋風景，吳明益、夏曼‧藍波安的地理、海洋書寫，董啟章、黃碧雲的維多利亞港風雲，極有特色，可作為研究的起點。」〔註6〕也有學者進一步論述了「世界南方」的可能性：「在地域上以兩廣、福建、海南等中國南方沿海省份為主體，同時延伸至臺港澳地區、東南亞的華語文化圈，並不斷向更為廣闊的『世界南方』拓展。」〔註7〕

當然，也有學者提出了橫向拓展的設想，即將過去那些身處南方卻不屬於

〔註3〕楊慶祥：《新南方寫作：主體、版圖與漢語書寫的主權》，《南方文壇》2021 年 3 期。

〔註4〕陳培浩：《「新南方寫作」及其可能性》，《韓山師範學院學報》2020 年 4 期。

〔註5〕楊慶祥：《新南方寫作：主體、版圖與漢語書寫的主權》，《南方文壇》2021 年 3 期。

〔註6〕王德威：《寫在南方之南：潮汐、板塊、走廊、風土》，《南方文壇》2023 年 1 期。

〔註7〕盧楨：《行走的詩學與新南方寫作的域外生成》，《南方文壇》2023 年 6 期。

典型南方——江南之外的區域文學現象也一併納入：「從空間上看，以往南方文學主要是江南文學，現在談新南方文學，囊括了廣東、福建、廣西、四川、雲南、海南、江西、貴州等等文化上的邊地，具有更大的空間覆蓋性，因而也有更多文化經驗異質性。」〔註8〕

如今，「新東北文學」與「新南方寫作」的論述和探討早已經超出了本地域發聲的層面，發展成了一種全國性的乃至在一定程度上影響著國際漢學界與華文創作圈的文學動向、批評動向。《文史哲》雜誌與《中華讀書報》聯袂開展的 2022 年度「中國人文學術十大熱點」評選活動中，新「南」「北」寫作的興起成為文學類唯一入選話題。

二

中國文學有南北之議或者說各區域地理的概念，這已經是我們源遠流長的傳統，《詩經》與《楚辭》的差異早就為人們所注目，「辭約而旨豐」的《詩經》，「耀豔而深華」的《楚辭》，都為劉勰所辨明，〔註9〕唐代魏徵在《隋書‧文學傳序》的討論已經出現了「南北」、「江左」、「河朔」等重要的文學地方視野：「江左宮商發越，貴於清綺；河朔詞義貞剛，重乎氣質。氣質則理勝其詞，清綺則文過其意。理深者便於時用，文華者宜於詠歌，此其南北詞人得失之大較也。」〔註10〕《漢書》《隋書》闢有「地理志」，專門概括各地山川形勝、風土人情，是中國文化與中國文學地方性論述的集中表達。近現代以後，引入西方的文學地理學、空間理論，使之論述更上層樓，文學的區域研究、地域考察不斷結出重要的果實。在新時代的今天，東北與南方問題的再度提出，很令人想起一百年前，在中國文學從古典至近現代的歷史轉換之中，一批學者也讓中國文學的南北論隆重出場，即是對文學發展史實的陳述，也包含了自我辨認、清理的思想根脈以激發文化的活力之義，那麼，這一百年以後的議題，都有著什麼樣的思想意義，是不是亦有同樣的歷史效應呢？

對中國現當代文學進行系統的「地方性」的觀察和總結是在 1990 年代中期，嚴家炎先生主編的《二十世紀中國文學與區域文化》叢書於 1995 年開始由湖南教育出版社陸續推出，這是新中國成立後、當然也是百年來第一次系統

〔註8〕陳培浩：《「新南方寫作」及其可能性》，《韓山師範學院學報》2020 年 4 期。
〔註9〕分別見《文心雕龍‧宗經》、《文心雕龍‧辨騷》，范文瀾《文心雕龍注》22、47 頁，人民文學出版社 1958 年。
〔註10〕《隋書》卷 76，中華書局 1973 年版第六冊 1730 頁。

梳理總結中國新文學發展與地方文化內在關係，是文學地方經驗與地方路徑的全面展示和挖掘。值得一提的，這些中國文學的地方性研究幾乎都是各個地方的學者來完成的，絕大多數是當地籍貫的學者，極少數籍貫不在當地卻是生活多年或者已經就是第二故鄉。

著作名	作　者	籍　貫
黑土文化與東北作家群	逄增玉	出生於吉林
江南士風與江蘇文學	費振鍾	出生於江蘇
都市漩流中的海派小說	吳福輝	出生於浙江，在上海度過童年
現代四川文學的巴蜀文化闡釋	李怡	出生於重慶
山藥蛋派與三晉文化	朱曉進	出生於江蘇，從事相關研究
齊魯文化與山東新文學	魏建、賈振勇	出生於山東
雪域文化與西藏文學	馬麗華	生於山東，在藏工作27年
「S會館」與五四新文學的起源	彭曉豐	在杭州讀書和任教
	舒建華	出生於浙江，在杭州讀書和工作
秦地小說與「三秦文化	李繼凱	出生於江蘇，在陝西讀書和工作
湖南鄉土文學與湘楚文化	劉洪濤	出生於河南，從事相關研究

　　以上簡表可以看出，《二十世紀中國文學與區域文化》叢書的作者，除了朱曉進、劉洪濤因為前期分別從事山藥蛋派與沈從文研究而參加了相關叢書外，其他所有的學者都可以說具有深刻的「本鄉本土」淵源，他們的研究在很大程度上來源於對「本土文化」的一種自我感受，學術的表達也具有自我開掘、自我說明的鮮明的意圖。在新時期中國現當代文學的實績還有待全面總結和彰顯的時候，這種「地方性」的開掘和展示幾乎也可以說是必然的，他們解釋的是「走向世界」的文學主流敘事所需要的細節，也是對「中國文學」主體敘述所難以顧及的地方內容的放大呈現，除了「地方性」的學者或者對「地方」有特別研究的基礎，似乎也難以熟悉這些特定地域的被遮蔽的陌生的內容。

　　不過，這樣一來，也為我們提出了一個新的問題：除了對主流文學細節的補充與完善，「地方」究竟還有沒有可能凸顯自己的發現？而且這種發現最後的意義又不僅僅屬於「地方」，而是指向對整個文學格局的再認識？在這個意義上，我認為《二十世紀中國文學與區域文化》叢書的工作屬於中國文學地方性研究的第一階段，它的重要意義就在於為我們展示了百年來中國文學發展的無比豐富的地方性，這些地方性的存在從根本上說就是中國新文學發生發

展的基礎，也是它的歷史實績，因為有了不同地方的文學成果，我們百年文學的建構才是充實的和多樣化的。當然，在大量紮實的奠基性的工作之外，這一階段的努力基本上還沒有展開新的追問，即這些「地方性」的文學有沒有貢獻出一種獨特又具有整體性指向的可能？《二十世紀中國文學與區域文化》叢書對各區域文學的解剖、分析新見迭出，不過似乎都沒有刻意挖掘那些地方性文學創作中蘊含的導向未來文學發展的律動和線索，沒有放大性地揭示「當下地方」中暗藏的「通達中國」、「激活世界」的機緣。

《二十世紀中國文學與區域文化》叢書出版至今，二十年的時間過去了，中國學者對文學地方性問題的研究依然在持續推進中。這種推進表現在三個方面，首先是一系列相關理論的引進和運用，例如文化地理學（Cultural geography）、列斐伏爾（Henri.Lefebvre）的空間生產理論（Theory of space production）、段義孚的「空間與地方」（Space and Place）、愛德華‧雷爾夫（Edward Relph）「地方與無地方性」（Place and Placelessness）、詹明信（Fredric Jameson）的超空間概念（hyperspace）、多琳‧馬西（DoreenMassey）的「全球地方感」（A Global sense of place）等等，使得我們的學術視野更為深邃，從過去的感性總結上升到更為理性的概括與分析；其次是對地方性考察邁向更為廣闊的領域，除了對中國現當代文學創作現象的分析，也進一步擴展到了古代文學領域，使之結合中外文學的比較，在世界文學的視野中考察更大範圍中的文學地方性問題，「文學地理學」的充分闡發和廣泛運用就是在我們的中國古代文學研究中進行的；其三是對中國新文學的考察、研究也開始超越了主流思想的「補充」這一層面，努力通過對「地方」獨特文化資源的再發現重新定義現代，洞見中國現代性的自我生成路徑。「地方路徑」概念的提出、闡發和討論可以被看作是這一努力的理論性嘗試，而陳方競教授 1999 年出版的《魯迅與浙東文化》則是學術超越的較早的成果。

作為一位浙江籍的學者，陳方競教授致力於魯迅與浙江文化關係的闡發並不奇怪，這十分符合 1990 年代中國文學地方性研究的動向，從總體上說還是屬於「二十世紀中國文學與區域文化研究」的脈絡。但是，陳方競教授卻以自己細膩的梳理和深入的思考展示了地方性研究的新的可能，從而實現了對同一時期的學術模式的某種超越。《魯迅與浙東文化》不是在魯迅的文學中尋找時人關於「浙東文化」常識性概括，從而迅速地總結出魯迅文學中的浙東「基因」或「元素」，最終證明一個不受人質疑卻也並不令人興奮的事實：魯迅的

確屬於浙東文化。這樣的地方性闡發僅僅是對文學史「常識」的一次側面的印證，它本身沒有提出什麼新的問題，或者說根本就沒有能夠發現新問題，因此對學術思想的啟發和推動也十分有限。陳方競教授卻是將對浙東文化傳統的發現與對魯迅內在精神特質的挖掘緊密結合，他不是企圖對盡人皆知的常識展開別樣材料的印證，而是在重新發現魯迅思想構成的意義上挖掘出了被人們所忽視的「浙東文化」的存在，無論是對於魯迅還是對於浙東文化傳統，這裡的發現都是深刻的，也可以說是創造性的，例如著作對魯迅所「復活」的浙東地緣血緣傳統的論述就始終在多層面多維度中展開，不斷作出個體性的比較和時間性追蹤，從而呈現了這種地方性傳統延續承襲的複雜和變異，而所謂文化傳統的影響也從來就不可能是本質化的、理所當然的，它們都得在歷史的轉換中被重新選擇，所以，「發現」傳統絕非易事，「繼承」文化需要付出：

> 魯迅作為破落戶子弟，反叛於他「熟識的本階級」，這樣，血緣性地緣文化在他身上的「復活」又並非是順其自然的。顯然，這裡還存在一個主體意識的「認同」過程，由「認同」而「復活」。〔註11〕

> 魯迅與瞿秋白同為士大夫家族子弟，血緣性的地緣文化，他們身上都表現出某種根深蒂固的「名士氣」。但瞿秋白的「名士氣」表現為「潔身自好」；魯迅則不同，他仰慕浙東先賢而表現出近於「魏晉名士」憤世嫉俗的硬氣與骨氣。〔註12〕

> ……周作人又不得不正視他與乃兄魯迅之間互有濡染又涇渭分明的不同文風……周作人的文風不無「深刻」但更顯「飄逸」，魯迅的文風則是，不無「飄逸」但更顯「深刻」。〔註13〕

這樣的魯迅精神也就是一種前所未有的「再發現」，也可以說是對中國新文學內在精神的創造性提煉，而由此被闡發的「浙東文化」，也就不再屬於歷史的陳跡，它理所當然就是中國現代性的參與者、激發者，這裡的魯迅和浙東既來自浙東，蜿蜒生長在地方性的土壤裏，但又最終超越了具體鄉土的狹隘性，與更為廣大的世界性，和更為深刻的人類性溝通關聯在了一起，從而賦予未來中國文學的發展以啟發。

今天的「新東北文學」與「新南方寫作」，從創作到批評也都呈現了中國

〔註11〕陳方競：《魯迅與浙東文化》58 頁，吉林大學出版社 1999 年。
〔註12〕陳方競：《魯迅與浙東文化》59 頁，吉林大學出版社 1999 年。
〔註13〕陳方競：《魯迅與浙東文化》44、45 頁，吉林大學出版社 1999 年。

文學地方性意識的一種深化。

作為創作現象的「新東北文學」與「新南方寫作」已經超過了地方彰顯的意圖，寫作和作家本人的跨區域性向我們表明，地方本身已經不是他們集中表達的內容，超出地方的更深的關切可能是他們更有意包含的主題。有人統計過，這些活躍的「新東北」與「新南方」作家未必都固守在東北和南方，故鄉也並非就是他們唯一關注的焦點，文學的故土更不等於就是現實的刻繪。「被視為東北文藝復興文學代表的「鐵西三劍客」——雙雪濤、班宇、鄭執他們其實是在北京書寫東北」「廣西籍作家林白，她的長居地是武漢和北京，她的寫作很多時候與故鄉和區域並不直接相關。但《北流》卻無疑動用了故鄉的精神文化資源，濃厚的地方性敘事、野氣橫生的方言敘事為人所津津樂道。與林白相近的還有霍香結。桂林人氏，走遍中國，定居京城近二十年的霍香結近年以《靈的編年史》《銅座全集》頗受矚目。霍香結無疑是自覺將「地方性知識」導入當代文學的作家。〔註14〕書寫「新東北」的班宇在南昌市青苑書店書友會上說過：「我覺得我現在寫的東北，其實並不是90年代真實存在的那種東北」，他還表示，「即便今天經濟情況不再一樣，但精神困境也許一樣，所以會有感同身受。讀者和我不是尋找記憶，而是對照當下處境」〔註15〕雙雪濤則稱「豔粉街是我虛構的場域」〔註16〕「新南方」的東西表示要拒絕「根據地」般的原鄉、尋根公式，〔註17〕梁曉陽十五年間輾轉於廣西和新疆，沒有新疆這個北方異域的參照也無所謂獨特的廣西，他的長篇小說《出塞書》的主人公梁小羊因為一次次的出塞，才得以從本土的空間中掙脫而出。「新南方」作家朱山坡說得好：「我們只是在南方，寫南方，經營南方，但我們的格局和目標絕對不僅僅是南方。過去不少作家沉迷於地方性寫作，挖掘地方奇特的風土人情，聳人聽聞的怪人怪事。這是偽鄉土寫作。這不是寫作的目的，也不是文學的目的。寫作必然在世界中發生，在世界中進行，在世界中完成，在世界中獲得意義。一個有志向有雄心的作家必須面向世界，是世界性的寫作。」朱山坡自己不僅書寫了「米莊」和「蛋鎮」這樣的南方小鎮，他其實已經走出了國境，荒涼的

〔註14〕陳培浩：《「新南方寫作」與當代漢語寫作的語言危機》，《南方文壇》2023 年2 期。

〔註15〕班宇：《我不太理解很多人一想到東北就難受》，《城市畫報》，2020 年 7 月 9日。

〔註16〕雙雪濤：《豔粉街在我心裏是很潔白的》，《三聯生活週刊》，2019 年第 4 期。

〔註17〕東西：《南方「新」起來了》，《南方文壇》2021 年第 3 期。

非洲，索馬里、薩赫勒、尼日爾，在不同文化中探究人性的幽微。「在世界中寫作，為世界而寫，關心的是全人類，為全世界提供有價值的內容和獨特的個人體驗。這才是新南方寫作的意義和使命。」〔註18〕

批評也是如此。與1990年代的地方性文學研究不同，參與「新東北文學」與「新南方寫作」研討的批評家相當部分已經不再是「地方的代言人」，「新東北文學」與「新南方寫作」的問題引起的普遍參與的熱忱。黃平是東北人，但長期求學、生活、工作在上海，楊慶祥是安徽人，長期求學、生活、工作在北京，「新南方」只是他遠眺的方向。遠在美國的漢學家王德威原籍福建，生長於臺北，工作於美國哈佛大學，他密切地關注了我們的討論，不僅關切著「新南方」的體驗，更對遙遠的東北充滿興趣，甚至繼續跳出新東北／新南方的二元架構，繼續就「大西北」發聲，激活更多的文學「地方性」話題。〔註19〕這恰恰說明，「新東北」與「新南方」都不再是地方對主流文化發展的一種補充和完善，它們本身的問題已經足以引發全局性的思考。正如黃平對「新東北文學」的一個判斷：「這將不僅僅是『東北文學』的變化，而是從東北開始的文學的變化。」〔註20〕「這批作家不能被簡單理解為東北文學，他們的寫作不是地方的，而是隱藏在地方性懷舊中的階級鄉愁。」〔註21〕「新南方寫作」的提出者也將「以對文明轉型的預判把握『新南方』將為中國當代文學創造的前所未有的『可能性』。」〔註22〕或者云「潛藏其中的由地域詩學向文化詩學、未來詩學的演變，使新南方寫作在世界時空中獲得了新的意義。」〔註23〕曾攀認為，新南方寫作「儘管發軔於地方性書寫，卻具備一種跨區域、跨文化意義上的世界品格」〔註24〕楊慶祥在南方精神的發掘中提出反離散論的問題，「南方的主體在哪裏？它為什麼需要被確認？具體到文學寫作的層面，它是要依附於某種主義或者風格嗎？如果南方主動拒絕這種依附性，那就需要一個新的

〔註18〕朱山坡：《新南方寫作是一種異樣的景觀》，《南方文壇》2021年3期。
〔註19〕參見王德威《文學東北與中國現代性——「東北學」研究芻議》（《小說評論》2021年1期）、《寫在南方之南：潮汐、板塊、走廊、風土》（《南方文壇》2023年1期）及《現代歷史　西北文學》（《大西北文學與文化》2020年第1期）。
〔註20〕行超：《黃平：讓我們破「牆」而出——「新東北文學」現象及其期待》，《文藝報》2023年6月26日第3版。
〔註21〕黃平：《從東北到宇宙，最後回到情感》，《南方文壇》2020年3期。
〔註22〕陳培浩：《「新南方寫作」及其可能性》，《韓山師範學院學報》2020年4期。
〔註23〕盧楨：《行走的詩學與新南方寫作的域外生成》，《南方文壇》2023年6期。
〔註24〕曾攀：《新南方寫作：經驗、問題與文本》，《廣州文藝》2022年1期。

南方的主體。」〔註 25〕

　　與某些地方文學倡導者的「自戀」式地方彰顯有異，「新東北」與「新南方」的論述者都在跳出自設主題的束縛，在更大的框架中建構對中國文學的整體認知，也不無反省，例如黃平就曾以「新東北寫作」為參照，對照性地來討論「新南方寫作」。他認為兩者創作表現的差異有五：第一點是邊界，「新東北寫作」的地域邊界很清晰，但「新南方」指的是哪個「南方」，邊界還不夠清晰，不僅僅是地理意義上的邊界，同一個區域內部也不夠清晰，所以楊慶祥等評論家還在繼續區別「在南方寫作」和「新南方寫作」；第二點是題材，「新東北寫作」普遍以下崗為重要背景，但「新南方寫作」並不共享相近的題材；第三點是形式，「新東北寫作」往往採用「子一代」與「父一代」雙線敘事的結構展開，以此承載兩個時代的對話，但「新南方寫作」在敘述形式上更為繁複多樣；第四點是語言，「新東北寫作」的語言立足於東北話，但「新南方寫作」內部包含著多種甚至彼此無法交流的方言，比如兩廣粵語與福建方言的差異，而且多位作家的寫作沒有任何方言色彩；第五點是傳播，「新東北寫作」依賴於市場出版、新聞報導、社交媒體、短視頻以及影視改編，「新南方寫作」整體上還不夠「破圈」。故而，在思潮的意義上，「新東北寫作」比較清晰，「新南方寫作」還有些模糊〔註 26〕。

　　這樣的反省無疑將推動中國文學地方意識的發展。

三

　　從 1990 年代中國文學研究地方視野的系統展現到今天文學批評中南北話題的深化發展，我們可以見出中國文學創作地方意識的興起和自覺，也可以梳理出學術思想日趨成熟的一種態勢。不過，嚴格說來，學術發展和文學創作一樣，歸根結底並不是一種進化式的躍遷，而是在不同的歷史時期盡力表達最獨特感受，或者努力解決這一階段的思想文化問題。它們最終的價值取決於感受的不可替代性或提出問題、解釋問題的深度。在這個意義上，今天我們面對中國文學地方性問題的學術態度又不能與古代中國的「地理志」簡單類比，無法因為數十年前區域研究的簡易而滿懷自信，譯介自西方的各種「空間」理論好

〔註 25〕楊慶祥：《新南方寫作：主體、版圖與漢語書寫的主權》，《南方文壇》2021 年
　　　　 3 期。
〔註 26〕行超：《黃平：讓我們破「牆」而出——「新東北文學」現象及其期待》，《文
　　　　 藝報》2023 年 6 月 26 日第 3 版。

像更不能回答我們自己的問題，歸根到底，今天的地方性討論和未來的其他文學討論一樣，都還得通過本時代我們批評的有效性來加以檢驗。

於是，透過當前中國文學批評對「南北」問題的關注，我們都有責任來繼續探討和提高理論的效力。我覺得，這種理論的效力至少還可以體現在兩個方面，一是它捕捉文學現象獨特性的能力，即相關的概念和闡釋是不是切中了相關文學現象的核心和根本，可否在於相似現象的區隔中透視其中最獨有的精神秘密；二是它參與思想文化建設的能力，也就是通過文學批評的理論問題，能否昇華出一種更大的思想文化的啟示。

當代文學的「南北」命名及討論顯然是對文學創作的一種有價值的捕捉和發現。例如「新東北文學」由「下崗」主題而重述文學的「階級」主題，進而引發關於「復興現實主義」的猜想，「新南方寫作」由「一路向南」的版圖的擴展而生出「重構華文文學世界」的可能，即打破長久以來的漢語寫作的國境線，甚至挑戰「華語語系文學」所暗含的文化牴牾……這都是一些令人激動的文學批評的未來前景。不過，平心而論，這樣的前景在目前尚不是觸手可及，我們依然必須面對更為複雜的創作現實：寫作的活力總是體現為不斷變化，這些「狡黠」的媒介時代的精靈並不願意乖乖就範，事實上，「新東北」的幾位作家本來就置身在比過去紙質出版時代更為複雜的傳播環境之中，他們並不甘於受制於某一「古典」的程序，語言和行動上脫離「被定義」，在逃逸批評家指稱的道路上自由而行，同樣是這個時代文學「思潮」的重要特點。正如有評論指出：「這樣立意宏大的批評路徑似乎並未和小說家的自我指認之間達成順滑的對接，在闡釋者一方試圖將「新東北作家群」的寫作圈定在預設的階級話語框架，從而完成對其文學價值的確認之際，創作者一方卻往往不甘於被外界給定的標籤所束縛，不斷尋找著「逃逸」的出口。」〔註27〕在命名的爭論當中，也有以「新東北作家群」人數有限，不足以匹敵歷史上有過的「東北作家群」而頗多質疑，其實，對於一個新興的文學現象，關鍵的問題還不在人數的多寡，而在於它所包含的問題的不可代替性。如果「新東北作家群」揭示的創作問題前所未有，數個作家也值得認真考察。這裡可以深入探究的東西其實不少——無論他們對弱勢群體命運的披露是不是可以歸結為「左翼思想」，也無論「現實主義」的概括還是否恰當，我們都不能否認其中所存在的深刻的左翼

〔註27〕常青：《「新東北作家群」：多元視野中的文學個案新探》，《華夏文化論壇》第二十八輯。

思想背景，還有那種曾經沉淪了的現實批判的追求，當然，就像新時代的中國不會再現 1930 年代的左翼文學與批判現實主義一樣，一種綜合性的全新的底層關懷混雜於新媒介文化的形態正在蓬勃生長，可能是我們既有的文學思潮難以概括的，也亟待我們的批評家認真勘察，準確命名，我們不僅需要流派的命名，也需要藝術形態的命名，一種跨越左／右、主流／邊緣、雅／俗的融媒介式的藝術概括？

「新南方」的跨境向南是鼓舞人心的學術前景。當林森、陳崇正、朱山坡與張貴興、李永平、吳明益、夏曼・藍波安、董啟章、黃碧雲與黃錦樹都被置放在「南方」的大背景上予以呈現，我們當可以洞悉多少新鮮的景致！不過，在這裡，迫切需要我們思索的可能還在於，當大陸中國的寫作者真的不再「回望」北方，一意南行之時，這種勇往直前的豪邁是否可以類同那些「下南洋」的華人？而黃錦樹回望魯迅的《傷逝》，又有怎樣的心態的距離？林森的《海裏岸上》寫卸甲歸田的一代船長老蘇，「他已經很久沒有機會到海上去了」「一九五〇年之後，老蘇剛剛上船不久，那時基本不去南沙，而隨著船在西沙和中沙捕撈作業。二十多年以後，響應國家戰略的需要，他踏上了前往南沙的征途」，所過之地，木牌上寫下大紅油漆文字：「中國領土不可侵犯。」字裏行間，更傳達了激昂的民族情懷：「我們一個小漁村，這些年就有多少人葬身在這片海裏？我們從這片海裏找吃食，也把那麼多人還給了這片海，那麼多祖宗的魂兒，都游蕩在水裏，這片海不是我們的，是誰的？」〔註 28〕在這裡，個人的情感深深地滲透了我們源遠流長的家國意識，一路向南的行旅中清晰迴蕩著來自「北方」的責任和囑託，它和其他的「南方情懷」是否已經消弭了界線？我想，「新南方寫作」的邊界劃定，還可以有更多的追問。

文學的「南北」之論從來都超出了文學批評本身，指向一種更大的思想文化目標。一百年前的 20 世紀之初，中國知識界也有過一次影響深遠的「南北論」，其代表人物包括梁啟超、章太炎、劉師培、王國維等等，他們各具風采的論述開啟了現代中國從南北地理視野入手解釋中國文學、語言及文化的理論時代。梁啟超《中國地理大勢論》、王國維《屈子文學之精神》、章太炎《方言》及劉師培《南北文學不同論》，就是當時傳誦一時的名篇。《中國地理大勢論》從政治、文學、風俗與兵事四個方面入手，論述中國南北文化的差異與互動關係，其目標在於探究歷史上「調和南北之功」，從文化融合的方向上推動

〔註 28〕林森：《海裏岸上》，《人民文學》2018 年第 9 期。

社會的發展，他對現代文明的讚賞即導源於此「今日輪船鐵路之力，且將使東西五洲合一爐而共冶之矣，而更何區區南北之足云也」。〔註29〕而南北之「合」則是與民族之「合」相契合，所謂「合漢合滿合蒙、合回合苗合藏，組成一大民族，提全球三分有一之人類，以高掌遠跖於五大陸之上」。〔註30〕一句話，南北文化之合與民族文化之合是中國的歷史大趨勢，是中國走向強盛的必由之路。在《屈子文學之精神》中，王國維將情感、想像等西學文學概念引入對中國南北文學的評述，建立了一種嶄新的以情感表達為中心的現代意義的文學觀念。章太炎與劉師培各種劃分南北的標準並不相同，對南北的推崇也剛好相反，但是卻都將他們所崇尚的南北文化當作復興民族生氣的根基。「對於章太炎和劉師培，『南北論』都不是純粹知識性的理論構想，而是在舊學新知中不斷調試以回應時代變局的積極嘗試。如何在現代民族國家的敘事結構內重新凝聚起中華文化的根脈，是章、劉最關鍵的問題意識。」〔註31〕總之，一百年前的文學「南北論」，具有宏大的問題意識和文化理想，其意義遠遠超出了對具體文學現象的是非優劣的辨析，最後都昇華為一種社會文化重建的目標。

世易時移，今天的文學問題當然不可能是清末民初的重複，然而，在一個傳播手段和交流策略逐漸凌駕於內容之上的時期，在許多貌似顯赫的聲浪都可能流於暫時的「話術」的氛圍中，我們也有必要維持一定的理性的堅持，否則就可能如人們的擔憂：「『新南方寫作』作為一種建構意義大於實際影響力的文學現象，它未來的命運是被短暫地討論後就如秋風掃落葉般被人遺忘，還是承擔起豐富當下文學實踐現場這一使命？」〔註32〕而「新東北文學」的前景也可能在戲謔的玩笑中被後人所調侃：「2035年，80後東北作家群體將成為我國文學批評界的重要研究對象，相關學者教授層出不窮，成績斐然。與此同時，瀋陽被聯合國教科文組織命名為文學之都，東北振興，從文學開始。〔註33〕

文學的地方性追求歸根到底並不真正指向地方，而是人自己。漢學家王德

〔註29〕梁啟超：《中國地理大勢論》，《飲冰室合集》第四冊（文集之十），中華書局2015年第945頁。

〔註30〕梁啟超：《政治學大家伯倫知理之學說》，《飲冰室合集》第五冊（文集之十三），中華書局2015年第1194頁。

〔註31〕吳寒：《空間與秩序——章太炎、劉師培「南北論」之比較》，《文學評論》2023年2期。

〔註32〕何心爽：《地方性、媒介屬性、實感經驗——理解新南方寫作的三條路徑》，《創作評譚》2022年5期。

〔註33〕班宇：《未來文學預言》，張悅然主編：《鯉・時間膠囊》，九州出版社2018年。

威來到西安，面對原本與他無甚關係的大西北，也不禁發出了這樣的感歎：

> 當我們行走在土地之上，千百年的歷史就在我們的腳下，只能
> 體會自己的渺小卑微。當土地上的人在思想、信仰、利益之間你爭
> 我奪，土地之下的一切提醒我們生而有涯，蒼茫深邃的大地承載著
> 看不見的一切。這是海德格爾式的思考。如此無限無垠的大地，它
> 名叫「西北」。我們對於西北文學、歷史的理解和深切反省，從這裡
> 開始。」〔註34〕

這其實應該就是一切地方性話題的開始。

〔註34〕王德威：《現代歷史　西北文學》，《大西北文學與文化》2020年第1期。

目

次

引　言

　　「文宗在蜀」、「文宗自古出西蜀」，在中國文學的發展史上，四川文學是一支相當重要的力量。西漢，這裡有「文翁倡其教，相如為之師，其學比於齊魯」的學術盛況，漢賦四大家就有司馬相如、揚雄二人。唐詩「雙子星」中，李白出生於四川綿陽，杜甫也在成都修建草堂並寫下了傳世名篇。到宋代，這裡有「蜀學之盛，冠天下而垂無窮」的讚譽，唐宋八大家四川就有蘇洵、蘇軾、蘇轍「三家」。在有明一代，著述最豐富的，推四川詩人楊慎為第一。「自古詩人皆入蜀」，漫長而深厚的巴蜀歷史滋養，為四川奠定了深厚的文化傳統，也記錄了漫長的詩人名單。「五四」以來，四川現代作家同樣在中國文學中佔有重要的地位，為新文學的誕生與成長做出了突出的貢獻。根據《中國現代作家大辭典》《中國文學家辭典・現代分冊》等統計，在中國現代文學史上，現代四川作家在總體數量極為可觀，位居全國第三位。儘管這只是一個簡單的數據統計，但又無疑表明巴蜀作家在中國現代文學中的重要作用與特殊地位。

　　雖然地處西南內陸，四川卻具有「開天下風氣之先」的歷史氣度。百年四川詩歌的表現，又一次證明了這一點。在新詩創始之初，四川的一批詩人們，以其果敢和創造，走在在時代最前列。同時，四川詩人以其重要的詩歌作品，讓四川詩歌屹立於現代新詩的最高峰。1937 年國民政府正式移駐重慶，隨之大批作家來到四川重慶，這也形成了現代四川文學也是四川新詩的高峰。建國後四川詩歌的表現，依然佔據著當代詩歌的中心地位，1957 年《星星》詩刊在成都創刊，為當代詩歌的發展開拓了一個廣闊的空間。就在全國新潮時湧動的同時，四川詩人也唱響了新時期的詩歌強音。80 年代四川，更是「第三代」

的詩歌最重要的策源地，出現了具有世界性影響的非非主義等流派。另外一大批四川民間詩刊活躍於當代詩壇，為中國現實的發展貢獻出了一批重要的詩歌文本。新詩的「四川方陣」，是中國新詩發展中的最重要的一個方陣。在中國現當代文學，以及中國新詩歌的發展過程中，詩歌中的「四川方陣」，是一個相當重要的組成部分。在現代詩歌歷史中，他們以詩歌的開放精神，來承擔現代中國思想文化的改革，並將自我的詩學探索和藝術追求演化為推進現代在新時期實現全新創建的基礎，這是頗為值得注意的。同時，這些具有強烈現代意識的四川詩人，不僅繼承和發展了五四以來的中國新詩傳統，更在藝術的創新方面銳意創新，甚至無所顧忌，為 20 世紀四川現代詩歌與中國新詩創造了更多的新質，並構築出一道道燦爛而獨特的現代「新情緒」路景。可以說，沒有現代詩歌的「四川方陣」，中國新詩將遜色不少。

對 20 世紀四川新詩的個體研究，已經有相當豐富的成果了。然而，學界對於 20 世紀四川當代新詩的整體研究還沒有展開。目前國內外研究，大多數研究是個體式的研究，而非整體研究。如對郭沫若、何其芳、陳敬容等，以及非非主義、莽漢主義、四川五君等都是個體研究，出現了一系列非常豐富的成果。如郭沫若的研究，不僅收集整理了《郭沫若全集》，而且也還出版了「郭沫若研究文獻匯要（1920～2008）」，共 14 卷，彙集了郭沫若研究方面重要成果，包括史實、交往、文學、歷史、考古、文字、新聞、教育等方面，內容極為豐富，當然就有著對郭沫若詩歌的一個全面研究〔註1〕。同樣，其他詩人也有著大量的個體研究成果出現。這些研究對於 20 世紀在四川這塊土地上的新詩的總體精神並非得以彰顯，減弱了現代「四川性」獨特特性的呈現，也難以呈現四川新詩的「經驗」。在 20 世紀四川新詩發展史的研究方面，比較有代表性的是段從學的《四川抗戰新詩史》。該書將四川新詩放置在抗戰這一宏達的歷史背景之下，特別是立足於重慶作為戰時中國政治中心展開論述。此時，一大批高校內和一些全國性報紙在巴蜀之地出版，以四川為中心新詩群體逐漸成形，並發展壯大形成了自己的特色。該書論述的主要內容包括三個部分：學校內遷與戰時四川新詩、重要報紙副刊詩人群、平原詩社的歌手們，發掘了不少此前很少有人關注的四川詩人和詩歌現象。〔註2〕然而，該著僅僅涉及到抗

〔註1〕楊勝寬、蔡震總編：《郭沫若研究文獻匯要》（共 14 卷），上海：上海書店，2012 年。

〔註2〕段從學：《中國 四川抗戰新詩史》，北京：中國文聯出版社，2015 年。

戰時期，缺少對整個 20 世紀四川新詩的發展的整體關照。而且重點關注於抗
戰這一特定歷史的影響，忽視四川詩歌自身發展的歷史脈絡與內在基因。由
此，對於 20 世紀四川新詩歷史作總體歷史的探索，不但有著重要的意義，而
且也有著進一步研究的空間。呂進主編的《20 世紀重慶新詩發展史》〔註3〕，
也全面掃描了 20 世紀重慶新詩的發展歷史，呈現了重慶新詩的重要價值與獨
特個性。全書分為重慶新詩的過程描述和重慶詩人與詩評家兩大部分，對重慶
新詩進行了較為全面、客觀的把握。但著作研究的對象僅為重慶新詩，並沒有
對整個四川詩歌進行整體的梳理和研究。此外，還有一些重要的成果，這裡就
不再撰述。

　　本著研究的主要問題和內容是，梳理中國新詩的「四川方陣」，總結 20 世
紀四川新詩貢獻的「四川經驗」。在中國現代文學，以及中國現代新詩的發展
過程中，詩歌中的「四川方陣」，是一個相當重要的組成部分。沒有詩歌的「四
川方陣」，中國現代詩歌將遜色得多。本課題梳理 20 世紀四川新詩的發展，或
者說新詩的「四川方陣」整體的來龍去脈、承前啟後的歷史，以及各階段的詩
學發展歷史與內容特徵，梳理分析四川新詩發展的內在發展模式和演變規律。
同時，更為重要的是，本論又抓重點現象，特別是研究四川當代新詩發展歷程
中重要的作品、詩人、流派以及刊物等詩歌現象，彰顯四川新詩發展過程中的
最有特點的「四川經驗」。也就是說，我們著力探討，在整個現代詩歌的發展
歷史中，四川新詩人是如何思考詩的。他們怎樣與中國現代詩歌對話，在實踐
中提供了怎樣的具有個人化的思考。進而我們看到，在四川新詩的寫作中，不
僅體現出了一種較為本色的藝術追求，也有著前所未有的激情、果敢與反叛精
神，這為中國當代新詩的呈現了突圍的獨特方式。同時，在四川詩人的寫作中，
他們體現出一種「複雜性」和「綜合性」藝術訴求，讓四川現代詩歌生氣勃勃，
充滿活力，並使我們看到了「個人的刻痕」在現代詩歌中不斷加深、加重的可
能性。總之，我們的研究，著力呈現四川新詩的歷史意義：四川新詩以開放的
姿態，承擔中國思想文化的改革，將自我的追求演化為推進中國藝術在新時期
實現全新創建的基礎，這些引人注目的四川詩人，他們繼承了人半個世紀以來
的中國新詩傳統，更在藝術的創新方面銳意探索甚至無所顧忌，為中國新詩創
造了更多的新質，並構築出一道道燦爛而獨特的現代「新情緒」路景。總而言
之，我們這裡研究，雖然是在四川新詩史的框架中展開，但我們更是放在整個

〔註 3〕呂進主編：《20 世紀重慶新詩史》，重慶：重慶出版社，2011 年。

現代詩歌的框架之中，更關注四川詩人在現代新詩的探索與實踐中的個人化經驗與技藝。

為了梳理中國新詩的「四川方陣」，總結 20 世紀四川新詩貢獻的「四川經驗」。本課題的總體思路是：第一，首先梳理 20 世紀四川新詩的歷史背景。漫長而深厚的詩歌與蜀學歷史，如何構建出四川新詩「開天下風氣之先」的歷史氣度。「蜀道難」的特殊地理環境，以及儘管巴蜀歷來就有一種二重心態，由此在歷史上巴文化與蜀文化如何作為一個文化和地域整體，並參與四川文化與文學的發展過程，是值得思深入研究的。四川境內作為少數民族聚居地的甘孜州、阿壩州、涼山州，如何參與到四川新詩的發展中，以展示四川新詩發展過程中複雜多樣的一面，也是非常值得研究的。第二，梳理四川現代新詩的發展歷史。梳理「五四」前後，四川詩人為新文學的誕生與成長做出的歷史貢獻；中國新詩創作的第一人葉伯和及其《草堂》在新詩創作中的探索和創造精神；既有古雅的文言又有現代白話的「白屋詩體」的吳芳吉的創作；康白情詩集《草兒》《草兒在前》等的創作實績。「少年中國學會」、「淺草社」與現代新詩的成長；郭沫若與 20 世紀新詩的巔峰；何其芳、曹葆華、李唯建、陳敬容新詩創作的現代貢獻；抗戰時期重慶與現代詩歌的全面推進，成都「平原詩社」與現代詩歌的地域性呈現等內容。第三部分，梳理四川當代新詩的發展歷史。建國初入蜀詩人與當代詩歌「巴蜀詩派」的形成，及其「川味」特徵；《星星》詩刊與當代新詩空間的開拓；成都「野草詩群」的「茶鋪派」特色呈現；就在全國新潮時湧動的同時，四川詩人也深入地融入到新詩潮；《星星》編輯部「星星詩人群」的形成；八十年代四川與「第三代」詩歌運動；九十年代「四川五君」與當代新詩的突圍；民間詩刊的與當代詩學的突圍。第四部分，總結四川新詩的歷史經驗。秉承著「蜀」文化的基因，彰顯出鮮明的巴蜀文化特色，是四川新詩的一個重要特徵。總之我們看到，現代四川詩人們總是具有「敢為天下先」豪情和勇氣，為中國新詩創造了更多的詩歌新質和詩歌新語，並構築出一道道燦爛而獨特的現代「新情緒」。其次，儘管地處中國內陸，但重塑詩歌歷史、重建詩學秩序的野心。四川詩界以詩歌的開放，承擔中國思想文化的改革，將自我的追求演化為推進中國藝術在新時期實現全新創建的基礎，擴大了現代詩歌的影響。再次，四川詩人們對於「語言本體」有著深刻認識，如非非主義詩歌運動就是從「詩從語言開始」這一觀點開始的，這使得「第三代」被稱為是「以語言為中心」的一次詩歌運動，或者說「第三代詩歌運動」就是「語

言運動」。最後，四川詩人常常迷戀著「詩歌之境」，在他們的詩歌中，儘管有著主體的世界對於客觀世界的主宰，他們也始終以遠離「物」、呈現「物本身」，讓事實、讓真實自然朗現出來的「本真詩學」特徵。

梳理 20 世紀四川新詩的歷史，以呈現 20 世紀四川新詩發展的全貌。難點在於：第一，課題所涉及到的「四川」，雖然在不同時期有不同的區域，但主要還是包括四川、西康、重慶等巴蜀文化之地。四川地區原意指川峽四路，同指四川行省、四川省、四川盆地等。1911 年四川爆發了保路運動，很快在成都成立「大漢四川軍政府」。進而，在大漢四川軍政府成立後，四川出現了成、渝兩個軍政府並存的現象。後經調解協商，以成都為政治中心，設四川軍政府。1918 年由於軍閥混戰，四川實行防區制。1935 年以劉湘為省主席的新四川省政府成立，撤消防區制川政統一。1939 年原西康行政督察區和四川所屬第十七、十八行政督察區合併，設立西康省，實行川、康分治。1952 年川東、川西、川南、川北行署區撤銷，恢復四川省建制。1955 年西康省撤消，除金沙江以西劃歸西藏外，全部併入四川。1997 年四川分為四川省和重慶市，重慶市與地級市涪陵市、萬縣市、黔江地區從四川省整體劃出組建重慶直轄市，至此川渝分治形成今大四川省行政區域。雖然，行政區域雖幾經變異，但作為區域地理概念，我們這裡主要還指以四川盆地為主的巴蜀地區，論述範圍包括四川省和重慶市等。如何在 20 世紀四川新詩中全面呈現「四川性」，這是一個難點。第二個難點是「川籍詩人」和「入川詩人」的選擇。李調元曾說，「自古詩人例到蜀」，古代外省詩人就有王勃、盧照鄰、高適、李商隱、杜甫、岑參、白居易、劉禹錫、元稹、歐陽修、陸游等。在抗戰時期，隨著重慶成為戰時中國的政治經濟文化中心，隨之而來的是百萬移民落戶到重慶及周邊地區，被重慶本地人稱為「下江人」，外來人口甚至超過了本地人口。此時就有老舍、田漢、胡風、艾青、冰心、臧克家、馮雪峰、卞之琳、方然、杜谷、冀仿等詩人入蜀。課題研究的作品和作者包括四川本省籍詩人和流寓川內的詩人。但流寓川內詩人的不做重點介紹，僅選擇以其與四川的文學作品的關聯度及對四川文學的影響較大的詩人。第三個難點是史料收集的問題。在整個研究中，史料是最基礎也是最重要的研究工作。一方面，由於本課題涉及到的詩人眾多，相關詩人的詩集、詩刊等原始資料，需要大規模的重新整理。如民國時期的相關報刊史料，因年代久遠，就需要相當仔細的收集和整理。另外一方面，當代四川民間詩刊，也還需要廣泛的搜集、整理、挖掘甚至搶救，如《現代詩內部交

流資料》《非非》《漢詩：二十世紀編年史》《莽漢》《巴蜀現代詩群》《中國當代實驗詩歌》《象罔》《紅旗》《反對》《九十年代》《詩境》《詩歌檔案》《存在》《獨立》等，也需要全面的重新打撈，才能建構出完整的 20 世紀四川新詩發展史。

另一方面，「20 世紀四川新詩發展史」的研究，將呈現四川新詩為中國現代新詩所呈現出的「四川經驗」，還試圖提煉出現代新詩的「巴蜀詩學」。換言之，現代詩人的個人化實踐與嘗試過程中，其「詩與思」毫無疑問有著獨特的文化背景，這就是巴蜀文化，或者說蜀學的支撐。四川現代新詩不僅與中國現代新詩同步發展，追誰著時代的歷史潮流；而更為重要的是，四川新詩時時保持著自身的地域性特色，彰顯出巴蜀文化精神，可以說為中國現代新詩貢獻出了鮮明而獨特的蜀學面孔。探討中國新詩的「巴蜀詩學」這是我們研究 20 四川現代新詩發展的一個最重要的目的。由此，探討巴蜀文化如何參與到現代四川詩人理論建構，巴蜀文化如何在現代四川詩人的詩歌中得以傳承與發展，巴蜀文化如何參與現代四川新詩的生成與發展，也就是本課題需要討論另外一個重要內容。同樣，課題試圖在現代文學史料的發掘方面提供一些新的內容。本課題從發展流變的角度出發，著力發掘出四川新詩中被忽視的一些詩人、流派與民刊，打撈四川新詩發展中乃至在中國新詩發展中被長期忽視的一些重要詩歌現象、文本、期刊、詩學等史料，以保存四川新詩的真實歷史，重新思考他們在現代詩歌史上的重要地位與詩學貢獻，進一步深入到中國新詩發展的歷史現場。

當然，由於個人的原因，課題所選取的對象肯定有一定的傾向性。特別是在對當下詩人的選擇中，更有著難以避免的偏頗，甚至偏激之處。因此，在整體梳理 20 世紀四川新詩發展的過程中，課題力圖選取現代四川詩人的直接參與者與推動者，並且是能代表四川現代詩歌發生、發展的不同群體，以保證研究對象的代表性，以及相關史料的全面性。實際上，由於有些詩人本身就比較豐富，其相關歷史也比較複雜，由此如何保證歷史梳理的有效性，優秀詩人如何不被遺漏，是本課題的一個難點。與此同時，詩歌史不僅是需要代表詩人和精英人物，也需要呈現更多普通詩人與詩歌參與者。進而，在有代表性的研究對象和文本之外，去更多地關注四川現代詩歌的普通參與者的個人歷史及其寫作，也就是本論著力呈現一個內容，但也是非常難的內容。

　　另外，進入 21 世紀，四川詩壇出現了一批較有影響力的詩人和詩作，由於論述範圍的限制也就不在本書的重點論述之列。這我將在下一步的著作中予以全面梳理和論述。

第一章　二十年代的四川新詩

　　1911 年 11 月 22 日，受武昌起義的鼓舞，重慶革命黨人在重慶建立了蜀軍政府；27 日四川立憲派策動成都獨立，成立大漢四川軍政府。走進中華民國，走向共和的重大歷史事件，標誌著四川進入到了一個新的歷史時期。新政權建立後的一系列改革，推動了四川思想界的一次大解放。比如推行地方自治，認為「地方自治，為共和立憲基礎」，按照西方三權分立的政權組織形式，開啟了一場政治改革；推動四川教育改革和新式教育的發展；開放輿論，准許結會結社，社會各界創辦報紙……進而，「這些報刊多數以宣傳民主政治、批判封建專制、提倡自由平等為宗旨，對啟迪民智發揮了重要作用。」〔註1〕但不久，四川因「就地劃餉」的政策，「防區割據」成為了四川的一種統治形式，「舉凡官吏之任用，制度之廢置，行政之設施，賦稅之徵收，皆以不對長官發布命令行之，無論省府或中央政府之法令，不得此部隊長官許可，皆不得有效通行於區內。」〔註2〕四川進入了一個較長的軍閥戰爭時期。在此期間，從 1917 年的「劉羅之戰」到 1933 年的「二劉大戰」，兵荒馬亂、戰亂連連，給四川帶來深重的災難，成為這一時期四川詩歌寫作的一個重要背景。

　　與此同時，四川豐厚的巴蜀文化背景，以及獨特自然背景和詩學傳統，讓四川現代新詩獲得了充盈的空間。四川自古詩壇名家輩出，群星璀璨，如司馬相如、揚雄、王褒、陳子昂、李白、薛濤、歐陽修、蘇洵、蘇軾、蘇轍、張問

〔註1〕賈大泉主編，《四川通史》，第7卷，成都：四川人民出版社，2018年，第11頁。

〔註2〕邱肅雙：《論四川軍閥之病民》，《復興月刊》，三卷，1932年，六七期合刊。

陶、楊慎、李調元。而「自古詩人皆入蜀」，如唐代的初唐四傑、杜甫、高岑、元白、劉禹錫、賈島、李商隱、溫庭筠、韋莊等，都在巴蜀大地上留下了自己的足跡。錢鍾書在《宋詩選注》就提到：「把李白、杜甫在四川的居住和他們在詩歌裏的造詣聯繫起來；宋代也都以為杜甫和黃庭堅入蜀以後，詩歌就登峰造極。」這些讓四川現代詩歌的飛騰，有了堅實的基礎。儘管處於現代新詩的草創時期，但四川詩歌湧現了一大批詩歌群體，寫出了一大批極有影響力的詩作。他們之中，不僅有在現代詩學藝術上探索的急先鋒，也有現代詩歌藝術的集大成者。可以說，在中國現代詩歌的草創時期，四川詩歌無疑是最重要的組成部分。此外，晚清榮縣趙熙，以及革命將帥朱德、陳毅、張愛萍等的詩詞，也別具一格，但不在本書的論述之列。

第一節 「兩位前驅」

一、葉伯和

在四川新詩百年的歷史上，葉伯和可以說是四川新詩的第一人，出版了四川的第一本現代詩集。甚至在中國新詩百年，中國期刊百年、中國音樂百年歷史的滾滾洪流中，葉伯和也佔據著重要的地位。

葉伯和的新詩創作，首先是與他酷愛音樂分不開的。葉伯和他幼承庭訓，就打下了紮實的音樂基礎，音樂是葉伯和生命以及其詩歌寫作的最重要的組成部分。葉伯和原名式倡，後更名為式昌、式和，字伯和，1889 年 7 月 24 日生於成都。他在《詩歌集》第一期自序中寫到，「族中能彈琴的很多，我從小薰染，也懂得一些琴譜，學得幾操如『陋室銘』、『醉漁』、『流水』。」〔註 3〕在四川省城學堂（現四川大學）學習後，17 歲的葉伯和就東渡日本，就讀於日本東京政法大學。此後，更是因為酷愛音樂，於東京音樂學院，學習西洋音樂。儘管他加入中國革命同盟會，而且在辛亥革命後，葉伯和還應四川省大漢軍政府之請歸國，任四川省公署秘書等職。但對於葉伯和來說，這些並不是他安身立命之所。1912 年四川省大漢軍政府與重慶軍政府合併，葉伯和辭去職務。此後，葉伯和的一生便於音樂緊密地聯繫在了一起，不僅長期承擔音樂教學工作，而且還成為了音樂史研究的重要學者。1915 年他應四川省高

〔註 3〕葉伯和：《自序》，《詩歌集》，上海：東華印刷所，1920 年，第 3 頁。

等師範學校（現四川大學前身）校長吳玉章聘請，擔任音樂科主任，開始了他的音樂教育工作，並歷時 8 年寫成《中國音樂史》。〔註4〕顧鴻喬說，「葉伯和是四川第一個介紹和使用五線譜，第一個教授鋼琴、小提琴等西洋樂器，講授樂理和聲學等西洋音樂理論，第一個撰寫和講授《中國音樂史》的音樂教育家。」〔註5〕對於他的這部《中國音樂史》，學界給予了極高的評價，「可以說，他之寫出這一著作，正和王國維寫出第一部《宋元戲曲史》的開闢精神是一樣的。」〔註6〕1924 年，葉伯和辭去高師教職，任成都市通俗教育館音樂部主任，從專業的音樂教育，轉向了音樂普及工作。他還在成都成立了第一個介紹西方音樂的樂社——海燈樂社。抗戰爆發後，1939 年他遷回雍家渡鄉下故居，與妻子共同執教於成都縣立女子中學，以及成都女子師範學校、益州女子學堂、高師附中等學校兼課，花費了大量的時間來指導學生的課外音樂活動。

葉伯和不僅是中國音樂史研究的第一人，也是中國新詩創作的第一人。早在胡適之提倡寫白話詩之前，葉伯和便在音樂教育的實踐中，開始了新詩歌創作。他的《詩歌集》全名《葉伯和著的詩歌集前三期撰刊》。葉伯和在《詩歌集》第一期「自序」中回顧了自己的創作過程，「後來因為學唱歌，多讀了點西洋詩，越想創造一種詩體，好翻譯他。但是自己總還有點疑問：『不用文言，白話可不可以拿來作詩呢？』」用白話寫詩，葉伯和是最早的探索者和嘗試者之一。對於這些詩歌，葉伯和這樣區分，「沒有製譜的和不能唱的在一起，暫且把它叫做『詩』；有了譜的，可以唱的在一起，叫做『歌』。」〔註7〕正是這樣一種探索和創造精神，葉伯和成為中國新文學史上第二個出版個人詩集的詩人，是四川第一個出版新詩集的詩人。1920 年 5 月他的《詩歌集》由上海東華印刷所出版，比 1920 年 3 月由上海亞東圖書館出版中國新詩第一部詩集胡適的《嘗試集》，只晚了三個月。該詩集選錄了他的 84 首詩歌，並由穆濟波、曾孝谷共同作序推薦，還於 1922 年 5 月 1 日由上海華東印刷所再版。

〔註4〕《葉伯和》，《成都市金牛區志 1991～2005》，成都市金牛區地方志編纂委員會編，北京：方志出版社，2012 年，第 598～599 頁。

〔註5〕葉伯和：《中國音樂史 附詩文選》，顧鴻喬編，臺北：貫雅文化事業有限公司，1971 年，第 137 頁。

〔註6〕朱舟：《葉伯和〈中國音樂史〉述評》，《音樂探索》，1988 年，第 1 期。

〔註7〕葉伯和：《自序》，《詩歌集》，上海：東華印刷所，1920 年，第 5 頁。

　　葉伯和的詩歌創作，在總體上是非常強調「音樂性」的：「但 Tagore 是詩人而兼音樂家的，他的詩中，含有一種樂曲的趣味，我很願意學他。」〔註 8〕因此，樂曲便是他現代詩歌寫作的一個重要尺度，「Tagore 說：『只有樂曲，是美的語言。』其實詩歌中音調好的，也能詩人發生同樣的美感——因此我便聯想到中國一句固話，鄭樵說的：『詩者，人心之樂也。』和近代文學家說的：『詩是心琴上彈出來的諧唱。』實在是『詞異理同。』我借著他這句話，把我的『表現心靈』和音節好點的詩，寫在一起，名為心樂篇。」〔註 9〕這種音樂性特徵，在他的詩歌中有著鮮明的體現。如《心樂篇》第一首詩歌，「彷徨的少年，他怎麼能認識你——！／你用那和煦的爐子暖著他；輕細的扇兒涼著他；／透明的燈兒照著他；甜蜜的飲料潤著他；／愛呀！你是沒有一刻兒離開了他，／他反轉說；『尋不著你！尋不著你！』／他在那黑暗——淒涼——虛偽的地方尋你，／你何嘗在那裡？哦！他原來不能認識你！」〔註 10〕我們看到，詩人更為關注的是現代詩歌音樂性的呈現，因此在詩歌的語言和表達上，都有著強烈的節奏感。進而在選取主題上，詩人著力挖掘的日常生活中的普通情感，使得他的詩歌顯示出較深的藝術感染力。1923 年葉聖陶主編的中國第一個詩歌刊物《詩》，在其第 2 卷第 1 號中，就轉載了葉伯和的《心樂篇》。並且還對這批作品給予了讚譽：「讀《心樂篇》與我以無量之欣快，境入陶醉，莫能稱譽矣，蜀多詩人，今乃益信……」，郭沫若也提到，「喜歡《心樂篇》諸作。」〔註 11〕然而，在葉伯和之後，郭沫若、巴金、何其芳、李劼人、沙汀、艾蕪等卓然于中國現代文學之時，葉伯和的光芒較早地被掩蓋了。早在 1938 年的《成都文壇回憶》就提到，「詩人葉伯和在成都播下了新文學的種子，第一個文藝刊物——草堂——在成都出現，自然，這一定是遭受過頑固的老夫子的嘲笑和毒罵，因為有了這種形式的爭執，在成都，新文藝就塗上了一層暗淡的陰影。」〔註 12〕而正當 1945 年抗戰勝利，葉伯和卻於 11 月 6 日深夜投井

〔註 8〕《葉伯和卷、李寶樑卷》，劉福春、李怡主編，新北：花木蘭文化出版社，2016年，第 47 頁。

〔註 9〕葉伯和：《自序》，《詩歌集》，上海：東華印刷所，1920 年，第 6 頁。

〔註 10〕李怡主編：《中國新詩百年大典·第 1 卷》，武漢：長江文藝出版社，2013 年，第 118～119 頁。

〔註 11〕龔明德：《比〈女神〉更早的〈詩歌集〉》，《昨日書香》，南京：東南大學出版社，2002 年，第 25 頁。

〔註 12〕《成都文壇回憶》，《華西日報》，1938 年 10 月 26 日。

自盡，時年 57 歲。其實，在葉伯和的整個生命過程中，詩歌作品不多，他並不刻意為詩。可以說，詩或者歌只是他音樂追求、音樂表達的一個部分。他更是通過音樂教育、創辦刊物、扶持青年等方式，釋放詩性的力量，展示出了四川詩歌百年發軔時期特有的輝光。

二、吳芳吉

在四川現代新詩史上，還有一位走在前列的詩人，那就是吳芳吉。吳芳吉代表作是《婉容詞》，該詩被譽為「幾可與《孔雀東南飛》媲美」之作。在新詩誕生之時，新舊詩歌交織之時，他反對詩界全盤否定傳統。但同時，他又倡導詩歌要有時代感和現實感，要有鮮明的現實主義，最後吳芳吉的詩歌形成了融雅俗於一體，既有古雅的文言又有現代白話的「白屋詩體」。顧頡剛評價說，「吳芳吉天才橫溢，若加以年，當可在文壇樹一旗幟。」〔註13〕對其給予了極高的評價。總的來看，作為四川新詩先驅的葉伯和或者說吳芳吉，其創作都在極力突破舊體詩歌的影響。但在走向現代化的過程中，他們的詩歌創作卻又都有著舊體詩的深刻影響。

吳芳吉，1896 年生於重慶楊柳街碧柳院。據相關記載，吳芳吉 8 歲遷回故鄉江津；13 歲作 3000 餘言《讀外交失敗書》，被譽為神童；1910 年考入北京留美預備學校，1912 年入學，並因為參與抗爭美籍教師辱罵學生事件被開除學籍；1914 年至 1919 年間擔任嘉州（今樂山）中學英文教師；1919 年受吳宓之邀前往上海，同年聲勢浩大的新文化運動開展，吳芳吉作《明月樓述》《籠山曲》《婉容詞》等一系列新詩積極響應。當中尤以現實主義風格的《婉容詞》最引人注目，成為吳芳吉這一時期的重要代表詩作之一；之後吳芳吉先後在中國公學、西北大學、東北大學任教；1927 年後擔任成都大學中學系主任、四川大學教授，在教育事業中收穫頗豐；1929 年參與創辦重慶大學；九一八事變後創作的《巴人歌》，歌頌抗日愛國精神，並連著三天為聽眾朗誦，極為感人；1932 年 5 月 9 日，吳芳吉在日寇侵襲的國難下悲憤交加，暈倒在朗誦愛國詩歌的講臺上後去世。詩人的一生短暫，享年僅 36 歲。〔註14〕1929 年出版《吳芳吉詩稿》，此後在 1982 年四川人民出版社出版《白屋詩選》，1994 年巴

〔註13〕顧頡剛：《顧頡剛日記‧第四卷，1938～1942》，臺北：聯經出版事業股份有限公司，2007 年，第 551 頁。

〔註14〕參考吳泰瑛：《白屋詩人吳芳吉》，成都：巴蜀書社，2006 年；施幼貽：《吳芳吉評傳》，重慶：重慶出版社，1988 年。

蜀書社出版了《吳芳吉集》。關於吳芳吉及其詩歌，已有不少的研究，取得了較為豐富的成果。

在新舊時代的轉換過程中，吳芳吉對於現代詩學的建設有著自己獨特的思考。早在 1920 年發表的《提倡詩的自然文學》中，他就提出，「我對於詩的本身，無論如何說來說去，只要他是：一達意、二順口、三悅目、四賞心的作品，便是一首正大光明的詩。所以詩的本身只是歌詩，並不見有文話白話的分別。」〔註 15〕從這裡我們看到，面對現代文學特別是現代詩學的建設，吳芳吉所提倡的「詩的自然文學觀」，其核心就是看中「詩本身」，而不是「新舊問題」。他提出，「文學既不幸而有新舊之爭，則離乎文學之本體，失乎文學之真諦遠矣。如是而言文學，猶戴黑色眼鏡之觀察物相，俱成黑色而已。」〔註 16〕進而，何為「詩的本身」，吳芳吉進一步得出結論，「須知詩之佳處不在文字與文體之分別，乃在其內容的精彩。若嚴格而論，凡文字文體所能傳能載的，無非事物之輪廓，其真正妙味，除由個人心領神會之外，無法形容得出。所以古今許多佳詩，在不其文字文體之美，還要離開文字文體乃真能見其美。」〔註 17〕此外，吳芳吉與中國傳統儒家學說淵源極深，作為學衡派詩人中一員，吳芳吉反對大多數新文化同人主張全盤西化的觀點。在《白屋吳生詩稿·自序》中，他曾批評當時的西化新詩，認為是「決意孤行，自立法度，以舊文明之種子，入新時代之園地，不背國情，儘量歐化」，而他所追求的則是，「依然中國之人，中國之語，中國之習慣，而處處合乎時代者。」因此，吳芳吉的詩歌創作也帶有儒家文學觀念下的傳統古詩詞之風采，基本上屬於白話詩對於古代詩歌所進行的現代改造：沿用了古代詩歌短小靈活的句式，講究音樂美與韻律美，注重於意境的構造，採用的白話當中往往暗合了中國文言的語言之美，與這一時期以郭沫若等人為代表的狂飆突進式的西式現代詩拉開了距離。其後期詩歌更是與儒家文學觀念下成長起來的大家杜甫有著異曲同工之妙，如史詩一般地揭露軍閥混戰時四川各地人民的悲慘生活，同時著力於展現對於日本統治者侵略中國這一暴行的血與淚的控訴。總得來說，吳芳吉的詩歌創作可以歸類於這一時期並不算流行的現代格律詩，且對於後世格律詩的發展與變形具有創造性的意義。但值得注意的是，吳芳吉有著極為強烈的現代意識和現

〔註 15〕吳芳吉：《提倡詩的自然文學》，《吳芳吉集》，巴蜀書社，1994 年，第 380 頁。
〔註 16〕吳芳吉：《吾人眼中之新舊文學觀》，《東北大學週刊》，1927 年，第 42 期。
〔註 17〕吳芳吉：《提倡詩的自然文學》，《吳芳吉集》，巴蜀書社，1994 年，第 381 頁。

代精神，他提到，「民國既建，必有民國之詩。使民國而竟無詩，則民國之建設為未成就。」〔註18〕由此，在具體詩歌書寫中，他對時代、人民的關注，又使得他的詩歌有很強的先鋒性。

在吳芳吉的詩歌中，有大量的關注民生的詩歌作品，如《護國岩》《小車行》《巫山巫峽行》《北門行》《南門行》《兩父女》等。吳芳吉的經典詩作大多是千字以上的長詩，《婉容詞》就是其中的代表。該詩的題記寫道，「婉容，某生之妻也。生以元年赴歐洲，五年渡美，與美國一女子善，女因嫁之，而生出婉容。婉容遂投江死。」共 17 個小節。如「一、天愁地暗，美洲在那邊？剩一身顛連，不如你守門的玉兔兒犬。殘陽乂晚，大心不回轉。」「二、自從他去國，幾經了亂兵劫。不敢冶容華，恐怕傷婦德。不敢出門閭，恐怕污清白。不敢勞怨說酸辛，恐怕虧損大體成瑣屑。牽住小姑手，圍住阿婆膝。一心裏，生既同衾死同穴。那知江浦送行地，竟成望夫石；江船一夜雨，竟成斷腸訣。離婚復離婚，一回書到一煎迫。」詩歌中，詩人突出了對在現代進程中女性命運的關注，具有著強烈的現實主義關懷。相關評論說，「雖然他在當時未必能深刻理解萬榮悲劇的社會意義，在《婉容詞》的字裏行間，也透露出他對封建家庭婚姻道德觀念的衰落淪喪的惋惜之情，但由於他在詩中用是的語言，以同情的筆調，捕捉住一些感人至深的生活情節，頁實地塑造了婉容這個受害婦女的形象，引人獲得了絕大的成功，使《婉容詞》不僅高於他的其他許多作品，也具有超出與他個人主觀思想境界之上的客觀意義。」〔註19〕在表達上，為增強詩歌的藝術性，詩人大量使用古典詩歌的意象和方法，為我們呈現了古典詩歌與現代詩歌融合的可能性。另外其 5700 餘言的代表作《籠山曲》寫道，「伏道開，哨棚壞。／溜霰彈，密密篩。／中書齋，哭聲哀。／踏傷的戰士，失褓的乳孩，／溝死溝埋，一堡塵埃。」作為中國早期創作現代格律詩的代表之一，吳芳吉以口語入詩，向中國傳統詩詞進行了充分的學習和借鑒，在字數、句數、音節、音頓、雅韻方面創造出了成熟的規範，融古今之長，使現代白話能夠更加充分地表意、寫景、達情的同時，而不喪失了文言的語言美和韻律美。在本詩節中，詩人以節制的筆法展示了軍閥的到來使四川地區變成人間煉獄的可怖場景，頗有杜詩的風采，其鮮明的寫實精神集中展現出了這一時期四川的社

〔註18〕吳芳吉：《四論吾人眼中之新舊文學觀》，《學衡》，1925 年，第 42 期。
〔註19〕江津師專《白屋詩選》校注組：《前言》，《白屋詩選》，成都：四川人民出版社，1982 年，第 11 頁。

會風貌，同時也側面反映了作為學衡派代表文人，吳芳吉所奉行的「詩以載道」式的儒家文學觀念。進而在此基礎上，讓我們看到了吳芳吉所貢獻的「不俗不雅、不新不舊、不中不西、不激不隨之間」〔註 20〕的一種現代詩歌的建設之路。

吳芳吉所首創的「白屋詩」，對於現代格律新詩的發展具有深遠影響，在以胡適為代表的五四白話詩人企圖以全盤西化作為詩歌改良的方案時，吳芳吉另闢蹊徑，將關注的焦點投到了對於傳統詩歌的學習上。更為重要的是，他所堅持的是建立在對「詩」理解的基礎之上，「一個詩人，就應該又一個詩人的文學。重視舉世的人崇尚時新，而我獨好高古，不妨就作高古的詩，只要高古的詩好，自然可以成立。縱使舉世的人都用白話，而我偏用文言，不妨就作文言的詩；只要文言的詩真好，自然可以成立。」〔註 21〕其創作的現代格律詩文體，既不同於舊時的繁縟，也不同於這一時期白話自由詩的無節制，而是吸取兩家之長，在以白話入詩同時，又保持了傳統詩學所提倡的意境與音樂美感。鄧少琴曾評論說，「碧柳之詩，無佶屈聱牙之詠，無深挖細嚼之文，立題賦義，不待推敲，正以期明白曉暢，為世所宗，不離於眾而能暢行無疑也。並世之以詩鳴世者，其在蜀中，若沫若之出嘉州，碧柳之出江陽，東西對稱，各有意態，良由處境不同，各自名家，天人交感，感而遂通。」〔註 22〕當然以現代詩歌史眼光來看，吳芳吉對於格律新詩的開創與號召並不算特別成功，在很長一段時間裏，自由詩仍然佔據著現代白話詩的主要篇幅，但其文學理論與實際創作仍然具有一定的價值。在吳芳吉之後，一些新月派詩人（比如聞一多、徐志摩等）大力提倡格律詩建設。因此，在現代詩歌史上，吳芳吉的「復古」，是現當代詩歌詩學體系的建設走向縱深，所不得不必須面對的重要課題之一。

第二節 《草堂》雜誌與《孤吟》詩刊

一、《草堂》雜誌

葉伯和不僅是四川新詩的先驅，也是四川文學刊物的奠基人，為四川新文

〔註 20〕傅宏星編校：《吳芳吉集》，上海：華東師範大學出版社，2014 年，第 1236 頁。
〔註 21〕吳芳吉：《談詩人》，《新人》，1920 年，第 4 期。
〔註 22〕鄧少琴：《鄧序》，《吳芳吉集》，成都：巴蜀書社，1994 年，第 1 頁。

學的發展提供了重要的陣地。1922 年，在吳章玉的支持下，葉伯和與陳虞裳等人創立了草堂文學研究會，這是四川現代文學史上的第一個文學社團。同時出刊了《草堂》雜誌，自創刊起，至 1923 年 11 月 15 日共發刊 4 期。並在北京、重慶、上海，以及法國蒙柏利等地設有代售處。《草堂》在第 2 期中指出，「他們的文學會是幾個文藝愛好者的精神組合，並沒有章程和會所。」〔註 23〕《草堂》雜誌的欄目頁，並不是固定的，而是變化的。所以，《草堂》因此每期的欄目都不盡相同，包括詩歌、小說、戲劇、通訊等作品，評論性文章很少。這些作品，大多數體現出一定的巴蜀特色。主要成員有陳虞裳、沈若仙、雷承道、張拾遺、張戡初等。在四川新詩的發展過程中，《草堂》對具有現代特徵的社團、流派起著重要的推動作用。茅盾、周作人、郭沫若等人都極為看重《草堂》。茅盾說，「四川最早的文學團體好像是草堂文學研究會，有月刊《草堂》，出至第四期後，便停頓了，次年一月又出版了草堂的後身《浣花》。」〔註 24〕周作人評論說，「年來出版界蕭然很不熱鬧，切實而有活力的同人雜誌常有發刊，這是很可喜歡的現象。近來見到成都出版的草堂，更使我對於新文學前途增加一層希望。」〔註 25〕當時遠在日本留學的郭沫若，就對《草堂》有關注。「吾蜀山水秀冠中夏，所產文人在文學史上亦恒占優越的位置。工部名詩多成於入蜀以後，係感受蜀山蜀水底影響，伯和先生的揣疑是正確的。」〔註 26〕《草堂》幾乎贏得了現代文學大家們的一致讚譽，這是極為難得的。

　　刊物取名《草堂》，寓意著向詩聖「杜甫」致敬之意，體現出了這一刊物獨特的精神向度。葉伯和在《草堂懷杜甫》一詩中就歌頌過杜甫，詩人寫到，「杜公／你雖一去不復返／但你所居底草堂尚依然如故呵／你在草堂中產生底詩歌底生命／仍永續不斷地與世長存呵！」延續與杜甫這位詩人眷顧蒼生、心繫家國的現實主義精神，是《草堂》的詩學追求。實際上，在具體的詩歌寫作中，《草堂》中的詩歌凸顯出了三大主題：直陳苦悶、「為人生」、交際酬和。其中，以直陳苦悶的詩歌數量最多，這些帶有強烈的情感宣洩特色，時常會給人一種情緒上的幻滅之感。另外張拾遺的詩《我的呻吟》寫到，「我呻吟。／

〔註 23〕記者：《編輯餘談》，《草堂》，1922 年，第 2 期。

〔註 24〕茅盾：《中國新文學大系小說‧導論》，《茅盾全集》，第 20 卷，北京：人民文學出版社，1990 年，第 459 頁。

〔註 25〕周作人：《讀草堂》，《草堂》，1923 年，第 3 期。

〔註 26〕郭沫若：《致草堂》，《郭沫若書信集（上）》，黃淳浩編，北京：中國社會科學出版社，1992 年，第 46 頁。

在歷史的黑暗當中，／從許多的呻吟裏面，／我，——一個厭倦的青年，／繼續呻吟了。」表達了五四退潮後青年人一代的失落心情。雷承道的《我的悲哀》、何又涵的《迴響》都是表達了這樣一種類似的幻滅情緒。其次，《草堂》的一部分詩歌繼承了文學研究會的「為人生」的創作理念，在他們的創作中，有著對社會底層的關注和對黑暗現實的控訴以及對自由平等的嚮往。比如陳虞裳的《死者》和《疑問》、一真的《勞動者》、雷承道的《割草人》、叔農的《答八哥兒的話》等都是這類作品。再者，在《草堂》的詩歌作品中，存在著不少的交際酬唱的詩歌作品。比如何又涵妻子離世，沈若仙作《慰又涵》，何又涵又以《轉慰若仙》應答。另外雷承道的《送若仙回成都》、沈若仙的《寄四弟季修》等都是這類酬和作品。這類詩歌寫作，看似與傳統詩歌的酬唱應制之作相似，但是實際上卻是在傳遞慰藉、思念之中，抒發自我的情感。

值得一提的是，《草堂》應該是最早刊發巴金作品的地方，這裡發表了巴金 18 歲時以「佩竿」為筆名寫的一組《小詩》，包括《哭》《沉沒》《鑼聲》《母親》4 首詩歌。這幾首詩歌都是短詩：如《哭》，「可是我連哭的勇氣都沒有了！／哭是弱者唯一的安慰呵！」詩歌《沉默》，「受盡了人間一切的痛苦以後，那個丐者倒在接口寂然地死了！」詩歌《鑼聲》，「我偶然從夢中醒來，／聽悠悠地更夫沉重的鑼聲，／似乎都放在我底心上敲著？」〔註27〕可以看到，在巴金的早期寫作中，已經具有巴金式的青春、熱情和強烈的人道主義關懷。正如有學者評價，「在同時代人中，唯有巴金有能力拔動讀者的心弦，使時代的感情要求得到滿足。」〔註28〕雖然此後，巴金還發表過《黑夜行舟》《給死者》《我說這是最後一次的眼淚了》等詩歌，但《草堂》可以說是巴金文學創作的重要起點。

由於《草堂》是一個地域性的文學刊物，因此在作品中，詩人體現出了對巴蜀地域文化的極強認同感。〔註29〕在巴山蜀水的滋潤和傳統文化的薰陶中，《草堂》詩人創作了一批具有強烈的地方色彩的詩歌作品，對四川蜀中地區的人文自然風物進行了精彩的描寫，而這也是《草堂》詩歌的一大特色。因此，

〔註27〕佩竿：《小詩》，《草堂》，1923 年，第 2 期。

〔註28〕〔美〕內森・K・茅：《〈巴金〉結論》，艾曉明譯，《青年巴金及其文學視界》，成都：四川文藝出版社，1989 年，第 354 頁。

〔註29〕郭欣然：《互動與疏離：〈草堂〉新詩與 1920 年代新文壇》，《宜賓學院學報》，2021 年，第 3 期。

郭沫若真真切切體會到了家鄉的風物變幻，才會在信中說道：「諸先生常與鄉土親近，且目擊鄉人痛苦，望更為宏深的製作以號召與邦人」。〔註30〕比如雷承道的《野刺花》，開頭寫野刺花的生長環境，「長在僻靜山崗的石崖上」，但是花卻開得十分豔麗，緊接著表達了對野刺花「孤芳自賞」的擔憂。但是一想到塵世間的污濁和不自由，就不由得為野刺花生長在荒郊野嶺而慶幸，生長在這荒蕪人煙的地方至少能夠保持自身的純潔的品格和自由。這野花美麗而「滿身小刺」，既是對社會污濁的反抗，也是對自身追求自由獨立的一種渴求，代表了詩人內心的一種嚮往和追求。另外何又涵的《今年底春》：「春、甜蜜的春呵！／你又隨著東風來到了。／看哪──／蒼蒼的柳絲、／紅豔豔的海棠、桃花／、雪白的玉蘭／一顆兒都是去年底模樣。／聽哪──／宛轉的流鶯，／呢喃的燕子、／悲啼的杜鵑、／般般的也還是去年底情況。／那時的庭園、／那時的光景、／而今都成往事了。／哦！引愁的柳絲，／休將那已過的印象，／翻上了我的心頭喲！」這首《今年底春》，實際上是借今年春天的景色表達對往日時光的懷念。今年的風景，「都是去年底模樣」，這「引愁的柳絲」直接將詩人心中的思念勾引出來，面對大好春光的同時，不由得想念起往日的時光。但是一想到美好的時光都已經成為了往事，就不由得一種愁緒湧上心頭，徒增傷感體現出強烈的抒情色彩。

　　總之我們看到，作為四川第一個文學刊物，《草堂》在四川現代詩歌史上，無疑是有著非常重要影響的。《草堂》新詩對於現代白話新詩的意義，如周作人在《草堂》中所說，「近來見到成都出版的《草堂》，更使我對新文學的前途增加一層希望」，「地方色彩的文學有很大的價值，為造成偉大的國民文學的原素，所以極為重要。」〔註31〕《草堂》的意義之一就是彰顯出白話新詩誕生之初的新詩創作的地域的深廣，和地方文學發展的重要價值。有學者指出，《草堂》「這些新詩整體質量不高，但樣態豐富，生動體現出成都當時的地方文明因素所賦予它的從顯到隱，層層深入的文本特徵。」同時也在一定程度上克服了誕生之初的白話新詩的「過於自由」的弊端，「與之後新詩壇所提倡的對傳統詩學的繼承相契合。」〔註32〕

〔註30〕郭沫若：《通訊》，《草堂》，1923 年，第 3 期。

〔註31〕周作人：《讀草堂》，《草堂》，1923 年，第 3 期。

〔註32〕謝君蘭：《在學堂樂歌與白話新詩之間──成都「草堂─孤吟」詩群的「在地性」研究》，《當代文壇》，2020 年，第 6 期。

二、《孤吟》詩刊

作為四川現代詩歌史上的第一份詩刊《孤吟》，與《草堂》相比，《孤吟》在現代詩歌的創作方面的價值和意義更為突出。1923 年孤吟社在成都成立，是草堂文學研究會之後的四川文藝界的有一個重要社團。據《中國現代文學社團流派辭典》介紹，「『孤吟』一名，取清代詩人何紹基詩句『書生事業真堪笑，忍凍孤吟筆退尖』，反其意而用之，暗示了孤吟社同人用詩歌創作反映人生的抱負。孤吟社於 1923 年 5 月 15 日創刊了《孤吟》半月刊。這是一本同人刊物，闢有短論、創作、譯詩、讀書錄等欄目，發表的作品以抒情詩為主，大多反映對軍閥官僚統治的反抗和青年人在黑暗社會中的孤獨苦悶感，也有一些小詩，表現了對純潔愛情的追求和對母愛的歌頌。」〔註33〕對於《孤吟》，方亞男在《試論〈孤吟〉與新文學的關係》〔註34〕有較為全面的研究。從該詩刊的宗旨來看，「失路者的呼聲」是他們的一個重要方向。他們認為「近代人的煩惱——尤其是青年——實有借文字陶鎔的必要；而詩更是最適用的工具，所以我們才刊這個小小的刊物，藉以發揮青年的時代的煩悶」〔註35〕《孤吟》主要設置了三個欄目：創作、譯詩和研究，此後還以短論、讀書錄和讀後感來進一步充實「研究」專欄。

在詩歌創作方面，《孤吟》主要刊登了一批表達「時代煩悶」的詩歌作品。與此同時，他們更注重推出四川地區的一些作者作品，比如巴金、劉盛亞就在《孤吟》上發表過有一定影響力的詩歌作品。《孤吟》一個最重要的貢獻是推出了巴金的詩作《報復》（署名Ｐ・Ｋ・）和《小詩》（署名佩竿）。巴金的這篇《報復》也被多次評論，「巴金的長詩《報復》，寫的是 1922 年 1 月，軍閥趙恒惕殺害工人運動領袖黃愛和龐人銓的事，這首詩為紀念他們遇難週年而作。巴金最初以『佩竿』為筆名寫的 7 首小詩，都是蘊含哲理的詩篇，風格近似冰心的小詩。」由此，巴金與《孤吟》的關係，成為研究巴金文學之路的又一個重要刊物。劉盛亞也以 SY 的筆名，在《孤吟》上發表了詩歌《我是一個怯懦者》。第二，在詩歌評論方面，《孤吟》推出了一批重要的詩學評論文章：《說哲理詩》《新詩和新詩話》《我對於讀詩的一個意見》，以及張拾遺的《〈蕙的風〉

〔註33〕 范泉主編：《中國現代文學社團流派辭典》，上海：上海書店出版社，1993 年，第 303 頁。
〔註34〕 方亞男：《試論〈孤吟〉與新文學的關係》，《綿陽師範學院學報》，2017 年，第 10 期。
〔註35〕 《我們的使命》，《孤吟》，1923 年，第 1 期。

之我見》《從〈兒童詩歌好〉得到的教訓》等，都在現代詩歌的建構方面，提出一些重要的觀點。《孤吟》最有影響詩學觀點是「兒童詩」的詩學建構。「孤吟社非常注重兒童詩的創作。《孤吟》第3期出了增刊《兒童詩歌號》。他們在《我們出『兒童詩歌號』的旨趣》一文中說，兒童在生理和心理上和成人有很大不同，他們有著自己對文學的獨特需要，應創作符合童心理的詩，更應鼓勵兒童自己的寫作。增刊發表了很多兒童創作的詩歌，而且從第4期起，增設『兒童創作』一欄，專門發表兒童的作品。」在《孤吟》上，不僅發表兒童詩的數量多，而且還推出了成都各中小學校學生的作品，這在整個現代詩歌史上都是有著不可替代的重要的意義的。在理論建構上，KT的《我們出兒童詩歌專號的旨趣》中認為「兒童生活上有文學的需要」，更為重要的是，他們發出來的是「純粹的聲」，認為兒童詩歌中的世界是一個完全有別於成人的另一個世界，有著獨立的意義。

　　另外，《孤吟》也還發表了一些翻譯詩歌，在詩歌翻譯上也有著一定的貢獻。實際上，孤吟社和草堂文學研究會有許多共同的成員，比如巴金，在《草堂》和《孤吟》上都發表有詩歌作品。而且這兩個社團的文學創作在內容和風格上也極為相似，因而被人們認為是詩壇上的同一流派。「從1923年7月起，《孤吟》和《劇壇》兩種刊物合併，成立了蜀風文學社。同年8月1日，《孤吟》出至第6期後停刊，孤吟社也停止了活動。」〔註36〕甚為遺憾的是，與《草堂》雜誌一樣，《孤吟》詩刊也沒有持續多久。

第三節　創造社

　　郭沫若1921年在日本東京所創立的「創造社」，是現代文學史上成就最高、影響最大的文學社團之一，也是在現代新詩領域有著重要影響力的詩歌群體之一。從1921年起至1929年間，創造社堅持了8年。這個由留日學生組建起來的文學社團，出版了《創造季刊》《創造月刊》等刊物，其整體創作傾向，經歷了一個從「為藝術而藝術」到「無產階級文學」的轉變過程，在現代文學史上產生了極為重要的影響。1927年魯迅曾評價中說：「看現在在文藝方面用力的仍只有創造、未名、沉鐘三社，別的沒有。這三社若沉默，中國全國真成

〔註36〕范泉主編：《中國現代文學社團流派辭典》，上海：上海書店出版社，1993年，第303頁。

了沙漠了。」〔註37〕在創造社中，出現了郭沫若、王獨清、穆木天、馮乃超一批重要詩人，可以說形成一個創造社詩群。這裡就有兩位四川現代新詩人，除了郭沫若之外，另一位是鄧均吾。

鄧均吾所在的四川詩壇不僅有白話詩的開拓者《草兒》的作者康白情，白話詩的奠基人「女神」郭沫若，而且還有「無語而來，無語而去」的年輕的神何其芳，歌唱整個世界的「力的節奏」的陳敬容，更有 80 年代四川詩壇的狂歡，鄧均吾成了一顆「遺失的星」，「有一顆被遺忘的星兒，失去了天宇中的地位。」（《遺失的星》）再看鄧均吾所在的流派，在創造社裏，有郭沫若、郁達夫這樣的天才，在淺草社有馮至這樣的「中國最偉大的抒情詩人」，鄧均吾又成了夾在彭詩詩集裏的「一朵桃花」，「那綴有金色球的花蕊，而今都失去了美麗！」（《一朵桃花》）。但郭沫若曾這樣評價鄧均吾的詩：「他那詩品的清醇，在我當時所曾經接觸過的任誰哪一位詩人之上。」一翻開鄧均吾的詩，便不由自主地被他那種真摯的感情和浪漫的色彩所吸引，也由於鄧均吾詩中的那種古典的意味，使鄧均吾的詩個性鮮明、獨樹一幟。鄧均吾是一顆遺失的星，但「他們倆同葬沙漠之中，沙漠從此有了 OASIO，是人們生命的泉源，是他們傷心的眼淚！」這是一束夾在詩集裏的桃花，但卻引起了「啊，好一陣清涼的微風，攪起我心海中柔軟的漣漪！」這裡所研討的詩是鄧均吾早期的即 1922～1932 年的新詩。錢光培、向遠在《現代詩人及流派瑣談》中的《「創造社」之群》一章就列有「成仿吾和鄧均吾」專節。鄧均吾古典詩詞有很高的造詣，他後期的新詩也有不少優秀之作。

鄧均吾，四川古藺人，1898 年 11 月 5 日出生。在五四的影響下，尋找生活目標。1922 到 1932 年間，是鄧均吾文學事業上的一個重要時期。1921 年 4 月結識郭沫若後，開始了他文學的輝煌時期。在 1921 年冬，他參加了現代文學史上有名的文學團體創造社，並成為相關刊物編輯之一。後來，郁達夫到北大講學，他和成仿吾便負責編輯「創造日」。在淺草社建立後，他也積極參加了淺草的活動，並且用「默聲」的筆名在《淺草》和《文學旬刊》上發表了許多新詩，為兩個團體的五個文藝刊物撰稿，在《創造季刊》和《創造月刊》，一共發表了 70 多首新詩。在 1923 年創造社編選的第一本詩文合集《辛夷集》中，鄧均吾的新詩選入數量僅僅次於郭沫若。他還將自己的新詩編為詩集《白

〔註37〕魯迅：《1927 年 9 月 25 日致李霽野》，《魯迅全集》，第 11 卷，北京：人民文學出版社，1981 年，第 583 頁。

鷗》，但由於一些情況，在當時沒有出版。然而，這個時期鄧均吾的心情很苦悶，他生活的社會是一個《深夜之巷》，「人海的浪淘消了，／夜深的空氣／似乎凝凍著了。」社會的不安定，生活的漂泊，母親的病重都使他有了沉重的心情。而1920年，淺草朋友的離去、創造社的停刊，他不得不停止他鍾愛的文學活動，回到了偏遠的四川老家，這樣的人生波折和打擊，使他更加清楚的認識了世界和自我。在他的詩歌中體現出了對人生美好生活的追求，對人的自由的追求。1932年前，他一直呆在四川，但卻是一直在奔波中生活。他得自謀生活，時而在成都，時而在重慶，尋找各種教學的工作。然而他獨立的性格，使他不依賴任何人，而過著精神上極度自由的生活，在自己的作品中，表現出浪漫主義的色彩。郭沫若寫道：「在編輯所裏有一位四川人鄧均吾，這要算是我在馬路上遇著的一粒砂金，他很年輕，在當時怕只有二十三四歲。他的態度很冷靜，他沒有喜怒哀樂表現出來。但一眼看來便可以知道他不是呆子，也決不是胸有城府的人。」〔註38〕也正是生活的磨練，以及鄧均吾那種獨立、自由、開朗的心靈，使這個多災多難的鄧均吾領悟到生活的真諦，唱出了自己的、生活的、自然的最美的歌。

　　鄧均吾在《創造日》出刊期間，每月的工資僅20元，沒有其他的收入；在家裏，他的母親生病，又年過六旬；自己又不願放下自己喜歡的文學事業——各種的壓力一起壓了下來，更加上當時的黑暗動亂的社會環境，作者理想的破滅，導致天生樂觀的鄧均吾也不免產生了苦悶的心情。於是有了對百無聊賴的生活的控訴，也產生了對人生真諦的不斷追問，這就是鄧均吾的心理世界，「表現出全部人類壓迫的情緒。」郭錫光說：「那種纏綿悱惻的意思，是暗藏在那悲壯流利悠揚的音韻中，如何的感人。」〔註39〕這種情緒，在鄧均吾詩歌中就是那種苦悶的心情。這種苦悶心情，首先就是那個環境的苦悶。「窗縫中射進了陽光一縷，／渾夾著無數的灰塵，／氤氤氳氳地，／絕沒些兒的安靜。／啊，好一副人生的攝影。！（《塵》），這個環境裏，只有一點點陽光，而更多的是灰塵，漫天鋪地的灰塵。在這個世界裏，灰塵彌漫了世界，灰塵在這個世界統治，沒有一絲的清新給你，沒有一絲的安靜給你。這讓我們看到了那個真實的二十年代。其次，就是在這種環境中感到了前途的微茫，產生了那種不

〔註38〕郭沫若：《創造十年》，《郭沫若全集·文學編》，第12卷，北京：人民文學出版社，1992年，第96頁。
〔註39〕郭錫光：《讀〈辛夷集〉雜感》，《創造日》，1923年，第3期。

—23—

知所措的苦悶之感。作者自比為一隻飛鳥,「淡了,遠了/那隻鳥的影兒!/你要將我這顆心/帶向哪裏去?」(《飛鳥》),那在飛翔,在高飛的鳥兒,即使是能擊長空,可是始終也找不到歸宿。在《虹》中,也是那種無聊、無賴感,有憂愁的那種複雜的心中之苦。「一曲的彩虹,/你可是「樂園」的道路?/我所說「樂園」已無,/你又竟尋我何處?碧澄澄的無海無有盡頭,我當向哪兒求我的歸宿」,幻影的美麗,幻影的破滅,成為了人生徹底的苦。而作者何嘗沒有奮鬥,沒有追求過。正是在追求了後,作者才產生了更深的感歎,切膚的傷痛之感。「荒涼寂寞的花園,/腐敗室人的空氣,/獨行踽踽何之,/空虛便是所獲!/比夢還甚的空虛,/怎能慰我的焦渴?」(《尋夢》)。思想上的苦悶和現實的苦悶,使鄧均吾成為了那個時代的代言人。這種情緒到了極至,於是產生了這樣的詩句,「我願在北極的冰山中/鑿一座墳墓。/我願長眠其間/永看著冰凍飛舞!」(《我願》)而鄧均吾在苦悶籠罩的陰影下,絕沒有僅僅寓於自己的悲哀,個人的不幸,而將這種感情化為了時代的悲哀,時代的不幸。他始終關心的和忘不了的是和他一樣在受苦受難的大眾人民,始終關注著他們的生活和命運。他的詩「表現出全部人生壓迫的情緒!」表現了對人民的苦難的關注,「寂然的深巷中,/一個賣小食的呼叫——/受崇庸的約束,/迫出沉濁的回音,/怪似那空冢中透出的呻吟!」(《深巷之夜》),小販們的那種生活,是一種痛苦的呻吟。還有象那人力車夫的生活,「倦了的人力車夫,/依著車兒打盹,/黑瘦的頰上,挾著塵土的汗珠,/不住的滾滾的交流。」(《長晝》)。甚至是天真的孩子,也飽受著同樣受苦的命運。「猛抬頭,我看見一個窩棚,/窩棚裏坐著個六七歲的孩子,/他的眼睛像兩顆明朗的星星,不曾被滿身的窮困遮蔽。//——當我離開那裡的時候,/我心中起了一個幼稚的幻想,/為什麼他不能有一件美麗的衣裳,/像那個野菊花有美麗的花冠一樣。」孩子那個如花的年齡,如花的摸樣,如花的夢想,卻沒有如花一樣的衣裳,沒有如花一樣的生活,這就成就了他對那個黑暗社會的呼號《漶溜》:「擾人眠睡的,/單調的聲音——/長夜漫漫,/我只渴望著雞鳴!」

在那個「深夜之巷」,如果鄧均吾僅僅只有苦悶,不安,只有一片傷痛之心,是不足以體現出一個大作家的個性魅力的。而正是因為他「表現出全部人生壓迫的情緒」,在那樣的環境中,在那樣的困境裏,鄧均吾的詩歌還在不斷的追求人生的意義,不斷的奮鬥努力。「雜邐迷離的短夢。/剛碎了漫漫的長夜,/又加入了攘攘的白日,我依枕盡思,什麼是人生的意義?」(《破曉的情

緒》)。他的努力，是在明白了人生的真諦後，對人生的終極追問，這使他的思想達到了一定的高度。他明白「時間是流動的水，／幸福是衰變的雲，／可憐的人生，／竟被影兒欺詆！」(《雲影》)。詩人明白人生是一種無意義後，他的那種追求就更加顯得高貴和震撼。他的追求，他的生命的意義，他的生命的終極目標就是那種生命力。「萬有的創造者喲，人間的一切福祉皆非我所乞求的！／我只求你賜我一副蓬蓬勃勃的生命力！」《自題照片》)，這於郭沫若的那種不竭的生命力頌揚如出一轍，也就更體現了一種生命力的力度。詩人即使成為一顆流星，也是那種強勁的生命的展現，也是那種閃光的生命，「我何等豔羨你，／皎皎的流星！／縱然是一刹那間／你便化為烈焰而消隕，／你總是這般的美麗晶瑩！」。(《流星》)鄧均吾詩中的力就是這種閃耀的力。這種力也就成為了詩人對真理的追求，如在《題日記·二》裏寫到，「從今天後我要用血來宣誓：／再不為一己的哀愁落淚，／不追求高價的戀愛和同情，／不閃避普通的困惑與孤獨——／愛人生應當更愛真理！」人生和真理，就成為了鄧均吾詩中的不竭的生命力的追求目標，在這裡上升為一種極為崇高的精神境界。在鄧均吾的眼中，人生是用於欣賞的，是對美好的不懈的追求。「美好的人生，／無涯的觀賞。／只一秒鐘——／一秒鐘於我已足！」(《人生的觀賞》)，這詩句給我們心理巨大的震動。

鄧均吾「表現全部人生壓迫的情緒」，有「深巷之夜式」的惡劣的環境，更有「一秒鐘於我以足」的美好的人生的追求，還體現在作者對自然的無限的讚美。詩歌在自然那份天籟中，就有了美好人生的自然，有自由自在的自然之歌，也有無限光明的理想社會的讚歌。金欽俊說道鄧均吾的詩歌：「顯示了對於自然美的沒靈敏感應，以及由自然入於幻想的浪漫的詩心。」〔註40〕對自然的描繪，是詩人最優秀的品質之一。他在寫景抒情方面的能力，與「湖畔詩人」的湖畔歌哭一樣的令人神往，在鄧均吾的自然詩作中，創造了一個個不朽的意境。「和風自云島吹來，／暖日在晴空照耀，／一切有生之倫／都被春神醉軟了。／半淞園的柳絲花朵／歡喜得低昂，顫嫋，／那泓蔥黃色的池水／也在輕輕的舞蹈！」(《淞園中》)。淞園是詩人經常描繪的一個地方，那裡聚集了詩人的心靈，陶醉著神，也陶醉著詩人。而且，也只有在自然裏，詩人才有全身心的自由，全部的感情沒有防備的時候，才與天地，與自然，與美合為一體，「玫瑰花的歌聲，／泛濫在春晨的空氣裏，／詩人用他的心兒／在幽秘的陶醉中傾

〔註40〕　金欽俊：《新詩三十年》，廣州：中山大學出版社，1991 年，第 161 頁。

聽。」直到最後，詩人願與自然同往，甚至化作自然的一部分，「蓬蓬的白雲！／剛見到你在山腰眠睡，／俄頃間，／你便又凌風輕舉；在那飄渺的天空／伴著明媚的晚霞延伃。／蓬蓬的白雲！／假如我有兩道翅兒／我定要隨你飛去！」(《白雲》)，就這樣，山水成為了詩人的精神居所。生命的夢想和他一起在世界裏飛昇。在自然中，詩人找到了自由之歌和理想之境。自然一直是人類生存的理想之境，詩人也經常將自己的思想和情感融合在了其中。很多作家就是在寫自然的時候，表現出了自己對人生，對社會的那種認識和感受，從而把自己的那個對自己的理想之國全部的展現在美麗的大自然中。鄧均吾也是這樣的。他生活的奔波，和痛苦的經歷，使他已經無力去面對這樣的苦悶的社會，於是在詩歌中就有了自己甜美的夢。在《我夢想著》裏，作者寫到：「大地只是一家，／禽獸是我們的爾曹；／獅虎同綿羊嬉遊／孔雀與鷹隼共巢。」在這個自然中，是安靜的，是和平的，是友好的，是沒有爭鬥的，可是這些就是現實社會所沒有的，自由在自然中才能尋找得到的。有一個地方，在鄧均吾的詩歌中多次出現，而且是無比的美麗，這就是「半淞園」。這裡，詩人所有的夢，所有的理想，所有的快樂，都在「半淞園」裏找到了。讀著這些詩歌，你就會忘記現實，忘記不快，沉浸在那個美麗的夢中。詩人把這裡描繪成自己的「桃花源」，萬物的樂園，「嫩綠，嬌黃，／輕紅，淺碧，／一叢叢不知名的花樹，——／小鳥的樂園！／金蟲的樂園！」，在作者細緻的描繪中，我們越來越被他的「半淞園」所感動，所感染，「碧澄澄的明鏡，／倒映著花枝，／到映著天空的雲影，你瞧，上天下地／都怎地美麗空明！」有鮮豔可愛的色彩，有上下交融的倒影的結合，有暗暗的花香，一切的組合就成為我們的樂園，就成為詩人所向往的那個屬於自己的世界。在這個時候的鄧均吾，才有了自己天真的詩興，展現了詩人豐腴的情懷。

郭沫若就曾經讚賞過：「他那詩品的清醇是舉世無匹的。」〔註41〕，成仿吾也稱他：「一個極真摯的詩人」。〔註42〕詩人自己也說，自己的詩歌是「一朵桃花」，確實，鄧均吾的這種清醇的詩歌風格打動了很多的讀者，並且「攪起我心海中的柔軟的漣漪」。鄧均吾的詩歌風格清新自然，富於浪漫主義色彩。在鄧均吾的詩歌中，有一種濃濃的古典韻味，造就了一種寧靜，優美的境界。

〔註41〕郭沫若：《創造十年》，《郭沫若全集‧文學編》，第 12 卷，北京：人民文學出版社，1992 年，第 137 頁。

〔註42〕成仿吾：《作者與批評家》，《創造週刊》，1923 年 8 月 12 日，第 14 號。

如他的那首《琴音》:「是哪兒的琴音;／偷渡出那一抹幽林?／嫋嫋的音波,／隨風蕩漾,／泌入我沈寂的深心／／林邊的月兒,你可也佇立在聽?」猶如唐絕句和元小令,簡潔,而又意境悠遠,刻畫出朦朧的最高質態。用的都是古詩詞中的一些語言和意象,然而詩人能別出心裁,使這些古典的意象在現代具有了無比的生命力,呈現出幽深的境界。鄧均吾的詩歌,還又一個特點就是多用問句。這種句式沒有陳述句的那種平穩感,也沒有感歎句的那種激烈的感情的噴發的作用,在鄧均吾的詩歌中,正好就體現了那種清醇的風格。問句,是一種低回往復的,小聲的吟唱,可以表達出一種纏綿的情懷。在鄧均吾的詩歌中,很多是問而不要答的,就更有一種意味無窮之感。像上面提到的《琴音》就是這樣。「林邊的月兒,你可也佇立在聽?」,這裡沒有要月亮回答這個問題,而就是在這個問中,使得境界才更加的悠遠。如果有了月亮的回答,我們反而還不會有那種很優美的感覺的。詩歌《問春》也是這樣的,「春之神啊,／告訴我:你為甚匆匆地來,／又匆匆歸去?」春天沒有回答,我們就已經感受到了,時間的飛快的流失,以及生命的短暫,留給我們的就是努力去抓住這樣匆匆的生命。鄧均吾詩歌的另外的　個特點就是詩體短小,形同古典絕句和小令。他用這種短小的形式,與當時的「小詩體」詩歌又很大的關聯,也與作者自己的詩歌風格相一致的,最終使他的詩句上升為格言式的警句。《琴音》的悠遠,《塵》的垷實,《我願》的呼號,以及《白頭照片》的精警,都成為小詩的名作。這種小詩體,使詩歌簡短有力,符合中國人傳統的審美習慣,又使詩歌能多次的玩味、體會,帶讀者進入到無窮的美感當中。鄧均吾的詩歌,我願意用他在《倦遊者》詩句來最後的評價:「只要你能摘得一顆,／足能慰你勞頓。」

第四節　《少年中國》詩人群

「五四」新文化運動,讓四川現代詩歌贏獲了更為廣闊的生長空間。1919年以王光祈、周太玄、曾琦等四川籍作家為主的「少年中國學會」在北京成立,成為現代史上會員最多、歷史最長、影響深遠的學會。《少年中國》從1919年創刊至1924年停刊,共出4卷48期。與葉伯和時期的草創相比,少年中國詩人的詩歌寫作無論在情感上深度還是在抒情方式上,都有很大的突破。駱寒超對此有較為詳細的評論,「這群詩人也積極支持『詩體的大解放』,並努力地以

白話新體寫著新詩。不過他們不像『新青年』詩群那樣為了維護自己所倡導的新詩革命而偏激到堅持用散文結構的白話和無韻自由體寫新詩，也不像『新潮』詩群那樣理智上也想用極端的白話新體寫新詩，卻又並不把舊體詩詞在自己心靈中留下的積習當一回事，任其滲入『詩體的大解放』中。以致不倫不類地以文白相混的白話和新舊雜湊的自由詩體來寫新詩。」〔註43〕在《少年中國》上發表詩歌的，主要有康白情、周無、王光祈三位四川詩人，以及田漢、宗白華等重要作家。而康白情、周太玄和王光祈，可以說都是極為出色的四川現代詩人。

一、康白情

少年中國學會誕生一位具有鮮明個人特色，而且有著重要影響的川籍詩人康白情。據介紹，康白情，1896 年生於四川安岳縣來鳳鄉井家溝；1907 年參加帶有封建色彩的洪門哥老會；1917 年進入北京大學哲學系；1818 年組織創辦「新潮社」，積極參加第二年開始的「五四」運動，期間在《新青年》《新潮》等雜誌發表新詩與文學評論，是重要的早期白話詩人；1919 年成為北大學生會領袖之一，後當選全國學生聯合會主席；1920 年作為六名北大畢業學生中的一員保送至美國伯克利加州大學；1922 年出版第一部詩集《草兒》，並於 1923 年刪去舊詩與十餘首白話詩；同 1922 年，以康洪章的署名在《北京大學日刊》發表《康洪章啟事》，象徵著他告別新詩及「五四」新文學傳統，投身到了政治運動；康白情在政治活動上並沒有取得成功，在這個以留學生為基礎的「政黨」分崩離析之後，康白情先後在山東大學、中山大學、廈門大學、華南師範大學任教；在文學上他轉向了舊體詩，於 1924 年出版舊詩集《河上集》，逐漸脫離文壇。新中國成立後的 1958 年，康白情被劃為右派，次年因病離世，享年 63 歲。我們看到，康白情不僅與傅斯年、羅家倫等人組織新潮社，同時參加少年中國會，繼王光祈之後而主編《少年中國》月刊，有著重要影響。對於康白情的詩歌創作，《康白情新詩全編》〔註44〕是目前康白情詩歌收集最全的著作。關於康白情，已有不少的研究。王學振、吳辰主編的《康白情研究資料》，匯聚了近百年來學界對康白情進行研究的代表性成果，這是目前康白情研究最為全面的一本資料彙編。〔註45〕

〔註43〕駱寒超：《駱寒超詩論選集上》，上海：上海人民出版社，2017 年，第 34 頁。
〔註44〕諸孝正，陳卓園編：《康白情新詩全編》，廣州：花城出版社，1990 年。
〔註45〕王學振、吳辰主編：《康白情研究資料》，海口：海南出版社，2019 年。

在現代詩歌史上，康白情是極為重視詩歌創造精神的詩的人之一。他說，「新詩的精神在創造，因襲的，摹仿的，便失掉了他的本色了。做一首詩，就要讓這一首詩有獨具的人格，如果以前有了這麼一種詩情，以後的就不必再作了。」〔註46〕康白情一生的經歷豐富而複雜，在詩歌創作上以《草兒》《草兒在前》等詩集蜚聲詩壇，並由此贏得了廣泛的讚譽。胡適說，「白情（在）這四年的新詩界，創造最多，影響最大」〔註47〕，梁實秋也說「以我國新詩壇而論，幾無一人心目中無《草兒》《冬夜》者，後起之作家受其暗示與傳染者至劇」。他的詩歌，在白描與寫實上下工夫，體現出一股強勁的現代精神。也正是康白情，才真正喚起了郭沫若新詩創作激情。康白情詩歌的特徵，就像他的新詩集《草兒》這一名字一樣，充滿了對生活的品味與美好自然的歌頌。在康白情的白話詩作裏，明顯可以看見中國傳統文化的滋養與中國古代詩歌相似的，對於自然意境之美的追求。在對自然的充分觀察與對現實生活的充分體會後，康白情將意象與自我感情在詩句中和諧交融，不同於其後晦澀難懂的現代派與象徵派詩歌，康白情的白話詩創作借助最為直白與簡單的符號表達，使讀者一眼就能明白作者隱藏於各類意象的主旨大意。同時康白情以《草兒》為代表的白話詩創作同樣有著早期白話詩在文體上並不成熟的毛病，那就是過分追求接近於口語的表達，而導致詩味不足。但總的來說，以 1922 年亞東圖書館所出版的《草兒》集為代表的康白情白話詩創作，在這一時期的新文化運動的詩歌改革中充當了重要的力量。如詩歌《江南》：「只是雪不大了，／顏色還染得鮮豔。／赭白的山，／油碧的水，／佛頭青的胡豆土，／橘兒擔著，／驢兒趕著，／藍襖兒穿著，／板橋兒給他們過著。／／赤的是楓葉，／黃的是茨葉，／白成一片的是落葉，／坡下一個綠衣綠帽的郵差，／撐著一把綠傘——走著，／坡上踞著一個老婆子，／圍著一塊藍圍腰，／哼哼地吹著柴響。」這首詩較鮮明地體現出康白情之白話詩特徵。全詩分為三段，作者的筆法不同於這一時期創造社的雄偉浪漫，也不同於現代派的耐人尋味，而是將眼光對準了平常的生活資料與自然景物。在觀感上來講，康白情以《江南》為代表的這部分寫景狀物的詩歌，其實與這一時期中國動盪不安的社會現狀存在著某種程度的脫節。藍色的衣服，橘色的擔，赤色的楓葉，黃色的茨葉，綠色的郵差，花色的老姑娘，以及首尾相連、貫穿整首詩的白色的雪，作者以動靜結合與色

〔註46〕康白情：《新詩底我見》，《少年中國》，1920 年，第 9 期。
〔註47〕胡適：《評〈草兒〉》，《努力（讀書雜志）》，1922 年，第 1 期。

彩表現的獨特手法構造出一副寧靜祥和的江南山村畫景，充滿了蓬勃的生命
力與活力四射的畫面感，看似結構淺顯，細細品味又有回味無窮之感。很明顯
這是作者對於中國古代詩歌意境理論的充分借鑒，也是將國畫的潑墨手法化
用到現代白話詩的一種有意識的嘗試與創新。在這一點上，康白情對於之後的
現代詩歌具有極其深遠的影響。正如俞平伯的評論說，「白情做詩底精神，還
有一點可以介紹給讀者的，就是創造。他明知創造的未必定好，卻始終認定這
個方法極為正當，很敢冒險放開手做去。若這本集子行世，能使這種精神造成
一種風氣，那才不失他底意義。」〔註48〕

康白情不但是一名勇於創新的早期白話詩人，同時也在詩歌理論建設方
面做出了自己的貢獻。在《新詩底我見》中，康白情指出詩情的三個重要來源，
「一是自然活動，二是社會活動，三是藝術活動」。其白話新詩的創作正是基
於這一理解而進行，康白情在自然與社會中尋找藝術的詩情，將細枝末節的生
活碎片納入自己的詩歌寫作，使詩味自然雋永，毫無粉飾，使這一時期功利化、
政治化的文學活動在某種程度上被推回到藝術本身。在康白情看來，社會或者
說人生，才是詩歌的根底，「我們要和社會相感應而生濃厚的感興，因以描寫
人生底片段，闡明人生底意義，知道人生底行為，庶幾可以使詩無愧為為人生
底藝術。」〔註49〕康白情的初期白話詩以現代詩學眼光來看，並不覺得多麼出
彩，但評價一個詩人應該將他放回具體的時代，結合文學發展進程進行客觀地
估價。因此可以說，康白情的《草兒》集對於現代詩歌史，特別是對於詩歌本
身的藝術屬性的回歸具有重大意義。同時他作為一名詩論家，無論是對於詩歌
理論的提出還是實踐，都對於後世的詩歌批評具有啟迪作用。

二、周太玄

在少年中國學會中，周太玄也是較有影響的一位詩人。我們知道，在四川
近代歷史上，周太玄是一位涉獵廣泛，而且做出了多方面貢獻的一個天才式的
人物。周太玄（1895～1968），生於四川省新都縣，原名周焯，號朗宣，後改
名周無，號太玄。他曾和李大釗一起創辦了「少年中國學會」。他是著名的生
物學家，也是教育家、社會活動家和詩人，被譽為學貫中西、博古通今的一代
通才，2001 年被評選為四川文化名人。〔註50〕而在現代文學史上，周太玄則

〔註48〕俞平伯：《俞序》，《草兒》，上海：亞東圖書館，1923 年，第 5 頁。

〔註49〕康白情：《新詩底我見》，《少年中國》，1920 年，第 9 期。

〔註50〕《華西都市報》，2001 年 11 月 22 日。

是很引人矚目一位詩人，他的詩歌被廣大的青年一代代學習和傳唱。其中，最引人注目的是詩歌《過印度洋》，著不但被語言和音律大師趙元任譜成了曲，也被選進中學的語文課本。儘管周太玄寫的新詩不多，但是很多重要的詩歌選本都選有他的作品。朱自清選編的《中國新文學大系》選有他的新詩《去年八月十五》〔註51〕，許德鄰選編的《分類白話詩選》也選了他的《過印度洋》與《黃蜂兒》〔註52〕。在周太玄一生的創作中雖然他的新詩創作不多，2004年出版了他的新詩和舊體詩歌合集《周太玄詩詞選集》，較為集中地展示了他在中國現代新詩史上的地位。魏嗣鑾指出：「太玄的詩詞寫得低回婉轉，一往情深。」〔註53〕另外，陳應鸞認為太玄的詩，「前期的詩重言情，後期的詩則重在言志；前期的詞風濃麗而典重，後期則顯得漸老漸熟、平淡顯質樸；前期詩詞在格律上比較嚴謹，後期的詩基本上不講求格律，詞在格律上也相當自由靈活；前期言情，多是男女之情，離情別緒，尤其是詞很像宋代婉約派的詞，後期少數言情之作，也多是針對政治時事、家國大事而發，完全沒有婉約派的影子了。」〔註54〕這些闡釋，對於理解周太玄的詩歌具有重要的借鑒意義。

在中國現代新詩的開創時期，新詩作者們大都探索新詩的形式以確立新詩的地位。在新詩的內容上，開創時期的新詩只重視社會現實和個性解放，很少有人專注於新詩的「情」的探索。而周太玄則是在新詩草創時期開始進行情詩創作的一名優秀詩人，探尋著新詩如何在「情」方面的突破。中國現代新詩在草創期間向「理」、向「思」突進的時候，周太玄大量地創作了愛情詩，這就對中國現代新詩向「情」進駐有著重要的開拓之功。在中國現代新詩草創期間，周太玄集中創作了大量的情詩，這是較為獨特的。他最為著名的《過印度洋》是一首愛國思鄉的新詩，更是一首懷人寄思的情詩。其感情十分濃烈，祖國之情、家鄉之情、戀人之情是多維一體的。以周無的名字發表在《少年中國》一卷六期（1919年12月15日）上的《去年八月十五》也是一首優美絕倫的愛情詩。這首詩也被朱自清先生錄入《中國新文學大系·詩集》中，後來還收入謝冕、楊匡漢主編的《中國新詩萃》中，謝冕在《20世紀新詩綜論》中也專

〔註51〕朱自清編：《中國新文學大系·詩集》（影印本），上海：上海文藝出版社，1935年，第123頁。

〔註52〕許德鄰編：《分類白話詩選》（影印本），北京：人民文學出版社，1988年，第47、321頁。

〔註53〕劉恩義：《周太玄傳》，成都：四川科學技術出版社，1992年，第31頁。

〔註54〕陳應鸞：《前言》，《周太玄詩詞選集》，成都：四川文藝出版社，2004年，第1頁。

門提到這首詩歌。在這首詩歌裏，那沉迷於愛情的甜蜜，以及對愛情的執著，纖毫畢現，與後來的許多情詩相比都毫不遜色。周太玄在現代新詩中對於「情詩」的探索與開拓，催進中國現代新詩向這樣一個新的增長點進發。而且，在中國現代新詩的「白話」追求過程中，更推進了「白話詩」即什麼是「詩」的探索。周太玄的詩歌，不但感情真摯、濃烈，而且就他所使用的白話來說，文筆優美，低回婉轉。在當時的新詩的探索中，還在為古文和白話的語言地位爭奪，還在為「走西」還是「回東」的路上纏繞的時候，太玄先生的新詩就已經開拓出了新的出路，就已經用白話文寫出了古典與現代相結合的優秀作品。他僅存的幾首新詩可以說，全部成為了新詩的優秀之作，為現代新詩展現白話自身的魅力，探索白話的表現力開拓了一條新路。

　　首先，太玄先生在現代新詩中將古典詩歌的意境融入白話詩創作，實現了古代詩歌意境與中國現代新詩的交融。鍾樹梁認為：「太玄先生的詩詞很有藝術性。這首先表現在他特別注意巧妙意境的創造。」〔註55〕不管是詩歌《過印度洋》和《去年八月十五》，還是《夜雨》和《小歌》，他所寫的海洋，就是他自己。他看到的夜，就是他的感情；他所觸摸到的雨，就是他的心；在詩歌中，他就是一切。人順應著天，順應著自然，人在這樣的境界中優雅地存在著。而這個「他」，又不完全是古代生活中的作者，是出自於有著現代感受的自我，有著獨特生命體驗的自我。在「吹散一片雲霧一片霧」、「滿河的白霧和灰白色的月光溟濛模糊的混合起來」、「溫柔是睡眠卻遠遠還在那裡」、「沉重的腳步聲，總不見他來」這些詩句中，就把自我這種獨特感受的情趣寫出來了。因此，在周太玄的中國現代新詩創作中，並未將古典詩歌最有魅力的地方失掉，而將意境融入現代生命，這對於古典詩歌向現代新詩的轉換具有重大的啟示意義。另外，在對中國現代新詩白話使用的探索上，周太玄詩歌充分展現了「白話」自身的魅力。「在語言上，所有的詩詞都節奏、音韻和諧，無生硬堆砌的現象，尤其善於運用『詩家語』。」〔註56〕質言之，漢語的表達能力和審美功能在詩人的新詩中被表現得淋漓盡致，也在音韻的和諧和運用詩家語上體現出特色。《過印度洋》其實就是一段纏綿悠長的曲子，詩人用「油求」韻，那低沉，迴環感情便如繞梁之音，打動過趙元任，打動過魏

〔註55〕鍾樹梁：《序》，《周太玄詩詞選集》，成都：四川文藝出版社，2004 年，第 3、4 頁。
〔註56〕陳應鸞：《前言》，《周太玄詩詞選集》，成都：四川文藝出版社，2004 年，第 5 頁。

巍，以及無數後來的詩人。周太玄在現代詩歌創作中，對於現代漢語獨特語法的掌握與運用，從而在更深層次上豐富了中國現代詩歌在「白話」本體上的表現力。胡適在 1919 年 10 月發表的《談新詩》中認為「初做新詩都帶著詞、曲的意味音節。……且引最近一期《少年中國》（第二期）周無君的過印度洋：……這首詩很可表示一半詞一半曲的過渡時代了。」〔註57〕在中國現代新詩的開創時期，周太玄的新詩表明，新詩不但可以歌唱我們的現代生活，唱出我們最深處的現代自我，而且還可以像古典詩歌一樣，用現代漢語優美地吟唱。

王光祈不僅是少年中國學會主要創辦人之一，也留下了一批值得關注的獨特詩歌。王光祈（1891～1936），四川溫江人，字潤璵。1909 年，考入成都四川高等學堂分設中學堂。1914 年考入北京中國大學，畢業後在京做記者、編輯。1919 年發起組織少年中國學會，1920 年赴德留學，1922 年轉學音樂。王光祈在音樂研究方面，有著豐碩的成果，著有《中國音樂史》《中西樂制之研究》《西洋音樂與戲劇》《東方民族之音樂》《中國詩詞曲之輕重律》等，被譽為近代音樂的先驅。在詩歌創作方面，王光祈也寫作了一批各具特色的詩歌作品。他寫過古體詩，有代表性的是《夔州雜詩》等，「船過二峽，他觸景生情，吟詠成《夔州雜詩》描述了故鄉人民的苦難。傾吐了自己心中的不平。表示了『直行終有路，何必計枯榮』的正氣和決心。」〔註58〕此外，王光祈還寫有兒歌。在 1928 年出版的《小學唱歌新教材》，就刊登有王光祈編寫的《黃河》《種豆》《燕子》等兒歌歌曲，是非常有意思的，「這首歌詞用了擬人、比喻等修辭法，符合兒童的心理，如以豌豆湯形容黃河水，極易引起兒童的聯想。通過黃河、長城由『自稱北方王』、『偏要試一試』到結為兄弟的詠唱，歌頌華夏文明富知識性於趣味性之中，向兒童進行陶冶民族意識的教育，反映了作者強烈的愛國主義精神這也正是本首兒歌思想性之所在。」〔註59〕在新詩創作方面，王光祈僅存 2 首詩歌《哭眉生（有序）》《去國辭》。在《哭眉生》中，詩人寫到，「（一）眉生！記得我們去年相別時，／你說：『我們再見，當在巴黎。』

〔註57〕 胡適：《談新詩》，《胡適學術文集·新文學運動》，北京：中華書局，1998 年，第 391 頁。

〔註58〕 韓立文、畢興：《王光祈生平綜述》，《黃鐘流韻集：紀念王光祈先生》，畢興、苑樹青編，成都：成都出版社，1993 年，第 539 頁。

〔註59〕 鄭華鈺：《王光祈博士編兒歌》，《溫江文史資料選第 4 輯》，四川省成都市溫江縣政協文史資料委員會編，1994 年，第 82 頁。

／如今我們又相見了，／還是在少年的中國？／遠是在理想的巴黎？」「（二）眉生！記得去年七夕的夜半，／我們在陳愚生家中相見。／你說：『今晚席上，只有我們兩人的心酸！』／都寫得情真意切。／我當時戲答道：『你的心酸，與我什麼相干？』／如今回想起來，／真令我十分心酸！」整個詩歌有著樂曲的結構，而且在感情上極為濃烈，是現代詩歌難得的優秀抒情詩作。

第五節　《淺草》雜誌

在二十年代，一批更為年青的四川詩人們，開始了更為紮實與沉穩的詩學實踐。1922 年林如稷、陳煒謨、陳翔鶴等川籍青年在上海成立的「淺草社」，被魯迅譽為「中國最堅韌，最誠實，掙扎得最久的團體。」淺草社的成立，根據 1923 年 3 月 19 日在《民國日報‧覺悟》上刊出的一則《淺草社消息》：「我們這個小社，是在一兩年前，由十幾位相同愛好文學的朋友組織的。」〔註 60〕有學者認為，「一九二二年，林如稷便會同上海和北京一些愛好文學的朋友和同學組織了淺草社這個文學團體。」〔註 61〕淺草社成立於 1922 年，其刊物《淺草》季刊則是 1923 年 3 月創刊。林如稷、陳翔鶴、陳煒謨、羅石君、韓君格等四川青年則是淺草社的主要發起人和參與者。《淺草》季刊共出刊 4 期，為十六開本，其主要活動中心在北京和上海，於 1925 年 2 月停刊，同年楊晦等人在北京創立沉鐘社。

《淺草》有著自己鮮明的創作主張，在創刊號的「卷首小語」中，他們寫到，「在這苦悶的世界裏，沙漠緊接著沙漠，矚目四望——地平線所及，只是一片荒土罷了。／是誰撒播了幾粒種子，又生長得這般鮮茂？地毯般的鋪著：從新萌的嫩綠中？灌溉這枯燥的人生。／荒土裏的淺草啊：我們鄭重的頌揚你；你們是幸福的，是慈曦的自然的驕兒！／我們願做農人，雖是力量太小了；願你不遭到半點蹂躪，使你每一枝葉裏，都充滿——充滿偉大的使命。」〔註 62〕由此我們看到，在他們的詩學主張中，是要在「苦悶的世界」中卻完成「偉大的使命」。在思想內容上，他們圍繞「人」的主體性價值進行創作，表現出對個人價值和自我認知的肯定。其中，詩歌創作中體現出來的個性

〔註 60〕《民國日報‧覺悟》，1923 年 3 月 19 日。
〔註 61〕張曉萃：《淺草社始末》，《新文學史料》，1987 年，第 4 期。
〔註 62〕《卷首小語》，《淺草》，1923 年，第 1 期。

意識和叛逆精神色彩是對「人」的主體性價值的具體解釋。進而在表現功能上，體現出為「為人生」和「為藝術」的雙重文學功能。〔註63〕其次，《淺草》季刊的詩人絕大多數都是青年學生，所以詩歌的創作體現出一種「青春」風格。〔註64〕此外，秦林芳的《淺草──沉鐘社研究》〔註65〕，將淺草社、沉鐘社作為一個整體，把淺草──沉鐘社放置於歷史時代和社會之中，研究其作為一個獨立的社團的歷史統一性。陳永志的《靈魂溶於文學的一群──論淺草社、沉鐘社》〔註66〕認為淺草社、沉鐘社是具有聯繫的兩個獨立的社團，著作分別論證了兩個社團的發生、發展乃至結束的過程，都對他們的詩學觀念做出了詳細的闡釋。在對其具體詩歌創作的研究中，有學者認為，「《淺草》初創時期的詩歌多以『詩匯』的形式出現，如《浣花溪的女郎》《尋夢》《小孩》《黃昏》等，均離不開寫實遣意，寫作手法平實質樸，帶有新詩初創期的諸多『稚嫩』之感……抒情者們還嘗試了散文詩、小詩、抒情長詩、十四行詩等多種體式，不斷拓展藝術向度，使其詩藝漸成體系，藝術觀念逐步圓融，成為新詩發展中不可忽視的抒情力量。」〔註67〕在《淺草》中，成員有王怡庵、李開先、馬靜沉、陳竹影、高世華等，其中代表詩人是林如稷和陳煒謨。

　　林如稷的主要成績不在詩歌，但在《淺草》上他的詩作數量是淺草同仁中較多的，而且也是比較有特色的。林如稷（1902～1976），四川資中人，早年就讀成都聯合縣立中學、北京正志中學、北京高等師範學校附中，期間加入少年中國學會。1921 年入讀上海中法通惠工商學院工預科。1922 年，林如稷、陳煒謨、陳翔鶴、鄧均吾等成立了「淺草社」，於 1923 年出版了《淺草》季刊，1924 年畢業於法國巴黎大學。回國後，1932 年與楊晦復刊《沉鐘》半月刊，1937 年秋回到四川，並先後在北平中法大學、四川大學、華西大學任教。1939 年，參加中華全國文藝界抗敵協會成都分會。1950 年初到四川大學任教，從事現代文學研究和教學兼任成都市文教局、文化局副局長。著有譯著《盧貢家

〔註63〕 秦林芳：《淺草──沉鐘社研究》，北京：中國社會科學出版社，2002 年，第123 頁。
〔註64〕 李怡：《西南師範大學學報（哲學社會科學版）》，《青春的詩情與「年輕」的文化人──現代四川作家群之於中國現代文學的意義》，1998 年，第 4 期。
〔註65〕 秦林芳：《淺草──沉鐘社研究》，北京：中國社會科學出版社，2002 年。
〔註66〕 陳永志：《靈魂溶於文學的一群──論淺草社、沉鐘社》，上海：華東師範大學出版社，1995 年。
〔註67〕 盧楨：《新詩現代性透視》，天津：百花文藝出版社，2016 年，第 79 頁。

族的家運》，電影劇本《西山義旗》，論文集《仰止集》等。〔註68〕總體上，學界對林如稷的研究不多，主要是對於其小說創作的研究，其次就是對林如稷和淺草社、沉鐘社的關係進行研究，對他詩歌的研究就更少了。對林如稷的詩歌直接研究的專著和文章較少，更多是將其納入社團或者地域整體中進行研究。在詩歌創作方面，林如稷曾有舊體詩《待旦室詩草》集，收錄詩人抗戰至解放前的古體詩 35 首，「《待旦室詩草》有一個昂揚的主調，正如冰骨老在《前記》中所指出的，是如稷先生當年對時事多所憂憤，因而鼓勇，也用了詩歌形式抨擊反動派，這是最為鮮明的特色。他所寫的《李公樸哀歌》和《聞一多哀歌》又最有代表性。」〔註69〕在新詩創作方面，在《淺草》季刊中，林如稷共計發表詩歌 19 首（其中包含以筆名白星發表的作品），既有長詩也有短詩作品。小詩《明星》《戚啼》《狂奔》，散文詩《踽踽》，長詩《宴席後》《長嘯篇》都是收錄在《淺草》季刊中比較具有代表意義的作品，此後相關的新詩作品都統一輯錄在《林如稷選集》中〔註70〕。林如稷的詩歌是比較特色的，如《狂奔》，「淒淒的淫雨，／朔朔的暴風，／——這叫狂奔的鳥兒，／——走向何處去呢？／／來吧！落下來！／持籠的呼著——／在這裡沒在這深暗的灰色裏，／有你的安樂的眠巢！／／狂奔的小鳥，彷徨迷途的小鳥，／可惜你的力太薄了！／宇宙未有歸宿的生命啊，／終不能衝出這深灰色的墳墓！」體現出林如稷詩歌書寫的一個重要主題，那就是著力於對苦悶社會與迷途人生的思考。在詩歌表達上，具有強烈的象徵主義色彩。

陳煒謨是淺草社的又一代表性的四川詩人。陳煒謨（1903～1955），字叔華，筆名有熊、熊昕、斯華年、容舟等。四川瀘縣人。1916 年就讀於瀘縣中學。1921 年考入國立北京大學英文系預科，次年參與發起淺草社，任《淺草》季刊主編。1923 年升入英文系本科，1925 年與楊晦等成立「沉鐘社」，創辦《沉鐘》週刊，1927 年畢業。先後在河北女子師範學校、哈爾濱鐵路——一中、中法大學孔德學院、瀘縣中學、川南師範學校任教。1933 年任省立重慶大學外文系講師，1936 年任教授。次年辭職，到中學任教。1946 年任國立四川大

〔註68〕周川：《中國近現代高等教育人物辭典》，福州：福建教育出版社，2018 年，第 397 頁。

〔註69〕成之新：《奮起迎朝暉——讀林如稷先生〈待旦室詩草〉》，《資中文史資料選輯·第 10 輯·紀念林如稷先生誕辰八十五週年專輯》，政協四川省資中縣委員會文史資料研究委員會，1987 年，第 47 頁。

〔註70〕林如稷：《林如稷選集》，成都：四川文藝出版社，1985 年，第 291～305 頁。

學外文系教授，兼課於華西大學、成華大學等校。1949 年後任四川大學外文系主任，1951 年調任中文系教授，講授新文學、文藝理論等課程。〔註71〕與林如稷研究情況類似，學界對於陳煒謨的研究更多的是停留在對其小說的研究，特別是對其「鄉土小說」的重視。但是，對於陳煒謨個人研究的成果依舊比較少，更多的是將其作為社團流派中的代表進行個案分析研究。比如向榮的《論 20 世紀 20 年代四川鄉土小說》〔註72〕，將陳煒謨的小說作品納入四川鄉土小說的範疇進行整體研究。《淺草》季刊中，陳煒謨的詩歌作品有長詩《甜水歌》，此外他還有署名陳遲的兩首現代詩歌《總有一天》和《永恆》。《甜水歌》是陳煒謨的詩歌代表作，是 1923 年詩人返川時目睹蜀中大亂所作。在詩歌的後記中他寫道：「今年暑假返川，川亂不已。假滿，均以路途有梗，不獲成行。九月一號在於瀘縣圖書館三層樓上候輪。細雨霏霏，大江滾滾。江面杳無船隻，第見浮橋二三而已。心緒紊亂，寫此遣懷。」〔註73〕由此可見詩人當時寫此詩歌的複雜心情。詩歌開頭所寫「殘葉雜亂的飛，／濕雲低矮的蓋。／水波濛濛，／長江如帶，」，這既是眼前所見之景，也是詩人自身的心境。而後又將自己比作無依無靠的小鳥，「離巢的小鳥，／唱著淒咽的輓歌，／一聲聲道：『我們究竟要歸宿在那兒在？』」這就展現出詩人此刻的一種迷茫、淒苦的心境。在第四、第五節中，詩人聯想到蜀中大亂已久，不僅發出感嘆：「廿年來經過多少變亂：／有多少水流入海中？／有多少雲在空中消散？／地球繞日二十轉，／春去秋來斷或斷。／風淒、雨濃，——趁青春鮮薤，努力鏖一場血戰！／為陶朱而戰！／為西施而戰！／任閨女心悸膽裂，橫身肉濺，／任寡婦獨對青燈數雨點，空自歎！」的聲音，又看見眼前荒蕪的現實，「生在這荒榛斷堁的焦土，／便是司妥耶克也會心酸。／處在這冰山浪柱的海中，／便是阿蒲米西也會膽寒。／荊棘縱橫，／陷阱散漫。／亂！／亂！／流不盡的眼淚！／鏟不完的災難！／天血飛，／天淚濺！／長江，／你究竟要帶我到西北，或東南？」亂糟糟的現實，多番勢力鬥爭，詩人不由得對長江發出的質問和感慨：亂世當道，人又該去往何方？詩人陳煒謨用長江的亙古不變對比了川中地區的亂象叢生，借長江抒發內心的鬱憤。《甜水歌》全詩意象宏大，作者

〔註71〕 周川：《中國近現代高等教育人物辭典》，福州：福建教育出版社，2018 年，第 368 頁。

〔註72〕 向榮：《論 20 世紀 20 年代四川現代鄉土小說》，《當代文壇》，2017 年，第 1 期。

〔註73〕 陳煒謨：《陳煒謨文集》，成都：成都出版社，1993 年，第 126 頁。

面對長江的巨浪發出的質問和困惑,將自己對蜀中多難現實的同情和悲憤注入其中。這首抒情長詩將軍閥混戰帶來的後果,寫得生動形象,將人民的苦難融入歷史,融入廣袤大地,以其廣闊的視角和胸襟訴說現實的苦難。《淺草》季刊中收錄的這首詩歌,也是陳煒謨的唯一一首留存在季刊上的詩作,他把對人民的同情,對軍閥的痛恨,對現實黑惡勢力鬥爭的控訴與不滿,對自己無力改變現實的不甘寄寓其間,顯示出了人道主義的高尚情懷。

另外,在淺草詩人群中,還活躍著一批詩人。陳竹影的《慰語》緊守著個人心中的悲哀抒寫愛情和生命的猶豫,而馬靜沉的《無聊》也專注於個人心中的煩悶。在淺草社中,王怡庵全力從事詩歌創作,如詩歌《秋興》所寫,他的詩歌有著一股濃烈的「清秋風味」。與創造社詩歌中對「個人」的外在擴張相比較,這些詩人更著意於在豐富的意象中雕琢個人內心世界。對於淺草社的作品,魯迅在《小說二集》的導言中,對他們的作品做了精要的概括和較高的評價:「每一期都顯示著努力:向外,在攝取異域的營養,向內,在挖掘自己的魂靈。要發現心靈的眼睛和喉舌,來凝視這世界,將真和美歌唱給寂寞的人們。」〔註74〕實際上,《淺草》季刊還有著豐富的地域文學的研究意義,「它與巴蜀文化之間的密切的聯繫,是我們突破現代文學研究的『貧礦』的一次嘗試。」〔註75〕其次,《淺草》季刊也有助於我們理解四川青年詩人在這個時期的歷史橫截面上的文化心態和創作共性。《淺草》詩歌中表現出來的巴蜀人文自然景觀,也有助於我們理解現代詩歌的多元化發展以及探討詩歌與地域文化之間的深層聯繫。

第六節　新詩奠基者:郭沫若

郭沫若的詩集《女神》,無疑是 20 世紀中國新詩的巔峰之作。郭沫若,四川樂山人,原名郭開貞,號尚武,筆名沫若、鼎堂、麥克昂等。關於郭沫若的生平,有較多的研究資料,我們這裡就不再一一列出。他著有詩集《女神》《星空》《瓶》《前茅》《恢復》等多種。1921 年出版的詩集《女神》是其代表作。該詩集為現代詩歌貢獻了《鳳凰涅槃》《女神之再生》《爐中煤》《筆立山頭展望》《地球,我的母親!》《天狗》《立在地球邊上放號》等經典詩篇。聞一

〔註74〕魯迅:《魯迅全集》,第 6 卷,北京:人民文學出版社,1981 年,第 242 頁。
〔註75〕楊義:《序〈淺草——沉鐘社研究〉》,《淺草——沉鐘社研究》,北京:中國社會科學出版社,2002 年。

多在其評論《〈女神〉的時代精神》中說，「若講新詩，郭沫若君的詩才配稱新呢，不獨藝術上他的作品與舊詩詞相去最遠，最要緊的是他的精神完全是時代的精神——二十世紀底時代的精神。有人講文藝作品是時代底產兒。《女神》真不愧為時代底一個肖子。」〔註76〕從出版至今，《女神》已成為現代詩歌史上不可撼動經典之作。

一、詩集《女神》

　　《女神》出版於 1921 年 8 月，雖然比起第一本白話詩集《嘗試集》的出版晚了一年，但它卻突破了時間的限制，帶著早期白話詩走向了一個新的起點，為中國早期白話詩的歷史留下了一個絢麗的開端。《女神》共有三輯，實際上並非是一部純粹的詩集，而是一部詩劇合集。收入其 1919 年到 1921 年之間的主要詩作，共 57 篇。《女神》從其發表之時，其魅力便在文學界上不斷延續，關於《女神》的研究更是從未停歇。《女神》在 1921 年由泰東書局初版發行，由郭沫若在「五四」前後這一段時間的作品選編而成。這一時期的郭沫若於日本留學，日本時期的人生經歷，日本的文化思想及環境都對他產生了極大的影響。郭沫若的早期也是憧憬著「實業救國」。然而，現實打擊了這位青年的幻想，異國求學的愛國青年在日本的所見所聞使他陷入了「弱國子民」的苦悶。在十月革命的勝利與西方新思潮的刺激影響下，青年的社會主義革命意識已經朦朧覺醒，在此時以火一般的熱情和豪邁的氣魄給文學界帶來了渴求「破舊迎新」的《女神》。此間的郭沫若先後受到了泰戈爾、海涅、斯賓諾莎、歌德、惠特曼等人的影響，而他在這一時期的詩作，也經歷了「泰戈爾式」、「惠特曼式」、「歌德式」三個階段的變化。

　　自出版以來，《女神》成為了「郭沫若文學創作中閱讀最多、研究最多的文本。」〔註77〕從聞一多《〈女神〉之時代精神》開始，學界關於《女神》的研究便拉開了帷幕，並都給予了極高的評價。周揚曾說，「郭沫若在中國新文學史上是一個可以稱得起偉大的詩人。」有關《女神》研究的論文及著作成果非常豐富，從內容上來看，大致可以分為以下五個方面：對《女神》思想內容的研究、創作風格與審美藝術研究、文化研究、《女神》的比較研究、《女神》的版本研究。相關的重要著作有：《試論〈女神〉》（陳永志著，上海文藝出版

〔註76〕聞一多：《女神之時代精神》，《創造週報》，1923 年，第 4 號。
〔註77〕蔡震：《〈女神〉及佚詩》，北京：人民文學出版社，2008 年，第 295 頁。

社 1979 年版)、《鳳凰、女神及其他——郭沫若論》(閻煥東中國人民大學出版 1990)、《郭沫若詩歌研究》(陳鑑昌，四川出版集團巴蜀書社，2010)等。除了專著之外還有許多針對《女神》的研究論文。周揚在《郭沫若和他的〈女神〉》評價《女神》為「第一部偉大的新詩集」，《女神》的「偉大」在於其對中國新詩的引領，以「革命者」的姿態咆哮著衝向中國新詩壇，給當時的學界展現出破舊迎新的勇氣與魄力，體現出徹底的革命精神。在詩人看來「舊的不毀滅，新的不會出來。」〔註78〕徹底的革命精神在《鳳凰涅槃》中體現的最為明顯：「宇宙呀，宇宙／我要努力地把你詛咒！／你膿血污穢著的屠場呀／你悲哀充塞著的囚場呀！／你群鬼叫號著的墳墓呀！／你群魔跳樑著的地獄呀！／你到底為什麼存在？……」詩人將舊世界比作屠場、囚牢、墳墓、地獄，毫不掩飾自己對舊世界的厭惡，對其發出最徹底的詛咒。而關於如何處置這樣的世界，詩人並不是輕飄飄的流於言語的反對，而是不惜以自我的犧牲來毀滅舊有的一切，從而獲得新生，創造出一個「芬芳」、「和諧」「自由」的新世界。目睹舊世界的敗壞和腐朽後自焚的鳳凰，象徵著不妥協、不屈服、不放棄的抗爭精神，也代表著歷經血與淚的歷練後將獲得寶貴的重生。這種徹底革命的精神無疑與當時「五四」時期破舊迎新的精神完全相合。

作為浪漫主義代表作的《女神》一個顯著的特點便是瑰麗自由的詩形與強烈直接的抒情表達。且看郭沫若對「好詩」的定義：「我想我們的詩只要是我們心中的詩意詩境的純真表現，生命源泉中流出的 strain，心琴上彈出的 melody，生底顫動，靈底喊叫，那便是真詩、好詩，便是我們人類歡樂的源泉、陶醉的美釀、慰安的天國。」詩人傾向於真實的情感流露，認為「詩不是做出來的，而是寫出來的」〔註79〕。在藝術表現上，詩人反對外在形式的刻畫。因此《女神》在形式上，就體現了極大的自由，用臧克家在《反抗的、自由的、創造的〈女神〉》的評價來說，便是「古今中外雜然並列」。在《女神》中我們從「殘月黃金梳，／我欲掇之贈彼姝。／彼姝不可見，／橋下流泉聲如泣。」等詩句中不難看出舊詩的痕跡。而同時《女神》中也有大量外國詩的影響。歌德的《浮士德》對郭沫若創作影響很大，最直接的就是影響到郭沫若史劇和詩

〔註78〕郭沫若：《我們的文化》，《沫若文集（第 10 卷）》，北京：人民文學出版社，1959 年，第 357 頁。

〔註79〕郭沫若：《論詩三札》，《沫若文集（第 10 卷）》，北京：人民文學出版社，1959 年，第 204、211 頁。

劇的創作。《棠棣之花》《女神之再生》《湘累》等都是因翻譯了《浮士德》第一部後寫成的。在《女神》之前，我們也並未看過一部詩集中竟然能包含如此豐富的詩劇成分。《女神》讀來，我們能夠感受到一股熱烈的感情在字裏行間中奔跑跳躍，這正是詩人感情自然流露的結果。他在描述創作情況時也說到：「在 1919 年與 1920 年之交的幾個月間，我幾乎每天都在詩的陶醉裏。每每有詩的發作襲來就好象生了熱病一樣，是我作寒作冷，使我提起筆來戰顫著有時寫不成字。」詩人這彷彿「發狂」一般的詩情容不得半點猶豫，因此駱寒超才在《想像　直覺　內在律》說「我們不必責怪《晨安》中對二十八個物象的抒情顛三倒四，一覽無遺；也不必責怪《光海》沒有精巧、曲折的構思，看到什麼唱什麼，這些正是郭沫若創作時情緒太激動，直覺得太自然流露的結果。」胡適在新詩上的嘗試未能找到代替舊詩韻律的新的韻律體系。因此，按照這樣的原則寫出來的詩成了平淡寡味的「打油詩」。郭沫若則另闢蹊徑，用內在律代替詩歌的外在節奏。「詩的本職專在抒情，情緒的律呂，情緒的色彩便是詩」。郭沫若將情緒作為詩歌的韻律，主張情緒的自由張揚，用自由消漲的情緒在字裏行間洋溢出詩人充滿反抗、敢於破壞、勇於創新的精神。且看《天狗》，「我把月來吞了，／我把日來吞了，／我把一切的星球來吞了，／我把全宇宙來吞了，我便是我了！／……我剝我的皮，／我食我的肉，／我吸我的血／…我便是我呀！／我的我要爆了！」這首詩在自由的排句裏蘊含了狂烈的情緒，日月星辰，乃至全宇宙皆可被他吞食，在這裡詩人是全宇宙能量的總量，一切舊事物都可以被消滅。他在自由的詩情中不斷將自我擴大，表達出創造新生活的激情與決心，通過對情緒這一內在律的直接抒發，達到與詩歌形式的平衡。詩人那自然消漲的狂放情緒支撐著詩形，即用內在律代替了外在律。這正是當時《女神》給人的感覺——不羈的詩歌形式、強烈的情感表達、徹底革命的反叛精神，這些成為《女神》作為「異軍突起」開一代新詩風的主要原因，吸引著一代代學者去領會其中的旨趣。

郭沫若詩歌中最具代表性的作品《天狗》，我們感受到的是一個解除了束縛、獲得自由的自我，一個充滿了力量和充滿自信感的自我。與古典詩歌相比，這是一個極端的自我，一個破壞一切的自我，一個不斷擴張的自我。這種極端的自我，這種具有破壞性的自我，又具有創造性的自我，讓現代詩歌具有新的表現對象和欣賞對象，也為現代新詩構建了新美學。馮至曾說，「有了《女神》，我才知道什麼樣的詩是好詩，我對於詩才初步有了欣賞和批判的能力；

有了《女神》，我才明確一首詩應該寫成什麼樣子，對自己提出較高的要求，應該向那個方向努力。從此以後，我才漸漸能夠寫出可以叫做『詩』的詩。」〔註80〕郭沫若的新詩，使中國新詩有了真正意義上的「現代」詩、「自由」詩！《女神》由其思想情感與創作形式，無疑呈現出了一種豪邁的氣勢。在《女神》中，詩人「個人的鬱結」找到了「出火口」，詩人的情緒與詩情得以自由的抒發。如果說胡適的白話詩實踐使詩歌跨入了新的篇章，那麼郭沫若的《女神》便將新詩帶向了一個高峰，為我們展現了嶄新的思想內容與藝術形式。《女神》以「異軍突起」的奇襲開一代詩風，其中所呈現的時代精神更是其他詩集難以企及的，並達到了內容與形式的高度統一，不愧為「時代的肖子！」

二、詩集《星空》

除了《女神》之外，郭沫若詩集《星空》也非常值得關注。《星空》是郭沫若的詩文合集，作為「創造社叢書第 6 種」，1923 年由上海泰東圖書局出版。收集了郭沫若 1921 年至 1922 年在日本與上海的詩歌、戲曲和散文等作品。詩文集的題記寫到，「有兩樣東西，我思索的回數愈多，時間愈久，他們充溢我以愈見刻刻常新，刻刻常增的驚異與嚴肅之感，那便是我頭上的星空和心中的道德律。」要談《星空》，康德這段被引用在《星空》前引中的話，是非常值得注意的。

郭沫若寫詩文集《星空》時，剛好處於「五四」激情逐漸消退之時。由此，將《星空》看作郭沫若在時代大潮之後的退隱與苦悶，成為我們一般的研究路數。確實不可否認，此段時間的詩人曾先後三次回到祖國，在實際接觸到祖國的現實之後，《女神》時期的激進與熱情被冷卻下來，革命理想在現實的提醒下有所幻滅。雖然詩人在此刻感受到了理想破滅的愁苦，但在黑暗醜惡的現實前詩人卻並沒有就此放棄，在向「星空」吐訴苦悶之後，繼續凝視殘酷的現實，在痛苦中繼續執著地追求著革命。在《獻詩》中，詩人就是「一個帶了箭的鵝」「受了傷的勇士」，「要飲盡那天河中留著的酒漿，拼一個長醉不醒。」在對理想「星空」的追尋與對現實的探索之中不斷前進中產生的《星空》，也就自然充斥著一種細膩、哀婉、沉和的基調。詩人在《沸羹集·序我的詩》中曾提到，「《女神》以後，我已經不再是詩人」、「內存的感情消涸

〔註80〕 馮至：《我讀〈女神〉的時候》，《馮至選集》，第 2 卷，成都：四川文藝出版社，1985 年，第 370 頁。

了。形式的技巧把我束縛起來,以後的詩是沒有力氣的詩」。樓棲曾評價:「《女神》以後,熔岩冷卻了,熊熊烈火化作蕩漾的微波,矛盾的思想再也找不到把它們熔為一爐的火焰,自然要分道揚鑣,各在詩篇中冒出苗頭。」〔註81〕雖然比不上情緒如火山爆發式的《女神》激揚強勁,《星空》卻也在緩緩道來中顯現出更為沉穩的堅毅特質。詩歌的創作與詩人的情緒息息相關,情緒是多種多樣的,《星空》中的詩歌也自然各有其特色。在「五四」退潮時期,歸國的詩人在深入瞭解中國的現實之後感受到了失落與苦悶,就如同他詩中那只帶了箭的雁鵝,是個「受了傷的勇士」,只能在「莽莽的沙場之上」仰望著幻美的星空。

但與此同時,當內心的希求與外界的現實產生了衝突,詩人郭沫若的目光更多的轉向了大自然,不僅是尋求苦悶的內心能夠得到解脫與撫慰,更重要的是,此時詩人更關注的是如何建構起個人的價值。我們知道,受「泛神論」的影響,《女神》時期的郭沫若便表現出了對自然的熱愛與歌頌:《立在地球邊上放號》《筆立山頭展望》《日出》《光海》等詩篇都有大量筆墨描寫了自然之美。這裡的「自然」,更多是一種力的形式,是詩人「自我」張揚的體現。到了《星空》時期,詩人的心靈狀態有所變化,現實已經足夠苦悶,故而更多的是轉移到「自然」本身,而非先前的「功利」心態。因此在詩集的第一首詩《星空》中,對自然的描繪更為沉靜,一切都平和幽靜下來,以至於「太空中只有閃爍的星和我」。在陷入沉靜自然的同時,詩人的苦悶也傾訴出來:「唉,我仰望著星空禱告 / 禱告那青青的時代再來 / 我仰望著星光禱告 / 禱告那自由時代再來! / 雞聲漸漸起了 / 初升的朝雲喲 / 我向你再拜,再拜!」此時,那逝去的光輝時光已經不再,面對著「五四退潮」的現下,詩人的苦悶難以言表。在《我的童年》中郭沫若還提到了他的這種苦悶:「我已在覺悟了。我們所共通的一種煩悶,一種倦怠,我怕是我們中間的青年全體所共同的一種煩悶,一種倦怠——是我們沒有這樣的幸運以求自我的完成,而我們又未能尋出路徑來為萬人謀自由發展的幸運。我們內部的要求與外部的要求不能一致,我們失卻了路標,我們陷於無為,所以我們煩悶,我們倦怠,我們飄流,我們甚至想自殺。」在這樣的狀態下,詩人將自己包裹在大自然裏,向星空吐訴自己壓抑的理想。同樣是對自然的描寫,《女神》中的「光」「太陽」「火」「大海」等自然意象的選取普遍偏嚮明媚,充滿著光明、力量和希望,給人以興奮和鼓舞。而受苦悶

〔註81〕樓棲:《論郭沫若的詩》,上海:上海文藝出版社,1959 年。

情緒的影響，《星空》更多傾向於夜、星月這些偏冷色調的意象。在意象選取的差異上，就能感受到詩人內心的狀態。儘管《星空》時期的詩人內心充滿了理想與現實不符的苦悶，但他卻沒有就此落入消極的狀態，仍舊表達了對美好新社會的嚮往，表達了對未來的美好希求。這在《天上的市街》一詩中得到了充分的體現：「我想那飄渺的空中，／定然有美麗的街市。／街市上陳列的一些物品，定然是世上沒有的珍奇……」在這首詩中，詩人描繪了一幅美好、自由、光明的烏托邦畫面，與當時的中國形成了鮮明的對比，反映了詩人心中仍舊懷有對理想世界嚮往與追求。但與《女神》中直抒胸臆，用情緒的消長來代替詩歌韻律的藝術風格有所不同，以《天上的市街》為例，《星空》中不論是對黑暗現實的不滿還是對新世界的追求都顯得含蓄且克制。《女神》時期激越昂揚的情緒此時有所內斂，詩人用冷靜而整飭的語氣與詩句構成了完整的詩境，顯示出一種更為平靜的反抗。

郭沫若從小便深受古典傳統文化的薰陶，他曾提到：「唐詩中我喜歡王維、孟浩然，喜歡李白、柳宗元，而不喜歡杜甫，更有點痛恨韓退之。」「至於舊詩，我喜歡陶淵明、王維。」說王維「那沖淡的詩，實在是詩的一種主要。」因此，在環境與心境的影響下，詩人內心深處傳統的文人審美傾向有所喚醒，從《女神》到《星空》，詩人的整體風格也就由雄渾轉為恬淡。在郭沫若的整體研究中，對《女神》的研究毫無疑問佔據了主導地位，可是《女神》並不能代表郭沫若的所有特徵，而只是顯示了郭沫若的其中一面。詩人自己評價《女神》之後的詩是「退潮後的一些微波，或甚至是死寂。」這樣的評價未免有些偏頗，儘管《星空》整體的調子更為低沉，但這也正是詩人對國家另一種思考的體現，同時也是他對詩歌創作的另一種追求。宗白華在《三葉集》中曾表達出對郭沫若的希望「還要曲折優美一點，同做詞中小令一樣。」《星空》的優美、內斂、恬靜的藝術風格，正是詩人在時局的影響下對詩歌創作的一種探索與嘗試。

三、詩集《恢復》

創造社成員在從「為藝術而藝術」向「無產階級文學」的轉變過程中，郭沫若有著典型性。從激情洋溢的《女神》，到五四退潮後苦悶低沉的《星空》，郭沫若的情緒與風格都有著很大的轉變。而到了《恢復》時期，詩人的情緒似乎又在無產階級革命思想的激勵下有所「恢復」。

　　《恢復》收錄了詩人 1928 年 1 月至 1928 年 5 月創作的 24 首詩歌，這一時期剛剛經歷了大革命的失敗，詩人的身體也剛好病癒。郭沫若回憶說：「詩的感興，倒連續地湧出了。不，不是湧出，而像從外邊侵襲來的那樣。我睡在床上，把一冊抄本放在枕下，一有詩興，立即拿著鉛筆來紀錄，公然也就錄成了一個集子。那便是曾經出版而且遭過禁止的《恢復》了。像那樣受著詩興的連續不斷的侵襲，我平生只有三次。一次是五四前後收在《女神》裏面那些作品的產生，一次是寫《瓶》的時候，再一次便是這《恢復》的寫出了。但這次寫《恢復》時比前次是更加清醒的。」不同於《女神》時期郭沫若的反叛、亢奮與激昂，也不同於《星空》時期窺見現實慘痛的苦悶無奈。這一段時期的郭沫若，已經經歷過了實際鬥爭，對革命有了更加深刻的認識，他的思想上有了很大的轉變。於是激情澎湃的詩集《恢復》代表著革命者的聲音出世了，面對白色恐怖，詩人高揚他的革命意志，為無產階級革命事業放聲謳歌。在大革命失敗的逆境中，詩人為詩集題名「恢復」，除了象徵著自己大病之後逐漸恢復的身體，也代表著他對革命的堅定信念──革命者是殺不完的，他們的革命意志也不會消失，革命事業終究會恢復。正如他在詩歌《恢復》中寫到：「但我現在是已經復活了，／復活了，／復活在這混沌的但有希望的人寰。／我實在已超過了不少的死線，／我將以天地為槨，／人類為棺……我要保持態度的徹底，／意志的通紅，／我的頭顱就算被人鋸下又有什麼？／世間上決沒有兩面可套弦的彎弓。」在這首詩中，我們得以看見詩人徹底的革命意志，就算生命受到威脅，也絕不會低卜頭顱，要堅守「態度的徹底」與「意志的通紅」。詩人張揚著一種昂揚的革命精神，也在當時產生了重要影響。正如張光年所說：「但凡經過了這場嚴酷錘鍊的每一個有骨頭的共產黨員和革命者，讀到這幾行詩的時候都不能不霍然挺起腰來！」〔註82〕在詩集《恢復》中，詩人還表達了對工農階級的讚美與歌頌：「你看，我是這樣的真率，／我是一點也沒有什麼修飾。／我愛的是那些工人和農人，／他們赤著腳，裸著身體。」（《詩的宣言》）除此之外，詩人也表達了對反動階級地批判：「我們昨日不是還駕御著一朵紅雲，／為什麼要讓它化成一片血雨飛散？／我們便從那高不可測的火星天裏，／墮落到這深不可測的黑暗之淵……」詩人在《血的幻影》中揭露了當時的「白色恐怖」，詩人表達了絕不

───────────

〔註82〕張光年：《論郭沫若早期的詩》，《詩刊》，1957 年，第 1 期。

妥協的呼聲：「我們的眼前一望都是白色，／但是我們並不覺得恐怖。／我們已經是視死如歸，／大踏步地走著我們的大路……」在革命意志的鼓舞下，詩人成長為一個堅忍的戰士，在詩中表達出不怕流血犧牲，英勇奮鬥的革命意志。《女神》時期的郭沫若雖然也具備強烈的革命精神，但那時他的思想未紮根於中國真正的現實，可以說還處在社會主義意識朦朧發展的階段。「他勇猛地反抗舊社會，熱烈地追求新社會，渴望祖國的新生和人民的解放，但是對舊社會的罪惡缺乏本質的認識，看不到工農的革命力量，對社會問題和革命問題的看法缺乏階級觀點，加上當時在日本留學，脫離了祖國的現實鬥爭，因此不知道該怎樣來反抗舊社會、建立新社會。」〔註83〕而在經歷了實際革命，「紮根於土壤」之後，《恢復》中的郭沫若對新世界的創造有了更明確的想法與認識。他體會到，只有工農聯合起來，徹底革命，才足以毀滅滿是瘡痍的舊世界。這種認識在《我想起了陳涉吳廣》一詩中得到充分展現：「可我們的農民在三萬二千萬人以上，／困獸猶鬥，我不相信我們便全無主張。／我不相信我們便永遠地不能起來，／我們之中便永遠地產生不出陳涉、吳廣！／更何況我們還有五百萬的產業工人，／他們會給我們以戰鬥的方法，利炮，飛機。／在工人領導之下的農民暴動喲，朋友，／這是我們的救星，改造全世界的力量！……」。蒲風曾說，「除了多吶喊的個人主義的英雄主義的呼聲外，沒有充實的內容，也沒有深刻的表現。」〔註84〕但這卻也從另一個方面體現出了《恢復》徹底的革命意志。郭沫若自己曾提到：「在那時候我要以英雄的格調來寫英雄的行為，我要充分地寫出些為高雅文士所不喜歡的粗暴的口號和標語。我高興做『標語人』、『口號人』，而不必一定要做『詩人』。」在革命的需求下，郭沫若甘願犧牲詩歌的技藝性，甘願將其化作標語話的宣傳，以《恢復》唱出無產階級的戰歌，體現了詩人的社會責任感與歷史使命感。但同時，我們也不能忽略其弊端，如錢理群指出：「這些詩歌詠了工農大眾，充滿了無產階級的戰鬥激情，具有一種『猶如韃韃的聲鼓聲浪喧天』的『狂暴』的力的美；同時也帶有無產階級革命文學發展初期難以避免的幼稚病，這主要是把詩歌作為時代傳聲筒的希勒化傾向，以及缺乏鮮明的

〔註83〕鄒水旺：《無產階級世界觀的凱歌——贊〈恢復〉》，《江西師院學報》，1983 年，第 3 期。

〔註84〕蒲風：《五四到現在的中國詩壇鳥瞰》，《詩歌季刊》，1934 年，第 1 卷，第 1～2 期。

藝術個性。」〔註85〕在這一時期的創作中，這樣的弊端非郭沫若一人的問題，這與時代也有密切的聯繫。隨著革命的發展與革命文學的時興，歌頌革命運動，鼓舞革命鬥志的作品大量發表，在詩歌創作中也出現了「口語化」傾向，這對以後的詩歌發展是有弊端的。正因如此，《前茅》與《恢復》相較於郭沫若的其他詩集來說，相關研究並不多。在藝術的層面上來看，《恢復》確有不足，但我們也不可因此否定其價值——他為我們展現了當時的革命鬥爭，並在革命低潮時期鼓舞了人們的鬥陣意志。正如周揚所說：「革命文學的先驅者，他們倡導無產階級革命文學的偉大歷史功績是不可磨滅的。」〔註86〕

郭沫若出版了《恢復》，轉向無產階級詩歌創作，也集中體現了四川現代詩歌的一個重要向度，具有重要的詩學價質。郭沫若此時的創作也影響著一批詩人的創作，如榮縣詩人柳倩就是其中一位。「柳倩在1932年於國立成都大學中文系畢業後，就追隨郭沫若到上海。……1933年，郭沫若、穆木天介紹柳倩加入「左聯」。當時20剛剛出頭的柳倩正是血氣方剛的熱血青年，是郭沫若的得力助手，深得郭沫若的賞識。柳倩加入了上海地下黨組織，隱姓埋名，做了許多秘密的工作。」〔註87〕柳倩學名劉智明，1932年與穆木天、薄風等人發起成立中國詩歌會，並先後創辦、主編《新詩歌》《綜合》等雜誌，抗戰前還與人合作出版過《國防詩歌叢書》。柳倩主編《新詩歌》後，倡導詩人「要抓住現實」「歌唱新世紀的意識」，提倡「民歌、小調、鼓詞、兒歌」等形式，促進詩歌成為「大眾的歌調」。著有詩集《生命底微笑》《自己的歌》《無花的春天》等，以及長詩《震撼大地的一月間》。其詩歌作品，還被冼星海、聶耳譜寫為歌曲。解放後，擔任過上海詩歌工作者協會副主席，並主持編寫了京劇彙編多冊。關於柳倩的寫作，也是有前後變化的。在早期的創作中，「在那民族危難，全國各地一致要求槍口對外，全面抗日的時代，歎生命無常，詠醉哀聲，它只是一個徘徊在人生十字路口的青年，在自己個人的感情天地之輕聲的歎息。這些作品，情感和情感的表達，都很細膩，寫得精緻、玲巧，形式上有格律的工整。」〔註88〕但是，面對戰爭，柳倩很快就轉變了風格，寫出了一批

〔註85〕錢理群、溫儒敏、吳福輝：《中國現代文學三十年（修訂本）》，北京：北京大學出版社，1998年，第110頁。
〔註86〕周揚：《繼承和發揚左翼文藝運動的革命傳統》，《人民日報》，1980年4月2日。
〔註87〕屠建業：《郭沫若的摯友柳倩》，《縱橫》，2007年，第11期。
〔註88〕周良沛：《柳倩：中國詩歌會中堅》，《中國現代新詩序集》，深圳：海天出版社，2006年，第704頁。

有著鮮明傾向的政治詩歌。正如他在《無花的春天》中所寫,「我卻不斷地走著,正和哪些艱辛的人們一樣。雖然在那裡開不出花朵的春天裏,沒有風,沒有熱情,告訴你,我和重任一樣的健壯,正踏向那自由的路徑。……我不斷地放出一串洪亮的歌,這歌聲裏,有笑哭參半的悲痛,有愛情,有革命,有死心於自由與懷抱的新年的追求。」〔註89〕詩歌《假如我戰死了》可以說是柳倩此一階段比較有代表性作品,「假如我戰死了請把我埋在那險峻的高山,/山下蜿蜒著寬敞的道路,/白雲悠閒地繞過那座嚴關。/讓我聽江風呼嘯,挾著民族的怒吼,/讓戰友們唱著凱歌回來,踐踏過我的白骨。/我像高山,像高山一樣莊嚴、雄渾。/我像大星瞪著國土,再不許敵寇侵入。/讓我這無名者永遠是一個哨兵,民族的歌人,/整日在山崗上瞭望,/看著我們年輕的後代/在歡笑中過活,在自由中生長,/臉上銷盡了從前千百代的恥辱。」面對此時的詩歌,有學者評論說,「柳倩是『左聯』戰士,是無產階級文藝思想教育下成長起來的詩人,他自覺地把文學創作納入為革命政治服務的軌道,在抗日戰爭和解放戰爭時期,他寫了大量配合黨的政治鬥爭的詩歌,凡有重大事件,他都用詩歌『發言』,對事件進行評判臧否,或歌頌讚揚,或揭露鞭撻,愛憎分明,立場鮮明。」〔註90〕實際上詩歌中,詩人柳倩有著堅定的革命信念,而同時,他又將宏大的時代主題、國家主題與個人的幸福緊密的結合起來。他的詩歌不但有著山河般的氣勢,同時也有著對於個人現代價值的深入思考,使得他的這些詩歌有了別樣的特點。總之,詩人柳倩從《柳倩詩抄》中對年華、青春、愛情的哀歎,到《戰爭的前奏曲》的大合唱詩,再到詩劇《防守》等,讓我們看到了一個不段探索的詩人。

〔註89〕柳倩:《無花的春天》,中國詩歌社,1937年,第2頁。
〔註90〕孫自筠主編:《20世紀內江文學通論》,成都:四川人民出版社,1999年,第59頁。

第二章　三四十年代的四川新詩

　　1935 年劉湘在重慶任四川省政府主席，四川結束了防區制，這是四川歷史發展的一個標誌性重大歷史事件，進而四川進入到了一個新的階段。這對四川文學、四川文化的發展有著重要的影響。但很快，由於抗日戰爭的爆發，四川又面臨了一次歷史巨變。1937 年 11 月 19 日，國民政府發布《國民政府移駐重慶宣言》，國民政府正式移駐重慶，建立重慶國民政府。1938 年 8 月 14 日中華全國文藝界抗敵協會內遷來重慶市中區張家花園，12 月 29 日國民政府軍事委員會政治部第三廳遷到天官府，隨之大批作家來到重慶，確定了四川作為大後方抗戰文化中心的地位，這也形成了現代四川文學的文學高峰。「中國僅存的文化精英都不得不匯聚到他們先前或許根本無意光臨的偏遠的西部——以巴蜀為中心的大西南。老舍來了，茅盾來了，冰心來了，胡風來了，梁實秋來了……郭沫若回來了，巴金也回來了，一個『後發達』的內陸腹地幾乎就是在一夜之間集中了全中國的文化與文學的精華。巴蜀，這個長江上游的內陸腹地終於出現了『國家級』文壇巨擘，形成了全國性的文學組織；巴蜀山川間的生活，終於可以進入一流文學大家的視線。」〔註1〕如果將民國文學分為三個十年，那麼民國文學的第一個十年的中心在北京，民國文學的第二個十年中心在上海，民國文學的第三個十年的中心就在四川雙城——重慶、成都。這一時期，在戰爭與啟蒙的吶喊聲裏，在外來與本土的融合之下，在重慶與成都的雙城之中，四川新詩獲得一次前所未有的空前的徹底現代化的機遇，呈現出生

〔註1〕李怡主編：《引言》，《中國現代文學研究的巴蜀視野》，成都：巴蜀書社，2006年，第2頁。

機勃勃的詩歌生態。在這一階段，四川現代詩歌的生態和格局發生了重大變化。在戰爭與詩歌的融合之下，這一階段的四川新詩凸顯出了救亡與啟蒙的雙重的主題。「目前最迫切的任務，就是將我們的詩歌，武裝起來：我們要用我們的詩歌吼出弱小民族反抗強權的激怒；我們要用我們的詩歌，歌唱出民族戰士英勇的成績；我們要用我們的詩歌，描寫出在敵人鐵蹄下的同胞們的牛馬生活，……我們是詩人也是戰士，我們的筆桿也就是槍桿。」〔註2〕由於抗日戰爭的爆發，入蜀詩人給四川現代詩歌的發展，促進了四川詩歌的與全國的交流，擴大了四川詩人的視野。由此，四川現代詩歌創作，更多是的從個人經驗之中走出來，融入到社會歷史的洪流之中，重新來建構自己的詩性精神和詩藝。與此同時，由於有了時代、歷史、社會等緊密摩擦，又進一步促進了四川詩歌向更深、更精微的個體經驗的藝術探索。

　　這一時期，四川具有綜合的實踐平臺，特別是全國性的文藝組織、刊物和出版社遷入四川，這讓現代四川文學深度參與並融入到中國詩歌的現代化進程之中。「文協」作為全國規模最大的文學組織，在遷入重慶後就開展過多次「詩歌座談會」以及相關的詩歌活動，同時其機關刊物《抗戰文藝》推出了追求自由與光明的詩歌作品，促進了抗戰詩歌以及現代詩學的發展。在這裡，有郭沫若主編的《中原》、以群主編的《文哨》、羅蓀主編的《文學月報》、孫晉三編輯的《時與潮文藝》、趙清閣主編的《彈花》、茅盾主編的《文藝陣地》、蕭蔓若主編的《文學新報》等刊物，還有《新華日報》副刊《文藝之頁》、《大公報》副刊《戰線》、《中央日報》副刊《平明》、《新蜀報》副刊《蜀道》、《國民公報》副刊《文群》等，也都不同程度地推動現代詩歌的發展。其中，胡風在重慶主編了《七月》和《希望》，出版了《七月詩叢》等叢書，田間、牛漢、魯黎、綠原、阿壟、曾卓、杜谷、鄒荻帆等一批詩人在這裡成長起來。1941年《中國詩藝》在重慶復刊，徐仲年、徐遲、袁水拍、常任俠、鄒荻帆、馮至、杜運燮均在上面有作品發表。另外，商務印書館、中華書局、開明書店、世界書局、生活書店、讀書書店、生活書店都雲集在此，使得重慶成為全國出版的中心。在重慶艾青出版了詩集《曠野》（生活書店 1940），還寫出了長詩火把（1941 年）；另外，臧克家在歌樂山完成了他的重要詩集《泥土的歌》，老舍也在這裡寫下了他的重要長詩《成渝路上》和《劍北篇》，力揚也在這裡寫出

〔註 2〕中國詩人協會：《中國詩人協會抗戰宣言》，《救亡日報》，1937 年 8 月 30 日。

了他的詩歌名篇《《射虎者及其家族》》。另外，胡風、阿壟、方殷、高蘭、端木蕻良、楊騷、任鈞、綠原、徐遲等也都在這裡留下了重要的力作。我們這裡重點探討，在尖銳的戰時環境之下，有著厚重巴蜀文化的四川現代詩歌界的詩人們，展開了怎樣的探索與實踐，又為中國詩歌的現代化貢獻出了怎樣的新的生長空間。

第一節　校園詩人與詩歌

　　我們首先看到，一批高校的內遷，給四川現代詩歌帶來了源源不斷的活水，讓四川現代詩壇有了新的動力。據統計，在抗戰期間遷入重慶的高校有 31 所，如中央大學、交通大學、復旦大學等，以及部分遷入的北平師範大學、金陵大學、南開大學、東吳大學、瀘江大學、之江大學等；遷入成都有 8 所，包括金陵大學、燕京大學、金陵女子文理學院、光華大學、齊魯大學等；另外，國立武漢大學遷入樂山、國立東北大學遷駐綿陽市三臺縣、同濟大學落戶宜賓李莊。成都的華西壩、重慶的沙坪壩、江津的白沙壩、北碚的夏壩合稱為「文化四壩」，成都、重慶作為抗戰時期中國的文教中心的地位可見一斑。內遷高校不僅為四川詩壇培養了青年詩人，也向四川現代詩歌張開了自己的寬闊的懷抱。如《詩墾地》就是由在北碚復旦大學求學的姚奔、曾卓、鄒荻帆籌建的，作者就有川籍詩人白堤、葛珍、徐伽等。來到四川的李廣田，與方敬、陳翔鶴等在羅江縣國立第六中學四分校創辦了校園文學刊物《鍛冶廠》，提出，「對於我們，這偉大的時代正是一個最好的鍛冶廠，我們將在這工廠中鍛冶我們自己」、「鍛冶我們的手藝」、「鍛冶我們的整個生命」、「鍛冶出較為像樣的作品來。」臧克家曾評說，「當時，這個小小的文藝刊物起了很大的作用。」由此，在這些期刊、學院的濃厚氛圍中，四川現代新詩獲得一個全新的發展機遇。

　　從延安返回四川學習的玉杲，在重慶的社會教育學院，完成了敘事長詩《大渡河支流》。玉杲（1919～1992），四川蘆山縣人，原名王宗堯，曾用名余念、王正先等。1935 年考入成都省立中學，1938 年春入延安抗日軍政大學學習，1940 年回蘆山從事抗戰工作。1942 年考入國立社會教育學院圖書館學系。1946 年，重新回到延安，執教於延安大學等。20 世紀 50 年代後，在陝西省作協任職。曾任《延河》編輯主任、副主編等職。著有詩集《大渡河支流》《人民的村落》《人民的子弟兵》《向前面去》《安鞏傳》《開拓者》，和詩選集《紅

塵記》。敘事長詩《大渡河支流》是玉杲的代表作,該詩寫於 1944 年,共分 8
章、44 節。各章節分別為「第一章　是這樣開頭的」、「第二章　家」、「第三章
冬天」、「第四章　新婦怨」、「第五章　趕煙會的時候」、「第六章　街口有兩個
人在談話」、「第七章　她瘋了麼?」、「第八章　這並沒有完」。〔註 3〕玉杲的
這首長詩的主題,既有然福與瓊枝的愛情,也有然福與瓊枝之父山耳的仇恨,
還有山耳與兒子承宗、光宗之間的糾葛,以及瓊枝與傻丈夫家之間的矛盾,顯
示出詩人對宏大歷史事件的把握能力。對於這首長詩,馮雪峰在序言中說,「我
覺得這是一篇史詩(我以為這是可以這樣稱它的,雖然我也以為它還不是所謂
偉大的史詩),有著驚心動魄的力量,首先就因為這悲劇在現實上是驚心動魄
的。(但詩的到達也就在這裡,除了完成這史詩的那詩的表現以外,我們還不
能不深深地感受著詩人的那一貫到底的緊迫的真摯的愛和憎,以及幽憤的跳
躍的情緒,織成這詩篇的生命和光輝。)……由於這悲劇在現在的勝利的農民
革命中有著這樣的意義,也由於詩人之全心的貫注,詩的高度的達到,這成為
一片很珍貴而重要的史詩。」〔註 4〕之後,胡采在八十年代評論說,「氣勢雄
渾,有思想深度,反映的社會生活面廣闊,故事情節扣人心弦,無論在藝術構
思和語言錘鍊方面,都達到了在當時那種歷史條件下所可能達到的長篇敘事
詩的高度的藝術水平。我同意馮雪峰同志的說法,這是一部史詩性質的作品。」
〔註 5〕當下評論界,也認為「《大渡河支流》達到了新詩中揭示宗法制度農村
面貌的最高成就。」〔註 6〕總的來看,玉杲的《大渡河支流》是現代新詩中重
要長詩,詩人玉杲為四川現代新詩長詩的寫作,作出了積極貢獻。

　　求學於中央政治大學的四川開江人綠蕾(1923～1977),本名黃道禮。1938
年,考入內遷萬縣的金陵大學附中,開始接觸新文學,在《川東日報》《武漢
時報》等報刊發表詩歌等作品。1942 年,考入中央政治學校政法科學習,與
胡牧、雪蕾、文靜等組織文藝研究會,編輯出版《詩部隊》《文藝春秋》等文
學刊物。1946 年大學畢業後,輾轉成都、遂寧、重慶等地任教。1949 年後,
定居開江縣,先後任政府職員和中學教師。著有詩集《燃燒的召喚》《愛的煎
熬》等。有學者評論說,「綠蕾無疑是一個很有才華和有著多方面成就的詩人、

〔註 3〕玉杲:《大渡河支流》,上海:建文書店,上海:1937 年。
〔註 4〕馮雪峰:《〈大渡河支流〉序》,上海:建文書店,1947 年,第 1、6 頁。
〔註 5〕胡采:《致詩人玉杲同志──〈紅塵記〉代序》,西安:陝西人民出版社,1981
　　　年。
〔註 6〕駱寒超:《新詩主潮論》,上海:上海文藝出版社,1999 年,第 45 頁。

詩評家和外國文論翻譯家。綠蕾作為一位早熟的天才詩人，19 歲發表的《青春》一詩中就得到了充分的表現。在民族革命戰爭的艱苦歲月裏，其藝術表現的深度和力度更有長足的進步。他的詩歌不僅寫的很有動感和感人的力量，而且場景、氛圍和詩人的情緒和歌唱的旋律、節奏都統一得那樣完美。」〔註7〕可以說，《青春》《墳場》《長江頌》等一系列詩歌，有著「滿腔的愛戀」，顯示了他詩歌創作的獨特價值，「他以《滿腔的愛戀》歌唱著抗日救亡的殊死戰鬥，這組史詩般的作品經馮雪峰親自審讀，受到好評，推薦給老舍主編的《抗戰文藝》發表了。他悲憤地揭露著『墳場』般的國統區的黑暗與陰冷（《墳場》《啊啊，這裡》），熱烈地呼喚著革命的『大風』和『大雨』（《霧中的信念》《被燃燒者》《發誓》《召喚》）。他無比嚮往解放區的光明，憧憬般地歌唱著突破重重封鎖來到解放區的幸福而悲壯的情懷（《新來的》），歌唱著開創新天地的『兩隻手』（《完全是兩隻手》），歌唱人民領袖毛澤東（《祝福你們》）。他歌唱奔流的長江，歌唱民族的歷史（《長江頌》）歌唱人民正在開創的偉大未來（《雪野》《假如他們來了》）。」〔註8〕對於綠蕾的詩歌創作及其詩學價值，進一步展開研究是非常有必要的。

　　1940 年，鄒絳考入內遷樂山的武漢大學外語系。1942 年，參加文談社。1944 年武漢大學畢業後，曾先後在樂山、萬縣、重慶等地中小學任教。新中國成立後，任《西南文藝》《紅岩》《星星》《四川文學》等刊物詩歌編輯。1963 年後，長期在西南師範學院任教。在創作上，鄒絳的作品主要收錄在《現代格律詩選》（香港天馬圖書有限公司 1993 年）《鄒絳現代格律詩選》兩部詩集當中。在相關的評論中說道，「第一輯『星夜之歌』是 1942 年到 1947 年期間的作品，揭露了舊中國城市『破碎』，田園『荒蕪』的黑暗現實。如英體十四行《一個死者的歌》勾畫了一個在想像中失去理想光彩的未來世界，像是一副荒涼而陌生的國畫。《一封燃燒著的信──致上官弗》描述國統區的教師們的處境和生活狀態是令人煩悶的閉目塞聽和孤陋寡聞，表達了詩人對解放區的嚮往。」〔註9〕與此同時，鄒絳還是格律詩的積極倡導者，在現代格律詩的建設

〔註7〕蘇文光：《序言》，《永不泯逝的兩顆詩星：綠蕾、楊吉甫（中國新詩史鈎沉）》，北京：中國戲劇出版社，2011 年，第 3 頁。

〔註8〕何休：《永不泯逝的兩顆詩星：綠蕾、楊吉甫（中國新詩史鈎沉）》，北京：中國戲劇出版社，2011 年，第 7 頁。

〔註9〕呂進主編：《20 世紀重慶新詩發展史》，重慶：重慶出版社，2004 年，第 550 頁。

方面，有著較為深入的探索與思考，「為了使節奏鮮明，最好是多用雙音頓和三音頓，而儘量少用或不用單音頓和四音頓，如果沒有必要和可以避免的話。」〔註10〕此外，在翻譯家朱光潛、方重、羅念生、戴鎦齡等人的薰陶下，鄒絳確立了為翻譯事業而獻身的志向，為詩壇貢獻了《聶魯達詩選》這樣的經典譯作。

　　在中華大學化學系就讀的沙鷗，也是此時校園詩人群中一位優秀詩人。沙鷗（1922～1994），四川重慶（今重慶渝中區）人，原名王世達，筆名有失名等。中學時代即開始在《蜀道》《文群》《新華日報》等報刊發表詩歌，1942年入中華大學化學系就讀，並積極參加詩歌組織「春節社」活動，先後參加編輯《詩叢》《新詩歌》《大眾詩歌》等。1948年赴平山解放區，出版詩集《百醜圖》。新中國成立後，曾在上海《新民報》社、中央文學講習所、《詩刊》社工作過。1962年起留黑龍江省文聯從事專業創作。著有詩集《農村的歌》《化雪夜》《故鄉》《春光無限好》《一個花陰中的女人》《故鄉》《初雪》以及散文、詩歌評論集多種。在校期間下鄉去體驗農村生活，沙鷗寫出了一批方言詩，他的《燒村》《農村的歌》《化雪夜》《林桂清》就幾乎都是四川方言詩集。方言詩創作，不僅是他個人詩歌創作上的一次突破，也是現代詩歌的一次重要發展。「在沙鷗的帶動與影響下，一批更年輕的四川詩人也寫起方言詩來。一時間掀起了四川方言詩的熱潮。沙鷗——方言詩；方言詩——沙鷗，幾乎成為了同義詞。」〔註11〕關於方言詩創作，沙鷗提出，「方言詩正是用群眾的語言，使詩歌從知識分子的手中，還給廣大的群眾、與群眾取得結合的開始。」〔註12〕關於他的方言詩，如《手指》，「一刀砍在手背上，／又一刀砍脫了二指姆，／像殺一條豬流了一菜板血。／人痛得連嘴皮都咬破了。／／遭刀砍得臉色像白紙。／他埋頭走進屋裏就滾在床上／女人駭得流一大灘眼淚水。／男的還對女的說：『莫要亂敞風、就說我宰豬草失了手。』」就是對底層農民生活的一次真實再現寫作，也有對拉壯丁的深刻批判。有學者評論說，「這批四川方言詩，從主題、題材上看是從層面、多角度立體寫大後方農村、農民的現實生活，其中雖然不乏充滿活潑、歡快等亮色的詩作，但主要的是以呈現灰

〔註10〕鄒絳：《我的詩路歷程》，《現代格律詩詩選》，香港：香港天馬圖書有限公司，1993年，第7頁。

〔註11〕晏明：《飄飄何所似 天地一沙鷗（上）》，《新文學史料》，2001年，第2期。

〔註12〕沙鷗：《關於方言詩》，《新詩歌》，1947年，第2期。

色、暗淡、悲慘的生活和遭遇為基調的。這是沙鷗作為知識分子到農村中去『詩歌下鄉』後得到的收穫,在新詩史上並不多見。」〔註13〕從四川現代新詩的發展來看,如何在寫作中既蘊含著鮮明的現代之思,又能彰顯出充滿巴蜀地域色彩?在這一維度上,沙鷗的方言詩不僅是重要的,也是極具啟示意義的。

　　就讀於華西協和大學的羅洛,也是四川現代詩歌史上不可缺少重要的一員。羅洛(1927～1998),四川成都人,原名羅澤浦,筆名荳蕪、屈藍、韋世琴、黎文望、澤浦等。40年代初,就讀於成都樹德和華西協和中學。1945年起,發表詩歌、翻譯作品等,並先後參與編輯《彼方》《奔星》《呼吸》《荒雞》等雜誌。1946年考入華西協合大學哲學系。新中國成立後,先後在華東團工委、華東局宣傳部和新文藝出版社等任職。1955年,受「胡風案」牽連,離開文藝崗位,後調往青海轉入科學部門工作。1984年任中國大百科全書出版社副總編輯、中國作家協會上海分會副主席等職。著有詩集《春天來了》《陽光與霧》《雨後》《海之歌》,詩論集《詩的隨想錄》,以及翻譯出版了《法國現代詩選》《魏爾侖詩選》《薩福抒情詩集》等。2005年出版了《羅洛文集》,是對他文學創作的一次全面總結。〔註14〕在這一時期,他的詩歌作品有《我知道風的方向》《出發》《旅途》《在悲痛裏》《時間》等。有評論說,「羅洛同其他七月派詩人一樣在寫作策略上左右開弓,既反對主觀主義的概念化、公式化的創作方法,又反對只是淡漠地描寫和客觀地敘述的客觀主義的創作方法。羅洛是一個後起的七月詩派現實主義詩人。給我們留下不少較優秀的現實主義詩歌作品。比如《在悲痛裏》《寫在一個大的城市裏》《時間》《宙斯》《我知道風的方向》等都是不可多得的在戰鬥性和藝術性上都達到相當高度的詩篇。」〔註15〕其詩歌《寫在一個大的城市裏》,「我很少看報。然而我也在報上看到／今天,有兩個人投江。一個十歲的女孩被強姦／一個老人為了房子被霸佔而氣死／一個老婦吞下大量火柴頭而結束了生命……／我知道,這些明天就會被忘記的／我曾在紫金山的靈骨寺裏看到／牆壁上密密地鏤刻著在戰爭中犧牲者的姓名／草地上密密地排列著死者的墓碑／在戰爭中誰數得清有多少生命犧牲?／然而。你呀!你聽不聽得見——／開封被殘酷地炸死的十萬居民的

〔註13〕 顏同林:《思想的盆地:現代詩人與文化散論》,濟南:齊魯書社,2011年,第33頁。

〔註14〕 羅洛:《羅洛文集》,(全4卷),上海:上海社會科學院出版社,2005年。

〔註15〕 錢志富:《詩心與現實的強力結合——七月詩派研究》,北京:作家出版社,2006,第427頁。

冤魂在痛苦。」總的來說，羅洛的詩歌有著對悲慘社會現實的介入，呈現出詩人強烈的批判精神。

　　同濟大學的青年詩人廖曉凡，在歌曲的翻譯上，有著鮮明的特色。廖曉帆（1923～2012），四川巴縣（今重慶巴南區）人，原名廖順庠。1942 年考入抗戰時遷入四川的同濟大學。在歌曲翻譯方面有著重要的貢獻，「一九四五年，他先後翻譯出版了《還鄉曲》《抒情插曲》兩部歌曲集，以及海涅詩集《新的詩章》。一九四七年參加工作後，利用業餘時間他撰寫了七十餘篇《世界名曲隨想》的文章，先後發表在當時的《新民報》，獲得讀者好評。一九四八年，上海音樂公司出版了他翻譯的《舒倍爾脫獨唱曲集》第一集，第二集《美麗的磨坊姑娘》也於一九五八年由人民音樂出版社出版。半個多世紀以來，廖曉帆翻譯了三百多首外國歌曲。」1946 年夏出版了譯詩集《新的詩章》，抗戰勝利後發表了《賣兒謠》《這種日子真難挨》《老婦人》等短詩。1947 年出版了詩集《運軍糧》，1950 年寫的短歌收入詩集《土改山歌》，同年加入中國作家協會上海分會。有學者指出，「他的詩，主要是從民歌中汲取養料，以精練、通俗、朗朗上口的語言，反映現實生活，抒發獨特的感受。其意境開闊，格調清新，節奏鮮明，韻律優美具有音樂性強的特點。可以說，廖曉帆是一個典型的民歌詩人，堅持走著一條源自民間的詩歌大眾化的創作之路。」〔註 16〕從對現代詩歌的理解來說，將詩與歌結合起來的，前有葉伯和，後有廖曉凡，這是四川現代詩人們一直在思考和探索的重要方向。

　　在這批校園詩人中，還有著獨特個性的詩人不在少數。羅汎（1922～1991），就曾讀於國立中央大學中文系，80 年代從事教育，曾任萬縣師專中文系主任。在詩歌創作上，他創作的旺盛時期在早期，他曾說自己「解放前曾寫了七百多首詩」〔註 17〕，曾出版多詩集《星空集》《播種》《夜霧與陽光》等。他的《白居易頌》，寫得大氣磅礴，「那時候，／白居易，你來了！／你給詩的園林裏放了一把火，燒毀了舊的園籬。／你的詩是只火把，／照亮了貧窮的農村，／讓我們看清那些凍得發抖／餓得像枯柴一樣的人民，／是怎樣生活在黑暗的日子裏。／／你啊！白居易／那紅的血，白的骨，黃的臉，／充滿在你的眼裏，／花草沒有了顏色，／因為，你的眼裏，／只有老百姓的苦難。／／那時候，／禁軍常在夜班三更，／闖進百姓的家裏去搶劫財物，主人反要拱手陪

〔註 16〕韋汎：《百年新詩點將錄》，上海：文匯出版社，2017 年，第 253，255 頁。
〔註 17〕羅汎：《夜霧與陽光》，萬縣：三峽詩叢發行組，1998 年，第 61 頁。

笑，／白居易，這是你的詩。／／你啊！白居易！／今天，我們向你來了！／這行列像風暴，／像狂濤，／那舉著鮮明旗幟的人，／就是昨天帶過鐐銬的囚犯。我們向你來了！／翻身的歌唱像在爆炸，拳頭在揮動，／槍聲在日向……」詩人別出新意，以白居易為契入點，發出了如洪鐘一般的呼喊，不僅全面、重新反思了詩人的身份和詩歌的價值，也有著強烈的現實指向和批判。建國後除了發表了一系列的詩歌之外，羅泅專注於民歌、兒歌的收集與整理，參與編選《四川歌謠選》《兒歌選》。同時，作為萬縣人他在對本土詩人何其芳的研究方面，作出較為突出的貢獻。以何其芳為對象，羅泅不僅出版了《詩人的足跡》，主編了專門性的研究刊物《何其芳研究》，還編輯了《何其芳佚詩三十首》《早落的黃葉》等著作。

　　復旦大學新聞系的穆仁，有著狂熱的詩歌愛好。穆仁（1923～），四川武勝人，原名楊本泉，曾用名余之思、蘇叢、何碧，筆名有穆仁等。1937 年到重慶北碚兼善中學學習。1940 年，和同學成立了突兀文藝社。1941 年起開始發表詩歌作品，1946 年出版第一本詩集《早安呵，市街》。1947 年畢業於復旦大學新聞系。1948 年回到重慶新聞界工作，先後在重慶《商務日報》《國民公報》《中國夜報》《重慶日報》任報紙記者、編輯、副刊組長等職。著有詩集《工廠短歌》（與楊山合著）、《綠色小唱》《海的記憶》《音樂浪潮》《星星草》、詩論集《偶得詩話》、寓言集《雄雞下海》等。總體上，穆仁的小詩較為特色，如小詩《麻雀》：「滿足於屋簷下的暖和熱鬧，／漸漸就淡忘了──／頭頂上那鵬程萬里的大空。」體現出豐富的人生哲理，詩風樸素、率真。1947 年畢業於南京政治大學的田野，原名雷觀成，四川成都人。曾在中原軍區情報處工作。著有《愛自然者》《路》《航海者》詩集，寫出了《我走在春的田野上》等優秀詩歌。

　　此外，在這些內遷高校教授中，甘永柏是值得關注的一位詩人。甘永柏（1914～1982），四川萬縣（今重慶市萬州區）人，原名甘祠森，筆名有甘永柏、浮鷗、雨紋、甘辛等。1929 年到上海，先後入中國公學、之江文理學院、上海商學院學習，同年起發表新詩作品。1935 年於上海商學院畢業後留校任教。1938 年去重慶，在求精商學院、重慶大學任教，建國後為民革負責人。甘永柏創作豐富，曾在《時與潮文藝》《前途》《宇宙風》等報刊雜誌上發表文學作品。除了詩集《第一顆星》之外，還有文學論文集《般生研究》、長篇小說《夜哨班》《暗流》、散文集《涵泳集》等，同時還翻譯、介紹過傑克.倫敦的

小說及北歐作家的作品。對於甘永柏的創作，方敬曾提到，「永柏在詩歌寫作上，最初先後緊接著受到象徵詩和革命詩的影響，寫過兩種內容和風格都不大相同的詩。他寫了相當多的接近生活的抒情詩，在清理委婉的詩行裏透出人生的或者社會的意義。早在一九三四年永柏才二十時就在《音響》一詩的最後唱出了『呵！對於哺育我的徒弟，我的祖國／和期待著我的人民，／我應該發出巨大的音響，／唱出更多的戰鬥的歌！』」〔註18〕甘永柏此時的詩歌，主要收集在《第一顆星》中，「選錄了從 1929 到 1949 年見所寫的十多首詩。這些詩，多數是寫當時的社會生活和政治時間的，在我過去的習作中，是比較接近生活的一部分。」〔註19〕如《懷舊集》中的《塵景》，「被下灰紗的墨壺撅著嘴，／執杖的老糖人獨自地流著清淚，／棋箴係網著蛛在勞奔，／丁屑布出八卦迷陣，／有如閒僧無聊在古廊，／簷留敲著金錚。／／沉睡的旅客舉首窗日，／黑暗奔來像脫緩的莽牛。」他的詩歌，有著較為精細的觀察以及強烈的形式感，從而具有了獨特的藝術魅力。

　　屬於高校詩人群的四川現代詩人較多，並非就僅僅只有這一些詩人。而有一些詩人不僅屬於校園詩人群，也參與另外的詩歌社團和活動，有著更獨特的詩歌身份，所以我們就在後面單獨介紹。

第二節　《金箭》月刊與《筆陣》會刊

　　1937 年抗戰爆發後，隨著一大批詩人、刊物、高校以及文化機構的到來，四川現代文學獲得了空間的空間。從成都文藝工作者創辦了「以文學之工作喚醒同胞，共匡大局」為宗旨的《金箭》文學月刊，到此後的中華全國文藝界抗敵協會成都分會，以及華西文藝社、平原詩社，在成都平原上，聚集了一個個具有地域特色的四川現代本土詩人群落。

一、《金箭》月刊

　　《金箭》月刊，是抗戰初成都有著一定影響的文學刊物。據介紹，「1937年 5 月，成都部分文藝青年有感於民族危機，仿照上海文化界救亡協會，成立了成都文藝作者協會，並出版《金箭》月刊。1938 年元旦，以『文協』為基

〔註18〕　方敬：《憶甘永柏同志》，《重慶文史資料》，第 20 輯，中國人民政治協商會議
　　　　　四川省重慶市委員會文史資料研究委員會編，1984 年。第 33 頁。
〔註19〕　甘永柏：《前記》，《第一顆星》，北京：作家出版社，1957 年，第 1 頁。

礎，成立了成都『文藝界聯誼會』。」〔註20〕《金箭》月刊由陳思苓主編，張文澄、羊角（張宣）、戴碧湘、朱孟引、田家英等參加編撰。儘管只出刊了 5 期，但該刊有著對於民主政治、抗日救亡的宏大時代主題，正如在《編後記》中所說，「都是被現實環境的鞭子，抽打得踹不過氣來的人，不平則鳴。誰具有忍住痛苦的耐勁？雖然也有秋蟲的低訴，也有風暴的雷鳴，那都是生命的欲求，激情的交響。」〔註21〕進而，在辦刊方針上，他們著力與對現實的關注，並且公開徵集具有社會紀實性的作品，「凡此苦難時代的苦難地域裏一切大小事象，都為搜集到的對象。自身感受，大眾疾苦，某一階層某一行業所有的各種不同的感情，聲息，都希望寫寄。」〔註22〕正是因為《金箭》對於現實的深入觀照，這對於成都現代文藝的發展，對四川現代新詩的發展，都起了重要的推動作用。如車福會回憶說，「《四川風景》趨向積極抗戰的態度，是受《金箭》影響的。這時候出現了一支文藝生力軍『青年文藝研究學會』，團結了愛好文藝的青年學生有好幾千人，在《四川日報》出了一個週刊《青年文藝》。另一批文藝青年成立了『火炬社』，出版了刊物《火炬》，他們和《金箭》遙相呼應，力主繼承『五四』精神，要求來一次新的啟蒙運動。」〔註23〕

　　在《金箭》月刊中，主編陳思苓的詩歌比較有代表性。陳思苓，四川省廣安人，筆名有思苓、白侖等，古典文學研究家。1937 年參加成都文藝工作者協會。1938 年畢業於四川大學，出版《金箭》月刊等刊物。後在成都市南虹藝專、成都省立女中、成都省立師範、協進中等學校等校任國文教員。1945 年在四川大學工作，有專著《〈文心雕龍〉臆論》《魯迅的詩歌理論及其詩歌批評》，編著《中國文學批評史教學大綱‧初稿》。在《寂寞的川》《農村進行曲》《街頭謠》等詩歌中，陳思苓看到的是血碑、囚牢。如《農村進行曲》他寫到，「病了的農村，／嘔出遍野瘦削的人！／飢餓焚著朝陽，／死亡葬著黃昏。／／田原盛開的夢──／卻結下了苦澀的愁容。／希望如枯萎的殘葉，／卷沒在凜冽的西風。」我們看到，陳思苓的詩歌有著一定的形式感，且充滿了冷漠、凋殘、死亡之聲，體現出一種悲憤之情。

〔註20〕　范泉主編：《中國現代文學社團流派辭典》，上海：上海書店出版社，1993 年，第 115 頁。
〔註21〕　《編後記》，《金箭》，1937 年，第 1 期。
〔註22〕　《徵稿啟事》，《金箭》，1937 年，第 1 期。
〔註23〕　車福：《成都文藝界的抗日救亡活動》，《成都文史資料選編 3‧抗日戰爭‧卷上‧救亡圖存》，成都市政協文史和學習委員會編，成都：四川人民出版社，2006 年，第 458 頁。

　　在《金箭》月刊詩人群體中，值得注意的另外一位詩人是戴碧湘。戴碧湘（1918～2014），四川安嶽人，原名戴自誠，字執中，筆名有碧波、碧湘、沉思、戈仲卿、東方洪黎等。早年曾組織熱風劇社、成都劇人協社、國防劇社，並參與編輯《詩風》《四川文學》《金箭》月刊。抗戰期間曾參加成都各界救國會、民族先鋒隊。1935 年開始發表作品，1937 年畢業於四川藝術專科學校國畫系。1960 年加入中國作協。戴碧湘的成就是多方面的，他曾與他人合著有劇本《抓壯丁》，出版有詩文集《淺水堂剩稿》，主編《藝術概論》等。在詩歌方面，戴碧湘的新詩創作主要在創辦《金箭》這一時期。在《淺水堂剩稿》中，就有他在 1936 年左右創作的 2 首新詩。如《被放逐的人》，「可勿作低迷的夢囈吧／素花園子的門已深閉了／猶眷念著瑰麗的金果嗎／那可以說另一個國土的呢／／穿著冰劍日子旅行／是尋找那幸福的鑰匙嗎／褪色的陽光下／枯寂的沙土上顫動著枯瘦的影子。」〔註24〕有別於大聲書寫時代呼喊的詩歌，戴碧湘從個人體驗出發，較為深入地挖掘了一個個體在時代車輪之下的艱難選擇和艱難前行。另外，戴碧湘在晚年創作的一首長詩《遼瀋決戰》，在當代軍事文學中是有著重要詩學價值的詩歌作品。

　　《金箭》月刊還是田家英生命成長一個重要站點。田家英（1922～1966），四川成都人，原名曾正昌。1937 年《金箭》在成都創辦，田家英就是創辦人之一。在創刊號上，還發表他的散文《夜街》。抗日戰爭爆發後到延安，先後在陝北公學和馬列學院學習，後留校執教。新中國成立後，歷任中共中央辦公廳副主任、中國科學院哲學社會科學學部委員等職。參加《毛澤東選集》（四卷）等的編輯工作。他著有長詩《不吞兒》，雜文集《奴才見解》《從侯方說起》《沙漠化的願望》等，以及《田家英文集》等。1947 年，田家英在晉綏收集了相關素材後，以信天遊的形式寫下了長篇民歌休新詩《不吞兒》，並在 1951 年出版，引起了較為廣泛的注意。毛崇橫回憶說，「這年冬天，我讀到一首上千行的長詩《不吞兒》：『風前的燈火霜後的草，舊社會的日月受不了。舊社會世事不公道，樂的樂呀熬的熬。樹蔭底長草草不高，窮的多呀富的少……』全詩採用陝北民歌《信天遊》體寫就，講的是一個陝北貧苦農民的故事。我在陝北住了十年，深愛上了《信天遊》調，它有近百種曲調，能讓您理解和歌唱那塊廣漠黃土高原上的風土人情。這首長詩用信天遊體，

〔註24〕戴碧湘：《淺水堂剩稿》，北京：民族出版社，1994 年，第 233 頁。

使我非常喜愛。」〔註25〕如詩歌寫到,「風前的燈火霜後的草,／舊社會的日月過不了。／舊社會世事不公道,／樂的樂呀熬的熬。／樹蔭底長草——草不高,／窮的多呀富的少。／／汾河兩岸川連川,／崖靠著崖山靠山。／山瞼低來山梁高,／地主家糧食起了毛。／明光光的流水青溜溜的山,／地主家的財寶藏著不見天。／／大雁兒一日飛千里,／千山萬水都是地主的。／山梁高來山瞼低,／莊稼漢活活折磨死。／青溜溜的高山明光光的水,／那一道溝裏沒眼淚。／／汾河裏流水浪打浪,／咱窮人的苦水萬里長。／種地的人兒沒土地,地主老爺坐嚇吃。／地主薄呀剝削凶,／莊戶人家世世窮。」有評論說,「1948 年冬,《中國青年》即將復刊,他親自把他寫的長詩《不吞兒》送到我們編輯部來,在刊物上連載。此詩描述山西汾河流域貧農不吞兒一家在舊社會逃來逃去,總逃不脫地主租稅、高利貸的盤剝,以致父亡母嫁,妹妹給人抵債當丫頭,境況極為悲慘。這是真實的故事,全詩情節感人,吸取了許多農民的生動語言,有濃鬱的鄉土氣息,更洋溢著對地主階級的恨和對農民的愛。」〔註26〕在這一首詩中,田家英大膽地使用了信大遊形式,不僅進一步豐富了信天游民歌體的表現力,也在詩歌通俗化、大眾化的現代探索之路提供了一種新的視野。

此後,在《金箭》月刊影響之下,《四川風景》《青年文藝》《火炬》《驚蟄》《群眾》《戰旗》等刊物陸續出版,「也大量的登載反映當前現實的文藝作品。成都的文藝活動在這時可算頗不寂寞,且有點熱鬧起來了。刊物既多,在互相觀摩和砥礪上,質的方面自然也有了提高的趨向。」〔註27〕進而,一個具有組織性,更有地域性特色的詩歌群體「《筆陣》詩群」,在文協的帶動之下,出現在中國現代詩壇。

二、《筆陣》會刊

經過中華全國文藝界抗敵協會的努力,1939 年文協成都分會正式成立,由此,四川現代詩歌的發展獲得了一個更廣闊的平臺。「周文等在原成都文藝

〔註25〕毛崇橫:《記憶中的田家英》,《毛澤東和他的秘書田家英》,董邊、鐔德山、曾自編,瀋陽:遼寧人民出版社,2012 年,第 246 頁。

〔註26〕丁磐石:《憶《中國青年》的老作者田家英》,《毛澤東和他的秘書田家英》,董邊、鐔德山、曾自編,瀋陽:遼寧人民出版社,2012 年,第 241 頁。

〔註27〕周文:《成都抗戰文藝運動鳥瞰》,《周文選集(下)》,成都:四川人民出版社,1980 年,第 451 頁。

青年抗敵工作團的基礎上，籌備成立文協成都分會，但國民黨成都市黨部仍然不准登記，後經過馮玉祥出面交涉，文協成都分會才於 1939 年 1 月 14 日正式成立。在成立大會上，選舉李勸人、周文、蕭軍、羅念生、謝文炳、劉開渠、葉麟等為理事。分會的組織機構仿照總會的設置，設立了總務部、出版部研究部。總務部由周文、劉盛亞負責，出版部由蕭軍、蕭蔓若負責，研究部由劉開渠、鄧均吾負責。」〔註 28〕此後，還舉辦出兩次年會，改選了理事。在成都分會的工作中，創辦《筆陣》是其重要的一項。1939 年中華全國文藝界抗敵協會成都分會的會刊《筆陣》，至 1944 年終刊共出 31 期，這是抗戰期間在成都出刊時間較長的一個刊物。刊物由劉盛亞發行，常務編委有陳翔鶴等，編委有川籍作家李劼人、鄧均吾、羅念生、毛一波、曹葆華、葉菲洛、周文等。周文、葉聖陶、牧野先後擔任過主編。對於該刊的特色，在《給筆陣》一文中有介紹，「在民族解放中，各人都站了各自的崗位，文化人唯一的崗位就是筆。」「蘸著難民的眼淚，蘸著戰士的赤血，蘸著文化工作者的腦汁，描述我同胞遭倭寇殘殺的圖畫，描繪我戰士抗戰的英姿，也寫出敵軍禽獸的行為。」「攻擊潛在社會層裏的封建餘孽，漢奸的醜惡，迷離在人間的黑暗，死纏在人民省上的苦索。」因此，我們看到，該刊有著鮮明的時代特徵。〔註 29〕但同時，該刊有著鮮明的地域特徵，「為了要使各地——更是成都——文藝工作者取得密切聯繫」，所以刊物初期的投稿者僅限於成都分會的會員，發表有陳敬容、鄧均吾、曹葆華、周文、羅念生、蕭蔓若、葉菲洛、方敬、孫躍東、柳倩、蔡月牧、王餘杞等的詩歌，在此基礎上，一個具有成都地域特徵的現代詩歌群落逐漸形成。

在《筆陣》上發表現代新詩的，有很多四川本土詩人。由於詩人本身是一個獨立個體，有著不同的社會身份，所以他們也屬於不同的文學群體。因此，我們這裡僅選擇一些與《筆陣》較為密切，有重要作品的詩人作介紹。王餘杞在《筆陣》上連載的長詩《全民抗戰》，可以說是這一時代的一個詩歌強音。王餘杞（1905～1989），四川自貢人，筆名王余、李曼因、余杞、隅棨等。1924年入北平交通大學讀書，1928 年與朱大枬、翟永坤合作出版《災梨集》，1933年創辦婦女週刊《異軍》，1934 年主編《當代文學》。1937 年，與劭冠群、曹

〔註 28〕 范泉主編：《中國現代文學社團流派辭典》，上海：上海書店出版社，1993 年，第 116 頁。

〔註 29〕 王綠萍編著：《四川報刊五十年集成 1897～1949》，成都：四川大學出版社，2011 年，第 494 頁。

棣華等人合辦《海風》詩刊。1938 年回自貢任《新運日報》主筆，並在《文藝月刊》《文藝陣地》《抗戰文藝》等報刊發表文學作品。新中國成立後，任北京鐵道學院經濟研究所副研究員、人民鐵道出版社編審等。著有長詩《八年烽火曲》、詩集《黃花草》、短篇小說集《惜分飛》《朋友與敵人》《將軍》，長篇小說《自流井》《急湍》等。關於長詩《全民抗戰》，《王餘杞文集》中有較為詳細的介紹，「此長詩原名《全民抗戰》，發表於由葉聖陶、牧野為編輯的文協成都分會會刊《筆陣》新一期至新八期（1939 年至 1944 年間）。王餘杞是該刊主要撰稿人之一（見《二十世紀中國文學編年》第 888 頁）。全詩共分 43 個章節，但僅發表幾章後即被禁。『文革』結束後作者不顧年事已高，再次修改並定名為《八年烽火曲》，現手稿存於中國現代文學館。但目前只收集到當年正式發表的第一、第二、第四章節。長詩揭發了日本侵略軍在侵華過程中犯下的慘無人道的滔天罪行，並以『南京大屠殺』的血腥場面告誡國人，國難當頭，團結一致、共同抗敵才是救國的唯一出路。」〔註30〕長詩第一、二、四章分別為《四萬萬人的仇恨》《平津路不通》《中山陵做見證》，其中開篇寫到，「四萬萬人的仇恨，海一樣深，／人海淹不了，／四萬萬顆跳躍的心，／血熱到沸騰，／四萬萬雙眼睛閃出火，／死盯者當前那唯一的敵人。／聽，是四萬萬人激憤的呼聲，／『我們要求戰爭，／爭取生存，／保衛和平，／戰爭！／戰爭！／戰爭！／⋯⋯四萬萬人全站起來了，／一個巨人，／四萬萬顆心凝結堅堅了，／一顆赤心，／四萬萬分力氣都使出了，／一支偉力。／巨人憑著赤心，／赤心使出偉力。／消滅當前唯一的敵人，／鑄造民族的最後勝利，／爭取生存，／保衛和平，／滌洗四萬萬人的仇恨！」在詩歌中，王餘杞保持著一種昂揚的精神狀態，以簡短的詩句，充沛而亢奮的精神狀態，為人民吶喊，為民族高呼，彰顯出一種起氣吞山河般的宏大氣魄，可以說讓現代詩歌有了一種不可或缺的精神氣度。

　　葉菲洛曾在重慶創辦《沙龍旬刊》，也在成都參與了各種詩歌活動。葉菲洛，重慶人，筆名有菲洛等。1934 年前後曾擔任重慶《新民報》副刊編輯。1934 年，在重慶與柯堯放、毛一波等人發起成立了沙龍社，創辦刊行了文藝性刊物《沙龍旬刊》。1942 年，在成都與蘇雪林、雷石榆、李廣田等人參與編輯《創作月刊》。著有詩集《昨日之花》，收入《春夜曲》《秋的行客》等詩 28

〔註30〕王餘杞：《王餘杞文集・下》，王平明、王若曼整理，石家莊：花山文藝出版社，2016 年，第 455 頁。

首，以及《詩的已經與音樂與繪畫》《新詩的出路及其他》等論文。詩人在《自序》寫到：「過去也曾惜花如命，培養它的時間，至少在 10 年以上。中間幾經艾夷，幾經除剔，剩下的就只這點點，但也都萎謝不堪，屬諸昨日的了。撫膺歎息，為之奈何。」對於他的詩歌，相關評論說，「1935 年出版詩集《昨日之花》⋯⋯，書中共收其十年間所寫新詩中精選而出的 28 首⋯⋯。葉菲洛是個敏感多情的詩人，帶著感傷的情調，有時甚至帶著虛幻的色彩，在那裡雕琢心靈獨語，『以內在的眼向心之角落處深深注視』（《漏洩》），『以深邃的尚是溫柔的雙眼，眷望著西山落日的餘暉，芽月與銀星初念之光影』（《晚歸》）。⋯⋯葉菲洛的詩恬淡、幽遠而靜穆，音韻和諧，句式整齊，頗有格律體的詩美特徵。」〔註31〕從葉菲洛的詩歌來看，在抗戰期間，四川們不僅在戰爭面前爆發出了前所未有的生命激情，同時也深深地關注著在無情戰爭之下個人生命幽微情感，持續地在詩歌中探尋生命的本質。

　　孟引在《筆陣》上發表了《錦江曲》，也是一位值得注意的詩人。孟引（1909～1993），重慶豐都人，原名朱挹清。抗戰爆發後回到成都，1939 年到中華文藝界抗敵協會成都分會編《通俗文藝》。抗戰勝利後，與王亞平、豐村、巴波、李葳、李索開、吳視等人在重慶組織成立了文學團體——駱駝社。新中國成立後，調西南師範學院任教。其作品見於《金箭》《筆陣》等上。詩歌《錦江曲》中發表在《筆陣》1940 年第 1 期上，詩歌寫到，「曲帶著粼粼微波的／錦城的一帶清流，／洗過了多少年辰兩岸的污朽！／還要洗，還要流，／直到光明的另一年頭。／／乞兒，無家的孩子，／常趁日暖風和時候，／嬉笑地在此游泳，／拍水，雜著呼嘯，／度過整整一半天，／他們是那樣地無愁。／／那些持杖的老爺，／憂慮地走過石橋頭。／他們有家屋、兒孫，／但他們不滿而且詛咒，／因為這可愛的錦江，／到底卻不歸他們所有。／還要洗，還要流，／直到光明的另一年頭。／看空中飛機盤旋，／在陽光中翻跟頭，／錦江於是含情脈脈，／流向遙遠的天盡頭！」從這裡可以看到，孟引的詩歌，非常注重形式、韻律和節奏。但在這種表達中，詩人卻有著對現實困境的深刻書寫，不僅呈現了成都深重的苦難，也表達了詩人強烈的批判精神和激憤的情感。

　　巴波是文協成都分會的會員，在創作上也有一定的特色。巴波（1916～1996），四川巴縣（今重慶市巴南區）人，原名曾祥祺，筆名有曾藝波、田丁、

〔註31〕呂進主編：《20 世紀重慶新詩發展史》，重慶：重慶出版社，2004 年，第 47 頁。

卡青卡、老曾、下俚巴等。1936 年參加重慶文化界救國協會，1944 年加入中華全國文藝界抗敵協會成都分會，曾主編《自由畫報》《光明晚報》副刊。1961年後在黑龍江作家協會從事專業創作，任黑龍江省文聯副主席、《北方文學》主編、黑龍江省政協常務委員、中國民主同盟中央文化委員等職。著有短篇小說集《林姐》，詩集《劃呀，下江南》等。關於巴波的創作，李華飛曾評論說，「巴波創作認真，其文結構謹嚴，藝術卓越，內涵深刻。雖然出身工人，他卻有深厚的文學素養，生活範疇廣闊。川西北民族地區若爾蓋大森林、大草原有他的足印；十里洋場海浪如濤燈如晝的香港有他的吶喊；大風砂裏的黃河、紅牆碧瓦的天安門有他的歡呼；如火如荼的抗美援朝、直面帝國主義的侵略有他的控訴……這些可歌可泣的題材多半進入了巴波的作品。」〔註32〕如詩歌《那兒才是人的世界》，「走吧！朋友！／那兒有真義！／雁塔的光亮、／向行旅者閃著虹霓。／音樂的節奏，／一樣的揚抑，／千百萬歌聲／只一個譜子。／／……那兒才是人的世界，／沒有黑暗，／到處遇著都是姊妹兄弟，／沒有嫌怨，／也沒有妒忌，／更沒有人吃人的故事，／社會上找不著奴才這名詞。／有的是：／一樣的幸福，／一樣的受苦──為真義的折磨！／沒有上下、高低，／朋友！去吧！／那兒才是人的世界！」巴波用通俗的語言，傳遞出對未來，對理想的謳歌與期待，顯示出一種開闊的視野。

在《筆陣》之外，創立於自貢的流火社也是一個重要的宣抗日救亡的詩歌刊物。1938 年《流火》文藝月刊創刊，刊名得名於「七月流火」，也是受到了胡風主編的《七月》的影響而創辦的，共出 10 期。在《創刊號》中他們提出，「我們都不怕艱苦，願以最大的、最堅忍的努力幹下去，……這幼小的《流火》能盡其所有的力量，飛奔到更遙遠的國圖上，更廣大的人群裏去。」在流火社和《流火》文藝月刊中，不僅有柳倩，也有禾波、水草坪等詩人。禾波在《筆陣》上發表過《嘉陵江岸的賣花女》，在當代詩壇也有一定的影響。禾波原名劉志清，1941 年冬到重慶，翌年參加中華全國文藝界抗敵協會。曾與沙鷗、屈楚等人主持編輯、出版《詩家》《詩激流》等叢刊，1953 年調至北京市文聯工作，並任《大眾文藝》編輯。著有詩集《創造者》《三門峽的歌》《煤海浪花》等。禾波曾自述過自己的寫作傾向，「我不會歌唱，我唱得不動聽。但我卻忠誠而熱情地為親愛的祖國與律大的人民歌唱；而且還要繼續不斷地唱下去唱

〔註32〕 李華飛：《緬懷巴波》，《巴南文史資料·第 13 輯》，中國人民政治協商會議四川省江津市委員會文史資料委員會編，1996 年，第 126 頁。

下去……」〔註33〕如他在《戰鬥情曲》中所寫，「我希望總有那麼好的一天／我們勝利了唱著凱歌回來／我輕叩著你慣常斜倚的門窗／因久別的重逢我們以至流淚／讓你的眼淚像秋水洗淨我的征衣／我將戰鬥的故事銷溶你的懷念／那時候我們永不分離／我陪著你天天在綠野中幽敘／我們去看對對的燕子銜泥／去看雙雙的天鵝在淺汀上遊戲／我們報可怕的戰爭認作惡夢／也感謝戰爭將我們磨練。」這首詩歌中，詩人將戰爭與愛情並列，既以愛情來否定戰爭，又在戰爭中提升了愛情，這支當時的戰爭書寫相比，顯得情感更為細膩，對戰爭主題的挖掘也更為深刻。

水草平原名鍾紹錕，1938 年曾與柳倩等人在四川榮縣成立流火社，並是「抗日救亡」刊物《流火》的執行編輯之一。此後，出版的《鍾紹錕詩文選集》，較為全面地收集他的各類文藝作品。在初期寫作中的，他詩歌如《古水》《石級》在「斜陽的古道」中彰顯「個人的蹄聲」，而抗戰期間的詩歌《雪裏的洪流》，「在溪邊／在道旁／在土坑裏／夥伴們靜穆著臉／輕輕地取下了馬背上的彈藥箱／取下了那曾擊斃了無數人的／那閉了眼的戰士的鋼槍／苦鬥著，前進著／那漫天的雪片／給那溪邊的，道旁的，土坑裏的／長眠著人和馬／蓋上了一張厚厚的絨氈囉／苦鬥著，前進著／幾十個人和幾十條馬／在雪風裏在雪地上向前流著」「飄著幾十個人／襤褸的軍衣／烏雲上漏出了陽光／陽光灑在雪山上／陽光灑在林表上／灑在人身上／灑在馬背上／這一條蛇一樣蜿蜒著的隊伍／衝破了雪風／踏著雪泥濘／在陽光裏／勇邁的前進」，與單純的戰爭書寫相比，水草坪這首詩歌中的背景更為宏大，敘述也極為流暢，顯得大氣。

三、川大詩群

由於戰爭原因，在成都的四川大學聚集了一批詩人。菲于的《文藝在川大》中提到，「去年，文藝的空氣更轉到活躍，教授們出版了《工作》，經常撰稿的都是些文壇聞人，如朱光潛，羅念生，卞之琳和沙汀，周文，何其芳，陳翔鶴……曾惹起了整個文壇的注意；同學們也出版了《半月文藝》；經常寫稿的有方敬；倪平；蔡天心，卓耕，丙生，林豐，倪明，菲于……。」〔註34〕對於菲于記載中的「教授們出版了《工作》」「同學們也出版了《半月文藝》」的具體情況，龔明德教授在《老川大的〈工作〉和〈半月文藝〉》一文中有詳細的考証。《工

〔註33〕禾波：《三門峽的歌》，瀋陽：春風文藝出版社，1959 年，第 184 頁。
〔註34〕菲于：《文藝在川大》，《半月文藝》，1940 年，第 5～6 期。

作》於 1938 年有四川大學師生創辦，共出 8 本 8 期；《半月文藝》是四川大學校內編印的刊物，共出 9 本 10 期刊物。〔註35〕以何其芳為主，方敬和卞之琳為輔編輯的《工作》半月刊，以宣傳抗張、宣傳新文化為宗旨，周文認為「開創了在成都的文藝刊物相當嚴整的現象。」在《工作》創刊號上，何其芳推出了自己的詩歌《成都，讓我把您搖醒》，呈現了何其芳的轉變。當然，《工作》並非僅僅是一個詩歌刊物，他的影響也是多方面的，「在編選上是相當嚴謹的。其內容一般的都是表現著在反映現實，同時在技巧上又要相當不錯的，因此撰稿人的範圍較狹點，只是些熟名字的少數作者。這刊物，一些人譽為開創了在成都的文藝刊物相當嚴整的現象。」〔註36〕而川大學生編印，川大文藝研究會創辦的《半月文藝》，就刊載四川大學師生羅念生、饒孟侃、林棲、丙生、李伏伽等的作品。成立於 1934 年的四川大學文藝研究會，最初就在會員中設有詩歌組，並組織過多次討論座談會。在《半月文藝》中，所刊發的老師的詩歌作品也不多，更多的是詩論。如羅年生的《談新詩》、饒孟侃的《詩歌的基本概念》等。同樣發表學生的詩歌作品也不多，「仔細閱讀《半月文藝》，發現不少文字是 20 歲的青年學子任何時代都會有的感情宣洩，鮮活倒是鮮活，就是蘊涵少了些，顯得稚嫩。」〔註37〕不過，儘管如此，《工作》和《半月文藝》足以醞釀出濃鬱的詩歌氛圍，一批詩人也在這裡得到了極好的薰陶。

　　除了朱光潛、卞之琳、何其芳之外，羅念生也在這裡留下自己的詩歌足跡。羅念生（1904～1990），四川威遠人，原名羅懋德，筆名念生、金人等，外國文學學者、詩人。1927 年在北京主編《朝報》文藝副刊，1929 年起，赴美留學。1934 年回國，翌年與梁宗岱合編《大公報》副刊《詩刊》。1938 年，與何其芳等人創辦《工作》半月刊，參加中華全國文藝界抗敵協會成都分會。新中國成立後，參加中國作協。1952 年調北京大學文學研究所工作。1964 年起，任中國社會科學院外國文學所研究員。著有詩集《龍涎》，散文集《芙蓉城》《希臘神話》等，譯有希臘古典戲劇多種。1936 年由時代圖書公司出版的詩集《龍涎》，收入邵洵美主編的「新詩庫」。詩集收錄了羅念生早起的《毒藥》《愛》《勸告》《友誼》《天倫》《歸去》《自然》等 39 首，體現出羅念生對格律

〔註35〕龔明德：《老川大的〈工作〉和〈半月文藝〉》，《現代中國文化與文學》，李怡、毛迅主編，2011 年，第 9 輯。

〔註36〕周文：《成都抗戰文藝運動鳥瞰》，《抗戰文藝》，1939 年，第 4 卷，第 1 期。

〔註37〕龔明德：《老川大的〈工作〉和〈半月文藝〉》，《現代中國文化與文學》，李怡、毛迅主編，2011 年，第 9 輯。

體詩歌的理論興趣和探索實踐。在《序言》中，羅念生提出，「我們的『舊詩』在技術上全然沒有毛病，不論講『節律』（Rhythm），音步的組合（Metre），韻法，以及韻文學裏的種種要則，都達到了最完善的境界；只可惜太狹隘了，很難再有新的發展。……我不反對『自由詩』，但是單靠這一種體裁恐怕不能夠完全表現我們的情感，處置我們的題材。我認為新詩的弱點許就在文字與節律上，這值得費千鈞的心力。這集子對於體裁與『音組』冒過一番險。」〔註38〕陳子善對詩集《龍涎》給予了極高的評價，「羅念生是一位卓爾不凡的新詩人，但他只留下了這冊薄薄的《龍涎》，再加上各種報刊上尚未編集的散珠，羅念生的新詩總共不過五十首左右，根本無法與那些多產詩人相比。但山不在高，水不在深，好詩不在量而在質，《龍涎》雖小，卻並不影響羅念生在新詩史特別是新格律詩史上的重要地位。」〔註39〕實際上，羅念生的這些詩歌，不僅在格律上的探索有著重要貢獻，同時詩歌本身也寫得非常有意義，如詩歌《愛》，「往常時地球在天軌上面狂喜的／飛奔，無數的星辰在以太空中／自由的運行，那恒星亙古不移，／把不滅的光芒向著人間吐送；／如今好像是末日到了，那天狼／吞噬了日月星辰，地球也化作／流星隕入無垠；從此不見天光，／更不要盼望極光與彩虹出沒／哦，不，看這光明與快樂的天宇，／／為何頃刻就變作了地獄的陰沉？／是誰的造化，誰的毀滅？我恐懼，／我戰慄，我去祈求造物的神／這都是因為你不肯和我相愛，／天道不調和，還成什麼世界？」他在書寫愛的時候，並沒有侷限於現實生存的狹小的空間，而跨越存在本身，將「愛」放置在更為廣闊宇宙時空之中，由此更加彰顯出了「愛」超凡的、純粹的精神特徵。

後來成為神話研究專家的丙生（袁珂），也在這裡得到了詩學鍛鍊，並成長起來。丙生（1916～2001），四川新繁（今新都）人，原名袁聖時，常用筆名有袁珂、風信子、丙生、袁展、高標。三十年代中期開始文學創作，抗戰初期就讀於四川大學，曾參加四川大學文藝研究會。後來還在改選過程中，被選為常務歷史，任總編輯。新中國建立後，先後西南人民藝術學院、四川省文聯、四川省社會科學院文學所等機構任職。據袁珂自述，在川大求學期間，由於與父親的關係不好憤而離家出走，進而寫作了大量的文學作品，「我在家和父親的關係不好，曾經憤而離家出走，在外面過了約有大半年時間的

〔註38〕羅念生：《自序》，《龍涎》，上海：時代圖書公司，1936 年。
〔註39〕陳子善：《簽名本叢考》，北京：海豚出版社，2017 年，第 100 頁。

漂泊流浪生活。生活的來源，全憑大量寫稿，向本市報刊投寄。曾寫了許多詩歌、散文、小說、童話俳劇、文學評論和戲劇評論等，篇幅不長，大都是兩千字左右，適合報紙副刊需要。一寫就是三篇，只用一天半的工夫，投稿也以三篇或五篇為準，一下子投寄去。所以那時成都報紙副刊往往一天中同時有兩三處刊載我的文章。」〔註40〕但實際上，袁珂的詩歌作品不多，發表於 1946 年《詩激流》上的《江邊》可以說是他詩歌中具有代表性的作品，「我拄著棍，行吟詩人一樣地／蹀躞在這古老的江干／我心裏充滿了憂鬱和愛／／……我愛那純樸的人民，我的弟兄。／而我也嘗味了『大江流月夜』的空漠／而江上傳來『喲嘿荷抗唷嘿』的／舟子之歌，也更透露出了／這古江的憂鬱／我希望老久的歷史變一變／陳年的帳簿翻過篇呀／讓岸灘上爬著的弟兄站起來／讓這條老江轉百年／讓他們的臉上添點歡容／讓春天早來，花早開綻／兄弟們呀。倘使你們也允許／我為你們做點事／我發誓用我的熱血薦軒轅／我有這樣的憂鬱／這樣的愛／但是我羞愧啊！／我還拄著棍／蹀躞在這古老的江干」。儘管少有詩作，但袁珂的《江邊》已經體現出詩人的一種博大的情懷，也讓我們看到了袁珂對現代詩歌獨特理解。此後袁珂著有《中國古代神話》《神話故事新編》《古神話選釋》《山海經校注》等多種，雖偶有詩歌評論，但已沒有詩歌創作，而成為了中國古代神話研究的領軍人物。

第三節　華西文藝社與平原詩社

在這一時期，儘管有著時代宏闊的戰鼓之聲，四川詩人也在不斷地探索具有巴蜀色彩的現代新詩。此時最具有區域色彩的文藝社團是華西文藝社，以及由此而延伸的平原詩社。成都平原詩社，是 1942 年至 1945 年由一些青年詩人在何其芳等人直接影響下，從成都中學校園裏走出來的一群「文學青年」組織的文藝團體。在何其芳等人離開成都後，他們先後組織華西文藝社、拓荒文藝社、揮戈文藝社，創辦了《華西文藝》《拓荒文藝》《揮戈文藝》等刊物，最終匯聚為平原詩社。〔註41〕進而，詩人群體和詩歌主題等方面，更具有鮮明的四川地域色彩的詩歌群體在這個時候出現了。

〔註40〕袁珂：《袁珂自述》，《世紀學人自述‧第 5 卷》，高增德、丁東編，北京：十月文藝出版社，2000 年，第 232 頁。
〔註41〕段從學：《中國‧四川抗戰新詩史》，北京：中國文聯出版社，2015 年，第 260～267 頁。

一、華西文藝社

1939 年，由蔡月牧、趙光魯、黎邦瓊發起，成都的一批青年學生蔡月牧、寒笳、任耕等組織成立了華西文藝社。華西文藝社出版過 5 期《華西文藝》和 10 期《華西》週刊。主要成員有寒笳、杜谷、王遠夷、白堤、許伽、左晴、葛珍、塵殷、任耕、蘆甸、孫躍冬、陳道謨、毛一波、顧牧丁等。此後，隨著蔡月牧考取樂山的武漢大學，寒笳考入三臺的東北大學、杜谷到了重慶，《華西文藝》停辦。在華西文藝社、《華西文藝》的基礎上，可以說形成了一個「華西文藝詩群」。

在華西文藝社中，蔡月牧既是華西文藝社的發起人，也是《華西文藝》編委會的主要負責人。蔡月牧（1919～？），四川嶽池人，曾用名蔡燕喬、蔡瑞武，筆名：岳軍、北麓等。曾用筆名岳軍等，詩歌作品有《墾殖季（組詩）》《平原的戀歌》《盆地的歌者》《草原白馬曲》等，都寫得非常有特色。在《墾殖季》中，「呵，你們這些山地的精巧的工匠呀 ／ ……在山野，你們今天築造著 ／ 穀物的倉凜 ／ 明天，向地角的城市 ／ 供運豐盛的食糧 ／ 打造傳延人類生命的鐵鍊 ／ 你們 ／ 開墾呀 ／ 春陽在天邊燃亮了 ／ 這腆美的墾殖季 ／ 而你們的鋤頭呵 ／ 也正朝向著 ／ 東方哪」。在詩歌中，蔡月牧「唱起人類的戀歌」「墾殖了人類的愛情」，彰顯出一種勃勃的生命力和創造力。而在《平原》中，詩人寫到，「在平原，我度了無數個春夏 ／ 在平原，我度了無數歌秋冬 ／ 在平原，我度了無數歌甜美的 ／ 這古國特有的佳節 ／ ／ 因此，對平原我有不老的追懷 ／ 因此，對平原我有永生的憶念 ／ ……你豐饒的西方平原呀 ／ 你是風塵僕僕的老人 ／ 我是永遠流浪的旅客 ／ 無數個春夏，無數個秋冬 ／ 我懷著生的悲苦流徙 ／ 你懷著生的辛酸歎息 ／ 但是我們仍得要生活 ／ 仍得要 ／ 好好地生活呀……」在詩歌中，蔡月牧首先在現代新詩中唱出了對成都平原的真切關懷和無比熱愛，將巴蜀大地、成都平原作為了一個詩歌的意象原型和精神原型出現在了詩歌之中，不僅彰顯了四川現代新詩的獨特訴求，也為中國現代詩歌注入了巴蜀因子。

寒笳是《華西文藝》的一員主將，四川江安人，原名徐德明，別名冰若，筆名有徐牧風、軍笳等。1937 年考入成都石室中學，在何其芳等人影響下開始新詩創作，1940 年，進入東北大學，東北大學畢業後他轉向了社會問題研究和實際的革命工作。1955 年受到「胡風案」牽連，並於同年去世。寒笳留下的唯一詩篇《祖國戰鬥的行列中》，充滿了戰鬥精神。「祖國戰鬥的行列中，／ 我要走人 ／ 北方年青英勇的一群…… ／ ／ 川陝道上的風沙，／ 雖會壓抑我自

由的呼吸；／劍閣旅夜的涼月，／雖會招鄉思縈繞我的征夢；／秦嶺漫山的寒雪，／雖會封鎖著伸向北方的去徑。／／讓美麗的青紗帳永遠淺褪在風雨裏嗎？／永遠不揚絢爛的金波嗎？／讓蟄伏的古長城（從午夜古代英雄夢醒來）永遠哭訴奴隸的悲憤……」對此，學者評論到，「作者在詩裏，愛憎分明，嚴厲的抨擊國民黨反動派的封鎖和限制，斥之為『風沙』、『寒雪』、『重霧』，並表示自己的決心：要撥正戰鬥的指針，挺著飛揚的風沙，歌唱著祖國進行曲，進入『祖國戰鬥的行列中』，走入『北方年青而英勇的一群』。這首詩於 1940 年 10 月發表在成都出版的《華西文藝》第五期上，對於國民黨統治區的進步青年來說，起著號角和戰鼓的作用。它激勵著鼓舞著廣大青年熱愛共產黨，反對國民黨，更堅定地要求到延安去，到抗日革命根據地去，為戰勝日本帝國主義貢獻力量；而作者就是共產黨領導下的一名忠實的號兵和鼓手。」〔註42〕在寒笳的這首詩歌中，我們除了感受到詩人的亢奮的鬥爭精神之外，還能看到他詩歌強烈的藝術性，感受到詩性的薰染。

任耕原名趙適，曾用名趙光宜，與蔡月牧、寒笳等人創辦《華西文藝》月刊，平原詩社成員。他的敘事長詩《大衣底故事》，「三月，乾風捲去了春寒；／嫩黃的油菜花，散發在優美的芳香的季節；／軍回來了；／帶著一件草綠色的敵人的大衣。／／激情，使我緊握他粗大的手；／傾羨，拉我的眼兒／射向他手裏抱著的人衣；／我想，這裏面／一定有著一段壯烈的故事。／／我要求他：告訴我，／這大衣的來歷，／『好吧』！他笑了，／充滿著孩子氣的得意地笑了。／是一個嚴寒的夜晚；／中條山灰暗的天空中，／飄落著鵝毛似的雪片；／戰士們都把頭／縮在大衣的領子裏；等待著／出擊的命令。／只有軍，沒有大衣；／（大衣。早就給一個受傷的同志／拿去當糧食了）／然而他仍舊是堅強地／佇立著；在祖國／荒漠的寒冷的山頭／當牙床冷得發抖的時候，／他咬緊了牙；／不讓它『脫脫』的聲響／給別人聽見。」在主題的選擇和敘事角度方面，該詩融敘事、抒情於一體，極為獨特，呈現了中國現代戰爭詩歌別樣的一面。因華西文藝社、平原詩社、拓荒文藝社，詩人群體在很大程度上有重合，我們依據在相關群體中參與度來確定他們的歸屬，還有一些華西文藝社的成員我們在後面社團中介紹。

〔註42〕徐叔通：《號角和戰鼓——讀寒笳詩〈祖國戰鬥在行列中〉》，《隕落的星辰：徐德明遺著及紀念文集》，杜谷、敘叔通主編，北京：中國文史出版社，2003 年，第 186 頁。

二、平原詩社

　　以華西文藝社為主體的「平原詩社」於 1942 年成立，雖然歷史原因，在建國後一些成員捲入到「胡風案」，但他們卻構成了抗戰時期具有鮮明個性特色和地域的一個現代詩歌群體。該社由周太玄任名譽社長，蘆甸、蔡月牧、杜谷為具體負責人。該社由蘆甸、杜谷、葛珍、左琴嵐、蔡月牧、任耕、張孟恢等人發起，邀請原華西文藝社的白堤、寒笳、若嘉、許伽，以及方羊、方然、孫躍冬、黎茹（羊翬）、繆恒蘇、穿發等參加。因為詩社設在成都平原，故取名「平原」。成都的「平原詩社」與重慶的「詩墾地社」成為文學互動的兄弟團體。當時有人把兩個團體同時並提，曰「重慶有墾地，成都有平原」，並被認為「對於繁榮大後方的詩歌創作起過推動作用」。〔註43〕平原詩社先後自費出版過兩期詩刊《涉灘》和《五個人的夜會》，以及附在一本綜合性刊物上出過幾期副頁《平原詩頁》。據介紹，「第一本詩刊《涉灘》，書名《涉灘》，摘自曾卓的詩句。第一本詩刊集稿為時頗長，稿件曾經數易，直到一九四二年秋末才出版，為三十二開本，封面套色，篇幅較多。1944 年冬，又出版了第二本詩刊《五個人的夜會》，是橫排的三十二開本，因限於經費，篇幅較少，但封面仍用套紅色，由杜谷設計。這兩本刊物的經費來源，靠一部分成員掏腰包湊集，第一冊還收到了社長周太玄先生和作家李劼人的支助。由於經費缺乏，刊物僅僅出了兩期，第三本詩刊《淺草》已經集稿，但未能繼續。」〔註44〕平原詩社創坎坷，在抗戰時期，被國民黨當作「共產黨的組織」，受到追捕迫害。而在解放後，在 1955 年肅清「胡風反革命集團」中，甚至被當作「外圍團體」，也受到了嚴重衝擊。

　　從創作來看，平原詩社大部分社員是在艾青、田間等詩人的早期詩作的影響下開始寫詩的，也受到「七月詩派」的影響。在他們的詩歌創作中，以胡風的「主觀戰鬥精神」為精神指向，詩歌以自由體的散文化為主，著力反映了民族的災難，以及對自由的嚮往與追求。「平原詩社成員的成長及創作，也不只是簡單地接受和認同既有的文學秩序，而是在接受前者影響的過程中，以鮮明的本土意識和在地經驗為立足點，對何其芳等人留下的『成都形象』展開抗辯性書寫，以此建構了自己獨特的詩學倫理，為中國現代新詩提供了不可多得的

〔註43〕陳紹偉：《詩歌辭典》，廣州：花城出版社，1986 年，第 34 頁。
〔註44〕孫躍冬：《記成都平原詩社》，《新文學史料》，1993 年，第 4 期。

『微量元素』。」〔註45〕平原詩社以新詩作為抗日救亡運動的有力武器，為民族解放戰爭的勝利和中國新詩的發展而努力奮鬥，明確要求同人和「西蜀平原」同呼吸、共患難，「代它呼喊／代它歡唱／也代它歎息」，衝破「西蜀平原」的包圍和封鎖，和「充溢著生活底力」的「北方平原」一起大聲「嘶喚和歌唱」，「將歌聲播送到祖國的遠方／也用歌聲／警醒沉睡的／給怯弱者以力量／叫他們勞動和作戰／叫他們想光明……」。〔註46〕

　　在平原詩社中，湧現出了一批較為優秀的四川詩人。除了華西文藝社的相關成員之外，值得注意的還有蘆甸、白堤、葛珍、羊翬等詩人。蘆甸原名劉振聲，「原名劉貴配。又名劉正興。江西貴溪人。1935 年到南京國民黨中央陸軍教導總隊受訓。抗戰期伺在成都從事文化活動，組織平原詩社，曾參加現代文學社。在胡風主編的《七月》上發表作品。抗戰勝利前夕去中原解放區，1947 年到晉冀魯豫解放區，加入中國共產黨。1949 年任天津市文學工作者協會秘書長，1955 年因「胡風案」株連，1982 年徹底平反。」〔註47〕蘆甸著有詩集《我們是幸福的》以及小說《浪濤中的人們》。解放後任天津市文聯秘書長，參與胡風《意見書》的起草，被認為是胡風反革命集團的骨幹分子。蘆甸在抗戰期間的詩歌主要收入到詩集《我們是幸福的》，當然由於時代原因，沙鷗在《從蘆甸的詩看他的反革命的面貌》一文中對詩集《我們是幸福的》展開過批判。實際上，在這部詩集中，《沉默的豎琴》《人進軍》等代表了蘆甸寫作的不同向度，在蘆甸詩歌中具有一定的特色。如詩歌《沉默的豎琴》所寫：「我懂得，／你為什麼起得這樣早，／為什麼在我的小窗下／低唱著淒婉的歌；／／為什麼把你的小弟弟／逗進我室內？／為什麼／凝望著遠遠的天……／／原諒我，／我不能給你留下什麼／甚至我的名姓。／因為／我是一個亡命的『過客』，／像你門前的水／流過了，／永遠不會折回來」，詩歌將愛情放入到時代洪流中思考，用你內心獨白來展現，顯得極為別致。另外一方面如《號角與晚鐘》發出「號角洪亮的音響」，如《大進軍》，「一詩具體形象地記述了中原人民子弟兵在急行軍路上和勝利突圍中的英雄事蹟，熱烈地歌頌了人民了弟兵

〔註45〕段從學：《在辯駁中展開的異質現代性：平原詩社的成都書寫》，《四川大學學報（哲學社會科學版）》，2019 年，第 3 期。

〔註46〕深淵（何滿子）：《給平原的歌手們——詩祝「平原詩社」並跋》，《新蜀報·蜀道》副刊，1942 年 12 月 9 日。

〔註47〕李德和主編：《二十世紀中國詩人辭典》，北京：作家出版社，2006 年，第 210 頁。

忠於祖國、熱愛人民、團結友愛和英勇戰鬥的高尚品格與革命情操。」〔註48〕總體上，蘆甸的詩是在激烈時代的一種冷靜思考，如他在《我活得像棵樹了》中所寫，「我活得像棵樹了，／我的根深深地盤結在泥土的下面，／在樹林之中，我挺拔地屹立著，我活得像棵樹了。」可以看到，在蘆甸的詩歌中，面對戰爭和未來，詩人始終有著一種對於生命和生活的堅守。

白堤（1920～1975），原名周志寧，還有楊華、白玲等筆名。根據《中國現代文學辭典詩歌卷》和《中國當代詩人傳略》記載，白堤祖籍四川宜賓，出生於廣西南寧。早戀隨父母到過廣東、澳門、杭州等地。抗戰爆發前就讀於杭州安定中學。因酷愛白堤，故以此為筆名。抗戰爆發後，遷回成都，就讀於成都縣中。中學時代開始創作，1939年冬天，與杜谷、蔡月牧、等人發起成立華西文藝社，出版《華西文藝》月刊。1941年考入金陵大學經濟系，1942年與杜谷、蔡月牧、蘆甸、方然、葛珍、孫躍冬等成立平原詩社，參與出版《涉灘》《五個人的夜會》等詩歌叢刊。同年，加入「文協」成都分會。1945年畢業後在成都任中學教員。新中國成立後，在中國音樂家協會成都分會工作，參與《歌詞創作》《西南音樂》的編輯，並從事歌詞創作。1957年應上海新文藝出版社之約，編成詩集《春天的歌》，但因被打成右派未能出版。〔註49〕在創作上，白堤是現代詩歌中具有「風土特色」的詩人，其作品《小土屋》，還被入選《中國抗日戰爭大後方文學書系・詩歌卷》〔註50〕。「發表在《詩墾地》叢刊第二期『枷鎖與劍』上的《小土屋》一詩，……被詩人常任俠稱為：『中國詩壇十朵絢麗的鮮花』，白堤創作的『小土屋』這一名作至今仍閃耀著光彩。」如「我喜歡我的／溫暖的小土屋，／我的小土屋是／黃色的泥土和稻草屑築成的，／層頂的褐色的稻草是小土屋的頭髮，／整齊的在兩邊披著呵！／／薔薇的藤，／皺紋一樣的爬滿在土牆上，／而土牆上的無數的小孔／是春天土蜂的家。／因此，我的小土屋是年老的，／因此，我的小土屋的臉是麻的。……現在田野是寂寞的，／我的小土屋也是寂寞的，／但不久春天就要來了，／田野會有菜子花的芳香，／和布穀鳥的歌，／而我的小土屋，／也不會再寂寞了，／因為

〔註48〕朱光燦：《中國現代詩歌史》，濟南：山東大學出版社，2000年，第941頁。
〔註49〕徐迺翔主編：《中國現代文學辭典・詩歌卷》，南寧：廣西人民出版社，1990年；海夢主編：《中國當代詩人傳略》，第4集，成都：四川文藝出版社，1993年。
〔註50〕臧克家主編：《中國抗日戰爭時期大後方文學書系・第6編・詩歌》，第2集，重慶：重慶出版社，1989年，第434頁。

在那時節，／土蜂要回來了，／那將為度蜜月而來的，／薔薇花也紅著臉回來了。」等詩句，具有青春氣質與田園特色，評論說「白堤的詩歌創作是以細緻、清新的風格給人們留下深刻的印象，在他的詩中洋溢這青春的旗幟，田園的抒情，和捕捉了生活的美，被文學界的朋友們稱為『新田園詩』」。〔註51〕與整個四川現代小說的濃鬱的鄉土氣息相比，四川現代詩歌也是有著厚實的鄉土之思。如果說四川現代小說中的鄉土書寫，是對社會現代性的深入探討，那麼以白堤等人的四川現代鄉土詩歌，則可以說是在個人現代性的縱深挖掘。

羊翬本名覃天恩，是著名詩人覃子豪的弟弟，1945 年在成都燕京大學讀書時參加了平原詩社，開始在《成都快報》《華西晚報》發表詩歌作品。後來在武漢中南文藝學院任教。〔註52〕在羊翬的創作中，早期的鄉土敘事詩《鄉土集》比較有代表性，包括《村莊》《祖父和他的小毛驢》《姐姐出嫁的日子》《夥伴們》等四首詩歌。「《鄉土集》將歷史與現實交織在一起，因而使詩篇在反映生活上，既有廣度，又有深度。詩中既寫到自己的祖父、姐姐與夥伴們遭受的苦難，又寫到村路上貞節坊上年青婦女饑荒年頭上弔的記載，並歌頌了鄉民殺死官差、抗交呈糧以及父親一代舉起土槍、把出約貼在地主門上的反抗鬥爭精神。正由於詩篇熔現實與歷史於一爐，因而具有深廣的社會歷史容量，內容顯得厚實。在藝術表現上，詩人做到了敘事和抒情的有機統一。詩人以詠歎的語調來敘述故鄉的貧困和祖父、姐姐以及同伴們的苦難。由於在敘事中融進了深沉的感情，因而讀來具有感人的藝術魅力。」〔註53〕他的《鄉土集》可以說是一卷「苦悲大的詩章」，讓我們看到了更為悲天憫人的詩性精神。另外，羊翬值得注意詩歌是《五個人的夜會》，平原詩叢第 2 輯就是以他的詩歌《五個人的夜會》來命名的。這首詩歌為我們刻畫了 5 個人，並喊出了對世界的詛咒與希冀。「詩篇寫了原先各不相識的漁夫、馬伕以及三個鐵匠在俠士生活中受盡了種種苦難，一個夜晚在酒店的蘆棚下相會。詩篇反映了他們各自的願望：漁夫嚮往有一致船，然後由他的兒子搖槳，搖到他想去的地方；三個鐵匠則希望有一爿合夥開的店，而裏面賣的全是自己的產品，他們不願打造殺人的刀子，

〔註51〕《白堤》，《中國當代詩人傳略》，第 4 集，海夢主編，成都：四川文藝出版社，1993 年，第 54〜56 頁。

〔註52〕《中國當代詩人傳略》，第 4 集，海夢主編，成都：四川文藝出版社，1993 年，第 131〜132 頁。

〔註53〕潘頌德：《中國現代鄉土詩史略》，延吉：延邊大學出版社，1990 年，第 239 頁。

他們要打造鐮刀、鋤頭；而馬伕則祝願自己的馬永遠健壯。……抒寫了舊社會廣大勞動人民對美好生活的熱烈追求。」〔註54〕另外，羊翚還有詩集《千山萬水來見毛主席》，詩文選集《涉灘的縴手》《火焰的舞蹈》等。

　　杜谷，原名劉令蒙，被譽為平原詩社中的新田園詩人。1920 年生於南京。曾就讀於四川大學，1939 年參與創辦成都華西文藝社，參加成都抗敵文協活動，1940 年參加文化工作委員會文藝組。1942 年應胡風之約將所寫的新詩編為一集列入《七月詩叢》；1943 年發起組織成都平原詩社，1945 年參與創辦成都《學生報》，1950 年被選為重慶市文協理事，1961 年下放西安，1981 年參加四川作協並被選為常務理事。著有詩集《泥土的夢》，《好寂寞的岸》《好寂寞的岸》《杜谷短詩選》等。在他總結性集子《杜谷詩文選》中，包括《泥土的夢（1938～1941）》《好寂寞的岸（1942～1945）》《春天的拱門（1949～1978）》《我的葦笛（1979～1991）》《青城之歌（1992 年後）》五輯，正如詩人自述，「從抗日戰爭開始，我的這些漂泊人生的悲歡，大都反映在我的這些叫作詩文的獨白中。他們不但反映了我對人生際遇的感悟，多半也留下了時代風雲的痕跡。」〔註55〕對此，詩人羊翚曾評論說，「新鮮的藝術感覺、豐富的想像力，生動的形象和樸素的語言，產生了藝術魅力，引起讀者心靈顫動，一曲難忘！」〔註56〕胡風也說：「杜谷的向著對象徘徊、愛撫，原是由於他的切切低訴的心懷，因而使每一首都成了渾然的樂章……」。1942 年曾將杜谷《泥土的夢》編入《七月詩叢》，後因時局之故未能出版。杜谷的詩，緊扣時代鬥爭的脈搏，在詩中洋溢著詩人嚮往革命、願為革命而獻身的忠誠。同時，他的詩也善於從生活中提煉出詩的形象，構成具有他個人特色的詩的意境，如「初春，泥土像一個鄉下的少女，做著黑膩的夢，也做著綠鬱的夢，春風吹拂著她美麗的長髮和紅潤的裸足，吹卷著她的寬大的印花布衫的衣角；太陽這從南方回來的漂亮的旅客，用金色的修長的睫毛搔癢著她，而春雨則以密密的柔和的小蹄搖拍著她。」一系列富於詩意的新穎的比喻，把泥土都寫活了。如《泥土的夢》，「泥土有綠鬱的夢／灌木林的夢／繁花的夢／發散著果實的酒香的夢／金色的穀粒的夢／它在夢中聽到了／／……泥土從深沉的夢裏醒來／慢慢睜開晶瑩黑

〔註54〕潘頌德：《中國現代鄉土詩史略》，延吉：延邊大學出版社，1990 年，第 240 頁。

〔註55〕杜谷：《後記》，《杜谷詩文選》，成都：四川人民出版社，2016 年，第 341 頁。

〔註56〕羊翚：《失落的星群——讀杜谷詩集〈好寂寞的岸〉而想起的》，《長江文藝》，2001 年，第 2 期。

亮的大眼／它眼裏充滿了喜悅的淚水／看，我們的泥土是懷孕了。」這首詩最初發表在胡風的《七月》上，後來被聞一多收入《現代詩鈔》。詩歌整體角度獨特，風格清新，洋溢著對自然的讚美之情。詩人也把自己的主觀感情融入到自然，融入到土地，使得整個自然在詩人的主觀情感裡形成了一個圓潤的整體。詩歌中還運用了大量的意象，成為一首結構嚴謹、內容豐富的詩作。「泥土從深沉的夢裏醒來／慢慢睜開它美麗的大眼／它眼裏充滿了喜悅的眼淚／看，我們的泥土是懷孕了」。總之我們看到，在杜谷的詩歌中，時時彰顯著他對「廣大的土地」「廣袤的遼闊的祖國的原野」的至深情感。另外，作為編輯，杜谷還參與浣花詩叢、四川詩叢等的編輯，為當代詩歌的發展做出了重要的貢獻。

另一位平原詩社成員是女詩人葛珍。葛珍本名段維庸，1942 年在成都參加「平原詩社」，1945 年在萬縣教書，參加過萬縣詩人周末詩歌座談會等，著有詩集《遠方一棵樹》等。她的詩如《唱錦江》一樣，雖形式短小，卻常常有別出新意的感受。如《索居》，「人們忘記祈禱／也不再聽到往日沉鬱的鐘聲／在聖前他們扔去命運的偶像／幼小者將翻讀新的讚美詩／／逃亡的回到久別的家園／把葡萄園重新修葺／打開窗戶又招呼鄰友顫抖的手斟滿一杯杯祝福的酒／／歡迎你，鐵的生客／列車轟隆隆從家門前奔馳而過／和煦的風帶來春的訊息／回來了嘞！我的青山，我的峽谷……」她的詩歌，有著鮮明的女性特徵，委婉、細膩，清新而別致。正如白峽的評論所說，「詩歌容納了中國古典詩歌的精華，在鬥爭中體現美與醜的搏鬥，從而使他的詩意境深、詞彙精、韻味足。」〔註57〕

段從學曾對平原詩社做出了一段評價：「平原詩人們的成長，也不是簡單地接受既有主導價值和文壇秩序，匯入現代文學主潮的單向過程，而是立足於成都本土生存體驗」。〔註58〕平原詩社存在雖然不過短短三年多時間，但是它是在老一輩詩人何其芳、曹葆華等組織的「工作社」之後，在川西平原出現的唯一的一個詩的團體（工作社是綜合性文藝團體），它在詩創作上做出一定成績，給成都詩壇帶來了不小的影響。〔註59〕

〔註57〕白峽：《附錄：葛珍的詩》，《遠方一棵樹》，玉壘詩叢，1993 年，第 58 頁。
〔註58〕段從學：《在辯駁中展開的異質現代性：平原詩社的成都書寫》，《四川大學學報（哲學社會科學版）》，2019 年，第 3 期。
〔註59〕孫躍冬：《記成都平原詩社》，《新文學史料》，1993 年，第 4 期。

三、揮戈文藝社、拓荒文藝社等

在華西文藝社的影響下出現了揮戈文藝社和拓荒文藝社，也是一個有著鮮明地域的現代詩歌群體。1940 年揮戈文藝社成立，由陳道謨、許伽任正副主編的《揮戈文藝》，從 1940 年創刊至 1942 年，共出刊 7 期。「揮戈」借古代神話魯陽揮戈退日的傳說，宣傳抗日。除了《揮戈文藝》之外，他們還在《成都晚報》上不定期出刊有《詩與散文》專欄，出版有詩集《誠實的歌唱》。成員主要為灌縣詩人，除陳道謨、許伽之外，還有安旗、賃常彬、敖學祺、謝宇衡等。

陳道謨筆名蕪鳴、晴空，1938 年考入成都石室中學就讀，師從何其芳、丁易，著有詩集《誠實的歌唱》，並在抗戰中主編了有一定影響的《揮戈文藝月刊》。他的詩歌如《拾狗糞的人》，「多早多早的 / 他就擔負起糞筐 / 攜帶著一把為鏽糞沾滿而快要破爛的小鐵鏟 / 從那邊荒林走過來了 / 他是低著頭的，沒有向上望 / 莫不是怕見藍高的天空麼 / / 他是走在荒林與污穢角落裏的 / 莫不是怕走上坦潔的大道麼 / 低著頭 / 荒林與污穢的角落中 / 那才有拾狗糞的希望呀 / / 在腐臭得像狗糞一樣的生活圈子裏 / 拾狗糞的人 / 是不會感到人世上有愉快同芳香的 / 然而他知道光明的日子就要來了」詩歌選材角度獨特，有著綿長的意味：通過對「髒醜」世界的刻畫，不僅批判了現實，直擊現實的冰冷和醜惡，更指向光明。建國後，詩人出版的詩集有《露珠集》（玉壘詩社，1989 年）、《吹不滅的燈火》（玉壘詩社，1990 年）等。而且在 80 年代，陳道謨與都江堰當地詩人馬及時、李永庚、何民等一起創辦詩歌刊物《螢》，之後相繼創辦了「都江堰市玉壘詩歌學會」，以及《玉壘詩刊》《老年文學》等刊物，並親自擔任玉壘詩社社長，為四川當代新詩培養一批新人。王國平主編的《沉醉七十年：陳道謨先生 1933 年～2008 年作品選》《紙上歲月筆底情——眾家評說陳道謨詩文集》，對陳道謨的創作做了較為全面的總結。鍾銘祥則在《陳道謨傳》中，勾畫了他豐富的一生與詩歌創作。〔註 60〕有學者評論說，「陳道謨不是將詩視為玩物、看作案頭供品的那一種詩人。他說，『我寫詩的宗旨是：努力美化心靈和促人奮進。』因而他喜愛『具有社會功能和民族特色的優秀作品。』在詩格與人格，詩品與人品的關係上，

〔註60〕 相關史料見王國平編《紙上歲月筆底情——眾家評說陳道謨詩文集》，成都：四川美術出版社，2006 年；王國平編：《沉醉七十年——陳道謨先生 1933～2008 年作品選》，成都：四川美術出版社，2008 年；鍾銘祥：《陳道謨傳》，北京：中國文聯出版社，2009 年。

他認為『詩格應體現人格，人格也應在詩中體現』。因而他要求詩人確立寬闊的胸懷，光明磊落的人格，酷愛生活的人生態度，為『爭取人類最高理想境界的實現、讓人們永享美好幸福的生活』而努力，並『用廣大人民群眾樂於接受的、豐富多彩的藝術手法和生動活潑的詩的語言』反映出與高尚人格一致的優美的詩格來。」〔註61〕

許伽本名徐秀華，抗戰初期就讀於南薰中學，開始新詩創作。曾先後參加過《戰時學生》旬刊社、華西文藝社、現實文學社等進步社團和組織的活動，與友人創辦《揮戈文藝》《拓荒文藝》等刊物。1942 年考入內遷成都的金陵女大，不久奔赴浙東游擊區。20 世紀 50 年代後，歷任《浙江日報》《川東日報》記者等職，1955 年受到「胡風案」牽連。著有詩集《長春藤》等。詩歌《古城》中：「古城，我愛你／／古城，我愛你，雖然你的硬石板上／移動著許多軟腳。／／古城，我愛你，雖然那些被飢餓燒的發狂的眼睛，／要拼命奪去行人手中的一塊小餅。／／古城，我愛你，雖然這長街上，只有寂寞和陰暗的風景。／／古城，我愛你，你使我開始知道生活。」詩人以古城為喻，既看到了祖國背後重負的歷史，也看到了祖國的現實困境。正是在這樣的一種糾纏的情感中，表達了詩人對祖國的深厚情感。

謝宇衡原名謝鳳鳴，揮戈文藝社成員。寫出了《棄嬰》《路》《生命》等有影響力的詩作，著有詩集《長春藤》等。1944 年與採躍冬等組織山谷詩社，並出版詩刊《山谷詩帖》。1948 年，畢業於四川大學中文系畢業，後投入爭民主、反專制的文藝鬥爭中。新中國成立後，受到「胡風案」牽連。先後在成都大學等地任職。著有詩集《血的故事》（署名陳汀）、《愛底旗》（署名謝默琴）等。他的詩歌如《懷鄉曲》，「我將以什麼來懷念你呢？／呵！故鄉，／——我童年的搖籃？／你靜寞而古老的，／斑白的城堡呵！／／讓我，過去的憎恨，／——而今的愛撫，／來遙念你——／像我哀悼我早亡的，慈愛的母親一樣；／我懷念你：／以崇高的，燎亮的歌唱；／以真摯的，兒童的心靈；／以無限多從熱淚中跳躍起來的，／新生底希望；／以撕碎黑色窗紙的，戰鬥的手；／以快樂之象徵的，／如少女般溫柔的微笑……／來懷念你，／來懷念你呵！／——你靜寞而古老的，／斑白的城堡……」從這首詩歌我們看到，謝宇衡的詩歌想像力豐富、情感充沛，在形式上變化多端，非常值得關注。

〔註61〕潘頌德：《高尚的人格真誠的詩心——讀陳道漠〈吹不滅的燈火〉》，《書海徜徉錄》，1998 年，第 283 頁。

　　1941 年安旗與盧經鈺、許伽獨立出版的《拓荒文藝》，有著一定的影響。安旗原名安裕英，1945 年入四川大學學習，翌年到延安。安旗的新詩創作主要在民國時期，如《星空》，「我深愛這夏夜的天空／夏夜天空的星星。／星星明目語──／默默的，／溫柔而俏皮。／／我好像往來沒有看見過／這樣的美麗星空。／無數的小銀釘，／無數的小紗燈，／無數的合情脈脈的眼睛。／／我好像往來沒有看見過。／這樣遼闊的星空／這樣遼闊的高高在上，／（不可思議的遼闊與高啊）／似無邊的，黑沉沉的／那得現著千萬漁火的海洋。／／人啊，／還驕傲什麼？／在偉大的夜的天空下，／你我算不上，／星星一粒。」在這首詩歌匯中，詩人跳出了時代和社會，面對星空直面生命本身，重現在星空中審視生命的價值和意義，使得詩歌具有一種「遼闊」之感。在一定程度上，面對無垠而浩瀚的宇宙，安旗這首詩對的生命之思，對生命本質的追求，與郭小川的《望星空》在一定程度上是可以相提並論的。新中國成立後，先後在西北文聯、陝西省委宣傳部等部門工作。1955 年開始寫文學評論，1959 年轉業到《星星》詩刊，做過一段時間的主編。〔註62〕1979 年調西北大學從事唐詩研究。出版了系列詩學論著《論抒人民之情》《論詩與民歌》《論敘事詩》《新詩民族化群眾化問題初探》《毛澤東詩詞十首淺釋》《探海集》《李白縱橫探》《李白年譜》《李白傳》等。此時，作為學者的安旗，在敘事詩研究，以及李白研究方面，都作出了非常重要的貢獻。

　　此外，在這些文藝社團之外，四川也還活躍著一批詩人與詩刊。如《詩向》詩刊主編木斧，作為少數民族詩人，寫作了一批重要的詩歌。木斧，寧夏固原人，生於成都，原名楊莆，筆名有默影、心譜、穆新文、牧羊、楊譜、寒白等。曾任《學生半月刊》文藝版編輯，《詩向》詩刊主編。1949 年發表的《我們的路》，受到了作家劉盛亞的讚賞。建國後任四川文藝出版社副總編輯、編審等職。出版有詩集《醉心的微笑》《鄉思鄉情鄉戀》《木斧詩選》等，以及短篇小說集《汪瞎子改行》，長篇小說《十個女人的命運》，童話集《故國歷險記》，評論集《詩的求索》《揭開詩的面紗》等多種。在詩歌創作上，木斧並沒有侷限於自己的回族身份，而是如有的學者指出，「從馮乃超那帶有象徵派風味的詩學到了象徵和暗示等表現技巧，從艾青的詩學會了意象的經營和鍛造，從鄒獲帆的詩學到了構思的巧妙，從田間的短詩學到了小詩的抒

〔註62〕詳見王學東：《〈星星〉詩刊（1957～1960）研究》，第五冊，新北：花木蘭文化事業有限公司，2022 年。

情手法。」〔註63〕他詩歌如《我們的道路我們的歌》,「泥土翻身哪/種子播去哪/被侮辱與被損害的/受難的兄弟姊妹們/倔強地站起來哪//五月呵!/向垂死者唱起悼歌/讓年老的人/在等待裏死去/讓年青的人/走向自己的道路//五月呵!/掀起了風暴/在血污的日子裏/在殘酷的肉搏鬥爭/五月——大地的保姆/用血和淚/用狂暴的行動/教育著我們//讓年青人的血液/塗抹/暴君的圍牆/記錄/活的歷史/揚起/戰鬥的旗/揚起/新生的歌頌。」在詩歌中,木斧以堅實的筆法,寫出了所追求的「我們的路」,唱出了用血和淚去勇敢鬥爭的「我們的歌」。正如詩人所言,「儘管詩是有個性的,詩人用他自己的經歷、感覺,風格去寫詩,但他畢竟是屬於時代的,詩的個性寓於時代之中。古今中外許多著名的詩篇,往往就是時代的號角。如一首詩看不出詩的背景、意境和時代風貌,那也就失去了詩的生命。」〔註64〕雖然是少數民族詩人,但木斧去超越了自己的身份,在詩歌中具有了一種更高的視野,「木斧的成功與驕傲,正在於他,用一生的藝術實踐為中國少數民族漢語文學創作提供了這樣一條『遠離一回歸』的永遠的必經之路,從而對文學藝術與民族文化、民族精神的內在關係,個別生命與血緣民族,文學的時代要求與歷史意識等命題作出了深刻的啟示。」

　　主編《詩焦點》的煉虹也是四十年代四川新詩的一位有特色的詩人。《詩焦點》最先是在重慶創刊,由李岳南主編。煉虹則在成都開闢了成都版的《詩焦點》詩刊。煉虹原名劉通炬,字文韋,曾用名劉文子、王堯弼。1946年在成都主編《西南風》《詩焦點》,出版詩集《育才詩草》《紅色綠色的歌》《給夜行者》等。建國後在重慶、上海、浙江等地文聯工作,有詩集《向著社會主義》《煉虹朗誦詩選》和長詩《領班》《內戰,我反對》《解凍大合唱》等。「我的破落的窗呀,/經過/一度嚴冬的侵襲/更加/破落不堪了⋯⋯/只剩下幾根/糊滿炊煙的窗條/在苦苦地/支撐著。⋯⋯//而我的/破落的窗呀,/還睜著/為渴望燒枯的眼,/熬受著/冬天的餘寒!//然而,我的窗/是開向太陽,/開向曠野的。//只要有太陽,/就該有我的溫暖;/有曠野,/便有我綠色生命的源泉。」在詩歌中煉虹將詩歌,與時代完美地結合起來,有效地再現了嚮往光明的時代主題。關於自己的詩歌寫作,煉虹曾說「在我寫的

〔註63〕鄒建軍:《回族詩人木斧詩歌藝術風格論》,《寧夏社會科學》,1990年,第3期。
〔註64〕木斧:《學詩,在嚴冬季節》,《木斧詩選》,銀川:寧夏人民出版社,1986年,第214頁。

《人化石——石化人》（三致艾青同志）一詩中，有這樣的句子：『我和你是同樣的命運』，『你和我又同樣地幸運』，我以和艾青這樣的詩人共命運而自豪！儘管我只能算是他的一個最蹩腳的學生，但我也以能用詩為武器參加革命鬥爭而感到光榮！」〔註 65〕如駱寒超所言，「在《紅色綠色的歌》裏沒有頹喪的調子，沒有低迴的情趣，沒有繞梁的韻味，他的詩思寥闊，這使他既不拘泥於具體而微的、瑣瑣碎碎的實生活的描繪，而愛上了巨人型的象徵形象來大面積地再現生活風貌。」〔註 66〕這讓我們看到了一個有著洪亮聲音，有著高昂的生命激情的詩人。另外，煉虹的詩歌《晚會》《演出》，將對話、敘事、方言融入，顯得極為別緻。

第四節　重慶詩人群

此時的重慶，不僅是全國的政治文化中心，也是全國的詩歌中心，關於這些全國性的詩歌創作，我們就不再重點探討。在重慶詩歌界，不斷有著外來詩人的注入，有著校園文化的薰陶，也逐漸湧現出了一批有著本土特色的詩人。

方敬、楊吉甫是此時重慶本土詩人群中的兩位代表。方敬（1914～1996），重慶萬州人，原名方家齊。1933 年考入北京大學外語系，畢業後到昆明、貴陽、重慶等地任教，從事外國文學翻譯和研究。30 年代前期開始文學創作。抗戰爆發後回到成都，參加中華全國文藝界抗敵協會，與何其芳、卞之琳合編《工作》半月刊。1943 年，在桂林參與主編《大剛報》副刊《陣地》。著有詩集《雨景》（文化生活出版社 1942 年）、《聲音》（工作社 1943 年）、《丑角的世界》（星群出版社 1947 年）、《行吟的歌》、《受難者的短曲》（星群出版社 1948 年）等，散文集《風塵集》《生之勝利》《保護色》《記憶與忘卻》等多種。在方敬早期的創作中，《雨景》獲得了較多的關注。詩人在《雨景·後記》中寫到：「當初，由於孤獨，由於苦悶，也由於生之執著，我吟哦著。在那些長長的陰晦日子裏，由家鄉的荒蕪，到異地的淒涼，在無邊的空虛中，我追尋著崇高，追尋著美……。但當我重歸於寧靜時，才發現我指下的琴音是那樣枯澀，彷彿在哀婉著我生命之流的乾涸。」此時方敬的詩歌，有著異樣的風格與價值。

〔註 65〕煉虹：《我詩怎樣學起寫詩的》，《紅色綠色的歌》，南寧：廣西人民出版社，1986 年，第 164 頁。
〔註 66〕駱寒超：《煉虹和他的〈紅色綠色的歌〉》，《詩探索》，1981 年，第 3 期。

方敬的詩歌《陰天》廣為人知，而另外一首詩歌《都市鳥》也代表了方敬詩歌的獨特追求。「都市鳥摺合鼓圓的雙翼／下了，載不動沉重的空氣。／它嗅熟都市辛銳的煤煙味，／雖常有一點暴躁和一點鬱悶，／它知道如何珍愛它的心情：／不想飛。／／圓柱形的屋脊馱著它的棲止，／勞頓的歌喉忍受曲調的難產，／它閉了眼，如酣眠在過去裏。／近晚的風滌淨它遍體的華羽，／它感到一些寒冷和一些興奮，／想飛。」我們看到，這裡方敬的詩歌，與早期何其芳的詩歌一樣，完全沉迷於個體的內在情緒，構架出一副精緻的詩意之網，形成了一種獨特的感染力，使得我們的閱讀會有一種沉浸於他所刻畫的詩意世界而不能自拔之感。此後，方敬的詩歌不斷地發生變化，「比較而言，詩人《雨景》時期的作品多內心深層的發掘，《受難者的短曲》時期多向外的擴張；《雨景》多個體生命的關懷，《受難者的短曲》多社會價值的落實；一內一外，頗異其趣，審美風格也由精巧而雄樸。」〔註67〕不過，此時方敬的詩歌雖然有變化，但依然有著不可抵擋的藝術魅力。此後，方敬的創作，有了很大的變化，正如他自己所說，「個人哀樂的謳歌與乎身邊瑣事的抒寫，顯然早已被否定，一切不良的傾向與感傷成分已為無情的暴風雨沖洗開去。」「把自己置身於人民大眾當中，學著使用他們生動的語言，從活的語言的寶藏中，去尋找，採取，創造那些最明確，最響亮，最有生命力的么描寫大眾的情感，思想和意志，而且只有用這種語言所寫來的東西才能為大眾所明白所愛護。」〔註68〕由此，在他的詩歌中，初期寫作中的那種有著現代感受的朦朧、迷離的氛圍，也就逐漸消失。

建國後詩人方敬，主要工作是在西南師範大學任教，任《西南文藝》《紅岩》編委，四川省文聯副主席等職。直到 80 年代，才又重新煥發了創作的活力。「我的青春的熱情復燃了，有的詩人朋友又激勵我用詩來發言，不由自己不寫，我要在新的現實生活中唱出愛與憎，讚美與詛咒。」〔註69〕此時，他出版了《拾穗集》《花的種子》《飛鳥的影子》等集子。有學者評論說，「他的詩及散文，往往抒情與哲理融合，有對時代精神、人生價值、生命與社會意蘊的探究，有對人傑地靈的謳歌。這是方敬文學與詩歌創作的第三時期。第三時期

〔註67〕趙嘜：《圓與線：方敬詩歌的藝術世界》，《文學評論》，1995 年，第 2 期。
〔註68〕方敬：《談詩歌》，《方敬選集》，成都：四川文藝出版社，1991 年，第 880、884 頁。
〔註69〕方敬：《拾穗集》，成都：四川人民出版社，1981 年，第 195 頁。

的方敬已漸入老年,但他的詩心不老,充滿年輕的情思,被評論家認為是重返了青春時期。無論是數量還是質量,新時期是方敬創作的又一高潮。」〔註70〕在這些詩歌當中,方敬的「賦」包括《高樓賦》《祝願賦》《生命賦》《季節賦》《蛇年賦》《造化賦》〔註71〕,可以說是他人生哲學的精彩詩學呈現。1990 年出版的《方敬選集》,精選了他六十年的詩歌、散文、散文詩、雜著,集中展示了這位老詩人的一生的詩學追求。

楊吉甫是四川現代詩歌的又一個獨特存在。楊吉甫(1904~1962),四川萬縣(今重慶市萬州區)人,1924 年考入北平民國大學預科。1925 年,與劉樹德(林鐵)等人創辦刊物《夜光》。1928 年秋至 1931 年夏升入北平民國大學英語系本科就讀。1930 年在北京大學結識何其芳,共同創辦刊物《紅砂磧》。1931 年秋返回萬縣(今重慶市萬州區)任教,次年春去成都任《社會日報》副刊編輯。抗戰爆發後,與何其芳同編《川東日報》副刊《川東文藝》,並於 40 年代創辦《文藝旬刊》。《楊吉甫詩選》(何其芳編輯,1977 年)、《楊吉甫小說散文選》(向雲鵠、鄧汝倫、徐壽瑤編輯 1978 年)等收錄其詩文創作。馬悅然曾說,「楊吉甫把個人生活裏所出現的現實切成很細小、很薄的片子交給讀者:你看!這詩真正的生命的一小片!是真的!我不會騙你!你看多麼美麗啊!」〔註72〕純真、雅致,且有著田園牧歌般的情調,是楊吉甫詩歌的主要特徵。如《短歌抄》,「一、蟬的聲 / 如抽不盡的絲!」「六、原來是鴨子拱起的浪! / 我還以為是魚兒射上的水」「十四、鴨子泊在水面上, / 靜聽黃昏的聲音。」「十七、細微得若紋的水面的風, / 在小蛛的腳下過去了。」「十八、地邊擱著水桶, / 林下隱著水牛。 / 他們吃午飯去了。」這些詩歌,如評論者所說,「楊吉甫田園小詩所反映的,是這種古老的中國自然經濟的鄉村生活之寧靜、美好的一面,偏重於大自然的田園風光,孩子們所能感觸的鄉村自然美、勞動創造美和童心童趣的美。」〔註73〕總之我們看到,楊吉甫的詩歌,有著絕句一樣的藝術魅力,成就了中國新詩史上獨具風采的現代田園小詩。

〔註70〕 呂進:《方敬:創作軌跡與藝術風格》,《西南師範大學學報》,2003 年,第 6 期。

〔註71〕 方敬:《飛鳥的影子》,重慶:重慶出版社,1990 年,第 3~26 頁。

〔註72〕 (瑞典)馬悅然:《另一種鄉愁》,北京:新星出版社,2015 年,第 188 頁。

〔註73〕 何休:《永不泯逝的兩顆詩星:綠蕾 楊吉甫(中國新詩史鉤沉)》,北京:中國戲劇出版社,2011 年,第 358 頁。

1936 年，李華飛與李思齊、朱芝菲等編輯出版的進步刊物《春雲》月刊，是最早發表抗戰詩歌的刊物，該刊一度成為「四川唯一的文學刊物」，郭沫若、王亞平、覃子豪、任鈞、張天授都在上面發表了大量的詩歌。李華飛原名李明誠，字素光，號致曲，早在東京的《詩歌》上，就發表過最早歌頌紅軍長征的詩《渡洪江》。1937 年日本早稻田大學攻讀政治經濟專業，曾參加蒲風等人主持的東京詩歌社。抗戰前夕回國，參加中國詩歌會。1938 年在重慶參加中華全國文藝界抗敵協會。除了《春雲》文藝月刊之外，他還從主編有《詩報》等刊物。1945 年出版有與臧克家、王亞平合著詩集《星群》。建國初編寫的《望娘灘》《薛濤》，在川劇劇本中有著重要的影響。著有詩集《歸來者心曲》《一株海草》《八大行星之外》，散文集《孔雀，孔雀》。關於李華飛的創作，王火曾說，「『詩歌卷』包括新詩一百幾十首及散文詩十首。華飛同志是巴蜀詩壇最年長的一位從 30 年代走過來的著名老詩人。他的詩，真實祖露了自己的思想感情與人生解悟。生命寄託於詩，用詩表達愛憎與苦樂及昂揚情緒。他的詩，與人民的進步同呼吸，與時代的脈搏同跳動。詩風豪放爽朗，蘊涵感人力量。」〔註 74〕1935 年李華飛在日本時，得知紅軍勝利渡過烏江，欣然寫下了《渡烏江》一詩，並在東京發表，引起了廣泛的關注。「《渡洪江》（實指烏江）是最早歌頌紅軍長征的詩，1935 年 9 月刊於東京《詩歌》雜誌，據說當年曾得郭沫若同志的讚許。正因寫了這詩和其他抗日文章，詩人在東京曾被日本密探審訊拘留。如今來讀，仍有沉重的歷史感，使人心潮澎湃。」〔註 75〕除了共同關注的《渡烏江》之外，屠岸非常欣賞李華飛的詩歌《雨空》，「我十分讚賞他寫在抗日戰爭勝利前夕的詩《雨空》。這首詩描寫的是一個城市貧民的悲慘遭遇。他截取幾個生活片段，形象地、簡潔地表現了這個受苦人一生的命運：小販在雨中賣糖，小販在雨中暈倒，黃狗在雨中搶走了他的糖塊，小販的妻子哭倒在已死的小販身旁。全詩不長，但描繪精確，意境沉鬱，飽含著作者無限深厚的感情。……我以為《雨空》足以與《雨巷》媲美。」〔註 76〕另外，李華飛的詩歌《我回來了，山城》也有特色，「我回來了，山城母親／你孕育我二十個冬春／經歷過軍閥百次混戰／又飽嘗大革命的血腥／／我回來了，山城母親／

〔註 74〕 王火：《跨越滄桑，輝煌晚霞——讀〈李華飛文集〉》，《王火文集第 9 卷·西窗燭 帶露摘花》，成都：四川文藝出版社，2017 年，第 363～364 頁。

〔註 75〕 王火：《跨越滄桑，輝煌晚霞——讀〈李華飛文集〉》，《王火文集第 9 卷·西窗燭 帶露摘花》，成都：四川文藝出版社，2017 年，第 364 頁。

〔註 76〕 屠岸：《讀李華飛的詩〈雨空〉》，《文史雜誌》，1997 年，第 1 期。

你開九門閉九門／鹽鍋七池去跑溜溜馬／正月十五關著柵子燒龍燈／／機房街六載朗朗誦書聲／對『赤都』懷著無限深情／四年前的一個夏夜／為探索真理遠行北平和東京／／現在，我像一個時隱時現的晨星／帶回滿身風雨向母親慰問／你原有的創傷治癒多少／正度著怎樣的艱巨歷程」。與另外一首詩歌《山城，在轟炸中屹立》一起，我們看到，在詩歌中凸顯地域性，將個人經歷、探索真理、家國情懷融匯於這塊巴蜀大地，是李華飛詩歌創作的一次極有意義的探索。

與李華飛一起創辦《詩報》的張天授，也是重慶詩歌群中比較重要的一員。張天授（1916～2006），重慶人，早期在北京大學《歌謠》週刊發表搜集的民謠。1932 年曾與劉盛亞等人共同發起創立蓓蕾學社，相繼創辦了文藝旬刊《菡萏》《蓓蕾》。抗戰初期，與友人創辦《詩報》，曾任《詩星》半月刊編輯。1942年創辦了雜文壁報《夏壩風》，1944 年與王效仁等人創辦《中國學生導報》。其參與創辦的《詩報》，是抗戰時期重慶最早的詩刊。他的詩歌《說北平》：「說北平，道北平——／北平城本來很太平；／自從八月匕日起，／日本鬼子進了北平城。／搶的搶來殺的殺，／小姑娘還要被姦淫。／請大家用心想一想，／被難的都是我中國人，／被難的都是我中國人。／／說北平，道北平——／北平城如今亂紛紛，／高麗棒子和日本鬼；／到處欺辱我老百姓。／年輕的說是共產黨，／年老的也要被欺凌，／滿街的東西隨便拿，／拿去了還說是講人情，／拿去了還說是講人情。」張天授的這首詩歌，用鳳陽花鼓調寫成，有著民謠說唱特色。同時，在整齊的詩句中，詩人直接與時代對話，呈現出悲天憫人的人性關懷。

第五節　出川詩人

抗戰爆發後，一大批重要詩人入蜀，為四川現代詩歌帶來了生機。此時，一批四川詩人也由於各種原因出川。在延安、北京、上海、臺灣等地，活躍著巴蜀詩人們的身影。他們在生活與詩藝上，獲得了新的經驗，為詩壇貢獻出了一批更有特色的詩歌。

一、在延安的四川詩人

「去延安」，是那一時代最激動人心的生命選擇。在這一歷史洪流之中，有著四川詩人清晰的身影。邵子南原名董尊鑫，四川資陽人，延安給了給了

他詩歌創作的一個全新的空間。「1937 年在上海接觸了左翼文學組織，依然
奔赴解放區。……自此以後，他經常自覺地深入前線和基層，創作了不少膾
炙人口的作品。」〔註77〕據《重讀邵子南》中的《邵子南見解》介紹：邵子
南 1937 年參加了丁玲領導的西北戰地服務團，後參加發起街頭詩運動並主
編《詩建設》，出版詩集有《組織》等油印詩集。1938 年開始收集白毛仙姑
的故事，1944 年創作了長詩《白毛女》，8 月開始創作《白毛女歌劇》。一方
面，邵子南歌劇對《白毛女》的出現有著重要的影響。「邵子南同志，他是這
一劇本創作工作的先行者，他曾寫出了最初的草稿，雖然，以後這個劇本由
別人重寫，但他的草稿給予了後來的人以極大的啟示和幫助。」〔註78〕另一
方面，邵子南自己還寫出了帶有自己思考的長詩《白毛女》，「這回讀到他這
首《白毛女》詩，我感覺到他對於白毛女傳說的藝術加工有他的獨到之處，
他跟三十多年來所流行的各種版本的《白毛女》歌劇都不相同。……看他在
全國解放後不久，也就是在他去世前兩三年，還堅持寫成這首詩，可見他對
於歌劇《白毛女》，是持有不同見解的。」〔註79〕對此，陳厚成評價說，「敘
事長詩《白毛女》，包括序詩在內共四十七章，一千多行。它同歌劇《白毛女》
一樣，都是通過喜兒的傳奇式的遭遇，揭示了『舊社會把人逼人鬼，新社會把
鬼變成人』這一深刻主題，但它在藝術上卻又有著明顯不同的特點。所以，歐
陽山同志稱讚它是『從白毛女原型所生發出來的另一件藝術珍品。』」〔註80〕邵
子南的另外一些詩，短小精悍，如《告詩人》，「詩人呵，／讓你的詩／站上那
跟它一樣堅強的岩石上吧。／那是很好的崗位——／保衛邊區！」，具有著強
烈的戰鬥精神。

曹葆華也奔赴延安，不過其詩歌創作並非在奔赴延安之後。而他對馬克思
理論的翻譯，則是在赴延安之後起步的。我們先看他的簡介，「曹葆華（1906
～1978），四川樂山人。當年，他憑著聰明和刻苦，從樂山當時為數不多工商
家庭走出，考取了清華大學，開始了他的人生奮鬥歷程。19 世紀 20 年代末，
他在中外現代詩歌潮流的影響下，開始現代新詩的創作，曾出版《寄詩魂》等
五個詩集，是中國現代詩歌，特別是中國現代十四行詩體的重要探索者、實踐

〔註77〕《作者小傳》，《邵子南選集》，成都：四川人民出版社，1980 年。
〔註78〕馬可：《〈白毛女〉前言》，《馬可選集》，北京：人民音樂出版社，2017 年，第220 頁。
〔註79〕歐陽山：《序》，《邵子南選集》，成都：四川人民出版社，1980 年，第 8 頁。
〔註80〕陳厚誠：《重讀〈白毛女〉》，北京：文化藝術出版社，2011 年，第 458 頁。

—87—

者之一。曹葆華還直接翻譯介紹英美現代新詩理論，並主編《北平晨報》副刊《詩與批評》，是最早介紹西歐現代文學理論的開拓者之一。其現代詩歌理論的翻譯刺激了中國現代詩歌的革新浪潮，受到聞一多、徐志摩、錢鍾書等人的高度評價。30 年代畢業於清華大學研究院後在中華文化基金委員會繼續從事翻譯工作。」〔註81〕曹葆華曾與孫毓棠、林庚一起，並稱為「清華三傑」，出版有《寄詩魂》《落日頌》《靈焰》《無題草》《生產之歌》等 5 部詩集。在初期曹葆華的詩歌創作雖然有一定特色，但評論界的評論並沒有給予更高的讚譽。對於《寄詩魂》（北平震東印書館 1932 年）中，就有評論認為，「歌頌『愛』，歌頌『自然』，歌頌『永恆』；而詛咒沉悶的、黑暗的、定型的人間。作者的苦悶便存在在這個矛盾裏……在繁複與曲折裏，蘊藏著醇醇的詩味。」〔註82〕關於《落日頌》（新月書店 1932 年），錢鍾書就批評說，「看畢全集之後，我們覺得單調。幾十首詩老是一個不變的情調——英雄失路，才人怨命，Satan，被罰的 Promertheus 被摯的情調。……作者的詩不僅情緒少變化，並且結構也多重複。」〔註83〕當然，也有評論者看到了《靈焰》《落日頌》的獨特性，「曹君兩本詩集當中，有一條一貫的思想線索，那就是他對於現實世界不斷的攻擊……想彌補這些不美滿，只有從詩國裏尋求人類真靈的解放，使之歸於自然。」〔註84〕朱湘就對曹葆華的作品予以了很高的評價，「《呼籲》一詩能夠透澈的來觀察全盤的人生，即如求智的一段中有：但如今飛過了青春的良辰，／我仍然獨站在荒冷的郊野，／緊抱著這赤裸裸跳蕩著的心。／我不見一叢綠林，可以避風雨，／可以鎮靜著這不安定的靈魂。又如反自然的一段中有：看蜿蜒如帶五色的霓虹，／我跳蕩的心神，雜亂的思慮，／會一度得著了靜穆平怡。／但轉瞬間我澎湃的心泉，／又像子午海潮，突然湧起。最後如，最好的例子來了，人生中的一段中有：上帝，人說生命是甜蜜的酒漿，／你喝了一口還想再嘗，／又說他是苦澀的藥酒，／滴一點進口就刺透心腸。／但我端起杯不住的傾飲，／總嘗不出那苦甜的真象——／我只覺得他是一杯白水，／沒有深和著半點蜜糖；／淡泊中咬不出任何滋味，／空使你的腹中起了欲望。這決

〔註81〕馬增林：《代序：別忘了詩人、翻譯家曹葆華》，《詩人‧翻譯家——曹葆華史料‧評論卷》，陳曉春、陳俐主編，上海：上海出版社，2010 年，第 2～3 頁。

〔註82〕齊：《〈介紹〉寄詩魂》，《大公報‧文藝副刊》，1931 年 3 月 30 日。

〔註83〕錢鍾書：《〈評論〉落日頌》，《新月》，1932 年第 3 期。

〔註84〕芳中：《評曹葆華著〈靈焰〉〈落日頌〉兩詩集》，《清華週刊》，1933 年，第 38 卷，第 12 期。

不像一個年青的詩人所作的詩，這實在是能 See life steady, and see it whole 了。
《呼禱》是我認為全集中壓卷的一篇詩，其次便推描寫確切的《問》，情調豐
富的《當春光重返人生》一首十四行詩，譬哈精當的《詩人之歌》，情節婉轉
的《給——》，章法新穎的《她這一點頭》。另外有『蟋蟀喚叫飛螢』一行，我
覺得是一個好行。」〔註85〕不過總的看來，曹葆華詩歌總體上還是有著鮮明特
色，也是值得關注的：「從詩集《寄詩魂》（詩集《靈焰》基本上是《寄詩魂》
的濃縮版），經過《落日頌》，到《無題草》，曹葆華確以他忠實於理想渴求和
真誠人格的靈魂，抒寫了對於人類的真誠大愛，對於社會現實問題的熱忱關
切，對於個人美好愛情的珍貴凝想，對於光明合理人生理想的熾熱追求，對於
現實社會諸多黑暗殘忍的憤怒抗爭和詛咒。詩裏面豪放闊大與空泛呼喊並存，
幼稚單純與真誠人格同在。……他的詩裏，多的是青春愛情的熱烈歌唱，靈魂
饑荒的寂寞喊叫，讚美叛逆自由的聲音，黑暗慘苦現實社會的詛咒，故鄉美好
童年的眷戀，遠離故鄉的寂寞思念和獻身理想的誓言。」〔註86〕可以說，曹葆
華是四川現代詩歌中極為重要的一章。

作為一個重要的理論翻譯者，曹葆華輯譯有《現代詩論》，重點介紹了墨
雷、梵樂希、愛略忒・瑞恰慈等4位批評家，以及其他批評家的共14篇詩歌
理論文章。〔註87〕此時，曹葆華還有一部翻譯理論著作，瑞恰慈的《科學與
詩》，該書收入收《一般的情勢》《詩的經驗》《價值論》《生命底統制》《自然
之中和》《詩歌與信仰》《幾位現代的詩人》等7篇詩歌理論文章〔註88〕。這對
中國現代主義詩歌以及詩學理論的建構，都起來非常重要的作用。另外，他也
翻譯過高爾基的《蘇聯的文學》、左琴科的《新時代的曙光》等著作。對於中
國現代新詩的發展，曹葆華的詩學理論譯介，在當代詩壇持續發揮了更為重要
的影響，「曹葆華敏銳地感覺到，要改變『五四』以後新詩現代性探索再次遭
到質疑挑戰的現狀，需要譯介與吸收西方最新詩學理論研究成果，進行藝術觀
念與詩學批評的第二次『啟蒙』。我認為，曹葆華的系統譯介西方現代詩論、
介紹Ｔ・Ｓ・艾略特、瑞恰慈的批評詩學思想，就是屬於這第二次詩學『啟蒙』

〔註85〕朱湘：《朱湘致曹葆華（兩封）》，《詩人・翻譯家——曹葆華 史料・評論卷》，
　　　　陳曉春、陳俐主編，上海：上海書店，2010年，第4～6頁。
〔註86〕孫玉石：《序：曹葆華的新詩探索與詩論譯介思想》，《詩人・翻譯家——曹葆
　　　　華 史料・評論卷》，陳曉春、陳俐主編，上海：上海書店，2010年，第4～5
　　　　頁。
〔註87〕曹葆華輯譯：《現代詩論》，上海：商務印書館，1937年。
〔註88〕曹葆華譯：《科學與詩》，上海：商務印書館，1937年。

的積極實踐。」〔註89〕學者陳俐出版的《詩人、翻譯家──曹葆華‧詩歌卷》《詩人、翻譯家──曹葆華‧史料、評論卷》《曹葆華評傳》三本書〔註90〕，就重點探討了曹葆華翻譯介紹 20 世紀西方現代主義詩歌理論，以及對中國現代詩歌理論建設的重要貢獻。

　　但以後的曹葆華，主要致力於馬克思恩格斯列寧斯大林文藝理論的翻譯，「『七‧七』事變後，他於 1939 年毅然到了延安，任魯迅藝術院教員，後在中共中央宣傳部編譯處，主要從事馬列主義經典著作的翻譯工作，曾獨立或與毛岸青、季羨林、周揚、於光遠等著名專家合作翻譯馬列經典著作達 70 部之多（據編者統計）。『文革』之後，又翻譯了大量西方古典文藝理論著作。」〔註91〕如列寧的《唯物論與經驗批判論》《資本主義底發展》，斯大林的《無政府主義還是社會主義？》《略論黨內意見分歧》，恩格斯的《勞動在從猿到人過程中的作用》《「自然辯證法」導言》等著作，詩人的身份已經不明顯了。但他這些翻譯，對當代文學建構有著非常直接的意義。如他參與的《馬克思、恩格斯、列寧、斯大林論文藝》〔註92〕，以及他翻譯的《黨的組織與黨的文學》〔註93〕《論藝術與共產主義》《馬克思‧恩格斯論藝術》〔註94〕等。在《論藝術與共產主義》的《前言》中指出，「馬克思主義的美學思想：只有在徹底擺脫了私有制觀念的一切羈絆的共產主義社會，全面發展了的人不僅能創造出標誌著高度發展水平的科學文化，而且還能創造出極豐富的多彩和瑰麗燦縵的文學藝術。」〔註95〕總之，作為有著多種身份的曹葆華，他的影響也就不僅僅在於詩歌了。「曹葆華是 20 世紀一位頗富才華而又有獨特貢獻的詩人和

〔註89〕　孫玉石：《曹葆華的新詩探索與詩論譯介思想》，《現代中文學刊》，2009 年，第 3 期。

〔註90〕　陳俐：《詩人、翻譯家──曹葆華‧詩歌卷》，上海：上海書店，2010 年；陳俐主編：《詩人、翻譯家──曹葆華‧史料、評論卷》，上海：上海書店，2010 年；陳俐：《曹葆華評傳》，成都：四川大學出版社，2016 年。

〔註91〕　馬增林：《代序：別忘了詩人、翻譯家曹葆華》，《詩人‧翻譯家──曹葆華 史料‧評論卷》，陳曉春、陳俐主編，上海：上海出版社，2010 年，第 3 頁。

〔註92〕　曹葆華等譯：《馬克思、恩格斯、列寧、斯大林論文藝》，北京：人民文學出版社，1951 年。

〔註93〕　列寧著，曹葆華譯：《黨的組織和黨的文學》，北京：人民出版社，1954 年。

〔註94〕　曹葆華譯：《馬克思‧恩格斯論藝術》，馬克思、恩格斯著，北京：人民文學出版社，1960 年。

〔註95〕　曹葆華譯：《論藝術與共產主義》，馬克思、恩格斯著，北京：人民文學出版社，1959 年。

翻譯家。他是著名的清華校園詩人，參與 1930 年代新月派、現代派詩潮的藝術探索，系統譯介 20 世紀歐美現代詩論，至抗戰開始後投身革命隊伍，此後又一直鍥而不捨地從事馬克思主義經典理論、馬克思主義文學理論和西方詩學理論的翻譯工作。他為中國新詩和詩學現代性的發展，為在中國進行先進理論思想的傳播，默默耕耘，無私奉獻了自己的一生。」〔註 96〕現代性詩歌理論，以及在馬克思主義理論方面，曹葆華均有著不可替代的重要貢獻。趙毅衡就說，「曹葆華是我心目中的英雄：中國第一個認真翻譯西方現代文學論的學者。」〔註 97〕

　　此外，還有一批奔赴延安的詩人。如孫濱，原名凌文思，也使用筆名凌丁。1939 年底赴延安學習和工作，並參加戰歌社活動，曾任西北文藝工作團文學組組長。著有詩集《一個青年女人的故事》《新世紀的呼聲》《山川海洋集》《競賽著的人們》等多種。有抒情長詩《睡前》，長詩《活躍在生產線上的人們》《偉大的戰鬥》《青年之前》《母親》，以及自傳敘事詩《我的童年》《萌芽》《走向生活》《彷徨》《大轟炸》《奔向光明》《在延安的時候》《走向勝利》。〔註 98〕總體來看，孫濱的詩歌，記錄下來革命時代的激情，體現初鮮明的時代特色。

二‧在北京的四川詩人

　　文化古都北京，也成就了四川現代詩人的詩性人生。在北京，畢業於清華大學的李唯健，就是其中一個不可忽視的重要現代詩人。據《中國文學家》辭典介紹，李唯建（1907～1981），男，四川成都人，原名惟健，筆名四郎，詩人，翻譯家。1924 年在上海青年會中學讀書，翌年考入清華大學西洋文學系。他讀書期間受十九世紀浪漫派文藝思想影響較深，酷愛拜倫、雪萊等詩人的作品，他的專業和愛好為他之後的翻譯事業打下了基礎。1926 年開始創作，寫了九十五首英文散文詩，以表達複雜的內心狀況，題名為《生命之復活》。同時，李唯建與徐志摩、沈從文、邵洵美等人過從較密，在《新月》《詩刊》等

〔註 96〕孫玉石：《序：曹葆華的新詩探索與詩論譯介思想》，《詩人‧翻譯家——曹葆華 史料‧評論卷》，陳曉春、陳俐主編，上海：上海書店，2010 年，第 1 頁。
〔註 97〕趙毅衡：《詩行間的傳記：序〈陳敬容詩文集〉》，《陳敬容詩文集》，羅佳明、陳例編，上海：復旦大學出版社，2008 年，第 1 頁。
〔註 98〕閻純德主編：《中國文學家辭典‧現代第 6 分冊》，成都：四川文藝出版社，1992 年，第 531～532 頁。

刊物上發表新詩譯詩和譯文。1928 年 3 月，他與比他年長九歲的著名女作家盧隱結識，1930 年 8 月結為伉儷。夫婦二人婚後東渡日本，後回國暫住杭州，1934 年盧隱因難產逝世。在其妻子去世後，李唯建返回成都，創辦《大華報》。1950 年後，曾任四川省文史研究館研究員，兼成都杜甫研究會會員，四川省政協委員。他出版有詩集《生命之復活》《影》《祈禱》《雲歐情書集》。除了發表詩作，他還翻譯過眾多作品，如《愛儷兒》《英宮外史》《英國近代詩歌選譯》《四川軍閥》等，還出版有小品文集《唯建的漫談》《相思草》，以及用英詩的題材選譯了《杜甫詩歌四十首》。〔註 99〕李唯建與盧隱的愛情故事至今仍為我們稱道，二人的愛情轟轟烈烈，他們分別以冷鷗、異雲為筆名互相交換書信，書信的語言由拘謹漸漸變得熱烈，後將這些書信結集出版，命名為《雲鷗情箋》，這本信箋集也見證了倆兩個人的浪漫熾烈的愛情故事。這是一本書信集，更是一首首愛情詩，每封書信都有彼此真誠的誓言，語言如詩，濃烈動人。學者認為，「與魯迅、徐志摩的情書相比，盧隱、李唯建的屬於別一世界。盧隱為女性，這場愛雖由男性發動，但她處於決定性的位置，社會地位和名聲皆高於李，這就不同於魯、徐以男性為中心的情書往來。至少，在仍以男性為主的社會裏，盧、李兩人更加『平等』。」〔註 100〕李唯建書信開始便將盧隱視為自己的人生風向，「我要飛，早遲都得飛的，從前我只有一隻翅膀，現在有了兩隻，還不高飛嗎？」年輕的李唯建被盧隱的魅力深深吸引，將盧隱看作自己的翅膀，追求二人共同理想。「你是我的宗教，我信任你，崇拜你，你是我的寄託。」在強烈的攻勢下，盧隱不顧世人的眼光牽起李唯建的手，信的署稱也由之前的「冷鷗、異雲」變為「親愛的鷗、親愛的、我生命的愛人。」李唯建經常在心中為盧隱寫詩，「你的智慧好比日光——／給生命與一切芬芳／我是一隻翩翩粉蝶／戲遊在濃蔭的綠葉／吸收點日光的和諧。」「你的溫氣好比月光——／安慰了人們的悲傷／我是一朵潔白玉簪／含孕這春夜的醉醂／沉迷於月光的露甘。」這兩首詩中詩人將盧隱和自己設置為「奉獻者」和「給予者」角色，盧隱被喻為「日光」「月光」，詩人將自己比作「粉蝶」「玉簪」，粉蝶吸收日光的溫暖，玉簪感受月光的溫柔，日光、月光是萬物之源，詩人是萬物中普通一員，詩人這樣的寫作，除了來自發自心底的浪漫衝動，更多的是內心真

〔註 99〕　《李唯建》，《中國文學家辭典・現代第 3 分冊》，北京語言學院《中國文學家辭典》編委會，成都：四川文藝出版社，1985 年，第 188 頁。
〔註 100〕　吳珩：《前言》，《雲鷗情書集》，深圳：海天出版社，1992 年，第 2 頁。

誠的感慨，詩人已經冷鷗看作生命中不可或缺的組成部分。書信中類似的詩句很多，例如「我握著你的心／我聽你的心音」「我已非昔日之我／只因你的關係／加我以生命之火／我裏面還有個你」，簡單的人稱關係，浪漫的語言措辭，讓我們感受到戰亂年代最誠摯、最浪漫的愛情。書信集的最後還是以詩結尾，「看，我愛，你給我怎樣一個地位／你的存在真添加了我的價值／從今後我只有勝利沒有退鼓，」二人變得更加勇敢，盧隱在李唯建真情的感召下更加強大。李唯建利用自己的語言、專業優勢進行眾多翻譯的嘗試，翻譯的作品涉獵廣泛，其中有傳記小說：《愛儷兒》《英宮外史》，〔美〕柯柏《四川軍閥》；還有對西方詩歌的選譯，如：《英國近代詩歌選譯》《英華旅行會話》《維多利亞時代‧英宮外史》；他還多次為初中生選譯英語讀本，如：《初中英語讀本》；他還嘗試用英語體轉譯杜甫詩歌，集結為《杜甫詩歌四十首》。李唯建的翻譯成就不能夠被我們忽視，他不僅將英文詩歌翻譯成中文，還用英文闡釋中國古典詩歌，這不僅在當時具創新突破性，對我們現世依然具有借鑒意義，他的翻譯作品不僅為溝通中西方詩歌文化、思維方式做出重要貢獻，還為我們今大研究西方視角中的中國古典文化提供新的思考點。此外，他在 1934 年返回成都後，創辦《大華報》，為新詩的發展提供新的棲息地，推動新詩的傳播。

　　李唯建不屬於任何文學團體，他的詩歌發出的是「宇宙的回音」，是與上帝、混沌無心的宇宙、五千萬的歲月的詩性對話中企求永恆。他說，「我以為一首完美的詩歌和一切完美的藝術品一樣，都不能改動期絲毫，尤其是詩的音韻，因為許多最美的抒情詩，它的內容並不如何實在，但我們反對吟誦，得到一種詩味，竟不自知的入了一種詩境，正如我們聽水聲，聽琴聲，聽松濤，聽海嘯，所聽到的並非什麼字句，而是一種音波，我們應該從這不斷的音波中去捉著那些象徵的意味。」〔註101〕李唯建的詩歌大致分為兩類：一類以自身的經歷，在現實生活中的所見所感為主要內容，表達世俗社會與自身理想的矛盾衝突，如《再寄鴉片酒——人們最大的快樂不是生存》；另一類以愛情為主要題材，妻子盧隱為主要抒情對象，抒寫愛情的真誠熾熱，如《雲鷗情書集》，失去愛人後的惺惜慨歎，如《吟懷篇》。李唯建的詩歌以長詩為主，由於讀書期間受十九世紀浪漫派文藝思想影響較深，他的詩歌裏彌漫著浪漫主義的味道，詩中常常出現反覆排比的感歎詞，「夠了！夠了！」「停住！停住！」

〔註101〕李唯建：《自序》，《英國近代詩歌選譯》，上海：中華書局，1934 年，第 2～3 頁。

「啊！」「呵！」「哎呀！」類似的語氣詞經常被運用在詩中，渲染詩人激動熱烈的心情。他的詩歌另一大特色，就是人稱的使用，「我」「你」二元對立的人稱常被對比出現在詩中，詩中的「你」有多種象徵義，為讀者解讀詩歌、分析詩歌、理解詩歌提供多種可能，二元對話的結構增添了詩歌內蘊。李唯建的詩歌沒有明確的派別類屬，但他自身浪漫主義思想傾向和與徐志摩等人在《新月》上的交情，以為他的詩歌附上了濃鬱的抒情色彩。李唯建為民國初期新詩的發展繁榮創造了自己獨特的貢獻，許霆在《中國十四行詩史稿》曾評論李唯建的《祈禱》「為中國現代第一抒情十四行長詩，為中國的十四行體的發展做出長詩方面的突破性貢獻。《影》是李唯建寫給盧隱的一首愛情長詩，作者說，「他沒有『新』詩的幾條，更沒有一般的詩的嚴重性，但我卻願把他印成冊子，為的是好把這首寒傖的難以見人的詩貢獻給盧隱，作為我們倆結婚三週年的一個小小的紀念，如果有人把他當成詩去念，去批評，那就未免自尋苦惱，如果有人正在戀愛期中把這本小冊子拿來翻翻，也許不見得是毫無意義的吧。」〔註102〕整首詩有三十二節，詩的開頭結尾都由一段禱詞構成。整首詩處於「我」「影」「世界」三個視角構成，「我」為中心，詩歌中的「影」為盧隱的暗喻，詩中詩人在現實中碰壁、迷茫、哭泣，「我便向世人傾吐／傾吐心中的痛苦／但他們以冷眼待我／冰冷撲滅我的情火。」「我唱歌，無人相和，／我跳舞，無人走過；／孤單的一人流浪，／在生命潮中浮漾；／我向著真理用力跑，／世人站在旁邊譏嘲。」孤獨的詩人尋不到人生的方向，這時「影」的出現給詩人帶來寒冷中的一束暖光，「你就給了我一點神樂，／給了我一點心靈」「我哭，你安慰我以歡唱；生命的荊棘刺我流血，你便使我的傷痕消滅；」影的出現治癒了詩人，將詩人從黑暗中解救。如果單純地從愛情詩的角度分析，那麼這首詩便講述了李唯建與妻子曲折溫暖的愛情故事，詩人將盧隱看作自己靈魂的一道影，安慰詩人在現實中受碰撞的心靈。我認為這也可看作是詩人的自傳體詩，詩人在詩中被「名利」困頓，被世人嘲諷，這也是詩人深處現實的真實映照，詩人從最初的迷茫、哭泣、沉默到之後的「靈魂上不再生病」「我將永遠的沉默」，這是詩人心態的變化，這裡的「影」也可看作詩人心中另一個自己，在詩中懦弱的自己與堅韌的自己不停地對話，最終堅韌的自己治癒懦弱的自己，詩人重獲前進的力量。詩中上帝的穿插，禪道思維的夾雜更為這首長詩增添了深重的思想內蘊，讀完

〔註102〕 李唯建：《序》，《影》，上海：新時代書局，1933 年，第 1 頁。

這首詩，給我們感觸最深的就是詩人的真誠。李唯建的詩歌靈感有很大部分來源於盧隱，這也如他在書信中所說，他已將妻子盧隱看作自己的日光、月光、生命之火，從情初意淺的《雲鷗情書集》，到情深意濃的《影》，再到情餘意留的《吟懷篇》，盧隱貫穿了李唯建的整個詩歌之路。

在北京還有一位有著較大影響的四川詩人，也是新月詩人的朱大枬。朱大枬曾就讀於北京師範大學附屬中學，與賽先艾、李健吾組織文學團體曦社，編輯《國風日報》副刊《爝火》。後入北方交通大學學習，同時在《現代評論》等報刊上發表詩歌作品，並參加《晨報副刊·詩鐫》的創辦和編輯活動，著有詩合集《災梨集》，詩集《飢餓》《冷箭》等。朱大枬的詩，曾入選陳夢家的《新月詩選》、聞一多的《現代詩抄》、朱自清的《中國新文學大系·新詩》等多個重要選本。但由於他 24 雖英年早逝，對其全面的研究顯得極為不夠還不夠。與這個時代詩歌中的戰火、怒吼不一樣的是，朱大枬的詩歌如《寧靜的時候》《月夜夢回作歌》，是「一個靈魂在呻吟」，在凝望、在冥想。李健吾曾評價說，「我愛他的《寄醒者》——一首散文形式的詩。這篇寓意很深，充滿象徵的意義。……這首詩我承認找不全明瞭。然而我每一讀過，它就兜起我一種渾輪的悲傷的感覺。我不得不羨慕他表現的力量——一種奇異的緊縮的力量，壓止在我的心上。」〔註103〕對此，有學者進一步認為，「朱大枬的詩機器同時代文學作品中呈現出來的憂鬱具有現代品格，這種現代性確有顧彬所謂的『不可克服的人和世界的分離』的特徵，但通史還具備質疑與前瞻維度。而朱大枬關於命運、死亡、孤獨的存在主義式思索又強化了憂鬱的現代性。」〔註104〕

三、在臺灣的四川詩人

現代四川詩人，也在臺灣詩壇留下了自己深深的足跡，甚至影響了臺灣詩歌的歷史進程。據介紹，「覃子豪（1912～1963）本名覃基，四川廣漢人。1932年到北平就讀於中法大學。1935 年東渡日本入東京中央大學，回國後曾在政府任職，編過報刊。1947 年到臺灣，1954 年參加創辦藍星詩社，任社長，主

〔註103〕 李健吾：《朱大枬的詩》，《李健吾文學評論選》，珠海：珠海出版社，1998 年，第 3～4 頁。

〔註104〕 李朝平：《智性憂鬱及其現代性內涵——失蹤的新月派詩人朱大枬詩歌謅論》，《陳子善教授從教四十週年紀念論文集》，鄭績編，北京：海豚出版社，2017 年，第 156 頁。

編《藍星詩週刊》《藍星詩季刊》等。詩論主張中國新詩應堅持民族主義精神。著有詩集《海洋詩抄》《向日葵》等，詩論《詩的解剖》《論現代詩》等。後人編有《覃子豪全集》。」〔註105〕曾參加中華全國文藝界抗敵協會的覃子豪，創辦《東方週報》，還先後編輯《掃蕩簡報》《詩時代週刊》等。去臺灣後編輯《新周詩刊》《藍星詩刊》，反對橫向移植，提倡自由創作，與鍾鼎文、紀弦並稱臺灣現代「詩壇三老」，並被新詩派詩人奉為宗師。覃子豪還是一位詩歌評論家，對於詩歌創作和賞析，有著自己的獨特見解，有詩論集《詩的解剖》《論現代詩》《詩的表現方法》《詩創作論》等。1968 年後臺灣出版的《覃子豪全集》，全面彰顯了他在中國現代詩歌史上的重要貢獻。覃子豪還投身詩刊的創辦，上世紀四十年代末曾主編《新詩週刊》，1954 年與鍾鼎文等人發起創辦了藍星詩社，並主編《藍星詩刊》。覃子豪一生都致力於詩歌事業，無論是在詩歌寫作還是詩歌理論方面，都為詩壇做出了自己的貢獻。學者們對覃子豪的研究視角多樣，如鄒建軍《論覃子豪的詩歌藝術觀》對覃子豪的詩歌理論進行深入概括。

對於覃子豪，賈植芳曾說，「他始終堅持自己的人的價值，並且在詩學的領域裏進行了細緻的美學構思和探索；他在人生和詩歌的聖殿裏，仍然保持了出於污泥而不染的對人生的真摯態度。……他沒有背叛和出賣了自己，他的人生道路，是一致激蕩不息的哀歌。」〔註106〕覃子豪的詩歌創作大致可分為三個階段：前期發表《自由的旗》《永安劫後》等詩集，在描寫戰爭的場景中充斥著怒斥帝國主義的憤怒與強烈的愛國主義情感。中期發表《海洋詩抄》，在安逸的海邊生活中書寫自己的生活情思。後期《向日葵》《畫廊》在古典文化與西方的超現實衝突中營造哲思意境，慨歎人生。覃子豪的詩歌啟蒙是在中法大學讀書時，他與同學賈芝、朱顏等結為詩友，課餘時間參加朱光潛等人主辦的詩歌沙龍，在濃厚的詩歌氛圍下，他也開始寫詩，大學與同學自費出版過《剪影集》裏面的《竹林之歌》《我的夢》，算是覃子豪的處女作。「一天黃昏／竹林在細雨中哭泣／低聲地唱一首淒切的歌，／／我有一個永遠憂鬱的心／在荒寒的山洞裏／沒有一個人來訪問。／／有時我在晨風裏笑／我愛山花的溫柔／太陽在懷裏撒嬌。／／有時我心頭充滿哀怨／煩惱緊纏在心裏／如絲的雨

〔註105〕 《覃子豪》，《臺灣現代詩選》，李少君、陳衛編，北京：現代出版社，2016 年，第 1 頁。

〔註106〕 賈植芳：《覃子豪小傳》，《新文學史料》，1983 年，第 1 期。

線。」全詩一共有七段，這裡我只引用了四段，這首詩裏用到了「黃昏」「竹林」
「山洞」「月光」「秋風秋雨」「晨風」「山花」等意象，「我」所處的環境是下著
雨的竹林中，還有冰冷的月光、古廟的土牆，「我」期盼的詩在沐浴在晨風、山
花的溫柔中，但「我」實際上詩處在荒寒的山洞中，無人訪問。詩人理想與現
實進行對比，用「淒切」「憂鬱」等詞渲染自己的心境，以詩歌之境映現實之境，
儘管這時他的詩歌語言還有些青澀，但已將自己的真情融入創作。李華飛評論
這首詩說「從中可以看出覃子豪身處『九一八』事變後的古都，因社會動盪的
影響，不能安心讀書，無法超越現實進行創作，內心世界苦悶迷惘。」〔註107〕

　　去臺後，覃子豪一致保持著自己的創作風格，「如果從覃子豪1952年5月
主編《新詩週刊》算起到他1963年3月罹患惡疾為止，他在臺灣詩壇活動的
時間僅僅十年。這十年，臺灣社會正處於凋傷文化的大寒節氣，在淒風苦雨
中，各世代詩人奉迎上意順應時潮者，舉目皆是。唯獨覃子豪，不事判負，拒
絕同流，堅守詩人本有風格。」〔註108〕如果說此前覃子豪的詩作還略顯青澀，
那麼他入臺後的詩歌已彰顯光彩，一首《追求》將他的雄心以詩歌的形式吶喊
出來，「大海中的落日／悲壯得像英雄的感歎／一顆星追過去／向遙遠的大邊
／／黑夜的海風／刮起了黃沙／在蒼茫的夜裏／一個健偉的靈魂／跨上了時
間的快馬。」這首詩裏用到了「大海」「落日」「黑夜」「海風」等意象，「大
海」「海風」「黑夜」勾勒出一望無際的蒼茫景象，「落日」比初升的太陽更顯
悲壯，「悲壯」「健偉」等詞為全詩奠定慷慨基調，一連串的動詞使用，「追」
「刮」「跨」將全詩連接，全詩一氣呵成，讓人讀完後心潮澎湃。詩人初到臺
灣，與當時的紀弦出現觀點的碰撞，紀弦重知性，重「詩想」，而覃子豪認為
一首詩並不是一個直覺世界，詩的本質在抒情。兩人為此多次展開激烈的論
證，詩人在蒼茫的境況下跨上時間的快馬，不畏艱險，朝著自己的方向，順勢
堅定地走下去。羅門曾評論《追求》說，「這種表現閃爍著靈智的光輝，讓我
們看見了他在詩中所把握的那種超越了悲劇而頑強存在的人生境界，是非凡
而偉大的。」〔註109〕詩人帶給我們的是悲壯，留給自己的是義無反顧地向前。

〔註107〕廣漢市文史資料研究委員會、廣漢市覃子豪紀念館籌建組編，《廣漢文史資料
　　　　　選輯・第10輯・覃子豪紀念館落成專輯》，1988年，第55頁。
〔註108〕郭楓：《風雨淒迷路，彩虹照眼人——覃子豪五十年代臺灣新詩荒野播種者》，
　　　　　《揚子江評論》，2014年，第4期。
〔註109〕轉引自：吳思敬、趙敏俐：《中國詩歌通史・當代卷》，北京：人民文學出版
　　　　　社，2012年，第600頁。

李元洛也曾評說，「這首作品外形精練，意象鮮活而富暗示性，具有實境這一表層結構，也具有虛境這一深層結構；他富於召喚力，像讀者提供了參與審美創造的多種可能性。」〔註 110〕

　　如果說前期覃子豪的創作是即時感懷，那麼到了後來，覃子豪開始致力於創作類型題材，典型的如他的海洋詩系列。1953 年覃子豪出版《海洋詩抄》，裏面有很多寫到海裏的生物，如《鱷魚》《烏賊》；還有海邊的景物，如《霧燈》《臨海的別墅》《貝殼》《岩石》；還有海邊所見所感，如《老漁人與海》。從這本集子的創作來看，這一時期詩人的內心較平靜，彌漫著浪漫主義的情調，但這部詩集也被人評論說其「太過膚淺」，我們仍不能否認詩人在拓寬詩歌題材方面做出的貢獻。自此，海洋詩歌成為類型化題材，覃子豪也被人稱為「海洋詩人」。後期覃子豪的詩歌創作尋求技法上的跳脫，他的《向日葵》《畫廊》兩部詩集較前面的作品來說，哲理性增強，開始引入中國古典文化意蘊和西方的超現實與抽象，甚至有時呈現辯證的哲思，常常在普通的事物中寄託深刻思想。如《瓶之存在》，「淨化官能的熱情，昇華為靈，而靈於感應／吸納萬有的呼吸與音籟在體中，化為律動／自在自如的／挺圓圓的腹／／挺圓圓的腹／似坐著，又似立著／禪之寂然的靜坐，佛之莊嚴的肅立／似背著，又似面著／背深淵而面虛無／背虛無而臨深淵。」「蛹的蛻變，花的繁開與謝落／蝶展翅，向日葵揮灑種子／演進、嬗遞、循環無盡？／或如笑聲之迸發與逝去，是一個剎那？／剎那接連剎那／日出日落，時間在變，而時間依然／你握時間的整體／容一宇宙的寂寞／在永恆的靜止中，吐納虛無／自適如一，自如如一，自在如一／而定於／寓定一於孤獨的變化中／不容分割／無可腐朽。」初讀這首詩會感覺晦澀難懂，因為全詩被「一」「宇宙」「虛無」等字籠罩。我認為這首詩包含三層意蘊。首先是意象層次，全詩用到「瓶」「腹」兩個意象，這裡的「瓶」可以看作是詩人的思想寄託點，即本體。「腹」與「瓶」相對，腹是瓶包含萬物的場所。第二個，是禪道的層次，體現在對立的辯證體，「坐著／立著」「背著／面著」「深淵／虛無」「渾沌／清明」詩人採用幾組對立的詞說明人生非此即彼的境界，在第三節第四節又寫到多個一，「一寸」「一個剎那」「自適如一，自如如一，自在如一」「一澈悟」「一大覺」，道家講究萬物歸於一的境界，詩人在這裡由辯證思維到歸於一的闡述，流露出詩人此時的禪道心境。如果說

〔註 110〕 李元洛：《意境：詩人與讀者的共同創造——讀臺灣詩人覃子豪的〈追求〉與〈距離〉》，《當代文壇》，1988 年，第 2 期。

《永安劫後》《自由的旗》等前期詩集更多地借由西方元素，此時的覃子豪更多從中國古典文化中尋求人生境界的答案。第三，是詩人心境的層次。聯繫前文悲壯的《追求》到此時的《瓶之存在》，也可看出隨著詩人人生時段的後移，詩人心境由之前的豪壯、悲慨到現在的歸一、清淨。由之前義無反顧地向前到現在的思考尋求人生、宇宙的答案。全詩在塑造圓融對立的境界之外更是詩人心境的吐露，體現詩人歷經大半個人生之後的平靜與恬淡。任傳印評論這首詩為「一首葉落歸根的踐行詩，詩人血脈中流淌著古典文化的雪山之水並省成現代詩的身形，一洗我們疲憊的心魂上落下的灰塵。」洛夫稱這首詩思想深刻、技巧圓熟，為「智之所刻」。〔註111〕

　　覃子豪的一生不僅創作了許多經典的詩篇，還為我們留下了獨特的詩論主張，出版有《論現代詩》《詩的解剖》《詩的表現方法》《世界名詩欣賞》等評論集。他強調「詩的本質詩詩人從主觀所認識世界的一種意念」，提出「氣質決定風格論」，他認為節奏是情緒上最原始的表現，作詩應注重詩的內在節奏，詩的語言力求新鮮、生動、優美。覃子豪還將詩的意象、意境和境界作為詩藝表現中的初、中、高層次，強調詩歌在具備這二個層次之上還要有奧秘和象徵意味。此外，他還提出詩歌的「三美三度」，即「朦朧美、單純美、繁複美、深度、廣度、密度」。覃子豪是詩人，史是一名老師，他曾創立中華文藝函授學校詩歌班，助力培育青年詩人，包括在他創辦的《藍星週刊》上，他也主張刊登年輕詩人的作品，推動臺灣詩壇推陳出新。直到1963年他去世，他一直都為詩歌的發展奉獻著自己的力量，有人稱他為「詩的播種者」，在兩岸的土地上架起一架橋梁。

　　另一位去臺灣的四川詩人商禽，也非常值得關注，在中國現代詩歌發展史上，有著多種重要的影響。「商禽（1930～2010），本名羅顯烆，又名羅燕，……四川琍縣人。1950年隨軍赴臺。1956年加入紀弦組織的現代派陣營。退伍後，先後當過編輯、碼頭工人、私家園丁，跑過單幫，開過牛肉麵館等。著有詩集《夢或者黎明》《用腳思想》《商禽‧世紀詩選》等。」〔註112〕關於商禽的詩歌寫作，歐陽江河曾說，「我想世界上大致只有兩類詩吧，一類是專為第一次閱讀而寫的。這類詩中寫得好的會讓人在重新閱讀時仍然有一種初次讀到的

〔註111〕 轉引自：張志林：《宇宙中的「智之雕刻」──論臺灣詩人覃子豪〈瓶之存在〉的象徵意蘊》，《中國教育技術裝備》，2010年，第22期。

〔註112〕 《商禽》，《臺灣現代詩選》，李少君、陳衛編，北京：現代出版社，2016年，第158頁。

感覺，似乎它是在證明人不可能兩次讀到同一首詩。另一類詩則是為多層次的深度閱讀、歧義閱讀、甚至反閱讀而寫的，在這類詩作中讀者幾乎找不到初讀的痕跡——就像在博爾赫斯的『沙之書』中讀者翻不到第一頁。臺灣當代詩人商禽先生享有盛譽的散文詩作顯然屬於後者。」〔註113〕我們看到，在商禽的詩歌創作中，一直都對超現實主義保持孜孜追求的熱情，他的純詩理論和創作，拓寬了現代詩歌的發展空間。如《電鎖》，「這晚，我住的那一帶的路燈又準時在午夜停電了。／／當我在掏鑰匙的時候，好心的計程車司機趁倒車之便把車頭對準我的身後，強烈的燈光將一個中年人濃黑的身影毫不留情的投射在鐵門上，直到我從一串鑰匙中選出了正確的那一支對準我心臟的部位插進去，好心的計程車司機才把車開走。／／我也才終於將插在我心臟中的鑰匙輕輕的轉動了一下『唭』，隨即把這段靈巧的金屬從心中拔出來順勢一推斷然的走了進去。／／沒多久我便習慣了其中的黑暗。」評論道，「《電鎖》是商禽的代表作這一。……他對陌生人的『好心』誇大流露出現代社會裏一個小人物的疏離感和物理感。他習以為常的黑暗既是他的內心，也是這個沒有溫暖沒有夢的世界。商禽的作品既是對現實的反抗和批判，也是對約定俗成的表意方式的顛覆和超越。他產量雖少但是從無敗筆，是現代漢詩史上最具有原創性的詩人之一。」〔註114〕我們看到，在中國現代詩歌史上，商禽在「詩歌現代化之路」上是走得最遠的一位詩人，「20 世紀下半葉的中國現代詩人中，商禽無意是在『擁抱西方』上走得最遠且取得了較高成績的一位。」〔註115〕而且在臺灣詩歌的發展過程中，也有著不可替代的重要貢獻。

另外，在昆明還有一位重要的四川詩人陳銓。陳銓（1905～1969），四川富順人，原名陳大銓，字濤西，早年就讀於清華大學，先後赴美國、德國留學。1934 年回國，在清華大學、武漢大學、西南聯大任教。1940 年與林同濟等人在昆明創辦《戰國策》半月刊，後又編輯《大公報·戰國》副刊。著有詩集《哀夢影》，長篇小說《天問》《彷徨中的冷靜》《死灰》等，散文集《再見，冷荇》《歸鴻》，劇本《金指環》《藍蝴蝶》《野玫瑰》等，論著《從叔本華到尼采》等。儘管陳銓的影響並不在詩歌，但詩歌卻在陳銓的人生中有重

〔註113〕 歐陽江河：《命名的分裂：讀商禽的散文詩〈雞〉》，《詩探索》，2000 年，第 1～2 輯。

〔註114〕 紅子誠等編，《時間和旗 百年新詩選》（上），北京：三聯書店，2015 年，第 345～346 頁。

〔註115〕 陳祖君：《商禽論》，《廣西師院學報》，1999 年，第 3 期。

要意義。「陳銓一生的文學創作延續了四十年，包括各類文藝作品、理論論著、譯著和雜論等，新詩創作在其中並不佔據主要的位置，然而他最初開始文學寫作卻是從翻譯歐美詩歌和創作新詩開始的。」〔註116〕陳銓早期的詩歌，主要發表在《清華文藝》《新月》等刊物上。1943年他在《民族文學》上發表了題為《哀夢影》的兩組詩，1944年由在創出版社出版。關於詩歌，陳銓在評論郭沫若、汪靜之的詩歌時，提出了自己的觀念。對於《女神》，他認為其中的詩歌「粗野，全無詩意的狂叫」，認為新詩應該「融化中國舊體詩次的音韻、節奏、詞藻，借鏡西洋詩詞的意境。」〔註117〕進而在創作新詩之前，陳銓創作了一批舊體詩；同時，他還按照古典詩歌的格式，翻譯了濟慈、雪萊、歌德、彭斯等詩歌。因此，我們看到，陳銓的新詩創作，注重形式、結構和韻律。如寫愛情的詩歌《第一次祈禱》：「我虔求仁慈的上帝，／使我不再回憶這些。／這些，這些，／這些都是不堪的回憶！／／算來我只有一顆心，／算來我只送人一次。／然而，然而，／然而這顆心已擊成粉碎！。」儘管寫的是現代生活中的失戀事件，但詩人在表達的過程中，結合傳統的感受方式，並銘鑄了宗教意識，使得他的詩歌既具有古典氣息，又有著現代精神。極為注重現代詩歌的形式建構，是陳銓詩歌創作的一個特色。同時我們也看到，陳銓的詩歌，又有著深厚的哲學思考。在《哀夢影》中，陳銓詩歌的哲理性更強，宗教意味也更濃。如寫戰爭的詩歌《戰的哲學》：「和平是人類的本性，／戰爭是天地不仁。／虎豹不與綿羊嬉戲，／蚊蟲專靠鮮血生存。／／農夫近日荃除野草，／獵戶通宵守護森林。／弋人彎弓仰望青天，／漁夫舉網潛行水濱。／／歷史用血淚寫成，／世界從衝突產生。／和平是人類的本性／戰爭是天地不仁。」在這首詩歌中，陳銓在保持了對詩歌形式的要求之外，更有著深刻的理性的思考與反思，並將對戰爭與和平之間的衝突的詩性書寫，凝聚成一種哲學式的詩學。

第六節　何其芳與陳敬容

一、何其芳

在三十年代，何其芳是繼過郭沫若之後四川詩壇又一標誌性的重要詩人。

〔註116〕李揚：《陳銓新詩簡論》，《抗戰文化研究》，2010年，第4輯。
〔註117〕記者（陳銓）：《評〈女神〉》，《清華文藝》，1925年，第1期。

關於何其芳的生平，綜合《何其芳研究專集》《何其芳傳》等中的介紹：何其芳，原名何永芳，四川萬縣人。1929 年考入上海中國公學，1931 年入北京大學哲學系，開始發表作品。此時期的詩歌收入《漢園集》。散文集《畫夢錄》獲 1936 年《大公報》的文藝獎金。1935 年先後任教於天津南開中學、山東萊陽鄉村師範、成都聯合中學。抗日戰爭爆發後，回到成都並創辦《工作》半月刊，發表了《成都，讓我把你搖醒》等詩文。1938 年奔赴延安、在魯迅藝術學院工作。1942 年參加了延安文藝座談會。1944 年後兩次被派往重慶，進行文化界的統一戰線工作，任《新華日報》社副社長等職。1948 年調中央馬列學院，1949 年參加籌辦並出席第一次文代會。從 1953 年起，長期領導社科院文學研究所，並任中國作家協會書記處書記。出版有詩集《預言》（文生出版社 1945 年）《夜歌》（詩文學社 1945），散文集《畫夢錄》《還鄉日記》《星火集》，論著有《關於現實主義》《西苑集》《關於寫詩和讀詩》《詩歌欣賞》等，此後陸續編輯有《何其芳文集》《何其芳選集》《何其芳集》《何其芳全集》等多種文集。已出版有《百年中華何其芳》《何其芳傳》《何其芳人格解碼》《喑啞的夜鶯 何其芳評傳》《何其芳評傳》等多種研究著作。對於他的創作，有學者評論說，「何其芳從初中時代開始嘗試寫作詩歌，到大學時期終於走向成熟，期間經歷了六七年的時間。這幾年中，何其芳經歷了藝術上的不斷發展、個性愈趨突出的變化，對詩歌藝術、對自我的認識也在不斷的深化。這期間，何其芳曾經歷了對小說、戲劇等幾種文學體裁的嘗試，在詩歌藝術上，也融合了『小詩體』、新月派、現代派等多種詩歌流派的藝術風格。何其芳最終找到了屬於自己的文學形式，也建立起了自己的藝術風格。對於何其芳來說，這是他的幸運，也是他不斷追求的結果。」〔註 118〕

　　在現代文學詩歌史上，何其芳以其獨特的詩歌風貌而傲然獨立。同時他的詩作又有著不同的向度，體現出一種微妙的複雜性，「在抗戰之前，何其芳一直是以一個純文學作家而知名的。他後來收在《預言》中的詩歌和《畫夢錄》中的散文完全是唯美文學的典範之作，他最初留給人們的形象，是一個感傷浪漫的瘦弱詩人，一個整天沉迷在文學夢幻中的青年。然而短短的幾年之後，他卻成為了一個具有濃鬱政治色彩的文學批評家。到後來，他更基本上放棄了文學創作，成為了一個行政幹部，一個古典文學研究者。何其芳形象轉變的幅度

〔註 118〕 賀仲明：《喑啞的夜鶯——何其芳評傳》，南京：南京師範大學出版社，2004
　　　　 年，第 79～80 頁。

之大，在 20 世紀中國作家中是很突出，也是很少見的。」〔註119〕特別在他的在早期創作中，其精緻的風格，以及他「文字」的獨特魅力而震驚詩壇。用他自己在《夢中道路》的話來說，「我不是從一個概念的閃動去尋找它的形體，浮現在我心靈的原來就是一些顏色，一圖案。」早在 1934 年 10 月，鄭振鐸開始編《文學研究會創作叢書》，他讓卞之琳也自編一本詩集，納入其中。卞之琳與他兩個最親密的朋友一起分享了這一機會。他與何其芳和李廣田分別選一部分作品，再加上自己的一部分，分別題為「燕泥集」、「行雲集」和「數行集」，合在一起，結為一部詩集，這就是著名的《漢園集》。此時創作的《牆》，可以作為何其芳詩歌風格的典型代表：「軋軋的水車歌唱／展開清晨的長途：／灰色的牆使長巷更長，／我將佇足微歎了。／看藤蘿垂在牆半腰／青青的，誰遺下的帶子／引我想牆內草場上／日午有亭亭的樹影升騰……／朦朧間覺我是蝸牛／爬行在磚隙，迷失了路，／一葉綠陰和著露涼／使我睡去，做長長的朝夢／醒來輕身一墜，／喳，依然身在牆外。」這一時期，何其芳的創作就已經有了獨特的藝術魅力。正如學者的評價，「現實生活衝擊著何其芳的生活觀念和創作理念，使他的詩歌創作變得複雜和多樣化，呈現出與以前創作一定的變異色彩，但是，總體而言，何其芳的這些變化都還是在整體確定下的局部改變。憂鬱感傷的情調和側重於自我情感的表現，以及藝術上的精緻，始終構成何其芳早期詩歌的中心特點。」〔註120〕

　　《預言》收錄了何其芳從 1931～1937 年創作的 34 首詩歌，共分為三卷。1935 年由文化生活出版社出版，1957 年新文藝出版社再版。在這本詩集中，「第一輯的詩歌，多數是以戀愛為主題的。這些詩歌無限地美化戀愛，並從戀愛中抽出美化戀愛的要素，構成華麗的詩的世界，是一種沉醉於那種芬芳之中的情趣。雖然如此，但是這種情趣不是把那種用上心頭的飛沸騰感情，原封不動地加在所要謳歌的對象上而發出來的激烈調子，而是冷靜地抑制那種感情的昂揚。這裡所描寫的正是想從沉迷於無限戀愛所醞釀出來的氣氛中去追求快樂和安慰，實質上正是那種寂寞、孤獨的青春心靈的反映。」〔註121〕

〔註119〕　賀仲明：《喑啞的夜鶯——何其芳評傳》，南京：南京師範大學出版社，2004年，第 3 頁。

〔註120〕　賀仲明：《喑啞的夜鶯——何其芳評傳》，南京：南京師範大學出版社，2004年，第 92～93 頁。

〔註121〕　〔日本〕大沼正博：《何其芳的文藝觀》，《何其芳研究專集》，成都：四川文藝出版社，1986 年，第 422～423 頁。

何其芳這一時期的詩歌，正是以這些主題為特色，並使之成為自己專屬的藝術符號。成名詩作《有憶》（後改名為《秋天》（一））：「說我是害著病，我不回一聲否。／說是一種刻骨的相思，戀中的症候。／但是誰的一角輕揚的裙衣，／我鬱鬱的夢魂日夜縈繫？／誰的流盼的黑夜像牧人的笛聲／呼喚著馴服的羊群，我可憐的心？／不，我是憶著，夢著，懷想著秋天！／九月的晴空是多麼高，多麼圓！／我的靈魂將多麼輕輕地舉起，飛翔，／穿過白露的空氣，如我歡息的目光！／南方的喬木都落下如掌的紅葉，／一徑馬蹄踏破深山的寂靜，／或者一灣小溪流著透明的憂愁，／有若漸漸地舒解，又若更深地綢繆……／過了春天又到了夏，我在暗暗地憔悴，／迷漠地懷想著，不作聲，也不流淚！」可以看出，何其芳這時候的詩歌已經基本脫離了對音樂的依附和對現代派詩歌的模擬痕跡，體現了獨特的藝術特徵：精緻、輕柔而富有美感。「他早年的詩，藝術性強，以其嬌妍、圓融和精深見稱，富有藝術魅力。如《秋天（二）》《夏夜》等，或是描繪如畫的秋日美景，或是書寫年輕的純潔纏綿的愛念，在在足見藝術匠心，集中地表現了那種可愛的真情實景，形象豐美鮮明，預言精練鮮麗，詩意味雋永。」〔註122〕我們看到，對於何其芳這一時期的詩歌，幾乎所有的評論都指向其藝術性強的這一特點。

此後，何其芳的創作進入了《夜歌》時代，其寫作完全發生了變化。《夜歌》出版於 1945 年，收錄 26 首詩歌。如他在《夜歌》中寫到，「我們不應該再感到寂寞。／從寒冷的地方到熱帶，／都有著和我們同樣的園丁／在改造人類的花園。／我們要改變自然的季節，／要使一切生活都更美麗，／要使地上的泥土／也放出溫暖，放出香氣。／你呵，你剛走到／我們的隊伍裏來的夥伴，／不要說你活著是為了擔負不幸。／我們活著是為了使人類／和我們自己都得到幸福。／假若人間還沒有它，／讓我們自己來製造。」與前期的詩歌相比，此時的何其芳已經有了較為徹底的變化。「在預言形式上，和《預言》相比，《夜歌》已從絢麗變為樸素，從雕琢轉向自然。歐化的倒裝句式減少，口語的節奏增多。雖然是自由詩，還盡量的押韻，並追求者節奏的規律，有的在朗誦時效果很好。那些政治性很強的額內容，帶來了一種散文化的去向。單調的直陳語式多了，重複少變的魚臺，平淡的過程交代，使得『詩味不多』。」〔註123〕

〔註122〕 方敬：《緬懷其人 珍視其詩文》，《何其芳研究專集》，成都：四川文藝出版社，1986 年，第 362 頁。

〔註123〕 章子仲：《何其芳散論》，《何其芳研究專集》，成都：四川文藝出版社，1986 年，第 384 頁。

對於這種轉變，何其芳在《懷念敬愛的周總理》中說，「有許多比寫詩更重要的事情去做。」以及他在《寫給壽縣的詩》中所寫，「我熟悉的北京是很小很小的角落，寫詩最根本的還是生活。」對此，相關評論說，「經過八年實際生活的火煉，他不再是一個留連光景的人。他大踏步邁進了新的天地，勇敢地度著新的生活，而冷靜地將腐朽神奇的世界留於後。由於現實的教訓，他認識了藝術與廣大的人生之不可分性，全盤否定了那種所謂為藝術而藝術（實際是為個人而藝術）的見解。他原本的一支筆，不論是詩歌還是散文，可以說是聲華茂美，彩色繽紛，然而現在為了正確地書寫新的概念和生活，他不惜熱情地加以簡樸逼素的約束。」〔註124〕而關於何其芳這樣的一種轉變，學術界有很多的討論。但從詩人個人的寫作歷程來看，這種變化，無疑是在歷史語境中何其芳對現代詩歌另一種可能性的藝術探索。

1962年4月，人民文學出版社出版了何其芳關於詩歌藝術的長篇講稿《詩歌欣賞》。該書寫於1958年至1961年，以「獻給愛好詩歌的同志們」。其重要內容是通過一些具體的詩歌作品，來討論如何欣賞詩歌，以提高對於詩歌鑒別力。值得注意的是，他的講稿實際上展示出了一種相當獨特的當代「詩歌鑒賞學」：一方面，他的「詩歌鑒賞學」理論在當下名目繁多的各種詩歌鑒賞、詩歌欣賞書籍中，以其獨特的「鑒別」詩學旨趣，成為當下「詩歌鑒賞學」進一步推進的一個重要參照；另一方面，他的「詩歌鑒賞學」又試圖構建出一個當代「詩歌鑒賞學」的宏大體系，這不僅為當代詩學體系的建構具有重要的借鑒意義，而且為中國當代詩歌的突圍具有一定的啟示意義。

何其芳的《詩歌欣賞》副標題為「獻給愛好詩歌並希望提高鑒賞力的同志們」，正是要解決這樣一個問題：「我是一個詩歌愛好者。但是我卻感到對詩的好壞缺乏鑒別力。怎樣辦？」而解決這一問題，他所採用的方法是，「我不妨選出一些詩歌來，說明它們那些地方好，如果有缺點，也說明在什麼地方。」〔註125〕因此，何其芳的《詩歌欣賞》最主要的任務就是，通過「詩歌鑒賞」，最終提出「好詩」的標準。而且是通過對具體詩歌作品的分析、鑒賞中，得出「什麼是好詩」，以及詩歌怎樣才好，怎樣不好等結論。在具體操作過程中，

〔註124〕王辛笛：《何其芳的「夜歌」》，《辛笛集·第四卷·夜讀書記》，上海：上海人民出版社，2012年，第67～68頁。

〔註125〕何其芳《詩歌欣賞·一》，《何其芳全集》第4卷，石家莊：河北人民出版社，1998年，第353頁。

何其芳選擇了三類詩歌來分析「好詩」。一是大躍進民歌，包括農民的民歌、工人的民歌、少數民族的民歌以及一些愛情的民歌。第二類是古典詩歌，他選了唐代的一些詩人作為分析的案例，如杜甫、李白、白居易、李賀、李商隱及其詩歌作品。第三類是現當代詩人的詩歌，他選擇了作品來分析的詩人有郭沫若、聞一多、馮至、未央、聞捷。那麼，通過對這些選出來的詩歌的分析，何其芳在他的《詩歌欣賞》中展示出了「好詩」是怎樣的呢？怎樣才是「好詩」的標準和尺度呢？

第一，「好詩」在內容上的標準。何其芳認為，「好詩好像總要有這樣的內容：它是從生活中來的，它是飽和這作者的感情的，它是有一定典型性和獨創性、而且能造成一種美的境界的。」〔註126〕他通過對以上三類詩歌作品的具體、細緻的分析和鑒賞之，得出了「好詩好像總要有這樣的內容」的結論。他說好詩是「從生活中來的」，首先將「好詩」的標準奠基在對「生活」的重新解讀和思考中，「生活」才構成好詩的絕對標杆。如在分析民歌的時候他說到，「生活，只有生活，才是詩的源泉。只有生活的強烈的力量鼓動我們的心靈，詩歌的翅膀才會飛騰，詩歌的魔笛才會奏出迷人的曲調。為寫詩而寫詩的人，為了想獲得詩人的稱號而寫詩的人，是寫不出真正激動人心的好詩來。」〔註127〕不但強調了生活對於詩歌的重要，而且指出，只有建立在生活基礎上的詩歌，才能成為好詩。如民歌《紡織工人》和《夜話》，他說，「以上兩首詩都是工人同志歌頌自己的生活，他們都是從生活中有了感受和感動才寫出來的，所以都寫得有感情。」〔註128〕只有對生活感興趣的詩歌，才能包含著強烈的情感，才有打動人內心的內容。在「生活」這一基礎上，何其芳特別看重蘊含於生活中的「精神力量」，尤其是「時代精神」才最能體現出「好詩」強烈的情感內容。在評價郭沫若的詩歌的時候，他就特別讚賞郭沫若《女神》中的「時代精神」：「它強烈地表現了當時中國人民、當時的進步的青年知識分子對於祖國的新生的希望，表現了他們的革命精神和樂觀主義精神。它寫出了對於舊中國的現實的詛咒和不滿，然而更突出的是對未來的新中國的夢想、預言

〔註126〕何其芳《詩歌欣賞·十二》，《何其芳全集》第4卷，石家莊：河北人民出版社，1998年，第449頁。

〔註127〕何其芳《詩歌欣賞·三》，《何其芳全集》第4卷，石家莊：河北人民出版社，1998年，第373頁。

〔註128〕何其芳《詩歌欣賞·二》，《何其芳全集》第4卷，石家莊：河北人民出版社，1998年，第364頁。

和歌頌。」〔註129〕所以，何其芳認為的「好詩的內容」中，蘊含於生活中的「時代精神」，才能更進一步彰顯出深刻的價值。同時，「好詩的內容」，除了以現實生活的「時代精神」為核心之外，包圍生活的自然之美，也成為「好詩」的一個重要的指向。在評價李賀詩歌的好處的時候，他說，「文學藝術的價值並不僅僅在於它們能夠把生活中的事物描摹得像真的一樣，而且還在於他們能夠在反映現實中創造出一種美的境界。」〔註130〕由此，在這部《詩歌賞析》裏，他重點鑒賞了李白的《蜀道難》和杜甫《夢李白二首》，認為他們體現出了「好詩」的另一標準，這就是「白然美」：「文學作品，特別是抒情詩，它的主要的客觀意義有時並不表現在作者的主觀的議論裏面，而是由它的一些最吸引人的形象來形成的。《蜀道難》的主要的客觀意義就是描畫了雄壯奇異的自然美，並從而創造了莊嚴瑰麗的藝術美。」〔註131〕生活中的時代精神，與自然自身之美，構成了何其芳所說的「好詩的內容」。

　　第二，好詩在形式上的標準。如果說「好詩」內容的標準還稍嫌寬泛了些的話，那麼在何其芳的「詩歌鑒賞」理論中，「好詩」在形式上「好」的標準則更具體，也更為直觀。「好詩的形式」在詩歌創作上更具有現實的操作性，在詩歌鑒賞中也更具標準性。何其芳認為，「好的詩歌好像總要有這樣的表現形式：它是完美的、和諧的、有特點的，他是和散文有區別的，他是和它所表現的內容很適合因而能加強內容的感染力的。」〔註132〕這裡所說的「好詩」的好的形式，包含了三個標準，一是形式的完美和諧，二是區別與散文，三是形式適合內容，加強內容的感染力。好詩的形式必須為好詩的內容服務，這是何其芳討論「好詩的形式」的一個重要前提。在討論一首山西民歌的時候，何其芳就專門分析了形式如何適合內容，如何加強內容感染力的問題。該民歌為「南山松柏青又青，／人人愛社一條心。／莫學楊柳半年綠，／要學松柏四季青。／莫學燈籠千隻眼，／要學蠟燭一條心。」何其芳指出，「這首詩的形象的好處在於他們不但豐富，而且新鮮。」同時，他還具

〔註129〕 何其芳《詩歌欣賞·九》，《何其芳全集》第 4 卷，石家莊：河北人民出版社，1998 年，第 417 頁。

〔註130〕 何其芳《詩歌欣賞·八》，《何其芳全集》第 4 卷，石家莊：河北人民出版社，1998 年，第 408 頁。

〔註131〕 何其芳《詩歌欣賞·六》，《何其芳全集》第 4 卷，石家莊：河北人民出版社，1998 年，第 394～395 頁。

〔註132〕 何其芳《詩歌欣賞·十二》，《何其芳全集》第 4 卷，石家莊：河北人民出版社，1998 年，第 449 頁。

體闡釋了「好」的真正原因:「如果這首詩只用松柏來比喻『愛社一條心』,那仍可能是一首比較平常的民歌。因為這樣的比喻,這樣的形象,已經用得很多了,不能給人以新鮮的感覺,因而也不能吸引人。用楊柳半年來比喻人的愛不長久,和松柏四季青相對照,用燈籠千隻眼來比喻人的心不專一,和蠟燭一條心相對,這都是我們過去詩歌中沒有見到過的。然而讀起來卻覺得恰到好處。巧妙,但並不纖弱。」〔註133〕所有的「好詩」,其形式首先是,必須是要為內容服務的。在「好詩」的形式標準中,何其芳特別看重形式的完美和諧。因此,在賞析郭沫若的詩歌的時候,他說《女神》裏的很多詩都是形式和內容完美結合的好詩,但是不一定全部都是好詩。在他看來,《鳳凰涅槃》《晨安》《匪徒頌》都是有缺點的詩,因為他們沒有完美的形式。所以,何其芳儘管非常讚賞郭沫若、聞一多的詩歌,認為是「好詩」。但是,他仍然對新詩忽視「形式的完美和諧」大加批判,「從『五四』早期的詩歌起,而且可以說直到現在這種現象仍然存在,我國古典詩歌的精練和完美的傳統,鍊字鍊句的傳統,在新詩裏面實在太少見了;寫得輕鬆寡味、十分慷慨地浪費行和節的詩實在太多了。」〔註134〕他更看重詩歌鑒賞中形式的獨特意義,在詩歌本體論意義上形式的獨特價值。在詩歌鑒賞中,他以馮至《蛇》《南方的夜》為例,指出:「那些一讀就能夠打進人的心裏而又經得住反覆玩味的詩,卻總是既有詩的激情,又有完美的形式。」〔註135〕在何其芳「好詩」的形式標準中,在重視形式的完美和諧的基礎上,形成了他獨特的「格律詩」理論,這對當代詩學的建構具有重要的意義。「從理論上說,自由詩也可以寫得很精練很完美;但流於鬆散卻滔滔者天下皆是。格律詩也可以寫成湊韻湊行,或者有格律而無詩;但在真正的詩人手裏格律卻常常可以促使他多做一些推敲和加工。」〔註136〕這樣,何其芳「好詩」的形式標準,進一步呈現為他對「格律詩」的理論探討,這在當代「詩歌鑒賞學」理論中獨具特色。

第三,「好詩」的標準還在於個性。通過好的內容和好的形式,我們看到

〔註133〕何其芳《詩歌欣賞·一》,《何其芳全集》第4卷,石家莊:河北人民出版社,1998年,第354~355頁。

〔註134〕何其芳《詩歌欣賞·十》,《何其芳全集》第4卷,石家莊:河北人民出版社,1998年,第426頁。

〔註135〕何其芳《詩歌欣賞·十》,《何其芳全集》第4卷,石家莊:河北人民出版社,1998年,第433頁。

〔註136〕何其芳《詩歌欣賞·十》,《何其芳全集》第4卷,石家莊:河北人民出版社,1998年,第429頁。

了何其芳對於「好詩」的基本價值判斷。但如果何其芳的「好詩」標準被固定、固化，成為一個死的標準，那麼他的「好詩」理論是值得懷疑的，是沒有生命力的。而何其芳正是在「好詩」標準中加入了「變化和差異」這樣一個標準，使得他的「詩歌鑒賞學」理論更具延展性和生命力。對於「好詩」的內容和形式，並不是要求所有的詩人都整齊劃一，只有一種好的詩歌內容和一種好的詩歌形式，而允許追求多種風格。何其芳對此強調說，「內容隨著時代和階級的不同而有變化和差異，而且可以有很大的變化和差異。」「好的詩歌的形式、寫法和風格更是千變萬化，不但隨著時代和階級的不同而有變化和差異，而且每一個有獨創性的詩人有他的特色。」〔註137〕在他看來，這種具有「變化和差異」的多種自我個性風格，也是「好詩」的一個重要指標。何其芳對於李賀、李商隱等詩歌的鑒賞，進一步突出他對好詩多樣風格的贊同。何其芳從「好詩」標準中的個性風格，展示出了他獨特的詩歌鑒賞眼光。在討論聞捷的《天山牧歌》的時候，很多人都喜歡其中的組詩《吐魯番情歌》，他卻說，「我卻更喜歡裏面的另一組詩《博斯騰湖濱》。《吐魯番情歌》寫的當然是我們的兄弟民族的生活，但在寫法上卻和外國有的詩人寫青年男女愛情的短詩有些相似。這樣我覺得《博斯騰湖濱》更能表現作者自己的風格了。」〔註138〕握住「變化和差異」的「個性」，不但成為何其芳鑒別「詩的好壞」的一個重要標準，而且還體現出他作為一個鑒賞者獨特的藝術眼光。

總之，圍繞「什麼是好詩」、「如何鑒別好壞」這樣一個問題，結合對具體詩歌作品進行鑒賞的操作方法，何其芳在他的《詩歌欣賞》中，從「內容上」、「形式上」、「個性風格」這三方面做出較為有力的思考和回答，體現出他在當代「詩歌鑒賞學」中的獨特追求。

實際上，對於何其芳來說，儘管其詩歌創作的影響最大，但其最終的成就卻遠不止在詩歌這一領域。甚至可以說，何其芳在詩歌批評、文藝評論等其他方面的影響，毫不遜色於他的詩歌。「人們沒有忘記何其芳，人們也不該忘記何其芳，這位在 20 世紀中國文學史上留下過自己足跡的詩人、作家和學者。他為人們留下的《畫夢錄》《預言》《夜歌》以及《論阿 Q》《論〈紅樓夢〉》等

〔註137〕何其芳《詩歌欣賞·十二》，《何其芳全集》第 4 卷，石家莊：河北人民出版社，1998 年，第 449 頁。

〔註138〕何其芳《詩歌欣賞·十一》，《何其芳全集》第 4 卷，石家莊：河北人民出版社，1998 年，第 441 頁。

作品，是中國現代文學和學術界珍貴的財富。」〔註139〕由此，當我們把詩人何其芳放在一個更大的視野之中時，我們將看到一個更為有價值的何其芳。

二、陳敬容

陳敬容不僅是四川第一位重要的現代女詩人，也是中國現代詩歌上的重要代表。陳敬容的創作主要集中在這一時期，可以說是這一時期四川現代詩歌的又一座高峰。「在中國現代詩歌史上，陳敬容史為數很少的女詩人之一；在為數很少的女詩人中，像陳敬容那樣，詩歌生命一直延續了大半個世紀的，那更是就鳳毛麟角。」〔註140〕根據一些相關的史料，我們簡單梳理一下陳敬容的生平與創作：陳敬容，女，原名陳懿範，筆名藍冰、成輝、文谷。1917 年生於樂山。1932 年學習寫詩，1934 年在北京大學和清華大學中文系旁聽，1938 年在成都參加中華全國文藝界抗敵協會。當過小學教師、雜誌社和書局的編輯。1945 年出版第一本散文集《星雨集》（文化生活出版社 1946 年），並到上海專門從事創作和翻譯。接著在星群出版社出版了《交響集》，在文化生活出版社出版了詩集《盈盈集》。於 1948 年參與創辦《中國新詩》，1949 年在華北大學學習。建國後，1956 年任《世界文學》編輯，1978 年起重新執筆創作，並為《詩刊》編外國詩歌專欄。1986 年，陳敬容詩集《老去的是時間》獲得全國優秀新詩集獎。2008 年羅佳明、陳俐編的《陳敬容詩文集》，搜集了陳敬容一生所創作的詩歌近三百首，將陳敬容生前曾經出版過的詩集《盈盈集》《交響集》《老去的是時間》等詩集和散文集《星雨集》《遠帆集》全部收錄，同時也編入集外其他散佚的詩歌和散文，這是對陳敬容詩歌創作的一次全面總結。正如詩文集的後記所說，「在中國現代詩歌史上，陳敬容是為數很少的女詩人之一；在為數很少的女詩人中，像陳敬容那樣，詩歌生命一直延續了大半個世紀的，就更是鳳毛麟角。……一直到 1989 年離開人世，她用生命孕育出一顆顆善良的詩歌珍珠，表達著對自然、人生、社會的體驗和思考，表達著最本真、最純淨的人性。」〔註141〕我們看到，陳敬容其創作跨越

〔註139〕 賀仲明：《喑啞的夜鶯——何其芳評傳》，南京：南京師範大學出版社，2004年，第 267～268 頁。

〔註140〕 《編後記》，《陳敬容詩文集》，羅佳明、陳例編，上海：復旦大學出版社，2008年，第 738 頁。

〔註141〕 《編後記》，《陳敬容詩文集》，羅佳明、陳俐編，上海：復旦大學出版社，2006年，第 738 頁。

現代與當代，留下近 350 首詩歌，是中國現代創作時間跨度最大，藝術生命最長的女詩人之一。

對於陳敬容的詩歌，流沙河評論說，「必須文化程度提高，人生閱歷漸多，處世態度沉穩之後，方能欣賞感情收斂，語言精緻，意蘊冷凝如敬容之作以及九葉詩派的詩風。」〔註142〕總來的看，對於陳敬容的詩歌創作，學界的研究主要圍繞兩個大的方面展開，一是對其創作的研究，如詩歌語言、音樂性、現代性、前期及後期詩歌不同風格等方面的研究；二是對其翻譯的研究，主要分為微觀的翻譯鑒賞研究和宏觀的關於陳敬容翻譯思想及翻譯觀的研究。根據陳敬容的人生經歷，其詩歌主題也分為三個階段。早期的青春、成長、愛情、個人的生存狀態等主題；中期的鞭撻社會、揭露社會黑暗；晚期對生命的理性思考。而趙毅衡則給予了更高的評價，「堅持寫詩的陳敬容，應當是從三十年代鏈接到八十年代的深長淵源，中國新詩現代性潛流的默默承載者。」〔註143〕可以說中國詩歌的現代化進程中，陳敬容的探索和實踐，無疑其中的一幅濃墨重彩的油畫。

在陳敬容的創作過程中，《盈盈集》是她的起步之作。《盈盈集》包括各《折人與貓（1935～1939）》《橫過夜（1940～1945）》《嚮明天瞭望（1945）》三輯。但這部作品，並沒有獲得較高的評價。趙毅衡就說，「後來收在《盈盈集》中的文字，真是淚水盈盈：看來坁代中國又添一個以『相夫教子』填空白簡歷的夭折才女。這時期偶有詩作，打坐平淡無奇的傷感。語句中偶而閃過北京的那個學詩少女的影子，『誰，高高地投擲，一串滴血的，心的破碎』。」〔註144〕在陳敬容的詩歌中，雖以包容的胸襟吸收、借鑒了現代派詩歌的寫作技巧與表現手法，但其詩歌精魂中始終流淌著古典主義的血液。如她自己所言，「從楚辭到漢晉魏的辭賦和古風，我學到些大方的氣度；從唐代的絕律，學到些謹嚴和清新」，詩人在早期詩集《盈盈集》中更多的是體現出對傳統詩學的繼承。

我們知道，在陳敬容早期詩歌中，有著典型的古典特色，但到了 1945 年之後，他的詩歌則有了沉穩、陽剛的一面。在陳敬容的研究中，評論界都把對

〔註142〕 流沙河：《序一 拜見敬容先生》，《陳敬容詩文集》，羅佳明、陳例編，上海：復旦大學出版社，2008 年，第 1 頁。

〔註143〕 趙毅衡：《詩行間的傳記：序〈陳敬容詩文集〉》，《陳敬容詩文集》，羅佳明、陳例編，上海：復旦大學出版社，2008 年，第 5 頁。

〔註144〕 趙毅衡：《詩行間的傳記：序〈陳敬容詩文集〉》，《陳敬容詩文集》，羅佳明、陳例編，上海：復旦大學出版社，2008 年，第 5 頁。

目光集中在了這一時期。袁可嘉提到,「1945 年敬容到達重慶,參加民主愛國運動,後來在上海從事詩刊編輯工作,這個時期不長(1945～1948),卻是她詩創作中最重要、最出色的年代,寫出了一批可以傳至後世的佳篇。」〔註145〕「陳敬容在上海出的詩集叫做〈交響集〉,如果要一個詩人必須有自信,這標題應當是自信之冠。當她對詩遊刃有餘時,她對世界也遊刃有餘。她會鄭重其事勸告某人說,⋯⋯她甚至會戲劇化地嘲弄某個人⋯⋯她甚至會灑脫幽默地揮揮手與某個人告別⋯⋯。」〔註146〕「在總共出了五期的《中國新詩》中,我們看到一位優秀詩人出現在一九四八年,給中國詩帶來一種成熟的現代性。而那種輕快而微妙的反諷基調,我們甚至可以稱之為男性氣質。中國現代詩的歷史,還沒有一位女詩人能做到這一點。我們還必須說,連陳敬容本人以後再也沒有能回到這個高度。」〔註147〕如詩歌《力的前奏》得到了廣泛的關注,「歌者蓄滿了聲音 / 在一瞬的震顫中凝神 / / 舞者為一個姿勢 / 拼聚了一生的呼吸 / / 天空的雲、地上的海洋 / 在大風暴來到之前 / 有著可怕的寂靜 / / 全人類的熱情匯合交融 / 在痛苦的掙扎裏守候 / 一個共同的黎明」。對於此時,唐湜就說,「我更喜愛的倒是同一年的《力的前奏》這樣明淨而有力的短章,最凝練而有最豐富,極為深刻地勾勒出大風暴之前天空的雲、地上的海洋、在凝聚巨大的偉大時的那種『可怕的寂靜』,一種彎弓未射時最有力的姿。」〔註148〕在這裡,陳敬容的詩歌,不僅有這鮮明的現代主義創作技巧,也體現出一種豪邁的氣魄,為我們呈現了在現代精神之下別樣的世界。這體現為兩點,一是現實主義的人文關懷,在四十年代抗戰期間的詩作,以詩歌介入現實,批判和揭露社會。二是現代主義的內在表達,袁可嘉在提倡新詩現代化時曾宣稱,「絕對肯定詩應包含、應解釋、應反映的人生現實性,但同樣絕對肯定詩作為藝術時必須被尊重的詩的實質」。這一時期陳敬容的創作,無疑是現代新詩的一種輝煌,「大體上從 1942 至 1949 年,是她的創作的第一個高峰期,藝術上她正在走向成熟,更有意識地使用語言和形象更富於暗示,更有啟發性,

〔註145〕 袁可嘉:《蘊藉明澈、剛柔相濟的抒情風格——陳敬容詩選〈新鮮的焦渴〉代序》,《文學評論》,1990 年,第 5 期。

〔註146〕 趙毅衡:《詩行間的傳記:序〈陳敬容詩文集〉》,《陳敬容詩文集》,羅佳明、陳例編,上海:復旦大學出版社,2008 年,第 7～8 頁。

〔註147〕 趙毅衡:《詩行間的傳記:序〈陳敬容詩文集〉》,《陳敬容詩文集》,羅佳明、陳例編,上海:復旦大學出版社,2008 年,第 8 頁。

〔註148〕 唐湜:《論陳敬容前期詩歌》,《詩探索》,2000 年,第 1～2 輯。

在選取、捨棄、增添、消減、滲透、互補、交叉和協調時開始顯示隨心所欲的熟練，寫出了《雨後》這樣的佳作。她似乎更願意在一定尺度內控制想像的自由，寧願有不豐富中的豐富而不願有豐富中的不豐富，處處留神保持恰到好處的語言力度。」〔註149〕在陳敬容詩歌中，我們可以感受到，這樣一種複雜的人生經驗和社會經理所構築起來的複雜的心靈體驗。陳敬容融合了現代主義的表現手法以及傳統詩學的魅力，深刻地思考人生、生命、宇宙，其詩句時時閃耀著哲理的光輝。

建國後，陳敬容的詩歌雖然不多，但也創作了　定數量的詩歌作品。在《陳敬容詩文集》的《集外輯詩》中，就有他不少的詩歌創作，如《假日後送女返學》《芭蕾舞素描》《雨後在青年湖》等。面對宏大的時代之潮流，此時陳敬容的詩歌，較為質樸，更多的是彰顯出對大自然的投入，以及對生活的熱愛，延續著她早期詩歌對個體生命挖掘的現代性視野。作為九葉派詩人代表的陳敬容，1979 年重新開始詩歌創作，並出版了詩集《老去的是時間》，收錄了詩人 1979～1982 年創作的 33 首詩歌。在《老去的是時間》中，她寫到，「老去的／是時間，不是我們！／我們本該是時間的主人」，這讓我們看到了晚年陳敬容詩歌中更加睿智的理性思考。1984 年出版社的《遠帆集》，則收錄了詩人的 34 篇散文詩。「它書寫的足舊時代一個青年知識分子對人生和藝術的某些探索和追求。」〔註150〕此時，陳敬容的詩歌創作，依然保持著高度的現代質素。如詩歌《山和海》：「相看兩不厭／唯有敬亭山」／李白／／高飛／沒有翅膀／遠航／沒有帆／／小院外／一棵古槐／做了日夕相對的／敬亭山／／但卻有海水／日日夜夜／在心頭翻起／洶湧的波瀾／／無形的海啊／它沒有邊岸／不論清晨或黃昏／一樣的深／一樣的藍／／一樣的海啊／一樣的山／你有你的孤傲／我有我的深藍」。這首詩歌寫於 1979 年 4 月，是陳敬容後期的代表作品之一，陳敬容在病中寫下了這一首詩歌，詩中寫了小院、古槐、敬亭山、海和山等意象，虛實相生，運用對照等手法，全詩充滿了張力。詩歌表現了詩人暮年在病中所感到寂寞孤獨，但詩人並沒有因此頹然，而是借大自然予以慰藉，表現出暮年之時的坦然恬靜、樂觀豁達，充滿了浪漫主義的色彩。這首詩歌體現出她在思想上的更加深沉，更加注重人生底蘊，更多了一些對人生現實

〔註149〕彭燕郊：《明淨的瑩白，有如閃光的思維──記女詩人陳敬容》，《新文學史料》，1996 年，第 1 期。
〔註150〕《內容提要》，《遠帆集》，廣州：花城出版社，1984 年。

的哲理思考，而這種思考與西方現代主義詩歌技法和中國新詩的藝術傳統又
達成了一種新的融合。我們看到，「陳敬容是『在中西詩藝結合上頗有成就，
因而推動了新詩現代化進程的重要女詩人之一』。……由於面對的對象的廣闊
與豐富，以前表達個人孤獨、迷茫情緒的意象和手法已難以適應新的藝術探索
的需要，陳敬容也正是在這兩方面進行了自我突破。如果說她早期因為缺乏對
話者而主要選擇了自然意象的話。那麼，當她轉向人世觀照、社會觀照以後，
她的詩歌意象則主要來自具體的現實社會，讓這些意象組合成詩人心目中的
複雜世象。」〔註 151〕雖然建國後的陳敬容更多的是以編輯、翻譯家的身份出
現在中國文壇上，但她於 1956 年開始在《世界文學》任編輯，就翻譯了《巴
黎聖母院》《絞刑架下的報告》《安徒生童話》等作品。更為中重要的是，在詩
歌工作方面，她還翻譯的波德萊爾的《惡之花》和里爾克的《圖像集》，合併
為《圖像與花朵》〔註 152〕，這對當代詩歌的現代化進程無疑是有著極大的促
進作用。另外，陳敬容還主編了《中外現代抒情名詩鑒賞辭典》，〔註 153〕收中
國和外國現代 344 位詩人的抒情名詩 655 篇，顯示一種開闊的詩歌視野。在當
代詩歌翻譯、鑒賞方面，陳敬容都做出了積極的貢獻。

袁可嘉先生為陳敬容的詩選《新鮮的焦渴》寫代序時評價：「在我國八十
年來的新詩界，敬容無疑是以蘊藉明澈、剛柔相濟為特色的最優秀的抒情女詩
人之一，在四十年代新詩現代化的革新運動中，她又是卓越的創作家和翻譯
家，她和其他八位詩人一道站在這個新詩運動的最前列，把新詩藝術推向了一
個新的高潮。」〔註 154〕陳敬容作為中國新詩現代話的代表女詩人，不僅是中
國現代創作時間跨度最大，藝術生命最長的女詩人，為中國新詩史的書寫產生
了深遠的影響。她還突破了傳統女性詩歌的寫作範疇，給中國新詩的現代化帶
來了衝擊力和新鮮的活力，「面對變動不居和紛繁複雜的現代生活，她選擇了
回到個體生命、以一己之激情來中斷和衝破一切的人生態度。陳敬容清晰地體
驗到了現代時間之流帶來的侵蝕和不穩定感，也在上海這個現代都市中體驗
到了紛繁複雜的經驗碎片對個人完整性的衝擊。但她並沒有順應這種衝擊，選

〔註 151〕 蔣登科：《陳敬容：在新鮮的焦渴中沉思與創造》，《中國現代文學研究叢刊》，
　　　　　1999 年，第 2 期。
〔註 152〕 陳敬容譯：《圖像與花朵》，長沙：湖南人民出版社，1984 年。
〔註 153〕 陳敬容主編：《中外現代抒情名詩鑒賞辭典》，北京：學苑出版社，1989 年。
〔註 154〕 袁可嘉：《代序：蘊藉明澈、剛柔相濟的抒情風格——陳敬容詩選〈新鮮的焦
　　　　　渴〉》，《文學評論》，1990 年，第 5 期。

擇當時流行的艾略特式的戲劇化方式來呈現其複雜性和瞬間性的片段特徵。
她直截了當地回到自身，以個體生命決絕而永無止息的追求，衝破一切紛擾，
如同一隻海燕，毫不猶豫地隻身衝入在凌亂中翻騰著的烏雲，最後出現在烏雲
背後的金色陽光之下，把生命單純的美麗展現到極致。」〔註155〕可以說，陳
敬容為中國現代詩歌建構做出了巨大的貢獻，其詩歌創作歷程見證了中國現
當代詩歌的發展，並極大地推動了新詩現代化進程。

〔註155〕段從學：《流派研究對個體特徵的遮蔽——從〈陳敬容詩文集〉說起》，《中國
　　　　詩歌研究動態》，2010 年，第 7 輯。

第三章　二十七年的四川新詩

　　建國後四川新詩的發展是與新中國文學的發展是同步的，與此同時也在詩歌的現代性之路不斷推進，在中國當代詩壇上有著較為突出的實績。1949 年 7 月 2 日全國第一次文代會正式開幕，隨後成立了全國文聯和全國文協。隨著國家文學機構的建立，四川也相應地建立了相關的文學機構，開始了另外一條詩歌現代性之路。1953 年 1 月 23～29 日，四川省文學藝術界聯合會成立，選舉沙汀為主席（沙汀任文聯主席，一直到文革），常蘇民（兼黨組書記、音協主席）、李劼人、陳翔鶴、段可情為副主席。〔註1〕1953 年，「文聯」定名為「中國文學藝術界聯合會」，「文協」改名為「中國作家協會」（簡稱「作協」），四川省文學藝術界聯合會也更名為「四川省文學藝術工作者聯合會」。建國後的四川新詩，也是按照「新的人民的文藝」這一條現代化方向前進的。周揚指出，「毛主席的《在延安文藝座談會上的講話》規定了新中國的文藝的方向，解放區文藝工作者自覺地堅決地實踐了這個方向，並以自己的全部經驗證明了這個方向的完全正確，深信除此之外再沒有第二個方向了，如果有，那就是錯誤的方向。」〔註2〕這就為新中國文學奠定了基調。1949 年出版的《中國人民文藝叢書》、1951 年由教育部組織的《〈中國新文學史〉教學大綱》（初稿），確定了「新文學的發展」：是無產階級思想領導的發展，大眾化（為工農兵）方向的發展。1955 年臧克家的《『五四』以來新詩發展的一個輪廓》，以及編選的

〔註 1〕相關歷史參考四川文學藝術聯合會編《四川文聯四十年》（1993）、《四川文聯六十年》（2013）等資料。
〔註 2〕周揚：《新的人民的文藝》，《文學運動史料選》，第五冊，上海：上海教育出版社，1979 年，第 684 頁。

《中國新詩選 1919～1949》〔註3〕，以階級立場、政治態度來區分作家，被洪
子誠認為是「新中國成立後對新詩的第一次系統總結，並提供了總結新詩歷史
的一個有影響的批評視角和選擇模式。」〔註4〕1956 年由中國作協編選的《詩
選（1953～1955）》〔註5〕，是新中國第一部新詩選集，就代表了新中國詩歌的
審美傾向。1958 年由大躍進民歌運動引發的「新詩發展道路」的論爭，被洪
子誠稱為「更大規模的新詩的歷史總結」。總體來看，五十年代的四川新詩，
不僅有著與整個新中國詩歌完全相同的當代性面目，而且更為明顯。與此同
時，由於獨特的歷史文化與地域特色，四川詩人的創作與實踐，又有著較為獨
特的一面，為當代詩歌的發展提供了一些新的質素。

第一節　老詩人的新作

建國初的四川詩壇，依然湧現出了一批優秀的詩人與詩作，並在全國有
著重要影響。郭沫若、何其芳等一批在民國時期就走詩壇的詩人，依然保持
了旺盛的詩歌創造力，不斷地探索詩歌的當代可能性。這正如冉莊所說，「從
1949 年到 1967 年這段時間裏，四川詩歌創作的成績和發展是明顯的。其間，
有兩方面的情況值得注意：其一是，早在四十年代，以至二、三十年代就走
上詩壇，並取得一定成績的詩人，以新的題材表現建國以後的新生活，謳歌
新時代，如郭沫若、何其芳、方敬、戈壁舟、鄧均吾、沙金、沙鷗、楊山、
穆仁、王余、野谷、楊禾、化石、林彥、李華飛、石天河、白峽、白航等。」
〔註6〕其中，郭沫若、何其芳一道湧入了歌頌新時代、歌頌領袖的「頌歌」
行列，成為新中國頌歌最有力的吶喊者，也可以說使詩歌的現代化之路進入
到一個新的階段。

面對新的時代，郭沫若的新詩創作旨趣有了極大的變化。正如有學者所
言，「歌頌的主題要求遂轉化為『頌歌』的詩歌範式，而從內心向外在生活形
態的轉移，推動了『敘事』繁榮的氣候。同時，對於當代的時代風雲和政治
運動的呼應和闡釋，又產生了具有當代特徵的政治詩，它們在一段時間裏被

〔註3〕臧克家編選：《中國新詩選 1919～1949》，北京：中國青年出版社，1956 年。
〔註4〕洪子誠、劉登瀚：《中國當代新詩史（修訂版）》，北京：北京大學出版社，2005
　　　年，第 7 頁。
〔註5〕中國作家協會編：《詩選（1953～1955）》，北京：人民文學出版社，1956 年。
〔註6〕冉莊：《建國初期及社會主義時期的四川詩歌創作》，《冉莊文集文藝理論與文
　　　學評論卷》，成都：四川民族出版社，2004 年，第 86 頁。

稱為『政治抒情詩』。」〔註7〕郭沫若正是這一變化的重要參與者與推動者。建國後的郭沫若（1892～1978），雖然歷任政務院副總理、全國文聯主席、中國科學院院長、中國科技大學校長以及全國人大副委員長等要職，但也出版了一定數量的詩集。新中國成立後，郭沫若出版的詩集有《雨後集》（開明書店，1951 年）、《新華頌》（人民文學出版社，1953 年）、《百花齊放》（人民日報出版社，1959 年）、《潮汐集》（作家出版社，1959 年）、《百花齊放圖集》（江蘇文藝出版社，1959 年）、《長春集》（人民日報出版社，1959 年）、《駱駝集：十年來的詩歌選》（人民文學出版社，1959 年）、舊體詩詞集《蜀道奇》（重慶人民出版社，1963 年）、《東風集》（作家出版社，1963 年）、《邕漓集》（廣西侗族自治區出版社，1965 年）、《先鋒歌》（少年兒童出版社，1965 年）、《沫若詩詞選》（人民文學出版社，1977 年）、《沫若遊閩詩集》。總的來說，郭沫若五十年代的創作寫作更多是在配合各項政治任務和宣傳，缺乏獨立的精神個性和藝術表現力。當然此時的郭沫若自己也更為看中的詩歌的功利性價值，而功利色彩一直都是郭沫若創作的一根主線。郭沫若自己曾多次表達，「必然要以人民為本位，用人民的語言，寫人民的意識，人民的情感，人民的要求，人民的行動。更具體地說，便要適應當前的局勢，人民翻身，土地革命，反美帝，挖蔣根，而促其實現。」〔註8〕這一時期，郭沫若所創作的《新華頌》《百花齊放》《長春集》等詩歌，都帶有明顯的「頌歌體」的政治性、口號性、宣傳性特徵。

　　詩集《新華頌》出版於 1953 年，是這一階段有代表性的作品。在詩集目錄前，有郭沫若作詞，馬思聰作曲的《和平鴿子頌》，讓我們看到整部詩集的總主題，即表達對和平的渴望與讚頌。在該詩集中，郭沫若也寫到了魯迅、斯大林和列寧等重要歷史人物，但其最重要的主題是歌頌中國共產黨，歌頌毛澤東，歌頌人民等。詩集《新華頌》開篇《新華頌》被成為新中國「頌歌」的代表〔註9〕，後又選入《駱駝集：十年來的詩選》的首篇〔註10〕。「人民中國，屹立亞東。／光芒萬丈，輻射寰空。／艱難締造慶成功，／五星紅旗遍

〔註7〕洪子誠、劉登瀚：《中國當代新詩史（修訂版）》，北京：北京大學出版社，2005年，第 21 頁。
〔註8〕郭沫若：《開拓新詩歌的路》，《郭沫若談創作》，哈爾濱：黑龍江人民出版社，1982 年。
〔註9〕郭沫若：《新華頌》，北京：人民文學出版社，1953 年，第 1 頁。
〔註10〕郭沫若：《駱駝集》，北京：人民文學出版社，1959 年，第 1～3 頁。

地紅。／生者眾，物產豐，／工農長作主人翁。／使我光榮祖國，／穩步走向大同。／／人民品質，勤勞英勇。／鞏固國防，革新傳統。／堅強領導由中共。／無產階級急先鋒。／工業化，氣如虹，／耕者有田天下公。／使我光榮祖國，／穩步走向大同。／／人民專政，民主集中。／光明磊落，領袖雍容。／江河洋海流新頌，／崑崙長聳最高峰。／多種族，如弟兄，／四面八方自由風。／使我光榮祖國，／穩步走向大同。」在情感表達的對象方面，此時，詩人更為關注的是「人民中國」，由此詩人在選取對象的時候，代表全體性、整體性的人民、民族、國家、未來、山川就成為了詩人情感爆發的起點。進而，面對更為宏大的世界的時候，詩人就完全把自己的情感融入到整體之中了，而忽視自我的內心世界。為了表達這樣的宏大但抽象的情感的時候，詩人只能選取舊體詩詞的形式。此外詩集《百花齊放》《長春集》中對「多快好省」口號的回應，都以磅礡的氣勢歌頌了黨、歌頌了偉大祖國、歌頌了社會主義的新氣象和人民的新生活，體現出鮮明的時代特徵。不過，也有評論者也高度評價了郭沫若此時的詩歌，「作為一個有幾十年創作經歷的詩人，郭沫若建國以來的詩歌風格與『五四』時期的『女神』風格具有一致性。當我們論述他近三十年的詩歌創作的藝術成就時，我們首先應該指出，詩人保持了『女神』的風格，並且更加自覺地把革命浪漫主義和革命現實主義結合起來。豪氣橫溢、想像馳騁、色彩斑爛，詩人在『女神』中所形成的這些創作特色，並沒有因為他進入高齡而有所減退。所不同的是，由於詩人生活的土壤發生了根本變化，新的生活給了他更廣闊的幻想的天地。理想和現實在他的詩中達到了更和諧的統一，就像是綠色的花的草原上空掛著彩虹，真實、動人而又令人遐思。」〔註11〕由此我們看到，在五四時期的郭沫若詩歌所著力追問並彰顯的是「個人現代性」問題，此時則集中張揚的「集體現代性」問題。而這不僅是此後郭沫若詩歌創作的重要尺度，也是這一時代詩歌現代化之路的重要體現。

　　同為巴蜀之子的何其芳（1912～1977），建國後其詩歌的實踐之路，也凸顯出了鮮明的政治色彩。這一時期的詩歌，收入《何其芳詩稿1952～1977》。「這本詩集收入詩歌八十一首，是作者建國以來主要作品的結集。共分為兩個部分：第一部分是新詩，第二部分是舊體詩。這裡有對偉大領袖毛主席和敬愛

〔註11〕 鍾林斌：《論郭沫若建國後的詩歌創作》，《遼寧大學學報》，1981年，第4期。

的周總理的沉痛悼念，有對革命戰爭年代的深情回憶，有對社會主義革命和建設的傾心謳歌；還有作者內心的自我解剖和對藝術的精闢見解。」〔註12〕他的詩歌《我們最偉大的節日》〔註13〕不僅是當代「頌歌」的一個重要個案，而且也是一首非常優秀的政治抒情詩。詩中寫到，「終於過去了——終於過去了／中國人民的哭泣的日子，／中國人民的低垂著頭的日子；／終於過去了／日本侵略者使我們肥沃的土地上長著荒草，／使我們肚子裏塞著樹葉的日子；／終於過去了／美國的吉普車把我們像狗一樣在街上壓死，／美國的大兵在廣場上強姦我們的婦女的日子；／終於過去了／中國最後一個黑暗王朝的統治！」詩人以「時代的主人形象」出現，唱出了充滿青春之氣的高昂之歌。有學者就認為，「《我們最偉大的節日》揭開了詩人創作道路上第三個里程碑的序幕。這是詩人獻給新中國的第一首頌歌。這是一首極富歷史感的政治抒情詩。……我們認為這首詩開拓了當代抒情詩的一個重大的主題：詩人們自覺地、由衷地滿懷激情地歌頌黨，歌頌社會主義祖國，歌頌新時代、新生活在這一意義上說，《我們最偉大的節日》開創了一個當代抒情詩的頌歌時代，恐怕是不過分的。」〔註14〕此時，詩人更為關注的不是「年輕的神」的獨語，而是祖國的合唱。另外一首詩《回答》，也在這一時期有著獨特的意義。建國後何其芳曾任中國社會科學院文學研究所所長等職，他在新詩方面的貢獻，主要體現在他的詩歌批評上。代表性成果是1958的《關於寫詩會和讀詩》，和1962年的長篇講稿《詩歌欣賞》。此外，何其芳收集整理過民歌和翻譯了一些外國詩歌作品。如對陝北民歌的編輯就有《陝北民歌選》，收集了攬工調、藍花花、信天遊等3類舊民歌，和劉志丹、騎白馬等2類新民歌。〔註15〕卞之琳編的《何其芳譯詩稿》就較為全面地展現了何其芳晚年在詩歌翻譯方面的實踐與貢獻。在這部作品中，何其芳主要翻譯了海涅的《哥集》《新詩集》和《遺稿》，以及維爾特的作品。〔註16〕

其他的一些詩人，在建國後以不同的面目出現中國文壇上，對中國詩歌如何走向當代，也都提供了較為紮實的創作實踐和理論探索，我們就不再詳述。

〔註12〕　《內容提要》，《何其芳詩稿1952～1977》，上海：上海文藝出版社，1979年。
〔註13〕　何其芳：《我們最偉大的節日》，《人民文學》，1949年，第1期。
〔註14〕　盧風：《試論何其芳建國後的詩歌創作》，《文藝理論與批評》，1996年，第4期。
〔註15〕　何其芳輯，《陝北民歌選》，上海：海燕書店，1951年。
〔註16〕　何其芳：《何其芳譯稿》，北京：外國文學出版社，1984年。

第二節 「巴蜀詩派」

在五十年代四川詩壇，真正凸顯出了中國當代詩歌「四川特色」，正是一批剛剛走向詩壇的詩人。雁翼、梁上泉、孫靜軒、傅仇、戈壁舟、高纓、周綱、沙鷗、陸棨、張繼樓……均是其中的優秀詩人和佼佼者。他們構成四川當代詩壇的主力，從邊疆地域以及巴蜀文化之中探索新詩的現代化之路，進一步彰顯出了四川新詩對中國當代詩歌現代化的獨特思考。1960 年四川十年文學藝術選集編輯委員會編的《四川十年詩選 1949～1959》，幾乎囊括了所有四川在當時有一定影響的詩人，成為對五十年代四川新詩的最集中、最全面的一次梳理和展示。正如冉莊所說，「一批朝氣蓬勃的新詩人，把時代腳步聲帶入詩中，參加了全國新時代詩歌大合唱，如梁上泉、雁翼、流沙河、孫靜軒、張永枚、高纓、傅仇、唐大同、陳犀、周綱、賃常彬、陸棨、王群生、楊星火、葉知秋、張繼樓、陳官煊、吳琪拉達等。……郭沫若的《新華頌》、何其芳的《最偉大的節日》、戈壁舟的《延河照舊流》、沙鷗的《不准侵略朝鮮》、穆仁、楊山的《工廠短歌》、王余的《背水姑娘》、野谷的《社會主義的春天》、梁上泉的《喧騰的高原》、張永枚的《騎馬掛槍走天下》、雁翼的《大巴山的早晨》、孫靜軒的《海洋抒情詩》、流沙河的《告別火星》、王群生的《紅纓》、周綱的《山山水水》、傅仇的《伐木者》、高纓的《丁佑君之歌》、唐大同、陳犀、賃常彬的《綠葉集》、陸棨的《重返楊柳村》、楊星火的《雪松》、葉知秋的《征途集》、張繼樓的《夏天到來蟲蟲飛》、陳官煊的《勘測短笛》、吳琪拉達的《奴隸解放之歌》等等，是這一時期四川詩人的重要作品。」〔註 17〕1956 年 3 月召開的全國青年文學創作會議，四川代表團有李累、雁翼、流沙河、傅仇、高纓、文辛等 16 人參加，其中雁翼、流沙河、傅仇、高纓正是當時四川新一代詩人的優秀代表在這些詩人的創作中，不僅凸顯出了五十年代四川新詩「建設之歌」和「新山水詩」這兩大主題，而且還彰顯出五十年代四川新詩在中國當代詩壇的獨特地位和重要價值。「在 50 年代前半期，南方（雲貴川、康藏）和新疆、甘肅等地的自然風光、生活習俗，以及這些地方的少數民族的詩歌傳統，給當時頗顯沉滯的漢語詩歌寫作，注入了某些活力。當時出現的最有特色的作品的相當部分，都與此存在關聯。」〔註 18〕正是在四川這個一個偏離中國文化中心

〔註 17〕 冉莊：《建國初期及社會主義時期的四川詩歌創作》，《冉莊文集・文藝理論與文學評論卷》，成都：四川民族出版社，2004 年，第 86 頁。
〔註 18〕 洪子誠、劉登瀚：《中國當代新詩史（修訂版）》，北京：北京大學出版社，2005 年，第 17 頁。

的地方，五十年代的四川新詩獲得了一定的自由空間，呈現出了一些獨特的詩
學追求。雖然，他們並沒有統一的創作目標和藝術追求，但卻有著相對集中的
地域風格和時代特色。他們的詩歌主要是以巴蜀水風貌為內容，以新中國建設
和追求和平為主題，呈現出特有的「川味」特徵，具有較高的藝術性，堪稱形
成了中國當代詩歌獨特的「巴蜀詩派」。在這裡，我們僅選擇其中部分詩人來
分析他們的巴蜀風味。

　　雁翼（1927～2009），原名顏洪林，河北省館陶縣人。「雁翼同志是從革命
戰爭中成長起來的詩人。他小時候因家境貧寒只念了二年多書，一九四二年五
月，他十五歲時就參加了八路軍，一九四三年十六歲時加入了中國共產黨，此
後，長時間隨同革命部隊征城野戰。一九四六年九月，他在大楊湖戰役中第三
次負傷、殘廢，被調到晉冀魯豫軍區野戰總醫院，任政治部宣傳隊分隊長，以
後他一直從事文藝宣傳工作，擔當過文工隊政治指導員、文工團團長等職務，
為他後來成長為專業作家創造了有利條件。」〔註19〕此後，他曾在《星星》詩
刊、《四川文學》任職，並出版了多種詩集、小說散文集、話劇電影文學劇本
集、詩美學論文集，在國內獲各種優秀作品獎多次。〔註20〕據相關的統計，從
1954 年的詩集《大巴山早晨》到 1995 年的詩集《雁翼超短型詩》，雁翼在半

〔註19〕 力耕：《從〈大巴山的早晨〉到〈白楊林風情〉——談雁翼的詩歌》，《松遼學
　　　　刊》，1989 年，第 3 期。
〔註20〕 出版的詩集《大巴山的早晨》（重慶人民出版社，1955 年）、《秦嶺之晨：寶成
　　　　鐵路詩畫集》（重慶人民出版社，1956 年）、《在雲彩上面》（中國青年出版社，
　　　　1956 年）、《黑山之中》（長江文藝出版社，1957 年）、《紅百合花》（新文藝出
　　　　版社，1958 年）、《黃河帆影》（長江文藝出版社，1958 年）、《白楊頌》（作家
　　　　出版社，1963 年）、《勝利的紅星》（作家出版社，1957 年）、《唱給地球》（上
　　　　海文藝出版社，1958 年）、《金色的鳳凰》（長江文藝出版社，1958 年）、《展翅
　　　　高飛》（上海文藝出版社，1959 年）、《彩橋》（上海文藝出版社，1960 年）、《東
　　　　平湖的鳥聲》（中國少年兒童出版社，1960 年）、《公社社歌》（重慶人民出版
　　　　社，1960 年）、《戰友集》（重慶人民出版社，1960 年）、《唱給祖國》（重慶人
　　　　民出版社，1961 年）、《抒情詩草》（重慶人民出版社，1962 年）、《畫的長廊》
　　　　（柏樺文藝出版社，1963 年）、《橘林曲》（少年兒童出版社，1965 年）、《激浪
　　　　集》（百花文藝出版社，1966 年）等。新時期以來，雁翼也筆耕不輟，也出版
　　　　《時代的紀實》（山東人民出版社，1980 年）、《白楊林風情》（人民文學出版
　　　　社，1981 年）、《拾到的抒情詩》（花山文藝出版社，1982 年）、《南國的樹》（上
　　　　海文藝出版社，1982 年）、《雁翼兒童詩選集》（少年兒童出版社，1983 年）、
　　　　《雪迎征鴻》（貴州人民出版社，1984 年）、《雁翼抒情詩選》（花山文藝出版
　　　　社，1985 年）、《愛的思索》（四川文藝出版社，1985 年）、《雁翼詩選》（人民
　　　　文學出版社，1988 年）、《雁翼詩歌精品集》（南海出版公司，2012 年）等作品。

個世紀中創作了 36 本詩集。在雁翼的創作中，關注時代宏大主題，謳歌新中國的建設，是他最有特色的詩歌主題。這主要體現在他的詩集《大巴山的早晨》和《在雲彩上面》中。詩集《大巴山的早晨》介紹說，「寶成鐵路的修築，是西南人民也是全國人民的一件大喜事。這條鐵路要穿越劍門、大巴等陡峻奇險的山脈。這本詩集裏有許多詩篇就是描繪和歌唱人們在戰勝這些天險中的英雄行為的。他們或者攀登到彌漫著雲霧的高山，或者探索陡峭的絕壁。這些英雄的任務的願望，就是要為人民尋找新的路線，讓火車開過這些叢山峻林。有些詩篇還反映了鐵路沿線的人民對築路工人們的熱情支持，表達了他們內心的喜悅情緒，人們從這些詩中可以看到：在那些人跡罕至的高山上，今天成了一個一個的英雄的工地，響徹著鋼鐵的聲音和築路工人們的歌唱。這些詩將激發我們對祖國和勞動人民的無限的熱愛。」〔註21〕另外詩集《在雲彩上面》，也是雁翼對寶成鐵路建設的集中關注，「描寫寶成路築路工人的生活：他們積年累月地在風裏雨裏，跋山涉水、劈石架橋；劈開大巴山、秦嶺的山峰，征服江河的阻攔，終於修成了溝通祖國大西北和大西南的交通幹線。詩裏以熱烈的感情，歌頌了寶成鐵路建設者的英雄事蹟和克服困難的豪邁氣魄。」〔註22〕這其中，詩歌《大巴山組詩》《生命》《一位老指揮員》《第一聲爆炸》《拈石工班》，還被選入了 1956 年的《建設的歌》中，成為時代精神的一種象徵。相關學者充分肯定了雁翼的「建設的歌」，「他這個時期的作品以反映建國初期建設者們的生活為主要內容。雁翼長期生活在寶成築路工地上，沿著巴山蜀水的古道，在大批轉業戰士中間感受著時代奮進的氣息。他表現的是開山者的胸懷，彈奏的是電機手的心弦，塑造的是煤礦工的性格，讚美的是勘測員的戀情。」〔註23〕可以說，此時詩人對個人現代的訴求，完全納入到了社會的現代化進程之中。如雁翼的詩歌代表作《在雲彩上面》所寫，「我們的工地，在雲彩中間，／我們的帳篷，就搭在雲彩上面，／上工的時候，我們騰雲而下，／下工的時候，我們駕雲上天。／／白天，我們和雲雀一起歌唱，／畫眉鳥也從雲下飛上山巔；／夜裏，我們和星斗一起談笑／，逗引得月亮也投來笑顏。／／……當炎熱的季節到來，／雲上的松樹給我們撐傘，／當寒冷的冬季來臨，／我們砍下雲上的松枝，把篝火點燃。／／篝火的青煙升入高空，／帶著我們的歡笑飛

〔註21〕見《內容提要》，雁翼：《大巴山的早晨》，重慶：重慶人民出版社，1955 年。
〔註22〕見《內容提要》，雁翼：《在雲彩上面》，北京：中國青年出版社，1956 年。
〔註23〕任達：《建設者的腳步與歌聲——評雁翼的創作》，《詩探索》，1984 年，第 1 期。

過群山，／它告訴我們親愛的祖國，／你的兒女戰鬥在雲彩上面。」進而，與雁翼一樣的這一批詩人，不僅給我們帶來了一幅幅特別的巴山蜀水的圖畫，也給我們呈現了「建設」的詩意和「勞動」的美感，以此彰顯出個人的終極價值，這在當代詩歌中是非常特別的。但在《星星》詩刊的「詩歌下放」討論中，雁翼因為文章《對詩歌下放的一點看法》，而一度受到批判，並受到牽連。1997年，四川人民出版社了出版了4卷本的《雁翼選集》，包括文論卷、小說散文卷、戲劇卷、詩歌卷，集中呈現了雁翼的創作面貌。

傅仇〔註24〕，不僅是四川詩歌史上的重要詩人，也是中國當代詩歌中獨特的「森林詩人」。正如有學者所評論的，「傅仇的名字是同森林聯繫在一起的，提起他，人們自然想到的是他的森林詩。傅仇是五十年代成長起來的著名詩人，他把自己的創作生活道路選在森林，他把自己無私的愛，乃至生命全部奉獻給森林，而森林，也教會了他幻想與歌唱。當1954年他的第一組從森林來的詩，在《人民文學》以顯著的版面發表時，他的名字在人們心中亮起來了，隨後　本接　本的詩集又不斷出現在人們眼前，於是，在中國當代文學發展史的講稿中，在國內外愛好詩歌的朋友心目中，人們為他塑造了這樣一個形象：著名的森林詩人。」〔註25〕建國後傅仇曾任《星星》詩刊執行編輯和《四川文藝》詩歌組組長，其組詩《走上地球之巔》還曾榮獲全國優秀詩歌創作獎，多部作品被譯為英文介紹到國外。在傅仇的個人生命歷程和詩歌創作來說，森林對他都有著至關重要的意義。「為什麼說，森林是鍛鍊我的『故鄉』，是『教我幻想、教我歌唱的詩歌的搖籃』？為什麼『神奇的林峰、雲彩、雪浪』給了我的『智慧與靈感』，『百鳥的翅膀』帶我到『藍天碧海』去遨翔？最簡單的回答是，我在森林生活過相當長的時間。從五十年代初期，到六十年代初期，每一年我都要到森林去，和伐木者一起生活一段時間。這樣，年復一年，堅持下去，

〔註24〕他先後創作出版《森林之歌》（四川人民出版社，1955年）、《雪山謠》（中國青年出版社，1956年）、《伐木者》（重慶人民出版社，1957年）、《竹號》（四川人民出版社，1958年）、《種籽‧歌曲‧路》（新文藝出版社，1958年）、《珠瑪》（中國少年兒童出版社，1959年）、《鋼鐵江山》（中國青年出版社，1960年）、《伐木聲聲》（作家出版社，1964年）等數十部森林詩集和散文集。新時期以來，依然出版了《赤樺戀》（四川人民出版社，1980年）、《森林炊煙》（湖南人民出版社，1981年）、《在甜蜜的森林裏》（四川文藝出版社，1986年）、《傅仇森林詩》（中國林業出版社，1986年）、《森林之歌》（林業出版社，1988年）、《傅仇詩選》（四川文藝出版社，1993年）的作品集。

〔註25〕雲杉：《傅仇森林詩的藝術特色》，《當代文壇》，1988年，第3期。

長期積累，森林就成了我的『故鄉』，我的生活與創作的『根據地』。我的幾本詩集，就是在這個綠色的『搖籃』裏誕生的。我寫的森林題材的詩，很多就是在伐木者的工棚和帳篷裏寫出的。伐木者給了我的智慧與靈感，教我幻想與歌唱。」〔註 26〕由此，如他的詩歌代表作《夜景》，「我聽見樹木在輕輕呼吸，／嫩草在發芽，幼苗在生長；／一根新針葉悄悄生出來，／刺著飛鼠，在夢中抖抖翅膀。／／好一個醉人的童話般的夜景，／好一個迷人的安靜的海洋。／／……我聽見的這一切，是生命的音響，／這裡面也含有我的呼吸，我的聲音；／這一切，都是屬於我的祖國，／為了明天，這一切都在快快地成長。／／好一個醉人的童話般的夜景，／好一個迷人的安靜的海洋。」「森林」不僅成為傅仇透視時代進程與打量個體命運的唯一通道，還為我們營造了一個獨特的森林詩的藝術世界。有學者評論說，「這『伐木聲聲』，就是從這裡發出來的。它是詩人對伐木者的讚歌，也是伐木者對祖國的忠貞的讚歌。……他不僅使我們看到森林裏的雲朵，露珠，花翅膀的雀鳥和藍色的細雨，也使我們看薊草葉上紅軍戰士昔年的血跡；他不僅使我們感到幼樹的生長和森林的呼吸，也使我們看到伐術者的樹皮屋，挑著布招的野店，和高高的、搭在鳥窩旁邊構眺望臺。最重要的，作者還讓我們看見了戰鬥在這條戰線上的辛勤的人們。這裡有『背上飛馳著風雨、雪花』的伐本者，有『滿腔愛情送綠樹，深深藏林海』的老局長，有『浪花飛在頭上，水珠濺上花衣』的少女，有給幼樹剪制冬衣而自己『卻站在雪地裏』的育苗人。」〔註 27〕總之我們看到，在雁翼的一首首有關樹林、伐木者的詩歌中，他將時代轟轟推進的「建設」步伐，輕盈地安放在了蠻荒而又豐潤的「森林」裏，讓嘈雜的大地上，飄揚起博大的自然之音和強烈的心靈之聲。

高纓，除了其引起了全國性的大討論的小說《達吉和他的父親》〔註 28〕之外，他也有著豐富的詩歌創作，也是當代詩壇的一位重要詩人。據介紹，「1957年春，正值黨提出雙百方針，文藝界一度春意盎然之時，高纓到涼山、西昌等地深入生活，回來後在一二年間陸續創作了小說《達吉和她的父親》、抒情詩集《大涼山之歌》、敘事長詩《丁佑君》。這幾部作品標誌著高纓的創作有了新

〔註 26〕傅仇：《森林，教我幻想和歌唱》，《傅仇森林詩》，北京：中國林業出版社，1986 年，第 1～2 頁。

〔註 27〕魏巍：《集前贅語》，《伐木聲聲》，北京：作家出版社，1964 年，第 1～2 頁。

〔註 28〕見《達吉和她的父親討論集》，成都：四川人民出版社，1962 年。

的突破，初步顯露出獨特的審美追求和鮮明的藝術個性。在當時人們聽膩了那些公式化概念化作品的虛假謊言和枯燥說教的時候，這些作品的鮮活內容、真摯激情和清新可喜的藝術特色，使人耳目一新。」〔註29〕在高纓的研究中，陳朝紅的《高纓評傳》〔註30〕，就較為集中地呈現了高纓的生平經歷與詩歌創作特點。高纓非常值得注意的敘事長詩《丁佑君之歌》〔註31〕。該長詩有著多個版本，1954年高纓創作《丁佑君之歌》，收入以該詩命名的作品集《丁佑君之歌》（重慶人民出版社，1954年）中，1955年人民文學出版社出版了《丁佑君之歌》單行本，1980年再次由四川人民出版社出版《丁佑君》單行本。高纓也創作了一定數量的「建設的歌」。如《獅子灘人》（重慶人民出版社，1957）和《三峽燈火》（作家出版社，1960年）。如敘事詩《三峽燈火》，內容包括《故事的來源》《第一章》《第二章》《第三章》《故事的餘聲》等部分，「這是長江三峽建設中一個插曲：長詩描寫長江航標員在黨的領導下，在領導的親切關懷鼓舞下，經過艱苦頑強的鬥爭，以大躍進的精神，改造了舊航標，實現了航標電氣化。在這個鬥爭過程中，敘事詩以清新的筆觸刻畫了改造和建設長江的人們的英雄風貌和光輝品質，正如長詩末尾所寫：『揚子江水流不乾，這標燈永遠光芒閃閃』。」〔註32〕另外，高纓還有著一本特別詩集，那就是發表於1958年的《大涼山之歌》（作家出版社，1958），這是一組關於涼山彝族的風俗、制度、人文地埋的詩歌，共有23首詩，與小說《達吉和他的父親》一起凸顯了高纓創作的重要主題。雖然《大涼山之歌》在發表之初就受到了批判，但這些詩歌卻最能體現高纓詩歌創作的個性，詩歌寫到「大涼山已經是個自由的天地，／為甚麼還要把我的骨頭換銀子／，把我的血換酒喝，把我的肉換蕎粑！／／快來吧，同林間的疾風一道來，我的木嘎，／快來吧，同山中的野羊一道來，我的木嘎，／我要跟你去那遙遠的地方，再也不回家！／在森林裏，我們蓋一座小房屋，／你燒麂子讓我充饑，我用澗水為你燒茶……」對此有學者

〔註29〕 陳朝紅：《他與共和國同行——高纓創作研究》，《當代文壇》，2000年，第1期。

〔註30〕 陳朝紅：《高纓評傳》，成都：四川文藝出版社，2002年。

〔註31〕 該長詩有著多個版本，1954年高纓創作《丁佑君之歌》，收入以該詩命名的作品集《丁佑君之歌》（重慶人民出版社，1954年）中。1955年人民文學出版社出版了《丁佑君之歌》單行本，1980年再次由四川人民出版社出版《丁佑君》單行本。

〔註32〕 《內容說明》，《三峽燈火》，北京：作家出版社，1960年。

評論說，「作者在詩集裏多少反映了一點彝族人民的生活和鬥爭：他們從前的苦難、民主改革後的歡樂和幸福。……翻開《大涼山之歌》，就覺得作者在那裡拼命追求他所謂的『藝術性』和『美』。色彩啦，聲韻啦，奇異境界啦，異國情調啦，等等，一切鮮豔、濃烈和奇特的東西，他都非常欣賞。」〔註33〕與雁翼、傅仇一樣，高纓的詩歌也是在「社會現代化建設」這條大路上不斷地掘進，但他們都找到一個特別的世界。此時，高纓也正是在「異地」涼山，一個具有異風異俗的詩歌世界中，鍛造出了他在當代詩壇的現代性之思和詩。此後，詩人將自己在創作過程中的六十二首短詩整理編纂為《凝聚的雪花》《高纓詩選》，包括了昔日風景、詠歎的足跡、多情的海、域外暖風、白花與紅葉等五輯，較為全面記錄詩人的探索歷程。

出生於成都的戈壁舟，此後到過陝西，建國後又回到了四川，有著豐富的個人經歷。據《戈壁舟文學自傳》介紹：「戈壁舟，原名廖耐難，生於四川省成都市。……建國後任西北文聯創作室主任、《延河》主編、四川省文聯黨組副書記兼秘書長、西安市文聯名譽主席。……一九五八年春調四川文聯工作。當年即到灌縣農村，先後擔任新城鄉支部副書記，幸福公社黨委副書記。除寫了一些短詩編為《宣誓集》外，還寫了詩劇《山歌傳》。這一年，為了向國慶十週年獻禮，將歷年詩作編選為《我迎著陽光》。」〔註34〕可以說四川是戈壁舟建國後詩歌寫作的一個最重要的背景和資源〔註35〕。關於戈壁舟的創作，錢旭初認為，「戈壁舟的詩大致可以分為三類，即『陝北題材』、『建設題材』和『國際題材』。三大題材恰好反映了詩人的生活之路、戰鬥歷程，又正好劃出了詩人詩歌創作中，『情』與『理』這一關係從不平衡走向平衡的軌跡。『陝北題材』主要記錄了詩人在陝北地區的生活、戰鬥生涯；『建設題材』則是詩人

〔註33〕 餘音：《同志，你走錯了路——評高纓的詩》，《紅岩》，1958 年，第 9 期。
〔註34〕 戈壁舟：《戈壁舟文學自傳》，《新文學史料》，1987 年，第 1 期。
〔註35〕 詩集有：《把路修上天》（勞動出版社，1950 年）、《別延安》（作家出版社，1955年）、《延河照樣流》（中國青年出版社，1956 年）、《把路修上天》（作家出版社，1956 年）、《宣誓集》（四川人民出版社，1959 年）、《岩上青松》（東風文藝出版社，1958 年）、《黑海讚歌》（作家出版社，1958 年）、《青松翠竹》（作家出版社，1958 年）、《山歌傳（詩劇）》（作家出版社，1959 年）、《三弦戰士》（作家出版社，1959 年）、《沙原牧女》（通俗文藝出版社，1958 年）、《我迎著陽光》（人民文學出版社，1959 年）、《登臨集》（作家出版社，1963 年）、《延安詩抄》（陝西人民出版社，1978 年）、《三弦響錚錚》（陝西人民出版社，1979年）等。

跨人新中國，為參加祖國建設的人民所寫下的一支支美好、動人的讚歌，『國際題材』又是詩人訪問鄰邦，對國標友誼的生動抒發。」〔註36〕謳歌祖國壯麗山川風貌和欣欣向榮的建設氣象，是戈壁舟詩歌創作的重要旨趣。另外，他的詩歌更有著大量的詩篇謳歌巴山蜀水，如在《宣誓集》中的第九輯《巴山巴水開大會》和第十一輯《黑色的海洋》就有著鮮明的體現。詩集《延河照樣流》中「秦嶺七首」，就「表現了修路工人的雄偉氣魄。他們正冒著風雪，克服困難，修建貫穿川陝的交通幹線」的「建設主題」。戈壁舟書寫新中國建設代表作是長詩《把路修上天》，作者說，「這篇長詩，是寫我們白戰白勝的解放軍，為了祖國邊疆，解放藏族人民，使他們脫離貧困，以掃蕩千百萬蔣匪軍時的那種英雄氣概，征服萬丈高的崑崙天險，修成青藏公路。」〔註37〕我們看到，在五十年代的創作中，戈壁舟的詩歌著力於巴蜀，但他卻更關注的「建設」。他的詩歌寫作在「建設」這一個主題上不斷挖掘，由此，戈壁舟在時代的現代化建設中，為我們鑄造出了個體生命之中的「上升精神」。

　　山東詩人孫靜軒（1930～2003）〔註38〕，在中央文學研究所深造後，就任《西南文藝》詩歌編輯，從此與四川結下了不解之緣，成為四川詩歌史上一位重要詩人。對於他的創作，有學者評論說，「有的人提出了孫靜軒的創作具有一種歷史性，顯示出一種人生的過程。具體表現為三個階段，第一階段以海洋抒情詩為代表。他突破了當時的社會學詩觀，以人情人性作為詩的主題，並且以大自然作為詩的對象。」〔註39〕眾所周知，孫靜軒在五十年代創作的「海洋抒情」系列特色鮮明，如《海》「流過那古老的褐色的土地 / 流過那遮著籬笆

〔註36〕錢旭初、王東成：《戈壁舟詩歌創作簡論》，《內蒙古民族師範學院學報》，1988年，第1期。
〔註37〕戈壁舟：《前記》，《把路修上天》，北京：作家出版社，1956年。
〔註38〕在五十年代以來，他出版了一系列有影響力的詩集：《沿著海岸，沿著峽谷》（長江文藝出版社，1957年）、《唱給渾河》（長江文藝出版社，1958年）《海洋抒情詩》（新文藝出版社，1958年），復出後出版的詩集有《黃河的兒子》（湖北人民出版社，1978年）、《七十二天》（四川人民出版社，1979年）、《母親的河流》（貴州人民出版社，1983年）、《抒情詩一百首》（四川人民出版社，1983年）、《孫靜軒抒情詩集》（中國文聯出版社，1985年）、《黃河的兒子》（湖北人民出版社，1987年）、《孫靜軒詩選》（四川文藝出版社，1990年）、《世界我對你說》（作家出版社，1999年）、《孫靜軒詩選》（花城出版社，2011年）。
〔註39〕卓瑋：《辛勤的筆耕，真誠的追求——記孫靜軒作品研討會》，《當代文壇》，1991年，第3期。

的村口／小河呵，一路上訴說著千百個神奇的故事／日夜不停地歡唱著向東方奔流／在那河道的盡頭，千百條姐妹的河聚會了／於是，在另一個廣闊的天地裏／她們興奮地擁抱著，發出搖撼山嶽的歡呼……」詩歌中，不僅是時代宏大氣魄的抒寫，更是開放歌調、博大靈魂和豐富經驗的詩性敞開，給予了我們更有個體生命意義的「崇高」和壯美感。「作者多是通過對自然景物的描繪，藉以書法自己的情懷和臆想。詩的題材比較新穎，情感亦較為樸實親切。」〔註40〕而復出後孫靜軒，依然保持著旺盛的生命力和創造力，在他的詩歌中呈現出靈敏的現代情緒感受力，成為新時期之初四川詩歌界「歸來者」中的重要詩人。此時，他將家國天下的關懷看成自己的命運，並將人民苦難內化為自己的最內在的情緒感受。他繼續著現代詩歌載道的社會責任感以及強烈的憂患意識，顯得更加厚實、凝重。《黃土地》《長江詠歎調》等是他這一時期的代表。「同五十年代出版的那本《海洋抒情詩》比較，似乎失去了早期所具有的那種單純、清新、明快的藝術色彩，近作雖較深沉、凝重，但色調略嫌暗淡，有一絲淡淡的憂鬱。請讀者原諒，這有什麼辦法呢？人到『知天命之年』，畢竟不似青年時代那麼單純、天真了，何況似我這樣經歷坎坷、飽嘗辛酸的人，難免不留下一些蹉跎歲月的痕跡。」〔註41〕所以，復出後的孫靜軒，其詩歌有著特別的力量，「他明顯地沉入一些痛苦的經驗進行思索，也不是把自己設想為一個思想家，而是試圖成為強勁有力的鼓手振聾發聵。鼓手像鼓點一樣總是毫不含糊。……所以孫靜軒後期從前期的讚美自然轉向批判現實，不僅保持了控制力，並因為意識比起風景更少朦朧模糊，從而顯現出更為純粹的強烈和力度。」〔註42〕在新時期，孫靜軒的詩歌更為關注歷史現代化車輪之下個體的命運，他鋒芒的現代感受力，使他成為最具現代意識的老詩人之一。在現代性探索之路上，海洋不僅給了孫靜軒開闊的現代視野和廣袤的心靈空間，也呈現出了四川詩歌走出盆地、擁抱海洋、走向世界的姿態。

另外，此時的四川詩壇也還活躍著另外一批詩人。楊山（1924～2010），筆名蕭揚，解放後任《紅岩》雜誌副主編、《銀河系》詩刊主編，以及重慶新詩學會會長等職。出版有詩集《黎明期的抒情》《尋夢者的歌》《愛之帆》《楊

〔註40〕《內容提要》，《沿著海岸，沿著峽谷》，武漢：長江文藝出版社，1957年。

〔註41〕孫靜軒：《後記》，《抒情詩一百首》，成都：四川人民出版社，1983年，第121～122頁。

〔註42〕蕭開愚：《孫靜軒片論》，《當代文壇》，1992年，第1期。

山抒情詩抄》《雨天的信》《醒來的戀歌》《楊山詩選》。建國後的《工廠短歌》等，用詩謳歌祖國和人民，抒寫新時代的現代化，著力感受時代的歷史進程。詩歌《夜飲》比較有特色：「明月下我們斟酒／慢慢兒剝著家鄉的花生／／我緩緩地飲，緩緩地吞／咀嚼著一絲一絲鄉情／／我悄聲地問，浩劫裏／破了幾多家，死了幾多人／你不言，良久，才微笑說：／花開了，來，飲，故園又長了新筍」，將日常生活與宏大歷史巧妙地融合在一起，同時又舉重若輕，詩味綿長。余薇野（1924～2019），原名董維漢，筆名何小蓉。在《群眾文藝》《紅岩》等雜誌擔任詩歌編輯。他的諷刺詩，以巴蜀方言展開，大膽尖銳、質樸有力。著有《辣椒集》《阿 Q 獻給吳媽的情書》《余薇野詩選》等詩集。如詩歌《速成》有著代表性，「栽幾株美人蕉就是美人了／養幾盆君子蘭就是君子了／讀幾首普希金就是普希金了」，在強烈的批判意識之中，著力推進社會的現代化與個人的現代化。野谷（1925～），原名成善索，出版詩集《社會主義的春天》（長江出版社，1954 年）、《小姑娘的夢》（重慶出版社，1955 年）等。詩集《社會主義的春天》，「以樸實親切的詩句給讀者描繪了蓬勃日上的農村生活的慢美畫面，雄辯地說明著我們的祖國正處在繁榮的社會主義的春天。」〔註43〕他的詩，在巨大的歷史洪流之中，不時追尋著生命的理想之光。

第三節　《星星》詩刊

　　1957 年 1 月 1 日，《星星》詩刊在成都創刊，在《中國當代新詩史》與北京的《詩刊》一起並列為新中國創刊最早的「專門的詩刊」，並對中國中國當代詩歌的發展史有非常積極的推動作用。為此，對於《星星》詩刊，學術界展開了一些討論和研究。洪子誠對《星星》詩刊給予了高度的評價。「這個時期專門的詩刊，只有同時創辦與 1957 年 1 月的《詩刊》和《星星》兩種，分別由中國作協和四川作協主辦。《星星》在流沙河、石天河、白航等人的主持下，開始曾實行『多樣化』方針。」〔註44〕這些研究讓我們更加清晰地看到了《星星》詩刊的獨特價值，也看到了進入當代詩歌、當代文化的一個獨特與廣闊的視域。在星星詩刊創刊之初，在特殊的歷史背景之下，《星星》詩刊被推到了風口浪尖，成為了重要的政治、歷史事件。

〔註43〕《內容提要》，《社會主義的春天》，武漢：長江文藝出版社，1956 年。
〔註44〕洪子誠、劉登瀚：《中國當代新詩史（修訂版）》，北京：北京大學出版社，2005年，第 24 頁。

　　《星星》詩刊不僅是共和國的第一本純詩歌刊物，而且以其獨特的資源優勢、連續性的出版發行、強大的市場佔有率，以及強勢的話語霸權，成為四川詩歌的發展、推進和突圍的堅實後盾。至 1960 年 10 月，《星星》詩刊出至 46 期後停刊，人員統一納入到《四川文學》雜誌社。作為「官方詩刊」，《星星》詩刊的內部構成、運作模式，具有中國當代「官刊」的典型特徵，與政治保持密切的關係。而《星星》詩刊的複雜性也正是在於此，它與北京的《詩刊》有著相同的「官刊」性質和同樣的詩歌地位，但同時卻沒有《詩刊》的「皇家身份」，又保持了一定的邊緣和自由身份。梁平曾在《〈星星〉——詩歌之根，心靈之家》訪談中說，「作為中國老牌詩歌刊物，《星星》和《詩刊》的編輯都有很好的朋友關係，彼此有很多交流、交融和互補。所以，才能夠這麼多年來，兩刊一南一北一直堅挺在中國詩歌的前沿。如果一定要說《星星》的特點，可能《星星》更活潑一些、更放鬆一些，皇家刊物有皇家刊物的難處嘛。但正因為是皇家刊物，《詩刊》運作大的活動就比《星星》更有優勢。」〔註45〕由此，與《詩刊》相比，《星星》詩刊所堅持追求的「多元」、「自由」價值，為當代詩歌的發展贏獲了一個全新的空間，在當代「詩歌官刊」中具有特別的意義。〔註46〕

一、創辦《星星》詩刊

　　談到《星星》詩刊創辦的背景，一致都認為是「雙百方針」的直接影響，這是毋庸置疑的。在 1957 年《星星》剛剛出刊的時候，《成都日報》記者曉楓在採訪的時候，就說到，《星星》詩刊是在雙百方針的直接影響下辦起來的。「主編這個刊物的編輯興奮地告訴記者：『要是沒有黨中央提出的百花齊放，百家爭鳴方針，詩刊是辦不起來的』。」〔註47〕在當年對《草木篇》的批判過程中，傅仇也提到，「四川省文聯的兩個刊物《草地》《星星》，都是受雙百方針的影響而創辦的：黨中央提出『百花齊放，百家爭鳴』方針後，一年來，作了些什麼呢？只談一件事。『草地』和『星星』，都是在『百花齊放，百家爭鳴』的鼓舞下而創辦的新刊物。」〔註48〕此後，作為《星星》詩刊的

〔註45〕《〈星星〉——詩歌之根，心靈之家》，《星星》，2007 年。第 1 期。

〔註46〕王學東：《〈星星〉創刊始末》，《詩探索》，2019 年第 4 輯。

〔註47〕《文壇上初開的花朵「星星」出版》，《成都日報》，1957 年 1 月 8 日。

〔註48〕《傅仇對文匯報歪曲報導有關「草木篇」問題提出抗議‧傅仇就文匯報刊登「錦城春晚」那篇文章含沙射影、迂迴曲折的誣衊成都文藝界一事提出抗議，

主編白航，在回溯《星星》詩刊的歷史時，也都多次表明，《星星》詩刊是在「雙百方針」的鼓動下而產生的。「1956 年毛主席在最高國務會議上提出了『雙百方針』後，給了文藝界以極大的鼓舞，在四川文聯當時幾位寫詩的同志──石天河、流沙河、白航、白堤（已去世）、傅仇等人的倡議下，要求四川辦一個詩刊。」〔註49〕在星星創刊三十週年的時候，他還對這段歷史進行了詳細的描述：「1956 年 5 月，黨中央公布了『百花齊放、百家爭鳴』繁榮社會主義文藝的指導方針，極大地鼓動起文藝界的創作願望。當時肅反與審幹已接近尾聲，在一種和緩、寬鬆的氣氛中，躍躍欲試的被壓抑了的文藝生產力和創造力得到了解放與鼓舞。四川的一些寫詩的青年人傅仇（已去世）、白堤（已去世），白航、石天河、流沙河、白峽等提出要創辦一個詩刊，當時討論的氣氛很熱烈，陽光也很明亮，因此，得到了四川文聯領導的支持而被批准了。」〔註50〕

《星星》詩刊能在四川創辦，也與整個四川文文學的發展有關係。首先，建國初的四川文學創作平臺相對較少，對創辦文學刊物的要求迫切。在《四川省文聯一九五六至一九六七年工作規劃的初步意見（草案）》中曾提到，「找省目前是創作不旺，批評缺乏，創作水平和理論水平低下，文學創作隊伍（專業的、業餘的）人數少，質量不高，要改變這樣的情況，我們必須要勇敢地突破常規，迅速積極地工作。」〔註51〕所以，「雙百方針」出現，使是這樣一個迅速積極地開展工作的契機，也使得四川文壇對「雙百方針」抱有極大的激情。1957 年 6 月 1 日，為瞭解四川文藝界對「雙百」方針的反應，中國作協領導劉白羽、沙鷗來蓉。為此，省文聯專門召開了文藝座談會，到會文藝工作者約 70 人。〔註52〕這次交流，對整個四川文藝界解放思想，還是有很大的影響的。同樣，四川省文聯和負責文藝的相關部門採取了積極措施，創辦新刊物。正如傅仇在 1957 年的總結，「成都有六個文學藝術刊物：一個是少年兒童刊物『紅領巾』，一個是供給農民閱讀的通俗刊物『農村俱樂部』，一個音樂刊物『園林

並且要求文匯報表示態度》，《四川省文藝界大鳴大放大爭集》（會議參考文件之八），四川省文聯編印，1957 年 11 月 10 日，第 148 頁。

〔註49〕 辛心：《我們的名字是星星──〈星星〉創刊史話》，《星星》，1982 年。第 4 期。
〔註50〕 本刊評論員：《〈星星〉三十歲》，《星星》，1987 年。第 1 期。
〔註51〕 見《四川省文聯一九五六至一九六七年工作規劃的初步意見（草案）》，《四川省文聯（1952～1965）》，建川 127，四川省檔案館。
〔註52〕 《「文藝座談會記錄整理材料」1956 年 6 月 1 日》，《「成都文藝界知名人士名單及文藝座談會記錄」（1956 年 3～9 月）》，建川 127～128，四川省檔案館。

好』，一個詩歌刊物『歌詞創作』，兩個文學刊物『草地』和『星星』；還有幾個報紙的付刊。」〔註53〕在 1956 年，就有傅仇的提到的兒童刊物《紅領巾》，《四川文藝》更改的《草地》，以及創辦的專門發表演唱文學的《農村俱樂部》，發表音樂作品的《園林好》，發表歌詞的《歌詞創作》和《星星》詩刊之外，《四川日報》文藝副刊《百草園》，《成都日報》的副刊《文藝園地》和《文化俱樂部》等。所以，《星星》詩刊的創辦，是整個四川文藝期刊、報紙大發展的一部分。其次，四川有著豐富的詩歌傳統。建國初的四川文學創作，特別是詩歌創作也顯示出勃勃的生機。但四川詩人眾多，卻面臨「作品多、園地少」的困境。據李累工作報告的粗略統計，「1955 年 1 月到 1956 年 11 月，四川省作家、作者在全省和全國各報刊發表的作品中，詩歌最多，有 702 篇，小說、散文、特寫共有 397 篇，話劇 49 個，雜文 93 篇。」〔註54〕詩作多，卻少有發表之地。正如《關於創辦詩刊的建議》中指出的：「『四川日報』，詩稿 400 多件。一件以最低數字 3 首詩計算，共是 1200 首，占其他文學稿件 80%，刊用的約占 2～3%。7 月只出 10 多首，約 400 行。『草地』月刊，詩稿 460 件。1件以最低數字 3 首詩計算，共是 1380 首，占其他文學稿件 30%。刊用的占 3～5%。7 月只出刊 20 首，約 1000 行。音協的『詩歌創作』，歌詞來稿 142首，7 月只採用了 14 首。文聯『詩歌組』，詩稿 150 首，能採用的占 20%。」〔註55〕正是在四川這樣一個詩歌大省，《星星》詩刊的創辦才獲得了肥沃的土壤。因此，《星星》即作為一個省級刊物，又是一個專門的詩歌刊物，這在所有的地方刊物中是很突出的。幾乎所有地方刊物，均是綜合性的文學刊物，不具有專業性的特點。更重要的是，由於四川獨特的詩歌文化傳統，創辦這樣一個專門的詩刊，乃至是一個有全國性影響的詩刊，在期刊的「百花時代」中，《星星》詩刊是相當特別的，這與整個四川詩歌傳統也是密不可分的。

在 1957 年年 6 月 28 日，四川省文聯的座談會上，傅仇就說清楚了提出創辦詩刊的具體過程。此次座談會的內容後來刊登於 6 月 29 日《四川日報》，

〔註53〕《傅仇對文匯報歪曲報導有關「草木篇」問題提出抗議‧傅仇就文匯報刊登「錦城春晚」那篇文章含沙射影、迂迴曲折的誣衊成都文藝界一事提出抗議，並且要求文匯報表示態度》，《四川省文藝界大鳴大放大爭集》（會議參考文件之八），四川省文聯編印，1957 年 11 月 10 日，第 148 頁。

〔註54〕李累：《我們的文學創作——在四川省文學創作會議上的報告》，《草地》，1957年。第 1 期。

〔註55〕《關於創辦詩刊的建議》，《四川省文聯（1952～1965）》，建川 127～130，四川省檔案館。

「傅仇說，我還要談談創辦《星星》的經過情況，在籌備的時候我做過一些具
體的工作。去年 7 月，成都和重慶的幾位青年詩人，看見黨中央提出『百花齊
放，百家爭鳴』方針，心情十分振奮；那時，我們感到全國還沒有一個詩刊，
就主張辦一個詩刊，繁榮詩歌創作，推進詩歌運動。那時我們想在『四川日
報』闢一個詩歌付刊，最好是辦一個詩歌刊物。我向文聯的黨領導同志談了我們的
想法，領導上表示百分之百的支持，並且認為這是最可貴的積極性，是一個新
事物，大力支持，鼓勵我們去積極辦這個刊物。就這樣，很快的就把『創辦詩
刊』的建議提交文聯行政會上討論，得到熱烈支持；這個建議又在文聯黨組討
論，同意了；又送給省委宣傳部，同意了；省委也同意了。《星星》就這樣順
利的誕生了。」〔註56〕在這段敘述中，傅仇還原了《星星》詩刊創辦的具體歷
史細節：首先他說，創辦詩刊的具體時間是在 1956 年 7 月，即在「雙百方針」
政策提出後提出的。而關於創辦的原因，主要是認為當時全國還沒有一個詩
刊，需要創辦一個詩刊。由此提出了兩種方案，或在《四川日報》上辦一個詩
歌副刊，最好的還是辦一個詩歌刊物。值得注意的是，傅仇這裡其實也沒有明
確說明是誰第一個提出創辦詩刊的，也只說「我們」，或「成都和重慶的幾位
青年詩人」。所以，創辦詩刊的想法，「成都和重慶的幾位青年詩人」都有可能
《星星》詩刊創辦的第一個提出者。也就是說，傅仇、白堤、石大河、流沙河、
白航、白峽……都可能是提出創辦詩刊的人。但直接推動的《星星》創辦的，
毫無疑問，就只能是傅仇。他說「我向文聯的黨領導同志談了我們的想法。」
所以，是傅仇第一個向黨組織提出了創辦詩刊的想法。既然創辦詩刊的事情是
由傅仇向黨組織彙報，那麼，提出創辦詩刊的人最有可能的就是傅仇。傅仇的
這次發言是大會發言，相關參會的人員很多應該都是見證人。在 1956 年 8 月
3 日《創作輔導委員會 1956 年 7 月份工作簡報》中提到，「文學組所屬的詩歌
組正在醞釀創辦『詩刊』的問題。8 月初即可提出關於創辦『詩刊』的建議。
送交文聯黨組研究。……文學組所屬的詩歌組轉給『草地』月刊 22 首詩，（方

<hr>

〔註56〕 《省文聯繼續舉行作家、詩人、批評家座談會 駁斥張默生流沙河等的錯誤言
行 傅仇對文匯報歪曲報導有關「草木篇」問題提出抗議》，《四川日報》，1957
年 6 月 29 日。後來以《傅仇對文匯報歪曲報導有關「草木篇」問題提出抗議·
傅仇就文匯報刊登「錦城春晚」那篇文章含沙射影、迂迴曲折的誣衊成都文藝
界一事提出抗議，並且要求文匯報表示態度》為標題，收錄入《四川省文藝界
大鳴大放大爭集》（會議參考文件之八），四川省文聯編印，1957 年 11 月 10
日，第 148 頁。

赫的 3 首、李華飛的 3 首、孫貽蓀的 16 首）轉給四川日報 13 首（流沙河的
3 首、傅仇的 10 首）。組織了關於『月琴的歌』的批評文章 5 篇。彝族吳琪
拉達的『孤兒的歌』詩歌組決定 8 月份內幫組作者進行修改。」〔註57〕由此
可以看到，在傅仇 1956 年 7 月提出創辦詩刊的問題後，經文聯黨組的同意，
便在 8 月初由文聯文學組下屬的詩歌組開始醞釀。根據《文聯工作人員名單
1956.12.29》的檔案，白航此時為文聯創作輔導部副部長〔註58〕，就必然要承
擔起這個任務。白航的回憶，正好補充了這樣一個歷史環節，「在大家熱情高
漲的商議後，集體決定讓白航寫一份報告，上交給省委宣傳部。幾個月後，
報告被獲得批准。」〔註59〕所以，白航敘述的由他來起草「創辦詩刊的建議」，
應該是可信的，白航應該是起草《創辦詩刊的建議》的直接負責人和參與者。
由此從 7 月開始到 8 月初，在白航等人的共同努力之下，完成了創辦詩刊建
議的起草，這使得「詩刊的創辦」有了可實施的具體指南。當然，《星星》詩
刊的創辦，本身就是省文聯的一件大事，而不是同仁刊物，那麼相關的人事
安排，就完全就是由四川省文聯來掌控了。儘管如此，但作為提議者和彙報
者的傅仇，最終沒有參與到《星星》的創辦過程，這是《星星》詩刊歷史中
的一個謎。因此，8 月 10 日定稿的《關於創辦詩刊的建議》的正式建議，絕
對不是白航一個人的成果，而是創作輔導委員會的共同成果。特別是其中對
於整個四川詩壇的宏觀把控，這明顯就是四川文聯的一份工作報告。另外，
像孫靜軒、鄒絳等人都給予過支持和幫助，「說實在的，我和鄒絳同志以及另
外幾個寫詩的同志們，是十分歡迎『星星』創刊的，我們都想盡力地給它一
些支持。」〔註60〕所以，這份定型的《創辦詩刊的建議》，不僅離不開整個四
川文聯詩歌組、四川文聯創作輔導委員會，是創作輔導委員會的集體決議，
而且還凝聚了其他四川詩人們的共同心血。儘管最後成形的《關於創辦詩刊
的建議》文件或許與白航原始稿件有出入，而且是四川文藝界共同努力的結
果，但這份「創辦詩刊的建議」的基礎，是白航起草的。所以，雖然有各位

〔註57〕 《創作輔導委員會 1956 年 7 月份工作簡報》，《四川省文聯（1952～1965）》，
建川 127～130，四川省檔案館。

〔註58〕 《文聯工作人員名單 1956.12.29》，《四川省文聯（1952～1965）》，建川 127～
18，四川省檔案館。

〔註59〕 張傑、荀超：《和詩歌相伴一生——訪詩人、原〈星星〉詩刊主編白航》，《詩
江南》，2014 年，第 1 期。

〔註60〕 孫靜軒：《石天河的反共叫囂》，《四川日報》，1957 年 7 月 25 日。

創作輔導委員會委員的意見，但其中的基本框架和觀點，是出自於白航，這點是不能否認的。

　　8月10日定稿的《關於創辦詩刊的建議》〔註61〕，呈現出了對於創辦《星星》詩刊的全部情況，對於《星星》詩刊的創辦具有重要的意義。建議由「青年需要詩歌」、「幾個報刊的詩歌來稿情況」、「詩歌作者隊伍」、「詩歌編輯人員的解決辦法」、「這是一個什麼樣的刊物」這五個部分構成，全面展示了創辦詩刊的緣由、具體實施辦法和辦刊方向，並奠定了《星星》詩刊創辦的基礎。在《關於創辦詩刊的建議》中，落款分別是「四川文聯詩歌組」和「四川文聯創作輔導委員會」。正如前面所說，經過詩歌組討論通過的這份建議，完全是四川文聯的集體成果。在建議中，重點提出了具體的詩刊編輯部的人事安排，這應該是經過文聯創作輔導委員會認可後提出的。而其中所提出的辦刊方針，與此後白航等人之後的創辦理念很相同，這應該是白航的主張：「這個詩刊，應該有它的個性，應該有它的獨特作風。它的個性是從編輯藝術、詩的形式、詩的內容形成的。詩的形式，容許各種形式的發展，互不排斥，應該讓它百花齊放。豐富多彩的生活內容，是詩歌的生命，也是這個詩刊的生命。應該全面的反映我們國家的生活，應該充分反映我們時代的精神面貌。」因此，在提出創辦意見之處，《星星》就已經體現出了白航等人要創辦出有個性的詩刊的想法。

　　正是在8月10日經過文聯創作輔導部委員會通過的《關於創辦詩刊的建議》基礎上，這份決議上報到了四川省文聯黨組。文聯黨組在9月15日便召開了黨組會議，對建議進行了討論。進而，省文聯還聯繫了相關部門，在落實了辦刊的相關工作後，才於1956年9月25日形成了《文聯黨組關於創辦詩刊的請示報告》。這份報告，在《關於創辦詩刊的建議》基礎有一定程度上的調整和深入。相對於《關於創辦詩刊的建議》，《文聯黨組關於創辦詩刊的請示報告》不僅僅是簡單的支持與同意，而且加強了辦刊的可操作性，在大量的前期準備工作上，對創辦詩刊的問題提出了具體解決的辦法。這樣，《星星》詩刊的創辦，才能真正得以實現。《文聯黨組關於創辦詩刊的請示報告》〔註62〕分為三個部分：創辦詩刊的有利條件與理由、創辦詩刊存在的問題與困難及其

〔註61〕 《關於創辦詩刊的建議》，《四川省文聯（1952～1965）》，建川127～130，四川省檔案館。

〔註62〕 《文聯黨組關於創辦詩刊的請示報告》，《四川省文聯（1952～1965）》，建川127～126，四川省檔案館。

解決辦法、關於詩刊的方針任務及讀者對象等問題的初步意見。其中第二部分
「創辦詩刊存在的問題與困難及其解決辦法」完全是全新的內容；第一、第三
部分則與《關於創辦詩刊的建議》差不多，但在一些具體數據上，內容選擇上
和表述方式上還是有了很大的差別。除了對青年需要詩歌，詩歌創作數量龐大
來闡述創辦的意義之外，更為著重強調了有利於培養新生力量，特別是對四川
詩人的培養，這使得創辦詩刊有了更現實的意義。另外，重點考慮了創辦詩刊
最為直接的紙張問題和編輯人員的問題，並對即將創辦的刊物的對象、方針、
編輯、欄目、開本等問題的具體描述，與《關於創辦詩刊的建議》最大的差異
就是在於，其對象、方針的更加明確，就是在「雙百方針」的基礎上為廣大工
農兵。而且在內容上，始終突出四川特色。完全去掉了《關於創辦詩刊的建議》
中關於新人、個性、獨特作風的表述，具體化國家、民族的四川原色，刪除了
對蘇聯、民主國家、資本主義國家等較為敏感的表述。

　　在白航、石天河、流沙河、傅仇等人對《星星》詩刊創辦的歷史描述中，
都重點強調了「經省委宣傳部的批准」這一重要信息。如《星星》詩刊主編白
航，「之後，得到了當時文聯創作研究部及黨組負責同志的支持，上報省委宣
傳部，正式批准。」〔註63〕川大教授張默生也說過，「『草木篇』是在『星星』
創刊號刊出的，『星星』是文聯刊物之一，而且得到黨委宣傳部的大力支持，
訂戶很踴躍」〔註64〕以及四川省文聯的歷史記載，「經省委宣傳部批准《星星》
詩刊創刊。白航為編輯部主任。」〔註65〕當然，在這些回顧過程中，我們看到，
經省委宣傳部同意，是《星星》詩刊創辦成功的決定性步驟。當然，李井泉、
李大章、杜心源、明朗、李亞群等人支持創辦《星星》詩刊，背後的直接原因
還是在與為了貫徹執行黨的「雙百」方針。可以說，如果沒有「雙百」方針，
四川要想在已經有了一個省級文學綜合刊物《草地》之後，再辦一個詩刊，不
是說完全不可能，其難度是相當大的。毛澤東在 1957 年就提出了「百花齊放，
百家爭鳴」的方針〔註66〕。5 月 26 日，中宣部部長陸定一在中南海懷仁堂向

〔註63〕辛心：《我們的名字是星星——〈星星〉創刊史話》，《星星》，1982 年。第 4 期。
〔註64〕《張默生談對「草木篇」和「吻」的批評》，《省文聯邀請部分文藝工作者繼續
　　　　座談 對教條主義和宗派主義進行尖銳批評》，《四川日報》，1957 年 5 月 21
　　　　日。
〔註65〕《四川文聯四十年》，四川省文學藝術界聯合會編，1993 年，第 407 頁。
〔註66〕毛澤東：《關於正確處理人民內部矛盾的問題》，《毛澤東選集》。第 5 卷，北
　　　　京：人民出版社，1977 年，第 388 頁。

文藝家、科學家作了《百花齊放，百家爭鳴》的報告，重申了「雙百」方針。可以說繁榮創作，加強期刊的期刊工作，在 1956 年成為了一件非常重要的大事：「十一月二十一日到十二月一日召開的文學期刊編輯會議，開得更加活躍。會議是郭小川作全面的組織工作。他這時已由中宣部調任作協秘書長。會上周揚講話中講不要怕片面性，他說，你一個片面，我一個片面，加起來不就全面了麼。（毛澤東在後來召開的宣傳工作會議上反覆批評了這個觀點）。同時，周揚提出可以考慮允許辦同仁刊物，他這個講話影響很大，後來文藝界不少人準備辦同仁刊物。」〔註67〕據納拉納拉楊·達斯，在《百花齊放運動中湧現出的新創期刊和面目一新的舊刊》中統計，科學技術類有 70 種，其他有 63 種。〔註68〕。正是由於「雙百」方針政策，《星星》詩刊的創辦，才減少了制度障礙，贏得了良好的創辦空間。

　　總之，雖然「雙百方針」這樣一個特殊的歷史機遇讓《星星》詩刊的成功創辦，但我們也看到《星星》詩刊本身就是官方刊物。她創辦的過程中，就必須經過層層的討論，完成各種相關的行政審批，完整呈現五六十年代文藝期刊的創辦過程和管理方式，這將有助於理解新中國成立後的文藝生產機制。正如譚興國所說，「誰最先提議創辦並不重要，重要的是，他是官辦刊物。他的主辦單位是省文聯，他是省文聯的機關刊物之一。它享有省文聯的一切資源，省文聯有權要求它代表自己發聲名，自然，省文聯也得為其承擔責任。這，正是它得以創辦和生存的基本條件。」〔註69〕可以說《星星》詩刊還沒有創辦，就已經完全被各種行政力量控制起來了。但與此同時，《星星》作為四川省文聯主管的第二家官辦刊物，雖非「同仁刊物」，但已經顯示出與《草地》不一樣的身份和特徵。因此，創刊後的《星星》在編輯方針中不斷追求「藝術性」和「個性」，不斷地發出一些具有個性的獨特聲音，這種特徵又是非常鮮明的。由此，既是作為一般的官方刊物有著時代的「共性」，同時又作為「第二刊物」並彰顯出別樣的個性，這讓《星星》詩刊在在當代文學中有了重要的意義。

〔註67〕黎之：《回憶與思考——從「知識分子會議」到「宣傳工作會議」》，《新文學史料》，1994 年。第 4 期。

〔註68〕〔英〕納拉納拉楊·達斯：《中國的反右運動》，欣文、唐明譯，西安：華嶽文藝出版社，1989 年，第 49～54 頁。

〔註69〕譚興國：《草木篇事件的前前後後》，內部自費印刷，2013 年，第 44 頁。

二、「四大編輯」

我們常提到的「星星編輯部」，即被人所提到了「二白二河」4 人。那麼省文聯為什麼選白航作星星編輯部主任，石天河、流沙河、白峽為星星編輯呢？在曉楓的回憶中就曾提到：「幾經研究籌組，後經中共省委宣傳部批准，一個面目全新的《星星》詩刊，於 1957 年 1 月正式創刊問世。詩刊有四位工作人員，主編白航，一位老區來的文藝工作者，而且是個原則性很強的黨員，負責撐握詩刊的發展方向；第二位叫白峽，南下的文藝工作者，也是黨字號人物，和藹大度，人際關係不錯，負責詩刊組稿等日常事務；第三位是石天河，本名周天哲，聽說他原是中共川南行署文藝處長，後不知犯了什麼錯誤，黨藉、職務全抹。他專事文藝理論研究，對現代詩歌有獨到見解，為執行編輯。第四位就是流沙河，年少氣盛，很有才華。」〔註 70〕在曉楓簡單的介紹中，我們可以基本瞭解將他們選為「星星編輯」的原因。

編輯部主任白航，白航原名劉新民。1925 年生於河北，筆名有燕白、文過等。1945 年畢業後在晉察冀解放區參加革命工作，抗戰勝利後回天津做地下工作，1946 年考入華北聯大，1948 年畢業後參加中國人民解放軍，在十八兵團文工團創作組任創作員。白航的第一首快板詩《我是炊事員》發表在華北軍區《戰友》雜誌上。他也作曲作詞，如當時發表在《華北人民日報》上的《火線唱英雄》（歌曲）。1949 年後，隨兵團政治部主任胡耀邦到川北南充，曾任川北文聯創作出版部主任。1952 年四川合省後，任四川文聯創作研究組組長，四川文聯創作輔導部副部長，《四川文藝》編輯。〔註 71〕執行編輯石天河，原名周天哲，1924 年生於湖南長沙。解放前在南京歷任《救國日報》《南京日報》《中國日報》等報記者、編輯，在這期間參加了地下工作。後作為解放軍第二野戰軍西南服務團團員隨軍進入西南，任《川南日報》編輯、讀者服務組長，1952 年到四川省文聯後任組聯部秘書、文藝理論批評組的組長（後改任為副組長）。他「從小愛詩」，並有心和詩人山莓「相約發下宏願要對中國詩歌藝術和詩學理論做一番系統研究」〔註 72〕。

〔註 70〕 鐵流：《反右鬥爭前奏曲〈草木篇〉事件》，《我所經歷的新中國‧第一部〈翻天覆地〉》，無版權頁，第 354～355 頁。

〔註 71〕 參見張傑，荀超，《與詩歌的一生——訪詩人、原〈星星〉詩刊主編白航》，《江南詩》，2014 年，第 1 期。

〔註 72〕 石天河：《憶默老》，《石天河文集》第二卷，香港：香港天馬圖書有限公司，2002 年，第 460 頁。

　　流沙河，原名余勳坦，1931 年生於四川省金堂縣城。1947 年春，流沙河就讀於四川省立成都中學。1948 年秋，其第一篇反映教師困苦生活的短篇小說《折扣》即發表於《西方日報》副刊。次年在成都的《新民報》《西方日報》《青年文藝》上發表短篇小說、詩、譯詩、雜文共 10 多篇。並跳考入四川大學農業化學系就讀。1950 年在《川西日報》副刊上發表一些詩歌和短篇小說，同年 9 月被作家西戎介紹到《川西日報》副刊任編輯和見習記者。其間與人合寫中篇小說《牛角灣》，流沙河受到黨報的批判。但由於有西戎的關照，寫了一篇公開的檢討文章過關。1952 年加入中國新民主主義青年團。同年 9 月調四川省文聯工作，先後任創作員，後到《四川群眾》做編輯 1954 年參加中國作家協會重慶分會。〔註 73〕白峽，原名劉葉隆。1919 年生，山東巨野人。因抗戰流亡到巴蜀。1943年秋末到萬縣中學教書。不久就寫了《白鶴》和《風雨中的金樹》等詩。1944 年，從萬縣中學被擠到鄉下小學教書，在《川東日報》創刊號上發表《驢子的故事》。1945 年日本投降，出版《春耕》。1947 年轉到川南各地，在《大公報》《新民報》《工商導報》《國民公報》發表了近百首詩。1951 年他在《川東報》工作，寫了些快報，順口溜發表，不久展轉到重慶、成都，最後到省文聯工作。〔註 74〕

　　作為星星詩刊的編輯，在創辦詩刊的建議中就說，必須首先是作家自願。但是，要成為星星編輯部的成員，自願是一個基本條件，更重要的是還必須經四川省文聯創作輔導部、四川省文聯黨組、四川省委宣傳部的討論通過。那麼，這四個編輯能獲得他們的一致認可，有一些怎樣的背景和原因呢？要作為星星詩刊的編輯，其第一個原因，也就是最重要的原因，是這幾個人在詩歌創作上，都有非常的創作成績。首先是白航，正如我們的介紹，在作為星星編輯部主任之前，他就以詩歌《佃客朱老三》，曾獲川北區文藝創作甲等獎；還有歌詞《列車在輕輕搖盪》獲中央音樂學院創作獎。陳仿微在《「佃客的話」和「佃客朱老三」讀後感》中評論就說，「這兩篇詩已給我們指出了一條寬敞的道路。大家從事創作，只要肯順著這條道路發展是一定會產生出為人民大眾所喜愛的詩篇的，是必定會產有社會價值有藝術光輝的詩篇的。」〔註 75〕石天河也在

〔註 73〕主要參考：胡尚元、蔡靈芝的《流沙河與〈草木篇〉冤案》，《文史精華》，2005年第 1 期。

〔註 74〕《白峽其人其詩》http://www.sc157.com/xian/go/travel-china/ganzi/I_ganzirenwu/200704041056.html。

〔註 75〕陳仿微：《「佃客的話」和「佃客朱老三」讀後感》，《川北日報》，1951 年 3 月19 日。

當時也寫出了有一定影響的詩歌，他的童話詩《無孽龍》，在北京的《新觀察》上發表，還被四川的劇團編成了川劇《望娘灘》，編成了舞劇，出版了連環圖小書。在當時，石天河的這首詩在社會上產生了相當廣泛的影響，以至於他自己就說，「有的人就以為我真的要成為名詩人」〔註76〕。流沙河在當時，更是四川當代詩人中最明亮的一顆星。他 1955 年在《西南文藝》上發表《寄黃河》等優秀詩篇，便受到好評。1956 年出席全國青年創作會議，進中央文學講習所學習。同年在中國青年出版社出版了短篇小說集《窗》，在重慶人民出版社出版了詩歌集《農村夜曲》，1957 年由作家出版社出版詩集《告別星火》。〔註77〕最後，編印過個人詩集，發表了近百首詩歌的白峽，也當然就成為了星星編輯部的首選人員。所以譚興國說，「在編輯部內，他手下三員大將，除了那個從『歌詞創作』編輯部來的白峽之外，一個是文藝理論和詩歌創作、研究上都有很大成就，稱得上四川權威的石天河，一個是如日中天，省內外都連連出版了詩集的青年詩人流沙河，在省的創作會議上作詩歌創作的總結發言就是他。」〔註78〕在這裡，他更是以「四川權威」、「如日中天」這樣的詞語，表明了，選擇這些人作為星星編輯，確實與他們的詩歌創作成就密不可分的。

但是，如果僅僅是由於創作成就選擇了他們作為星星編輯部成員，理由還不充分，還必須考慮到的一個根本問題，即個人的政治問題。「文學期刊的組織機構、管理方式與政治保持著高度的一致與相通，政治上『一元化』的管理與整個文學期刊的管理是相統一的。」〔註79〕所以在星星詩刊編輯部人員的考慮過程中，政治方向正確是重要的原則之一。因此，作為編輯部的主任，必須由共產黨白航擔任。另外，石天河是共產黨黨員，流沙河是共青團團員，白峽也是在黨報《川東報》中工作過的，所以這些身份對他們來說，也是非常重要的。其實，《星星》之所以能創刊，就是因為四川有很多優秀的詩人，但並非這些詩人，都有比較符合的政治身份。星星詩刊編輯「二白二河」的構成，還有一個直接的因素，那就是建國初的四川行政區劃的影響。1949 年 12 月 27

〔註76〕石天河：《說詩謇語二則》，《石天河文集》，第 1 卷，香港天馬圖書有限公司，2002 年，第 433 頁。

〔註77〕主要參考胡尚元、蔡靈芝：《流沙河與〈草木篇〉冤案》，《文史精華》，2005 年，第 1 期。

〔註78〕譚興國：《草木篇事件的前前後後》，內部自費印刷，2013 年，第 75 頁。

〔註79〕李明德：《當代中國文化語境中的文學期刊研究》，蘭州大學博士論文，2006年，第 74 頁。

日成都解放，1950 年 2 月 27 日西昌解放，由此四川全境解放，便開始了一系列的接管和建設工作。1950 年 1 月中共中央決定，撤銷四川省，分別設立川東行政公署（重慶）、川南行政公署（自貢）、川西行政公署（成都）、川北行政公署（南充）。1952 年 8 月 7 日中央人民政府委員會通過了《關於調整地方人民政府機構的決議》，成立四川省人民政府，撤銷川東、川西、川南、川北人民行政公署。〔註80〕1955 年 7 月，中共中央批准四川、西康合併，西康省併入四川，當代四川的版圖基本形成。這樣的行政機構的變化，也就影響到了四川文學組織的變化。在此之前，四川各地軍管會先後召開文藝界座談會，1950 年 10 月川西文聯正式成立，1951 年 12 月川北區文聯成立。由於四川行政區劃的變更，在 1952 年 9 月川東、川西、川南、川北 4 個行署區合併後，1953 年 1 月正是成立四川省文學藝術界聯合會。而「星星編輯部」的這四個編輯，白航來自於川北，石天河來自於川南，流沙河來自於川西，白峽來自於川東，他們的組合，就完全代表了一種地域性的現實政治選擇。雖然在 1956 年，四個行政區合併四川省已經都四年多，但他們內部還是有一定的派系鬥爭。星星編輯部的組建，也正是為了平衡這樣的內部矛盾。

最後我們來看，在《文聯黨組關於創辦詩刊的請示報告》提出白堤到星星編輯部，而最後卻沒有他呢？根據《中國現代文學辭典詩歌卷》和《中國當代詩人傳略》，我們先來看白堤的基本生平：白堤（1920～1975），原名周志寧，還有楊華、白玲等筆名。祖籍四川宜賓，出生於廣西南寧。早戀隨父母到過廣東、澳門、杭州等地。抗戰爆發前就讀於杭州安定中學。因酷愛白堤，故以此為筆名。抗戰爆發後，遷回成都，就讀於成都縣中。中學時代開始創作，1939 年冬天，與杜谷、蔡月牧、等人發起成立華西文藝社，出版《華西文藝》月刊。1941 年考入金陵大學經濟系，1942 年與杜谷、蔡月牧、蘆甸、方然、葛珍、孫躍冬等成立平原詩社。童年，加入「文協」成都分會。1945 年畢業後在成都任中學教員。新中國成立後，在中國音樂家協會成都分會工作，參與《歌詞創作》《西南音樂》的編輯，並從事歌詞創作。1957 年，應上海新文藝出版社之約，編成詩集《春天的歌》，但因被打成右派，所以未能出版。1979 年到會理中學任教，1975 年病逝。〔註81〕在創作上，白堤是現代詩歌中具有「風土特

〔註80〕轉自華偉：《20 世紀中國省制問題的回顧與展望（中）》，《中國方域（行政區劃與地名）》，1998 年。第 5 期。
〔註81〕參見：徐迺翔主編：《中國現代文學辭典·詩歌卷》，南寧：廣西人民出版社，

色」的詩人，其作品《小土屋》，還被入選《中國抗日戰爭大後方文學書系‧詩歌卷》〔註82〕。因此，在《關於詩刊的方針任務及讀者對象等問題的初步意見》的提名中有白堤，就是看重他在詩歌創作中的能力。而最後沒有選擇白堤，正如前面所提到的原因，一則因為他沒有積極的政治傾向，並不是黨員。第二是，他一直處於詩歌人才濟濟的川西，並沒有佔據地域優勢，所以《星星》詩刊最後確定的編輯中，便沒有了詩人白堤。

　　雖然我們看到，選擇這 4 人編輯，正是由於他們創作的可喜成就，他們的政治身份，以及對現實行政區劃的照顧，似乎是很完美的一個編輯部。但實際上，星星詩刊編輯部，也存在著內在的矛盾和隱憂。星星詩刊編輯部成立時的第一個矛盾性，就是不設主編。從黨的出版文化事業的歷程來看，擔任刊物負責人或者說期刊主編，其具備的條件是比較嚴格的：「一、無產階級革命家，把新聞出版事業看成是黨的事業的一個極重要的組成部分，掌握無產階級新聞出版的黨性原則。」「二、有較高的馬克思主義理論水平，有一定文化功底和譯介能力。」〔註83〕具體來看，四川文聯對星星編輯部不設主編，就體現出對現有編輯部的保留態度。石天河對此有非常明確的闡述，他說，「本來，刊物通常都是應該有主編、副主編的。但是，一則因為白航和我都還很年輕，知名度不高，似乎不夠當主編、副主編的資格。……我們既設立了編委會，又不設主編或由編委輪值的執行編委，卻設立了一個編輯主任，一個執行編輯。這說明，在四川文聯領導人的心目中，這個刊物的編輯班子，是由兩個不很夠格的人來負責的。」〔註84〕由於不設主編，這肯定在星星編輯部主任白航的心中留下了陰影。因此，在《星星》詩刊的編輯過程中，原本作為星星編委會的他，在實際編輯中，更偏向了星星編輯部。

　　第二個矛盾性在於，星星編輯部 4 人雖然堪稱是一時之選，但他們都有無法迴避的「問題」，甚至可以說是致命的「個人問題」。這其中，作為編輯部主任的白航的問題不太嚴重。他的問題，並非個人問題而只是資歷較淺的問題，

　　　　1990 年；海夢主編《中國當代詩人傳略》第 4 集，成都：四川文藝出版社，1993 年。

〔註82〕臧克家主編：《中國抗日戰爭時期大後方文學書系‧第 6 編‧詩歌第 2 集》，重慶：重慶出版社，1989 年，第 434 頁。

〔註83〕李白堅：《中國出版文化概說》，南寧：廣西教育出版社，1999 年，第 103～106 頁。

〔註84〕石天河：《逝川憶語──〈星星〉詩禍親歷記》，香港天馬出版有限公司，2010 年，第 1 頁。

石天河說，「白航是從川北調來的，資歷較淺，不是機關黨委成員，所以擔任《星星》編輯主任而沒有『主編』名義。」〔註85〕所以，在這一問題上，在星星編輯部中白航的問題還不大。而問題較大的就是石天河與流沙河：作為執行編輯的石天河，是「黨外的布爾什維克」，在 1952 年的整黨運動中被開除黨籍。在肅反運動中，一度被認作與胡風集團有關係的嫌疑分子而受到審查。而且還查出了他曾於抗戰中在國民黨軍統特務息烽西南電訊訓練班受訓一年的「特嫌」問題。這對於石天河來說，是非常致命的。而流沙河也有著致命的「個人問題」，他不僅來自地主家庭，而且他在《鋸齒齧痕錄》中說，「父親曾在國民黨金堂縣政府任職軍事科長，在土地改革運動中，民憤甚大，被處死刑。」所以，此後流沙河批判被無限放大，與他自身的「個人問題」，是有著密切關係的。

　　總之，作為星星詩刊的操作者編輯部，一方面在人員的安排過程時候，經過了多層的研究和考慮，將之完全納入到政治體系、管理制度和出版計劃的層層設計之中，使得星星詩刊成為一個不折不扣的官方刊物。但同時另一方面，由於編輯個人歷史的複雜性，以及多種原因，星星編輯部在此後的運作中，也出現了複雜的悖論。乃至於在創刊後出至第 8 期後，四川文聯就對星星編輯部改組，更換了全部編輯，其中的結論就是：「去年，我們對《星星》編輯部的人員安排，喪失了應有的政治警惕」〔註86〕。

三、辦刊方針

　　在《星星》詩刊的歷史中，我們一般從《稿約》出發認為，星星創辦之初，有著非常鮮明的個性特徵，乃至同仁色彩。黎之甚至在《文壇風雲錄》中對於《星星》這種複雜特徵闡述，「這個刊物是一批青年詩歌愛好者創辦的，在當時文藝報刊都是機關主辦的情況下，這個刊物帶有同仁辦刊的性質。它的創刊不僅引起國內文藝界的注意，蘇聯《文學報》還發了消息。」〔註87〕特別提到了《星星》詩刊兼具「官方主辦」和「同仁辦刊」的雙重特色。值得注意的是，一方面，作為四川文聯的主管的刊物，《星星》的辦刊方針必然要與整個時代

〔註85〕石天河：《逝川憶語──〈星星〉詩禍親歷記》，香港天馬出版有限公司，2010年，第35～36頁。
〔註86〕常蘇民：《石天河、流沙河、白航等右派分子把持「星星」的罪惡活動》，《四川日報》，1957年8月31日。
〔註87〕黎之：《文壇風雲錄》，石家莊：河南人民出版社，1999年，第68頁。

意識是緊密聯繫在一起的。另一方面，由於《星星》詩刊是四川文聯的第二個刊物，所以在管理上，以及在辦刊方針上，又與作為單一的文聯機關刊物就有了完全不同的個性色彩。我們在談論《星星》詩刊那份「極具個性色彩」《稿約》的時候，不僅忽視了創刊前後的《星星》，並非只有一份《稿約》這樣一個問題。同時，我們也忽視了指導《星星》詩刊的辦刊方向，也並非只有《稿約》這樣的核心問題。

《星星》詩刊從創辦之初，首先就是作為四川省文聯的「機關刊物」而產生的。在 1956 年 8 月 10 日四川省文聯詩歌組，以及四川省文聯創作輔導委員會所討論通過的《關於創辦詩刊的建議》中，就有著非常鮮明的表述：「這個詩刊，不是同人堂刊物。如果只是幾個詩人的刊物，只為幾個詩人『服務』的刊物，那就錯了，根本就用不著創辦這個詩刊。」〔註88〕也就是說，《星星》辦刊從創辦之初，就不具有「同仁色彩」，而且是明確反對將之辦成「同仁堂刊物」。所以，作為機關刊物的，必須符合政治意識形態的要求，這才是《星星》詩刊的底色。這份「建議」，可以說是《星星》詩刊作為機關刊物的「最初稿約」。然而問題的複雜性在於，這份最早《星星》詩刊的「最初稿約」，又在一定程度上體現出了詩人們試圖創造出一種具有特色詩歌刊物的努力。所以，在時代政治意識的總體規劃之下，四川省文聯又對這份新創辦的詩歌刊物充滿了期待。在《這是一個什麼樣的詩刊》部分中，他們也對新詩刊提出了一些「理想」：「這個詩刊是給工農兵及知識分子看的，特別是給廣大知識青年看的。這個詩刊，它還有一個主要的任務，培養新詩人，擴大詩人的隊伍。每一期，應該有新的作者的詩歌。……這個詩刊，應該有它的個性，應該有它的獨特作風。它的個性是從編輯藝術、詩的形式、詩的內容形成的。詩的形式，容許各種形式的發展，互不排斥，應該讓它百花齊放。豐富多彩的生活內容，是詩歌的生命，也是這個詩刊的生命。應該全面的反映我們國家的生活，應該充分反映我們時代的精神面貌。詩刊每期，應該出現這 6 個專欄：『祖國美好的生活』：反映我們國家的各方面的生活。『在我們各民族的大家庭裏，充滿了幸福和友誼』：各民族現代生活的詩歌。『江山如畫載民歌』：詩畫，古典詩畫，現代詩畫。『大地處處是歌聲』：每一期，有 1 支好歌曲，有足夠的篇幅容納歌詞。『我們的朋友遍天下』：蘇聯、民主國家的詩歌。資本主義國家的進步詩歌。

〔註88〕 《關於創辦詩刊的建議》，《四川省文聯（1952～1965）》，建川 127～130，四川省檔案館。

——這個專欄的名字或叫：「和平、民主、只有」。『探索詩歌世界』：理論。最好每期有一篇短而精的關於詩歌問題的文章，以及詩創作問題的討論。其他，如古詩今譯、民歌、詩的語錄，也應該容納。」從這裡可以看出，在設計新詩刊辦刊方針過程中，是四川省文聯詩歌組的成員，以及四川省文聯創作輔導委員會的詩人，共同討出來的「最初稿約」，即「一個任務、三大個性、六個專欄」。當然，在這份「最初稿約」內容是非常豐富的，同時也就蘊藏著諸多的矛盾性。

第一，在服務對象上，一是為工農兵服務，二是為知識分子服務。提倡「為工農兵」服務，這是當時所有刊物必須執行的基本原則。但《星星》一個獨特的之處在於，除了要為「知識分子服務」之外，他們提出了一個「新詩人」的概念和目標，並把「新詩人」作為新刊物的重要任務來抓，或者說作為刊物的發展方向。而這個「新詩人」概念，本身就是一個更為廣泛的概念，偏離或者模糊了固有的「為工農兵服務」概念。由此把目標任務鎖定在「新詩人」的培養上，也讓我們看到了《星星》在創辦之初，其辦刊方針不是以踐行某種政治意識為目的來辦刊，更多的是回到詩歌本身，以培養更多的詩人。第二，正是為了培養「新詩人」的任務，創辦之初的《星星》提出了編輯理念的「三大個性」：編輯藝術的個性、詩的形式的個性和詩的內容的個性。但這個創辦詩刊的「建議」中，並沒有談什麼是「編輯藝術的個性」，以及如何體現出編輯藝術的個性。而對「詩的形式的個性」，他們提出的方針是「容許各種形式」，力圖擺脫某種固定的詩歌形式；在「詩的內容的個性」方面，提出「豐富多彩的生活」，具體指「應該全面的反映我們國家的生活，應該充分反映我們時代的精神面貌」。如果綜合起來看，《星星》辦刊方針的三大個性，其實就是一個核心，即不對詩歌寫作做任何限制，允許任何詩歌形式的存在，也允許寫各類不同生活，以真正體現文學創作的自由精神，實現詩歌的「百花齊放」。第三，是對新刊物本身的構想，提出要設置「六個欄目」。這主要涉及到兩個部分，一是在主題上，新刊物在擬定編輯內容之時，最重要考慮是「三個主題」，即國家主題、各民族主題、世界和平主題。之前《星星》所確立的編輯藝術的個性、詩的內容的個性、詩的形式的個性，其實又是統一在這樣的一些主題之下中。二是形式上，確定了詩畫、歌曲、詩論三大部分，同時又補充的古詩今譯、民歌、詩的語錄等內容。換而言之，這完全體現了新刊物創刊時對形式自由的表達。所以創辦之初「最初稿約」，

詩人們以「百花齊放」為理論依據，試圖在政治與詩藝之間平衡、調和，為創辦出一個具有個性的詩歌刊物。

但是，隨之四川文聯黨組 9 月 25 日在《關於創辦詩刊的建議》基礎上的《文聯黨組關於創辦詩刊的請示報告》〔註89〕，其附錄《關於詩刊的方針任務及讀者對象等問題的初步意見》，就已經發現了《關於創辦詩刊的建議》中編輯方針的矛盾與衝突。所以，經過四川文聯黨組修改後的「請示報告」，及四川省文聯的「黨組稿約」，就進行了大刀闊斧的刪減和補充，特別刪掉了刊物的「個性」追求，而直接體現了刊物編輯方針的政治意識。在這份附《關於詩刊的方針任務及讀者對象等問題的初步意見》中，首先就明確表明，「這是四川文聯領導的刊物」，是「官方刊物」，而並非「同仁堂刊物」。在刊物的任務和編輯方針上，「黨組稿約」也就有了完全不同的側重點，甚至完全取消了「三大個性」的表述，根本不提刊物「個性」，這是從「最初稿約」到「官方稿約」的最大變化。一方面在新刊物的任務上，重點增加了兩大政治任務，「反映多彩的現實鬥爭生活」和「滿足廣大詩歌讀者的文化生活需要。」另一方面，「黨組稿約」在詩刊欄目的設置上，減少了幾個欄目，更加凝練了新詩刊的方向。完全取消了外國詩歌，對於如何選擇外國詩歌，是一個相對危險的領域，所以四川文聯黨組就取消了這個欄目。同時取消了詩論、詩的語錄欄目，創辦的新詩刊並不需要新理論，也不需要理論創新。所以，總的來看，「黨組稿約」中對於新詩刊的定位是非常保守的。

如果說「最初稿約」與「黨組稿約」，還只是一種大政策範圍內的「頂層設計」，那麼星星編輯部具體的「編輯部稿約」，就具有直接的指導性。作為剛成立的星星編輯部，對於新創辦刊物時充滿了熱情，寄予了無限希望。「我們一心想抓住機會，把這個刊物，辦成一個能突破各種教條主義清規戒律、真正體現『百花齊放』的詩歌園地。」〔註90〕所以，此時的星星編輯部，他們並沒有注意到四川文聯的「黨組稿約」中刪掉了新詩刊的「個性」表述。他們無比放大了「百花齊放」這一樣一個歷史機遇，力圖認真貫徹執行「百花齊放」的方針，力圖創辦出具有「突破性意義」的新刊物。基於這樣的認識，星星編輯部曾在 1956 年的「南郊公園小聚」中，專門研討了《星星》詩刊的編輯方針，

〔註89〕 《文聯黨組關於創辦詩刊的請示報告》，《四川省文聯（1952～1965）》，建川 127～126，四川省檔案館。
〔註90〕 石天河：《逝川憶語──〈星星〉詩禍親歷記》，香港天馬出版有限公司，2010 年，第 2 頁。

形成了《星星》詩刊的「編輯部稿約」。流沙河在 1957 年的《我的交代》中，就呈現了這次「南郊公園小聚」，詳細交代了星星編輯部主任白航對「編輯部稿約」的最初設計。他說，「白航首先提出：（1）帶有宗派性質的『非名人路線』，對老詩人和稍有名氣的詩人不爭取，但也不得罪；（2）強調刊物的『個性』和『特色』，但一字不提基調和立場；（3）不強調配合政治任務；（4）免除一些制度，如批評檢討會議制度（我稱之為形式主義），如嚴格上下班制度（我斥之為奴隸勞動）。石天河則提出『團結一批人』『發現新生力量』作為對第一條的補充。我則提出多發情詩作為對第三條的補充。」〔註 91〕作為《星星》詩刊編輯部主任，白航著重強調了四個方面：「非名人」、「個性」、「不強調政治」、「免除一些制度」。在這四個方面，對具體編輯有影響的是前三個原則，基本奠定了初期星星的辦刊方向。此後在回溯「編輯部稿約」的歷史時，白航就不斷在這三個原則上重新闡述「編輯部稿約」。在 1982 年，白航就回憶說，「我們有一個執著的信念，就是當編輯要看稿不看人，要重視發現新人，重視詩歌形式的多樣化，重視詩歌的藝術質量，而不贊成過多地、機械地配合『當前』政治任務。」〔註 92〕雖然白航這裡重申了他們初期的編輯信念，即「發現新人」、「形式多樣」、「藝術質量」、「不贊成過多的政治任務」這四個方面。白航這裡所提出的編輯方針中，「發現新人」、「不配合政治」是與 1956 年他們的編輯理念是一致的；同時將最初他對新詩刊的「個性」訴求，具體化為「新詩多樣」、「強調質量」。在《星星》創刊三十年的時候，白航又進一步闡釋了「編輯部稿約」的「三條原則」，「關於《星星》的辦刊方針，在出刊前四個編輯（白航──編輯部主任、石天河──執行編輯、流沙河、白峽）曾在成都南郊公園小聚，大家商定了三條原則：一是《星星》的讀者對象應為青年人或學生；二是刊物不應機械的配合政治任務；三是容納百家，歡迎各種流派、各種風格、各種形式的作品在《星星》上發表。來稿注重質量而不看作者的名氣。」〔註 93〕又把「編輯部稿約」再進一步具體化了，其「新人」指向「青年人或學生」；「多樣化」訴求則不僅是形式多樣，還包括「容納百家，歡迎各種流派、各種風格、各種形式」等內容、形式、風格等的多樣化。在 1997 年星

〔註 91〕 流沙河：《我的交代（1957.8.3 至 8.11）》，《四川文藝界右派集團反動材料》，四川文聯編印，1957 年 11 月 10 日，第 6 頁。

〔註 92〕 辛心：《我們的名字是星星──〈星星〉創刊史話》，《星星》，1982 年，第 4 期。

〔註 93〕 本刊評論員：《〈星星〉三十歲》，《星星》，1987 年，第 1 期。

星創刊 40 週年的時候，白航再一次總結了他們「編輯部稿約」，闡釋了星星編輯部最初的辦刊方針，「刊物以青年及學生為主要對象。」「不強調配合政治任務，因為那樣做常會影響稿件質量。」「要培養新人和新的作者群。名人和非名人在稿件面前一律平等。」「要多發些純愛情詩和諷刺詩，因為當時這兩方面都屬於禁區。」〔註94〕總結來看，以白航為代表的星星編輯部，他們在新刊物創辦之初，就有了自己的「編輯部稿約」。在白航的個人觀點中，發現新人、辦出個性、不配合政治是他的基本原則。作為四川文聯的「機關刊物」，需要星星詩刊具有鮮明的「黨刊」特徵；而星星編輯部又試圖辦成「同仁刊物」，讓星星詩刊具有個性和特色。因此星星的編輯方針，在創辦之初就出現了矛盾，只不過由於矛盾沒有激化，一直隱而不顯。而只有到了對《星星》展開批判的時候，我們才清楚地看到了多種訴求交織後的矛盾與衝突。

　　我們所眾所周知的「稿約」，其實僅是《星星》詩刊的《發刊詞》，我們稱之為「正式稿約」。「正式稿約」的寫作過程是比較清楚的，「那《稿約》是我和白航商量後，由我起草的。……我們當時沒有寫《發刊詞》，有故意用《稿約》來代替《發刊詞》的意思。」〔註95〕這個《稿約》既是石天河的個人勞動成果，也是一次星星編輯部的通力合作的成果。回到「星星」的歷史，在星星編輯部的「南郊公園小聚」之後，確定了新詩刊的「編輯部稿約」，然後在此基礎上，編出現了《星星》詩刊的第一個「正式稿約」，即「正式稿約第一版本1」。這就是《四川日報》1956 年 10 月 15 日所發布《一顆星星快出現了》中的「徵稿」：「在百花齊放的方針下，歡迎一切敘人民之事和抒人民之情的各種題材、各種流派、各種風格、各種題材的詩歌（包括歌詞）。」〔註96〕「正式稿約第一版本1」這是《星星》詩刊的第一次在正式公開發表自己的編輯方針。該「稿約」信息，突出了「百花齊放」的要求，著重指出了《星星》詩刊的辦刊的兩種向度，「一切」和「各種」。從這裡可以看出，《星星》詩刊的「正式稿約第一版本1」該「稿約」雖然簡短，沒有完全體現出了「星星編輯部稿約」的主要原則，但還是體現了新刊物辦刊的多樣化特點。我們看到，《星星》創刊號上的「正式稿約第三版本」對《四川日報》「正式稿約第二版本」做出更為具體的闡釋，也更有利於星星編輯部的操作。但實際上，創刊號上的「正

〔註94〕白航：《〈星星〉創刊 40 週年隨想》，《星星》，1997 年，第 1 期。
〔註95〕石天河：《逝川憶語——〈星星〉詩禍親歷記》，香港天馬出版有限公司，2010 年，第 1 頁。
〔註96〕《一顆星星快出現了》，《四川日報》，1956 年 10 月 15 日。

式稿約第三版本」，其實也就沒有了報紙上「正式稿約第二版本」更為廣闊的自由度。換而言之，創刊號上的「正式稿約第三版本」，表面上是「歡迎各種不同的風格、形式、題材、流派」，實際上是對不同的風格、形式、題材、流派做出了具體的限定。最為突出的變化就是：非常明確取消了外國詩歌，而特別加強「古典」和「民歌」在新刊物中的比重。那麼，是誰參與了調整和修改？我們猜測，應該是《稿約》在報刊上發表後，四川文聯便在「正式稿約第二版本」的基礎上進行了調整，最後形成了所謂的轟動全國的創刊號上的「正式稿約第三版本」。不可否認的是，即使修改後的《星星》「正式稿約第三版本」在當代文學語境中也還是相當特別的。一方面，在稿約的表述方式上，突破了一般稿約的公式化、模式化特徵。特別是對刊名「星星」的描述，極富詩意，這使得《星星》的《稿約》相當別致。第二，雖然創刊號上的《稿約》經過了調整和修改，但還是在很大程度上保留了「編輯部稿約」的宗旨和目標。正如流沙河所說，「我們發出資產階級自由主義的詩歌宣言──稿約。上面故意不提社會主義現實主義和工農兵方向，而代之以『現實主義』和『人民』字樣。」[註97] 他們實際上是用「現實主義」代替了「社會主義現實主義」，用「人民」代替了「工農兵」，這在當時還是相當大膽的，也成為後來批判的重點。

　　從《星星》詩刊的《稿約》的幾種不同版本，但我們看到，雖然經過了四川文聯的局部調整和修改，實際上新詩刊也較為鮮明地體現出「白花齊放」的精神和要求的。另外在《星星》的歷史中，以「草木篇」和「星星詩禍」這兩大星星事件為主，這也成為研究界極為關注和用力較多的「星星事件」。這兩個事件其實是有非常密切的關聯的，但「草木篇事件」主要涉及的是詩人流沙河，而「星星詩禍事件」更多是以石天河為主。1957 年創刊號上的「情詩」欄目發表了流沙河的《草木篇》，就引發了一次意想不到的大批判。從《詩刊》到《文匯報》都有批判。沙鷗就認為流沙河的《草木篇》是「對新社會的仇恨之火燃燒」[註98]。而且在《四川日報》《成都日報》《重慶日報》等報紙和省文聯的《草地》雜誌，在 1957 年 1 月到 3 月間就發表了 24 篇評論文章。並認為「《草木篇》宣揚的人生哲學並不是什麼好東西，而是不折不扣後真價實的毒菌！它散發著仇恨人民，仇恨現實的毒素！《草木篇》寫的不是詩，而是想

[註97] 流沙河：《我的交代》，轉引自石天河：《逝川憶語──〈星星〉詩禍親歷記》，香港天馬出版有限公司，2010 年，第 163 頁。
[註98] 沙鷗：《「草木篇」批判》，《詩刊》，1957 年，第 8 期。

人民發出的一紙挑戰書！」〔註99〕而且「草木篇事件」牽涉到重要政治人物毛澤東，毛澤東曾說，「還有一個流沙河，寫了個《草木篇》，那是有殺父之仇的人………接著他講《草木篇》的事，講著講著又講回來：我們要團結一切人，包括有殺父之仇的流沙河，也是我們團結的對象嘛！」〔註100〕這使得「草木篇事件」不斷升級，不但成為《星星》詩刊發展史上的一件大事，而且也成為當代政治史、文化史上的一個重要事件。之後，曉楓的《四川反右鬥爭前奏——〈草木篇〉事件》，胡尚元、蔡靈芝、何三畏，都對此事不斷地整理、分析，比較清楚地看到這次事件的來龍去脈，以及在當代文化中的特有意義。

相比「草木篇事件」，「星星詩禍」則波及面更大，影響更廣。如果說流沙河的草木篇更多的是流沙河的個人事件，或者說是四川反右鬥爭的導火線，那麼以「石天河」為首的「星星詩禍事件」，則是整個四川文藝界反右鬥爭的高潮部分。石天河說，「『《星星》詩禍』的結局是：我被認定為『四川文藝界反革命右派集團』的首犯。『集團』裏的我和儲一天、陳謙、萬家駿、曉楓被判刑。……邱原開除公職，其他人都被處勞教。白峽雖未列入集團，也被劃為右派，下放農村勞動。受集團牽累的著名學者、四川大學中文系主任張默生教授被劃右派。原成都市副市長、著名作家《大波》和《死水微瀾》的作者李劼人先生也被批判，險些劃右。其他同情《星星》的讀者，遭到批鬥的數以千計。」〔註101〕「星星詩禍」，作為當代政治生活中的一個重要事件，引起了一些研究。除了石天河的回憶錄之外，劉成才、巫洪亮、高昌均從不同程度上給予了闡釋〔註102〕，豐富了我們對這次事件的認識。正如石天河的回憶，「有人說，外間傳言，我是毛主席點了名的。毛主席說：『四川有兩條河，大河石天河，小河流沙河，都是冒得用的河。』」〔註103〕這兩次事件與整個中國的政治氛圍有著極大的關聯，飽含著濃厚的政治氣息。

〔註99〕余輔之：《草木篇，究竟宣揚些什麼》，《四川日報》，1957 年 1 月 27 日。

〔註100〕胡平：《禪機：1957 年苦難的祭壇》，廣州：廣東旅遊出版社，2004 年，第123 頁。

〔註101〕石天河：《回首何堪說逝川——從反胡風到〈星星〉詩禍》，《新文學史料》，2002 年，第 4 期。

〔註102〕劉成才：《石天河與一九五七年〈星星〉詩案研究》（《揚子江評論》2010 年，第 1 期）；巫洪亮：《「十七年」文學媒介權力結構探微——以 1957 年「〈星星〉詩案」為例》，《揚子江評論》，2013 年，第 2 期；高昌的《公木傳》（廣東人民出版社，2008 年）中有「第二十八章 星星詩禍」。

〔註103〕石天河：《逝川憶語——〈星星〉詩禍親歷記》，香港天馬出版有限公司，2010年，第 129 頁。

第四節　新民歌與政治抒情詩

一、新民歌

　　五十年代，四川是新民歌重要的發源之地，推出了大量的新民歌作品。毛澤東是「新民歌運動」的總導演，他一直都對民歌有著獨特的感情。早年的毛澤東就對收集民歌有著極大的興趣，之後多次開展有意識的民歌收集工作做。〔註104〕在1958年3月22日召開的「成都會議」上，毛澤東再一次提出進行民歌的搜集和整理工作建議。「請各位同志負個責，回去搜集一點民歌。各個階層都有許多民歌，搞幾個試點，每人發三五張紙，寫寫民歌。勞動人民不能寫的，找人代寫。限期十天搜集，會搜集到大批民歌的，下次開會印一批出來。中國詩的出路，第一是民歌，第二是古典。在這個基礎上，兩者結合產生出新詩來，形式是民族的，內容應當是現實主義和浪漫主義的對立統一。太現實了，就不能寫詩了。」〔註105〕同時，在隨後的漢口會議中，毛澤東又提到民歌，「各省搞民歌，下次開會，各省至少要搞一百多首。大中小學生，發動他們寫，每人發三張紙，沒有任務，軍隊也要寫，從士兵中搜集。」〔註106〕1958年的社論《大規模搜集民歌》，提出對全國的民歌搜集和整理，「一項極有價值的工作。它對於我國文學藝術的發展（首先是詩歌和歌曲的發展）有重大的意義。……中國新詩的發展，無疑將受到這些歌謠的影響。」〔註107〕1958年4月26日，中國文聯、中國作協和民間文學研究會等單位在北京聯合召開「民

〔註104〕見謝保傑《1958年新民歌運動的歷史描述》，《中國現代文學叢刊》，2005年，第1期。具體如：1929年1月，毛澤東起草的紅四軍第九次代表大會決議案中明確規定：「各級政治部負責徵集並編製表現各種群眾情緒的革命歌謠。」（見《中國共產黨紅軍第四車第九次代表大會決議案》，《毛澤東文集》第1卷，人民出版社，1993年，第101頁。）1933年在江西瑞金搞社會調查時，他就有意識地收集了一些民歌，並寫在自己的調查報告裏。（見毛澤東《尋烏調查》，《毛澤東文集》第1卷，人民出版社1993年，第204～205頁。）1938年4月，他在魯迅藝術學院的講話：「農民不但是好的散文家，而且常常是詩人。民歌中便有許多好詩。我們過去在學校工作的時候，曾讓同學在假期搜集各地歌謠，其中有很多很好的東西。」（毛澤東《在魯迅藝術學院的講話》，《毛澤東文藝論集》，中央文獻出版社，2002年，第19頁。）

〔註105〕轉引自陳晉：《文人毛澤東》，上海：上海人民出版社，1997年，第448頁。在《建國以來毛澤東文稿》第7冊，《在成都會議上的講話提綱》裏有「收集民歌」一條。

〔註106〕陳晉：《文人毛澤東》，上海：上海人民出版社，1997年，第448頁。

〔註107〕社論：《大規模搜集民歌》，《人民日報》，1958年4月14日。

歌座談會」，周揚主持會議，郭沫若、老舍、鄭振鐸、減剋家、趙樹理、陽翰笙、顧頜剛、江格、賈芝、林山等人參會。會議提出要收集、整理民歌、民謠，建議成立全國編選機構統一規劃。

　　1958 年 4 月 26 日，中國文聯、中國作協和民間文學研究會等單位在北京聯合召開「民歌座談會」，周揚主持會議，郭沫若、老舍、鄭振鐸、減剋家、趙樹理、陽翰笙、顧頜剛、江格、賈芝、林山等人參會。會議提出要收集、整理民歌、民謠，建議成立全國編選機構統一規劃。1958 年 3 月，四川省市文藝界五百人在省文聯聚會，舉行文藝大躍進誓師大會，杜心源、李亞群到會講話。4 月 20 日發表的《中共四川省委關於收集民歌民謠的通知》，較早地開始了新民歌的搜集工作。「毛澤東在『成都會議』上提出要重視新民歌的搜集整理工作後，亞群同志親自指導搜集工作，並自己動手挑選和修改，出版了一本《四川新民歌選集》，其質量與藝術性，收到中央及全國的重視，對新詩的健康發展是起了很好的影響的。」〔註 108〕這裡所說的李亞群主編的《四川新民歌選集》，實際上是 1958 年中共四川省委宣傳部編的《四川民歌選·第一輯》〔註 109〕。該集前面有題詞，「勢如江海氣如虹，萬眾歌聲一代風，羨煞謫仙驚杜老，風流人物數工農。」但此詩集沒有分欄目，也沒有繼續出版第二輯。據天鷹的新民歌研究專著介紹：截至 1958 年 10 月，出版了民歌 3733 種，僅古藺一縣就達 600 多種。四川到六月為止，全省農民已組織起二萬二千多個文藝創作組。〔註 110〕另外，1958 年 6 月 19 日《人民日報》刊出新華社的報導《田埂邊，牆壁上，詩句琳琅滿目——四川農村已經詩化了》，報導中說：「四川農村已經詩化了。」「今天，無論走到哪個地方，田埂邊，牆壁上，山岩間，樹幹上都可以看見琳琅滿目的詩句。僅古藺縣農民創作的各種歌謠，就有十萬首之多。……緊密結合生產和各項中心工作，具有強烈的思想性和戰鬥性，是四川農民詩歌創作的一個重要特色。他們創作的題材多種多樣，當前作什麼就唱什麼；不僅抒發情感，表示同自然作鬥爭的決心，還表揚好人好事，批評落後。他們把詩歌寫在田埂、山岩等一切惹人注目的地方。內江、廣漢等不少地區農

〔註 108〕　李友欣：《回顧與祝願》，《四川文聯四十年》，成都：四川省文學藝術界聯合會，1993 年，第 27 頁。

〔註 109〕　中共四川省委宣傳部編，《四川民歌選》，第一輯，成都：四川人民出版社，1958 年。

〔註 110〕　參見天鷹：《1958 年中國民歌運動》，上海：上海文藝出版社，1959 年，第 11 ～12 頁。

民還在田間插上許多生產鼓動牌，把新作的詩歌寫在鼓動牌上，有的還把歌謠寫在農具上。」〔註111〕

在這部《四川民歌選》中，第一首詩為《天上有個北斗星》，「天上有個北斗星，／地上有個北京城，／北斗星好比毛主席，／北京城永遠放光明。（川東）」，該詩就呈現了新民歌的主題和特色。此時，四川人民出版社還出版了專門研究「新民歌」的理論著作〔註112〕，將四川的新民歌運動推到一個高峰。圍繞李亞群主持編選的這部《四川民歌選》，四川還展開了一系列的討論，奠定了新民歌在當代文學創作中的地位，也進一步擴大了這本書的影響。石火在《大珠小珠落玉盤——讀「四川民歌選」以後所想到的》中說，「讀完『四川民歌選』第一輯（中共四川省委宣傳部編）以後，我沉浸在一個波濤澎湃、氣勢壯闊的詩歌海洋中。這本民歌選集，反映了大躍進時代中，廣大工人、農民、士兵的共產主義風格。在這些民歌中，看見了人民群眾駕著東風和巨龍飛騰在東方的晴空，向著共產主義飛躍前進的身影。聽見了劈山造海的爆炸聲、歡樂的農村躍進的呼喊聲、豪邁和勝利的歡呼聲以及一切躍進的樂曲。……讀了這些民歌，人們會深信不疑的認為，民歌是開拓我國詩歌的新道路的主力，民歌是我國詩歌的主流」。〔註113〕而席方駕更是通過這本「四川民歌選」，看到了新民歌的「十好」，認為新民歌就是新時代的「詩經」，「『勢如江海氣如虹，／萬眾歌聲一代風，羨煞謫仙驚杜老，／風流人物數工農。』這四句詩是中共四川省委宣傳部編的『四川民歌選』第一輯的題詞。這可以看作是包括在這個集子裏的一百五十五首民歌民謠的評語。可以說，這個評語毫無誇張之處，這些民歌民謠的政治價值和藝術價值確實是難能估價的。它是新的詩經。……我粗略地把它概括為十好：第一好：它切實地貫徹了毛主席的文藝方針，它最有效地為政治服務、為生產服務、為工農兵服務。……第二好：它有民族民間傳統，有中國作風和氣派，新鮮活潑，為群眾喜聞樂見。……第三好：它真正有勞動人民的思想情感，它的作者是勞動人民，因而最懂得勞動人民，能夠為勞動人民寫心。……第四好：它有人民群眾的豐富的生動的語言。……第五好：短小

〔註111〕　《田埂邊，牆壁上，詩句琳瑯滿目——四川農村已經詩化了》，《人民日報》，1958年6月19日。

〔註112〕　《詩的時代　詩的人民》，四川人民出版社編，成都：四川人民出版社，1958年。

〔註113〕　石火：《大珠小珠落玉盤——讀「四川民歌選」以後所想到的》，《四川日報》，1958年7月13日。

精悍，多、快、好、省。……第六好：它做到了全黨全民辦文藝，它走的是群眾路線。……第七好：它體現了百花齊放的方針，真正做到了『八仙過海，各顯神通』。……第八好：這些詩作者毫無個人主義的打算。……第九好：它為新詩提供了豐富的營養資料，為詩歌開闢了新的道路。……第十好：總而言之，它有很高的政治價值和藝術價值，它的形式是民族的，它的內容有許多都是現實主義和浪漫主義的結合。」〔註114〕另外，白非也在《研究民歌 學習民歌——「四川民歌選」第一輯讀後記》，充分肯定了新民歌的價值。他說：「這些歌，只有對我們黨、對社會主義、對沸騰的現實生活有著真摯的愛情的人，才唱得出來；它是社會主義的大合唱，是廣大人民吐自肺腑的聲音，是人民的願望、歡樂和熱情的表露，是我們燦爛的時代最壯麗、最雄渾而又最樸質的讚歌。……這些歌，是廣大人民對政治生活與勞動生活的親身感受，它不僅真實而形象地反映了我們時代的社會面貌和精神面貌，而且在藝術價值上，在反映生活的深度和廣度上，充分地說明了廣大勞動人民的巨大創造才能，閃耀著不可磨滅的藝術光輝。」〔註115〕可以說，眾多的評論，全方位闡釋了《四川民歌選》的價值和意義，使得《四川民歌選》成為四川「新民歌」的集中體現，乃至成為全國新民歌的「樣板」。此後中共四川省委宣傳部編了《四川歌謠》，並在 1959 年由四川人民出版社出版了《四川歌謠（彩色插圖本）》，成為「中國各地歌謠集」的一部分。在《四川歌謠》中，入選民歌 185 首，並配有插圖21 張。《中國各地歌謠集 四川歌謠》《四川歌謠（普及本）》均是以這個為底本刊印的。該集中共一百八十五首新民歌，包括《萬朵紅花一根藤（10 首）》《從此又上一重天（11 首）》《太陽臉上有煤煙（9 首）》《下凡同慶十週年（9首）》《山水石頭都聽話（57 首）》《一雙辮子捧秋韆（47 首）》《祖國就在咱心中（5 首）》《衝過巫山十二峰（9 首）》《要唱山歌自己編（8 首）》《太陽出來紅似火（3 首）》《巨龍乘東風（3 首）》《月亮光光（14 首）》，具有鮮明的時代性。

二、政治抒情詩

如果說在中國當代詩歌史上，五十年四川詩歌形成了自己的特色，那麼，

〔註114〕 席方蜀：《民歌十好——讀中共四川省委宣傳部編的「四川民歌選」第一輯》，《四川日報》，1958 年 8 月 3 日。

〔註115〕 白非：《研究民歌 學習民歌——「四川民歌選」第一輯讀後記》，《四川日報》，1958 年 8 月 24 日。

六七十年代的四川詩歌，就與整個中國文學的發展面貌保持著一致。1960 年，
《星星》詩刊停刊，1964 年《四川文學》也被迫停刊。此間，即 1965 年 5 月，
四川文藝界也開展了一系列的批判，特別是對詩人李伏伽作品《師道》的批判，
產生了較大的影響。此外直到 1973 年《四川文學》才以《四川文藝》的名字
復刊。在當時，由於安旗、戈壁舟去了西安；曾克、柯崗到北京，雁翼、高纓
去了電視臺，所以刊物的復刊工作主要是由李累、李友欣負責。此時，四川成
立了由張國華、李大章為革委會主任，梁興初、劉結挺為四川省革命委員會籌
備組副組長，張西挺等為成員的四川省革命委員會。〔註116〕四川與全國一道，
進入了一個新的時期。直到 1979 年 12 月四川省革命委員會撤銷，恢復成立四
川省人民政府為止。所以在這一階段的四川文學歷史中，出版了《春潮急》的
克非，是文革中較為凸顯的四川作家之一。

　　當然，除了與整個中國社會大背景一樣之外，四川當代文學的發生還有一
個獨特的社會背景「三線建設」。〔註117〕這其中，由於特別的歷史使命〔註118〕，
以及大量外來人員的參與，為四川當代文學的發展，注入了許多新鮮的血液，
進一步豐富四川當代文學與文化的發展。1975 年，重慶詩人戴安常所編選的
《進攻的炮聲》，如其中的《炮聲隆隆》《紅衛兵進行曲》《戰鬥的螺號》《戰友
重逢》等作品，充滿了火藥氣味和批判之聲，具有代表性。當然，在六七十年

〔註116〕 1968 年，中共中央文件中發（68）19 號文件，毛主席批示的《中共中央國務
　　　　　 院 中央軍委 中央文革小組 關於同意成立四川省革命委員會常委會的批示》。
〔註117〕 一般認為：三線地區指長城以南、廣東韶關以北、京廣鐵路以西、甘肅烏鞘
　　　　　 嶺以東的廣大地區，主要包括四川（含重慶）、貴州、雲南、陝西、甘肅、寧
　　　　　 夏、青海等省區以及山西、河北、河南、湖南、湖北、廣西、廣東等省區的
　　　　　 部分地區，其中西南的川、貴、雲和西北的陝、甘、寧、青俗稱為「大三線」，
　　　　　 一、二線地區的腹地俗稱為「小三線」。四川東部山區、四川中部平原地區、
　　　　　 漢中、秦嶺北麓等地區新建的項目數量多，規模大，遷入工業人口多。其中，
　　　　　 四川成都主要接收輕工業與電子工業，綿陽、廣元接收核工業與電子工業，
　　　　　 重慶為常規兵器製造基地，甚至包括第三個鈈生產堆（816 工廠）和常規潛
　　　　　 艇製造業（望江造船廠）。
〔註118〕 相關史料參閱：汪紅娟《三線決策與西部開發》，《西部論壇》，2005 年，第
　　　　　 5 期；陳東林《備戰：三線建設大揭秘》，《文史博覽》，2009 年，第 6 期。著
　　　　　 作：倪同正主編《三線風云：中國三線建設文選》，成都：四川人民出版社，
　　　　　 2013 年；陳夕《中國共產黨與三線建設》，中共黨史出版社，2014 年；曾勛
　　　　　 編寫《建設後方——全國三線建設掀起高潮》，吉林出版集團，2011 年；鐘
　　　　　 聲編寫《戰略調整——三線建設決策與施工建》，吉林出版集團有限責任公
　　　　　 司，2011 年。

代的四川詩歌中,正是由於戴安常所編的《進攻的炮聲》,讓我們看到了六七十年代四川官方詩歌的基本情況。而通過這部詩集,我們看到活躍於文革時期四川的詩人也非常多。同時,編者戴安常也是一位比較有特色詩人,建國後歷任四川人民出版社、四川文藝出版社任職,同時也出版有《淌淚的琴弦》《西天的雲彩》《昨天的悲歌》《獨葉草》《夢的流雲》等集子。對於他的詩,有人評論說,「常以巧妙的構思,以富有生活氣息的語言,寥寥幾筆,便把人帶入一種境界,一種情緒之中。」〔註119〕另外,這一時期,四川民間詩歌群落中有成都野草詩群和西昌聚會,在四川當代詩歌史上有著重要的價值。

　　在六十年代的詩歌中,陸棨與張永枚是政治抒情詩的重要代表。陸棨從1953 年開始發表作品,出版有詩集《燈的河》(1962)、《重返楊柳村》(1964),是五六十年代有著全國性影響的詩集。《重返楊柳村》「共收抒情詩三十五首,分為《重返楊柳村》《公社的山啊公社的水》《大巴山的回聲》《望山城》四輯。《重返楊柳村》一詩寫到,「重返楊柳村,/心裏蹦出懷,/十二年啊,/十二年後我又來!/小河邊,/楊柳已成排。//……十二年啊十二載,/離你好似離娘懷,/是你教我腳站穩,/是你把我眼撥開!/紅根紮在村子裏,/臨別插下柳一排!//柳成蔭,/我又來,/十二年又像未分開,/懂得了恨,懂得了愛,/只要敵人還存在,/永作村中一顆柳,/風力浪里長成材!」在《重返楊柳村》一輯中,作者通過回到十二年前參加土改鬥爭的楊柳村的所見所聞,深刻地反映了當前農村的階級鬥爭。其他三輯,分別描繪了大巴山、山城的新貌和人民公社的美好風光。大部分作品感情深摯,格調清新,具有鮮明的民歌風采。」〔註120〕相關評論就有丁力的《讀〈重返楊柳村〉》(《大公報》,1963 年 8 月 16 日)、張衡若等的《反映階級鬥爭的抒情詩》(《成都晚報》,1963 年 12 月 13 日)、甘棠惠的《重返楊柳村》(《文藝報》,1963 年第 11 期)、張衡若等的《階級鬥爭的壯歌——喜讀陸棨的〈重返楊柳村〉續三首》(《成都晚報》,1964 年 2 月 1 日)、餘音的《抒階級鬥爭之情——讀陸棨的組詩〈重返楊柳村〉》(《光明日報》,1964 年 3 月 19 日)、默之的《反映農村生活的一組新歌讀重返楊柳村》(《四川文學》,1964 年第 7 期)。陳朝紅認為,「陸棨同志以《重返楊柳村》為題,陸續發表了十二首反映當前農村階級鬥爭生活的抒

〔註119〕 張志民:《牧笛 炊煙 泥土(代序)》,《西天的雲彩》,成都:四川人民出版社,1983 年,第 3～4 頁。

〔註120〕 《內容提要》,《重返楊柳村》,北京:作家出版社,1964 年。

情詩，受到了讀者的重視和歡迎。作者懷著強烈的政治熱情，把抒情詩當作為階級鬥爭服務的銳利武器，對於廣大讀者當前所關心的重大主題和題材作了有益的探索，取得了可喜的成就。」〔註121〕作為政治抒情詩的代表，陸棨的詩歌創作，聚焦於階級鬥爭，為我們呈現了當代詩歌在「政治熱情」方面的一個特殊的方向。此後，陸棨還出版了自己的散文集《大巴山的回聲》和劇詩集《大涼山三重奏》（2006），體現出了他文學創作的另外一面。2000 年出版的《陸棨卷》，全面總結了陸棨的詩歌創作。

萬縣詩人張永枚既是一位有著強烈「政治熱情」的政治抒情詩人，也是一位有著鮮明巴蜀記憶的詩人。正如他在《騎馬掛槍走天下》寫到，「我曾在大巴山上挖泥巴，我曾風雨推船下三峽。蜀山蜀水把我養大，蜀山蜀水是我的家。」1950 年張永枚赴抗美援朝戰場前線作戰，正是在戰爭期間他寫下了一批詩歌，後結集為第一本詩集《新春》（1954），其中詩歌《我的丈夫是英雄》曾獲中南軍區第二屆文藝匯演一等獎，產生了一定的影響。從朝鮮前線回國以後，詩人多次下連當兵，走遍了南海的邊防，寫下了許多頌讚南海邊防戰士和展現南海邊防生活的詩歌。〔註122〕特別是他以嶄新的形式「詩報告」寫出了真實反映西沙自衛反擊戰的詩集《西沙之戰》受到了極為廣泛的關注。該詩集由《序詩》《美麗富饒的西沙》《漁民與敵周旋》《海戰奇觀》《國旗飄揚在西沙群島》組成。

如《序詩》：「炮聲隆，戰雲飛，／南海在咆哮，／全世界，齊注目，／英雄的西沙群島。／湧浪裏，風雲中，／海燕排空上九霄。／壯志鼓雙翅，豪情振羽毛。／飛翔吧，海燕！／歌唱吧，海燕！／快告訴我們，／西沙軍民是怎樣把入侵者橫掃……」同樣，在詩的結尾《國旗飄揚在西沙群島》寫到，「我

〔註121〕陳朝紅：《反映農村階級鬥爭的可貴探索——評陸棨的〈重返楊柳村〉》，《詩刊》，1964 年，第 6 期。

〔註122〕詩集有《新春》（湖北人民出版社，1954 年）、《海邊的詩》（湖北人民出版社，1955 年）、《神筆之歌》（1957 年）、《南海漁歌》（長江文藝出版社，1957 年）、《騎馬掛槍走天下》（中國青年出版社，1957 年）、《檀香女》（山西人民出版社，1958 年）、《柳樹的歌》（作家出版社，1958 年）、《唱社會主義》（長江文藝初八社會，1959 年）、《將軍柳》（解放軍文藝出版社，1959 年）、《雪白的哈達》（上海文藝出版社，1961 年）、《螺號》（人民文學出版社，1963 年）、《人民的兒子》（人民文學出版社，1973 年）、《西沙之戰》（人民文學出版社，1974 年）、《前進集》（北京人民出版社，1975 年）、《椰島少年》（廣西人民出版社，1975 年）等。

們是：／以小打大，以弱敵強，／小試鋒芒，就叫那老闆和走狗丟盡了臉！／歡呼吧，巨濤！／歌唱吧，海燕！／歌唱這祖國海上健兒創造的新奇蹟，／歌唱這不到三十分鐘的勝利自衛戰！／毛主席締造、指揮的人民海軍啊！／近戰殲敵，渾身是膽，／軍艦拚開了手榴彈，／海上人民戰爭史，／蔚為奇觀展新篇。」詩歌發表後，就獲得了極高的評價，「《西沙之戰》在詩歌創作中學習和運用革命樣板戲『三突出』的創作原則，滿腔熱情地為無產階級英雄人物塑像。它是我國無產階級文藝的一個新的成果。詩報告《西沙之戰》的發表，引起強烈的反響，廣大工農兵讀者紛紛發表評論，稱之為詩歌創作學習革命樣板戲的範例。」〔註123〕尹在勤評價說，「張永枚同志的詩報告《西沙之戰》，是無產階級文化大革命以來湧現的一首優秀長詩。它以澎湃的革命激情、高昂的戰鬥旋律，描繪了西沙之戰的壯麗畫卷，塑造了叱吒風雲的英雄形象，謳歌了毛主席革命路線的偉大勝利，它以英雄的氣概，鋼鐵的誓言，莊嚴地向全世界宣告：中國人民不可侮，中國神聖領土不容侵犯！詩報告《西沙之戰》，不僅以它重大的政治主題，深刻的革命內容，教育和感染著廣大工農兵讀者，而且成功地顯示了新詩學習革命樣板戲的實績。《西沙之戰》的作者張永枚同志，近年來以很大的精力學習革命樣板戲，並參加革命樣板戲的創作實踐。」〔註124〕在張永枚的詩歌創作，體現出鮮明的政治性。作為一名部隊文藝工作者，他就非常強調對詩人的改造：「部隊文藝工作者必須深入部隊，體驗生活及進行思想改造，這一問題經過『三反』及文藝整風以後，在我們的思想上更加明確了。為了作一個黨的文藝工作者，我們有決心更深入地改造自己。」〔註125〕另外，他還在《力爭早日工農化》一文中提出「誰如果不從改造思想，鞏固地樹立無產階級世界觀，使自己達到工農化去著手，只是片面地去追求什麼技巧，追求什麼提高……身敗名裂……右派青年作者的墮落，就是教訓」。〔註126〕進而，他強調，「在現在世界上，一切文化或文學藝術都是屬於一定的階級，屬於一定的政治路線。」〔註127〕正是由於對軍人的書寫，以及強烈的

〔註123〕 《張永枚簡介》，《張永枚 李學鰲作品研究資料》，南京師範學院中文系資料室、揚州師範學院圖書館中文系資料室編印，1975 年，第 3 頁。

〔註124〕 尹在勤：《新詩學習革命樣板戲的成功範例——評詩報告〈西沙之戰〉》，《四川大學學報》，1974 年第 1 期。

〔註125〕 張永枚：《改造的開端》，《解放軍文藝》，1953 年，第 6 期。

〔註126〕 張永枚：《力爭早日工農化》，《羊城晚報》，1960 年 9 月 15 日。

〔註127〕 張永枚：《張永枚詩話》，武漢：長江文藝出版社，1993 年，第 9 頁。

階級鬥爭意識，使得張永枚的創作特色非常鮮明，「張永枚同志從一個青年學生到人民解放軍的戰士，二十多年來，在黨的教育和培養下，在毛澤東文藝思想的光輝照耀下，在火熱的鬥爭生活之中，鍛鍊成長，成為一名優秀的革命作家。張永枚同志在文學創作中運用過新詩、詩報告、童話詩、詩劇、小歌劇、歌舞劇、京劇等各種形式，緊密地配合了現實的政治鬥爭。昂揚的革命精神與飽滿的政治熱情，是他作品的基調。豐富多彩的部隊戰鬥生活，為他提供了取之不盡的創作源泉，而廣大指戰員的英雄形象，則始終是他的作品裏的主人。在紀念《在延安文藝座談會上的講話》發表二十週年的時候，張永枚同志回顧自己走過的道路時曾說：『我在革命部隊里長大，吸取他們的乳汁而成人。我決心作祖國的一個好兒子，永遠侍奉她以戰鬥的詩歌！』〔註128〕在張永枚的詩歌中，我們看到了詩歌與政治緊密結合極高向度，形成了當代詩歌一種「政治詩意化」的圖景。新時期，張永枚又出版了《寶馬》（童話詩，1985 年）、《孫中山與宋慶齡》（花城出版社，1984 年）、《愛與憂》（湖南文藝出版社，1988 年）、《畫筆和六弦琴》（廣西人民出版社，1989 年）、《張永枚詩選》（長江文藝出版社，1991 年）《張永枚故事詩選》（花城出版社，1992 年）等詩集，以及《張永枚詩話》（長江文藝出版社，1993 年），顯示出他不竭的詩歌創造力！

　　還有一批詩人，也可以說是政治抒情詩人。當然，與陸棨與張永枚相比，他們的「政治熱情」並不著力於「階級鬥爭」，而是投放到更為廣闊的社會生活中。達州詩人梁上泉〔註129〕，也是四川當代詩歌中的一個重要代表，出版

〔註128〕《張永枚簡介》，《張永枚　李學鰲作品研究資料》，南京師範學院中文系資料室、揚州師範學院圖書館中文系資料室編印，1975 年，第 4 頁。

〔註129〕出版了二十多部詩集，包括《喧騰的高原》（中國青年出版社，1956 年）、《開花的國土》（中國青年出版社，1957 年）、《雲南的雲》（中國青年出版社，1957 年）、《從北京唱到新疆》（中國少年出版社，1958 年）、《寄在巴山蜀水間》（新文藝出版社，1958 年）、《紅雲崖》（中國青年出版社，1959 年）、《我們追趕太陽》（上海文藝出版社，1960 年）、《小雪花》（少年兒童出版社，1961 年）、《大巴山月》（重慶人民出版社，1962 年）、《山泉集》（作家出版社，1963 年）、《長河日夜流》（作家出版社，1964 年）、《歌飛大涼山》（人民文學出版社）、《春滿長征路》（四川人民出版社，1978 年）、《山海抒情》（四川人民出版社）、《火雲鳥》（四川人民出版社，1979 年）、《在那遙遠的地方》（上海文藝出版社，1980 年）、《高原，花的海》（四川民族出版社，1982 年）、《飛吧！信鴿》（四川少年兒童出版社，1982 年）、《多姿多彩多情》（四川文藝出版社，1986 年）、《愛情·人情·風情》（中國文聯出版社，1989 年）、《梁上泉詩選》

了二十多部詩集，他在各時期均有優秀的詩歌作品出現。2016 年是對梁上泉創
作全面總結的一年。這一年，重慶出版社出版了 7 卷《梁上泉文集》，包括詩詞
曲聯卷、抒情詩一輯卷、抒情詩二輯卷、敘事詩兒童詩卷、微型小詩散文詩歌
詩歌曲卷、劇作散文卷、書法攝影生活卷，呈現出了一個豐富的梁上泉形象。
呂進高度評價了梁上泉在重慶詩歌中的地位，「吳芳吉之後，在 20 世界 30 年
代，重慶走出了創造社的早期詩人鄧均吾，走出了詩人何其芳、楊吉甫，走出
了『脫帽志變』的方敬，走出了沙鷗，形成強大的新詩文脈。到了 20 世紀 50 年
代，有一顆詩星出現，這就是梁上泉。」〔註 130〕這一年，郭久麟出版了《梁上
泉評傳》，對梁上泉的創作歷程作了系統梳理和研究。上篇「創作生涯」，寫梁
上泉的創作道路及藝術成就，對梁上泉的二十多部抒情詩集的創作經過、思想
內容、藝術特色進行了論述和分析，分別對梁上泉的敘事詩、兒童詩、歌詞、
傳統詩詞、書法、歌劇影視及散文和散文詩進行了集中分析和評論；下篇「詩
意人生」，寫梁上泉的人生經歷和性格。〔註 131〕日本學者秋吉久紀夫在《中國
現代詩人梁上泉訪問記》中進行過訪談與研究。關於自己創作，梁上泉在《梁
上泉詩選·序言》中說，「回顧四十年來留下的足印，雖在不斷的前移，步子卻
邁得並不堅實，路子也不寬廣。我認為，詩的路應該是廣闊的只要這條路能通
到人民的心靈，並引起共鳴，就可以走下去。但各種路的路基，總是離不開祖
國的土壤，民族的土壤，生活的土壤，就是『空中橋樑』，不是也要蘆笛作依託
嗎？」〔註 132〕有評論者認為，「梁上泉是中國當代詩歌史上少有的持續寫作的
詩人，寫作時間之長，作品之多，顯不了一個詩人對詩歌寫作的不懈追求，為
詩歌創作集聚了有益的詩學經驗；梁上泉詩歌始終與人民的心靈相通，這是他
詩歌最可貴的品質和力量源泉。」〔註 133〕作為一位作品豐富的詩人，梁上泉將
他的政治熱情指向了廣大的「人民」，從而是自己的詩歌有了厚實的根基。

（四川文藝出版社，1993 年）、《六弦琴》（重慶出版社，1993 年）、《獻給母
親的石竹花》（成都出版社，1994 年）、《梁上泉詩詞手書選》（中國三峽出版
社，1997 年）、《梁上泉短詩選》（中英對照）等。

〔註 130〕 呂進：《白水詩人梁上泉——序〈梁上泉文集·抒情詩卷〉》，《梁上泉文集》，
重慶：重慶出版社，2001 年，第 1 頁。

〔註 131〕 郭久麟：《梁上泉評傳》，重慶：西南師範大學出版社，2016 年。

〔註 132〕 梁上泉：《自序》，《梁上泉詩選》，成都：四川文藝出版社，1993 年，第 3～
4 頁。

〔註 133〕 雷斌：《梁上泉詩歌的文學史意義》，《四川文理學院學報》，2008 年，第 6
期。

胡笳著有多部詩集《油海浪花》等多部詩集也值得關注。其主編《中國石油詩選》，以其獨特的題材在中國詩壇產生了一定的影響，「胡笳是沿著石油井架登上詩壇的詩人。儘管他的石油詩面臨著超越的尖銳的課題，但是已經取得的成就是不可否認的。他的許多詩已同我國石油工業的崛起一起載入了史冊。」〔註 134〕他的寫作，在真實的「建設」之中彰顯出了自己的生命熱情。此外的一批詩人，也有著充沛的政治熱情，但其創作中則更突顯出「抒情性」。張繼樓（1926～）主要從事兒童文學創作，出版多部兒童文學集。如《寫給孩子們的詩》，雁翼評價說，「繼樓同志就很擅長這樣的本領，很會把自己變成孩子——用孩子的心靈、孩子的眼睛、孩子的感情，來觀察、感受孩子們的生活，觀察和感受客觀世界的切活動。然後，再用孩子們的語言、比喻、想像來記錄孩子們的獨特的感受。」〔註 135〕其兒童詩創作，在當代詩歌史上佔據著重要的地位，「張繼樓在古典藝術與民間藝術交融的關鍵點上，提升了他的兒歌藝術品位，形成了頗具西部特色兒童歌手的藝術風格，具有很高的藝術成就，奠定了他在中國兒童詩詩人中的重要地位。」〔註 136〕詩人徐康，在文史隨筆、散文、雜文、報告文學、辭賦、碑銘、詩歌、兒童文學等上都有創獲。有評論者就曾評價說，「把詩人徐康放在新時期十年的詩歌流變中來考察，他無疑是被人們通常稱作現實主義詩人的那種類型。……他創作的總體特點，是始終關注現實，源於生活，發乎真情。在抒情的吟唱中有哲理的感悟，在平易的語言中有過人的機智。與詩壇一度流行的意識迷亂和意象疊加的作品相比，顯得真切而實在，更能與讀者親近。」〔註 137〕唐大同，曾在《星星》《四川文學》《四川文藝》任職，著有作品集《綠葉集》等多種作品。唐大同早年就寫有一定數量的優秀詩歌，「唐大同並不是詩壇的新人，早在五十年代他就開始寫詩了。人們或許記得，在六十年代初期那一段艱難沉重的歲月裏，人們常常聽到一陣陣雄渾、粗獷的船工號子，從嘉陵江滾滾波濤中飛進而出，帶著搏擊驚濤駭浪的勇士的豪情、意志和力量，凝結著一股時代的陽剛之氣，在詩壇迴響。這就是詩人唐大同寫船工生活的大

〔註 134〕鄧儀中：《胡笳的選擇》，《當代文壇》，1987 年，第 1 期。
〔註 135〕雁翼：《讀繼樓的兒童詩有感》，《寫給孩子們的詩》，張繼樓詩、馬丁畫，成都：四川人民出版社，1979 年，第 1 頁。
〔註 136〕黃明超：《張繼樓兒歌的藝術成就》，《當代文壇》，1996 年，第 3 期。
〔註 137〕曹紀祖：《生活的禮讚——讀徐康新著〈永遠的初戀〉》，《當代文壇》，1993 年，第 2 期。

型組詩〈嘉陵江船夫曲〉。這組詩是唐大同真正登上詩壇的發物之作，以清新壯美的思想情感基調初步顯露出詩人對生活獨特的審美觀照和藝術個性。」〔註 138〕在唐大同此後的詩歌創作中，一種源於生命的熱力與激情，一種對於命運的抒情顯得更為突出。新時期以來，唐大同的貢獻主要在散文詩領域。

　　另外，在六七十年代的四川詩壇，也湧現出一批工農兵詩人代表。其中工人詩人代表有：柯愈勳、劉濱、熊遠柱、黃萬里、王長富、楊永年、徐國志、白楊樹、徐慧（女）、唐福春、周道華、任正平等。重慶詩人柯愈勳，有著從南桐礦務局汽車隊電工到四川省作協理事的經歷，出版了一批較優秀的詩集。如《太陽從地心升起》（四川人民出版社 1984 年）、《青春日記》（重慶出版社，1992 年）、《沉默的歌樂山》（重慶出版社，1996 年）、《尋覓與歸途》（玉壘詩文庫，2003 年）、《關於勢頭的情詩》（玉壘詩文庫，2003 年）、《寫給柯柯的小詩》（地平線文學叢書之一，2003 年）等。在柯愈勳的生命中，煤礦工人是他最重要的身份。他在《男人世界·後記》中寫道，「1961 年高中畢業，即一頭扎進煤海，至 1987 年離開，足足在煤海走了 26 載。在那兒戀愛、結婚、生子，並以徽薄的工資養家糊口；在那兒感受著一個普通獷工身在底層的全部感受；在那兒發表第一首詩和出版第一本詩集。然後，又帶著複雜的感情向黎明的井架揮手告別。告別了告別了告別得了嗎？岳父岳母還在那兒，兒子留在那兒，許多許多親人留在了那兒。煤礦在心裏復活著，復活成一首首煤礦詩。身的空間拉遠時，心的距離近了更近了。」因此，在柯愈勳的詩歌寫作中，就帶有濃烈的煤礦工人的特色，「柯愈勳是煤礦工人。他的詩，抒煤礦工人（他自己）之情，言煤礦工人（他自己）之志，礦工詩人，絕不是所謂專寫煤礦工業題材。希望他保持陽剛之美，擴大視野，敏於觀察，勤於學習，在探索中寫出更多更好的作品來。」〔註 139〕並且，從煤礦工人的身份出發，寫出了一系列具有特色的詩歌作品來，「柯愈勳是重慶有名的礦工詩人，從他第一次發表礦山詩到今天，已 35 年。30 多年來，他一直懷著真摯深厚的感情，關注著礦山，歌唱礦工的生活，並且做出了突出的貢獻，業已形成一種粗獷豪放的藝術風

〔註 138〕　陳朝紅：《抒時代豪情　唱大江東去——唐大同散文詩的藝術追求》，《當代文壇》，1989 年，第 5 期。
〔註 139〕　流沙河：《序》，柯愈勳：《太陽從地心升起》，成都：四川人民出版社，1984年，第 11 頁。

格。詩集《男人世界》是他的這類詩的代表作。」〔註140〕江津詩人劉濱，也
是有著從一名普通的工人走到了星星詩刊副主編位置的獨特經歷。他先後出
版詩集《我的愛在南方》（四川文藝出版社，1985）、《微笑的風景》（成都出版
社，1994）、《厚土》（大眾文藝出版社，2010年）等。關於劉濱的詩歌創作，
大家關注並不是他早期的工人詩歌，而更關注他新時期的詩歌，「劉濱過去就
曾寫過一些充滿生活氣息和情趣的詩作，至今我仍有印象，不知為什麼他沒有
選入這個詩集？我倒覺得選留少量的舊作並非沒有意義。如果我沒有記錯的
話，這本詩集中的《希望》，是劉濱重新起步後的第一首詩。……是的，以《希
望》為起端，劉濱開始進入了創作上的成熟期。展示在讀者面前的《我的愛在
南方》這本色調絢麗的詩集就證明了這一點。的確，這本詩集不論從內容到形
式，從題材到表現手法，都可以說具有一定的廣度、深度和力度的。也許是我
的偏愛吧，我尤其喜歡《心壁的回音》一輯。每一首詩都寫得短小精緻、玲瓏
透明、單純自然、清新而樸素，既充滿了生活的情趣，又充滿了生活的哲理，
耐人尋味，發人深思。」〔註141〕特別是他近期詩集《厚土》中對現實有著強烈
的介入精神，「一個有責任感、生活在中華民族進入偉大復興時期的中國詩人，
面對蒼涼厚土，面對這厚土之上所發生的驚天地、泣鬼神、日新月異的變化，
能視而不見、充耳不聞嗎？　作為詩人，多關注生活，你選擇詩，甚至是無
愧於時代的詩，不關注生活，詩選擇你，甚至讓你『下崗』，在思想的荒原上流
浪。……詩人惟躋身於時代的潮流，其詩情才能永葆青春。」〔註142〕他的詩
歌中的現實精神，引起了更為廣泛的關注。另外，還參與編輯了《全國詩歌報
刊10年作品精選》《中國星星四十年詩選》等書，撰寫了具有重要史料價值的
《（星星）40年大事記》，對中國當代詩歌的發展均有著不可替代的重要意義。

　　活躍在六七十年代的四川詩壇的，還有一批軍旅詩人，主要有楊星火、
裏沙、鄧緒東、陳祿明、任耀庭、楊笑影、馬誠、寧松勳……等為代表，其
中以楊星火與童嘉通特色鮮明。威遠女詩人楊星火，解放後任成都軍區政治
部創作室專業作家，在西藏邊防生活二十餘年，是當代軍旅詩人中的一個重

〔註140〕揚烈：《他在地心裏燃燒──讀柯愈勳的煤礦詩》，《重慶教育學院學報》，1998
　　　　年，第1期。
〔註141〕孫靜軒：《強者的追求》，劉濱：《我的愛在南方》，成都：四川文藝出版社，
　　　　1985年，第3～4頁。
〔註142〕劉濱：《代序：面對蒼涼厚土》，《厚土》，北京：大眾文藝出版社，2010
　　　　年。

要代表。出版了有詩集《雪松》（新文藝出版社，1957 年）、《拉薩的山峰》
（西藏人民出版社，1973 年）、《送你一串紅》（四川民族出版社，1993 年）、
《喜馬拉雅的女兒——楊星火詩選》（太白文藝出版社，2001 年），敘事詩選
集《月亮姑娘（波夢達娃）》（廣西民族出版社，1992 年），散文集《雪山紅
杜鵑》（西藏人民出版社，1979 年）、《查果拉的故事》（解放軍出版社，1995
年），以及自傳體小說《喜馬拉雅的女兒》（解放軍文藝出版社，2001 年）等。
在楊星火的寫作中，一個重要主題就是「西藏」，她說，「我平生有兩個故鄉：
一個是我出生的四川省威遠縣。從出生到高中畢業，我在這裡生活了二十年。
另一個故鄉是西藏。我二十來歲的時候，隨中國人民解放軍進藏，在西藏度
過了我的青年時代和中年時代。我在西藏整整生活了二十年。調離西藏時，
我已四十多歲了！如果說，我的第一故鄉誕生了我的生命，那麼，我的第二
故鄉西藏誕生了我的藝術生命和事業。我在西藏獲得了純真的愛情，獲得了
閃光的理想，獲得了可愛的女兒和藏族兒子。我把我的青春、中年獻給了西
藏。我甚至願為他獻出終生，獻出一切。的確我和西藏結下了千絲萬縷的情
結，有著講不完的故事，寫不完的詩歌。西藏是我的詩歌大學！西藏人民是
我的詩歌教授！」〔註 143〕她在《雪松》中寫到，「每天早上上崗以前，／我
總要先看看這個雪松，／在那個染著他的鮮血的地方，／我刻下了他的名字，
／我輕輕地澆上邊疆的河水，／再澆上我的懷念和友情。／我天天告訴他，
／作業邊疆有多麼美麗安靜，／在收音機中，／又傳來了多少祖國建設的喜
訊。」她的詩，將個人生活與邊疆建設以及祖國命運結合起來，形成了一種
較為獨特的詩歌氣息。所以，有人評論說，「在五六十年代，關於西藏題材的
詩歌創作受到全國各族人民的熱情關注，星火的不但數量最大，而且堅持時
間最長，影響也最為深遠，一直延續到她生命的最後一息。她的很多抒情詩
剛一問世，很快就被電臺錄音廣播，被作曲家譜上曲子，在萬里高原上廣泛
流傳。……從和平解放、築路進軍、民主改革、自治區成立到改革開放和社
會主義現代化建設，都得到星火的著意描繪。」〔註 144〕在四川詩歌史上，有
著多重身份，在詩歌中有著多種視野的楊星火，其詩歌探索與實踐，是非常
值得我們關注的。

〔註 143〕 楊星火：《代序：我與西藏》，《唱給春天的歌》，成都：四川民族出版社，1998
年，第 1～2 頁。

〔註 144〕 李佳俊：《隕落了，雪域文壇的明星——懷念女詩人楊星火》，《西藏文學》，
2001 年，第 1 期。

第五節　野草詩群

　　成都野草詩群、西昌詩群，其文學活動主要是在文革期間，卻掀開了四川新時期詩歌的帷幕，預演了一場新的詩歌時代的來臨。四川詩歌在新時期的發生，也有著一個時期的特殊的潛伏和默默的民間醞釀。文革時期「二沙龍」和文革後復刊的《星星》刊，就為四川當代詩歌的發展，呈現了獨有的新的詩歌情緒。

　　而在文革時期四川現代詩歌的版圖中，「西昌詩歌群落」是其中的一個重要組成部分。西昌詩歌群落，是聚集在周倫佐、周倫佑周圍的一批思想先覺者和詩歌探索者：「二十世紀七十年代的西昌，像全國所有的地方一樣，在嚴酷的『文革』體制壓制下人們感到窒息，但是渴望自由的靈魂哪裏都有，不安分的思想者自然而然的聚攏在一起。周倫佐、周倫佑是西昌『黑五類』小紅衛兵中最早的覺醒者，並成為『文革』後期西昌依群愛好文學藝術，探索人生真理、追尋人生價值的青年思想者的中心人物。」在這個詩歌群落之中，雖然聚集了一批詩人，但是大多數詩人並未浮出水面，也沒有留下相應數量的詩歌篇章。而在這個群落中，周倫佑的詩歌創作是比較突出的。「倫佑從六十年代末就開始地下詩歌寫作，可是這些詩歌是不能見天日的，只能在極少數朋友之間秘密傳閱，這些朋友主要有：周倫佐、陳守窀、王世剛、歐陽黎海、劉健森、王寧、黃果大、林喻生、白康寧、田普川、段國慎、肯興和、黃大華等。」〔註145〕周倫佑在文革期間創造出了大量的詩歌，且大部分作品保存下來了，成為文革期間四川地下詩歌的重要資料之一。並且，周倫佑的地下詩歌已經在該群落中傳抄、閱讀，影響著一批年輕人的詩歌創作，也呈現了周倫佑在文革期西昌沙龍地下詩歌的真實性。

　　對於周倫佑保存下來的在文革期間所創作地下詩歌，作為見證人之一的周亞琴有著非常詳細的描述：「從樓下探察的結果，我們發現只有樓梯下面是最合適、最隱蔽的地方，而且無須梯子就夠得著。我們最終決定把這些文稿藏在圖書館的樓梯下面。我用一張毛巾和一些舊布縫了兩個布袋，把倫佑的詩稿、日記和我的日記裝好，並把口子用針線縫緊，在一個有月亮的夜晚，我們將一張手巾蒙在手電筒上（這樣手電筒的光就不會顯得太亮而引起人注意），我們十分緊張的打著手電筒，把樓梯下面的樓板撬開一塊，然後把詩稿

〔註145〕周亞琴：《西昌與非非主義》，《懸空的聖殿》，周倫佑主編，拉薩：西藏人民
　　　　出版社，2006 年，第 57 頁。

放進去，再把撬開的樓板照原樣釘好，我們不敢用釘錘，怕別人聽見聲音，只能用一塊木板輕輕的敲打。……在戰戰兢兢中，這些文稿總算沒有被發現，在西昌農專圖書館的樓梯下面靜靜的躺了幾年。等我們取出它們時，才發現除了一大股發黴的味道和灰塵的刺鼻氣味外，那兩個口袋已經被耗子的尖牙利齒嚴重損壞，詩稿的邊緣也被齧噬了，所幸的是文字部分基本上沒被損害。」〔註146〕從這描述中，再一次為我們展示了周倫佑文革期間所創作的地下詩歌的真實性。更重要的是，他的地下詩歌作品呈現了文革期間四川詩人對於文革的獨特感受與體驗，這使得他成為四川地下詩歌西昌詩群中成就最大的地下詩人。由此，從西昌詩歌群落的小聚會與周亞琴的描述來看，周倫佑不但成就最大，而且，他在文革期間的地下詩歌創作是相當可信。2008年，發星工作室出版了《周倫佑「文革」詩選》鉛印本，全面展示了周倫佑文革期間的地下詩歌作品。這不但讓文革時期的四川地下詩歌的冰山一角得以呈現，而且更為文革地下詩歌的研究貢獻了新的資料。對於「地下詩歌」，周倫佑首先就從理論上提出了一個新的觀點，即「體制外寫作」，並且在詩歌創作中呈現了文革時期四川地下詩歌的獨特面貌，展現了文革時期四川地下詩歌的周倫佑維度，即地下詩歌的體制外向度：以對「極權體制」的真實刻繪為基礎，由此展示「極權體制」之下的人特有的生命感受，最終發現人的意義，實踐人的拯救，成為文革時期四川地下詩歌的周倫佑維度所釋放出來的重要精神特質。同時，對於周倫佑的地下詩歌的研究，不僅是對文革地下詩歌予以重新認識，而且更重要的是，他的體制外理論與體制外創作，呈現出了文學的自由精神。正如周倫佑所說，「為『體制外寫作』命名，就是要為真正的文學和自由寫作恢復它天然的合法性，為自由寫作的文學正身，正魂，正名！」〔註147〕這一種文學的自由精神，以及人的啟蒙主題，不但成為周倫佑所創立的「非非主義」的精神支柱，而且也是八十年代文學大潮的主要精神力量。

在文革時期四川地下詩歌的版圖中，成都野草詩歌群落是其中的另一個重要組成部分。

在對成都野草沙龍的總體特徵進行闡述時，我們借用了「群落」這一概念。「群落」概念的產生，源於牛漢。宋海泉在引述中說到，這個名稱「給人

〔註146〕 周亞琴：《西昌與非非主義》，《懸空的聖殿》，周倫佑主編，拉薩：西藏人民出版社，2006年，第59～60頁。
〔註147〕 周倫佑：《體制外寫作：命名與正名——周倫佐、周倫佑、龔蓋雄西昌對話錄》，《非非》，2002年，第10卷。

一種蒼茫、荒蠻、不屈不撓、頑強生存的感覺。……借用了人類學上『群落』的概念，描述了特定的一群人，在一個特定的歷史時期，一個特定的地域內，在一片文化廢墟之上，執著地挖掘、吸吮著歷盡劫難而後存的文化營養，營建著專屬於自己的一片詩的淨土。」〔註148〕借用「群落」作為描述地下詩歌的特徵在於，首先群落展示為一種獨特的生存體驗。第二，「群落」自身具有特定的時間和地域限定。最後，「群落」是面對「文化廢墟」以及「中心」，而專門營建「屬於自己」的邊緣的「詩的淨土」。也正是這三個方面的特徵，釋放了地下詩歌的獨特性。

　　成都野草詩群的形成，與老詩人孫靜軒密切相連，同時具有明顯的「群落」特徵。這就是面對文革「中心」鬥爭的殘酷性、非理性所帶來的肉體的傷害和沉痛的心理陰影，他們重新思考現實，重新思索生活，最終形成了文學「沙龍」。實際上，沙龍是「群落」特徵的具體呈現，「知青群體的形成，有賴於一種民間組織和一種運作方式。沙龍提供了類似機制的作用，提供了一個亞文化運作的空間，從而推動了民間文化形態的生長。從紅衛兵的終結到知青群體的形成，沙龍活動正是這一歷史轉折的機關樞紐。」〔註149〕這樣的沙龍在全國都有，而且其自身也產生了許多優秀的作品，形成了一種文化氣候，影響也極為深遠。成都野草詩群的「沙龍」詩歌活動，以鄧墾、陳墨為中心人物，「鄧墾、陳墨沙龍的文學活動，從『文革』前夕一直持續到『文革』之後。主要成員有鄧墾、陳墨、徐坯、杜九森、白水、蔡楚、苟樂嘉、吳鴻、吳阿寧、殷明輝、蠻鳴、長虹、馮里、何歸、羅鶴、謝莊、無慧等二、三十人，絕大多數是『黑五類』子女。沙龍的核心人物為鄧墾、陳墨。」〔註150〕也就是說，成都野草詩歌沙龍，構成了一個獨特的「群落」，由此展開了自己獨特的生命追求。在這些沙龍式的地下「群落」中，他們主要的活動是「詩歌小合唱」。與其他文體相比，由於詩歌在表達感情上更為集中、凝練，而且自身短小、易於記誦和傳抄方便，成為沙龍的座上客。「小圈子傳播常常是互相傳看、傳抄，使得『細讀』式賞析、討論成為可能，詩歌的『聽覺功能』相對減弱，詩歌朗誦的激情讓位於冷靜的回味、細品，詩歌從『朗誦詩』轉化到『書面詩』。」〔註151〕他

〔註148〕宋海泉：《白洋淀瑣憶》，《詩探索》1994年，第4輯。
〔註149〕楊健：《中國知青文學史》，北京：中國工人出版社，2002年，第130頁。
〔註150〕楊鍵：《中國知青文學史》，北京：中國工人出版社，2002年，第232頁。
〔註151〕李憲瑜：《中國新詩發展的一個重要環節——「白洋淀詩群」研究》，《北京大學學報》，1999年，第2期。

們從寫詩、朗誦詩歌、交換詩歌的沙龍活動，到對詩歌冷靜的思考，對詩藝的理性分析，無疑促成了大量優秀詩人與優秀詩歌作品的誕生。

於是，成都野草詩群的「沙龍」精神集結開始了。「四川地下詩歌最早是在 1963 年 11 月在成都由陳墨、鄧墾、徐坯、九九、白水、蔡楚、吳阿寧、吳鴻、殷明輝、野鳴等人組成的一個團體，他們編有刊物《野草》以及手書詩集《落葉集（1963～1967）》（陳墨著）、《中國新詩大概選》（陳墨編）。」〔註 152〕根據他們的自我敘述，我們可以總結出這個詩歌群落發展的三個階段：一是傳抄詩文階段，也是「空山階段」。時間從 60 年代中期到 1978 年，因兩次《空山詩選》的編選凝聚成為一個詩歌群落。1971 年鄧墾將朋友間傳抄的詩選了150 首，編輯為《空山詩選》，成為「野草」這個文學團體的第一本詩合集。後因政治原因，該選本及幾十本其他抄本燒毀、遺失。到 1976 年，野草同仁吳鴻又編了一本《空山詩選》，又因天安門事件而散失。第二個階段是《野草》階段。這一階段，主要是 1979 年出版了 3 期《野草》，但是，就是這三期鉛印雜誌的出版，使「野草」文學社的活動達到高潮。第三個階段是《詩友》階段，時間從 1979 年到 1993 年底。此時，刊物《野草》易名為《詩友》，時斷時續，共出 81 期。90 年代編輯《野草詩選》及《野草之路》兩書，對野草詩群的詩歌及其創作進行了總結和清理。在這發展過程中，野草詩歌群落逐漸形成了文革地下詩歌的一種獨特詩歌風格，這就是他們自認為的「茶鋪派」特色：「我們成都老百姓一般住的房子很小，沒有客廳。一般我們聚集在茶館。剛才談到『黑書市』，後來我們『野草』的幾個骨幹，比如萬一、馮里、謝莊等人就是在那時認識的。所以從另一個角度來看，『黑書市』不僅滿足了我們的求知欲，而且滿足了我們的求友欲。因此，它也成了我們特殊的文學沙龍。風聲緊時，我們就轉移到離『黑書市』不遠的『飲濤』茶鋪，一邊照常買書賣書換書，一邊談天說地、評古議今。後來，一些朋友下放當『知青』，我和九九去鹽源彝族自治縣當『餓農』，我們回成都的時候還是經常去茶館，新南門的清和茶樓也是我們文革中常常去的地方。在那兒的交換寫作的詩歌，討論閱讀的書籍。我自稱為『茶鋪派』，我的許多詩就是在茶鋪裏完成的。那時一杯茶才五分錢。五分錢可以泡一整天。」〔註 153〕因為他們在「茶鋪」所開展的地下「詩歌小

〔註 152〕 見《「成都地下文學」》，《藍‧BLUE》（日中雙語文學雜誌），2005 年，第 18、19 期。

〔註 153〕 陳墨：《文革前後四川成都地下文學沙龍──「野草」訪談》，《藍‧BLUE》（日中雙語文學雜誌），2005 年，第 18、19 期。

合唱」中，其集結目的不是為了集體；其小合唱的目的也不是要和大家一起歌唱，不是為了全體歌唱，而在於自我體驗的表達。他們在「茶鋪」式的沙龍中追求自我生命中的自由、閒散等，是成都野草詩群地下詩歌創作中的主要特點。

　　成都野草詩群的「茶鋪派」特色，我認為，正如他們兩次編選的《空山詩選》這一詩集名字一樣，是對於「空山」境界的追求。也就是說，成都野草沙龍其「茶鋪派」的旨歸是對於「空山」的追求。這就為文革地下詩歌呈現了一種特有的精神向度——「空山之境」。「空」是佛教對世界的基本認識，也是佛教的基本理論，佛學的核心。這種「空觀」認為一切皆空，萬法皆空，世界萬物皆空，無我、無世界、無法、無無、無空。而在中國古代詩學中，「空山」也是一個重要概念。「空山」這一詩學概念源於佛教，但又並不是指山中的一切皆空，這裡的「空山」更多的是一種對於「空」心理體驗，即「心空」。其中以唐代大詩人被稱之為「詩佛」的王維為代表，展現了中國古代詩學「心空」的內涵。在趙殿成《王右丞集箋注》〔註154〕中，我們可以看到，王維詩歌中出現「空」字近百次，是使用頻率較高的一個重要的詩歌意象。對於「空山」的形象表現，王維就有千古傳頌的《山居秋暝》「空山新雨後，天氣晚來秋」；《鹿柴》「空山不見人，但聞人語響」以及《鳥鳴澗》「人閒桂花落，夜靜春山空」等詩歌。從王維詩歌中的「空山」，可以看出，這一思想是融合了中國古代儒、釋、道三種精神的獨特思想，即儒家「大樂與大地同和」，道家的「人法地、地法天、天法道、道法自然」、「天地與我並生、萬物與我為一」，以及「直指人心、見性成佛」超脫有限世界而達到無限永恆的空遠禪境。由此，以王維「空山」為代表的中國古代詩學「空山之境」，其真實的內涵是人可超越自我，與天地萬物融為一體的「物我兩忘」與「天人合一」之境。中國古代詩學的「空山之境」，在某種程度上，可以看作中國古代詩學的「意境」的另一表達。「意境是中國古代藝術審美理想的核心，這體現了一種對待生命的獨特意識：順應宇宙萬物變化，遵從天命，與天地萬物合一而並生，形成一種寧靜的生命形態。並且在敬畏之心下聆聽自然的啟示，達到生命與自然之間的親密無間和諧共一。這樣，中國古典詩歌發展出了獨特韻味的『意境』詩歌旨趣，如『人閒桂花落，夜靜春山空』的生活之境，『採菊東籬下，悠然見南山』的

〔註154〕見（唐）王維：《王右丞集箋注》，（清）趙殿成箋注，上海：上海古籍出版社，
　　　　1984年。

生活情趣。他們陶醉於這種人與自然的『共在』關係,不以主體的世界主宰世界萬物,也沒有征服和去改造世界的願望,不去打破自然界的和諧秩序,任其自在自為地演化生命。」〔註155〕而作為「空山之境」的成都野草詩群的精神走向,則與之並不相同。在野草詩群的地下詩歌中,「空山」直接針對「中心」的權力,是遠離中心的「茶鋪」。「茶鋪」恰好成為了「空山」的理想之地,地下詩歌主體也在「茶鋪」中獲得了自身的價值和意義。由此,成都野草沙龍集中展示了地下詩歌中的「空山」生命境界和意義追求。

在對野草詩群的研究中,一些學者已經注意到了地下詩歌中的「空山」,並也提煉出了地下詩歌的中「空山之境」:「從藝術追求上講,『野草』詩人有兩個極端傾向:離群索世,比如以『空山』命名詩歌;直白的話語呼喚。『野草』群體構成上有某種複雜性:如果說陳墨、鄧墾、蔡楚等受新月派浸潤,則萬一、馮里等有更多艾青和『七月派』的影子。也不妨講,同一個詩人因不同的文化氣候,在『空山』(純文學、唯美)與『野草』(為人生、反抗)間搖擺。就『文化大革命』時期而言,那時主流詩壇是『民歌加古典』,『野草』詩人則賡續新詩傳統。如陳墨於 1968 年寫下的詩句:『蛙聲是潔白的一串心跳 / 寂寞的箋上蕩著思潮 / 五千年的錦水許是累了 / 載不走這井底孤苦的冷濤』,遠高出當時水平。」〔註156〕著者認為,以野草為代表的地下詩歌群落,遊走於「空山」與「野草」之間。這裡所謂的「空山」,特指的是地下詩歌中地下詩人的主體的逃遁、離群索居,以及在作品中展現出的純文學、唯美的追求。在這之前,也有著者通過對於顧城《生命幻想曲》,北島《迷途》分析,有著同樣的認識,「除了理性與非理性的主題,逍遙自在的主題也與憤世或自強的主題形成了對照。」〔註157〕他們對地下詩歌中「空山」的命名中,指向「逍遙自在的主題」與主體的逃遁。但是成都野草詩群的地下詩歌中「空山之境」,表面上可以說是主體的逃遁、逍遙,以及對於詩藝的純、唯美的追求,但其最終的歸宿並不在於此。我認為,成都野草詩群的地下詩歌中的空山之境,是逃遁、逍遙、純、唯美的基礎之上,對「人的權利」的追求。「在整個中國屈從於暴政的文革十年,是黃翔最早最清醒最堅決勇猛最徹底無畏地發出抗暴之聲;也

〔註155〕 李怡、王學東:《中國現代新詩》,《新視野大學語文》,曹順慶主編,北京:
　　　　　北京大學出版社,2008 年,第 203 頁。

〔註156〕 曹萬生主編,《中國現代漢語文學史》,北京:中國人民大學出版社,2007 年,
　　　　　第 555 頁。

〔註157〕 樊星:《世紀末文化思潮史》,長沙:湖北教育出版社,1999 年,第 50 頁。

最早最強烈最鮮明地呼喚開放和面向世界，恢復和重塑一個民族被扭曲與壓抑的人性、人權和人的尊嚴。」〔註158〕成都野草詩群其「空山之境」的核心便是這樣一種「權利意識」，即對於人性、人權以及人的尊嚴的追求。所以成都野草詩群「空山之境」的權利意識，是在四川地下詩歌中「茶鋪」這一特殊境遇之下現代詩學特殊的命題。其實，成都野草沙龍，其沙龍命名為「野草」，本身就蘊含著深刻的權利意識。從「野草」中追求個體的權利，是他們表述中一致的聲音。如「追求生之權利，追求獨立人格的主題。」〔註159〕「《詩友》們的參與者的最低的也是最高的願望和目的」，就是「追求人性、人格、人的基本權利。」〔註160〕「而『野草精神』的靈魂則是：怎樣做個人，怎樣去做人。概言之——為人權而生，為人權而戰。」〔註161〕我們看到，在野草沙龍這一地下詩群當中，這一批詩人儘管個性各異，儘管詩歌追求不一樣，但是他們的追求是一致的。不管是野草式的反抗，還是空山式的逃遁，其最終都是為了實踐自我的人格、人性、人權。由此，權利意識這一「空山之境」，是成都野草詩歌沙龍特有的精神走向。

成都野草沙龍中的這一「空山之境」，首先是整個地下詩歌中作為「非中心」的處於邊緣上的詩人的一種主要精神向度。遠離中心，走向邊緣「空山」，這是地下詩歌主體的一種共同傾向。在地下詩歌中，處於「茶鋪」等「空山」中而不是「廣場」上的邊緣主體，從「權力中心」看來，都是一群孤魂野鬼、流放者、放逐者、多餘人、邊緣人。那麼這些在邊緣漫遊的無根的漂泊者，他們只能在「邊緣——空山」中才能獲得的拯救。因此，「它們的清醒不但伴隨著對現實世界深刻的懷疑，也伴隨著對（未來）真理世界的渴念，這種渴念在詩中往往轉化為對現實的否定和過往舊夢溫情的追憶，創造出一個個與之相對峙、光明（甚至偶而柔和）的詩意世界。」〔註162〕地下詩歌中的空山之境，

〔註158〕 張嘉諺：《中國摩羅詩人黃翔》，《我在黑暗中搖滾喧嘩》（受禁詩歌系列1），臺北：唐山出版社，2002年（電子文本）。

〔註159〕 陳墨：《讀孫路〈生日的歌〉》，《野草之路》，陳默主編，成都野草文學社編，1999年，第73頁。

〔註160〕 孫路：《現實與幻想》，《野草之路》，陳默主編，成都野草文學社編，1999年，第171頁。

〔註161〕 謝莊：《野草與野草精神》，《野草之路》，陳默主編，成都野草文學社編，1999年，第223頁。

〔註162〕 劉勇主編，《中國現當代文學史》，北京：中國人民大學出版社，2006年，第342頁。

都在於詩人對於「中心」現實的否定，繼而或追憶生命中的夢境，或創造出一個邊緣的世界。這一追求，在地下詩人身上的表現是驚人的相似和一致。這種空山的追求，超越了他們年齡、地域、身份等差異，一同追求著遠離「中心」的精神「空山」。「空山」追求並不是說文革時期所有地下詩人之間是完全沒有差別的，「灰娃在這一年代開始寫作，與許多叛逆的年輕詩人並不完全相同，當年輕詩人試圖以自己的『回答』表達與現實難以共存的同時，仍與現實保持一份依存關係。而灰娃則超越了這一依存，她對現實甚至拒絕『回答』。而隱含於她另外選擇中的，是她經過了大悲愴之後，讓精神插上了翅膀，飛向了遼遠的時空。她回到了自己的精神故鄉，於那一時代來說，灰娃選擇了『生活在別處』。」〔註 163〕但是，他們都尋找著精神的他鄉，都生活在「中心」的別處。這一「中心」的「別處」正是「空山」，即渴望寧靜純真的生活，有著友誼、愛情、青春、夢想、未來、光明的邊緣。在這「空山」之中，他們專注於自我關照、自我選擇、自我表現，追求生命的個體性、偶在性、多樣性。而也是在空山之中，他們開始了個人化的靈魂獨語，才找到了母性、人性、愛情、童心等人的基本權利，才實踐了生命的基本權利。

成都野草詩群的地下詩歌中的「空山之境」，與中國古代詩學「空山」不相同，也與文革期間其他地下詩人的「空山」不一樣。這一空山是在面對強大的「中心」的困境之下，走向「空山」，並從「空山」出發與中心對抗。而且，在這一空山之境中，最終形成的一種邊緣人的人性的追求，「舉一切倫理、道德、政治、法律、社會之嚮往，國家之所求，永輝個人自由權力而與幸福而已。思想言論之自由，某個性之發展也，法律之前，人人平等也。個人之自由權利，載諸憲章，國法不得而剝奪之，所謂人權也。」〔註 164〕這一「空山精神」更在於尋找了建構人各方面被壓抑的權利，並在詩歌中追求著諸多的基本權利。由此，地下詩歌的空山之境，是在「權力中心」基礎之上升發出來的現代人的「權利意識」，而且與中國古代詩歌中的「天人合一」的個人靈魂安頓的空山境界是不一樣的。成都野草詩群的「空山之境」，表面上是逃遁、逍遙、純、唯美……。但在我看來，其最為獨特之處在於，是他們對於人權利的追求，對於

〔註 163〕 孟繁華：《在生命的深淵歌唱——讀灰娃詩集〈山鬼故家〉》，《東方藝術》，1998 年，第 1 期。

〔註 164〕 陳獨秀：《東西民族根本思想之差異》，《青年雜誌》，1915 年，第 1 卷第四號。

「愛」的表達。愛，本身就是生命的重要因子。而在「文革」這一特殊時代之中，所有的愛都只是對於「中心」的愛，所有的愛都只能指向「中心」。在中心之下的愛中，只有「大愛」，並沒有人屬於個體的愛情。因此，對真實情感情追求，特別是對於現實中「小我」愛情的追求，是地下詩歌「情感革命」的重要組成部分，也在地下詩歌的「空山之境」中佔有重要的地位。愛的「空山之境」，正如黃翔所說，是期待著來一場「情感革命」：「我們不僅要在思想領域而且應該在情感領城向一切陳腐的觀念宣戰；我們應該去探索和尋找新的愛情的價值觀念，敲響情感革命的『鐘』——來一場靜悄悄的情感革命。」〔註165〕由此，地下詩歌中所謂的一場靜悄悄的「情感革命」，是要「去探索和尋找新的愛情的價值觀念」。儘管實際上，地下詩歌中對愛情的追求，並沒有為我們提供什麼新的愛情價值觀念，也並沒有呈現出一些更為獨特的愛情宣言。但是，在地下詩歌的愛情呈現中，卻以普通「小我」的愛情表露展示對於「中心大愛」的拒絕，由此獲得了獨特的價值。也就是說，對於地下詩歌在愛中去追求這樣一場「情感革命」，是與「中心」的文化革命完全不一樣的。對人的個體生命體驗來說，這就是一場向基本人性回歸的情感革命，而不是壓抑人本性的文化革命。對情慾的追求，特別是對於愛情的追求，是成都野草詩群「空山之境」的重要組成部分，在成都地下詩歌中佔有重要的地位。可以說，正是成都野草沙龍地下詩歌中的情詩，使「空山」的內涵更豐富，對人更具有吸引力。

　　成都野草沙龍的地下詩歌中的這一場「情感革命」，是對於現實中真實愛情的主動追求。儘管在「愛情」這一空山之境的獲得過程中，地下詩歌非中心的主體面臨了「中心」所帶來的多重困境。但是，這一「情感革命」，是野草沙龍地下詩歌主體的一次自我內心的、心靈上的主動革命，是一場主動的自我追求。從現實愛情出發，而不是從宏大的「中心」出發，是成都野草沙龍地下詩歌「情感革命」的重要特徵。我們看到，地下詩歌中所有「小我」情感發生的源頭是在於「你」，以及你的「久別的微笑」，而不是「中心」，也不是「紅太陽」。所以，掀起這一場情感革命的，是自我生活中的愛人，而不是「中心」所展示的偉人。由於有了真正的愛人出現，於是，這一場情感革命，是地下詩歌主體偏離中心而展開的主動追求。「像一顆朦朧的星星，／在迢遙的太空將我引照。／孤睡中我悄然憶起，／一個久別的微笑。／／為了追尋你的笙簫，

〔註165〕黃翔：《來一場崢悄悄的情感革命》，民刊《啟蒙》叢刊之五（愛清詩專輯），
　　　　1979 年 1 月 5 日。

／為了重見你在月下的高橋，／我曾多少回駕一葉小舟，／穿過夢中幽暗的波濤……」〔註166〕。這首詩所展示的正是，現實中的你，才是詩人「情感革命」的源頭。即就是由於你，特別是由於你的久別的微笑而引起了生命中的情感。你的微笑就是詩人感情的萌動，並成為了詩人一直所難以忘懷的一段情感。並且，這一愛情，是天空中「朦朧的星星」，並不是主流所渲染的「紅日」。與「中心」「鮮紅的太陽」相比較，這一生命的細微體驗更具有自我性和感染性。儘管這首詩歌也表明，詩人的愛情不能在白天「中心」主宰的時候公開，只能是在「孤睡中悄然憶起」，愛情顯得多麼的無力。但是最後，詩中的愛情戰勝了詩人自我，戰勝了「中心」的各種壓力，成為了詩人自我情緒的主旋律。由此，追尋現實中的愛人，主動為了現實「小我」的愛情而穿越幽暗的波濤，成為了地下詩歌中的情感革命的起點。在「茶鋪」中，成都野草沙龍的愛情追尋，並最終從愛情中獲得自我的價值。這是成都野草詩群的精神追求，由此帶來了地下詩歌中的「情感革命」，成就了他們詩歌中獨特的「空山之境」。

　　成都野草詩群「空山之境」的權利意識追求，也是與「非空山」現實緊密相連，二位一體的。對於現實的「非空山」展示，這不但從側面彰顯了「空山」的意義和價值，也呈現了成都野草詩群對於現實的深刻介入。第一，這種介入在於，他們在詩歌中他們展示了這一「非空山」的世界，不僅僅是一個黑暗的牢獄，一個冰冷的牢獄，一個監禁了肉體的牢獄，更是監禁人思想的牢獄。由此，自我的「空山」之境則更加令人神往。詩中這個監獄是無形的，儘管沒有堅固的牆壁和冰冷的鐵鎖，但又力量無比；在這樣的監禁裏面，不只是對肉體的殘殺，更多的是對精神和靈魂的控制。生存在裏面的人，如一個個被提著線的木偶：「這裡是監獄／欺騙築起的牆／陰謀鑄成鎖／活的思想監禁著……」（萬一《監獄》）〔註167〕在成都野草詩群看來，他們是生活在監獄中，整個世界就是一大的監獄，所有的宣言構築成為了這道監獄的牆壁，陰謀組成了了監獄的大鎖。生活就如監獄中的生存是一樣的，在這裡，生命早已被監禁：「由於一個對門鄰居的猶大的誣陷、告發，我們中最年長的朋友朱育琳（北大西語系和上海交大的老大學生，1957年被打成右派），1968年初夏，死於紅衛兵的棍棒與拳頭。僅僅只一天多的時間，他就被打得滿身

〔註166〕鄧墾：《久別的微笑》，《鄧墾詩選》（自印本），2001年。
〔註167〕摘自鄧墾：《為逆浪而活著》，《野草之路》，陳默主編，成都野草文學社編，1999年，第49頁。

滿臉傷痕。在一個不見星月的黑夜，他毅然不受屈辱，從黑暗的長廊走向了
樓窗……據說，他死於黎明時分。」〔註168〕這個世界，就是一個無形的監獄，
一個巨大的監獄，一個比「純黑」和「凍土地」更有力的土地，他充滿了暴力。
這種暴力生長在日常生活中，遏制著反抗的力量。並且監禁了思想，鉗制了人
們最終對世界的任何的反抗。因此，芒克《天空》中歎息，「日子像囚徒一樣
被放逐」，生活其實就是在監獄中的生活。對於日常生活來說，對於「1966～
1972年間的灰娃，『垂死』狀態似乎是每天的現實。」〔註169〕此中的苦楚，當
然與這無形的「牢獄」大網有著深刻的關聯。現實是「監獄」，而不是空山。
這個現實世界是與自由相對立的世界，是迫害自由的世界，這是成都野草沙龍
通過「空山」理想對現實世界的深刻透視。「你在哪兒？／一個監獄接著一個
監獄！／一把鎖鏈連著一把鎖鏈！／你痛苦地記在歷史的卷帖上。／／你在
什麼地方？／一張書頁連著一張書頁，／一種思想接著一種思想！／你悄悄
藏在人們的記憶上。〔註170〕在此環境之下，無數的監獄、無數的大鎖，怎能
奢談自由。並且，這種無形人網在歷史中具有強大的力量，「黃翔從萬眾歌頌
的長城上看到了中國的殘忍無道、冷酷無情，看到了它對人的壓抑、戕害和否
定。他的感情、感受不但獨異而且極其豐富，這是比孟姜女複雜千百倍的哭聲
和淚水。一種文化、一種制度、一種心態、一種政治方式，全都在長城之中。」
〔註171〕作「中心」的代表長城，其實內在也就轉化為監獄，所有的文化、制
度、心態、精神，不是在長城中，而是在監獄中。於是，地下詩人在「空山」
理想的關照下，他們對自由的追尋更顯悲愴。

由此，與「空山」之境形成鮮明的對比，現實的中心世界呈現為一種「全
景敞視建築」。福柯在引用邊沁描繪的「全景敞視建築」時，介紹了這種建築
物的誕生和被全社會所採用情況，這種建築形式的基本構造原理是：「四周是
一個環行建築，中心是一座瞭望塔。瞭望塔有一圈大窗戶，對著環行建築。環
行建築被分成許多小囚室，每個囚室都貫穿建築物的橫切面。各囚室都有兩個

〔註168〕錢玉林：《關於我們的「文學聚會」》，《藍·BLUE》（日中雙語文學雜誌），
 2005年，第18、19期。

〔註169〕今父：《向死而生——灰娃詩歌解讀》，《詩探索》，1997年，第3輯。

〔註170〕馮里：《自由》，《野草詩選》，杜九森主編，成都望川校園文化站，1994年，
 第103頁。

〔註171〕摩羅：《詩歌界的顧準——黃翔》，《我在黑暗中搖滾喧嘩》（受禁詩歌系列1），
 臺北：唐山出版社，2002年（電子文本）。

窗戶,一個對著裏面,與塔的窗戶相對,另一個對著外面,能使光亮從囚室的一端照到另一端。然後,所需要做的就是在中心瞭望塔安排一名監督者,在每個囚室裏關進一個瘋人或一個病人、一個罪犯、一個工人、一個學生。通過逆光效果,人們可以從瞭望塔的與光源相反的角度,觀察四周囚室裏被囚禁者的小人影。這些囚室就像許多小籠子、小舞臺。在裏面,每個演員都煢煢孑立,各具特色並歷歷在目。敞視建築機制在安排空間單位時,使之可以被隨時觀看和一眼辨認。總之,它推翻了牢獄的原則,或者更準確地說,推翻了它的三個功能——封閉、剝奪光線和隱藏。它只保留下第一個功能,消除了另外兩個功能。」〔註172〕儘管從作為邊緣的地下詩人對「中心」的描述中,沒有像福柯這樣細緻的展現其中對於每一個細節的詳細安排,也沒有對這種建築的每一項功能進行細緻的推敲,但是,在地下的被動體驗與我們對「中心」的刻繪中,我們也看到了一個「建築」:這裡是全景式的,也是敞視的,不但保留了剝奪光線功能,而且成為以封閉的世界。在這種世界之中的生存,人只能被看、被囚、被殺,權力達到了最高峰,人自由度、人的權利也就跌落到最低點。在成都野草詩群所呈現的現實的「全景敞視建築」之下,「非空山」的現實成為一張捕獲生命權利的網。這是一張「中心」用以捕獲人的網,生命不能自由表演,而被中心控制。「正如地球是由他們轉動」一樣,生命的一切由他們來安排,生活中的表演也由他們決定。於是,網成為囚禁的主要手段。「地球是由他們轉動的,/是黑是白只有當局有權來衡量。/我的一切申辯都是徒勞的,/一紙開除學籍決定了我的下場。/劃清階級界限,/是這個時代人人自保的一副良方。/最大限度地保持沉默和距離,/是這個時代維護友誼的最佳伎倆。/在校方組織的揭發會上,/各種靈魂都無可奈何地曝光。」〔註173〕這張「中心」的網是無比的巨大,也是無比的有力。我們看到,詩歌中這張網決定了世界的運行、轉動,這張網也是人間是非黑白的最高律令,也就是說,網不但是自然運行的規律,而且是社會行動的準則。這張網,是天、人運行的總導演、總規則,籠罩了一切,包容了一切,是一切的總源泉,絕對不容質疑。所以「網」的意志成為絕對,不但人要聽從他的命令,自然也要聽從他的命令。在這張大網之下,靈魂的生存和生活狀態是完全可以想像

〔註172〕 （法）福科:《規訓與懲罰——監獄的誕生》,劉北成、楊遠嬰譯,北京:三聯書店,第 224～225 頁。
〔註173〕 鄧墾:《春波夢・二十二》,《鄧墾詩選》（自印本）,2001 年,第 159 頁。

的，只有「下場」，而絕對沒有「上場」。

　　第二，成都野草詩群對現實的介入還在於，他們深入到了「人」存在的困境。現實的「網」將自然、社會、身體、靈魂囚禁，在此之下，世界的整個存在只是被動的，而詩人對整個世界體驗只有「下場」，這就是人在現實中心之下存在的基本狀態：「花仍在虛假地開放／兇惡的樹仍在不停地搖曳／不停地墜落它們不幸的兒女／太陽已像拳師一樣逾牆而走／留下少年，面對著憂鬱的向日葵⋯⋯」〔註174〕；「街／被折磨得／軟弱無力地躺著。／而流著唾液的大黑貓／飢餓地哭叫。」〔註175〕；「子夜滾過巨大的雷霆／閃電映出一個奔逃的鬼影／緊緊抱著那些由於驚恐而麻木的心／被迷惑的肉體處在急驟的冷雨中／龐貝城顫慄著，威蘇維還沒有下定最後的決心」〔註176〕；「我是黃昏的兒子／我在金黃的天幕下醒來／快樂地啼哭，又悲傷地笑／黑夜低垂下它的長襟／我被出賣了／賣了多少誰能知道／只有月亮從指縫中落下／使血液結冰——那是偽幣⋯⋯」〔註177〕⋯⋯虛假、兇惡、折磨、迷惑、出賣等等體驗，便是在「網」的巨大陰影之下產生。生命被欺騙、被折磨、被迷惑、被出賣，成為被囚禁的第一層次的感覺。所以，在詩人的視野中，自然被囚禁，迸開花的姿態都是虛假的；生存的城市被囚禁後，被折磨得軟弱無力；個人的肉體被迷惑，處於大風大雨中而仍然不自知；最後自我的靈魂被出賣，但卻不知道自己被賣給誰，賣了多少。

　　與「空山之境」完全不同的是，現實生命令人如此慘不忍睹，人已經失落！這就是在「現實之網」下，人成為「困獸」：「對甜蜜的回憶，莫要問一句『曾記否』，／對苦恨的深淵，莫要歎一聲『全怪我』，／對沸騰，凍結的人血莫要大驚小怪，／不這樣，譜不出生命的輓歌。／／向四壁宣布我的『墜落』，／屈恨無須向蒼天訴說，／讓行尸走肉塞滿新的岔道，／困死我呵，不隨下流又不能超脫。」〔註178〕首先是人在心理上，已經成為了「獸」。詩中人已經作為獸存在了，作為主體的人，沒有回憶，也沒有怨恨。對著這個血淋淋的世界，

〔註174〕多多：《萬象・夏》，《多多詩選》，廣州：花城出版社，2005年，第16頁。

〔註175〕芒克：《城市・2》，《芒克詩選》，北京：中國文聯出版公司，1989年，第5頁。

〔註176〕林莽：《二十六個音節的回想——給逝去的年歲・S》，《被放逐的詩神》陳思和主編，武漢：武漢出版社，2006年，第334頁。

〔註177〕顧城：《我是黃昏的兒子》，《顧城詩全編》，上海：生活・讀書・新知三聯書店，1997年，第76～79頁。

〔註178〕吳阿寧：《困獸》，《野草詩選》，杜九森編，成都望川校園文化站。

不管是沸騰的人血，還是凍結的人血，都已經冷漠，都已經成為生存的習慣，像一隻野獸。就是這樣，才譜出了生命的挽歌。這時已經唱不出生命之歌，只有生命的挽歌，轉而形成的是生命的「獸歌」。並且，這又是一隻被囚禁的野獸，被「四壁」監禁，還最終像蒼天告白的呼號和機會都已失去。不能進，也不能退，只是一直被囚禁著，被圍困著著的一頭野獸。而現實監獄中更多的人，是一個「活死人」：一個積滿死水的泥坑。／除了青苔，孑孓和惡臭，／裏面還泡著一個活人！／／一個人，／一個捆紮著手腳的男人！／除了希望和絕望的交替折磨，／他有時也作些徒勞的翻滾。〔註 179〕這個世界就如泥坑一樣，人與蟲豸一樣無力、與植物一樣渺小，充滿惡臭，而只是活著而已。身體被捆綁，生命被踐踏，這時絕望是折磨，希望也是，在這樣的世界中，所有的生命、尊嚴、自由、愛、信仰等價值成為絕對的空無，成為對生命的一種嘲笑。在這個「泥坑」裏的人，什麼都沒有，有的只是肉體的神經性的條件反射，在泥坑裏翻滾而已。由此看來，現實不但不是「空山」，而且還是一個難以承受的「全景敞視建築」。並且在這一「現實之網」，人已經完全失落！成都野草詩群正是在這樣的「現實」與「空山」的對比中，更加渴求著擁有生命權利的「空山」。

　　通過「空山之境」與「現實之網」的強烈對比，成都野草詩人對於「空山」的追求更加熱烈。於是，這一「空山」追求，成為了野草詩人對於現實中心抗爭思想和力量的發源地。詩歌中他們對中心的反抗意識，是一種最直接最簡單的反抗，也就是用自身身體所進行的對抗。這正是「空山」的特徵之一，地下詩歌中的「空山主體」，已經被剝奪了所有的權力，剩下的只有這一個軀體、肉體。從「空山」理想中獲得主動自我的人，其反抗也只是一種原始的本能而已。「為了你的到來，黎明，／人們用骨棱的雙肩扛著不平，／用枯瘦的雙手高舉著貧困，／用不屈的雙腿支持著人格，／用憤怒的眼光焚燒著暴行，／用堅硬的嘴唇關住狂跳的心，／用殷紅的鮮血噴寫著人類的追尋……／／為了你的到來，黎明，／多少仁人告別了破碎的家庭，／多少志士告別了受蹂躪的人民，／戴著腳鐐手銬，戴著斑斑傷痕，／微笑地挺立在遊街囚車上，／送走了最後的寒夜和生命……」〔註 180〕成都野草沙龍中，由於主體大量的權利被

〔註 179〕吳阿寧：《坑和人》，《野草詩選》，杜九森主編，成都望川校園文化站，1994年，第 103 頁。

〔註 180〕鄧墾：《為了你的到來》，《鄧墾詩選》（自印本），2001 年。

剝奪，儘管確立了自我，獲得了自我的主動意識，但在現實中，仍然沒有可以借靠的力量。這時只有身體，只有鮮活的肉體，才是可以用以反抗的武器。雖然這只是一種本能的衝動與反抗，但是這在地下詩歌的反抗意識中卻佔有重要的位置。因此，在地下詩歌中，身體或者說是肉體，在他們的反抗中具有重要的作用。其中身體的各個部分均可以成為對抗、反抗的力量源泉，骨棱的雙肩、枯瘦的雙手、不屈的雙腿、憤怒的眼睛、堅硬的嘴唇、銀紅的鮮血……。這成為了自我價值的力量之源，由此，與社會的不平、貧窮、暴行等對視，實踐權利。「但我比愛倫坡似乎獲得頑強些，我不靠什麼光；因為我自己的生命能發出螢光，一點點光，詩從血液和骨頭裏升起的。」〔註181〕詩歌的力量，反抗的力量，就是直接從肉體中升起來的，從身體的血和骨頭中誕生的。不但如此直接的肉體對抗，而且還犧牲了家庭、捨棄了朋友，以微笑的態度蔑視這些災難。如此簡單地用身體的直接對抗和抵禦，又如此樂觀地對待災難，是地下詩歌中主動詩意的特點之一。他們的抗爭精神，但其最終的旨歸，仍在於他們所夢寐以求的「空山之境」。詩中的這種對抗，不僅是對「中心」黑暗絕望的詛咒，而是看到了黎明，為了黎明的出現而展開的。「是的，我心中彌漫著浩瀚的宇宙宗教——這就是血墨淋漓地從頭頂灌注到腳心的陽光般敞亮生命和詩歌的愛的輝煌。」〔註182〕野草沙龍中的抗爭精神，不僅僅是對於黑暗現實的展現，而且也包含了對於未來的希望和夢想，包含著愛的因素。用身體的簡單、直接對抗，不但是對於現實的絕望，也是為著心中的希望和愛，為了一個心中所期待的黎明的到來。這個未來就是有著權利意識「空山之境」。

　　成都野草沙龍呈現出了鮮明的「茶鋪派」特徵，這就是他們圍繞在「空山之下」這一權利意識的追求之下，所展開的現代詩思和現代詩藝。而且，成都野草沙龍地下詩歌中的「空山之境」，不但為八十年代四川詩歌的勃興初步奠定了基礎，而且對於中國思想界「人的啟蒙」這一時代主題也有著極大的啟示意義。

〔註181〕牛漢：《我的夢遊症和夢遊詩》，《夢遊人說詩》，北京：華文出版社，2001年。
〔註182〕黃翔：《殉詩者說》，《我在黑暗中搖滾喧嘩》（受禁詩歌系列1），臺北：唐山出版社，2002年（電子文本）。

第四章　八十年代的四川新詩

　　八十年代，是中國當代文學的一個黃金時期。八十年代的四川文學，以及整個中國文學的發展，都是隨著社會政治的變化而發展的。1977年8月12日華國鋒主席在中共十一大上作政治報告，宣布「文化大革命」結束，但繼續強調「以階級鬥爭為綱」。1978年12月22日，鄧小平《解放思想，實事求是，團結一致向前看》的講話，宣布停止使用「以階級鬥爭為綱」的口號，實行「改革開放」，標誌著中國進入了一個新的時代。而在詩歌方面，1978年12月由北島、芒克等主編的民間刊物《今天》出版，則宣布了一個新的文學時代的到來。八十年代的四川詩壇，與四川文聯以及四川作協的發展有著密切的關係。在中央決定恢復中國文聯之前，廣東和四川是較早恢復文聯的兩個省。廣東於1977年12月就恢復了文聯。四川則於1978年1月作出了恢復四川省文聯的決定，四川成為全國第二個恢覆文聯的省。由李少言、沙汀、黎本初、李友欣、李累、雁翼、陳之光七人組成恢復省文聯籌備組成員和黨組成員。同年3月，四川省作出了恢復四川省作協的工作，成立了作協四川分會籌備組，李少言為黨組書記，組長，艾蕪為黨組副書記，副組長，黎本初為黨組副書記，李友欣、黎本初為副組長。1978年5月，中央決定恢復中國文聯籌備組，四川文聯的任白戈、艾蕪、常蘇民、李少言、黎本初參加會議。1979年10月全國文藝工作者第四次代表大會召開。四川組以任白戈為團長，艾蕪、常蘇民、馬識途、李少言、葉石、陳書舫為副團長，李少言為團黨支部書記，黎本初為團副書記兼團秘書長的96人代表團參加會〔註1〕。

〔註1〕見《四川文聯六十年文集》，四川省文學藝術界聯合會編，2013年。

1980 年 6 月，恢復了四川省文聯，選舉任白戈、沙汀、艾蕪為名譽主席，馬識途為主席。〔註2〕機關刊物有《四川文學》（1979 年 1 月由《四川文藝》改名。李友欣任主編，陳進、譚興國任副主編。1984 年 1 月改名為《現代作家》，1991 年 1 月復改為《四川文學》）。1985 年 9 月，作家協會四川分會與四川省文聯分開，單列建制。1983 年 10 月 4～9 日，重慶舉辦重慶詩歌討論會，對當前中國詩歌運動的系列問題進行了討論。中國作家協會常務書記朱子奇、書記柯岩參加了討論會。重慶市文聯主席方敬、副主席王覺、楊益、梁上泉等主持，就「三個崛起」，詩與生活、詩與人民、繼承與創新、如何借鑒外國文學等一些問題上的分歧展開討論。〔註3〕這些，都極大地推動了四川新詩的發展。

第一節　《星星》詩人群

　　談論新時期以來的四川新詩，乃至說整個中國當代新詩，必須面對的一個重要詩歌刊物——《星星》詩刊。《星星》，作為成都與北京《詩刊》並稱為當代詩歌刊物的「雙子星」，是有著巨大影響力的詩歌刊物。於 1979 年 10 月復刊後，大膽發表了艾青、邵燕祥、臧克家、吳丈蜀、公劉、流沙河等眾多名家的賀辭賀詩和作品。1979 年 10 月，中共四川省委文件「批准省委宣傳部關於省文聯在 57 年反右鬥爭中需要落實的政策的幾個問題的處理情況和意見的報告」，為在《星星》詩刊及相關詩人，以及因所謂「四川文藝界反革命小集團」等問題被錯整的同志平反。1979 年 10 月《星星》詩刊復刊後，繼續展示出鮮明先鋒精神，這為四川現代詩歌的成長灌注了最強勁的動力。「詩刊《星星》已經復刊，其面目雖然與中國作協主辦的《詩刊》一樣，常常曖昧不明，但在一段時間裏，也還是表現了一定的活力（在一定程度上，這與編者想延續這份刊物當初的某種『異端』色彩有關。」〔註4〕1986 年《星星》詩刊舉辦「中國星星詩歌節」，選出了北島、舒婷、楊牧、傅天琳、顧城、李鋼、楊煉、葉延濱、江河、葉文福等十位「我最喜歡的當代中青年詩人」，在全國有著重要的

〔註2〕見：《四川省文學藝術工作者第二次代表大會資料》，四川省文學藝術界聯合會編，1980 年。
〔註3〕見《重慶市市中區文化藝術志》，北京：文化藝術出版社，1990 年，第 35 頁。
〔註4〕洪子誠、劉登瀚：《中國當代新詩史（修訂版）》，北京大學出版社，2005 年，第 212 頁。

影響。新時期復刊後的《星星》詩刊，持續性地推出了一系列的在當代詩歌發展中有著重要價值的詩人和詩歌作品。同樣，在星星詩刊編輯部，可以說在當代詩壇形成了一個重要的「星星詩人群」。在星星詩刊創刊初期，就有白航、石天河、流沙河、白峽，復刊後有葉延濱、楊牧、陳犀、王志傑、藍疆、曾參明、魏志遠、張新泉、劉濱、鄢家發、孫建軍、梁平、龔學敏、李自國、靳曉靜等，構成了當代詩歌發展中一個重要的詩人群落。

在 80 年代《星星》的詩人群中，非常值得注意的是詩人葉延濱〔註 5〕（1948～）。葉延濱 1948 年生於哈爾濱，他不僅擔任過《星星》詩刊的主編，也擔任過《詩刊》的主編，是唯一擔任過《星星》《詩刊》兩大詩刊主編的詩人，這在當代詩歌史上是唯一有此殊榮的詩人。葉延濱曾將自己的生活分為三個「十二年」：「基層生活十二年」、「《星星》十二年」、「《詩刊》十二年」。1982 年到四川作家協會《星星》詩刊，1994 年調北京廣播學院文藝系任系主任、教授，1995 年調中國作家協會任《詩刊》主編等職。葉延濱曾獲中國作家協會優秀中青年詩人詩歌獎（1979～1980），其詩集《二重奏》獲第二屆中國新詩集獎（1985～1986）。1980 年參加《詩刊》舉辦的首屆「青春詩會」，就使他成為了四川詩歌界升起的一顆閃亮的星星。1978 年葉延濱考入北京廣播學院，在校期間在《詩刊》上發表了組詩《乾媽》〔註 6〕（包括 6 首詩歌），並獲中國作家協會首屆詩歌獎。組詩《乾媽——陝北記事》是葉延濱的成名作和代表作，在此後的版本中，均由 9 首詩歌組成，包括《她沒有自己的名字》《燈，一顆燃燒的心》《鐵絲上，搭著兩條毛巾》《飼養室裏的馬列主義》《馱炭的毛驢走

〔註 5〕葉延濱是一位高產的詩人，出版有詩集《不悔》（湖南人民出版社，1983 年）、《二重奏》（花城出版社，1985 年）、《乳泉》（群眾出版社，1986 年）、《心的沉吟》（百花文藝出版社，1986 年）、《囚徒與白鴿》（人民文學出版社，1988）、《葉延濱詩選》（明天出版社，1988 年）、《在天堂與地獄之間》（四川少兒出版社，1989 年）、《蜜月箴言》（湖南文藝出版社，1989）、《都市羅曼史》（北嶽文藝出版社，1989 年）、《血液的歌聲》（四川文藝出版社，1991 年）、《禁果的誘惑》（中國工人出版社，1992 年）、《現代九歌》（四川大學出版社，1992 年）、《與你同行》（四川文藝出版社，1993 年）、《玫瑰火焰》（廣西民族出版社，1994 年）、《二十一世紀印象》（廣東經濟出版社，1997 年）、《魅力瞬間》（海南出版社，2000 年）、《滄桑》（黑龍江教育出版社，2002 年）、《葉延濱短詩選》（香港銀河出版社，2004 年）、《年輪詩章》（長江文藝出版社，2008 年）、《時間背後的河流》（作家出版社，2010 年）、《葉延濱自選集》（長江文藝出版社，2011 年）等。

〔註 6〕葉延濱：《乾媽——陝北記事》，《詩刊》，1980 年，第 10 期。

在山道上》《夜啊，靜悄悄的夜》《我怎能吃下這碗飯》《太陽與大地的兒子》《我愧對她頭上的白髮》〔註7〕。該詩有獨特的藝術價值，為葉延濱贏得了巨大的聲譽。如其中一節《鐵絲上，搭著兩條毛巾》，「帶著刺鼻的煙鍋味，／帶著嗆人的汗腥味，／帶著從飼養室沾上的羊臊味，／還有從老漢脖子上擦下來的／黃土，汗鹼，糞末，草灰……／沒幾天，我雪白的洗臉巾變成褐色，／大叔，他也使喚我的毛巾。／我不聲不響地從小箱子裏，／又拿出一條毛巾搭在鐵絲上，／兩條毛巾像兩個人——／一個蒼老，／一個年輕。／但傍晚，在這條鐵絲上，／只剩下一條搓得淨淨的毛巾。／乾媽，當著我的面，／把新毛巾又塞到我的小箱裏；／『娃娃別嫌棄你大叔，／他這個一輩子糞土裏滾的受苦人，／心，還淨……』／啊，我不敢看乾媽的眼睛，／怕在這鏡子裏照出一個並不乾淨的靈魂！」在詩歌中，詩人以細膩的筆法，嚴謹的敘述呈現出一個有著豐富內心世界和高尚情感的「乾媽形象」。可以說，該詩無論在主題上，還是在藝術上，都體現了當代現實主義詩歌的高度。對此，評論界也對《乾媽》展開了較為深入的研究：「談到葉延濱，自然不能不提到他的《乾媽》在新時期詩歌中那引起人們矚目的藝術效應。這首詩成為葉延濱建立自身的藝術構築的一塊基石，以致人們在談及他的詩歌創作發展的軌跡時，無論如何不能忽視其存在。」〔註8〕對於詩歌文本，雷業洪認為，「它以嚴謹的環環相扣的藝術構思，以簡潔的富有時代特色的藝術描繪，為我們的詩歌畫廊增添了一個『革命的窮娘』——乾媽的生動形象。」〔註9〕劉波說，「葉延濱的成名作《乾媽》是一組明晰曉暢的詩，帶著一個特殊時代的烙印，讀來很容易就讓人想到艾青的《大堰河——我的保姆》，至情至性，彷彿親歷。《乾媽》作為一組有整體感的詩，靠敘事和氣韻貫穿始終。這種情緒流，潛於詩人的敘述和追憶中，從而還原了一個最普通的中國農村老婦形象。詩人的訴說切己及人，帶著深深的遺憾和懺悔，他通過回望當年在延安插隊的知青生活經歷並將其記錄下來，也許不是要敘述一個故事，定格一幅畫面，而是要在穿透性的書寫中重繪一種人性之美。」〔註10〕葉延濱以個人的情感體驗，在時代歷史縱向發展過程中展示了

〔註7〕葉延濱：《乾媽——陝北記事》，《葉延濱詩選》，濟南：明天出版社，1990年。

〔註8〕葉櫓：《「葉延濱方式」之一種——兼評〈葉延濱詩選〉》，《詩刊》1992年，第6期。

〔註9〕雷業洪：《簡評〈乾媽〉》，《詩刊》，1981年，第1期。

〔註10〕劉波：《重讀乾媽》，《詩刊》，2017年，第1期。

現代的精神。該詩抒寫了一個「知青娃」去陝北插隊落戶這樣一個既歷史化又個人化的經歷，呈現出強力的生命意識，同時展現了個人與時代緊密關聯又不斷相牽扯、角力的複雜現代情緒，顯示出了詩人把握生活的厚實的創作實力。獲獎詩集《二重奏》，是葉延濱的另一部代表作，也是葉延濱詩歌創作的另一個重要收穫。詩人在詩集《二重奏》的「自序」中說：「為什麼叫《二重奏》？北京，我們偉大變革的中心。古老與年青，歷史與現實，傳統與理想……醒目的強烈對比的色彩，奏鳴得稍有點不和諧的聲音，在我的感情世界疊印交響。」由此，在詩歌中，詩人一方面批判社會落後的一面，另一方面歌頌現代化建設和新的生活。強烈的改革意識，歌頌改革，為現代吶喊，是《二重奏》這部詩集的鮮明而突出的主題。

作為「新邊塞詩派」的重要代表楊牧〔註11〕（1944～），是中國詩壇上升起的另一顆新星，也打開了四川詩人個人現代化之路的另外一個空間。楊牧出生於四川省渠縣大巴山下。20 歲時遠離家鄉，楊牧來到新疆石河子墾區的莫索灣農場，既開始了自己生命的新航程，也開啟了一道全新的詩歌之路。在新疆的 25 個春秋的詩歌寫作歷程中，他為當代新邊塞詩的發展作出了非常重要的貢獻。早在 20 世紀 50 年代末至 60 年代初，聞捷、田間在新疆寫下了一些反映邊疆生活的詩歌，於是「一個在詩的見解上，在詩的風度與氣魄上比較共同的『新邊塞詩派』正在形成。」〔註12〕1982 年周濤在《對形成「新邊塞詩」的設想》一文，第一次正式提出了「新邊塞詩」的說法。楊牧、周濤、章德益等人的創作，使得新邊塞詩成為一種可能。他的《復活的海》獲第二屆（1983年～1984 年）新詩集獎。在楊牧先生 60 歲之際，由奚梅芳編輯了《楊牧文集》一書，217 萬字，分為上下兩卷，每卷逾千頁。該部文集上卷為詩，以作品發表年代為序排列，收錄了詩人從 1964 年以來創作的詩歌作品；下卷為文，收錄了楊牧創作的紀實文學、影視文學、散文雜文、評論等著作，同時也收錄了相關的評論文章以及楊牧年表。關於楊牧詩歌的地位與影響，奚梅芳有著較為完整的評述，「楊牧先生，是中國當代著名詩人，也是傑出的『新邊塞詩』代

〔註11〕楊牧出版詩集有：《復活的海》（人民文學出版社，1983 年）、《野玫瑰》（四川人民出版社，1983 年）、《夕陽和我》（湖南人民出版社，1983 年）、《雄風》（上海文藝出版社，1987 年）、《邊魂》（作家出版社，1987 年）、《山杜鵑》（重慶出版社，1987 年）、《邊塞三人集》（新疆人民出版社，1993 年）等。

〔註12〕周政保：《大漠風度天山氣魄——讀〈百家詩會〉中三位新疆詩人的詩》，《文學報》，1981 年 11 月 26 日。

表詩人。『新邊塞詩』是中國『新時期西部詩歌中最具全國性影響的』，它誕生在大西北的土地上，不僅以其雄渾、豪壯、慷慨、深沉的強勁之風給中國詩壇注入了一股生命活力，也是特別讓包括我這樣的已經離開了中國西部的一切『西部人』為之驕傲的。……楊牧先生的全部詩作，幾乎都可以用『西部』兩個字來囊括。楊牧自己說：『我這一生做過許多許多事，但只做對了一件事，就是當初選擇了流浪，而且是到西北；我這一生做過許多許多錯事，最錯的一件是離開了西北，而且在我剛剛知道了詩該怎麼寫的時候，我就因為誤入了一個與詩和詩人極不協調的角色場境而再無心力寫詩了！』後者可理解為楊牧先生對 20 世紀 90 年代後身不由己和心不由己的遺憾和無奈；前者則正是他對他所從事過的新邊塞詩藝術實踐的確認和慰藉。楊牧先生是一個骨子裏流淌著生命原汁原色的詩人，他把『新邊塞詩』（或『西部詩』）推向了一個無限廣闊的精神外延，以至他寫東南深山地質生活的『山杜鵑』、寫大東海、寫古國印度的『黑咖啡紫咖啡』，都無不滲透著『西部』的強悍、神秘和癡醉；他的神話敘事長詩《塔格萊麗賽》，更是一部既有深刻象徵意義又充滿西部神秘色彩的宏篇巨製。……楊牧先生是一個『完成』了的詩人，20 世紀『80 年代大約 10 年時間，是楊牧詩歌輝煌的鼎盛時期，他以自己新時期開始以後的社會思辯詩歌和繼起的新邊塞詩、西部詩歌，與其他為數不多的詩人一道，代表了一個時代的詩歌創作高度。而以《邊魂》為核心的他詩歌的生命靈魂類型，則是他作為詩人最重要的價值呈示。大苦難、大悲辛中升起的詩歌藝術，必然體現著人類生存的精神本質。』楊牧正是有著『人類生存精神本質』的詩人，他的相當一部分作品，已經成為人類共有的精神財富。」〔註13〕在楊牧的詩歌中，倍受關注的詩歌是《我是青年》：「我愛，我想，但不嫉妒。／我哭，我笑，但不抱怨。／我羞，我愧，但不悲歎。／我怒，我恨，但不自棄。／既然這個特殊的時代／釀成了青年特殊的概念，／我就要對著藍天說：我是——青年！／／我是青年——／我的血管永遠不會被泥沙堵塞；／我是青年——／我的瞳仁永遠不會拉上霧幔。／我的禿額，正是一片初春的原野，／我的皺紋，正是一條大江的開端。／我不是醉漢，我不願在白日說夢；／我不是老婦，絮絮叨叨地歎息華年；／我不是猢猻，我不會再被敲鑼者戲耍；／我不是海龜，昏昏沉睡而益壽延年。／我是鷹——雲中有志！／我是馬——背上有鞍！／我

〔註13〕〔芬蘭〕奚梅芳：《前言》，《楊牧文集》，重慶：重慶出版社，2003 年，第 2～4 頁。

是骨——骨中有鈣！／我是汗——汗中有鹽！／祖國啊！／既然你因殘缺太多／把我們劃入了青年的梯隊，／我們就有青年和中年——雙重的肩！」在詩歌中，詩人突出一個極為引人注目的「青年形象」，同時這一形象既與理想和現實結合，又與生命的盛衰歷史相碰撞，還在祖國的大懷抱中洗滌，為我們呈現了一個極為豐富的關於青年的詩性思考。有評論者曾點評該詩在題材上的開拓，「在《我是青年》出現之前，還沒有專門描寫這一題材的詩。《我是青年》專門寫了這一題材，寫出了一個嶄新、重要的抒情典型『我』，並且寫得生動凝煉。……作者通過『我』的形象的描寫，既披露了我國中青年一代在以往的某些不幸，又展示了今天應如何對待這種不幸的正確態度。這個『我』的形象，有歷史深度，有進取精神，有時代特色，閃耀著爐火般熾熱炫目的思想光彩。」〔註14〕更為重要的是，對於詩歌《我是青年》，評論界認為該詩有著重要的文學史、思想史意義，「這些振興祖國任重道遠的抒情把全文本推向了一個高境界，致使這首詩成了反思文學代表作，究其根本意義在於：給痛失青春而徘徊在『文革』廢墟上的　代信念迷失者一針精神興奮劑。」〔註15〕總之，楊牧不僅是新邊塞詩的重要代表，更是四川詩歌經驗中，個體情緒的現代化表達中不可或缺的重要組成部分。

詩人王志傑，建國前任《新自貢報》文藝編輯，一九五十年他因「星星詩禍」被打成右派。當時自貢市文聯的問題，實際上就是由王志傑的《給沉浸在會議裏的人們》這一首詩引發的。「王志傑的這首詩，是受馬雅可夫斯基的《開會迷》一詩影響而寫的，又與當時的現實生活，有比較切近的聯繫。……他是懷著對那種『老是『扯一扯，扯一扯』結果什麼也未『扯』出，白白『扯』去許多青春歲月』的『無準備、無內容的會議』之極度不滿，才寫了這首詩。」此後王志傑又到峨眉上拜訪過石天河，由於反右鬥爭的高壓態勢，8 月 17 日的《四川日報》，以《與石天河張宇高等狼狽為奸 王志傑是右派在新自貢報的坐探》予以了報導，文章首先提到，「據新自貢報消息，新自貢報編輯部、自貢廣播站全體工作人員，在 7 月下旬連續舉行會議，揭發和批判新自貢報文藝編輯、共青團內的右派分子王志傑（筆名止戈）的反動言行。」然後列舉了王志傑的系列「反動言行」〔註16〕最終，徹底完成了對王志傑的全面批

〔註14〕雷業洪點評：《我是青年》，《詩探索》，1981 年，第 2 期。

〔註15〕駱寒超：《楊牧論》，《東吳學術》，2013 年，第 2 期。

〔註16〕《與石天河張宇高等狼狽為奸 王志傑是右派在新自貢報的坐探》，《四川日報》，1957 年 8 月 17 日。

判。1979 年平反後，王志傑到《星星》詩刊任編輯，出版了《荒原的風》（四川文藝出版社，1985 年）、《深秋的石榴花》（四川大學出版社，1990 年）兩本詩集。石天河說，「現在集中所收錄詩作表明，正是艱難歲月幫助他形成了自己的詩風：一種曠放如風、勁健如柏、色如野花、聲如靈雀的詩風。」〔註 17〕關於他自己的詩，他在《荒原的風》的後記中寫到：「我漸漸相信起人有不死的靈魂來——那就是詩。因為詩，我才沒有絕望、墮落，在那種極易絕望、墮落的時候；我才抹去了我的環境、勞動上的那重恥辱的色調，才從大自然感受了力與美，把勞動視作了對生活，對祖國的一種義務、奉獻；才有了人的尊嚴。」〔註 18〕如詩歌《荒野的風》，「我歌唱在季節的前頭，變動的前頭／歌唱在宇宙／睜著和閉著藍眼睛的時候／我的歌比恐龍更古老／比嬰兒更年幼／比海盜更強悍／比少女更溫柔……／／我是網和鎖的叛逆／我是沉默和僵滯的對頭／我是鋪天蓋地而來的透明的旗幟／我是吹得千年冰山戰慄崩塌的號手」，讓我們看到了王志傑詩歌中的「力」，一種與歷史，與命運，與自然抗爭的高亢的聲音，使得他的詩歌蘊藏著勃勃生機。2000 年，中國社會出版社了出版了王志傑的《高原》，其中收錄了他三首長詩《高原》《黃河交響曲》《塑神者 觀音與手》，讓我們看到了在長詩創作上的獨特探索，以及他對生命的整體反思。

《星星》詩刊副主編張新泉〔註 19〕，其詩集《鳥落民間》獲得「首屆魯迅文學獎」，在當代新詩史上有著重要的地位。張新泉初中肄業，後當工人 20 年，1979 年後歷任宜賓地區文工團創作員，《金沙》文學編輯，四川文藝出版社編輯、編輯室主任，《星星》詩刊副主編、常務副主編，編審。干海兵在《智性與機趣——淺論張新泉詩歌的審美取向》一文中，將張新泉的創作劃分為三個階段。第一階段是純淨，唯美的才情寫作，如詩集《野水》《微語詩情 73》；第二階段是探索性寫作。第三階段是智趣性寫作，主要出現在 90 年

〔註 17〕 石天河：《劫後荒原囀百靈——讀王志傑詩集〈荒原的風〉雜話》，《當代文壇》，1986 年，第 1 期。

〔註 18〕 王志傑：《後記》，《荒原的風》，成都：四川文藝出版社，1986 年，第 90 頁。

〔註 19〕 出版詩集有：《男中音和少女的吉他》（四川文藝出版社，1985 年）、《野水》（中國文聯出版公司，1989 年）、《微語·情詩 73》（四川文藝出版社，1990 年）、《95 首抒情詩和 7 張油畫》、（華嶽文藝出版社，1990 年）、《人生在世》（花城出版社，1992 年）、《情歌為你而唱——張新泉抒情詩精選》（北方文藝出版社，1993 年）、《宿命與微笑》（成都出版社，1994 年）、《鳥落民間》（成都出版社，1995 年）、《張新泉詩選》（四川文藝出版社，2002 年）。

代中後期。選材上注重個人情感和世俗現實的切合以及實效,思想內容上注重關注民間生活。《鳥落民間》《人生在世》是這一時期的重要作品,這一時期也是他現實主義作品的集中階段。〔註20〕選材上注重個人情感和世俗現實的切合以及實效,思想內容上注重關注民間生活。《鳥落民間》《人生在世》是這一時期的重要作品,這一時期是他現實主義作品的集中階段。〔註21〕張新泉的才情寫作、探索性寫作以及智趣性寫作,都充滿了生活氣息,都有著鮮明的現實主義色彩。正如他在詩集《野水》的《題照(代序)》中所寫,「生命的纖道上 / 有太多的坎坷 / 我才咬著一支號子 / 抗拒窒息和沉沒 / / 一切優美甜柔的 / 都不在這裡 / 你看這額頭這瞳仁上 / 盡是風濤、雷雨」。楊遠宏評論說,「任何文本批評家都將無法擺脫張新泉詩歌人格力量的震撼。對張新泉詩歌的文本清理與闡釋,其結果是直接導致這種清理與闡釋的瓦解。我並不是說張新泉的詩歌沒有文本意義,而是強調在那種文本的清理與瓦解後,我們無可迴避地首先遭逢的是令人震攝、眩目的人格、精神形象。而這,幾乎是埋辨、界定張新泉詩歌可靠的批評向度,在詩意詩境內在啟示的尺度上,甚至幾乎是張新泉詩歌的全部價值和含義。」〔註22〕詩集《鳥落民間》,可以說代表了張新泉詩歌創作的最重要的標示,「張新泉近幾年的詩,在藝術風格上有一個很大的變化,從《宿命與微笑》《鳥落民間》兩個集子裏的詩來看,都是些抒寫日常生活情趣的新現實主義詩歌。這些詩,有幾個很明顯的特點:一、它根本沒有涉及任何社會政治事件與有重大『史詩』意義的題材,只是從日常生活中極平凡的事境中去吸取靈感。這是它與過去那種『革命現實主義』詩歌的不同之處。二、它用通俗口語或淺近的文學語言表達,有適應於社會大眾接受的可讀性;但它又與那種標舉『反崇高、反意象』的『後現代主義』的口語詩不同。它不是那種玩世調侃自由嬉戲的詩風它在密近生活真實的親切抒敘中,仍然是以平常心去對待一切;在追求詩中情趣的新穎別致幽默雋永時,往往在詩的深層隱蓄著人生的感歎。而且,對傳統的意象、情境等藝術表現手法與藝術結構技巧的運用,還有許多新的開拓。」〔註23〕

〔註20〕干海兵:《智性與機趣——淺論張新泉詩歌的審美取向》,《當代文壇》,2008年,第2期。

〔註21〕干海兵:《智性與機趣——淺論張新泉詩歌的審美取向》,《當代文壇》,2008年,第2期。

〔註22〕楊遠宏:《張新泉詩歌創作論》,《當代文壇》,1991年,第3期。

〔註23〕石天河:《張新泉近作與新現實主義詩歌》,《當代文壇》,1997年,第1期。

2018 年，張新泉出版了兩本詩集《張新泉的詩》和《事到如今》，集中展示了他近期的詩歌創作與思考，這是當代四川詩歌的重要收穫。其中，《張新泉的詩》是他近十年的詩歌集結，分上下兩輯收錄詩歌一百多首。《事到如今》是近八旬的詩人新作集，收入「中國好詩第 4 季」。這本詩集分為「歲月搖滾」「暮色斑斕」「域外書」3 輯，收入作品 130 餘首。與當下詩歌追求繁複意象和複雜情緒表達的追求相比，張新泉的詩中所寫的都是極其日常和具體的情景，但達到了比現實還現實，比真實還真實的藝術效果，在簡單直接的藝術表達之中，具有直達生命本身，重新開啟生命的震撼力量。吉狄馬加評論說，「張新泉在中國當代詩歌史上，尤其是四川詩歌史上，是一個非常獨特的現象。因為他是一個真正從底層、從民間走出來的詩人，生活經歷了很多坎坷波折，尤其是在當時的社會環境條件下，但由此可以看出，他對詩的熱愛是與生俱來的。」〔註 24〕張新泉的寫實主義姿態，是四川詩歌發展的一筆重要的財富。

在這一時期的「星星」中，其他重要詩人有：藍疆，原名藍萬倫，五十年代就在《星星》詩刊工作。1960 年《星星》停刊後，任職於《四川文學》編輯部詩歌組編輯、詩歌組副組長。80 年代又回到《星星》詩刊，任編輯部主任、編委，副編審。著有詩集《煙花三月》（四川大學出版社，1990 年）、《逆旅》（長江文藝出版社，1993 年）等。楊山曾評論到，「藍疆，是一個真正的詩人，他的一顆拳拳的赤子之心，若星。」〔註 25〕此外，魏志遠和鄢家發也都寫出了一批較為優秀的詩歌作品。魏志遠，筆名維熹，著有詩集《雪野》（上海文藝出版社，1987 年）、《感動過我們的怎能忘懷》（四川文藝出版社，1992 年）、《喜馬拉雅山古海》（長安詩家編委會，1985 年）。鄢家發，歷任《石油報》《星星》詩刊編輯。著有詩集、散文隨筆集《蝴蝶帆》（四川文藝出版社，1985 年）、《寂地》（四川大學出版社，1990 年）、《古原上的太陽》（1985 年）、《邊地雪笛》（四川民族出版社，1992 年）、《永恆的漂泊》（成都出版社，1995 年）、《回望與歌謠》（中國三峽出版社，1997 年）、《散落的燭光》（大眾文藝出版社，1999 年）、《雪蝴蝶》（四川美術出版社，2006 年）等，值得進一步研究。

〔註 24〕 吉狄馬加推薦語，見《張新泉的詩》，四川文藝出版社，2018 年。
〔註 25〕 楊山：《一個美麗的亮點——讀藍疆新時期的詩》，《當代文壇》，1988 年，第 6 期。

第二節　歸來者及新詩潮

一、歸來者

　　80 年代是一個特殊的時期。艾青出版詩集《歸來者的歌》，此時流沙河寫了《歸來》，另外一位四川詩人梁南也寫下了《歸來的時刻》。「歸來」成為這一時代的共同傾向，「歸來」也成為這一時代詩歌的共同主題。他們早在五六十年代甚至更早就已經寫出了重要的詩篇，到了八十年代，他們依然有著強烈的詩性，呈現出勃勃生命力，顯示出旺盛的創造力，成為新時期之初中國詩壇的「歸來者」。此時，他們既有回首文革期間的生活，展現在強權之下的個人的悲慘處境和惶惑的情緒感受，見證了一個時代。同時他們又有著載道的社會責任感以及強烈的憂患意識、將家國天下的關懷看成自己的命運，並將人民苦難內化為自己的最內在的情緒感受。這些四川老詩人，不僅有強烈的批判精神，也有對社會的深刻反思，一同構成了歸來者的強音。同時他們的詩歌依然有著強烈的主體意識，與鮮明的現代詩藝，一同築建起了 80 年代詩歌的新的藝術特質。在 80 年代，以流沙河、孫靜軒、木斧、土爾碑、沈重、戴安常、唐人同、張揚、梁上泉、楊山、沙鷗、周綱、李加建等為代表的詩人們，可以說形成了一個有著時代和地域特色的「歸來者」。

　　作為五十年代就已經寫出了散文詩篇《草木篇》的詩人流沙河〔註26〕，八十年代初依然保持著旺盛的生命力，呈現出靈敏的現代情緒感受力，成為新時期之初「歸來的一代」的代表詩人。「『我回來了，我回來了，／我活著從遠方回來了！』（《歸來》）滿身傷痕的流沙河從流放中『歸來』了。這位目睹了物質和精神廢墟的真實，從苦難的血海中跋涉而來的西南詩人，歸來後第一聲最動人的歌唱，就是從煉獄裏飛出的字字血、聲聲淚的心靈悲歌：《故園六詠》《情詩六首》《夢西安》《七夕結婚》《故鄉》《喚兒起床》等等。這些在當時文

〔註26〕在五十年代，流沙河就出版詩集有：《農村夜曲》（重慶人民出版社，1956 年）和《告別火星》（作家出版社，1957 年）。復出後的詩文集有：《流沙河詩集》（上海文藝出版社，1982 年）、《遊蹤》（黑龍江人民出版社，1983 年）、《故園別》（四川人民出版社，1983 年）、《獨唱》（花城出版社，1989 年），以及詩論《臺灣詩人十二家》（重慶出版社，1983 年）、《寫詩十二課》（四川文藝出版社，1985 年）、《隔海說詩》（三聯書店，1985 年）《十二象》（三聯書店，1987 年）、《鋸齒齧痕錄》（三聯書店，1988 年）、《流沙河隨筆》（四川文藝出版社，1995 年）、《流沙河詩話》（四川文藝出版社，1995 年）、《流沙河詩話》（新星出版社，2012 年）等，同時還出版了莊子、詩經、文字等方面研究的著作。

壇盛行的『傷痕文學』裏別具感人肺腑的藝術魅力的詩篇，既是詩人飽經風霜的人生體驗的凝聚，也是災難歲月裏下層普通人生活際遇的折光。詩行間滲透的酸甜苦辣情感，既保留了那一特定時代風刀霜劍、淒風苦雨的苦難記憶，也有心心相印、相濡以沫的堅貞愛情和家庭的溫暖慰藉，同時還表現出一種雖身處逆境卻仍踏實、堅忍、曠達的生活態度。」〔註27〕他的《故園六詠》，以謠曲形式，調侃、戲謔的筆法，回首文革期間「右派」生活，展現在強權之下的酸楚淒切、催人淚下的夫妻、父子等貼身的個人情緒感受，勾劃出一代人在受到迫害之下淒苦的處境和惶惑的心態。如《哄小兒》，「爸爸變了棚中牛，／今日又變家中馬。／笑跪床上四蹄爬，／乖乖兒，快來騎馬馬！／／爸爸馱你打游擊，／你說好耍不好耍，／小小屋中有自由，／門一關，就是家天下。／／莫要跑到門外去，／去到門外有人罵。／只怪爸爸連累你，／乖乖兒！快用鞭子打！」我們不僅感受了詩歌中的特殊時代生命的辛酸，同時我們也看到詩歌中所飽含的獨特的幽默風格。「在流沙河早期詩作中，幾乎找不見幽默感的蹤跡。可見，幽默感的出現是與詩人的經歷不斷豐富、詩人的思想漸趨成熟相伴隨的。詩人經歷了二十多年的磨難，對生活的認識不斷加深，再也不像以前那樣盲目虔誠。他站到了生活的更高層次俯瞰社會人生，能夠對大千世界中的複雜現象作深刻的剖析。因而，他能高屋建領地把握生活現象，以笑來迎擊生活的沉重。這是對生活高度理解的表現和對生活的純熟駕馭。它說明詩人的思想和藝術個性已趨成熟而定型。同時，它與詩人的個性氣質也是緊密聯繫的。」〔註28〕然而，可惜的是，此時的流沙河在新詩的道路上並沒有進一步探討，而是將他的詩歌創作精力貢獻給了傳統文化研究，在古代文字、古代文學等方面的研究上貢獻出了一批較為重要的學術成果。

回族詩人木斧〔註29〕，原名楊莆，曾用穆新文、牧羊、羊辛、心譜、路露、

〔註27〕 肖偉勝：《生活化的人生與悲劇化的人生——流沙河與昌耀詩歌區域化精神之比較》，2003 年，第 4 期。

〔註28〕 葉潮：《口語化與幽默感：流沙河詩歌藝術探微》，《當代文壇》，1985 年，第 6 期。

〔註29〕 出版有詩集《醉心的微笑》（四川人民出版社，1983 年）、《美的旋律》（江蘇人民出版社，1984 年）、《綴滿鮮花的詩篇》（海峽文藝出版社，1987 年）、《鄉思鄉情鄉戀》（四川民族出版社，1991 年）、《我用那潺潺的筆》（四川民族出版社，1994 年）、《燃燒的胸襟》（玉壘詩社，1989 年）、《木斧詩選》（寧夏人民出版社，1992 年）、《車到低谷》（中國三峽出版社，2003 年）、《瞳仁與光線》（四川美術出版社，2000 年）、《書信集》（銀河出版社，1999 年）、《一百五十個詩人的畫像》（香港新天地出版社，2010 年）等。

洋漾、楊楠父等，四川成都人。民國時期曾主編《指向》，為七月派詩人。他寫
的《講故事》就非常特別，「有這樣一個故事：／／有一個國家不准人說話／一
個人問他為什麼不能講／自己的腦袋已經掉在地上……／／這個故事沒有講
完，／因為講故事人的被抓去殺頭去了……」，極為辛辣，體現出強烈的批判色
彩。建國後任《綿陽報》組版組長，四川文藝出版社副總編輯，編審。在新時
期，木斧的詩歌創作是非常多的。他說，「從 1979 年期，我正式恢復創作，發
表詩作，到現在為止，已發表詩作五百餘首。第三輯、第四輯、第五輯即是這
個時期的部分作品。」〔註 30〕已有李臨雅、余啟瑜編輯的《論木斧》《再論木斧》
等相關係列研究著作〔註 31〕。與早期的尖銳詩風相比，此時木斧的詩更加內斂，
更注重探索個體生命的價值和意義。如詩歌《春蛾》，「永遠充滿了旺盛的精力
／在無窮無盡的歲月中／吐著無窮無盡的絲／後來，無憂無慮地睡了／／你老
了嗎？不！／不過是休息了一會兒／一朝衝出網繭／看，一隻會飛的蠶！」對
於木斧的創作，學者評論說，「以百倍的熱情和信心，以更深厚的生命積累和文
化積澱以更堅強的意志和堅韌的毅力，以對詩化生命、藝術生命更深沉更自覺
的認識和體理，和在新的時代歷史條件下煥發出的蓬勃詩才，寫下了大量對自
己親身體驗和親自經歷的『歷史彎曲』的詩化思考的詩篇。」〔註 32〕木斧是四
川歸來者詩人的重要的一位，也在少數民族詩歌中佔有重要的一席之地。

　　富順詩人李加建，1953 年畢業於空軍第七航空學校，在「草木篇批判」
中受到了一定的衝擊，但到了新時期，依舊閃耀出詩藝的光芒。詩集有《人和
大地》（重慶出版社，1983 年）、《我在每一個早晨誕生》（人民文學出版社，
1984 年）、《東方詩篇》《李加建詩選》（作家出版社，2007 年）。在《人和大地》
中提到，「李加建同志五十年代初開始寫詩。中斷發表作品二十多年後復出，
生活愈加豐富，詩風愈見成熟。」〔註 33〕曹紀祖曾評論說，「李加建是有著豐
富人生閱歷和責任擔當的詩人，其人生經歷是新中國一代知識分子的典型經
歷。他遭遇過建國以來的歷次政治運動，見證了改革開放及之後複雜紛繁的社
會多兀。李加建用他的詩，反映社會的進步，實現一個詩人的責任擔當，完成

〔註 30〕　木斧：《後記》，《木斧詩選》，銀川：寧夏人民出版社，1986 年，第 220 頁。
〔註 31〕　李臨雅、余啟瑜主編，《論木斧》，成都：四川美術出版社，2013 年。李臨雅、
　　　　　余啟瑜主編，《再論木斧》，成都：四川文藝出版社，2017 年。
〔註 32〕　羅慶春：《「會飛的蠶」：衝出歷史網繭的詩歌精靈——木斧論》，《西南民族大
　　　　　學學報》，1999 年，第 5 期。
〔註 33〕　《內容簡介》，《人和大地》，重慶：重慶出版社，1983 年。

良知的重塑。其詩歌的精神力量的沉重與堅強，是非同尋常的。他的真、善、美的詩觀，始終如一地體現在他的創作中。日前，這位年近 80 歲高齡的詩人出版了詩集《李加建詩》，收錄了李加建 1958 年至 2015 年的優秀作品。這部彙集了他畢生大部分心血的作品，讀來令人感慨烯噓。」〔註34〕其中，《秦始皇兵馬俑》和《葛洲壩抒懷》可以說是他的重要詩歌作品。如《秦始皇兵馬俑》：「掘開泥土，露出兩千年前的威武雄壯的軍陣／旌旗蔽日，馬嘶人吼，響遏了幽谷的行雲／人們在讚美，說這是世界的奇蹟民族的驕傲／而我，卻低頭掩淚抑制不住悲憤的歌聲／／西風原上，夕陽荒草嘲弄盡霸圖的虛妄／人間的革命，卻難以滌蕩封建的幽靈／也許，聽著朝朝代代都有『萬壽無疆』的呼號／才使你們決心守候，至今精神抖擻，栩栩如生」。在這裡，面對著歷史和未來，詩人李加建永遠所守望著的民族的精神，是具有啟蒙價值的現代精神。在詩歌中，他始終保持著清醒的頭腦，用高亢的聲音奏響現代價值的強音，用澎湃的激情呼喊現代的人生。而在《葛洲壩抒懷》中，詩人更寫到，「／呵，來吧！大江／你且浩浩蕩蕩向我流來／帶著你的冰凌和花瓣／帶來江面上／晚霞的血與暮靄的悲哀／帶來白帆的沉思和水鳥對月光的愛戀／帶來茅屋的松明與廠房倒映的燈光／輪機的轟隆與橈櫓的咿呀／我接受來自幽谷杜鵑花下的泉水／也接受那工業廢液，那與泥沙一起／緩緩移動的、遇難者的沉船與入侵者的槍炮／把你全部蘊含的悲哀，傾瀉給我／把你全部鬱結的憤怒，灌注給我／把你全部萌發的憧憬，交託給我／我接受你全部的希望與失望、美與醜惡／然後，向你的江心／擲進一個金光閃閃的信念／讓你透明、使你分解／要黑暗沉澱、光明昇華／一條粗壯的分界線，就是我腳下／這座巍峨的大壩」。此時，詩人又給我們釋放出一種充盈於天地之間的生命浩然之氣。在當代四川詩歌中，李加建式的「豪放」，無疑具有著強悍的巴蜀色彩，將給中國當代詩歌提供更博大的胸懷。

鹽亭女詩人王爾碑，原名王婉容，是四川八十年「歸來者」代表之一。在這個以數量多取勝，追求大製作、需要宏大氣魄和縱深歷史感的時代，王爾碑卻長期固守短、小作品的創作，直至現在還樂此不疲，並最終以短、小、少的作品在文壇上獨樹一幟。民國時期她在成都《光明晚報》副刊「詩焦點」上發表作品時，編輯劉煉虹就從她的作品中看到了「中國之薩福」。新時期以來她被譽為「前有謝冰心，後有王爾碑」的「四川冰心」，成為堪與冰心並置

〔註34〕 曹紀祖：《四川自貢籍詩人創作特色評述》，《當代文壇》，2017 年，第 2 期。

的重要作家。說王爾碑是「中國薩福」、「四川冰心」，正在於她創作的重要價值。1983 年，重慶出版社出版了她的第一本詩集，命名為《美的呼喚》。這是一本收集她早期創作的詩集，就明確地展示出她對於「美」的投入，「美的呼喚」成為她的創作起點。2008 年王爾碑的《瞬間》作為海夢主編的「當代散文詩作家文庫」的一種，由作家出版社出版，集中展示了王爾碑的散文詩創作。此時，她在《瞬間‧後記（一）》中說，「散文詩——我心中的東方美神、小小的白玉觀音」。通過這部具有總結性的集子，我們看到「美」，她所說的「東方美神」，已成為了她創作的歸宿。可見，從「美的呼喚」到「東方美神」，「美」是王爾碑創作中的一個重要價值中軸。王爾碑的大部分作品，不但在形式上與薩福、冰心有著相似之處，而且在主題也有著一致。對於「美的呼喚」是她作品的基調，她的作品就展示出濃鬱的嚮往美、追求美、表現美、沉迷美、執著美、創造美的精神。可以說，她作品中的世界，就是一個呼喚美，並創造出了美的世界。比如《綠葉》中：「我的花兒多麼美麗！」不但作者直接表達著對於世界的讚美，而且世界自己也在讚美著世界之美。特別是她的作品展示了創造美的精神，並以此作為創作者使命。如她《致樂山大佛‧四》中的對話，「『可敬的老人，你寂寞嗎？』／『寂寞？』他似乎不懂這個詞兒。他燦然一笑：『為創造美而生，為創造美而死，我是幸福的。』」作者不僅在欣賞和享受世界所給予的美，她更看重個人對於美的創造。只有創造了美，才能真正感悟到世界之美。當然，也只有這樣一種創造美的責任感和使命感，才顯示了創作的重要價值。她在《散文詩的獨白》中說，「我以小溪流的語言，對春天述說我的愛，對一切美和力述說我的信仰。」所以，語言—世界—美—信仰—創造美，在她的世界中是多維一體的。詩歌、語言、美、創造美，在她的作品中，其內在價值本質是一致的。而王爾碑所呼喚的美，以及她創造的美，具有她自己期待的「東方美神」特徵。她作品中所具有的「東方智慧」，特別時時體現出「禪機」，甚至直接在詩歌中表現「禪思」。如《山寺》，「陳妙常換上迷你裙下山去了／敬香者的熱淚打濕了蒲團／彌勒佛一笑置之」。詩中涉及到三個人物，三個故事，三個世界。作者運用了「減法」、「留白」，此三者之間看似沒有必然聯繫，但細察之，其內在又似乎左右牽連為一個整體，一起孕育出一種完整的天地生命、朗現出人類的生存狀態。整首詩歌中充滿了禪意、頓悟，既簡潔、平淡，卻又空靈、明淨。《墓碑》，「葬你／於心之一隅／我就是你的墓碑了」，如同傳統的絕句、偈子一樣，手

法簡練而又張力十足、韻味無窮。同時她的「東方美神」世界，也具有傳統美學「溫柔敦厚式」的柔化、純化的世界。儘管她的作品不缺少「金剛怒目式」的作品，但是她更為看重是優美的詩意世界。即使是寫生命短暫，「人生五分鐘／一分鐘看月亮／三分鐘看霧／最後一分鐘，夕陽來了」（《觀我》），並無哀號之悲音；寫破碎的世界，「珍貴的鏡子被打碎了／別傷心／有多少碎片／就有多少誠實的眼睛」（《鏡子》），也無撕裂之痛感。所以她作品中的「美」，立足於堅實的「東方智慧」這一基座之上，表現出特有的東方美學特徵。王爾碑就曾說自己受到孔孚的影響，「平常心，家常話，而又深不可測，方位至境。」在頓悟、禪意之中，在柔化、純化的意境裏，她的詩歌呈現出物我兩忘、天人合一東方色彩，不斷地與傳統美學的至高點回應、交流、對話。也正是這一「東方美神」特徵，王爾碑的創作更顯卓然。王爾碑的「東方美神」追求，卻並非簡單地回到傳統文化之中，以彰顯東方美學的價值。正如她在《維納斯的獨白》中說的，「詩人的翅膀是沉重的，它載負人類的希望，艱難地飛行。」她「東方美神」的創作追求，更載負著人類的希望。一方面，王爾碑作品中的「東方美神」，撫慰著當下破碎、庸俗的生命。尼采震耳欲聾的一聲「上帝死了」，不僅擊中了西方人的神經，我們的存在也有切膚之痛。一夜之間，在現代理性時代、科技文明生存之下的我們發現，世界的神性、生命的靈動，已灰飛煙滅。人既不再受上帝保護，也不關心上帝之事。此時，人就是一個破碎的個體而已，人只是一個只關心個人肉體的庸俗存在而已。我們對於世界的本真認識，我們闊大的心靈，已轟然倒塌。她在《詩意人生——詩人王爾碑訪談錄》中說，「詩人是上帝派來的，給人間帶來光明、希望的人。詩是安慰人的，是愉悅人類心靈的。」給世界以光明和希望，為生命灌注光明和希望，正是她創作中「東方美神」追求的直接指向。另一方面，她的「東方美神」有著更深邃的價值指向。在這個工業文化、商業大潮、消費主義、娛樂至死的時代中，我們已經難以一睹「大千世界」本身之面目。更可悲的是，同質化、單一化、類型化、模式化已成為我們心靈的樣子，我們也無法擁抱本真的心靈。而在《詩意人生——詩人王爾碑訪談錄》中她就說，「我追求的是：於平淡閒話中隱現大千世界」。她從東方智慧出發，在作品中為我們展示了一個完整的大千世界。這樣一個完整的大千世界，就將呈現出一個本真的心靈空間。王爾碑在創作中常提到「神遊大地」、「思及八荒」，她也在作品中給我呈現出「神遊大地」、「思及八荒」的心靈之境。在

這樣一個完整的大千世界中神遊的心靈，彰顯出不群的自由的精神和創造的激情。而此自由之精神、創造之激情，正是她在談李耕《爝火之音》時所說的「宇宙之音」、「靈魂的最強音」，這也成為她作品的最終注腳。總之，被譽為「中國薩福」、「四川冰心」的王爾碑，她以「東方美神」之思，進駐遼闊的「大千世界」，映照出自由、創造的心靈，為當代詩歌的發展朗現出一片獨特的天地，同時也為我們的時代鑄造出重要的精神景觀。

眉山詩人周綱，筆名小維、藜情。1950 年參加解放軍，曾任《解放軍三十年》編輯，樂山《沫水》雜誌主編。早在 50 年代，就出版有詩集《山山水水》，「大部分是反映鐵道兵為建設祖國而鬥爭的抒情詩。從書中我們可以看到『只有人換班，不准山喘氣』的鐵道兵戰士們忘我的勞動，可以聽到『來年若無汽笛響，抬著火車過高山』的英雄們的誓語。」〔註35〕80 年代以來，他還出版有《大渡河情思》（四川人民出版社，1983 年）、《黃金馬蹄》（工人出版社，1989 年）、《綠帆》（解放軍文藝出版社，1992 年）等詩集。在《大渡河情思》，他從熟悉的故鄉山水中，不斷地展開對生命本質之問，探索生命的意義，使他的詩歌更加的凝重。沈重，從中國人民解放軍第二野戰軍西南服務團走出來的詩人。在西南文聯《西南文藝》《紅岩》《峨眉》《四川文藝》《四川文學》及《現代作家》等任編輯、作品組負責人，出版詩集有《晚開的黑月季》（四川文藝出版社，1985 年）、《沈重詩選》（天地出版社，1998 年）。他在詩集《晚開的黑月季》中提到，「黑月季開在青山李，開在黑色的天地上。在姹紫嫣紅的花叢間，她並不爭妍鬥麗，並不特別出眾。……是的，這只是一朵小花，一朵晚開的，帶點兒沉鬱，但卻是真摯的。黑色黑色的小花。」〔註36〕對於他的詩，孫靜軒給予了極高的評價，「他視詩為神聖，從不草率，從不隨便，從不以偽劣產品欺世，他總是專心致志、精雕細琢地寫作，哪怕是一首小詩，都要反覆推敲斟酌，盡力使其完美無瑕。可以毫不誇張地說，在當代詩人中，他恐怕是寫的最精緻最完美的一個。」〔註37〕四川詩人張揚，原名張昭，曾用曠野、荒野、馬奔、葉桑等筆名。建國後曾走遍祖國的大江南北，任四川人民出版社、四川文藝出版社編輯，著有詩集《飄不去的綠雲》（四川人民出版社，1983 年）、《美麗的錯誤》（四川民族出版社，1989 年）等。

〔註35〕《內容提要》，《山山水水》，北京：解放軍文藝出版社，1959 年。
〔註36〕《卷頭絮語》，《晚開的黑月季》，成都：四川文藝出版社，1985 年，第 1 頁。
〔註37〕孫靜軒：《晚開的黑月季》，《當代文壇》，1999 年，第 4 期。

二、新詩潮

1979 年《詩刊》第 3 期有北島的《回答》，第 4 期則是舒婷的《致橡樹》和重慶詩人傅天琳的《血和血統》，第 5 期又有重慶詩人駱耕野的《不滿》。傅天琳、駱耕野、李鋼、葉延濱、吉狄馬加等在《詩刊》上頻頻亮相，構成了一個重要的「四川新詩潮」現象。

在當代詩壇上，駱耕野出版的詩集不多，僅著有《不滿》（湖南人民出版社，1984 年）、《再生》（人民文學出版社，1989 年）2 部，但在當代詩壇卻有著巨大的影響。駱耕野，1951 年生於四川成都市，1966 年初中畢業下鄉當過合同工。1973 年考入四川溫江地區藝術學校學習舞蹈專業。1976 年分到溫江地區文工團當演員，1980 年調創作組，是中國作協四川分會會員。1971 年他在農村開始學習寫詩，1979 年開始發表作品。詩集《不滿》獲全國中青年詩人優秀作品獎，《再生》獲四川省優秀創作獎。詩集《不滿》包括《葦箭》《女孩與蒲公英》《竹葉舟》《海平線》《海光》《帆》《船夫頌》《不滿》《睡美人》《死火山》《我加入抬工的行列》《華表》《杜鵑》《竹筍的夢》《機耕大道》《自白》等詩歌。有學者曾評論說，「駱耕野的詩可分為兩類。一類是以《不滿》為代表的政治色彩較濃的抒情詩。詩人把創作激情凝結於祖國和人民的前途、命運等重大問題上，在表達上多採用第一人稱，直抒胸臆，感情真摯、熱烈，奔放，給人以磅礴、豪邁、氣勢雄渾的美感。他的另一類詩刻意追求詩的意象美，具有細膩、生動、情意融融而寓意深遠的特色。」〔註38〕在這些詩歌中，《不滿》有著重要的影響。在題記中，駱耕野引用了惠特曼《大路之歌》中的詩句，「從任何一項成功，都產生出某種東西。使更偉大的鬥爭成為必要。」《不滿》以這樣的詩句在全國詩壇激起強烈反響：「像鮮花憧憬著甘美的果實，／像煤核懷抱著燃燒的意願：／我心中孕育著一個『可怕』的思想，／對現狀我要大聲地喊叫出：／──『我不滿！』／／誰說不滿就是異端？／誰說不滿就是背叛？／……不滿：茹毛飲血的人猿／才去尋覓火種，／不滿：胼手胝足的祖先／才去摸索種田；／不滿：雄麗的趙州橋／才取代了簡陋的木橋，／不滿：『精巧』的石斧／才讓位於青銅的冶煉；／不滿：才產生了妙手回春的華佗，／不滿：造就了巧奪天工的魯班。／／啊，不滿正是對變革的希冀，／啊，不滿乃是那創造的發端。……」在詩歌中，「不滿」既是詩歌的重要主題，也

〔註38〕馬德俊、張學正、周相海：《中國當代文學作品選評（上）》，石家莊：河北人
　　　　民出版社，1984 年，第 201 頁。

成為詩歌不斷刻畫塑造的一個意象。周良沛曾評價說,「《不滿》在海外頗有影響,也有人就在『不滿』二字上做文章,認為可以從它看到人心。但它謳歌的,恰恰是人民在三種全會後不安於現狀,要求落實各項政策,大踏步向前開創新局面的『不滿』精神。在他者以後的作品裏,也可以清楚第看到這一思想脈絡。但是,詩人再也不把一切寫得那麼具體,而是盡力表達一種向前掘進的情緒。」〔註39〕有評論者進一步認為,「《不滿》是這幾年新詩創作中的碩果之一。……《不滿》是對新生活中新的矛盾的揭示和新的時弊的針砭。詩人『不滿』的是什麼呢?他不滿陳習陋俗,他不滿躊躇的政策,不滿官僚主義,不滿低下的文化水平……一句話,不滿一切落後與陳舊的事物。詩人的『不滿』非常之多,涉及到社會的各個方面。然而,這種『不滿』不是發牢騷,不是對社會主義制度的否定,而是不滿我們的現狀和現有的建設速度。他要『跨上火箭』,『掛起風帆』,『要像鮮花憧憬著甘美的果實,像煤核抱著燃燒的意願……』可見,『不滿』正是詩人對祖國美好遠景的希冀,是主人公的巨大責任感和獻身精神!它表現了『一個時代的情緒』,喊出了人民心底的呼聲,無疑具有教育人民,鼓舞人民的積極作用。在藝術上,這首詩也是獨具特色的,可以用「宏偉,真實、熱烈、新穎。幾個詞來概括它。」〔註40〕駱耕野既是作為八十年代新一代興起詩人的代表,又是在強大的政治背景下將個人的情感和情緒介入社會和政治的年輕詩人,儘管在藝術空間上的創造沒有很明顯的特色。但是,由於被認為「可怕」的「個人聲音」的強烈呼喊,以個人體驗為核心現代情緒很快就得到進一步的蔓延,並開始深刻地傳遞出時代情緒。可以說,在「不滿」之後,四川新一代的詩人尋找著自我心中的空間,在現實生活中重新追問自己內心的座標和基點,並形成了獨特的自我形象和情緒。正是沿著「不滿」的情緒與思考,80 年代的四川詩歌呈現出了一個更為廣闊的詩藝空間。此外,駱耕野的詩集《再生》也非常值得關注。詩集《再生》收錄了《不滿》《車過秦嶺》《再生》等 14 首詩,其《內容說明》評論說,「他的詩感情濃重,內涵深刻,時空感強,有機地把對歷史、現實、未來的思考與個人情感融為一爐,表現了較強的生活概括力和社會責任感;在山水、物象中寄託了對理想境界的殷切嚮往,具有較強的啟迪讀者深沉思考的力量。」〔註41〕這裡,駱耕野值得關注

〔註39〕周良沛:《後記》,《不滿》,長沙:湖南人民出版社,1984 年,第 37～38 頁。
〔註40〕馬德俊、張學正、周相海:《中國當代文學作品選評(上)》,石家莊:河北人民出版社,1984 年,第 201～202 頁。
〔註41〕《內容說明》,《再生》,北京:人民文學出版社,1989 年。

的詩歌是《車過秦嶺》和《再生》。在《車過秦嶺》中，詩人寫到，「黑色的 白色的 時間 / 蜿蜒著 蜿蜒 / 列車 / 穿行在歷史與未來之間 / / 希望和失望 / 交替地折磨著每一個旅客 / 每一次期待 / 都像死亡一樣漫長 / 每一次喜悅 / 卻似幽會一般短暫 / 在窒悶的緘默與期待中 / 心和每一聲悲壯的汽笛 / 卻吶喊著一個共同的信念 / 既然沒有一條重複的隧道 / 就絕沒有一次重複的黑暗」，詩歌前部分內容多次重複，呈現了列車分別在不同的空間和思想之間穿行之思。陳超曾評論說，「詩人用了『列車穿行在黑暗與光明之間──痛苦與歡樂之間──現實與理想之間──死滅與新生之間──邪惡與正義之間──歷史與未來之間』，這種兩極對位式的觀照，體現了人類歷史的向上精神。……列車沉雄的呼嘯，有一種歷史強悍雄健的颶風氣勢，鐵軌撞擊出的鏗鏘聲，則暗示了鬥爭的慘烈。一面戰鬥，一面反顧時代的艱辛，使此詩構成一種多層次的意蘊，這是詩人對崇高這一哲理──美學命題自覺追求和開掘的結果。……寫這類詩頗不容易，往往費力不討好，駱耕野能把握住現實和象徵的合一、宏闊和紮實的並驅，堪稱歷史忠實而盡職的歌手。」〔註42〕這部詩集的題名詩歌《再生》，分為《大限》《天朝舊夢》《聖地》《復活的海》《人間煉獄》《誕辰》六章，是「以史詩方式昭示民族魂」的自覺的詩學追求，也獲得了較多的關注。張炯說，「他完成於 1986 年的長詩《再生》，則是作者邁向『現代史詩』聖殿的又一次努力。……以創作主體的個人化體驗為底蘊，來再現『民族魂』，塑造民族的人格理想；以心理現實為表現對象，以重大歷史事件為或隱或顯的場景設置；而藝術方法則以超理性的經驗複合體與文化原型為感性象徵框架，……『在悲哀的個人心史的編寫中融入了對於民族心史的反思和再造』……『既看到了屬於個人的未能實現的悲憤，又看到了這悲憤背面的，一代人實現歷史使命的願望』。」〔註43〕除了在史詩創作的探索方面，這首詩歌有著獨特的意義之外，在形式的探索上，也是值得關注的。如《第二章 天朝舊夢》中，詩歌的每一小節將文字排成倒立的錐體圖形，形式感極強。同時這一圖形又有蘊含著刺入大地獲得新生的力量，讓我們看到了再生、重生、新生的可能。

2010 年女詩人傅天琳獲第五屆魯迅文學獎，成為重慶市第一個，四川第

〔註42〕 陳超：《中國探索詩鑒賞辭典》，石家莊：河北人民出版社，1989 年，第 330～331 頁。

〔註43〕 張炯：《新中國文學史（上）》，《張炯文存》，第五卷，長沙：湖南大學出版社，第 336 頁。

二個獲魯迅文學獎的詩人。出版有多部詩集〔註44〕，其中詩集《綠色的音符》獲中國作家協會第一屆全國新詩獎，詩集《檸檬葉子》獲得第五屆魯迅文學獎詩歌獎。關於詩歌，傅天琳說，「我是怎樣成為詩人的，我不知怎樣回答。我沒有學歷，15 歲去了一個農場，在那裡開荒種樹 19 年。19 年，決定了我的一生。漫山桃紅李白，而我一往情深地偏愛檸檬。它永遠痛苦的內心是我生命的本質，卻在秋日反射出橙色的甜蜜回光。那寧靜的充滿祈願的姿態，是我的詩。做人做詩，都從來沒有挺拔過，從來沒有折斷過。我有我自己的方式，永遠的果樹的方式。果樹在它的生活中會有數不清的閃電和狂風，它的反抗不是擲還閃電，而是絕不屈服地把一切遭遇化為自己的果實。……水的意識是自然、評議和生動；水的姿容是乾淨、端莊和神聖。在誰中建立人格和藝術，是我的渴望。」〔註45〕如《夢話》，「你睡著了你不知道／媽媽坐在身旁守候你的夢話／媽媽小時候也講夢話／但媽媽講夢話時身旁沒有媽媽／你在夢中呼喚我呼喚我／孩子你是要我和你一起到公園去／我守候你從滑梯一次次摔下／一次次摔下你一次次長高／如果有一天你夢中不再呼喚媽媽／而呼喚一個陌生的年輕的名字／那是媽媽的期待媽媽的期待／媽媽的期待是驚喜和憂傷」，整首詩風格質樸流暢，現代情緒自由而坦誠的流露，特別是最具女性特色的情感體驗和女性想像力的創造，使之有別於曾經流行的概念化反映生活的泛泛之作，顯示出自己的魅力，從而確立了她在現代詩歌中的地位。而母愛的溫柔、內心的情感體驗、自我的低吟，無不增強著那種複雜的現代情緒的質感。獲獎詩集《檸檬葉子》，顯示了詩人創造力，「天琳正是一片檸檬葉子，普通卻又特殊的檸檬的葉子，青枝綠葉，萬年常

〔註44〕詩集有：《綠色的音符》（四川人民出版社，1981 年）、《在孩子和世界之間》（重慶出版社，1983 年）、《音樂島》（人民文學出版社，1985 年）、《紅草莓》（作家出版社，1986 年）、《太陽的情人》（北方文藝出版社，1990 年）、《另外的預言》（瀋陽出版社，1992 年）、《往事不落葉——寫給流逝的歲月》（四川人民出版社，1992 年）、《浪漫詩箋》（上海少年兒童出版社，1995 年）、《結束與誕生》（春風文藝出版社，1997 年）、《檸檬葉子》（上海文藝出版社，2009 年）、《傅天琳詩選》（重慶出版社，1998 年）、《星期天山就長高了》（重慶出版社，2014 年）、《把春天交給我》（重慶出版社，2015 年）、《傅天琳詩集》（重慶出版社，2015 年）、《果園與大海》（西南師範大學出版社，2017 年）、《把春天交給我》（重慶出版社，2018 年），以及散文集《往事不落葉》《檸檬與遠方之歌》等作品集。

〔註45〕傅天琳：《自序：果樹的方式以及水的方向》，《傅天琳詩選》，重慶：重慶出版社，1998 年，第 2 頁。

青。她成長在果園，生根、開花、結果在果園。從《綠色的音符》到《檸檬葉子》是她的詩路歷程，最初的歌唱就顯得樸實、清新、靈動，富於幻想，頗有個性。最近出版的這部集子，則代表了她新世紀以來的創作成就，顯得更為成熟、更為深邃、更為開闊、更有創新意識，有別於早期的作品，明顯地向前跨躍了一步。強烈的思辨意識，以小言大，以少勝多，深沉凝重的憂患與積極樂觀的態度，當是其跨進的重要標誌。」〔註46〕傅天琳是一位立於大地上思考，忠實於自己內心感受的女詩人。作為女性，她的詩歌，呈現了最為女性、最為自然的女性詩歌的樣態。直至現在，對於女性特徵的表述，展示女性最為感性、最具現代情緒的女性體驗上，傅天琳的詩歌仍然還是很獨特的。

　　1983 年，李鋼在《詩刊》《星星詩刊》上發表了大型組詩《藍水兵》，引起了詩壇的轟動。進而，他的第一本詩集《白玫瑰》（重慶出版社，1984 年）1985 年獲第二屆全國優秀新詩（詩集）獎。此後他還出版了《無標題之夜》（上海文藝出版社，1992 年）、《李鋼詩選》（重慶出版社，1998 年）、《藍水兵》（西南師範大學出版社，2017 年）等詩集。李鋼很少談論自己的詩歌，他說，「對於發表跟詩歌有關的主張、宣言，我更是不感興趣，我覺得這實在是一些夢囈，尤其在醒著的時候說出來，怪難為情的。」〔註47〕不過，他也談到了自己的寫作的一些背景，「為了寫舊體詩，我讀了許多古代的作品，專門研究了詩詞的格律，對於平仄對仗是很瞭解的。我認為那對我後來寫新詩是非常有幫助的。一方面知道了詩詞的格律，另一方面是瞭解了中國的傳統和文化。一個用漢語寫作的人，不瞭解中國文化，那是肯定不行的。」〔註48〕李鋼在詩歌語言方面進行了大量的探索，體現了新一代人在詩歌藝術上的努力，留下了諸如《藍水兵》、《東方之月》等優秀作品。獲獎詩集《白玫瑰》包括了白玫瑰、小紙船、創世者、那一夜、南方、藍水兵等 6 個部分，其中最著名的就是組詩《藍水兵》。按照李鋼的說法，「《藍水兵》實際上是兩組，一組在《星星》發表，題目還不叫這個，另一組在《詩刊》發表。……實際上，在《藍水兵》寫出來

〔註46〕劉揚烈：《綠色·陽光·豐收的季節——讀傅天琳詩集〈檸檬葉子〉》，《廊坊師範學院學報》，2011 年第 3 期。

〔註47〕李鋼：《隨便談談》，《無標題之夜》，上海：上海文藝出版社，1992 年，第 3～4 頁。

〔註48〕蔣登科、李鋼：《李鋼：詩是靈魂的寫照》，《星星》（下半月），2012 年，第 10 期。

之前，《白玫瑰》這部詩集已經通過了重慶出版社的選題，版都排好了，只等出版了。但楊本泉知道《藍水兵》之後，臨時決定在詩集裏增加一輯，所以，《藍水兵》是最後加進去的，兩組詩至此合為一大組，不過詩集的名字已經不能改了。」〔註49〕因此，組詩《藍水兵》就包括《十月送我來到海岸》《在水中》《老兵箴言錄》《水兵日記》《中午》《夜航》《颱風》《海上發出的信》《假日到艦橋去》《艦長的傳說》《靠岸》《藍水兵》等 12 首詩歌。但在《李鋼詩選》中，則增加了《這裡是海》《母親海》，以及《瑪瑙灣的水手（組詩）》（包括《起航》《瑪瑙灣的水手》《海邊》《那太陽》）等 6 首詩歌；在《藍水兵》中，也增加了《這裡是海》《母親海》2 首詩，而刪除了《瑪瑙灣的水手（組詩）》。其中的《藍水兵》是李鋼的代表作，「藍水兵／你的嗓音純得發藍，你的吶喊／帶有好多小鋸齒／你要把什麼鋸下來帶走／你深深的呼吸／吸進那麼多透明的空氣／莫非要去沖淡藍藍的鹹鹹的海風／／藍水兵／從海灘上躍起身來／隨便撕一張日曆揣在褲兜裏／舉起太平斧砍斷你的目光／你漂到海藍和天藍中去／揮動你的雙鰭鼓一排巨浪／把岸推向遠處去／藍水兵／你這兩栖的藍水兵／／藍水兵／暢泳在你的藍軍服裏／隱身在海面的藍霧裏／南海用粵語為你淺淺地唱著／羊城在遠方咩咩地叫著／海嘯的呼哨挺粗獷／太陽那傢伙的手鬍子怪刺癢／在一派浩浩蕩蕩的藍色中／反正你藍得很獨特／藍水兵／你是藍鯨」。對於《藍水兵》這組詩，袁忠岳說，「我們讀到的，再不是騷人墨客帶著孤寂破碎的心，行吟『澤』邊，望洋興歎所寫出來的憂鬱的海、不安的海、迷茫的海；而是出沒波濤中的海之精靈所生活的充滿生氣與奮進力的世界。」〔註50〕我們看到，正是由於李鋼筆下別具一格的軍旅題材，給當代詩歌帶來了別樣的詩意世界。李鋼也認為，「前些日子，王久辛來重慶參加詩歌朗誦會，我們一起吃火鍋之後，你回北碚了，我和他又一起聊天到半夜，之後他一大早就乘飛機離開了。他說，即使今天把《藍水兵》翻譯到美國，一個字都不改，美國人也能接受。我想這也許是對的，因為我們有我們的愛國主義，美國也有他們的愛國主義。優秀的詩是可以超越文化、超越歷史，超越國界的。」〔註51〕由此我們看到，李鋼的詩歌雖然選擇了一個非常獨特的對象，但在他的

〔註49〕蔣登科、李鋼：《李鋼：詩是靈魂的寫照》，《星星》（下半月），2012 年，第 10 期。
〔註50〕袁忠岳：《從大地之子到大海之子——評李鋼的詩之路》，《當代文壇》，1987 年，第 3 期。
〔註51〕蔣登科、李鋼：《李鋼：詩是靈魂的寫照》，《星星》（下半月），2012 年，第 10 期。

詩歌中，他既看重人的本性，也看重人的社會性。進而，他更主張在現實的生活體驗中深入人的生命體驗，從而實現對生命與藝術的內在的把握，這不僅豐富了當代軍旅詩歌創作，也是四川詩人努力讓現代詩更多地復歸其藝術本質的一種努力。

第三節　第三代詩

在中國的新時期詩壇上，「新詩潮」的爭論尚未停止，又迅速崛起了「現代主義詩群」，這些被稱為「第三代」的詩人以更加激進甚至驚世駭俗的方式大力推動新詩的「革命」。如果說，北京是中國「新詩潮」最主要的大本營，那麼四川則可以說是「第三代」的詩歌最重要的策源地。〔註52〕

1982年鐘鳴油印編選《次森林》，是第一本南方詩歌地下雜誌。在1982年10月，重慶的西南師範大學有過一次藝術家的聚會，參加這次聚會的許多人物後來都成了「第三代」的詩人，如萬夏、廖希、胡冬、趙野、唐亞平等，並且就是這次聚會誕生了《第三代詩人宣言》。1983年成都詩人北望（何繼民）、趙野、唐亞平等創辦自印詩歌刊物《第三代人》，刊名「第三代人」成為新一代詩人的代名詞。四川作為「第三代詩歌」的中心，與「四川省青年詩人協會」的成立有著緊密關聯。在1984年「四川省青年詩人協會」在四川省智力開發工作者協會之下成立。駱耕野由於《不滿》的呼喊在全國詩壇激起強烈反響，成為成都青年詩歌界的首領，被推選為會長。歐陽江河和黎正光為副會長，周倫佑為秘書長，萬夏、楊黎、趙野、鐘鳴、石光華等為副秘書長。這裡不僅聚集了成都乃至四川範圍內的重要青年詩人，而且使青年詩人從地下浮出了水面。進而，四川詩界還以民刊的方式，推動詩歌的進一步發展。1985年萬夏等編印的《現代詩內部交流資料》，正式提出了「三代詩人」這一概念，並認為，「《第三代詩人詩會》的青年詩人，則展現了更為廣闊的前景。他們以自己獨特的追求，使中國現代詩歌的結構更加複雜、更充滿自我揚棄的精神。」〔註53〕同年，中國當代實驗詩歌研究室編輯的《中國當代實驗詩歌》提出，「只有通過實驗，詩人才能重組精神世界，在民族精

〔註52〕 李怡、王學東：《新的情緒、新的空間與新的道路——改革開放三十年的四川詩歌》，《當代文壇》，2008年第5期。

〔註53〕 《編後》，《現代詩內部交流資料》，萬夏主編，《現代詩內部交流資料》編輯部，1985年。

神進化的歷程中獲得內在的積極性和崇高的批判精神，找到自己獨特的把握世界的方式。」〔註54〕之後署名四川省青年詩人協會現代文學信息室的《非非》《非非評論》，宋渠、宋煒、石光華等的《漢詩：二十世紀編年史》等，以及四川省青年詩人協會邛崍分會的《第三代人》《晨》等民間詩刊，都是「四川省青年詩人協會」影響之下的產物。這些詩歌創作，其主題正如《漢詩》所言，「中國現代詩歌最深刻的貢獻在於它自主地顯示了一種生命意識。」〔註55〕「大學生詩派」、「整體主義」、莽漢主義、非非主義既是第三代詩歌中產生了重要作品的流派，也是最具有巴蜀色彩的詩歌流派。《詩歌報》和《深圳青年報》在1986年隆重推出的「現代主義詩群體大展」，讓生長在地下的民間刊物一下站在了歷史的前臺。1987年出版的《巴蜀現代詩群》，可以說先鋒詩歌凸顯巴蜀特色一次重要實踐。

　　「第三代詩人」在「pass北島、打到舒婷、讓謝冕先生睡覺」等口號下，走上詩壇，也有稱之為「後新詩潮」、「朦朧後詩」、「實驗詩」、「先鋒詩」。他們在總體上以探索為特色，雖然見解不同、派系不同、旗號林立、宣言各異，但是他們展示了自己的創作和理論，為現代新詩注入了更多的生命意識以及現代情緒。也正是由於他們的偏激和反叛，成為了一片「混亂的美麗」。四川詩人的群像構成了其中最具有衝擊性的方陣。四川是所謂第三代詩歌的「四大方陣之一」（四川、南京、上海、北京），以其強健的現代生命力和咄咄的先鋒色彩，成為當時詩人心中的「聖地」，全面昭示著現代情緒的變奏多彩之調。其中莽漢主義、整體主義、大學生詩派、非非主義、新傳統主義以獨有的個性屹立在整個第三代詩歌群體之中。

一、大學生詩派

　　正如徐敬亞所說：「蔓延全國的『大學生詩派』和四川的『整體主義』」。〔註56〕成為了「第三代詩」或者稱為「後朦朧詩」，最為顯著的濫觴和標誌。1982年甘肅的《飛天》雜誌設置了「大學生詩苑」的專欄，集中刊發了全國各地的大學校園詩人的詩作。就在83、84年間，這些大學生詩人群落還只是一個相對鬆散的團體，於是才有了徐敬亞所說的「派系的願望開始形成」。

〔註54〕　《跋》，《中國當代實驗詩歌》，中國當代實驗詩歌研究室編，1985年，第79頁。
〔註55〕　《漢詩自序》，《漢詩·二十世紀編年史·一九八六》，中國狀態文學研究機構，1986年。
〔註56〕　徐敬亞：《崛起的詩群》，上海：同濟大學出版社，1989年，第131頁。

1986 年，由重慶大學尚仲敏和重慶師範學院燕曉冬主編的《大學生詩報》，「大學生詩派」的名稱得以廣泛被認同。雖然在《大學生詩派宣言》中，他們指出「大學生詩派本身僅僅作為一古勢力的代號被提出。他具有不確定的意義。」〔註57〕其中的優秀代表人物有：尚仲敏、燕曉冬。其中，尚仲敏，是 80 年代大學生詩派的運動領袖和代表詩人之一，在重慶讀大學期間創辦《大學生詩報》，後參加非非主義等詩歌運動。而于堅、韓東後來另辦《他們》，成為「他們詩派」的領袖人物，大學生詩派也就隨之而結束了他的歷史使命。不過，正是由於大學生派有著這樣一些向度和走向，對「大學生詩派」的總體思考，可以更好地理解現代詩歌，乃至重新認識第三代詩。

「大學生詩派」的詩學主張，主要體現在《中國現代主義詩群大觀 1986～1988》收錄的尚仲敏的「藝術闡釋」和尚仲敏與燕曉冬合作的《對現存詩歌審美觀念的毀滅性突破——談大學生詩派》這兩篇詩學文章中。尚仲敏提出，「A. 大學生詩派本身僅僅作為一古勢力的代號被提出。他具有不確定的意義。B. 當朦朧詩以咄咄逼人之勢覆蓋中國詩壇的時候，搗碎一切！——這便是它動用全部的手段，他的目的也不過如此：搗碎！打破！砸爛！它絕不負責收拾破裂後的局面。C. 它所有的美麗就在於它的粗暴、膚淺和胡說八道。它要反擊的是：博學和高深。……D. 它的藝術主張：a. 反崇高。它著眼於人的奴性意識，他把凡人——那些流落街頭、賣苦力、被命令退學、無所作為的小人物一股腦兒地用筆桿抓住，狠狠地抹在紙上，唱他們的讚歌或打擊他們。b. 對語言的再處理——消滅意象！它直通通地說出他想說的，他不在乎語言的變形，只追求語言的硬度。c. 它無所謂結構，它的總體情緒只有兩個字：冷酷！冷得是人渾身發燙！說它是和色幽默也未嘗不可。」〔註58〕可以看出，「大學生詩派」的思想基調是從「反崇高」到「執著於平凡」。也就是說，在第三代詩人中，大學生詩派是較早提出了從社會代言人、社會良心這些宏大的歷史中剝離出來，而進入到對於世俗、日常、普通生活的關注的詩學理念。對於日常的、平凡的生活的關注和書寫，成為他們詩歌中最為出色的一種精神走向。尚仲敏的詩歌《鋼鐵就是這樣煉成的》《卡爾馬克思》《橋牌名將鄧小平》等詩作，體

〔註57〕 尚仲敏：《藝術闡釋》，《中國現代主義詩群大觀 1986～1988》，徐敬亞等編，上海：同濟大學出版社，1988 年，第 185 頁。

〔註58〕 尚仲敏：《藝術闡釋》，《中國現代主義詩群大觀 1986～1988》，徐敬亞等編，上海：同濟大學出版社，1988 年，第 185～186 頁。

現出並不厚重、博大的另一種歷史。如在詩歌《卡爾馬克思》中，尚仲敏寫道：「猶太人卡爾‧馬克思 / 叼著雪茄 / 用鵝毛筆寫字 / 字跡非常潦草 / 他太忙 / 滿臉的大鬍子 / 刮也不刮」；「猶太人卡爾‧馬克思 / 穿行在歐洲人之間 / 顯得很矮小 / 他指指點點 / 他擁有整個歐洲 / 乃至東方大陸 / 猶太人卡爾‧馬克思 / 一生窮困」。這樣的一個馬克思，他就是一個人。在詩歌中，尚仲敏更多的是對於重大歷史世界、歷史人物的重構，來彰顯出個體與歷史的交融，以及個體在歷史中耀眼價值。在大學生詩人們對日常世俗生活進駐的過程中，大學生詩派在藝術上，則進行了消滅意向、無所謂結構的藝術處理。在他們的詩歌中，呈現出語言的零度追求，回到語言最初的、最原始意義層面上，以此來展現語言與現實的最高度的融合。這也構成了此後第三代詩歌的一個最為重要的詩歌原則「拒絕隱喻」。正如尚仲敏《反對現代派》所說，「和人們內心有密切聯繫的，只有語言，當我們一經撥開語言的迷霧，我們就會到達內心，發現內心的真實。我們這樣做的第一個步驟是，使語言非神秘化，打破象徵主義對於語言的種種詭計和歧義。」〔註59〕總之，大學生詩派明確提出「反崇高」、「對語言的再處理——消滅意象」、「無所謂結構」，其中的「反崇高」「消滅意象」就成為第三代詩歌的核心詩學觀念。因此馮光廉認為「大學生詩派」代表了後朦朧詩的一個創作重要的向度，「這是構成『第三代詩人』的主體，也是後朦朧詩歌的主體部分。」〔註60〕對此，有人評價說，「大學生詩派的藝術主張，一是『反崇高』，專門著眼於生活小事；二是消滅意象，『直通通地說出它想說的』；三是無結構。用他們的話來講，就是不講情面的『冷酷』……『大學生詩派』提出的三點藝術主張，是針對『朦朧詩』而發的，是反『朦朧詩』之道而行的。」〔註61〕2018 年，尚仲敏《時間很緊（組詩）》獲得「首屆草堂詩歌獎」的年度詩人大獎，其詩觀有了一定的變化。尚仲敏提到：「我的詩歌，不可能迴避和忽視這個現實，我認為，我的詩歌，就是在各種關係的總和中捕捉那稍縱即逝的詩意。所以，我是一個現實主義詩人！在詩歌領域，我畢生的努力，就是寫作一種簡單、直接和極度節制的詩歌，一種只和自己有關、只和

〔註59〕尚仲敏：《反對現代派》，《磁場與魔方——新潮詩論卷》，北京：北京師範大學出版社，1992 年。

〔註60〕馮光廉主編《中國近百年文學體式流變史》，北京：人民文學出版社，1999 年，第 535 頁。

〔註61〕山城客：《「新生代」（「第三代」）詩歌的評說——「新潮詩」論之一》，《文藝理論與批評》，1996 年，第 2 期。

人有關的詩歌。我希望我的詩，即使不寫詩的人，也能會心一笑，所以，像我們的先輩，偉大的詩人杜甫那樣，為人民寫詩，是我最高的追求。」

二、整體主義、新傳統主義

　　整體主義創立於 1984 年的成都，該詩群以在《中國現代主義詩群大觀1986～1988》上整體亮相為標誌，同時在理論上和創作上達到成熟。代表詩人有宋氏兄弟（宋渠、宋煒）、石光華、劉太亨、楊遠宏、席永君、黎正光等，民刊《漢詩：20 世紀編年史・1986》《漢詩：20 世紀編年史・1987～1988》將「整體主義」進一步凸顯，並在《漢詩自序》中提出自己的詩學觀：「詩，不再是對世界的單向楔入，或對自身的虛擬性的構成，它在綜合了經驗、思辨、情緒、語言和其他意識原則以後，已經作為一種整體，作為一種與自然具有同構狀態的生命對象，作為對人和自然的確證而肯定的詩的理想精神。」〔註62〕相關的其他刊物如《晨》《第三代人》等，也有一定的影響。宋渠和宋煒兄弟，兩人為兄弟，兩人共同寫詩共同發表，在當代詩歌界實屬罕見。楊遠宏，1981 年到四川省藝術學校任教至今，整體主義詩歌運動發起人之一，也是四川當代少有的，有全國性影響的詩歌批評家，出版《漲落的詩潮》《喧嘩的語境》《落幕或啟幕》等著作。論文《重建詩歌精神》《重建知識分子精神》對詩歌精神、知識分子精神的張揚和建設，以及對宗教精神在當下中國傳播的完整和神聖的倡導和捍衛，產生了一定的影響。與之相近的是「新傳統主義」，代表是廖亦武和歐陽江河。由於歐陽江河創作變化較大，其主要成就在九十年代。廖亦武的《巨匠》以及後來的「先知」三部曲、歐陽江河的《懸棺》被稱為新傳統主義的代表作。

　　對於整體主義詩歌，評論界給予了極高的評價。徐敬亞就曾說，「我一直很欣賞但是後來沒有展開的以『整體主義』為代表的中國式的、具有東方哲學與美學傾向的一些詩和詩人。」〔註63〕我們這裡要注意的是作為第三代詩的領路人徐敬亞對第三代中「整體主義」的核心評語，那就是「一直很欣賞」和「中國式、具有東方哲學和美學傾向」。我論述的起點就是這兩個：我很欣賞和中國式的哲學和美學傾向。而我的落腳點是詩人如何把捉自己的，如何體會生命的存在的。如宋渠、宋煒的詩論名字就是《作為生命存在的詩歌》，

〔註62〕《漢詩自序》，《漢詩・二十世紀編年史・一九八六》，中國狀態文學研究機構，1986 年。
〔註63〕徐敬亞：《「八六大展」是一隻下山猛虎》，《星星》，2005 年，第 11 期。

那他們在自己的作品中就是更加的關心和關注這個生命存在的問題。整體主義的詩學理論，主要體現在《整體主義·藝術自釋》中，「無論這種狀態是生命自身的回憶，還是對於無限的可能性那種深刻的夢想，都將任投入了智慧的極限，即感情的、思辯的、感覺的，甚至是黑暗河流底部潛意識的等各種靈性形式聚合成的透明的意識，這種狀態同時又顯示為既無限孤獨又無限開放、既內在於心靈又外在與心靈的生命體驗。對於這體驗而言，所謂現象與本質、主體與客體、自我與宇宙、瞬間與永恆……等邏輯主義或語言學的分析範疇，都將因喪失確定對應而被藝術拒絕。在藝術構建的歷史中，這種體驗必然地顯示為自洽而自在的實境，並以此與人的完善、與整體性存在同構，完成宇宙、人、藝術三者的認同，是生命逾越海德格爾所絕望的完整的孤寂。作為具體存在的個人，亦將通過進入和領悟這種藝術實境，在不同意義和程度上超越自身的有限性和主觀性，獲得直接向生命存在開放、向整體越近、生成可能性。在這個意蘊結構中，人表現為自身創造的過程，藝術活動也才徹底地被把握為純粹的創造。因此整體主義藝術不排除任何形式和方法上的藝術向度，它只是要求任何藝術實在結構都應從經驗的、思想的、語義的世界內部，指向非表現的生命的領悟——深邃空靈的存在。」〔註64〕整體主義詩人們的詩歌理論及其詩歌創作，主要是創造了一個輝煌的詩歌時代即「文化詩歌的時代」。他們受朦朧詩人楊煉的影響，取材巴蜀遠古神話傳說，其對民族精神的關注、天人合一的整體原則、對人的關注以及對詩體的創新，為現代詩歌的發展開創了一片的天地。徐敬亞曾高度評價了石光華的「整體主義」理論原則：「《漢詩》中石光華的長篇論文《提要：整體原則》，是近年來對中國傳統哲學的優勢地位給予確定的最好文章。他帶有系統論觀點地對中國的整體意識和相對思維、中國文化（儒道）的獨特方式（直覺、弱化語言及語義轉換、表現性、概括性）及文化系統內部在結構、效應、轉換等方面的一致性作了公正的論述。他一反當代青年人在中西文化對比中抑中揚西的傾向，對中國人傳統的深層思維方式給予了高度肯定。石光華樂觀地認為中國古文化具有把人的思維活動同宇宙秩序融洽起來、統一起來的中草藥般的功能，可以為整個人類提供通向未來的心理方式。」〔註65〕我們看到，在新

〔註64〕見徐敬亞等編：《中國現代主義詩群大觀 1986～1988》，上海：同濟大學出版社，1988 年，第 130～131 頁。
〔註65〕徐敬亞：《圭臬之死（下）》，《崛起的詩群》，上海：同濟大學出版社，1989 年，第 186～187 頁。

時期以來的當代詩歌探索中,四川詩人對於現代詩歌如何傳承與發展中國文化傳統,是有著非常深刻的思考的。

而「整體主義」詩人所謂的「整體性」,實際上強調的是人與自然、人與社會和人與歷史之間的同構,並由此創作了一批較為獨特的詩歌文本。宋渠、宋煒曾說,「詩人以為詩歌寫作是一種極端個人化的方式。當一個人被視為或自視為詩人時,他僅僅與正在生成運作總的詩歌傳統相維繫,除此無大事。因此,對作為活命方式或作為事業的詩歌寫作,詩人始終持某種比較保守(或過時)的看法。」〔註66〕如宋渠、宋煒詩歌《大佛》中,「不會在冬天的寒顫中離開家離開柔和的面孔誰也不會/這個下垂的黃昏沉寂而貧血/像一隻暗啞的銅鐘飄忽如夢幻/大野中旋轉的樹叢後面有被鑄成口碑的靈魂/來到渾濁的江邊/如夢幻/被蕭瑟的風貼上僵硬的石壁/開始了一次模糊不清的沉沉大睡/江聲搖晃/煽動起粗野的蝙蝠/這些蝙蝠已經提前染上了夜晚的黑血/一群灰濛濛的影子飛上空曠的太陽/這太陽在浪尖的荊棘上站/驟然啜泣不止又躲閃不止/隱現在黑茫茫的原野上/和大塊大塊的冬天/發出低沉的光//……水退了 在露出陸地上壘起石頭的地方露出了黎明/太陽升起來了是一個陳舊的奇蹟/伴隨著鐘聲水退了/因為他有一個唯一的名字/唯一上升著的名字/因為他是大佛/一個坐著的寧靜/坐著的永恆/而他又竟是如此虛幻如此渺茫如此猙獰如此威儀/面對芸芸眾生/在充滿遺忘的人世完成了最終的解脫//其實這塊巨大的石頭只是在冬天走來在冥想中走來/從奇蹟到奇蹟/永遠都是開始」,在詩歌中,作為現代性的詩人,他們卻完全以古典的方式來感知這個世界,力圖從意象、題材,審美,乃至直覺上和古人相通,最終實現與歷史的融合,最終完成生命的本真意義。正有人指出的那樣,讀它們「不要去尋找詩歌背後的什麼東西,這裡的語言本身就是詩的全部生命。」〔註67〕他們一方面對於一種普泛化的「人的命運」的關注,另一方面又有對於寫作中的個人性追求。徐敬亞曾說,「這些作品,大都以對東方的原始文化的反思和重新解釋為詩歌構思的立足點,穿插著現代人驕傲而又焦慮的追問,詩中充滿富有楚文化底蘊的怪力亂神式的熱情和衝動,表現在語言方式

〔註66〕見萬夏、瀟瀟主編:《後朦朧詩全集》,下卷,成都:四川教育出版社,1993 年,第 201 頁。

〔註67〕程光煒:《中國當代詩歌史》,北京:中國人民大學出版社,2003 年,第 293 頁。

上則是密集的東方傳統文化意象的堆積，文白混合一體的凝重鋪陳，至高無上的全知者發出的神話般的反問、預言和神秘暗示。」〔註68〕由於對文化之根的尋索和史詩建構的精神導向，他們大多致力於並創造出了一種規模宏大的「現代大賦」。〔註69〕此時我們可以說，整體主義已經為傳統文化從內容到形式的現代詩歌的生成和建構，提供了一批極為重要的詩歌樣本。

三、莽漢主義

　　1984年莽漢主義成立，1985年的《現代詩內部交流資料》刊登有其藝術主張。「莽漢」創作理論者和實踐者有李亞偉、萬夏、胡冬。李亞偉一直堅持莽漢寫作主張，並使其發揚光大，最終成為莽漢主義的主要代表和莽漢詩歌的集大成者。莽漢主義的詩學理論主要體現在《莽漢主義宣言》中，「搗亂、破壞以至炸毀封閉式或假開放的文化心理結構！莽漢主義老早就不喜歡那些吹牛詩、軟綿綿的口紅詩。莽漢們本來就是以最男性的姿態誕生於中國詩壇一片低吟淺唱的時刻。莽漢們如今也不喜歡那些精密得使人頭昏的內部結構和奧澀的象徵體系。莽漢們將以最男性極其坦然的眼光對現實生活進行大大咧咧地最為直接地楔入。在創作過程中，莽漢們極力避免博學和高深，反對那種對詩的苦思冥想似的苛刻獲得。在創作原則上堅持意象的清新、語感的突破，尤重視使情緒在複雜中朝向簡明以引起最大範圍的共鳴，使詩歌免受抽象之苦。一首真正的莽漢詩一定要給人情感造成強烈的衝擊。莽漢詩自始至終堅持站在獨特角度從人生中感應不同的情感狀態，以前所未有的親切感、平常感及大範圍鏈鎖似的幽默來體現當代人對人類自身生存狀態的極度敏感。」〔註70〕與整體主義相反的是，反文化是莽漢主義的基礎，他們以顛覆、消解傳統的文化心理結構為宗旨，在作品中表現「反文化」的姿態，這構成了80年代四川詩歌另外一個重要的一極。

　　而在「反叛」這一極，四川詩歌又呈現出了不同的向度，提供了當代詩歌發展中複雜的一面。如果說大學生詩派的「反文化」是回歸日常、世俗生活，那麼莽漢主義詩歌在本質就是義無反顧地行進在反叛而拒絕回歸的路上。有

〔註68〕馮光廉主編：《中國近百年文學體式流變史》，北京：人民文學出版社，1999年，第535～536頁。

〔註69〕徐敬亞：《崛起的詩群》，上海：同濟大學出版社，1989年，第131頁。

〔註70〕李亞偉：《莽漢主義宣言》，《中國現代主義詩群大觀1986～1988》，徐敬亞等編，上海：同濟大學出版社，1988年，第95頁。

學者認為，「他們受美國五六十年代『垮掉的一代』詩人的影響，自稱『腰間掛著詩篇的豪豬』，往往以嘲諷的、不羈的敘述者形象，十分隨意地使用口語。對於『優美』、『崇高』的摧毀和破壞，是『莽漢主義』解構性作品的主要特徵。」〔註71〕他們這樣的目的就是凸顯生命的能量，凸顯生命的勇氣、精力、氣量，展現生命之「能」四射。因此，在表達方式上，「莽漢」詩人李亞偉、萬夏、胡冬等，採取了激進的、粗鄙健壯的「嚎叫」。他們直接、刺激地對理性、崇高、意識形態等進行了一次快意的拆解、踐踏，形成了自稱為「腰間掛著詩篇的豪豬」這樣的一種不羈的敘述者。「因為受到金斯伯格長詩《嚎叫》的影響，莽漢詩人崇尚口語，力主故事性、挑釁性、反諷性和朗誦風格，追求生命的原生和真實，反對以大師的口吻去寫詩，他們自嘲寫的是『渾蛋詩歌』。胡冬的《我想乘上一艘慢船到巴黎去》、李亞偉的《硬漢們》和《中文系》，在其中比較有代表性。」〔註72〕如胡冬的《我想乘上一艘慢船到巴黎去》，「我想乘上一艘慢船到巴黎去 / 去看看凡高看看波特萊爾看看畢加索 / 進一步查清楚他們隱瞞的家庭成分 / 然後把這些混蛋統統槍斃 / 把他們搞過計劃要搞來不及搞的女人 / 均勻地分配給你分配給我 / 分配給孔夫子及其徒子徒孫 / / 我想乘上一艘慢船到巴黎去 / 去看看盧浮宮凡爾賽宮其他雞巴宮 / 是否去要回唐爺爺的茶壺宋奶奶的擀麵棒 / 不，我不，法國人也有恥辱 / 我要走進蓬皮杜總統的大肚子 / 把那裡的收藏搶劫一空 / 然後用下流手段送到故宮 / 送到市一級博物館送到每個中國人家裏 / / 我想乘上一艘慢船到巴黎去 / 去凱旋門去巴黎聖母院去埃菲爾鐵塔 / 去星形廣場偷一輛真正的雪鐵龍 / 然後直奔滑鐵盧大橋 / 活動安排在一天完成 / 我要在巴黎的各個名勝 / 刻上方塊字刻上某君某日到此一遊」。詩歌中，詩人將巴黎作為傳統文化的一種象徵，以決絕的方式予以破壞，體現出莽漢主義詩人豪放不羈的性格。與此同時，該詩又放置在一個獨特的中西文化對比之中，詩歌主題又增添一層民族情緒，讓莽漢主義的「反文化」追求顯得更為複雜。

作為莽漢主義詩人的代表，其詩歌《中文系》大家早已熟知，也是屬於真正具有莽漢主義質素的詩歌，「中文系是一條灑滿釣餌的大河 / 淺灘邊，一個

〔註71〕吳秀明：《中國當代文學史寫真》，下卷，南京：浙江大學出版社，2002 年，第 878 頁。

〔註72〕程光煒：《中國當代詩歌史》，北京：中國人民大學出版社，2003 年，第 293～294 頁。

教授和一群講師正在撒網／網住的魚兒／上岸就當助教，然後／當屈原的秘書，當李白的隨從／然後再去撒網」；「亞偉和朋友們讀了莊子以後／就模仿白雲到山頂徜徉／其中部分哥們／在周末啃了乾麵包之後還要去／啃《地獄》的第八層，直到睡覺／被蓋裏還感到地獄之火的熊熊／有時他們未睡著就擺動著身子／從思想的門戶游進燃燒著的電影院／或別的不願提及的去處」；「詩人胡玉是個老油子／就是溜冰不太在行，於是／常常踏著自己的長髮溜進／女生密集的場所用腮／唱一首關於晚風吹了澎湖灣的歌／更多的時間是和亞偉／在酒館裏吐各種氣泡」。在詩歌中，李亞偉使用了更為直接有力的「口語」作為詩歌的語言，形成了詩歌寫作一個重要追求。與此同時，在詩歌中丟掉意象，回歸生活，特別是回歸到日常的細緻的故事，呈現了現代詩歌的一個重要發展方向。進而在寫作中，詩人毫無顧忌地彰顯了對於文化、人性、世俗，甚至是詩歌本身的挑釁、反諷，造就了特有的詩歌風格。此後，李亞偉在當代中的價值進一步體現，在 2003 年時代文藝出版社出版了《莽漢·撒嬌 李亞偉·默默詩選》，2006 年才由花城出版社出版了他的個人詩集《豪豬的詩篇》。2015 年長江文藝出版社出版了《李亞偉詩選》，2017 年作家出版社的標準詩叢第三輯出版了《酒中的窗戶：李亞偉集 1984～2015》，海南出版社也出版了《詩歌與先鋒：李亞偉作品》，李亞偉在當代詩歌的重要價值進一步予以呈現。另外，在與傳統詩歌的融合之中，李亞偉的《人間宋詞》是非常值得注意的一本書。書中精選宋代 16 位名家的 19 首名詞，展開評論與賞析。書中，李亞偉並不關注現代、古體、格律等問題的分析與反思，而是回到情感、生命、生活等基本問題，詳細討論了「詩歌在傳達人類思想方面的特點，詩歌對人類情感表達方式的革新，以及先鋒詩人如何影響詩歌藝術的發展」，這對古典詩歌的研究是較為獨特的。當然，對於莽漢主義的寫作，學界也有一些反思，「詩中充滿了陣陣世俗的喧嘩：種種熾烈的人慾，瑣碎的日常經驗，迫在眉睫的生存障礙，到處是粗濁的喘息和低姿態的祈望，並且出現了一片追求輕薄的機智的腔調，這種腔調體現了一種沒有嚴肅目的的機靈人之間彼此炫弄心智機巧的精神性縱慾的特色。」〔註73〕但隨著 1987 年莽漢詩人李亞偉加盟非非主義，作為流派的莽漢主義也就消失。

〔註73〕李振聲：《詩意：放逐與收復——論「第三代」詩中的「他們」與「莽漢」現象》，《文學評論》，1995 年，第 3 期。

第四節　《非非》雜誌

在當代詩歌史上，非非主義是非常值得關注的一個重要現象。「由於其作品較多和始終堅持不懈的理論體系的建構，而以致成為詩界關於『第三代』的爭論中心。」〔註74〕非非主義創立於 1986 年，由周倫佑、藍馬、楊黎等人發起，其流派的理論和作品主要刊登於由周倫佑主編的《非非》雜誌上。

1986 年非非主義的鉛印《非非》創刊，至 1991 年共出六期，這期時期被認為是「前非非」時期。1994 年在敦煌文藝出版社出版了非非主義理論及作品專集《打開肉體之門／非非主義：從理論到作品》，成為這一階段的總結。非非主義在理論上的核心是極端的反傳統，提倡超越文化。代表理論文章有周倫佑的《變構：當代藝術啟示錄》《前文化導言》《非非主義詩歌方法》《反價值》《拒絕的姿態》《紅色寫作》《宣布西方中心話語權力無效》《高揚非非主義精神，繼續非非》，藍馬的《非非主義宣言》《前文化導言》，周倫佑、藍馬的《非非主義詩歌方法》《非非主義小辭典》，楊黎的《聲音的發現》等。龔蓋雄在《非非主義與漢語原創寫作》中說，「在眾多非官方第二詩界的民間寫作和漢語實驗中，只有非非主義才第一次橫貫 20 世紀最後十五年不止息地以個性民間和個人民間的漢語存在身份提出。」〔註75〕關於非非的文化理論，孫基林在《非非論》中指出，「我們生存的這個世界，事實上已變成一種文化的假象，它的最大危險就在於使人們一眼就把世界看成是『語義中的那樣子』。而真正本源的宇宙卻不是這樣，它是一種『前文化』的存在狀態。……而只有徹底擺脫這個符號化、語義化了的世界，才能真正地實現『前文化還原』。」〔註76〕《非非》提出了「前文化理論」，認為只有徹底擺脫這個符號化、語義化的世界，才能真正地實現「前文化還原」，達到感覺、意識、邏輯、價值的原初存在。他們在感覺還原、意識還原和語言還原這三個維度上對語言上的附著物進行超越和拆解，這成為了他們詩歌實踐的主要表演，如周倫佑的《代貓頭鷹的男人》《狼谷》《刀鋒 20 首》，楊黎的《冷風景》，藍馬的《世的界》，何小竹的《組詩》等詩。其中有代表性的詩歌是楊黎的《冷風景——獻給阿蘭·羅布格

〔註74〕蘇光文、胡國強主編：《20 世紀中國文學發展史》，重慶：西南師範大學出版社，1996 年。

〔註75〕龔蓋雄：《非非主義與漢語原創寫作》，http://www.shigeku.org/xlib/lingshidao/shilun/xinshi/132.htm。

〔註76〕孫基林：《非非論》，https://www.poemlife.com/index.php?mod=libshow&id=689。

里葉》,「這條街遠離城市中心／在黑夜降臨時／這街上異常寧靜／／這會兒是冬天／正在飄雪／／這條街很長／街兩邊整整齊齊地栽著／法國梧桐／（夏天的時候／梧桐樹葉將整條整條街／全部遮了）／／這會兒是冬天／梧桐樹葉／早就掉了／街口是一塊較大的空地除了兩個垃圾箱外／什麼也沒有／／雪／已經下了好久／街兩邊的房頂上／結下了薄薄一層／／街兩邊全是平頂矮房／這些房子的門和窗子／在這個時候／全部緊緊關著／這時還不算太晚／黑夜剛好降臨／／雪繼續下著／這些窗戶全貼上厚厚的報紙／一絲光線也透不出來……」詩歌中,楊黎以一種無比冷靜的姿態,以自然主義式的寫作方式,拆除了語言背後附著的文化、歷史、價值等,幾乎抵達了非非主義所倡導的「前文化」之境。從對語言的徹底懷疑開始的,通過超語義或語彙試驗,試圖用語言超越語言,用語言反叛語言,以求最終呈現出非語義的純語言世界,這成為非非主義詩歌的一個獨特追求。周倫佑在《非非主義:不可抗拒的先鋒》一曾總結說,「20 年來,《非非》的每一次出刊都成為漢語詩歌界,乃至整個漢語文學界的一件大事。非非主義的橫空出世和一往無前的推進,從根本上改變了當代文學的基本格局和習慣用語。」〔註77〕1993 年德國著名漢學家顧彬在《預言家的終結》一文中,將 20 世紀中國詩歌劃分為以朦朧詩和以非非主義為標誌的兩個階段,並論述了以非非主義為標誌的新詩歌浪潮對朦朧詩的取代和超越,認為非非主義具有世界性意義。〔註78〕此外,張清華也對非非主義的理論建構,給予了較為深入的探討,「非非主義的詩人們構造出了複雜深奧、龐大宏偉,而且充滿了『語言／文化的雙重烏托邦』色彩的,具有著『玄學』意味的解構主義的詩學理論。……這就決定了非非在當代中國詩歌實踐與詩學理論方而的地位——可以說,在當代眾多的詩歌群落與流派中,沒有哪一個在詩學建樹的深度、複雜和影響的深遠方而,可以與它相提並論。」〔註79〕由此我們看到,儘管評論界對非非主義的理論有著一定的質疑和反思,但總體都看到了非非主義所倡導的詩歌理論,有著較為系統和深刻的一面,在中國新詩理論建設中有著非常重要的作用。

〔註77〕周倫佑:《非非主義:不可抗拒的先鋒》,《懸空的聖殿》,拉薩:西藏人民出版社,2006 年,第 1 頁。

〔註78〕〔德〕顧彬:《預言家的終結》,《今天》,北島主編,1993 年,第 3 期。

〔註79〕張清華:《在「文本」與「人本」之間》,《上海文學》,2005 年,第 4 期。

1992 年周倫佑在《非非》的復刊號即《非非》第七卷上提倡《紅色寫作》，再現了他對八十年代創作的內在精神和詩歌方法的繼承與反駁，「從白色轉向紅色，便是從書本轉向現實，從逃避轉向介入，從天空轉向大地，從模仿轉向創造，從水轉向血，從閱讀大師的作品轉向閱讀自己的生命。不是對西方現代主義、後現代主義的移置、模仿，不是從藝術到藝術的偷渡和置換；是抽象智慧。深入肉體世界的一切險境，在擺脫了閒適與模仿之後，中國詩人用生命寫出的真正中國感受的現代詩——以血的濃度檢驗詩的純度。」〔註80〕非非主義進入了後非非寫作時期，與「前非非」的反文化、反崇高、反修辭不同的是，「後非非」是「從白色轉向紅色，便是從書本轉向現實，從逃避轉向介入（對生命的介入和對世界的介入），從天空轉向大地，從模仿轉向創造，從水轉向血，從閱讀大師的作品轉向閱讀自己的生命。」〔註81〕此時，周倫佑寫出了《在刀鋒上完成的句法轉換》等重要詩歌作品，踐行了他所倡導的「紅色寫作」，「皮膚在臆想中被利刃割破／血流了一地。很濃的血／使你的呼吸充滿腥味／冷冷的玩味傷口的經過／手指在刀鋒上拭了又拭／終於沒有勇氣讓自己更深刻一些／／現在還不是談論死的時候／死很簡單，活著需要更多的糧食／空氣和水，女人的性感部位／肉慾的精神把你攪得更渾／但活得本質是另一回事／以生命做抵押，使暴力失去耐心／／讓刀更深一些，從看他人流血／到自己流血，體驗轉換的過程／施暴的手比受難的手輕鬆／在尖銳的意念中打開你的皮膚／看刀鋒揳入，一點紅色／激發眾多的感想／／這是你的第一滴血／遵循句法轉換的原則／不再有觀眾。用主觀的肉體／與鋼鐵對抗，或被鋼鐵推倒／一片天空壓過頭頂／廣大的傷痛消失／世界在你之後繼續冷得乾淨／／刀鋒在滴血。從左手到右手／你體會犧牲時嘗試了屠殺／臆想的死使你的兩眼充滿殺機」。在這首詩歌中，詩人集中於對肉體施暴這一過程的書寫，顯示出非凡的詩學野心。進而通過對暴力的想像，詩人展開對了對個人心靈、歷史、存在的反思，以及對具體生存語境的深刻介入。從語言、意象、主題來看，此時周倫佑的詩歌可以說進入了到了一個新的階段。此後非非陸續推出了《非非》和系列的重要文本：1993 年《非非》（第六七合刊號）在蘭州編印出版，但由於經費原因第二次停刊。2000 年《非非 2000 特刊第八卷第一次由出版社出版，重點關注 21 實際漢語文學寫作。2001 年《非非》第九卷提出後非

〔註80〕周倫佑：《紅色寫作》，《非非》復刊號，1992 年，總第 7 卷。
〔註81〕周倫佑：《紅色寫作》，《非非》復刊號，1992 年，總第 7 卷。

非寫作。2002 年第十卷《非非》為「21 世紀漢語文學寫作空間」，2003／2004
年卷《非非　體制外寫作討論專號》（總第十一卷）。2006 年出版的《懸空的聖
殿——非非主義 20 年圖志史》《刀鋒上站立的鳥群——後非非寫作：從理論到
作品》，清晰呈現了非非主義的發展史，是研究非非主義的最重要的文獻。2009
年，周倫佑推出了《非非　後非非詩歌及評論專號》總第十二卷，是「後非非
寫作」的一次重要亮相，進一步展示了後非非寫作的重要性。除了周倫佑之外，
其他成都後非非詩人也有力作呈現活躍於成都的後非非詩人主要有蔣藍、陳
小繁、陳亞平、孟原、王學東等。他們紛紛呈現出自己的作品，為後非非寫作
呈現出了一種新的面貌，展示了後非非寫作的重要價值和意義。2016 年是非
非主義創立三十週年，也是《非非》雜誌創刊三十週年，周倫佑主編了《非非
非非主義 30 年介入中國專號》總第十三卷，再次推出了「後非非」詩人。

　　橡皮詩歌，是非非主義發展的另外一種後續。1990 年楊黎與周倫佑公開
決裂，與何小竹、吉木狼格、小安形成了「廢話非非」，出版兩輯《非非作品
稿件集》。2001 年何小竹、楊黎等發起並創辦「橡皮」文學網站。2004 年出版
《橡皮年鑒·詩歌卷》，這一年「橡皮」網站關閉。儘管「橡皮」時間不長，
但這裡已聚集了楊黎、何小竹、吉木狼格、石光華等詩人，同時還聚集了更年
輕一代人。橡皮詩歌以橡皮先鋒文學網站為基地文學群體的一個部分。2012 年
楊黎主編的《橡皮：中國先鋒文學》，是橡皮先鋒詩歌的又一次終重要集結。
「橡皮」一直堅持「口語」寫作。在《橡皮人語》中說：「『橡皮』主張『廢話』
寫作。認為廢話是詩歌的標準。詩歌寫作的意義是建成立在對語言的超越之
上。超越了語言就超越了大限。」他們依然秉承著「非非」的語言理論，但不
是「變構語言」、「解構語言」，而是直白的、活生生的當下生活語言。不過，
此時他們的口語，與 80 年代的口語創作相比變化不大。如何再次突破口語的
界限，如何讓口語為新詩呈現出更多的新質，是他們口語創作中不斷探索著的
一個重要命題。女書詩社其主要發起人是非非主義成員，所以也可將它們看作
非非主義的分支，故放在非非主義的成都時期來探討。翟永明在《非非女詩人
秘事》中說，「女書詩社是以『非非女詩人』小安和劉濤、楊萍、陳小繁為核
心的一個女性寫作圈。在此周圍聚集了一些更為年輕的女性詩人。」女書詩社
於 2007 年在翟永明的白夜酒吧成立，是由女詩人組成的一個詩歌沙龍，主要
成員有劉濤、小安、陳小蘩等。2008 年，由翟永明組稿，《今天》文學雜誌在
該年的第 2 期整體推出「女書詩社專輯」，這成為女書詩社事業的頂峰。2009

年女書詩社舉辦了詩歌節，以及女書詩社專場朗誦會。該年，他們自籌資金出版了由張義先編輯的內部自印詩集《女書詩社自選作品集》。儘管把這些詩人和詩歌強行納入到「非非主義」顯得極為偏頗，不過這一方面展示了非非主義 20 多年以來的強勁活力，同時也彰顯出成都這一個詩意居所，給予了詩歌成長的厚實土壤。

　　毫無疑問，周倫佑是「非非主義」的領軍人。姚新勇曾說，「一個文學社團，一個偉大的文學社團或流派，一定要有一個卓越的領袖，以其巨大的能量組織、代表並維持一個社團的存在，在自由創作的環境並不理想的社會中尤其如此；而《非非》當之無愧的精神領袖無疑是周倫佑，從相當意義上講，一部《非非》史，就是周倫佑的個人寫作史」。〔註82〕實際上，周倫佑出版社的詩集並不多，只有《在刀鋒上完成的句法轉換》《周倫佑詩選》，以及打印詩集《燃燒的荊棘》3 部，理論文集則有《反價值時代——對當代文學觀念的價值解構》《藝術變構詩學》等，主編有《打開肉體之門——非非主義：從理論到作品》《懸空的聖殿：非非主義 20 年圖志史》《刀鋒上站立的鳥群——後非非寫作：從理論到作品》等多部。林賢治對周倫佑有較為全面的評論，「周倫佑善於創造概念，且具有隨意演繹的能力，他的詩論富有原創性質，喜歡宏大、華贍、雄辯，然而，對於他這樣先天的破壞性人物，結構主義也即解構主義，只是不像別的中國式的後現代主義理論家那樣，動輒挾洋人以自重；與其說他是從理論出發，不如說是從詩出發，從創作實踐出發，一切為我所用。至於他的詩，當然可以看作是理論的實證，往往意在筆先，驅遣萬物，推波助瀾，汪洋恣肆。……在中國新詩史上，四十年代西南聯大的『九葉派』詩人最早表現出對知性寫作的集體性追求。他們的作品，正是以知性的反浪漫、反優美、反靈巧體現現代詩的特色的。但是，總體上究竟偏於凝寂、冷澀、書齋氣，留下過多雕鑿的痕跡，詩藝在某種程度上壓抑了生命熱情。比較起來，周倫佑顯得更自如，知性入詩的手段也更獨特、更豐富。……對於中國新詩，周倫佑的主要貢獻，在於他的『反暴力修辭』。……在反暴力的暴力語言深處，隱藏著一枚果核，那就是堅不可摧的自由感；正是這枚果核，給整個失敗的季節保留了信心。」〔註83〕在後非非的發展過程中，周倫佑仍然是最主要的推動者。同時，

〔註82〕姚新勇：《囚禁式寫作境況的燭照與穿越——「非非」閱讀》，《非非》，2009 年，總第 12 卷。

〔註83〕林賢治：《論周倫佑》，《當代作家評論》，2010 年，第 2 期。

在個人的詩歌創作生涯中，他詩歌獨特的詩學面目，在當代詩壇上越來越顯示出其重要性。2010 到 2011 年間，周倫佑的一些舊作正式在正式刊物上發表，這些作品大部分是首次在國內的正是刊物上發表。2010 年《當代作家評論》第 2 期在「詩人講壇」欄目編髮了由林建法和何言宏主持的「周倫佑專題」〔註84〕。林賢治的專著《中國新詩五十年》〔註85〕，有專章「十七、周倫佑：紅色寫作」，集中論述了周倫佑的詩歌作品及其詩學貢獻。當然，最值得我們關汪的是此一時期周倫佑詩歌《周倫佑未刊詩稿 26 首》《變形蛋》的意義和價值。《周倫佑未刊詩稿 26 首》主要收錄周倫佑文革期間的地下詩歌。在文革時期地下詩歌研究中，大部分研究是忽視了文革地下詩歌的四川版圖。《周倫佑未刊詩稿 26 首》的正式發表，首先就體現出重要的史料和詩歌史意義。同時周倫佑的這批詩歌呈現了文革時期地下詩歌的體制外向度：以對「體制」的真實刻繪為基礎，由此展示「體制」之下的人特有的生命感受，最終發現人的意義，實踐人的拯救，展示了他詩歌的精神特質。《遁辭》《變形蛋》和《象形虎》是周倫佑傾心創作的三部長詩。《變形蛋──「後中國三部曲」第一部》的主題就是對於「變形蛋」的詞語考古。正是在這樣的思考過程中，在詞語、雞蛋、人類、權力、精神等的多重邏輯思索中，顯示出對於權力的批判精神。周倫佑曾說，「主要是在寫作中，即在把『政治』作為一種寫作素材和其他的寫作素材同等處理時，決不迴避政治」〔註86〕，這正是《變形蛋》的獨特的精神魅力。同時，周倫佑詩歌中獨特的思辨思維、邏輯推理，以及清醒而又冷靜的詩歌思維術，為當代詩歌貢獻了出一種非常獨特的文本，也展示出當代詩歌發展的新的可能性。

此外，在四川的第三代詩歌中，還有「同語言進行鬥爭」的胡冬。他認為詩歌的魅力全在於語言，因此他不但探討語言的魅力，試圖建立新的語言秩序，而且對語言的精益求精最終成為了詩人痛苦心靈的慰藉。另外，「自由魂」的代表劍芝、式武，他們極力強調詩歌中的主情的因素，對獨特個性的語感及詩歌外形式強調，並絕對尊重個性。朱建、劉芙蓉為代表的「群岩突破主義」，從現代意識出發深刻挖下去，導向最原始的圖騰，從意識空間開始來揭示這個

〔註84〕 包括周倫佑講演稿《向詩歌的純粹理想致敬》、周倫佑的訪談《手挽著靈魂和詩站在一起》、林賢治的《論周倫佑》，以及周倫佑的詩歌代表作。

〔註85〕 林賢治：《中國新詩五十年》，桂林：灕江出版社，2011 年，第 265～274 頁。

〔註86〕 周倫佑：《高揚非非主義精神，繼續非非》，《非非》，2001 年，第 9 期。

神秘的世界，追求現代感覺。還有主張孤獨體驗的「新感覺派」菲可，以及探索終極意義重建詩歌精神的「莫名其妙」的楊遠宏，都有很獨特的現代情緒感受。〔註87〕在地緣因素之下，四川的現代詩歌運動作為第三代詩歌最重要的組成部分，不但有以上這些造成全國性影響的詩群，而且還有著許多的小群體在喧嘩，為第三代詩歌的飛行提供了強大的動力。〔註88〕

〔註87〕以上詩群參見徐敬亞等編《中國現代主義詩群大觀 1986～1988》，上海：同濟大學出版社，1988 年。

〔註88〕李怡、王學東：《新的情緒、新的空間與新的道路——改革開放三十年的四川詩歌》，《當代文壇》，2008 年，第 5 期。

第五章 九十年代的四川新詩

　　九十年代，又是一個具有轉折性意義的時間點，曾經被一些批評家看著是「新時期」的悲劇性結束。與八十年代相比，九十年代的四川詩歌發生了重大的變化，曾經活躍一時的四川詩人紛紛下海經商，四川的變化再次成為中國詩壇變化的標誌性例證。這當然與中國社會的轉型相關，也與整個詩歌藝術自身的發展相關。在九十年代由於市場經濟的上導，詩歌的邊緣化，詩人自身的多重身份，使得現代詩歌在詩學藝術上與八十年代的詩歌發生了斷裂。但是九十年代的詩歌是在八十年代的詩歌土壤中生發出來的，特別是第三代詩歌，為整體九十年代詩歌提供了合理性和合法性的空間。從八十年代第三代詩歌的日常生活到九十年代對生活細節的處理，對自我身份的確認和回歸，以及地下詩刊對地上詩歌界的構造，都隱含著八十年代詩歌對九十年代詩歌的互動和滲透！冷靜地看，四川詩歌創作的種種變化不但明顯的圖示了這樣一個歷史過程，而且也不是呈現著某種簡單的敗落與沈寂，事實上，在中國詩歌之於人民生活的影響力普遍下降的時代，四川詩歌可以說還繼續佔據著九十年代中國詩壇的重要位置，並為九十年代中國現代詩壇帶來了值得重視的若干個人獨奏。民刊《九十年代》的出現，標示著當代詩歌一個新階段的來臨。該刊提出「中年寫作」這一個當代詩歌極為重要的詩學概念，「本刊從創刊就明確了以盡可能大的精力對一次『進入中年寫作』的行動進行追蹤的宗旨」。[註1] 此後，「中年寫作」成為九十年代詩歌一個核心詩學概念。接著《反對》也堅持「中年寫作」的詩學追求，鮮明的呈現了 80 年代詩學向 90 年代詩學的轉變。

〔註 1〕《編輯說明》，《九十年代（1991）》，1991 年。

1991 年周倫佑的《第三代人》一詩，對第三代詩人並沒有多好的褒揚，卻由此呈現了一個新時代的到來。90 年代第三代詩歌的重要代表「非非主義」分裂，一邊是周倫佑輾轉全國艱難地編印《非非》復刊號，一邊是由楊黎、藍馬、何小竹編印《非非作品稿件集》，呈現出 90 年代複雜的詩歌面貌。此時，凸顯個人手藝的「四川五君」成為詩壇主力。「四川七君」之名來源於 1986 年香港中文大學所辦的刊物《譯叢》，以介紹歐陽江河等七位四川詩人的作品，1995 年德文本《四川五君詩選》（歐陽江河、柏樺、翟永明、張棗、鐘鳴）在德國出版，奠定了他們的詩學地位，也擴大了他們的影響。與此同時，在 90 年代詩歌中，蕭開愚主張步入中年後的寫作者告別「青春寫作」，提出具有積極承擔、責任意識的「中年寫作」詩學，具有重要的影響。與此同時。四川的現代詩歌運動不僅有著具有全國性影響的詩群和詩人，而且還有著許多的小群體和優秀詩人在默默前行，為四川新詩的飛行提供了強大的動力。90 年代四川也是民間詩刊非常有影響力的誕生之地，這些具有持續性力量的民間詩刊，在先鋒詩歌的發展歷程上，都有較大的影響。

伴隨著異樣社會的到來，文學自身的發展遭遇了前所未有的新機遇和挑戰。全球化的衝擊，所有非中國文化的各種西方文化對我們自身產生了強烈的危機，如何與西方交流？如何重新去定自我的文化傳統？我們不得不重新定位和思考。多元化與多角度評判，也使我們對新的問題展開豐富的討論，這樣創作也就不僅僅再是單獨的、孤立地創作。大眾傳媒的日益發達，不但使曾經被控制的知識與信息向大眾敞開，而且全面滲透和介入公共空間、文化領域，逐漸主導文化市場。尤其是，隨著消費主義浪潮湧來，文學市場的形成，文學淪為一種被消費的商品，使得經濟效益和讀者的需求變得日益重要。在商業化炒作之下，媚俗、膚淺、複製等碾碎了現代個人的精神空間，湮滅現代個人情緒所呈現的深度。在這樣的背景之下，曾經地上、地下、民間、官方、精英、大眾、都市、農村、文本、網絡、地域、團體等等不同的層面的詩歌與詩歌創作，都進一步的從原來不和、疏離、角逐到現在的互相交叉、滲透和互動，所有單一活動、單一化的詩歌活動和創作都整合起來，呈現了一種新的現代詩歌的繁複交錯狀態。〔註 2〕

〔註 2〕李怡、王學東：《新的情緒、新的空間與新的道路——改革開放三十年的四川詩歌》，《當代文壇》，2008 年，第 5 期。

第一節 九十年代的《星星》詩刊

90 年代以來《星星》詩刊進一步開展了多項詩歌活動，自 80 年代以來的「星星詩歌創作獎」、「爭鳴！來，爭鳴」專欄、「中國·星星詩歌節」、「星星詩歌論壇」、「星星詩歌網站」、「中國·星星年度詩人、詩評家獎」、「中國·星星大學生詩歌夏令營」、「星星詩文庫」，進一步為當代詩壇提供了豐富的詩歌文本和多遠的詩歌活動。從 2007 年出現的《星星·下半月》（理論版），圍繞新詩發展的具體問題，進行深入的描述和分析，為中國新詩的發展提供了重要的理論資源。2013 年，《星星》詩刊以強勁的改革魄力，由原來的一刊華麗轉身為《星星·詩歌原創》（上旬刊）、《星星·詩歌理論》（中旬刊）和《星星·散文詩》（下旬刊）三刊，「詩歌理論」和「散文詩」是《星星》詩刊立足詩歌根基之上的一次新的突破，這對於《星星》詩刊的發展來說，是一次全新的嘗試和突破，其價值和影響是顯而易見的。《星星》詩刊在詩歌出版方面，也做出了相當的努力。自 2001 年以來的「星星詩文庫」，就為解決眾多有潛力的詩人出版難而開展的一項出版工程，為眾多詩人出版了詩歌專集、合集。此外，在 2002 年，《星星》詩刊前主編詩人楊牧，提議把給人溫暖、慰藉，富於啟迪的小詩搬上公交車，隨後成都市公交公司與《星星》詩刊聯手，徵選了 200 多首詩歌精心做成牌匾，覆蓋成都市主要乾道的多個站點和多輛公交車，這在全國獨一無二的創舉，讓成都成為「一本」流動的「詩刊」。其中多種詩歌力量和非詩歌力量的交織和努力，我們看到詩歌新的文本，新的詩歌創作，新的詩歌需求成為了一種可能。接著 2003 年，《星星》詩刊與南方都市報、新浪網聯合舉辦的「甲申風暴·21 世紀中國詩歌大展」〔註3〕，這是繼 1986 年詩歌大展以來國內最大規模的現代詩展示。「甲申風暴」詩歌大展的推出，從個人、流派、網絡、民刊等多個角度呈現當代漢語詩歌的生態，展示當代漢語詩歌豐富多樣，使地上詩歌與地下詩歌又一次相互融合，相互提攜。次年《星星》詩刊又發起的「21 世紀中國詩歌復興活動」，其中的欄目「20 年來 100 首最受群眾喜愛的詩歌評選」、「四川首屆國際詩歌節」、「首屆中國詩歌教育論壇」、「中國詩歌萬里行」等，詩歌的私人性空間與社會的公共空間交融，現代詩歌曾經的一些界限逐漸消失。不久《星星》詩刊推出一系列改革措施，特別是建立網上詩歌論壇，我們看到在網絡詩歌搖旗吶喊的時代，即使《星星》詩刊這樣重

〔註 3〕見《星星》詩刊，2004 年，第 3 輯（上下半月合刊）。

量級的詩歌刊物也不敢小視。而且《星星》參與建立中國現代詩歌藝術博物，建立成都詩歌牆等活動，分別用於陳列現代詩人手稿、詩刊創刊號、詩人詩歌出版物等展品以及展示當代詩人的重要作品，呈現了當下詩歌和當下詩人多方面交流且合流的一個特點。從 2009 年以來，《星星》詩刊連續推出的全國性年度優秀詩歌選本，力求從「詩」的角度，精選出中國詩歌的力作，展現中國新詩在題材、風格、手法、形式、語言等方面的探索，展示了四川詩界構建中國當代詩學標準的雄心和努力。新世紀以來，《星星》詩刊持續性地推出了一系列的重要詩人和詩歌作品。其中每期的《首席詩人》是其重頭戲，展示了中國當代詩壇的一些重要詩人的創作。同時《星星》詩刊有鮮明的時代使命和現實意識，在相應的時期推出關注當下現實的《非常現實》欄目，特設《外國詩譯界》欄目，介紹外國重要詩人，進一步彰顯了她開闊的視野。可以說不管是內容還是形式，《星星》詩刊都堪稱當代詩歌發展的一個重要地基。而《星星‧下半月》（理論版），則顯示了四川在當代詩歌理論建設上的重要地位。從 2007 年開始潘洗塵出資承辦並主編的《星星‧下半月》（理論版），則當代中國一本重要的詩歌理論與批評刊物。該刊設置有《新世紀十年詩歌研究與批評》《新詩地標》《圓桌對話》《現象分析》《詩人評傳》《詩人訪談》《詩人自述》《詩人研究》《文本細讀》《回望八十年代》《老詩歌》《一首詩的誕生》《序與跋》《詩歌翻譯研究》《翻譯工場》《詩人隨筆》《詩人通信》《批評家訪談》《詩人映像》等欄目。其中，直擊中國新詩「偽命題」、當代中國新詩創作現狀掃描、我們這個時代的詩歌病症、1980 年代的詩歌精神、「柔剛詩歌獎」小輯、柔剛詩歌獎獲獎詩人訪談錄、天問中國新詩新年峰會、遺失的詩歌部落、六十年代出生的中國詩人研究、網易微博專欄《新世紀詩典》特輯、大學詩歌教育等問題的思考，為中國新詩的發展提供了重要的理論思考。《星星》開展的眾多比較有價值的詩歌活動，把詩壇優秀的詩人請到成都，展示了四川對於詩歌的博大胸懷。其中「中國‧星星年度詩人、詩評家獎」與「中國‧星星大學生詩歌夏令營」，具有比較重要的意義。「中國‧星星年度詩人、詩評家獎」活動，由星星詩刊社與四川師範大學文理學院聯合舉辦的評選活動，從 2006 年開始每年評選一次，旨在推出中國詩壇有較成就的詩人及詩評家。為發掘文學新人繁榮校園文學，從 2007 年舉辦每年一屆的「大學生詩歌夏令營」活動。來自各個高校、各種專業的年輕詩人們，在詩歌朗誦會、講座、大學生詩歌論壇以及參觀活動中，進行溝通和交流。這不僅為當代年輕一代詩人的成長奠定了一個良好

的基礎，而且為中國詩歌的未來造就了一批優秀詩人。《星星》詩刊在詩歌出版方面，也做出了相當的努力。自 2001 年以來的「星星詩文庫」，就為解決眾多有潛力的詩人出版難而開展的一項出版工程，為眾多詩人出版了詩歌專集、合集。2011 年開始出版「蜀籟詩叢」，包含了《星星》詩刊更宏大的詩學野心。該詩叢在四川詩人隊伍裏，每年以專著形式推出三位有實力、有潛質的詩人，至今已推出了龔學敏的《紫禁城》、李龍炳的《李龍炳的詩》、熊焱的《愛無盡》、蔣雪峰的《從此以後》、魯娟的《好時光》、凸凹的《桃果上的樹》、楊通的《雪花飄在雪花裏》、羌人六的《太陽神鳥》、曾蒙的《世界突然安靜》、楊獻平的《瞄準》、干海兵的《遠足：短歌或 74 個瞬間》、瘦西鴻的《靈魂密碼》、李白國的《行走森林》、敬丹櫻的《櫻桃小鎮》等個人詩集，為四川詩歌搭建一個重要舞臺。正如梁平在《重新集合的四川詩歌力量──〈蜀籟〉詩叢總序》中所說，「從《蜀籟》開始，這裡重新集合起來的四川詩歌力量，將以整體、持續的方式呈現在當代中國詩壇。」作為體制內的詩歌刊物，《星星》詩刊也緊跟著時代主旋律的步伐，參與編選了一系列具有時代特徵的詩集。當然，《星星》詩刊也策劃了獨特的詩歌選題，呈現出他們的詩學追求。如 2010 年梁平主編的《土地上的詩莊稼──中國農民詩人詩選》，選擇當代農民詩人，在當代、農民、詩人這幾個獨特的角度之下，透視出獨特的當代精神特徵以及當代詩歌生長的另一種獨特因了。從 2009 年以來，《星星》詩刊連續推出的全國性年度優秀詩歌選本。力求從「詩」的角度，精選出中國詩歌的力作，展現中國新詩在題材、風格、手法、形式、語言等方面的探索，展示了四川詩界構建中國當代詩學標準的雄心和努力。

　　90 年代以來的四川詩歌史，「星星詩人群」中的梁平無疑有著重要的地位。作為《星星》主編的梁平，[註 4] 他在「長詩」上有著持久探索和獨特貢獻，特別是對於巴蜀文化、宏大歷史的持續書寫，使得他已成為當代詩歌的重要一員。在當代詩人的創作中，梁平是一位有長詩、史詩、大詩情結和

〔註 4〕 出版有詩集《拒絕溫柔》《梁平詩選》（重慶出版社，2001 年）、《巴與蜀：兩個二重奏》（作家出版社，2005 年）、《琥珀色的波蘭》（四川美術出版社，2007年）、《近遠近》（波蘭語波蘭版）、《詩意什邡》（巴蜀書社，2006 年）、《巴蜀新童謠一百首》（四川少年兒童出版社，2006 年）、《三十年河東》（四川文藝出版社，2008 年）、《汶川故事》（四川文藝出版社，2011 年）、《深呼吸》（作家出版社，2014 年）、《梁平詩選》（內蒙古大學出版社，2015 年）、《家譜》（四川文藝出版社，2017 年）等。

衝動的詩人,他的詩歌創作中無疑是全程灌注「歷史想像力」重要作家之一。
2001 年底到星星詩刊任執行主編,他創辦了《星星》下半月刊,以紙版形式
介入和選發國內詩歌網絡站點的優秀詩歌作品。2006 年呂進、蔣登科主編了
《梁平詩歌評論集》(中國文史出版社,2006 年),2016 年他們再次主編了
《梁平詩歌研究》(四川文藝出版社,2016 年),集中展現了梁平詩歌創作的
個性。呂進在序言《三面手與雙城記》中提到,「過去曾經出版過一本《梁平
詩歌評論集》,如今的《梁平詩歌研究》比前一本更豐富。我想說的是,對梁
平的研究還不夠,作為當代優秀的詩人、評論家、編輯家,他是一個具有學
術價值的研究對象。」2005 年出版的《巴與蜀:兩個二重奏》,梁平一方面
提出了詩人的「家園情結」,他說「我一直認為,一個詩人應該有自己的家園
情結;一個真正優秀的詩人,還應該有標誌性的長詩為自己的家園作出指
認。……《重慶書》起筆於遠古而側重的是對巴文化來源的當代審視;《三星
堆之門》卻是站在今天對蜀文明的追根問底。有意義的是,這兩部長詩合在
一起,也就完成了我對巴蜀文化的詩意回望。」〔註 5〕另一方面,在這本詩
集中,他還有著「史詩」的野心,「寫長詩,對於任何一個詩人都是一種近乎
殘酷的自我挑戰。因為寫長詩對一個詩人的詩性、智性、選擇力、判斷力,
包括耐力,都是一種最徹底的考驗和見證,尤其需要對人與人、人與社會以
及整個生命歸宿作出必然的理性思考。」《巴與蜀:兩個二重奏》,包括《卷
一 巴的歌 重慶書》《卷二 蜀的歌 三星堆之門》和《卷三 聽歌者說》三個
部分。對於這些作品,呂進評論說,「在中國詩壇,梁平以善於駕馭長詩著稱。
他的長詩博大,厚重,視野開闊,文化韻味濃鬱。長詩《重慶書》是一部有
影響之作。在 1300 多個詩行中,詩人穿行了幾千年的重慶:歷史的重慶,人
文的重慶。詩人邁進了重慶背後的世界——生命,價值,希望,現實。《重慶
書》的豐厚與深刻,令人擊節讚賞。……長詩《三星堆之門》也是一種必然。
從巴到蜀,以巴觀蜀,神秘的三星堆就跳入了梁平的筆端。中國詩歌對於三
星堆的長篇書寫,梁平是當之無愧的第一人。」2009 年梁平的另一部長詩《三
十年河東》,與《巴與蜀:兩個二重奏》相比,這部長詩不僅文本更長,而且
內容也更為駁雜、繁複。詩歌在公共記憶、時代精神、政治意識、國家形象
與個體體驗、修辭技藝、詩性語言、詩學追求之間穿梭,以及由此在詩歌文

〔註 5〕梁平:《經驗和精神的重逢》,《巴與蜀:兩個二重奏》,北京:作家出版社,2005
　　　年,第 5 頁。

本的多重糾葛中，呈現出了詩人獨到的詩性能力。陳超提出「歷史的想像力」命題，「詩歌，特別是先鋒詩歌，應有其內在的價值系統。它不是某類文化人的審美遣興或話語嬉戲，而應有對我們置身其間的歷史和生存處境的揭示，對我們時代語言狀況的深度勘探，對即將來臨的歷史可能性的批判的參與，並最終落實到對詩歌本體的更專業、更精微的縱深開拓上。」〔註6〕梁平也在詩集《家譜》中說，「之所以取名為《家譜》，是因為這裡面集結了我文字的血緣，情感的埋伏，故鄉和家國基因的指認。家對於我，是我一生寫作的土壤。我敢肯定地說，我以前、現在以及以後的寫作，絕不會偏離和捨棄這樣的譜系。」所以，從《三十年河東》《三星堆之門》《重慶書》《汶川故事》，到2016出版詩集《家譜》，我們看到，梁平詩歌，都有著重鑄歷史想像力的努力。正如霍俊明的評價，「梁平在《三十年河東》中所體現的個人化的歷史想像力和求真意志正是當下中國的詩歌寫作所普遍缺乏的。這種個人化想像力和求真意志的能力使得全詩不僅通過重要的歷史節點呈現了歷史的全貌，而且便得重要的歷史事件和細節得以詩化的復現，也使得這種歷史的詩化復現可能比歷史自身更具有藝術張力、感知深度和問題意識。」〔註7〕2011年《中國作家》第5期全文刊載了梁平的長詩《汶川故事——5·12大地震災後重建詩報告》，同年5月該長詩在四川文藝出版社出版，他再次展開了一次新的詩學冒險與探索，顯示了梁平在成都詩歌中長詩寫作中的重要地位。該長詩2300多行，包括《序詩》《第一章：夢斷五月》《第二章：夢醒四川》《第三章：夢想成真》《尾聲　或夢的飛翔》五部分。在「災難」、「重建」等主題之下，這一詩歌文本也成為多種力量、多種語言方式共同組建的多面體：這既是一個大民族的心靈史，又是一個個具體的人微觀體驗；這既有人類精神的寫照，又是政治意識的表達；這裡有政黨話語的支配，又有抒情審美的詩性燭照；這裡有愛、生命、理性的呼喊，這裡也有溫順、奴性的展示……但是在詩歌中，作者較為成為地把這些元素有融為一體，甚至顯得不露痕跡。這裡，梁平的《汶川故事》可以說展示出了非常重要的一些詩學問題，而這些問題本身是我們有意無意地忽視掉了的重要詩學問題。如當代詩歌與宏大主題關係的問題，在當下轟轟烈烈的「個體寫作」時代，「宏大寫作」就似乎

〔註6〕陳超：《重鑄詩歌的「歷史想像力」》，《文藝研究》，2006年，第3期。
〔註7〕霍俊明：《歷史回聲：個人歷史想像力　求真意志　民間姿勢》，《當代文壇》，2009年，第2期。

已經不再是需要關心的問題了。梁平曾說：「實際上這樣的『生活』進入了我們每一個人的內心，倘若寫作者找到了寫作的興奮，找到了寫作的路徑，為什麼要抵制或者拒絕呢？」〔註 8〕詩歌本身永遠也無法避開時代精神、民族精神、國家精神這樣一些命題的。詩歌只有消化掉這些主題，才能得以良性發展。詩歌必須介入宏大主題，那麼又該如何處理宏主題呢？梁平的長詩寫作，就為我們提供了一些可能性的向度。古代史詩與現代長詩是有質的差別的，從神話傳說、古典形式的「史詩」中走向具有現代精神、現代形式的「現代長詩」，不僅需要詩人有構建宏大結構、鋪成開闊空間、展示飽滿的人物形象、掌握精湛修辭等基本能力，還需要詩人有涉足複雜的歷史、展示現代靈魂，彰顯現代精神這一系列的多重考驗。梁平長詩《汶川故事——5．12 大地震災後重建詩報告》以其對時代宏大主題的詩性展示，在中國當代詩壇是比較突出的，對「現代長詩」的推進有重要的啟示意義。

　　2014 年，四川文藝出版社出版了梁平的《閱讀的姿勢——當代詩歌批評劄記》，這是梁平詩歌批評的第一次小型集結。在此之前，梁平作為詩人、詩歌編輯家的身份早已為詩壇熟悉。在梁平自身的詩歌歷程中，《閱讀的姿態》使得梁平作為詩歌批評家的身份在中國當代詩壇凸顯。由此，既是作為在中國詩歌現場重要詩人，也是作為參與中國當代詩歌編輯出版的重要詩歌編輯家的梁平，其詩歌批評就與當下的學院派詩歌批評家、民間詩歌批評家有著異樣的面影，呈現出當代詩歌批評別樣的姿態、路徑和視野。在梁平的詩歌批評中，其詩歌批評體現出一種強烈的樂觀底色。與大多人詩人、批評家、讀者的把詩歌眼光投向古代、指向西方，而對當下詩歌不屑一顧不一樣的，梁平始終對當下詩歌持有一種樂觀的態度。由此，他在詩歌批評中也就緊緊地把自己的詩學野心獻給了當代詩歌。也正是在這樣的一種樂觀的詩歌姿態之下，梁平的詩歌批評一方面體現出強烈的鮮活性和現場感，使得他的詩學思想在當代詩歌批評有著他們難以企及的正當性。另一方面，他的樂觀詩歌姿態又使他的詩歌批評與詩人、作品形成了一種相對穩定的溝通、對話平臺，讓他的詩歌批評在當代詩學中體現出一種極為難得的有效性。而這種詩歌批評的現場感，在正是學院派詩歌批評家所缺少的重要維度。梁平詩歌中的樂觀姿態，卻並非是一種簡單的、天真的樂觀。他是在這種樂觀的姿態之下，

〔註 8〕王西平、梁平：《我的詩生活——王西平系列訪談：梁平篇》，《中國詩歌》，2015
　　　　年，第 4 期。

試圖構建出一種博大、宏觀、繁複的「大詩歌」詩學體系。在一種樂觀姿態之下，梁平的詩歌批評積極地引導當代詩歌走向一種開放，走向融匯，走向博大。由此，梁平的詩歌批評，正是要在當代詩歌中找尋出更為有價值詩學因子，為不斷走向綜合、走向博大的當代詩歌沉澱下有意義的詩學創作與思考。梁平自己迷戀於長詩的創作，以及在批評中不斷對詩人予以長詩的期許和要求，也是他批評中「大詩歌」詩學體系構建的重要呈現。而梁平在批評中對大詩人、大作品的訴求，也讓我們看到了當代詩歌、當代詩學走向集大成的可能。梁平詩歌批評中對「大詩歌」的尋找和建構，蘊藏著他宏大的思想視野。在當代詩歌批評和創作中，一方面是「個體詩學」、「人的詩學」並未得以建構，另一方面又是「個體詩學」、「人的詩學」的泛濫和誤用。而梁平的詩歌批評，以及他的「大詩歌」體系，則旗幟鮮明地提出了詩歌的責任、擔當、使命等重要的詩學命題。他的詩歌批評正是在不遺餘力地建構詩歌的文化意識和歷史使命，把個體詩學和文化意識、歷史意識緊密地聯繫在一起。也就是說，個體詩學、文化意識、歷史使命，在梁平詩歌批評中是三位一體的。這種三位一體，也成為梁平詩歌批評的重要特點。最終，也正是在文化意識、歷史使命的維度之上，我們才看到了當代詩歌中個體詩學進一步建構與推進的堅實地基。

當下星星詩刊的主編龔學敏（1965～），〔註9〕曾有著教師、警察、公務員、日報社總編輯、作協主席等多重身份，也是一位有著獨特詩學追求的重要詩人。其詩集《九寨藍》，梁平就認為，「龔學敏的《九寨藍》以及他的山水詩歌，可以稱之為繼孔孚之後當代詩人山水詩的另一個標杆，甚至龔學敏詩歌中的當代語境和現代意象，比起孔孚的山水詩更具有現代性和當下性。龔學敏已經具備了一種捕捉山水的基本方式和態度，在他的這類以自然山水為觀照主體的山水詩中，詩人也具備了一種與自然山水相交遊的非凡能力。」此後詩集《紫禁城》，成為他詩歌創作的一次轉身。在他的這組詩歌中，「紫禁城」已被抽空了本身的內涵，僅成為詩人詩意發生和語言延展的契機而已。在這組詩歌中，龔學敏依然保持了優美古典的詩情和語言，並且使他的語言才華和想像力得以進一步發揮。如其中的詩歌《保和殿：雲龍石階》，「一切都源自存在於夢

〔註9〕出版有詩集《幻影》（四川大學出版社，1993年）、《雪山之上的雪》《長征》（四川文藝出版社，2005年）、《九寨藍》（四川文藝出版社，2011年）、《紫禁城》（四川文藝出版社，2011年）、《鋼的城》（四川人民出版社，2014年）、《紙葵》（成都時代出版社，2018年）等。

境裏的白，紙一樣的白。行走的山水／被與文字一道行走的人們覆蓋在雪的顏色下面。／／被第一隻烏鴉啄醒的，是關於山的名字和／次第展開的那些植物。花開富貴，所有的花都綻放在叫做／富的山與貴的山之間，深不可測的壑中。開在這紙／庭院深深的背面。／／被第二隻烏鴉啄醒的，是關於江的浩渺和江邊披著黃金蓑衣捕魚／的那人。水沿著紙的四方漫去。魚，流了下來／在純金的蓑衣中築巢，／在透明的宮燈旁邊，點亮漁火與冰涼的紙。滑過透明的溝壑／用精緻的鰭，被風吹上／山來。／／山水之間，或者山水之上，需要用緘默著的聲音，生長出／那些叫做龍的大樹，並且，可以參天，可以用力透過所有的／紙背。然後，所有的山，水，成為鈹一樣的飾紋／在山上綻開他們沒有的花的聲音／在水中游曳他們沒有的魚的聲音／／就這樣靜靜地擺在雲雨之中，一動不動／然後一塵不染。／／一張可以用來在山間的樹梢上飛翔的紙，一張／可以用來在水中的金色鯉魚旁邊游蕩的紙，一張／叫做龍的聲音的紙，／／就他那樣，一動不動，而且一塵不染。」整首詩歌絲毫無一點歷史滄桑、宮殿雄偉、宮廷血腥等主題的介入，而完全憑詩人自我的想像，從一點點的細處鋪開，在寧靜之中將漢語的古典魅力呈現。而從歷史和現實中抽身，這或許是龔學敏對於宏大時代主題的另一種反思。

2014 年出版了的詩集《鋼的城》。該詩集延續著龔學敏一直以來所洞察的宏大歷史、國家意識等主題，以及高揚著令人震驚的抒情、唯美風格。但令人矚目的是，他選取了「鋼鐵」這樣一個特有基點來形塑他的詩與思，為他贏獲了一個嶄新藝術空間。這就是，在《剛的城》中，詩人勁顯從「鋼鐵」出發撫摸漢語、諦聽詩學之氣息，又燃動從「鋼鐵」啟航以究覽生命、激活大地、照徹歷史和洞達現代之旨歸。面對著龐大的現代鋼鐵文化，龔學敏是如何鎔鑄他「鋼鐵」的詩與思呢？在詩集《鋼的城》中，他選擇了一個獨特的乃至具有啟示性的視角，即從攀枝花開始他的「鋼鐵詩學」之路的。攀枝花以花來命名，但鋼鐵才是這個城市的底座。所以選擇攀枝花，不僅是對攀枝花工業文明歷史的宏大書寫，更抓住了我們「鋼鐵經驗」和「鋼鐵感受」的一個最重要的激活原點。由此，龔學敏《鋼的城》中的「鋼鐵之歌」，是從鋼鐵的根子上、源頭上發掘詩。如果回到源頭凝視我們與「鋼鐵」相遇的歷史，我們看到，不是「鋼鐵」需要我們，更不是「鋼鐵」要強行介入到我們的生命與存在中，而是我們的時代需要鋼鐵，我們的社會需要鋼鐵，我們需要鋼鐵。此時，「鋼鐵」有了一種極為重要的歷史使命和重要價值。龔學敏這種回到鋼鐵源頭的詩學之路，

其特有的精神維度在於，讓我們從鋼鐵本身出發，可以觸摸到鋼鐵柔和的顏色，聆聽到鋼鐵通脫的聲音，目擊到鋼鐵救贖的色彩。當然，如果站在這樣鋼鐵歷史背景之中，《鋼的城》中的「鋼鐵」也就成為中國鋼鐵歷史演進的重要書寫，這種鋼鐵詩學就必然包含著宏大的歷史意識，成為對宏大歷史主題的書寫。詩歌中對攀枝花的期待，就成為對鋼鐵的期待。「鋼鐵」在這裡，就有著重要的政治意義，甚至是整個中國社會的一個符號。回到了歷史源頭的鋼鐵，更多的就包含著他宏大歷史使命和時代特徵。因此在《鋼的城》中，「鋼鐵」本身所蘊含的力量，也必然會指向時代意義，指向國家價值，指向民族精神。「煉成了多少鋼鐵，就留下了多少溫泉，／煉成了多少鋼鐵，就給了中國多少溫暖。／這些鋼鐵的汗水，這些和鋼鐵一樣單純的汗水，正在用她們的話語，／感召一朵花開放時的力量。」儘管有著這樣的宏大歷史意識，《鋼的城》中「鋼鐵」的既有宏大歷史進程，也並沒有遮蔽和掩蓋細小、真實的歷史。這裡不僅有對三線建設、毛澤東、鄧小平等鋼鐵大歷史的書寫，也有對常隆慶、周傳典以及「花木蘭割草班」等的「鋼鐵小歷史」的描寫。也就是說，《鋼的城》中宏大的歷史主題、國家意識，並未成為他「鋼鐵詩學」的唯一注腳，而同時還為我們播散出了一個個多元多層的鋼鐵經驗。從中國鋼鐵的源頭展開的「鋼鐵之詩」，就回到了「鋼鐵本身」。而回到「鋼鐵本身」，我們也就看到了「鋼鐵」中所孕育著的療救的力量，以及鋼鐵既宏大而又細微的歷史。回到「鋼鐵本身」，不僅成為龔學敏「鋼鐵詩學」的一個厚實之基，也是龔學敏《鋼的城》中鋼鐵詩學重要特點。儘管在《剛的城》中，「鋼鐵詩學」有著宏大的歷史意識、國家主題這樣一條極為重要主線。但當一回到「鋼鐵本身」，龔學敏詩歌中的「鋼鐵」就有了完全不同的詩學向度。在詩歌中，特別是在攀枝花這樣一個以花命名的城市中寫鋼鐵，在《鋼的城》中將「鮮花」與「鋼鐵」鎔鑄於一體，彰顯出鋼鐵的柔性、溫暖性、抒情性的一面，這既是《鋼的城》中最為濃墨重彩的一筆，也構成了龔學敏鋼鐵詩學獨特的一面。他在鋼鐵中融合了巴蜀傳統文化中尚誇飾、鋪張、華麗的風格，體現出精緻、華美、豔麗詩學追求，使得他詩歌中的「鋼鐵」，成為一種特有的「華美之鐵鋼鐵」。詩人的這種將鋼鐵與鮮花、鋼鐵與自然融為一體的努力，形成了一種特別的鋼鐵詩學。「在詩人的調適和融合下，我們就看到了詩歌魔棒點化鋼鐵的努力，一根根鋼鐵正成長一棵棵樹，萌芽，開花，並不斷向大地伸展自己的腳，吸取更多的地力、陽光和雨露，蓬勃生長，長成一片自足的森林，讓小鳥啾啾地自鳴於其

間。」﹝註 10﹞正如葉延濱所說的「詩歌魔棒點化鋼鐵的努力」，龔學敏的鋼鐵之詩形成了一種「積極鋼鐵」。由此他鋼鐵之詩中釋放出一種溫暖、明亮、溫柔、流暢的質感，具有鮮活、靈動的生命力，這在現代性批判的背景之下，他的「積極鋼鐵」堪稱是一種「中性鋼鐵」，這是當代文學在面對鋼鐵時極少觀照的重要一面。回到「鋼鐵本身」，龔學敏的「鋼鐵詩學」就呈現出另外一個精神向度，那就是在現代詩歌中張揚出一種濃烈的科技意識和理性精神，一起匯入與推動著整個中國現代新詩中的「新的抒情」這一走向。在《鋼的城》中，詩人除了對鋼鐵的歷史理性有集中的展示之外，詩歌「正文本」與「副文本」的交織，特別是大量的「注釋」這一「副文本」的出現，成為龔學敏「鋼鐵詩學」的一個重要特色。所謂的「副文本」，就是在詩集的每一詩章之後的「注釋」。這些注釋，主要是對詩歌文本的內在縫隙的補充，以實現他詩歌中自身的完整鋼鐵世界的構建。正是這種「副文本」的注入，使得龔學敏鋼鐵詩學具有了多種面孔和向度。正文本即詩歌文本，以詩性的語言和邏輯展開。而作為注釋的副文本，則純然是事實性的、說明性的文字：如第一詩章後的幾條注釋，⋯⋯這些副文本，以歷史的細節、詳實的材料、理性的說明，圍拱在鋼鐵世界周圍，回復鋼鐵世界的歷史面目。而與此同此，詩歌中兩種文本雙向呈現、纏繞、激蕩、對立、融合，讓整個「鋼鐵詩學」的風格變得搖曳多姿，審美趣味也層次豐富。更重要的是，這些「副文本」，更呈現出特有的技術意識和理性精神，有著特別的詩學意義。在現代社會的發展中，中國現代工商業文化發展成為了主流。不同於傳統詩歌的新的詩歌體系誕生。此時中國現代新詩的地界，就不在是古代中國鄉村農業文明的簡單再現，而是突破中國傳統的封閉狀態下的工業文明、商業文明、城市文明等等文明的新型複雜社會樣式的體現。新詩的根基在於，詩人主體與現代自我、現代社會、現代人生，以及現代科技的摩擦。﹝註 11﹞而龔學敏的詩集《紙葵》收入《三星堆》和《金沙》兩首詩，並無前言、後語，體現出非凡的探索與實驗精神。安琪就認為，《金沙》是 2017年中國長詩的重要收穫。陶春評價說，作為本年度一部最燒腦的詩集，我更願意將其視為一部天啟之「書」，這不但因為「萬物有靈」的古東方神話的整體思維，體現在全書比比皆是，同時，透過其互文與複調書寫的結構，對當下現

﹝註 10﹞ 葉延濱：《序：為英雄時代完成的史詩性書寫》，《鋼的城》，成都：四川人民出版社，2014 年，第 5 頁。

﹝註 11﹞ 王學東：《詩歌與鋼鐵——談龔學敏〈鋼的城〉的「鋼鐵詩學」》，《當代文壇》，2017 年第 1 期。

代文明及人類生活複雜、駭人一面的揭示，有著世紀寓言般的穿透力。龔學敏自己也對詩集非常滿意，「從我來成都工作生活之後，就驚歎於古蜀文明的燦爛輝煌，尤其是相對中原地區而言，古蜀的歷史更顯神秘深邃，獨具魅力。這給了詩人極大的想像空間，滋養著我們的創作。」

此外，《星星》周圍還有一批極優秀的詩人。女詩人靳曉靜，1996 年調入四川省作家協會創研室，任《星星》詩刊副主編、編審。出版詩集《獻給我永生永世的情人》（四川文藝出版社，1992 年）、《我的時間簡史》（四川文藝出版社，2009 年）、《耶穌愛你》（詩歌 EMS）等。她的詩歌，一方面有著女性的柔美和純情，如詩集《獻給我永生永世的情人》，另一方面又有著女性對於生命的理性之思，如詩集《我的時間簡史》。孫建軍評論說，「一種以母愛的本真包容時空的，以犧牲精神獻祭於人性之光的善良而美麗的歌唱。」〔註 12〕梁平也說，「她總是把現實提到形而上的高度加以思慮、追索，思緒往返於天地之間，通達前生來世，給人以立體的開掘、支撐和邈遠的想像、塑造。」〔註 13〕近期她的詩歌創作，也再次彰顯出女性獨特生命感受。「只有母馬眩目而來 / 這上帝的尤物，迷死整個草原 / 你毫無責任 / 這母馬來臨不明 / 和我感恩的淚水一樣 / 都是從天縫中落下的東西」（《母馬》），她的詩歌中充滿了令人驚悸的寧靜、美、愛，保持著神秘的力量。《星星》詩刊副主編李自國，原名李白貴，著有詩集《第三隻眼睛》（中國和平出版社，1991 年）、《告訴世界》（四川文藝出版社，1992 年）、《通向你的花季》（成都音像出版社，1992 年）、《場——探索詩選》（南洋出版社，1991 年）、《水洗的歌謠》（四川文藝出版社，1994 年）、《大海的誕生》（四川文藝出版社，1993 年）、《生命之鹽》（中國戲劇出版社，2002 年）、《行走森林》（四川文藝出版社，2017 年）等多部。李自國從早期的青春、激情，到《場——探索詩選》的語言探索，再到之後的《生命之鹽》，也經歷了一次次的詩學裂變。學者評論說，「在四十多年的藝術探索與詩意構建中，李自國的詩歌風格幾經變化、多維拓進，從不同向度將一個詩人個體對新詩這種文體的獨特認知視野和可能達到的審美表達水準充分展示出來。」〔註 14〕而最近他發表於《詩刊》的《高高的靈魂》，體現了他

〔註 12〕孫建軍：《女巫的歌唱——靳曉靜近期詩歌創作簡評》，《當代文壇》，2000 年，第 6 期。

〔註 13〕梁平：《往返天地的神性思慮——靳曉靜〈我的時間簡史〉閱讀印象》，《當代文壇》，2010 年，第 6 期。

〔註 14〕張德明：《李自國詩歌論》，《當代文壇》，2018 年，第 6 期。

的一種「老年心境」。從這幾首詩的標題《老屋的心跡》《高高的靈魂》《獨步荒野》《歲月的問候》就可以看到,他已經在一個「老人」角度,來審問這生命、青春、歲月、激情和靈魂。如《高高的靈魂》中,「冷風吹動遙遠的屋脊／無聲無息的時光／如今都流向了哪裏／／平民的屋宇／面山而居的人子呵／直到沉默,直到堅韌中醒來／那隱約的門庭　為誰而開／誰又是被它遺忘的主人」正是詩人站在了生命即將終極的另外一端,再次重新逼問生命的沉重問題,使得這樣詩意表達更能有效地擊中我們短暫生命。孫建軍,歷任《星星》詩刊編輯、編輯部主任、副編審,出版有詩集《純情的微風》(中國文聯出版公司,1989 年)、《善良的孩子》(四川大學出版社,1990 年)、《時間之島》(四川文藝出版社,1993 年)、《孫建軍詩選》(中國文聯出版社,1999 年),其詩歌也有一定的特色。當下,熊炎、楊獻平、干海兵、敬丹櫻、黎陽、李斌等,已逐漸成為星星詩人群的主力。

第二節　「四川五君」

　　九十年代詩歌的登場,首先是建築在第三代詩歌的基因之上的。「九十年代的詩歌是在八十年代的詩歌土壤中生發出來的,特別是第三代詩歌,為整體九十年代詩歌提供了合理性和合法性的空間。從八十年代第三代詩歌的日常生活到九十年代對生活細節的處理,對自我身份的確認和回歸,以及地下詩刊對地上詩歌界的構造,都隱含著八十年代詩歌對九十年代詩歌的互動和滲透!」〔註 15〕湧動在第三代詩人血液中的生命衝動和自我表達欲望,賡續在九十年代詩歌的骨髓之中。90 年代詩歌,呈現了中國當代詩歌演進的一次重大轉向,這就是探索詩歌意義是如何生成的問題。王家新等人編輯的論文選集《九十年代備忘錄》,對 90 年代詩歌這個名詞從新開始和重新清理,其中尋找 90 年代詩歌詩意如何生成是他們詩學探尋的重心。歐陽江河認為 1989年後「詩歌寫作的某個階段已大致結束了。許多作品失效了。」〔註 16〕這是90 年代詩歌尋找有效作品的開始;這中間,程光煒認為「90 年代詩歌:另一

〔註 15〕李怡、王學東:《新的情緒、新的空間與新的道路》,《當代文壇》,2008 年,第 5 期。

〔註 16〕歐陽江河:《'89 後國內詩歌寫作:本土氣質、中年特徵和知識分子身份》,《中國詩歌:90 年代備忘錄》,王家新等編,北京:人民文學出版社,2000 年,第182 頁。

意義的命名」尋求著「表現的可能性」〔註 17〕；臧棣不斷地問詩歌「寫作的有效性在哪裏呢？」〔註 18〕都在思考著新的詩歌意義的可能性何在的這樣一個重大的詩學問題。孫文波最後得出結論，「所以，我寧願把 90 年代地歌寫作的詩歌寫作看作是對『有效性』的尋找。」由此，什麼是詩歌的意義？詩歌意義的生成機制，成為 90 年代詩歌中的一個非常重要的問題。

我曾在《當代詩歌的「詩意」生成機制》中論述：在 80 到 90 年代詩人中，王家新由於他呈現了「時代的詩歌的這樣一面鏡子」〔註 19〕在知識分子寫作中獲得了其他詩人難以比擬的殊榮，他的寫作有著重要的標杆性意義。對於王家新這樣一面時代詩歌的鏡子，程光煒寫道，「80 年代結束了，抑或說，原來的知識、真理、經驗，不再成為一種規定、指導、統馭詩人寫作的『型構』，起碼不再是一個準則。」〔註 20〕因詩歌而使一個時代結束，因詩歌而使時代的準則改變，這就是王家新的創作。而就在同一本書裏，洪子誠也寫下了這樣的文字，「我也產生了類乎程光煒的那種感覺，這一切都在提醒我，我們的生活、情緒，將要（其實應該說是『已經』）發生改變。」〔註 21〕王家新在《從一場濛濛細雨開始》闡釋道，「而 90 年代詩歌之所以值得肯定，就在於它在沉痛的反省中，呼應並在一定程度上承擔了這樣的歷史要求，並把一種獨立的、知識分了的、個人的寫作立場內化為它的基本品格。」〔註 22〕同樣，陳均在《90 年代部分詩學詞語梳理》一文中，也將「知識分子寫作」、「個人寫作」、「中年寫作」這二個概念排列在前三位，〔註 23〕那麼，這幾個基本的詩學概念就可以成為他詩歌的主要的特色。而在王家新所有的詩歌文本中，《帕斯捷爾納克》被論述，被引用的次數較多，其中就包含著詩人對 90 年代詩歌的理解，也包含著評論家們的詩歌觀念。「終於能按照自己的內心寫作了／卻不能按一個人的內心生活」，「知識分子寫作，指在中國這樣一個語境中，寫作者對時代、生存

〔註 17〕程光煒：《90 年代詩歌：另一意義的命名》，《中國詩歌：90 年代備忘錄》，王家新等編，北京：人民文學出版社，2000 年，第 173 頁。
〔註 18〕臧棣：《後朦朧詩：作為一種寫作的詩》，《中國詩歌：90 年代備忘錄》，王家新等編，北京：人民文學出版社，2000 年，第 212 頁。
〔註 19〕臧棣：《王家新：漢語中的承受》，《詩探索》，1994 年，第 4 期。
〔註 20〕程光煒：《歲月的遺照·序》，程光煒編，北京：社會科學文獻出版社，1998 年。
〔註 21〕洪子誠：《歲月的遺照·序》，程光煒編，北京：社會科學文獻出版社，1998 年。
〔註 22〕王家新：《從一場濛濛細雨開始》，《中國詩歌：90 年代備忘錄》，王家新等編，北京：人民文學出版社，2000 年，第 3 頁。
〔註 23〕陳均：《90 年代部分詩學詞語梳理》，《中國詩歌：90 年代備忘錄》，王家新等編，北京：人民文學出版社，2000 年，第 395 頁。

處境與寫作的一種認知，反映了詩人對寫作的獨立性、詩歌精神、專業性質、人文關懷的要求。」〔註24〕我們看到，在這句詩中，詩人強調是「能按照自己的內心寫作了」，也就成為了西川所說的「在修辭方面達到一種透明的、純粹和高貴的質地。在面對生活時採取一種既投入又遠離的獨立姿態。」〔註25〕其落腳點就是在於一種修辭，一種複雜質地的技巧。然後在修辭的本質和基礎上，我們才看到了一種歐陽江河所說的知識分子身份：專業的和邊緣人的身份。由此就形成這樣的一種情況，作為一個詩人和一個知識分子的結合，那麼，王家新在這裡表現出來的就是：「90 年代詩人，用寫作從不同層面上體現了『知識分子』，而且他們的理想主義精神、它們在詩歌中用複雜的技巧表現現代人的真切處境、它們對文化現實的積極回應和介入……」〔註26〕其互文性「特指當代寫作與西方及中國古典詩歌傳統的關係，已不再是影響和繼承的關係，而是一種多重互文性的關係。」〔註27〕而這裡的「互文性」，除了在詩歌中強烈的灌注古代詩歌或者西方詩歌的精神與血液以外，更強調的是一種語言資源，即對古代詩歌語言、西方詩歌語言的借鑒。「在一個民族文化由統一的意識形態干預左右的現實境遇中，所謂的地方習俗、話語習慣，無可避免地要受到將『歷史語境』與『現實語境』膠合為不可分離的『文化共在』的牽制，並由此發生『此在』變異，從而形成『現實的語言』與『語言的現實』」。〔註28〕於是，在王家新的詩歌作品中，像作品《瓦雷金諾敘事曲》《帕斯捷爾納克》《卡夫卡》《葉芝》《倫敦隨筆》等都是在「互文性」的籠罩之下，從世界資源或者說西方資源中來搭建現代詩歌，從中升起現代詩歌的思想和靈魂。而也正是在此基礎上，90 年代詩歌的詩意生成，是一次大型的語言突進運動。這樣，在他的創作過程中也就承認了這樣一點，「詩是一種知識」〔註29〕，並以之作為詩歌

〔註24〕 陳均：《90 年代部分詩學詞語梳理》，《中國詩歌：90 年代備忘錄》，王家新等編，北京：人民文學出版社，2000 年，第 395 頁。

〔註25〕 王家新：《答鮑夏蘭、魯索四句》，《中國詩選》，沙光編，成都：成都科技大學出版社，1994 年版，第 376 頁。

〔註26〕 陳均：《90 年代部分詩學詞語梳理》，《中國詩歌：90 年代備忘錄》，王家新等編，北京：人民文學出版社，2000 年，第 396 頁。

〔註27〕 王家新等編，《中國詩歌：90 年代備忘錄》，北京：人民文學出版社，2000 年，第 395 頁。

〔註28〕 孫文波：《我理解的 90 年代：個人寫作、敘事及其他》，王家新等編，《中國詩歌：90 年代備忘錄》，人北京：民文學出版社，2000 年，第 12 頁。

〔註29〕 姜濤：《辯難的詩壇：作為策略而區分的本體寫作與辯證寫作》，《北京大學研究生學刊》，1997 年，第 1 期。

創作和理解的阿基米德點。那麼，從知識分子的修辭技巧介入到了個人寫作來看，「個人寫作」是一個很值得玩味的詞語，我詩歌中的自我把捉角度來看，與其說是一種與意識形態、大眾文化和商業文化等的對峙，「在對各個領域的權勢話語和集體意識的警惕，保持了你便是的獨立思考的態度，把『差異性』放在了首位。」還不如說是講個人的形象，個人對世界和思考全部納入寫作中去，最後，提供的是一種「文字的聲音」，然而不是孫文波所說的「獨立的聲音」。個人形象就成為了一種知識形象，也正如程光煒在評價王家新時所說的，「正像本雅名『用印文寫一部不朽之作』的偉大遺願，他閒談試圖通過與中國亡靈的對話，編寫一部罕見的詩歌寫作史」。〔註30〕那麼從語言的角度來看，90 年代的詩歌，「或許更接近於詩歌的本來要求——它迫使詩人從刻意於形式的經營轉向對詞語本身的關注。」〔註31〕而他這「知識自我」形象的編寫是在「中年寫作」上實踐的。在用語言描寫世界和自我的時候，他們提出了中年寫作，「它相對於『青春寫作』或『青春崇拜』，意指一種成熟的、開闊的寫作境界，嚴格的寫作要求和複雜的、深入的詩歌構建手段。」〔註32〕於是這樣的編寫就成為了一種寫作才能的指數，「他要求我們不僅僅是靠激情、才華，而是靠對激情的正確控制、靠綜合的有效才能、靠理性所包含的知識、靠寫作積累的經驗寫作。」對於這樣的表達，羅振亞精確的指出：「『知識分子寫作』拒絕商品文化、世俗文化的選擇令人肅然起敬，但也必須警惕技術主義和修辭至上。」〔註33〕這可謂對知識分子寫作對自我語言座駕打磨形態的點睛。知識分子寫作、個人寫作和中年寫作是王家新為代表的知識分子寫作的三個詩學核心觀念。其實，不管是追求複雜的技藝、針對現實的語境還是自身的處境，這些所有問題的回答是「詩人的天職就在於尋求語言表現的可能性。他是為語言的最理想的存在而寫作的。」〔註34〕並且，這不是簡單的尋求語言的表現性，

〔註30〕 程光煒：《不知所終的旅行：90 年代詩歌綜論》，《中國詩歌：90 年代備忘錄》，王家新等編，北京：人民文學出版社，2000 年，第 351 頁。

〔註31〕 王家新：《回答四十個問題》，《遊動懸崖》，長沙：湖南文藝出版社，1997 年，第 206 頁。

〔註32〕 陳均：《90 年代部分詩學詞語梳理》，《中國詩歌：90 年代備忘錄》，王家新等編，北京：人民文學出版社，2000 年，第 398 頁。

〔註33〕 羅振亞：《朦朧詩後先鋒詩歌研究》，北京：中國社會科學出版社，2005 年，第 205 頁。

〔註34〕 孫文波：《我理解的 90 年代：個人寫作、敘事及其他》，《中國詩歌：90 年代備忘錄》，王家新等編，北京：人民文學出版社，2000 年，第 13 頁。

而且更顯示的是對語言本身的關注,「對語境以及話語的具體性和差異性的關注,意味著一種寫作的依據和指涉性,顯示了我們對目前中國大陸的話語實踐的關注以及對其話語資源進行利用和轉化的興趣。」﹝註35﹞這樣,我們就不難理解四川五君的詩歌創作了。﹝註36﹞

　　「四川五君」是九十年詩歌「知識分子寫作」的代表性詩人,他們的主要活動範圍主要是在成都。鐘鳴說,「我們沒有共同的宣言,每個人風格也不一樣,毫無流派特徵,這個我們是很清楚的。我們五個人,都很挑剔,很敏感——說穿了,不會去幹傻事,弄這些東西。有時候對外面,不好稱呼,就默認了。以前辦雜誌是很個人化的,比如我們辦的,也收他們的詩。五個人的性格也都不一樣。」﹝註37﹞1986 年香港的刊物《譯叢》,就介紹了歐陽江河等七位四川詩人的作品。之後 1995 年德文本《中國雜技・硬椅子——四川五君詩選》出版,入選了張棗、歐陽江河、柏樺、翟永明、鐘鳴五位詩人的作品。實際上,與四川較為密切的是歐陽江河、柏樺、翟永明、鐘鳴四位詩人。對此,有學者還對此予以了專門論述,「在現代漢語詩歌發生的特殊背景下,『大我』和『我們』一直束縛著身體向自身的探索,以北方為中心的『朦朧詩』的出現,可視為身體的覺醒。而在這一詩歌脈絡之下,以南方為中心的『第三代』詩歌寫作,則更大程度上發掘著身體的複雜性與豐富性。柏樺、歐陽江河、翟永明、張棗、鐘鳴等『四川五君』的寫作,既承襲著『南方詩歌』與『第三代』詩歌的傳統,以其呈現出的身體的複雜與幽微成為值得解讀的文本。」﹝註38﹞此後,她還出版了專著《語言的軀體——四川五君詩歌論》,對此展開了較為全面的研究。

　　在這「五君」中,歐陽江河(1956～)﹝註39﹞,是當代詩歌中「知識分子

﹝註35﹞ 王家新:《對話:在詩和歷史之間》,《夜鶯在它自己的時代》,北京:東方出版心,1997 年,第 206 頁。

﹝註36﹞ 王學東:《當代詩歌的「詩意生成機制」》,《星星》,2017 年,第 6 期。

﹝註37﹞ 鐘鳴:《「旁觀者」之後——鐘鳴訪談錄》,《詩歌月刊》,2011 年,第 2 期。

﹝註38﹞ 曹夢琰:《身體之辨——「四川五君」論》,《當代文壇》,2017 年,第 3 期。

﹝註39﹞ 著有詩集《透過詞語的玻璃》(改革出版社,1997 年),《誰去誰留》(湖南文藝出版社,1997 年)、《事物的眼淚》(作家出版社,2008 年)《鳳凰》(香港牛津大學中文出版社,2012 年),《如此博學的飢餓:歐陽江河集 1983～2012》(作家出版社,2013 年)、《黃山谷的豹》(遼寧人民出版社,2013 年)、《鳳凰》(中信出版社,2014 年)、《大是大非》、(重慶大學出版社,2015 年)、《恍然一瞥》(黃山書社,2016 年)、《長詩集》(長江文藝出版社,2017 年)、《開耳》(四川文藝出版社,2018 年)、《江南引》(譯林出版社,2018 年),以及評論集《站在虛構這邊》(三聯書店,2001 年)。

寫作」一個重要代表。1993 年歐陽江河發表了《'89 後國內詩歌寫作：本土氣質、中年特徵與知識分子》〔註40〕，其中討論的三個關鍵詞「知識分子寫作」、「個人寫作」、「中年寫作」成為了九十年代詩學的核心。在文中，他提出，「對我們這一代詩人的寫作來說，1989 年並非從頭開始，但似乎比從頭開始還要困難。一個主要的結果是，在我們已經寫出和正在寫的作品之間產生了一種深刻的中斷。詩歌寫作的某個階段已大致結束了。許多作品失效了。就像手中的望遠鏡被顛倒過來，以往的寫作一下子變得格外遙遠，幾乎成為隔世之作，任何試圖重新確立它們的閱讀和闡釋努力都有可能被引導到一個不復存在的某時某地，成為對閱讀和寫作的雙重消除。」〔註41〕進而，這種強烈的「中斷」在歐陽江河的詩歌觀念中，也有著非常鮮明的體現，「現代詩歌包含了一種永遠不能綜合的內在歧異，它特別予以強調的是詞與物的異質性，而不是一致性。換句話說，它強調詞不可能直接變成物，詞所觸及的只是作為知識痕跡的物。有時現代詩看上去似乎是在考量物質生活的狀況，但它實際考量的是人的基本境遇以及詞的狀況。」〔註42〕當代，對於當代詩歌中的「知識分子寫作」，以及對於「詞」與「物」之間的複雜關係，歐陽江河也有著非常深刻的闡述，「詞真能像燈一樣打開，像器皿一樣擦亮，真能照耀我們身邊的物嗎？當代詩人們致力於處理詞與物的關係，以此界定人在宇宙中的位置和形象，並對現實生活的品質、價值和意義做出描述。我想強調指出的是，這種描述帶有虛構性質，不大可能由現存事物簡單地、直接地加以證明，因為詩的描述不僅是關於『物』的，也是關於描述自身的。從虛構這邊看，詩引領我們朝著未知的領域飛翔，不是為了脫離現實，而是為了拓展現實。在我看來，現實如果只是物的狀況的彙集，沒有心靈和詩意的參與，那麼，一切將變得難以忍受。」〔註43〕而在歐陽江河的具體寫作中，最受矚目的，是他早期的一批詩歌作品。「歐陽江河的詩歌寫作迄今已十餘年，如果詩人的寫作果真有所謂『高峰期』的話，它當應在 1988～1993 年期間。這其中包括了一批耀眼的詩篇：《手槍》《一夜音郊》《玻璃工廠》《漢英之間》《聆聽》《拒絕》《咖啡館》《傍晚穿過廣場》《紙幣，硬幣》，等等。沒有人會否認，這也是本世紀後二十年詩歌由技藝的竟相

〔註40〕該文最早發表於《今天》，1993 年，第 3 期。

〔註41〕歐陽江河：《1989 年後國內詩歌寫作：本土氣質、中年特徵與知識分子寫作》，《站在虛構這邊》，北京：三聯書店，2001 年，第 49 頁。

〔註42〕歐陽江河：《自序》，《誰去誰留》，長沙：湖南文藝出版社，1997 年，第 6 頁。

〔註43〕歐陽江河：《序》，《站在虛構這邊》，成都：四川文藝出版社，2018 年，第 2 頁。

模仿轉向自覺的一個時期。歐陽江河以他準確的措辭和深刻、有力的思想，表現出對時代以及人在這個時代的處境的洞察，更確切地說，生活因為他的寫作而產生了異乎尋常的窩言的意義。」〔註44〕在這些詩歌中，最有代表性的是《傍晚穿過廣場》，「我不知道一個過去年代的廣場／從何而始，從何而終／有的人用一小時穿過廣場／有的人用一生——／早晨是孩子，傍晚已是垂暮之人／我不知道還要在夕光中走出多遠／才能停住腳步？／／還要在夕光中眺望多久才能／閉上眼睛？／當高速行駛的汽車打開刺目的車燈／那些曾在一個明媚早晨穿過廣場的人／我從汽車的後視鏡看見過他們一閃即逝／的面孔／傍晚他們乘車離去／／一個無人離去的地方不是廣場／一個無人倒下的地方也不是／離去的重新歸來／倒下的卻永遠倒下了／一種叫做石頭的東西／迅速地堆積、屹立／不像骨頭的生長需要一百年的時間／也不像骨頭那麼軟弱／……我沒想到這麼多人會在一個明媚的早晨／穿過廣場，避開孤獨和永生／他們是幽閉時代的幸存者／我沒想到他們會在傍晚時離去或倒下／／一個無人倒下的地方不是廣場／一個無人站立的地方也不是／我曾是站著的嗎？還要站立多久？／畢竟我和那些倒下去的人一樣／從來不是一個永生者」，詩歌中，詩人從一個有著重要象徵意義的「廣場」出發，以一種宏大的視野，重新掃視生命、社會、世界，不僅展示出一種深刻的知識分子精神，也重新定義詩性和生命。相關評論者就對歐陽江河的這些作品，給予了極高的評價，「歐陽江河已有的豐富性和未來將要有的豐富性，在中國當代的詩人中是屈指可數的。也許像有人說的那樣，他是我們這個時代知識分子型的詩人的一個代表——確實很少有人像他那樣敏感而準確地、熱心而冷眼地、智慧而又感性地用詩歌來描述和預見當代中國精神文化的轉折、遷同、蘊積和喪失，通過一系列敏感的文化符號，來診釋當代中國社會歷史的滄桑變遷。……稍後我在1992 年的《非非》復刊號上，就讀到了歐陽江河的《傍晚穿過廣場》，那首詩使我確信，歐陽江河真的已成為我們時代的最重要的詩人，他已經站到了這個時代的頂端。」〔註45〕關於長詩寫作，歐陽江河有著自己的深刻思考，他提到，「長詩寫作，我能從中離析出怎樣的時代精神和元詩品質？那些密集的，拓撲的，厚黑的，力學碎片的或數學整體模型的東西。長詩作為一個籠罩的裝

〔註44〕 程光煒：《寫作的寓言（代序）》，《透過詞語的玻璃》，長沙：湖南文藝出版社，1997 年，第 6 頁。

〔註45〕 張清華：《歐陽江河：誰是那狂想和辭藻的主人》，《名作欣賞》，2011 年，第22 期。

置，能否把它投放進思想的密集勞動矩陣去生產；投放進中產階層去消費（但又反消費）；投放進網絡世界去漫遊，去丟魂和偷心，去吃掉時空和形成蟲洞，去變身為雲和大數據；投放進善惡情仇去發揮，去派遣和蕭散，去形成新的易愁，新的舊情。」〔註46〕2012 年完成的長詩《鳳凰》，就成為此後歐陽江河研究的一個重點。在出版了繁體字、簡體字版後，很快就有了德語、英語譯本，即《鳳凰》（德語，萊比錫，2014）、《鳳凰》（英語，紐約西風出版社，2015 年），有著一定的世界影響。另外歐陽江河的詩歌，還有《快餐店》（德語，奧地利國家文學中心出版，2010 年）、《重影》（紐約西風出版社，2012）、《傍晚穿過廣場》（法語，法國文化出版社，2014 年）等譯本。在歐陽江河帶有「晚期風格」的這首長詩《鳳凰》，顯示了他創作的另外一種突進，「《鳳凰》的確包含強烈的反諷性，歐陽江河似乎通過一種『元詩』式的類比，不斷暴露詞語、符合、資本之間的『盛世』關聯，凝定與解體之間的瞬間轉換，也暗示了時代幻象的悲劇本質。」〔註47〕在詩歌理論、長詩以及藝術上都有著造詣的歐陽江河，其創作是非常值得我們關注的。

　　「五君」中的詩人翟永明，無疑是中國現代新詩最優秀的女詩人之一。著有詩集《女人》《在一切玫瑰之上》《翟永明詩集》《稱之為一切》《黑夜中的素歌》《最委婉的詞》《終於使我周轉不靈》《十四首素歌》《翟永明的詩》《行間距 詩集 2008～2012》《隨黃公望遊富春山：幽致歎何窮》，以及散文隨筆集《女兒牆》《天賦如此》《紙上建築》《堅韌的破碎之花》《白夜譚》《紐約，紐約以西》等。她在 80～90 年代之間創作，不但貫穿了新時期以來現代詩歌的歷程，而且她不斷超越自己，成為最具有大詩人潛質的一名女詩人。她有著明確的詩學觀念，她說，「詩是對不可知世界和不可企及之物的永恆渴望。」「詩是對已有詞語的改寫和已發現事物的再發現。」「詩人對文字情有獨鍾，它能在那些具有普通意義的字、詞上發現至關重要的東西，那些文字音調上的抑揚頓挫會幫助他內心的秘密遊戲和推演出不可捉摸的奇妙韻律。」「詩人應該具備對詞、語的超出常人的敏銳和理解力，還應該具備對自己和他人的作品的判斷力，以及向神秘時刻開啟的『天眼』。」〔註48〕翟永明寫於 1986 年的《女人》《人生

〔註46〕歐陽江河：《火星人手記：關於長詩手卷》，《長詩集》，南京：江蘇鳳凰文藝出版社，2017 年，第 411 頁。
〔註47〕姜濤：《為「天問」搭一個詞的腳手架——〈鳳凰〉讀後》，《東吳學術》，2013年，第 3 期。
〔註48〕翟永明：《稱之為一切》，瀋陽：春風文藝出版社，1997 年，第 5～6 頁。

在世》和寫於 1988 年的《靜安莊》，都以獨特奇詭的語言風格和驚世駭俗的
女性立場震撼了文壇，成為「女性詩歌」的代表人物。韓東評論說，「翟永明
是當代最具感召力和原創性的詩人，她的創作實踐見證了三十年來漢語詩歌
的艱難、進展、可能和榮耀，為構造新的經典樣式提供了異質因素。翟永明
的詩歌尖銳而曠達；熱烈而不失沉鬱；富於野心規模又自覺自律。閃爍著當
代漢語神秘的煅造之光。」〔註 49〕我們看到，在詩歌中，翟永明主要從極度
敏感的女性心靈出發，深入到自我的生活經驗，進入到女性獨特的生活體驗。
她執著於自身經驗的挖掘，試圖擺脫現有文化觀念加給女性的社會意識，達
到她在《詩歌報》所說「突破白天，進入黑夜」，進而她的「黑夜意識」使她
成為了新一代女性詩人的代表，也成為新一代詩歌的代言人。如《獨白》，
「我，一個狂想，充滿深淵的魅力／偶然被你誕生。泥土和天空／二者合一，
你把我叫作女人／並強化了我的身體／／我是軟得像水的白色羽毛體／你
把我捧在手上，我就容納這個世界／穿著肉體凡胎，在陽光下／我是如此眩
目，是你難以置信／／我是最溫柔最懂事的女人／看穿一切卻願分擔一切／
渴望一個冬天，一個巨大的黑夜／以心為界，我想握住你的手／但在你的面
前我的姿態就是一種慘敗／／當你走時，我的痛苦／要把我的心從口中嘔出
／用愛殺死你，這是誰的禁忌？／太陽為全世界升起！我只為了你／以最仇
恨的柔情蜜意貫注你全身／從腳至頂，我有我的方式／／一片呼救聲，靈魂
也能伸出手？／大海作為我的血液就能把我／高舉到落日腳下，有誰記得
我？／但我所記得的，絕不僅僅是一生」，詩歌中充滿狂想、質疑、否定、批
判和反思，可以說以個人囈語的方式，重現了現代詩歌的個人經驗，也重構
了現代詩歌的藝術訴求。當然，翟永明也認為，「事實上『過於關注內心』的
女性文學一直被限定在文學的邊緣地帶，這也是『女性詩歌』衝破自身束縛
而陷入的新的束縛。什麼時候我們才能擺脫『女性詩歌』即『女權宣言』的
簡單粗暴的和帶政治含義的批評模式，而真正進入一種嚴肅公正的文本含義
上的批評呢？事實上，這亦是女詩人再度面臨的『自己的深淵』。」〔註 50〕90
年代的《咖啡館之歌》以後，詩人從側重內心的剖析而轉向一種新的細緻而
平淡的敘說風格，轉向外部生活的陳述。這一時期的詩歌，如《臉譜生活》
《道具和場景》等，不管是語言的選用、詞語的色調、內在的詩歌結構、外

〔註 49〕見《十四首素歌》，南京：南京大學出版社，2011 年，封底。
〔註 50〕翟永明：《再談「黑夜意識」和「女性詩歌」》，《詩探索》，1995 年，第 1 輯。

表的詩歌形式都變化多樣，代表了九十年代詩歌「綜合」走向，而這也增強了現代詩歌探測人生真諦、生命意義、生活世界本相的能力。北島曾說，「在翟永明的詩歌光譜中，九十年代以來的寫作更加絢麗多彩對社會變遷、對人的困境的關注，使她的詩歌獲得廣闊的歷史視野和自我審視的人性深度。」〔註51〕

　　新世紀以來，作為一名成都詩人，翟永明非常關心四川詩界、詩人的成長與發展。2005 年她就有辦「成都詩歌節」夢想和行動，期望以一種全新的形式，「把被認為是邊緣的詩歌詮釋為可聽的、可看的、可與觀眾互動的、新穎的藝術形式」，來推動四川詩歌的交流與發展。但因種種原因，「成都詩歌節」被迫取消。不過借助「白夜」，翟永明依然默默地舉辦個多場詩歌活動。在 2010 到 2011 年間的朗誦會就有：「窗口——2010 王敏詩歌朗誦會」、「重新寫詩的理由——石光華白夜酒吧詩歌朗誦會」、「韓東詩歌小說白夜朗誦會」、「八月桂花遍地開——秦風詩歌專場朗誦」暨新詩集《活物記》發布會、「深秋致愛——楊黎全國詩歌巡迴朗誦『成都站』」、「素歌——翟永明新詩集發布會暨專場朗誦會」、「圖說漢英之間——中英詩歌沙龍成都站」、「奢侈的照明——周亞平詩歌朗誦會」、「我用母語與你對話——阿庫烏霧彝漢雙語詩歌研討及專場朗誦會」……這不僅初步實現了翟永明舉辦「成都詩歌節」的夢想，同時對於四川詩界詩人之間的交流，以及成都詩界與外界交流來說，白夜的朗誦會都有著重要的意義。2011 年南京大學出版社出版了翟永明的詩集《十四首素歌》，這是對於翟永明從 80 年代的寫作向 90 年代的寫作轉變，再向 2000 年之後的寫作過渡的一個全記錄和總結，故這本詩集對於認識和理解翟永明有重要的意義。2010 年《當代作家評論》第六期推出了「翟永明專輯」，對翟永明的創作做了一個小結。自 2007 年獲「中坤國際詩歌獎」之後，2011 年翟永明又獲「意大利國際文學獎」，並認為翟永明「作為當今國際上最偉大的詩人之一，對於這一古老的獎項，您當之無愧」。2012 年，人民文學出版社具有當代詩歌標杆的「藍星詩庫」出版了《翟永明的詩》，進一步顯示了翟永明在中國當代詩歌的重要地位。翟永明發表的《桃花劫（組詩）》〔註52〕值得注意。該詩由《一、桃花劫——2009 國家大劇院夏季演出季〈1699·桃花扇〉》，《二、哀書生——因絕調詞哀書生而憶馮喆》《三、遊湖記》《四、鐳射秀》四個部分組成。

〔註51〕見《十四首素歌》，南京：南京大學出版社，2011 年，封底。
〔註52〕翟永明：《桃花劫（組詩）》，《花城》，2011 年，第 1 期。

在 2011 年《上海文學》第 8 期發表了《暮光之夢》〔註 53〕，主要有幾首短詩，《黃帝的採納筆記——一個老人叫黃帝》《謊言》《大夢如邂逅》《層層疊疊壓下來的夢》《大夢如戲》《貪月》。而這一時期的重要作品《隨黃公望遊富春山：幽致歎何窮》，如內容介紹所示，「在這趟穿越古今的行旅背後，既有作者的懷古之幽思，也融入了作者對人類在當代社會中的生存狀態的思考。作者旁徵博引，詩備眾體，將古典山水詩、遊記、畫論和題畫詩熔匯一爐，讓這些源遠流長的生命血脈注入了新詩的當代意識，是當今的詩壇上的一項創舉。」〔註 54〕這些詩歌，顯示了翟永明在詩歌創作上的另類嘗試，這就是把詩歌目光投向古代。如果說 80 年代的翟永明詩歌是由女性體驗築建起來的，90 年代的翟永明詩歌是在女性生活中激發出來的，那麼這時期翟永明的詩歌則是從古代尋找到詩意。如《桃花劫（組詩）》《黃帝的採納筆記——一個老人叫黃帝》《大夢如邂逅》等詩歌，都是從古代的神話、古時的故事來映照出女性的體驗。即使是在短詩中，她時時談起的都是「前世的溺水之聲」(《大夢如邂逅》)。而此時的翟永明的詩歌，不僅僅有細膩、精緻的細節、平實委婉的描述，更加入了理性精神、邏輯推理和科學知識，使得她的文本顯得更加豐富。

在 90 年代，柏樺就擁有重要的詩歌地位。一些較有影響的第三代詩歌選本如《後朦朧詩全集》〔註 55〕和《燈心絨幸福的舞蹈》〔註 56〕都是以他為首來排列的。鐘鳴曾將他與黃翔、北島並列。在《今天的激情》的封底，也有「北島之後最傑出的詩人 後朦朧詩歌的領軍人物」的說法。柏樺幾乎是最能表現漢語之美的詩人，他的語言幾乎達到了現代漢語的澄明之境。如詩歌《表達》，「我要表達一種情緒／一種白色的情緒／這情緒不會說話／你也不能感到它的存在／但它存在／來自另一個星球／只為了今天這個夜晚／才來到這個陌生的世界／／它淒涼而美麗／拖著一條長長的影子／可就是找不到另一個可以交談的影子／／你如果說它像一塊石頭／冰冷而沉默／我就告訴你它是一朵花／這花的氣味在夜空下潛行／只有當你死亡之時／才進入你意識的平原／／音樂無法呈現這種情緒／舞蹈也不能抒發它的形體／你無法知道它的頭

〔註 53〕 翟永明：《暮光之夢》，《上海文學》，2011，年第 8 期。
〔註 54〕 翟永明：《隨黃公望遊富春山：幽致歎何窮》，北京：中信出版社，2015 年。
〔註 55〕 萬夏、蕭蕭主編：《後朦朧詩全集》，上卷，成都：四川教育出版社，1993 年，第 2～50 頁。柏樺入選 39 首詩歌。
〔註 56〕 唐曉渡選編：《燈芯絨幸福的舞蹈——後朦朧詩選粹》，北京：北京師範大學出版社，1992 年。柏樺入選 9 首詩歌。

髮有多少／也不知道為什麼要梳成這樣的髮式／／你愛她，她不愛你／你的愛是從去年春天的傍晚開始的／為何不是今年冬日的黎明？／／我要表達一種細胞運動的情緒／我要思考它們為什麼反叛自己／給自己帶來莫名的激動和怒氣……」一直以抒情詩人的面目呈現在詩壇上，但其抒情，並沒有建立在具體世界維度之上，而僅僅從詩人個人出發，關心如何在語言與語言的對接過程中的詩性，探討如何在事物與事物之間組合出別有意味的詩意，甚至是「如何呈現本身」作為一種詩學實踐的終極目標，並在此過程中使個人的形象得到了完美表達。他著有詩集《表達》（灕江出版社，1988 年）、《望氣的人》（臺灣唐山出版社，1999 年）、《往事》（河北教育出版社，2002 年）、《水繪仙侶——1642～1651：冒辟疆與董小宛》（東方出版社，2008 年）、《演春與種梨：柏樺詩文集 1979～2009》（青海人民出版社，2009 年）、《山水手記》（重慶大學出版社，2011 年）、《為你消得萬古愁》（北嶽文藝出版社，2015 年）《革命要詩與學問：柏樺詩選 2012～2013》（四川文藝出版社，2016 年）、《秋變與春樂：柏樺實際（2014）》（華東師範大學出版社，2016 年）、《書之初》（黃山書社，2016 年），以及評論集《毛澤東詩詞全譯》（成都出版社，1995 年）、《左邊——毛澤東時代的抒情詩人》（香港牛津出版社，2001 年）、《另類說唐詩》（經濟日報出版社，2002 年）、《今天的激情》（上海人民出版社，2006 年），《一點墨》（北方文藝出版社，2013 年），以及隨筆《蠟燈紅》等系列作品。柏樺在國內外文學刊物上大量發表詩作及譯作，並在 1991、1992、1993 年連續三次受邀參加國際詩歌節，雖均因故未能參加。他認為詩和生命的節律一樣在呼吸裏自然形成，一旦它形成某種氛圍，文字就變得模糊並融入某種氣息或聲音，因此形成了他機敏細緻的詩藝，並帶著強烈的幻美式的輓歌氣氛。其代表作《表達》《懸崖》《望氣的人》有南唐後主式的頹廢和貴族氣的哀傷。如《望氣的人》，「望氣的人行色匆匆／登高遠眺／長出黃金、幾何和宮殿／／窮巷西風突變／一個英雄正動身去千里之外／望氣的人看到了／他激動的草鞋和布衫／／更遠的山谷渾然／零落的鐘聲依稀可聞／兩個兒童打掃著亭臺／望氣的人坐對空寂的傍晚」。在詩歌中，詩人雖然是虛構了一個「望氣的人」，但詩人卻並不關心「這個人」，而關心的是「望氣的人」的背景、細緻的過程，以及由此所呈現出來的獨特的世界。事件本身、寫作過程本身，成為詩人寫作的發生原點，也成為了詩歌指向的目標。由此，柏樺的寫作，在當代詩歌中有著獨特旨趣，也為當代新詩的寫作，提供另一種特有的向度。

　　而《瓊斯敦》則有一種孤獨和神經質，有陰冷的矜持和自棄的敏感，這些就形成了他在自傳性著作《左邊》中所述的獨特的「下午」式氣質。在一個文字被解構得破碎的時代，他獨自內斂的整體性抒情以及其對現代漢語的癡迷，確證了現代詩學的中樞神經，使他的詩歌呈現非凡的意義。張棗曾說，「柏樺一直是我佩服的詩人。說真的，他是我八十年代所遇到的最有詩歌天賦的人。他的機敏細緻，他的善談，他那一觸即發的詩心，以及將迷離的詩意彈射進日常現實深處的本領，使每一個與他有較近接觸的文藝人都獲得了多益而久遠的啟示。」〔註57〕此後，柏樺的《水繪仙侶》引起了廣泛的關注，「喜歡柏樺文字的人，一定更添加了一份歡喜，只因這首詩，這本書，讀起來是那樣熟，有他一如既往的緩慢而動人的語調，一直耽溺其中卻不欲驚動旁人的觀念；卻又是那樣生，一個大得多的形制，一串令人眼花繚亂的語言和技術實驗，分明是藝術家中年野心的勃然顯現；而柏樺，這個我們時代思想和趣味大規模拆遷運動中的釘子戶，其多年抱持的情懷與信念，借這兩百多行的詩，十數萬字的散文，得到了一次索性的、孤注一擲的釋放。……柏樺的文字，精確，曖昧，流動著誘惑，屬於不厭精細的『養小』類型。在當代，他屬於極少數擁有自己的聲音的詩人。一種內省的聲音，感觸良多，語調很慢，情緒隨輕描淡寫的風景而變化，忽又靈機一動，吱溜一下拐個彎，留給我們些許惆悵，與些許困惑。可是在這首《水繪仙侶》中國，因為有一個故事的骨架的預應力，百花的語句變得更清晰，更有著落，卻又更多他特有的迷人風致。」〔註58〕2010 到 2011 這兩年，在出版和評論上都對柏樺有總結性的成果誕生。2010 年《當代作家評論》第 5 期推出了「柏樺專輯」，成為柏樺詩歌歷程的重要見證。

　　新世紀以來，詩人柏樺更顯示源源不竭的創造力，貢獻出震驚詩壇的兩部長詩。此時，柏樺重要的收穫是兩部長詩《史記：1950～1976》《史記：晚清至民國》完成，並有部分選章發表。根據作者自編年譜，他的《史記：1950～1976》（詩集）寫於 2009 年。之後，開始了《史記：晚清至民國》的寫作，寫於 2010 年 10 月到 2011 年 6 月之間。《史記：1950～1976》之前有李孝悌、楊小濱、朱霄華三人作的序，共三卷《卷一‧1950 年代》《卷二‧1960 年代》《卷三‧1970 年代》；《史記：晚清至民國》共五卷，包括《卷一：晚清筆記》《卷

〔註57〕見柏樺：《山水手記》，重慶：重慶大學出版社，2011 年，封底。
〔註58〕江弱水：《序：文字的銀器，思想的黃金周》，《水繪仙侶 1642～1651：冒辟疆與董小宛》，北京：東方出版社，2008 年，第 1、6 頁。

二：1910 年代》《卷三：1920 年代》《卷四：1930 年代》《卷五：1940 年代》。
這兩部長詩集中發表的時間正是在 2010 年到 2011 年間，《史記：晚清至民國》
已由臺灣秀威信息科技股份有限公司出版。這兩部長詩再次呈現出了他的詩
學探險精神，特別是他的「跨文體」寫作引起了極大的關注和爭議。我們知道，
柏樺早在《水繪仙侶：1642～1651：冒辟疆與董小宛》，就已經有完美的嘗試，
為我們呈現出了一個相當特殊的詩歌文本。該長詩共有 99 個注釋，占整個文
本的百分之九十幾，詩只占全文百分之幾，所以說注釋也是整個文本主體部
分。比起《水繪仙侶》來說，柏樺的《史記：1950～1976》涉及到更為敏感的
歷史題材，其呈現出來的詩歌文本就更有詩學價值和意義。柏樺曾說，「我年
輕時，就有這個『詩文交織』，即『雜於一』，即在詩歌中混雜各種語體於一爐
的詩歌理想。直到寫出了《水繪仙侶 1642～1651：冒辟疆與董小宛》和《史
記：1950～1976》《史記：晚清至民國》，我才將這種小說化、散文化、戲劇
化，甚至新聞化之手法——相機混合入詩運用得更加嫺熟隨意了，當然這些手
法並不新鮮，它們早就是現代詩十分成熟的詩技之一，屬於老生常談。至於我
是怎樣熔這一切於一爐的——說來曲折，還是留給批評家去說吧——我也不
得而知，只是常識如此，我已感覺到了，我僅順手操作便是。」〔註59〕在詩學
與詩學的交融，詩與史的碰撞與相遇之中，詩歌就與歷史、宏大主題糾纏在一
起，由此個體經驗、抒情、修辭，也必須在歷史、宏大場景中重新磨練，這應
該是柏樺《史記》對當代詩歌的最大貢獻。當然，柏樺也說，「跨文體」寫作
之姿既有「樂趣」，也有「危險」。不過柏樺兩部長詩《史記》的跨文本寫作之
姿，除了有柏樺自己所說的「樂趣」之外，足以讓我們必須重新思考「什麼是
詩」，這對於當代詩歌的發展來說，其意義是相當明顯的。2018 年四川文學獎
的獲獎詩集《惟有舊日子帶給我們幸福——柏樺詩選集》，入選了詩人柏樺三
十五年來寫作的詩歌中精選出最具代表性的作品，包括《卷一再見，夏天（1981
～1986）》《卷二 瓊斯敦（1987～1988）》《卷三 往事（1988～1997）》《卷四 西
藏書（2010～2011）》《卷五 嘉靖皇帝的一生（2011～2012）》《卷六 葉芝與張
棗（2012～2013）》《卷七 一種相遇（2014）》《卷八 在南方（2015）》《卷九 燕
子與蛇的故事（2016）》《卷十 南洋日記（2017）》，可以說是柏樺詩歌創作的
又一次總結。選入的作品，可以說篇篇都有不可替代的獨特性，代表了詩人柏

〔註59〕柏樺：《柏樺專訪：時間、城市、聲音之謎》，《革命要詩與學問：柏樺詩選 2012
～2013》，成都：四川文藝出版社，2016 年，第 250 頁。

樺各個時期詩歌創作的詩歌探索與事件。其代表作《惟有舊日子帶給我們幸福》幻想與真實交互。「柏樺的詩體、詩性、詩型、詩格的成熟度啟明了漢語詩歌是一條源遠流長的大河，它的起點不是 1979 年，更不會是『五四』。柏樺對漢詩、漢語本體性的開鑿與拓建，柏樺吐納傳統的文化模式在當代中國的典範意義等，使闡釋柏樺詩歌的審美評價座標必須拓放到文化歷史的圖幅上，它的風度型儀將與歲月共釀而永懷芬芳。」〔註60〕柏樺詩歌，不僅極度彰顯了現代漢語之美，而且在詩意中，虛虛實實，虛實相間，既有著時代的精神境遇，也抵達了普遍的人性精神。

「七君」中的張棗和鐘鳴也在九十年代中展現了自己獨特的歌喉。張棗的作品以少勝多，主要收錄在詩集《春秋來信》（文化藝術出版社，1998 年）、《張棗的詩》（人民文學出版社，2010 年）中。其中，《張棗的詩》結集了張棗迄今為止所見的全部詩歌作品 130 多首。柏樺說，「在我與他的交往中，我常常見他為這個或那個漢字詞語沉醉入迷，他甚至說要親手稱一下這個或那個（寫入某首詩的）字的重量，以確定一首詩中字與字之間搭配後產生的輕重緩急之精確度。」〔註61〕張棗 80 年代在四川的詩歌創作延續著古典詩歌的「抒情方式」，如《鏡中》對詞語精確、細緻的安排，使他更像是一個語言的煉金士。如詩歌《鏡中》，「只要想起一生中後悔的事／梅花便落了下來／比如看她游泳到河的另一岸／比如登上一株松木梯子／危險的事固然美麗／不如看她騎馬歸來／面頰溫暖／羞慚。低下頭，回答著皇帝／一面鏡子永遠等候她／讓她坐到鏡中常坐的地方／望著窗外，只要想起一生中後悔的事／梅花便落滿了南山」，在一次虛幻的想像中，或者說一次思維的遊動中，詩人完成了一次現代性的精神歷險。在具有古典意境以及詩歌範式的籠罩之下，詩人張棗以具有清晰邏輯的觀察，注入到現代詩性的操練過程中，由此體現出了當代詩歌的一個重要寫作向度。學者對他的詩歌給予了高度的讚譽，「張棗的詩特別難讀，又特別耐讀。他心有千竅，語兼多能，擁有出入中西、優游古今的自由，在現實與文本、想像與回憶多個不同的層面恣意跳脫，其詩極具開放性與不確定性，似乎容得下多重解釋，可是要找到令人信服的合理的解釋，簡直是智力上的挑戰。但是，有著高度的藝術自覺的張棗，其

〔註60〕 黃梁：《大塊抒情，坦蕩吟詩——漫步在柏樺詩歌的溫潤境界裏》，《詩探索》，2000 年，第 1～2 輯。
〔註61〕 柏樺：《張棗：「鏡中」的詩藝》，《東吳學術》，2010 年，第 3 期。

寫作整體規劃性很強,每一首詩的設計都匠心獨運,值得沉潛到文本的深處,沿每一枝神經末梢加以讀解。」〔註62〕以至於認為,「對於張棗,我大約跟柏樺、陳東東一個感覺,新詩一百年裏面,前五十年卞之琳寫得最好,後五十年張棗寫得最好。」〔註63〕

鐘鳴作為一個學者型的詩人,在他的詩歌中,日常的體驗、生活的體驗、生命的體驗,與他自身所具有的廣博的學問和學識交織、滲透,擴大了詩歌的表現力。在《中國雜技,硬椅子(1987~1997)》(作家出版社,2003年)的序言中,他說,「寫作在我看來是件非常快樂的事情,尤其詩歌,帶給我們最多的體驗,甚至惟一的體驗,便是那種秘密的快樂。每當我們完成一首比較滿意的詩作時,便會重複那種快樂;而且,也只有你自己知道它輕盈的程度,如同旋轉的世界。儘管可能要不了多久,你就會把它打入冷宮,但快樂卻並沒有由此而改變,它反而與日俱增。」同時,在他的詩歌中,各種學識學問如「心理學」、「社會學」等的知識在詩歌裏的糾纏,「我試圖把許許多多的觀念和方法運用到詩歌寫作上來。」〔註64〕如詩歌《觀馬》,「我看見萬匹馬兒入夜恣意奔跑/聽到它們瘋狂的嘶鳴/風裏逸得很長很長的鬃毛/三月啊,是賞花兒的時節//蘆席上的皺褶和晨光在對抗/花瓶上隱約有白馬奔迪/樹根通過秘密的路纏住月亮/收拾光明的殘局//石頭拾掇著它們的劇痛/馬群在春天一意孤行/什麼樣的豔麗和古舊跨上馬匹/絲綢在馬蹄的揮舞和雜杳下//亂紛紛的像青翠的火焰/草原在渴望裏多麼刺眼/樹上的密葉因為憤怒而蒼老/我們因為亡途而浪跡//或永遠終止這裡/沒有希望地享受我們的報酬/孔雀的烏木屏風,胭脂和畫卷/繡緯一樣令人厭倦的生活//我多麼害怕看見那匹火駒呵/當我們的目光在圈子裏窮盡時/獨酌太秀麗的細節和神靈/它會從另一個方向飛來//一道光芒把人間揉遍/花兒上輕柔的蹄子,火的陽獸/我們突然緊緊束了胸懷/金黃的大地如此燦爛」。在鐘鳴的詩歌創作中,這是一首具有著鮮明現代特徵的詩歌。鐘鳴的「觀馬」,正是一次現代視野之下,如何重新打量世界的一次詩歌嘗試。此時,在詩人書寫之中,馬、世界、人、生活一同組建成為一個多面織

〔註62〕江弱水:《發明的現實——張棗詩細讀小輯》,《文藝爭鳴》,2018年,第9期。
〔註63〕江弱水,見《首屆張棗詩歌學術研討會會議紀要》,《南方文壇》,2018年,第4期。
〔註64〕鐘鳴:《自序:詩之疏》,《中國雜技:硬椅子(1987~1997)》,北京:作家出版社,2003年,第11頁。

體，既互相支撐，又相互衝突，最後才形成了一個具有「複合性」的現代詩歌。德國漢學家蘇珊娜稱，「在幾個世紀的過程中，某些雜技技藝只是改變了形式而已；甚至，其教學方法時至今日都一成不變：從幼年起的形體訓練直至對動作的記憶深入腦海，使它們可以每次自動重複而不會失誤。它的傳統，它的祖傳下來的教學觀念已經鐫刻在體內，以及對套路、標準動作的重複，都會使『雜技』成了身體記憶的隱喻。」〔註65〕除此之外，鐘鳴的隨筆有著特別的意義，「回想起來，我的基本格局是這樣的，在別人寫抒情詩的時候，我延續過去的愛好跑去寫敘事詩了；在別人寫『史詩』時，我卻熱衷於短詩或相反；而在許多人大獲成功接近自封的『大師』，或以過來人自居的時候，我卻開始對詩歌保持距離，採取陌生化的方式寫上了隨筆。」〔註66〕如他的三卷本《旁觀者》（海南出版社，1998 年）是一種複雜的文體，自傳、評論、作品、詮釋，以及相關的手稿圖片等資料，這本身就顯示了鐘鳴以知識為基座的詩學特色。他豐富的知識、詭異的想像、奇特的文字，已為當代新詩呈現出新的增長點。儘管近年來鐘鳴的詩作較少，但他的其他文字也顯示出不可替代的詩性精神。

第三節　少數民族詩歌

　　四川的少數民族新詩，主要集中在攀西文化——川西文化區。攀西文化——川西文化區主要是指：攀枝花和涼山彝族自治州（攀西地區）和阿壩藏族羌族自治州和甘孜藏族自治州（川西），地域面積占四川全省五分之三以上。這裡既是藏、彝、羌等少數民族聚居之地，也有大量的漢民族在這裡生存，他們都是四川當代新詩的重要組成部分。他們獨特的詩歌風貌，為四川當代新詩的發展開闢了新的空間。而甘孜、阿壩、涼山分別有公開發行的文學期刊《貢嘎山》《草地》《涼山文學》，為這些地區詩歌的發展奠定了堅實的基礎。為了呈現四川少數民族詩歌在當代發展的整體形象，這裡研究的範圍，就不再僅限於 90 年代；另外，四川也是一個多民族地區，還都不少的民族，而且也出現了不少優秀的詩人，比如回族詩人木斧、苗族詩人何小竹、土家

〔註65〕蘇珊娜：《記憶詩學》，王虎譯，鐘鳴：《中國雜技：硬椅子（1987～1997）》，北京：作家出版社，2003 年，第 255 頁。
〔註66〕鐘鳴：《自序：詩之疏》，《中國雜技：硬椅子（1987～1997）》，北京：作家出版社，2003 年，第 8 頁。

族詩人冉冉、冉仲景等等，有些已經在其他章節中介紹，這裡就不再重複介
紹。

一、彝族當代新詩

　　攀西地區的彝族詩人，參與並創造了中國詩歌的奇蹟。據記載：「唐代的
彝族南詔國第六代王異牟錄，王室中出現了嫻熟漢文的知識分子。國王異牟尋
就非常嫻熟漢文。他的《與韋皋書》《與中國盟文》和其祖父閣鳳立的《南詔
德化碑》碑文，氣勢宏大，文澡富麗，行文婉約、暢達，抒情與敘事融為一體，
是極富文化韻味的政治抒情散文，也是政論性散文。南詔第七代王尋客勸（即
驃信）的《星回節》詩，曾被收入《全唐詩》，從而開創了彝族文化用漢語進
行文學創作的先河，在彝族文學史上佔有極其重要的地位。」一般認為，彝族
現代詩歌是以雲南彝族土司後代普梅夫開始的。組織了朝曦社，出版了《朝
曦》，發表了《還我河山》《自由是不能剝奪的》《逡巡在黑暗中》《現代中國青
年的苦悶》等詩歌作品。在新中國彝族詩歌的發展，有了全新的面貌。《彝—
—規範試行方案》《涼山報》彝文版和《涼山文藝》彝文版創刊，為彝族文學
的發展奠定了基礎，也開啟了彝族現代詩歌的新歷史。對於彝族當代詩歌的發
展，有學者提供了一個看法，「當代彝族現代漢語詩歌可大致分為三大分期：
第一分期為 1949 到 1980 年（彝族當代詩歌的建構時期）。第二分期為 1980 年
到 1995 年，這一時期的詩歌產生於建構時期宏大敘事的延續和民族意識萌芽
的交互作用。第三分期為 1995 年至今，彝族詩歌體現出強烈的集結性、雜糅
性以及多聲部共振的話語形態。」〔註67〕而在這每一個階段，四川彝族詩人都
寫出了較為出色的作品。

　　在四川彝族當代詩歌史上，吳琪拉達（1936～　）無疑有著重要貢獻的詩人。
他是第一個突破了彝族傳統詩歌形式的詩人，也是用現代漢語出版現代詩歌
的第一個彝人。他於 1956 年西南民院畢業，期間整理發表了民間長詩《月琴
的歌》。曾任《涼山日報》記者、副總編輯，發表了《孤兒的歌》《阿支嶺扎》
等等作品。在詩集《奴隸解放之歌》中，就談到了吳琪拉達詩歌創作的主題和
特色，「這是彝族青年詩人吳琪拉達的詩集。這些詩反映了涼山彝族人民過去
奴隸生活中的悲苦和民主改革後獲得的歡樂，以及對各族人民領袖毛主席的
衷心愛戴。這些詩雖吸收了漢族新詩風格，仍具有彝族民族的優秀傳統、樸素、

〔註67〕邱婧：《涼山內外：轉型期彝族漢語詩歌論》，廣州：暨南大學出版社，2017 年。

親切而自然，具有清新活潑的風格。」〔註68〕2005 年，涼山日報印刷廠印製了《吳琪拉達詩集》《吳琪拉達文集》，全面收集了他的作品。關於吳琪拉達，學術界評論說，「吳琪拉達是新中國第一個彝族詩人，最能顯示他輝煌的是為奴隸解放而唱出的悲歌、戰歌和歡歌，詩人把新的人物、新的世界以及新的詩美觀帶進藝苑，為彝族當代詩歌奠定了堅厚的一塊基石。」〔註69〕與此同時，吳琪拉達的詩歌，還發展了彝族的詩歌傳統，「談到發展詩歌傳統，人們自然地想到形式，但是我們要說，在形式、手法方面，吳琪拉達對傳統的超越並不是很大的，它是屬於向民族民間詩歌──包括敘事長詩、抒情長詩和歌謠諺語學習，堅持傳統形式，手法類的詩人。例如，《阿支嶺扎》採用獨唱詩的形式，便繼承了《媽媽的女兒》的表現手法。」〔註70〕總的來說，吳琪拉達的創作，開始了彝族當代新詩的全新面貌，是重要的開拓者。

　　吳琪拉達之後，吉狄馬加（1961～）〔註71〕毫無疑問是彝族現代詩歌的代表，也是中國當代詩歌最重要的一面旗幟。吉狄馬加的創作不僅代表了彝族現代詩歌的最高水平，也可以說是中國當代少數民族詩歌的最重要的代表。其詩集《初戀的歌》獲得過中國第三屆詩歌（詩集）獎；組詩《自畫像及其他》獲中國第二屆民族文學詩歌獎最高獎；詩集《一個彝人的夢想》獲中國第四屆民族文學詩歌獎等多項獎項。另外，吉狄馬加也是有著廣泛國際影響力的詩人，

〔註68〕吳琪拉達：《內容提要》，《奴隸解放之歌》，北京：作家出版社，1959 年，第1 頁。

〔註69〕徐其超：《唱出大涼山奴隸解放時代的最強音──論新中國第一個彝族詩人吳琪拉達》，《西南民族大學學報》，1996 年，第 1 期。

〔註70〕徐其超主編，《吳琪拉達詩歌研究》，《民族魂 時代風──西南民族學院校友作家詩人創作研究》，成都：四川民族出版社，1998 年，第 24 頁。

〔註71〕吉狄馬加著作豐富，出版的詩集有《初戀的歌》（四川民族出版社，1985 年）、《一個彝人的夢想》（民族出版社，1990 年）、《羅馬的太陽》（四川民族出版社，1991 年）、《吉狄馬加詩選》（四川民族出版社，1992 年）、《吉狄馬加詩選譯》（彝文版。四川民族出版社，1992 年）、《遺忘的詞》（貴州人民出版社，1998 年）、《吉狄馬加短詩選》（香港銀河出版社，2003 年）、《吉狄馬加的詩》（四川文藝出版社，2004 年）、《時間》（雲南人民出版社，2006 年。漢英對照）、《吉狄馬加的詩與文》（人民文學出版社，2007 年）、《火焰與詞語──吉狄馬加詩集》（外語教學與研究出版社，2007 年）、《吉狄馬加的詩》（人民文學出版社，2007 年）、《鷹翅和太陽》（作家出版社，2009 年）、《吉狄馬加的詩》（四川文藝出版社，2010 年）、《詩歌集》（江蘇文藝出版社，2013 年）、《身份》（江蘇文藝出版社，2013 年）、《吉狄馬加自選詩》（雲南人民出版社，2017 年）、《吉狄馬加的詩》（人民文學出版社，2017 年）。

作品被廣泛地翻譯為外文。吉狄馬加說，「我詩歌的源泉來自那裡的每一間瓦板屋，來自彝人自古以來代代相傳的口頭文學，來自那裡的每一支充滿憂鬱的歌謠。我的詩歌所創造的那個世界，來自我熟悉的那個文化。」〔註72〕在吉狄馬加的詩歌中，彝族傳統的歷史、宗教和文化，成為他源源不竭的創作動力。所以，我們看到，「這種強烈的民族認同感和自豪感，貫穿在吉狄馬加的全部詩作中，成為他詩意的綿綿不絕的源泉。」〔註73〕作為少數民族詩人的吉狄馬加，現代的自我身份意識和少數民族的特殊視域，顯示了一個特殊的現代靈魂的波動。耿占春在評價《吉狄馬加的詩與文》中指出，「吉狄馬加的這部詩集中包含著一個民族的生活史，人物志，風物志，以及把世俗生活與古老的世系及其精神傳統聯繫起來的神話與傳說。而這一切，又以個人經驗的在場而變得真切，它也表明了一種古老的彝族文化在當下更複雜境域中綿延的力量。以謠曲、傳說的話語形式敘述，也就是以彝族文化原型來敘述人們的生活，是吉狄馬加詩歌的獨特魅力所在，在他的詩篇中，對世界的個人感知與民族的象徵圖式相互交織，個人的話語與共同體語言深深共鳴，個人的觀點與族群的視閾彼此融介。在個人經驗的敘述中繪製了一個民族的歷史軌跡，在個人記憶的抒發中撰寫了一個民族的傳記。閱讀與闡釋吉狄馬加的詩，意味著對詩人個人情感抒寫的傾聽，對彝族民族志的閱讀，以及對一種當代文化批評實踐的關注。」〔註74〕吉狄馬加代表詩集《自畫像及其他》中的詩歌，《自畫像》是其代表作，「我是這片土地上用彝文寫下的歷史／是一個剪不斷臍帶的女人的嬰兒／我痛苦的名字／我美麗的名字／我希望的名字／那是一個紡線女人／千百年來孕育著的／一首屬於男人的詩／／我傳統的父親／是男人中的男人／人們都叫他支呷阿魯／我不老的母親／是土地上的歌手／一條深沉的河流／我永恆的情人／是美人中的美人／人們都叫她呷瑪阿妞／／我是一千次死去／永遠朝著左睡的男人／我是一千次死去／永遠朝著右睡的女人／我是一千次葬禮開始後／那來自遠方的友情／我是一千次葬禮高潮時／母親喉頭發顫的輔音／／這一切雖然都包含了我／其實我是千百年來／正義和邪惡的抗爭／其實

〔註72〕吉狄馬加：《我的詩歌，來自我所熟悉的那個文化》，《為土地和生命而作——吉狄馬加演講集》，北京：外語教育與研究出版社，2013年，第8頁。

〔註73〕吳思敬：《吉狄馬加：創建一個彝人的詩國》，《民族文學研究》，2012年，第5期。

〔註74〕耿占春：《一個族群的詩歌記憶——論吉狄馬加的詩》，《文學評論》，2008年，第2期。

我是千百年來 / 愛情和夢幻的兒孫 / 其實我是千百年來 / 一次沒有完的婚禮 / 其實我是千百年來 / 一切背叛 / 一切忠誠 / 一切生 / 一切死 / 呵，世界，請聽我回答 / 我—是—彝—人」。出自彝人生活的現代情緒使吉秋馬加把不同的歷史、相異的現實、特別的傳說，以及現代生活實感與自我非凡的情緒交織在一起，完成了一個詩人對彝族歷史的詩學重構，也高度濃縮了彝族的內在精神氣質。整首詩歌，不僅有著宏大的歷史反思，也傳達了一個詩人在現代空間下一個少數民族自我豐富靈魂的情緒悸動。

此後，阿庫烏霧、馬德清、倮伍拉且、吉木狼格、發星、阿蘇越爾、魯娟等，不僅是彝族的代表詩人，而且逐漸走向了全國。阿庫烏霧（1964～）〔註75〕是一位學者型的彝漢雙語詩人。阿庫烏霧提出了「第二母語」詩歌創作理論，他說「詩人通過漢語寫作，努力提高對漢語的理解、掌握和出色的駕馭能力的真切願望。」而阿庫烏霧的詩歌創作，「詩歌在歷史與現實之間，將個人的理想、情感和人民的理想、情感結合起來，熔民族性於世界性，鑄傳統性於現代性，挖掘民族文化的優越性，反思民族文化的劣根性，卻沒有絲毫的傳統社會學和政治學以及功利化等因素，而是純粹著眼於整個人類社會當代及未來的發展趨勢，在理性思考深厚的彝民族傳統文化積澱的基礎上，呼喚和尋求更符合人生的民族文化精神的現代性高貴品格。」〔註76〕馬德清，彝族名瑪查爾聰，四川涼山人。曾任涼山彝族自治州文聯主席《彝族文學報》主編，《涼山彝學》副主編，著有詩集《彝人的世界》《飛跨世紀的彝人》《我的愛戀》《馬德清詩歌精選》，以及散文集、小說集、劇本等多種文學作品。對於馬德清的創作，評論說，「詩人在繼承山地民族傳統愛情詩的基礎上以細膩傳神的心理刻畫使古老的情愛方式進行了詩意昇華，在深入民族傳統文化精神資源的基礎上試圖走出傳統文化的羈絆，實現民族文化的現代性重構。」〔註77〕倮伍拉且（1958～）曾是《涼山文學》主編，〔註78〕其組詩《大涼山抒情》曾獲第三

〔註75〕 出版有詩集《冬天的河流》（彝文詩集）、《走出巫界》（成都出版社，1995年）、《虎跡》（四川民族出版社，1998年）、《阿庫烏霧詩歌選》（四川民族出版社，2004年），以及彝英對照版詩集《Tiger Traces》《密西西比河的傾訴》和文集《靈與靈的對話：中國當代少數民族漢語詩論》等多部著作。

〔註76〕 王璐、付品晶：《站在文化人類學的高度——阿庫烏霧彝漢雙語詩歌創作國際學術研討會》，《西南民族大學學報》，2006年，第5期。

〔註77〕 張兵兵：《論彝族詩人瑪查德清與阿蘇越爾的詩歌創作》，《長江師範學院學報》，2015年，第5期。

〔註78〕 著有詩集《繞山的遊雲》（四川民族出版社，1991年）、《大自然與我們》（西

屆全國少數民族文學創作新人新作獎，詩集《繞山的遊雲》《大自然與我們》分別獲第四屆、第五屆全國少數民族文學創作駿馬獎。張放等認為，「在當代彝族漢語詩人群體中，俀伍拉且是活躍並有地標意義的一位詩人。《大涼山》深情曉暢，藉由個人生命體驗與歷史哲思書寫，凸顯『大涼山』生態氣息與詩歌審美，在細膩訴說中完成詩歌意象，詩體語言『要而不煩』，精緻美好，體現出鮮明、充分的彝族文化風格以及詩人獨具綠色生態守護意識的現代性思考。」〔註79〕他的詩歌著力反思與審視傳統，以重鑄彝文化精神。與大部分彝族詩人不一樣，吉木狼格（1963～）參與了「第三代人」詩歌運動，是「非非」詩派重要成員之一。朱慶和在《吉木狼格——漢語玩得比所有漢人都好的彝族人》說，「這是一個把漢語玩得比所有的漢人都要高超的彝族人」，他出版有詩集《靜悄悄的左輪》《月光下的豹子》《立場》等。發星（1964～）作為民刊《獨立》《彝風》《溫泉詩刊》主編，編有《21世界中國先鋒詩歌十大流派》《21世紀中國彝族現代詩30家》《當代大涼山彝族現代詩選》等多種詩歌選本，推動和培養了一批新生代彝族詩人。著有《四川民間詩歌運動簡史》《地域詩歌寫作論綱》《彝族現代詩學論綱》等詩論，是「地域詩歌寫作」的提出者與踐行者。他認為每一個寫作者必須有依存的文化根系為依託，由此吸納現代先進文化藝術成果，對「地域文化根系」進行再造與昇華的一種寫作方式。新世紀以來，阿索拉毅主辦《此岸》詩刊，成立「中國彝族現代詩歌資料館」，發布《彝族現代詩群宣言》，主編出版《中國彝族現代詩全集》等多種詩歌選本，並寫作了《中國彝族現代詩歌簡史》，這些都是對現代彝族詩歌歷史脈絡與當下構成的集中梳理，對彝族現代詩的發展可以說起到了非常重要的推進作用。

　　除此之外，涼山地區的漢語現代新詩方面，也還有大量的民刊出現，如胥勳和的《山海潮》、靜梅的《跋涉者》、華文進的《000詩潮》、秦風《聲音》，以及三位女詩人曉音的《女子詩報》、海靈的《海靈詩報》、周鳳鳴與謝崇明的《二十一世紀中國現代詩人》，一起展示了這片土地濃烈的詩性精神。由中國作家協會《詩刊》社、中國少數民族作家學會、四川省作家協會、涼山州人民政府等主辦的「絲綢之路」國際詩歌周，逐漸成為當代詩歌的一個品牌。

　　　　　北大學出版社，1992年）、《詩歌圖騰》（四川民族出版社，1997年）、《俀伍拉且詩歌選》（四川民族出版社，2004年）、《大山大水及其變奏》（四川民族出版社，2014年）、《涼山這個地方》（四川文藝出版社，2016年）。
〔註79〕張放、韋足梅：《大涼山的「麥田守望者」——俀伍拉且生態詩歌研究》，《民族文學研究》，2018年，第2期。

二、藏族當代新詩

　　川西藏族新詩依靠藏文化，在創作上也有著獨特的景觀。他們有《西藏文學》《西藏文藝》《拉薩河》《雪域文化》等期刊資源，又佔據獨特的川西地域，至今已推出 4 輯「康巴作家群書系」，逐漸形成了一個具有重要影響的「康巴作家群」。2012 年阿來將「康巴作家書系」的推出視為「一個重要的文化事件」。他曾在《為「康巴作家群」書系序》說，「『康巴作家群』書系，一次性推出了七位甘孜州，或甘孜籍各族作家的作品。這些作品，水平或有高有低，但我個人認為，若干年後回顧，這一定是一個重要的文化事件。……而我孜孜尋找的是這塊土地上的人的自我表達：他們自己的生存感。他們自己對自己生活意義的認知。他們對於自身情感的由衷表達。他們對於橫斷山區這樣一個特殊地理造就的自然環境的細微感知。為什麼自我的表達如此重要。因為地域，族群，以至因此產生的文化，都只有依靠這樣的表達，才得以呈現，而只有經過這樣的呈現，才成為真正意義上的存在。」與此同時，格絨追美主編的《康巴作家群評論集》，則針對「康巴作家群」個體的創作，從題材、手法、關注的領域，以及創作的得失等方面做了詳細評論，集中展示了康巴作家群的特點、氣質，以及未來的發展方向。〔註 80〕有學者評論說，「『康巴作家群』是近年來崛起的，以反映康巴藏族人民生活為主的文學創作群體。作品中呈現的康巴地區的自然風貌、地域文化具有獨特的地域特色，而康巴人的情懷建構了一個屬於『康巴作家群』創作的獨特的領地，顯示出了『康巴作家群』以自己人身份書寫康巴地域的獨特眼光，給當代文壇帶來新的審美體驗，揭示了中國少數民族文學創作的新的審美向度。」〔註 81〕這裡不僅走出了扎西達娃、意西澤仁等著名小說家，也誕生了阿來、列美平措、藍曉、康若文琴、王志國、擁塔拉姆、白瑪曲真等優秀的川西藏族詩人。

　　阿來（1959～）不僅是一位優秀的小說家，也是一位優秀的詩人。他曾說，「我的表達是從詩歌開始；我的閱讀，我從文字中得到的感動也是從詩歌開始。可以說，詩歌豐富了我的生命，也豐富了我的文學生命。」「這些不僅是我文學生涯的開始，也顯露出我的文學開始的時候，是一種怎樣的姿態。所以，親愛的尊敬的讀者，無論你對詩歌的趣味如何，這些詩永遠是我深感

〔註80〕格絨追美主編：《康巴作家群評論集》，北京：作家出版社，2013 年。
〔註81〕黃群英：《「康巴作家群」創作的地域特徵研究》，《當代文壇》，2016 年，第 3 期。

驕傲的開始，而且，我向自己保證，這個開始將永遠繼續，直到我生命的尾聲。」〔註82〕從詩集《棱磨河》（四川民族出版社，1991 年）到《阿來的詩》（四川文藝出版，2016 年），共收錄了阿來的《犛牛》《永遠流浪》《一匹紅馬》《湖邊的孩子》《靈魂之物》《起跑線上》《獻詩：致亞運火種採集者達娃央宗》《少女》《人像》《神鳥，從北京飛往拉薩》等 67 首詩歌作品。如詩歌《群山，或者關於我自己的頌辭》，「1 我坐在山頂／感到迢遙的風起於生命的水流／大地在一派蔚藍中猙獰地滑翔／／回聲起於四周／感到口中的硝石味道來自過去的日子／過去的日子彎著腰，在濃重的山影裏／寫下這樣的字眼：夢，青稞麥了，鹽，歌謠，／銅鐵，以及四季的橋與風中／樹葉……／坐在山頂，我把頭埋在雙膝之間／風驅動時光之水漫過我的脊背／啊，河流轟鳴，道路回轉／而我找不到幸與不幸的明確界限／／2 現在，我要獨自一人／任群山的波濤把我充滿／／我的足踝／我的象牙色的足踝是盤虯的老樹根了／一雙什麼樣亙古但粗礪而靈巧的手斫我／成為兩頭犛牛牽挽的木犁／揳入土地像木漿揳入水流一樣／感到融雪水沁涼的滋潤／感到眾多飽含汁液的根鬚／感到扶犁的手從蒼老變得年輕／感到劃開歲月的漩流而升入天庭／而犁尖仍在幽深的山谷／／感到山谷的風走過，把炊煙／把沉默帶到路上，像駝隊／把足跡帶到路上，像有種女人／把幻想帶到我們心頭一樣／／啊，一群沒有聲音的婦人環繞我／用熱淚將我打濕，我看不清楚她們的臉／因為她們的面孔是無數母親面容的疊合／她們顫抖的聲音與手指彷彿蜜蜂的翅膀／還有許多先賢環繞我／薩迦撰寫一部關於我的格言／格薩爾以為他的神力來源於我／倉央嘉措唱著獻給我的情歌／／一群鴿子為我牽來陽光的金線／仙女們為我織成頌歌的衣裳」。正如有學者評論，「阿來的詩有一種純粹的抒情質地，詩中的抒情主人公本身似乎帶有行吟詩人的特點，有自由不羈的靈魂，對幻美的光和高於人間的神性世界充滿熱切的嚮往。在長詩《群山，或者關於我自己的頌辭》中，詩人坐在山頂，神思浩渺，思緒飛揚，自然萬物盡收眼底，群山之巍峨乃是自我人格的投射，詩中呈現出博大莊嚴的境界。詩中寫道，『現在，我要獨自一人／任群山的波濤把我充滿』。自然的浩大氣象與詩人的內心圖景在此融為一體，一切盡在詩人的心中，似乎一切又都承受神意的垂顧，詩中充滿一種力之美和一種近乎寂靜的宏大的迴響。」可以說，在阿來的早期詩歌中，為我們呈現了一個全新的人

〔註82〕阿來：《後記》，《阿來文集詩文卷》，北京：人民文學出版社，2001 年。

與自然的關係,而人的主題也得到了新的詩性闡釋和呈現。在這裡,詩人重新為自己或者說為人類確定了存在的基座——「山頂」,讓生命獲得了獨特的高度,有著遼闊、博大的精神氣質。這封閉於城市鋼筋水泥之中的現代詩人來說,無疑是一個重塑生命本質意義的新支點。另外值得注意的是,在詩歌中,阿來也重新確定生命的姿態「坐在山頂」。與此前中國古典詩歌中很多的「登高」主題不一樣的是,詩人以「坐」的姿態來面對這個宏闊的時空、歷史和個體生命。在詩歌中,詩人不是百般留念式的懷古,也不是在奢望空洞的未來,也沒有輕易地在山水之間逍遙,也沒有凝重地在草木之中悲號,只有他在用忠實地用自己的身體,去感受著豐盈的自然,飽滿的時空,以及新鮮的生命氣息。進而,在阿來的詩歌中,我們慢慢暢飲到了生命新鮮的甘露。

同時,阿來的詩歌,有著對藏族文化的傳承與推進。在《阿來的詩》的編後記中說道,「阿來的詩歌對藏民族的宗教信仰進行了極為精彩的現代漢語演繹,呈現出濃厚的浪漫主義抒情色調,體現著藏漢文化溝通、對話與交融的深厚精神內涵。『今晨,我看見一束金色光芒 / 穿過諾日朗瀑布那銀色水霧,在兩株挺拔的雲杉中間,落在了我額頭的中央…… / 那時,鷹隼在高高的天空 / 中間是開花的野櫻桃,背後也是 / 櫻桃花沾滿露水閃閃發光。』與我們常見的陰柔路線的詩歌不同,這充滿生命氣息的字裏行間流露的是一種雄渾之美。小說家阿來筆下的藏地是神秘而獨特的,但在詩歌中,藏地的一草一木還被賦予了飽滿的情感和眷戀之情。在許多訪談中,阿來都坦言,他雖然很早就轉向了小說創作,但在他的心中,詩情並未泯滅,他要把自己的寫作帶向更廣義的詩。」〔註83〕藏地,在阿來的詩歌中獲得了一個新的形象,阿來也在藏族文化之中薰染,構建出了一個絢爛的詩性世界。當然,這種詩性世界的呈現,更在阿來的小說中達到極致。

此外,當代四川詩壇,還有一批優秀的藏族詩人。列美平措(1961〜)出版了《心靈的憂鬱》《孤獨的旅程》《列美平措詩歌選》等詩集,其中《孤獨的旅程》曾獲第五屆少數民族文學創作「駿馬獎」。有人曾評論說,「高原之舟耗牛,以負重、沉膚、憂鬱、孤獨、凝視為特徵,『半人半牛』是藏族青年詩人列美平措的自畫像,並通過它而概括了雪域高原和整個藏民族的性格和靈魂——其詩歌發現和創造正在於此,即把最典型的『雪域塑雕』推到了我們面

〔註83〕 《編後記》,《阿來的詩》,成都:四川文藝出版社,2016 年。

前。」〔註84〕康若文琴也是值得關注的一位詩人，在《康若文琴的詩》中我們清晰地看到，出身於四川省馬爾康縣的藏族女性的康若文琴，其寫作首先也有著非常鮮明的地域特色和民族特色。故鄉、梭磨河、阿壩草原、嘉絨藏族乃至藏族文化等等，都成為了她詩歌書寫的核心。同樣我們也看到，她的詩歌寫作也是非常有野心的，既有廣闊宏大的「蓮寶葉則神山」、「嘉莫墨爾多神山」和奔騰不息的「梭磨河」，也有堅強敦厚的碉樓、官寨和小巧玲瓏的花草鳥木，正如阿來所說，有一種「寬闊」的氣勢。這些，無疑都是我們理解康若文琴詩歌不可忽視的重要因子。具有特色的是，康若文琴詩歌中對「作為個體的女性」的書寫，女性精神世界的關注，就讓我們看到藏族詩歌向現代性突進的不懈努力。建立在格薩爾史詩等基礎上的藏文化，本身就是一個宏大、偉大、豐富的世界。而在現代社會轟隆隆的前進步伐中，精巧、細小的個體命運，豐富、駁雜的內心空間，更需要我們去充分構建。這不僅是詩歌的天職與使命，也是文化現代化、詩歌現代化的一個重要標誌。〔註85〕

三、羌族當代新詩

新時期以來，羌族文學得到了長足發展。與傳統羌族文學相比，當代羌族文學具有了一種全新的面目；同時在新時期其他民族文學裏，凸顯出了相當的個性色彩。眾所周知，羌族有著豐富的文學傳統，包括民間文學和書面文學。傳統羌文學，主要以口傳和歌唱的形式保存在民間文學中〔註86〕。同時羌族文學更指向羌族作家創作的作品，後秦姚興，西夏余闕、張雄飛、昂吉、王翰，清代「高氏五子」、趙萬嘉、高體全以及晚清董湘琴等羌族文人，一同構築起了傳統羌文學的大廈。當代羌族新詩既與整個新中國文學是同步，也有自身的特殊性，最終呈現出三個重要的發展節點。第一個節點是新中國建國初期，當代羌族新詩與時代政治意識同構。1950 年羌族的主要聚居地成立了茂縣專區，使得羌族文學納入到新中國文學的大體系之中。所以，在「頌歌」與「古典加民歌」時代洪流之中，羌族文學湧現出大量歌頌毛主席、歌頌黨、歌頌社會主

〔註84〕冉仲景：《雪域斯芬克斯：半人半牛——列美平措的詩歌發現與創造》，《西南民族學院學報》，1996 年，第 2 期。

〔註85〕王學東、董楠：《康若文琴的詩、女性及現代性》，《阿來研究》，2018 年，總第 9 期。

〔註86〕其中比較重要的作品是三大史詩《羌戈大戰》《木姐珠與斗安珠》和《澤其格布》，以及大量的神話、傳說、故事、歌謠等作品。

義的「頌歌」、「新民歌」，造就出了有一定影響的羌族軍旅詩人程玉書。與此同時，傳統羌族文學特別是史詩，得到了系統發掘和整理，這也客觀上為 80 年代羌族文學的推進起了奠基作用。當代羌族新詩的第二個節點是八十年代初。此時羌族文學開始突破傳統文學空間，進入了一個全新的發展階段。一方面是羌族詩人的族群意識得以確立，並且不斷得到強化。此時的羌族文學，有政府主導的「阿壩州全州文學藝術工作者第一次代表大會」，並成立了「阿壩藏族自治州文學藝術界聯合會」，創辦了以羌族作家為創作主體的文學期刊《草地》《羌族文學》；羌族民間文學作品大量發表或出版，包括《人神分居的起源》《木姐珠和斗安珠》《羌族民間故事集》《羌族故事集（上、下冊）》《羌年禮花——羌族歷史文化文集》；特別是 1987 年阿壩藏族自治州更名為阿壩藏族羌族自治州，羌族的民族意識進一步凸顯出來。朱大錄、谷運龍、何建、雷子獲得了全國性的文學獎項，以及《羌族文學史》的完成，不僅展示了羌族文學的實力，而且也擴大了羌族文學的空間。另一方面，羌族文學全面觸碰到歐風美雨，系統地接受到了西方的文學理論、審美觀念，開始走向現代社會。羌民族文化對「現代」的衝擊與回應，成為他們詩歌的一個重要主題，由此也全面更新了羌族的詩學理論。5·12 汶川大地震則是當代羌族新詩的第三個節點。如果說在此之前的當代羌族新詩，還在應付外來文化的衝擊，以尋找自己，確證自己的獨特性的話，那麼在大災難之後的羌族詩人，有了個體「自覺」，更多地深入到個體內心，彰顯出精湛的個人技藝。2010 年歐陽梅主編的三卷本《羌族文學作品選》由成都時代出版社。其中的《詩歌卷》，彙集了當代羌族詩壇的主要詩人，可以說，一個「當代羌族詩人群」已經形成，並成為當代新詩一道獨特的風景線。

當代羌族新詩，本身是難以整合為一種面目的詩學樣態。對於整個當代羌族詩人群來說，如前所述他們的整體精神是有變化的。並且對羌族詩人個體來說，由於不同的個人經歷，不同的職業身份以及教育情況等，他們對詩歌都有不同的認識。更為複雜的問題在於，儘管都屬羌人，但詩人們的生活之地，已並非僅限於羌族聚居地，他們已散居在全國各地。此時，他們身上已浸染了更多的非羌文化因子，這使得他們的詩歌面貌更不一樣了。但在當代羌族詩人的新詩作品中，我們發現「故鄉」、「鄉」是他們詩歌的核心主題。較多的詩人，都直接以「故鄉」、「鄉」作為了他們詩歌的標題，這使得紛繁多樣的當代羌族詩歌有了共同的詩學表達，具有一個相對統一的詩學面目。由此，「故鄉」、

「鄉」不僅是他們詩歌創作的重要源點，也是我們進入當代羌族新詩基點。當代羌族新詩中的「故鄉」、「鄉」，其具體所指就是對於「羌鄉」或者「羌」，的詩性表達。在他們的詩歌作品中，他們主要是從「羌史」、「羌地」這兩個方面展開，歷史性、地域性展示了「羌鄉」這片土地上的「羌人」的生存狀況。當代羌族詩人，把大量的目光投向了「羌史」，不斷的重構和記錄下自我族群的歷史，詩性地展示他們的歷史記憶，特別是他們的傳奇歷史。如葉星光的《阿渥爾》、王明軍的《家譜》、雷子的《我是汶川的女兒》、曾小平的《禹碑嶺上的思索》、廖惊的《羌戈大戰》《木姐珠和斗安珠》、成緒爾聘的《蜀西岷山——部落神性的崑崙》《殷商甲骨——歷史流淌的血脈》《吉祥皮鼓》等作品，都以詩歌見證和書寫著自己的歷史，特別是展示「羌史傳奇」。而在對「羌人」的詩性展示中，當代羌族詩人正是為了凸顯著「羌魂」，一種羌文化精神。正如羊子的《羚羊》一樣，「披霞而視。／臨風而立。／雕塑一般。／在懸崖之上。／峭壁之上。／萬丈深淵之上。」羌或者說羌人，已成為一種羌文化精神的象徵。當然，當代羌族詩人這種「羌鄉」的呈現中，由於當代羌族社會、羌族詩人們都遭遇了世俗性、世界化進程，所以在他們的詩歌文本中體現出豐富的個人特徵。正如女詩人李炬的詩歌《內心》，他們把歷史和大地，不斷地拉回到自己內心，不斷地與自我的靈魂對話。其他羌族詩人如羊子、雷子、羌人六，他們發出的更多是一種個人聲音，一個當代羌族詩人的個體聲音。這體現了當代羌族詩人不斷突破自己民族意識，超越自己的努力，也讓我們看到了當代羌族新詩的新的可能。當代羌族詩人的「故鄉」、「鄉」，實質上是一種民族情緒、民族想像的多重表達。何健說，「寫出我民族的歷史，寫出我民族的心理素質和個性特徵，寫出我民族的精神和風俗，寫出我民族的變遷和生存之地域，是我提筆寫詩那一天就明確了的、終生追求的一條艱辛的道路。」〔註87〕而這種表達，也正是在世俗化、現代化過程中，羌民族對於自己的民族身份的悲壯堅守。對於當代羌族詩歌的思考，如果僅僅將他們限制於民族情緒、民族想像這樣一個逼窄的視野中，必將抹殺他們豐富、博大的精神世界。但是，我們又絕對不能忽視的是，他們首先是作為少數民族詩人，特別是羌人的形象出現，這一背景才是我們所有對話的堅實地基。所以，當代羌族新詩的「故鄉」、「鄉」這樣一些主題，除了像余耀明等所詩人所追求的「意欲破譯那亙古不變的生存密碼，演繹羌族獨特的心理個性因素」民族情緒、民族想像意蘊之外，

〔註87〕何健《致〈詩林〉編輯部的信》，《詩林》，1986 年，第 3 期。

與此同時他們在詩意表現過程中，也釋放出了當代羌族新詩的個性特徵，彰顯出一種相當獨特的詩歌品質。

羌族新詩，還是一種「神性之詩」。羌族被稱為「雲朵中的民族」，主要是因為羌寨一般建在半山上。同時也可以說，他們是距離神最近的民族之一，最具有「神感」的民族之一。羌人所生存地之岷山，就是被譽為「神仙之居所」的崑崙山。我們都知道，羌族本來就是一個充滿神靈的族群。對於羌族來說，他們有天神、地神、山神、山神娘娘和樹神等自然神靈，也有本家族祖先神、人類祖先神、男性主宰神、女性主宰神等神靈，還有火神、地界神、六畜神、門神、倉神、碉堡神、建築神、戰爭指示神、石匠神、木匠神、等世俗神靈，以及「羊崇拜」、「白石崇拜」等動物崇拜和圖騰崇拜。正是在這樣的神性世界中，當代羌族新詩，具有濃濃的神性氛圍。他們的詩歌，就充滿了對於「神靈」的描寫、感受、膜拜與皈依，如夢非的《致山神——寫在古羌祭山會進行之際》。而且他們還把「羌」作為一個神性世界來展示，認為這裡就是一個「神仙居住之地」，如白羊子的《懷想神仙居住的村莊》。所以，當代羌族詩人的詩歌，堪稱為一種抒寫神性大地，展示神性世界的「神性之詩」。羌族世界，是一個充滿神靈的世界，而且「羌地——岷山」本來就是一個神仙的世界。毫無疑問，「神」就成為了當代羌族詩人詩歌的重要主題和意象。羌族當代新詩作為一種「神性之詩」，不僅是羌族作家對於自我民族精神的進一步體現，也是羌族詩人自我身份確認的重要特徵。

羌族新詩，更是「災難之詩」。羌族的生存之地——岷山，既是神的居所，使羌人成為距「神」最近的民族之一。但同時，羌地又並非一個人類愜意之居所，是地震災難、洪水災害頻發之地。羌族又是面對自然災難較多的民族之一，正如有學者通過考證說，「在中國少數民族歷史發展與自然災害的關係上，羌族是一個相當不幸且多災多難的民族，這種歷史記憶和感受必然要進入它的文學。」〔註88〕所以，對於自然災難的書寫，是當代羌族詩人另一個重要特徵。特別是 2008 年的汶川大地震，當代羌族新詩作為一種「災難之詩」的特徵得到了淋漓盡致的彰顯。他們把目光定格遙遠的神仙世界的同時，又把視野指向現實的深重災難。所以，雷子詩歌《我是汶川的女兒》中，便將這種「神性世界」與「災難世界」糾纏在一起的複雜心態展示出來。當然，在他們的詩歌中，更多直接面對災難，體現為對於死亡的展示。如羊子的《映秀》，

〔註88〕黎風《羌族文學重建的理論話題》，《西南民族大學學報》，2010 年，第 10 期。

便是直接對於這種死亡般的災難的鋪成。當代羌族詩人的「災難之詩」，除了對於外在自然災難的呈現之外，還有一個大主題是對於羌族「內在災難」的呈現。因為羌族是一個沒有文字的民族，所以就可能帶來沒有「歷史記憶」的精神災難。李孝俊的詩歌《再聽鼓聲》，便成為對於「遺忘歷史之災」的悲歎，「鼓槌落下／每個聲音都在表白／千年的羊皮裹著今夜的星光／掛於邛籠之巔／耐心期待大山之間樺林之邊溪水流向／楓葉又把山林點燃／聽一個民族的靈魂／又一次發出不滅不古不古不滅的吶喊／吶喊一個民族／一個文字失傳的民族／歷史怎樣把歷史遺忘」。而這種「歷史遺忘之災」，甚至成為一種「故鄉已死」的悲音。此時，對於當代羌族詩人們來說，災難就不再只是一種詩歌題材而已，而已經成為羌族詩歌的骨骼和血肉。災難，可以說是當代羌族詩人的靈魂，也是當代羌族詩歌精神向度。〔註89〕

第四節　民間詩刊

　　從 1979 年野草詩歌群落的《野草》開始，民間詩歌刊物就在四川詩歌發展史上佔據了重要的位置。如屹立於第三代詩中的民刊就有《次森林》《第三代人》《莽漢：未定詩稿》《日日新》《現代詩內部交流資料》《中國當代實驗詩歌》《大學生詩報》《現在》《漢詩：二十世紀編年史・1986》《非非》《巴蜀現代詩群》《紅旗》《陣地》《貧日》《黑旗》《女子詩報》，到九十年代的《九十年代》《象罔》《反對》《知識分子》《詩鏡》《終點》《獨立》《幸福劇團》等民刊更是堅守著詩歌的現代性訴求。新世紀伊始《詩歌檔案》《在成都》等民刊更呈現了四川這片土壤所孕育著的充沛的詩歌力量。另外，從不同地域來看，西昌有《山海潮》《聲音》《000 詩潮》《二十一世紀中國現代詩人》《彝風》；綿陽有《淨地》《側面》《終點》《70P》《青蓮》；南充有《嘉陵潮》《曲流》《天下詩歌》《私人詩歌》；瀘州有《異崛詩人》《龍眼樹》；內江有《太陽群》《存在》；遂寧有《元寫作》；眉山有《東坡詩刊》；閬中有《閬苑》《地鐵》《名城文學》《詩研究》《詩歌創作與研究》；蓬安有《漢語詩薦》《驛站詩報》，簡陽有《潛世界》《棉鄉》《藍族》；廣元有《詩境》；達州有《第三條道路》《大巴山詩刊》；自貢有《流火》《漢詩》《詩邊界》；樂山有《沫水》《此岸》《詩行》……這些民間詩刊，不僅形成了一批較有實力的詩人，而且也都初步構建出了一套全新

〔註89〕 王學東：《羌族當代新詩的發展及特徵》，《阿來研究》，2014 年，第 1 期。

的詩學體系。這些民刊紮根於巴蜀大地，並且有著長久的堅持，已漸成形成了自己的辦刊特色。這些詩歌民刊，不僅為我們呈現出了許多優秀的詩歌文本，而且展示了相當高貴的現代詩歌精神，更使巴蜀大地具有了無比豐腴的詩歌氣場。80 年代重要的四川民間詩刊，在前面已經有論述，這裡就不再重複。

一、《九十年代》與《反對》

在當代詩歌發展史上，民刊《九十年代》《反對》無疑具有重要的象徵意義。在創刊時《九十年代》就體現出一種重建當代詩學的宏大野心，「我們希望通過它能夠體現和促進這樣一個詩歌原則：高尚、魅力和歌唱。但是，即使在這樣一種詩歌原則下，對傳統文雅的發對也仍然是必須的。」〔註 90〕同樣，1990 年創刊的《反對》也提出，「反對的目的，是一切為了把新內容和新節奏創造性地帶進詩。反對的另一個重要含義：自相矛盾，強調詩人和詩歌有深度地向前發展。現在，也許一切都不會比擴大視野、養成一種積極、健康的美學觀更重要、迫切，《反對》希望推動新詩在這一觀念的穩妥的速度。」〔註 91〕進而，《九十年代》還推出了「中年寫作」這一個當代詩歌極為重要的詩學概念，「我們之所以強調寫作的『工作』性質，本意並非要冒犯寫詩的特殊要求，目的僅僅在於探索一條寫詩的途徑，以期有人有機會在成熟的中年和明澈的晚年寫出真正偉大的詩篇。應該說明，本刊從創刊就明確了以盡可能大的精力對一次『進入中年寫作』的行動進行追蹤的宗旨」。〔註 92〕此後，「中年寫作」成為九十年代詩歌一個核心詩學概念。另外，1989 年鐘鳴在成都發起《象罔》民間詩刊，共出十四期。刊物如柏樺所言「象罔是地下詩刊中一個美學上的例外」，不僅裝幀完美，而且有龐德專集、蕭全攝影專集、詩人談事件專集、鐘鳴隨筆記、陸憶敏專集、王寅專集，趙野專集、張棗專集等等，打開了當代詩歌的多層向度，值得注意。

在八十年代只有一個人的「無」派代表蕭開愚，可以看作是一個孤獨的詩歌探索者，而這也正好成就了九十年代詩人的重要地位。在 90 年代以來，他參與了《九十年代》《反對》等民刊的編輯，同時，他更以自己的多年的現代詩歌思考，顯示了現代詩歌的新的向度。他出版有詩集《動物園的狂喜》《學

〔註 90〕 《編輯說明》，《九十年代》，1989 年。
〔註 91〕 《前言》，《反對》，1990 年。
〔註 92〕 《編輯說明》，《九十年代（1991）》，1991 年。

習之甜》《蕭開愚的詩》《此時此地　蕭開愚自選集》《聯動風景》《內地研究》等。蕭開愚的詩學一直強調「當代性」的重要，強調對當下生活、當代社會語境、當代社會政治經濟文化中的「個人性」的深刻把握。正是在這種當下語境中，「中年寫作」詩學觀念成為他的首創，即主張步入中年後的寫作者須告別「青春寫作」，並積極承擔「中年」的責任意識。詩歌《向杜甫致敬》，「這是另一個中國。／為了什麼而存在？／沒有人回答，也／再用回聲回答。／這是另一個中國。／／一樣，祖孫三代同居一室／減少的私生活／等於表演；下一代／由尺度的殘忍塑造出來／假寐是向母親／和父親感恩的同時／學習取樂的本領，但是如同課本／重複老師的一串吆喝；／啊，一樣，人與牛／在田裏拉著犁鏵耕耙／生活猶如忍耐；／這是另一個中國。／講漢語僅僅為了羞恥，／當我們像啤酒，溢出／古老語文的泡沫，就是／沒有屈辱感，也沒有榮耀。／牙膏、餡餅、新名詞／引文和人類精英／之類蠢頭銜換掉了嘴巴的／味覺，誰肯定呢，／這不是句踐的詭計？……」詩人敏感意識到「生存處境和寫作處境」，由此對詩歌本體認識加深，形成了一種成熟的、開闊的寫作境界。而這種嚴格寫作的要求和複雜深入詩歌構建，意味著當代詩人的成熟。」對傳統的癡迷和對當代性的關注，以及對充分發揮漢語語言表現力所進行的不懈的嘗試。開愚（或和其他詩人一道）提出過知識分子立場和中年寫作問題，在談話中他也提到一度迷戀巴落克風格，在詩中使用口語和俗語，並把敘事性引入詩中。在他最好的作品中，我們會感到一種眩目的色彩和令人震撼的強度。」〔註93〕他的作品《向杜甫致敬》《國慶節》《動物園》等作品中，敘事和戲劇性的成分較重，對自然、命運、自我發掘，呈現了對技藝多向度的自覺。此後，他的詩如《內地研究》，更在一種「複雜性」和「綜合性」的要求下顯得生氣勃勃，充滿活力，並使我們看到了「個人的刻痕」在現代詩歌中不斷加深、加重的可能性。

　　在 90 年詩歌中，曾編輯民刊《90 年代》《反對》孫文波的「敘事性」也是相當令人關注的。孫文波著有詩集《地圖上的旅行》《給小蓓的驪歌》《孫文波的詩》《與有無有關》《新山水詩》等詩集。在九十年代孫文波確立了自己「從身邊的事物發現自己需要的詩句」的基本的詩歌創作傾向。特別是其詩學理論

〔註93〕張曙光：《狂喜或悲憤（代序）》，《動物園的狂喜》，北京：改革出版社，1997年，第 7 頁。

「敘事性」在詩歌中的完美表達，使詩人的獨特風貌在這其中得以確立。「我想，我所以感到『驚訝』，是因為孫文波（當然不止他一個人）的寫作提出了九十年代詩歌個非常重要的詩學問題，即敘事性的問題。……他是以新文學的繼承者的身份介入詩歌的，然而，他又像是一個與新文學對立的舊文化的『守夜人』；在文本中，他是世俗的毫不妥協的批判者，但同時他的敘述中又充滿了世俗的和跡近玩世的口吻；他譏刺時世，以及典型的哈姆雷特嘰哩咕嚕的人生遲疑；他是個反對自己、以敘述來反敘述的極其矛盾的現代兼古典的詩人。」〔註94〕他的詩歌作品中，當代社會的各種細節和情節被刻繪和保存，徹底提升了「日常生活」的質量和高度，投射出強烈的歷史關懷和人文關懷。他在敘事方面的探究，使現代詩學中敘事的「及物能力」得以加強，構築了現代詩學新的可能。但他創作對單一性思維的固守，也迫使詩人需要在創作中不斷的更新、突破和蛻變。

二、《詩鏡》

1997 年是四川民間詩歌發展又一個重要轉折點，《詩鏡》《存在》《獨立》《終點》皆在這一年前後創刊。《詩鏡》以其大開本外觀和厚重文本，並聚集了一批優秀的四川詩人，引起了詩界的廣泛關注。正如《詩鏡》封頁上所言，「達到那足以用自己獨立的心靈火焰去映亮世界那晦暗、盲目、瘋狂、墮落的黑暗精神。……我們永遠堅信人類文明希望的光芒！人類心靈中的詩性之光將是我們最終的信仰！詩人的空間有多大，人類的生存空間就有多大！」可以說，對人的內在多重內心世界的挖掘和呈現，對語言自身魅力的彰顯，是他們詩歌的重要主題。啞石、李龍炳是其中有著鮮明個性的詩人。

啞石從他《青城詩章》以來，寫出了一些列讓人耳目一新的詩作，成為詩歌界極為關注的重要詩人之一。2007 年長江文藝出版社出版了他的詩集《啞石詩選》之後，2010 年他自印了詩集《雕蟲》，2011 民間「不是出版基金」出版了啞石的《絲絨地道》以及《不是》詩刊第 5 卷《啞石詩文集》。此後啞石創作了大量別具一格的組詩《秋風凌亂》《懸置》《傾葵》《風聲》《紀事》《個人道》《曲苑雜談》等。在這兩年間，啞石發表的大量的詩歌組詩，體現出他不竭的創造力和多維的探索精神。2010 年，《文學界（專輯版）》第 3 期刊發

〔註94〕程光煒：《敘事及其他（代序）》，《地圖上的旅行》，北京：改革出版社，1997年，第 5 頁。

了「啞石專輯」，包括啞石的《懸置（組詩）》、隨筆和詩學論文《隨筆二題》《詩歌語言層次》，阿紫訪談《記憶與修辭——自我認識的煉金術》，史幼波的詩人介紹《大話啞石》，馬永波的《對啞石詩歌個人化特徵的一點考慮》以及《啞石作品簡目》，不僅是對啞石的創作和生平的一次全面梳理，而且對於啞石詩歌創作實績的重要展示。在啞石的詩歌創作歷程上，在語言、形式、修辭、意境等方面都堪稱經典的《青城詩章》無疑是他一種非常重要的詩學界標。2010 衡山詩會上啞石拋出了自己的《多元文化境遇下的當下新詩》：「新詩，說到底是白話漢語的一種『藝術』實現。」「需要更精細、複雜的技藝，才能釋放出其鮮活、具體的生命經驗。」啞石此時的詩作，繼續在語言、形式、修辭、意境上不懈地思考、探索和實踐，在技術層面上可以說超越了《青城詩章》。如《喜鵲詩》中，「最滿意的事：不管現在，還是／身體夜鳥投林般回到了家的未來歲月，／我都是一團混沌，一次次教育和／被教育——從不放棄，自己顛覆自己！」這裡，啞石在對於詞語、句子的優美安排，已經運用得相當成熟，在結構、韻律上操作也極為精緻、準確，在敘述、抒情、說理之間的交錯經營也如行雲流水，這些幾乎使他的作品成為一種理想的詩歌修辭範本。同時，詩歌中詩人在對世界、自我的認識與理解，早已成竹在胸，如命運之神俯瞰著大地，不斷地將自己的精神、靈性注入、位移到語言、自然和世界之中，讓我們看到了與天同一、與自然同一的現代詩學可能。

李龍炳（1969～）是其中極為引人注目的一位詩人。他的農民身份，以及詩歌中繁複的語言、豐富的想像和自身堅實的理論素養，這本身就是一個奇蹟，一種傳奇。所以，他獨有農民身份與極具震撼力的詩歌文本，令人詩歌愛好者驚奇和著迷。早在 2005 年，貴州人民出版社就出版了他的詩集《奇蹟》。2010 年他被《星星》和《詩刊》評選為「中國十大農民詩人」。2011 年出版的《李龍炳的詩》，作為「蜀籟」叢書的一種，更顯示了李龍炳詩歌創作的重要性。從《一百噸大米》開始，李龍炳詩歌就在當代詩歌中不斷呈現出「奇蹟」。他的出現，既顯示出當下新詩的疲軟和蒼白，同時又預示著當下詩歌新的突圍可能的欣喜。但正當人們還在這一「奇蹟」中回味之時，此時的李龍炳又開始了他新的探索征程。如詩歌《龍王鄉：宿命與幻象・E》，「這裡只是一張巨大的白紙，它彎曲的時候／一些人有名無姓，一些人有姓無名，一些人無名無姓／一些人是火光，一些人是灰燼，一些人是我／一些人是你，一些人是我和你共同投下的陰影／我不知道我在上升還是在下降，生與死是一對孿生兄弟／

每天都在同一條路上爭吵，這是他們的天性／……」，如果此前，李龍炳的詩歌標誌是陽剛型生命力、深切的農民情懷以及特有的複雜語言，那麼在他多年詩歌創作之後的今天，則是在向著常態生活、普遍性命運進駐，向著永恆意義追問。而且他的詩歌還多了直覺之思和理性演繹，帶出一點神秘氣息。當然，他對語言的探索依然一如既往地熱情和勇敢，令人驚歎。

三、《存在詩刊》

1994 年 7 月，一群年輕的內江詩人劉澤球、陶春、梁珩、謝銀恩等決定創辦詩刊《存在》，並立即出版了打印刊物，1997 年正式出版《存在詩刊作品集》。從 1997 年算起至今，《存在詩刊》在中國當代詩壇已經堅持二十年了，出版了系列作品集。令人欣喜的是，通過《存在詩刊》，「存在」與中國當代詩歌有了深度的相遇；更為重要的是，通過《存在》同仁們二十年的持續努力，「存在」與中國詩歌精神相融。他們的詩學觀主要在陶春的《存在詩刊作品集》第二輯的發刊詞中，認為，「存在一詞作為整個歐洲之思的動力核心，即：對人本身之在窮竭的追問和不懈努力的爭取和命名。在東方，它的同義詞則被稱為『道』。」由此，「存在詩觀所遵循的創作原則在開創及綜合意義上雙向展開，意味著詩者自身不再與主觀回憶的自我發生聯繫，而只與更客觀、超然靜穆意義上的非我世界的回憶發生結合：強調詩歌意識的神性，智性，及自然構述能力三重結合的原發構成寫作。」正如評論家所言，「在四川這塊詩歌的『熱土』上出現了太多的詩人和群落，《存在》所聚攏的是一批具有形而上趣味和玄理訴求的詩人，他們的寫作追求對日常生活的溯源式體驗，追求自我靈魂與存在之間的某些對位和細小的感應。也形成了比較穩定的特色。」〔註95〕最終為當代詩歌呈現出別樣的面孔，為當代詩歌的發展呈現出一種新的可能性。

《存在詩刊》詩學理論的起點，就是探討「何為存在」的問題。在思考「何為存在」這一問題上，他們忽略了在海德格爾思想中所謂「海德格爾Ⅰ」和「海德格爾Ⅱ」之辨，而直接借用海德格爾的「存在之思」。根據「海德格爾Ⅰ」存在思想中的「生存屬性」和「向我來屬」，《存在詩刊》首先提出「存在」是對「人本身之在」的「窮竭的追問和不懈努力的爭取與命名」，這讓《存在詩刊》的詩學理論中呈現出鮮明的人本主義精神。八十年代以來，如何確立「人

〔註95〕張清華：《閃電的和恒常的──民間詩刊》，《當代作家評論》，2008 年，第 5 期。

的主體性」，或者說「詩人主體性」問題性問題，一直是學術界、文藝界關心的核心問題。但是長期以來的實踐論、反映論、文化論等觀點，在「主體──客體」的論證視域中，無法確證「主體性」思想。《存在詩刊》明確地借助了海德格爾「向我來屬」的「存在」，以鑄就當代詩人的「主體性」。《存在詩刊》中對「存在」的界定，凸顯出來的便是對此「存在」觀的融入，以便為「人之主體」和「詩之主體」確定一個人更為堅實的根基。正如陶春所說，「確立人之為人，測量自身維度存在之高與存在之重所必需亮出的另一種更深存在的根基」。由此他們將「人之本質」、「詩之本質」的「存在」，指向了一個「更高存在者」身上，即「對不同維度的意識深處，真實遭遇到的更高存在者的蒞位所作出的相應的反應能力，成為《存在詩刊》不可或缺的首要關注對象。」正如海德格爾「存在」思想的核心，他認為「人並不是主體」，「人也沒有自行設計存在的自由」，而是「存在的需要使人成為主體」。進而，「存在」「就是人涌過去蔽而達到無蔽狀態」。而這個「存在」，就成為《存在詩刊》中的「更高的存在者」。由此可見，《存在詩刊》中的「存在」起步於對「人本身之在」的規劃，但與此規劃同時，他們最終將「存在」指向了「更高存在者」。因此，《存在詩刊》中的「存在之思」，在當下詩歌重新建構主體性之時，他們借助於海德格爾，以「更高的存在者」來重新規劃「主體性」，來重新建構「人本身之在」。回溯八十年代以來的中國詩人們，他們一直在「還原詩人」，追尋「詩人本真之在」。朦朧詩中凸顯出的「社會批判者」詩人形象，社會批判是他們重新建構人的主體性和詩的主體性主要努力；第二代詩人們則彰顯出一個平民形象，他們力圖從日常生活、世俗狀態中來確立詩人的本質面目；而 90 年代詩人，則在重點打造詩人的文化形象（或者說「知識分子」形象），以炫目的知識和強烈的中國性來重塑當代詩人。這些努力，在《存在詩刊》看來，他們都是在「以主體性來確立主體性」，最終是無法確立起「詩人主體性」。而《存在詩刊》借助於「更高的存在者」，才能完成「人本真之在」，確證我們的存在，我們才能得以「存在」。在《存在詩刊》看來，必須借助「更高的存在者」，詩人應成為「更高的存在者」的參與者、見證者、守護者。那麼，何為「更高的存在者」呢？雖然《存在詩刊》並沒有精確表述，但他們首先將他確定為一種「最高事實的必然性」，「正如它只是它自身一貫所純然表明的那樣，將心靈尖端所銳意的言說賦予生命本身不可重複、不可替代的最高事實的必然性。」在這裡，他們的「最高事實的必然性」就是對「更高的存在者」的推進和深入。

進而，他們將「更高的存在者」看作一個有機系統的「整體性」:「《存在詩刊》所遵循的創作原則在開創及綜合意義上的雙向展開，意味著詩者自身不再與主觀回憶的自我發生聯繫，而只與更客觀、超然靜穆意義上的非我世界的回憶發生結合，這裡的回憶所表明的時間狀態:過去、現在、未來，不再是一種死板、被動延伸的線性時間維度，而是一個活的相互繁衍、循環，相互構成的同時性有機整體。」不過，相比較而言，海德格爾「存在」的「無蔽狀態」表述更為豐富和有力，那就是「天、地、人、神、語言、萬物、時間、世界之間的自由遊戲」。雖然《存在詩刊》的「更高的存在者」與海德格爾的「無蔽狀態」之間有著差距，但《存在詩刊》將「更高的存在者」作為詩學的核心，這無疑將當代詩界對「詩本質」的探尋推進了一大步。現代詩歌誕生以來，一直以啟蒙、革命、自由、進步、人生、生命、社會、經驗、情緒、靈魂等等作為詩學建構的地基。而這些詩學，實際上是從「人主體」而建構出來的「主體詩學」。但《存在詩刊》以「更高的存在者」來確立詩歌地基，就在一個更為宏大和深遠的背景中來重新確定「詩」和「詩性」。在「存在」視野之下，「詩的本質」就不再僅僅是「人之詩」，而是「更高的存在者」「天、地、人、神、語言、萬物、時間、世界」「湧現出來的詩」，是「存在之詩」。換言之，「詩」只能是「更高的存在者」帶出來的詩，而並非「主體」可以完成的。正是在這一維度之上，「《存在詩刊》自始至終所關注及傾聽的無可言說之物，暗示了詩歌精神本身的自律性」，他們認為詩人只能作為一個聆聽者、見證者，最終讓「更高的存在者」作為「詩本身」，這就為「何為詩歌」的理解洞開了另外一條「通天大道」。

　　進而，在「更高的存在者」的觀照之下，那「詩人何為?」。在《存在詩刊》中首先就是對「人主體性」的斷然拒絕:「這種充分超越一切阻礙的自由狀態，使作品所召喚的不在場的召喚對象，通過獨一無二、不可任意刪減、增加的客觀存在物（詩本身）在閱讀中獲得強烈實現，此實現，就是純然創造的時間自我對固態、慣性、死板的現存時間自我的先入為主的確定性的斷然棄絕。」在這個意義上，《存在詩刊》並非說「詩人無為」，而是讓詩人向「更高的存在者」敞開，去聆聽，讓「存在」湧現出來，讓詩湧現出來。由此，《存在詩刊》對「詩人主體性」的斷然拒絕，實則是對「詩人之本真」更高層次存在的照亮。此時，「詩人」就並不僅僅是「人本真之在」，而是在「天、地、人、神、語言、萬物、時間、世界」中自由之「共在」。同時，去聆聽「更高的存

在者」的詩人，在《存在詩刊》看來，成為了「詩者」，「詩者的職責就是去語言中經歷為實存。詩者所從事的意識工作必須職業化。向體內獨立、廣大、清醒的孤寂時時學習與傾聽，並吸取罕見的心靈汁液，整年整年不遇一人。」這種聆聽狀態，不僅是成為了「詩者」職業化身份，也成為了他永恆的命運，這就進一步提升了我們對「詩人」命運的認識和理解。更為重要的是，在「更高的存在者」視域之下，「詩者」對「詩本身」的「何為詩歌」的理解，就有著另外一層豐富的含義了。「詩歌何為」，一直以來我們的核心定義是「創造」和「自由」。但我們詩歌中的「創造」和「自由」，大多侷限於主題、意向、字句、技巧等方面的創造和自由，當然對中國現代詩歌的發展有著奠基性的重要意義，從而也推動了中國新詩的不斷發展。但作為「有限之人」、「必死之人」的「主體」，其「創造」也只能是「有限之創造」和「必死之創造」，其「自由」也只能是「有限之自由」和「有限之創造」。「詩歌何為」在《存在詩刊》中得到了一種全新的闡釋：「親體躬察、傾聽，並通過對自身與萬物並存的廣闊無垠的內在空間所居持久恒常之物的無聲領會與忠實應答，人性之詩意生存根基的深度因此被奠定。」當我們的詩歌只還在高雅與通俗、晦澀與直白、崇高與褻瀆、商業與現代、通俗與經典等「詩歌何為」的命題之間糾纏時，我們始終還是在「人之存在」中回漩，無論如何也無法確證「詩本身」。由此，只有聆聽「更高的存在者」的「詩」，才能有著「更高的創造」和「更高的自由」，也最終才有「無限之創造」、「永生之創造」以及「無限之自由」和「永恆之自由」。而《存在詩刊》對這種「更高的創造」和「更高的自由」的聆聽，就為當代詩歌的發展彰顯了出一個全新的境界。

四、《蜀道》

2011 年 12 月，《蜀道》詩刊在成都創刊，編輯與製作者李兵，設計者蔣浩，刊前有蕭開愚的發刊詞。對於《蜀道》這一命名，蕭開愚在發刊詞中作了闡釋，「我認為『蜀道』——不是刊名而是刊物的立意——暗示的三種認識最好是三個告誡。一是四川的思想和學術傳統值得連續，但需全面檢討各界的批評性連續；二是四川詩歌風格已經改造，但尚未完全擺脫浮想和玩弄的腐朽習性；三是地理依附心情絕非出川就能弱化，包裹盆地的天然屏障綿延在川人的意識裏面，自詡為鎖住的肥沃。」〔註96〕編輯者李兵說，《蜀道》中的大部分

〔註96〕蕭開愚：《發刊詞》，《蜀道》，2011 年，總第 1 期。

作者以《幸福劇團》中的詩歌同仁為主,《蜀道》詩刊在一定程度上就是《幸福劇團》詩刊的延續。在成都的詩歌群體中,《蜀道》可以說是在修辭冒險、技藝風暴中最為突出的一個群體。總體上看,這一群體的詩歌同仁具有學院派的知性、繁複的詩學風格,特別注重複雜詩歌技藝的探析,試圖為當代詩歌的發展確立一個標杆。

在這一群同仁中,由於精湛的技藝,詩人馬雁值得關注。對於馬雁,海外《今天》雜誌的《馬雁詩歌小輯·編者按》的介紹比較完整:「馬雁,詩人、作家,穆斯林。1979 年生於成都,中學時期開始寫作,為成都民刊《幸福劇團》同人。1997～2001 年間就讀於北京大學中國語言文學系古典文獻專業,畢業後曾獲劉麗安詩歌獎、珠江詩歌節青年詩人獎等獎項。曾自印詩歌和小說合集《習作選:1999～2002》(2002 年)、詩集《迷人之食》(2008 年),正計劃出版隨筆集《讀書與跌宕自喜》。2010 年 12 月 30 日晚在上海所住賓館因病意外辭世。詩人之殤憾矣,況當華年。讀詩念遠,維以不永傷。《今天》選刊她的近作十首,以作懷緬。」〔註97〕2012 年,冷霜編選了《馬雁詩集》〔註98〕,收錄了馬雁詩歌作品 171 首,幾乎囊括了馬雁的所有詩歌作品。該詩集包括《第一輯 迷人之食(2000～2005)》《第二輯 我們乘坐過山車飛向未來(2005～2010)》《第三輯 在世上漂泊的女人(1999～2004)》《詩論》《馬雁生平年表》《編後記》幾個部分,展示了馬雁的整個詩歌歷程。在馬雁的詩歌中,她的《他愛上了一個人,在黑暗裏閉上眼……》《再沒有比美更動人……》《痛苦不會摧毀痛苦的可能性……》《盛世》《北中國》均保持了詩歌形式的「整齊」,體現出一定的馬雁式風格。在《馬雁詩集》封底中,有北島的評價,「初讀馬雁的詩令人感到欣喜,我不斷揣摩這欣喜來自何處,後來終有答案:就總體而言,中國當下的詩歌太油腔滑調了,而馬雁的詩中那純潔的氣力恰恰與此構成極大反差。」如她的《再沒有比美更動人……》:「再沒有比美動人,再沒有 / 比聲音更使我能聽到,再 / 沒有一個人在海邊來回地 / 走,來回地走。只有一次 / 海邊,再沒有第二次,只 / 有一個人的海,只有一次 / 曾經可能,那意味著水的 / 抵達將超過時間所能賦予 / 壓制欲望者的力量。我曾 / 反覆撥弄這些互相近似的 / 詞語,它們之間和你一樣 / 都只是玩弄一種碎玻璃的 / 手工藝。

〔註97〕 《馬雁詩歌小輯》,《今天·「暴風雨的記憶」專輯》,2010 年冬季號,總第 91 期。

〔註98〕 馬雁:《馬雁詩集》,冷霜編選,北京:新星出版社,2012 年。

對於這些同樣的／材料，鋒利與否又有什麼／意義？但每到應當睡覺的／時刻，事情就能具體起來。」她的詩歌，具有一定嚴謹的格式，每行詩句長短一致的「豆腐干樣式」。但是她詩歌中這樣嚴格的形式追求，不但沒有妨礙作者詩意的表達，而且還成為她對傳統格律形式的現代復活的詩學努力。她詩歌中特有的跨行式詩句，不但保留了我們傳統審美中對於形式審美經驗的要求，也成為現代詩歌語言張力的突圍方式。同時她的跨行式表達，雖然是刻意的形式，但並不限制一首詩歌「一氣貫通」的整體性。也就是說，在她的詩歌中，一行行固定長短的詩句，每一行詩句獨立出來是毫無意義的，必須要在幾行中甚至必須要在一整首詩歌中才能顯示出詩的意義。正是這樣嚴謹形式之下，使馬雁的詩歌天然地隱含著對於傳統形式、傳統詩歌修辭，以及傳統詩歌語言的借鑒與改革，同時又融進現代的敘事、說明、戲劇性、反諷，造就出她精湛的語言風格，展示了她對語言的狂熱探索精神。最後，在馬雁詩歌的個體情緒之中，既有著女性體驗的尖銳、敏感，又有著對於人類命運的洞察和觀照。更重要的是，她有詩人的「天職情懷」，並且試圖「阻擋坦克」。這就是她在詩歌《盛世》中所說的「詩歌的確還不能阻擋坦克，這是詩歌的侷限，但詩歌試圖阻擋坦克，這是詩歌的寬廣。」馬雁離世，但她詩歌的生命卻茁壯成長。

五、其他民刊

此外，還活躍著一批民間詩歌刊物。在四川的民間詩刊中，《人行道》最有成都意識。在《人行道》之前，張衛東、張哮等就創辦過詩刊《在成都》。《人行道》詩刊於 2001 年 5 月在成都創刊，由張衛東、胡馬、盧棗、張哮等先後擔任主編。從 2001 年以來堅持了 10 年，持續出版了十期《人行道》。他們的詩學傾向為，「本土化，地域化；自由，自然，原創，無流派之分。」內心的自由、生命的自然以及個體的獨創，是他們詩歌創作的主要追求。2010 年《人行道》第 10 期「10 年紀念專刊」出刊，這是《人行道》的 10 年紀念專刊。這或許是《人行道》的最後一期刊物，所以對於人行道同仁來說其意義是極為重要的。作為具有總結價值的《人行道》這一期，就有一部分是他們以前詩歌作品的重複發表。另外在本期刊物中，除了主體部分《詩歌卷》之外，有張哮的《〈人行道〉十年小記（代序）》，有專門紀念、研究《人行道》的《文論‧隨筆卷》專欄，以及張衛東整理的《〈人行道〉2001～2009 年（1～9 期）作者索引》，使之成為對整個《人行道》詩刊的一次小型檢閱。《每月十五》也

是活躍在成都的一個文學團體。根據馮榮光的《大慈寺：成都草根作家的風水寶地》〔註99〕一文，可瞭解到「每月十五」的基本情況。1989 年《工人文學》停刊，楊光和、閻萬輝組成「每月十五文學沙龍」。而社團名稱則是由流沙河命名的，「你們每月十五都在這裡活動，我看——就叫《每月十五》！」2009編輯出版《每月十五——每月十五二十年作品選》〔註100〕，成為他們實力的一次集中展示。2010 年召開了「每月十五文學社成立二十週年慶典暨《每月十五二十年作品選》首發式」。《每月十五》全是打印刊物，真正是樸實無華，「素面朝天」的刊物。《屏風》詩刊與其他大部分同仁詩刊一樣，嚴肅地、持久地進行現代詩歌寫作的探索和實踐，是「屏風」同仁的一直詩學核心。《屏風》詩刊 2005 年在成都青白江創刊，至 2012 年出刊 12 期。創辦人胡仁澤，主要參與者有李龍炳、黃元祥、黃嘯、易杉、楊釗、陳建等詩人。「屏風」一詞由創辦人胡仁澤隨口說出，「屏風，可以創造一個場所，一種意境和一種表達。世界既需要敞開又需要隱藏，我們與這個世界的關係就是與屏風的關係。一座座屏風被風撕毀，又有一座座屏風樹在眼前，我們，將不停地移動它！」〔註101〕。強行將詩人納入到這樣一個「桃花詩村」群體中，其主要原因源於他們地緣上的優勢。2006 年「2006 中國桃花詩村・首屆鄉村詩歌節」在成都龍泉誕生，此後鄉村詩歌節一年一屆，連續舉辦已 6 屆。圍繞「桃花」，他們編有《桃花詩三百首（上、下集）》《中國桃花詩村》《又見桃花紅——中國鄉村詩選》、桃花故里，枇杷原鄉》《采詩錦城東：大面鋪到龍泉湖》《桃花故里農民詩選》等詩選。2011 年《詩歌帶我回家——現當代詩人筆下的成都》出版，該選本共收入 162 人的 226 首有關桃花的詩作。在種種氛圍之下，「桃花詩村」詩人群隨之崛起。當然更為重要的是，「中國桃花詩村」聚集了一群優秀的詩人：況璃、凸凹、宋渠、鄢家發、印子君、張選虹等。楊然任主編《芙蓉錦江》詩刊創辦於 2006 年，以「成都，為中國詩歌造血」為宗旨，使之成為典型的「成都詩刊」。《芙蓉錦江》詩刊以「中國詩歌最低處」為口號，力圖成為中國詩歌的最後堡壘。創刊以來，編輯、出版了「紀念『5.12』大地震詩歌專號」、「九人詩選」、「芙蓉錦江詩人」「我的一首詩」、「第三屆青海湖國際詩歌節作品選輯」等多個詩歌專號，展示了他們特有的詩學視野。在四川詩歌

〔註99〕 馮榮光：《大慈寺：成都草根作家的風水寶地》，《讀城》，2009 年，第 2 期。
〔註100〕 成都市作家協會每月十五文學社編《每月十五——每月十五二十年作品選》，北京：中國三峽出版社，2009 年。
〔註101〕 見《屏風》，2010 年，第 11 期。

版圖上，還有一群獨特的詩歌愛好者。他們認為「格律」原本就是核心要素之一。由此，他們苦苦思考現代新詩的格律問題，積極創作格律體新詩，以展現出完美形式與完美內容結合的完美詩歌，這為中國新詩的發展做出了極為有意義的探索。由曉曲主編的《格律體新詩》雜誌在成都創刊，推出了不少格律體新詩優秀作品，進一步推進了「格律體新詩」的發展。2011 年《零度》詩刊在成都創刊，該刊以「心態歸零、欲望、名利歸零」為宗旨，提出「零度即心態歸零、欲望歸零、名利為零的本真人性。零度人以信念、品質、真誠、融合、和諧、拒絕崇拜為基本要素，提倡本真、空靈、個性、生活、自然、力量的美學向度；其藝術指向為：歸零心態，審視社會，突破自我，反叛定式，關注人類最高智慧，體驗人類生命本質；倡導自由寫作姿態，承認詩歌風格、手法、情感、空間的多樣性。崇尚簡潔內斂、語言創新，拒絕無病呻吟、空泛漂浮。」為全國詩歌愛好者提供一個現代詩歌交流的平臺。2010 年以「口語寫作」、「生命樂趣」為詩學追求《自便詩歌年選》在成都出刊，展示了四川新詩在「口語」上的持續推進。﹝註102﹞關於刊名，他們解釋說，「想做一點有關詩歌的事，就自行去做，這是我們為詩選起名《自便》的第一個含義。只要做，怎麼都行。不等，不盼，一人湊點，把我們近來看到的好詩編成一本書。……總之，我們通過這本書所分享的是詩，只是詩，還是詩，是每個詩人美妙而盡興的創造力表現，而非任何官方、非官方意識形態監製下的宣傳資料。」在「自便」的含義中，他們非常看重的是「美妙而驚心的創造力」。在《2011 自便詩年選‧前言》他們也說：「讀詩，寫詩，對我們來說，是一種樂趣，是一種需要，或者說是一種生活方式。」他們對詩歌的追求，便是以「口語寫作」為特徵，旨在表達真實的生活，表現生活的樂趣。當然，自八十年代的「口語」潮流以來，如何在「非非」、「他們」的口語寫作的基礎上進一步實現口語的價值，是他們一直堅持的目標。

　　《圭臬》詩刊，提出「詩歌就是一種可能，詩歌朝向無限的可能，漢語詩歌的未來寄託於當代詩人切切實實的寫作實踐。激情與血性的寫作，永遠追問著人類的詩性；經驗與智慧的寫作，不斷地確立語言的詩性秩序。《圭臬》不是標榜什麼尺度，也不是確立什麼尺度，藝術沒有尺度。《圭臬》的自我理解就是向文化和語言的圭臬致敬，圭臬本質上是對圭臬的解構，真正的寫作只能是回到無限的個人可能。」此外，四川省詩歌學會進行改選，進一步彰顯出青

﹝註102﹞見《編者前言》，《2010 年自便詩年選》，2010 年。

春的活力。詩歌評論家曹紀祖當選為學會新一任會長，蔣藍當選為常務副會長，周嘯天、譚楷、徐建成、孫建軍、向以鮮、蒲小林、王國平、牛放、周劍波等 9 人為副會長，呈現出一種全新的面貌。《四川詩歌》有觀察、推薦、實力、版圖、方陣、新銳、跨界、舊體、域外首譯、四川詩歌百年、詩事等各類欄目，推出了一些對中國詩歌事件、現象的研究文章。《四川詩人》作為四川省詩歌學會主辦的刊物，不厚名家，不薄新人，集中刊發打破陳規的勇氣和和實力的詩人作品，成為四川詩歌發展又一重要載體。同樣，多樣化的詩歌刊物同時發力，構築起全方位、立體化的詩歌陣地。

　　近年來，中國南方藝術網先後推出了「四川詩歌群落」，呈現了四川龐大的詩人群體，發表了四川詩歌的系列優秀詩歌。該網站相繼推出了巴中原點詩群、遂寧詩群、南充詩群、雅安詩群、龍泉驛詩群、德陽詩群、廣漢詩群、江油詩群、會理詩群、都江堰詩群、新都詩群、青白江詩群、眉山詩群、綿陽詩群、萬源詩群、金堂詩群、簡陽詩群、阿壩詩群、甘孜詩群、攀枝花詩群、樂山詩群等多個詩群，讓我們集中看到了當下四川各個地區、各類風格的詩人及詩歌作品。這可以說是對四川當代詩歌最全面的一次展示，呈現出了當下四川的多元化、多樣化的詩歌版圖。四川青年詩人的成長備受關注，創作實績也較為突出。在四川文學轟轟前行，始終勇立潮頭的態勢之下，一大批川籍青年詩人強勢崛起，在當代詩壇展露才華。2013 年，四川省作家協會評選了「首屆四川十大青年詩人」，熊焱、李龍炳、馬嘶、余幼幼、莫臥兒、王志國、魯娟、白鶴林、曹東、鍾漁等榜上有名；時隔 10 年，2023 年的「第二屆四川十大青年詩人」如期而至，王學東、加主布哈、羌人六、吳小蟲、伯竑橋、甫躍成、羅鋮、康宇辰、程川、蔣萊明入選，實力不容小覷。一代代新生力量正在崛起，讓我們看到了未來四川新詩的更多可能。為梳理百年中國新詩的「四川方陣」，總結百年四川新詩貢獻的「四川經驗」，2018 年四川作協與《星星》詩刊啟動了《四川百年新詩選》的編選徵集工作。本書的編選範圍 1917 年至 2017 年間，四川（包括 1997 年前的重慶，下同）詩人或旅居四川的全國著名詩人在報刊（書籍）發表的標誌性的、有影響的新詩作品，這對梳理四川詩歌百年脈絡，展示四川新詩百年碩果，總結四川新詩百年成就，推動四川新詩創作有不可替代的著重要作用。

結 語

　　儘管地處中國內陸，但秉承著「蜀」文化的基因，四川詩人總是具有「敢為天下先」，有著以詩歌重塑歷史、重構歷史的「通天情結」。蜀人的「通天情結」並非空穴來風。把蜀作為天下之中心，重構人類歷史和精神的宏大努力，絡繹不絕。在詩歌中，這就體現為四川詩人有著以詩歌重構歷史、以詩歌重建詩歌秩序的雄心。從郭沫若的《女神》，到梁平的《汶川故事》與柏樺的《史記》，如果除開他們在詩藝、詩學追求入「史」的衝動之外，那種以詩歌重寫歷史的詩學野心是相當明顯的。儘管他們的重構衝動夾雜著政治意識、詩學趣味、個人審美等多方面的力量，但他們以個人之力書寫出了個人化歷史。而更多的四川詩人還有重建詩歌秩序、確定詩歌標準的訴求。楊黎的《燦爛》、鐘鳴的《旁觀者》、周倫佑的《懸空的聖殿：非非主義 20 年圖志史》，均是出自於詩人自身的重建詩歌發展歷史的「詩歌史」，展示了他們的重新建立詩歌秩序的強烈訴求。此時的成都詩人，則更多地在詩學上確立一種詩學觀念，並作為不言而喻的詩學標準。如《星星》近年來開始編輯出版的詩歌年選，就有「力求呈現給讀者一幅當年詩歌精品力作的『全景圖』」的雄心。各種民刊也都推出自己的詩學觀念和口號，長期持續、堅定地在詩歌中實踐自己的詩歌理想。如《芙蓉錦江》的封面題詞，「成都：為中國詩歌造血」，毫不保留他們試圖統馭整個詩界，引領整個詩歌界的發展方向的「通天情結」。但與此同時，四川詩人都這著宏大的歷史、詩學的「通天情結」，所以四川詩歌界在總體格局上有著明顯「割據特徵」。他們不僅對外稱王稱霸，而且在四川這塊版圖上，也各自占山為王，稱雄一方。不過，這種複雜的內部圈子關係，多重的詩學表達，

既讓四川詩歌難以整合，同時又使四川詩歌的推進具有了相互勉勵的激勵機制，最終成為四川詩歌多元良性發展的重要動力。〔註1〕

四川詩人們，又呈現出一種「個體熱情」寫作方式。「個體熱情」是中國新文學、現代文學發生的標誌。可以說五四運動變革的真正意義，便是給中國從文學到社會帶來了現代社會的「個體熱情」。此時的「個體熱情」，其明顯特徵是，個體是與社會、國家、民族等大的群體觀念相對立，具有同等的地位。特別是強調在關鍵時刻，「個體」不能被「群」的概念所籠罩和壓制，也不能被各種規範所吞噬。所以，五四時期的「個體熱情」是對一個個體價值、個體權利的尊重和肯定。所以，在現代詩歌中，由於「個體熱情」，特別是對於個體的生命、身體、生存、價值的全面思考，由此產生了強有力的自我形象。郭沫若的《天狗》正是對於這一「個體熱情」的強烈凸顯和張揚，一種在天地之間傲然屹立的強大的個體意識和獨立人格。我們感受到的是解除了束縛、獲得自由、暢快的自我，一個充滿了力量和充滿自信感的自我。而當了當下，詩人們依然執著於「個體熱情」。不過此時的「個體熱情」有了完全不同的意義。這首先表現在當下的四川詩人的詩歌寫作中，詩歌寫作行為是一種純粹的個體興趣愛好，即為個體興趣而寫作。「它應該成為一本追求快樂的書」。〔註2〕柏樺更直接地說，「但這種書寫之姿亦可讓人盡享書寫的樂趣，而人生的意義——如果說還有意義的話——不就是在於樂趣二字嗎。」〔註3〕「口語寫作」的詩人更看重詩歌寫作中的「樂趣」。因為當下大部分詩人，都有著固定的職業和穩定的生活方式，詩歌寫作成為了他們抵擋程式化職業行為的生活方式。詩歌寫作成為了一種柏樺所說的樂趣、或者說興趣，一種純然的個體熱情，是為了享受詩歌、獲得快樂而寫作。其次，當下詩人的「個體熱情」又是一種「關門寫作」。詩歌寫作，是一種與政治無關、與經濟無關、與文化無關的寫作行為。由此「個體熱情」的核心含義是，詩歌寫作僅僅成為一種「個體拯救」行為。這與四川詩人的「通天情結」並不矛盾，他們的「通天」、「造天」行為，在一定程度上就是為「個體存在」尋找一個可安身立命之處，就是為了尋找出個體拯救的可能性方案。此時的四川詩人們，要麼呈現「個體存在的焦慮」，

〔註1〕王學東：《成都：詩在大地上的居所——2010～2011 成都新詩述評》，《文學成都》，成都：四川師範大學電子出版社，2012 年。

〔註2〕李兵：《序》，《人行道》，2003 年，第 3 期。

〔註3〕唐小林、柏樺：《左邊的歷史：關於柏樺詩學中三個關鍵詞的對話》，《延河》，2011 年，第 2 期。

要麼展示「生命本真的樂趣」。存在、生命、歸宿、安身、安逸、快樂，是四川詩歌的關鍵詞。在四川詩人的詩歌寫作中，他們挖掘出非常個人化的生命感知，展示非常本真的生命體驗，以「最別樣的感受」、「最異樣的體驗」的獲得作為詩歌的主要旨趣。因此，在當下四川詩歌中，我們體會到各種各樣的詩人主體世界，領略到完全不同的細緻、細膩的生活感受。正是在「個體熱情」之下，期待從詩歌中獲得個體的拯救、讓個體的現實活的更舒服的四川詩人，他們詩歌中對於「個體」內在的精神、感覺、思維和情緒的把握，顯得極為豐富、多姿。

　　當退回到「個體熱情」的時候，四川詩人便在技藝的探險，在語言、修辭、技巧上作種種嘗試，以享受詩歌的樂趣，同時也實現詩歌的突圍與發展。語言，成為四川詩歌「通天情結」、「個體熱情」的最主要的展示平臺。四川詩歌的語言冒險，在於他們對於「語言本體」的深刻認識。在何其芳之後，啞石和李龍炳不約而同地呈現出詩歌的語言本體性特徵。李龍炳認為，「人性如此豐富，時代如此複雜，經驗單一的詩歌已不值得信任。因此，語言在表面推進必然使詩歌清晰而平庸。詩要有意義，但意義只能藏在詞語的背後，我認為直接說出的意義對詩而言就是無意義。」〔註4〕更為直接的表述是啞石在《多元文化境遇下的當下新詩》中觀點：「當下新詩的技藝考量，這不僅僅是『匠人』層面的『純制』問題。更是一個精神感性和語言材料遭遇的問題，換句話說，技藝的精神屬性比抽象的精神立場遠為可靠。我認為，當我們孤立地談論精神立場時，就已經遠離了詩歌中的精神真實。」此時，語言本身、語言技術所蘊含的精神屬性，成為比孤立的精神立場更可靠、更真實的精神。這是四川詩人對於語言、詩歌技術表述中的一個引起共鳴的重要的觀點。儘管四川詩人有著共同的語言使命，但在具體的語言操作過程中，他們對於語言的理解又是不一樣的，甚至是背道而馳的。什麼是「本真語言」，有的詩人認為是直白的口語，有的詩人認為是有韻律的語言；由此，有的詩人讚揚複雜的修辭，有的詩人迷戀於知識話語，還有詩人認為只有口語才能再現真實……如此種種，不管怎樣，四川詩人們都行走在「語言冒險」途中：以尋找語言的魅力，再現漢語之光，朗現生命的本真狀態。在詩歌創作中，不管是何種語言，他們都有著嚴肅、甚至是近於苛刻的詩學要求。他們不僅提出要將詩歌語言本體化，而且在詩歌創作中，提出了「以語言為詩學地基」的至高語言律令。而他們的「語言冒險」，

〔註 4〕李龍炳：《水至清則無魚》，《星星》，2011 年，第 1 期。

為當代詩歌語言的繁衍、增值,以及如何用語言叩問生命等問題上,無疑提供了相當多的探索空間。語言冒險,是四川詩人詩歌寫作的興趣點;語言冒險,目的是發明詞語;而語言冒險中對於詞語的發明,對於四川詩人來說,也就發明了世界、生命和詩歌的未來。

在四川詩人的多重探索中,他們的詩歌都呈現出一種「天人之境」的詩學風格和生命境界,或者都以「天人之境」作為自己詩歌和生命的最高價值。我們知道,現代詩歌的發展,最初的動因便是與「古典詩歌」抗衡,而另起爐灶,這也成為新詩發展的最強大的動力。這一路徑,當然是有著相當深刻的社會背景的。中國現代新詩的地界,已不在是古代中國鄉村農業文明的簡單再現,而是突破中國傳統的封閉狀態下的工業文明、商業文明、城市文明以及人工智能等的新型複雜社會樣式的體現。於是現代新詩便與舊體詩有了質的區別,不僅在意象、內容,而且在表現方式、審美感受和語言模式上,都建立起一套全新的詩歌體系。正如翟永明所說,「每個時代有每個時代的詩意,每個時代最重要的氣質就是這個時代的『詩意』。不管我們喜不喜歡,現代化、城市化都是目前這個時代的氣質。」〔註5〕所以,現代新詩創作和審美趣味,必須是現代化、城市化、工業化、商業化和智能化薰染之下現代感受和體驗。但問題的複雜性在於,「現代」為我們提供了舒適、便捷的生活背後,「現代」更是虛無、絕望、沉淪的世界。在這個支離破碎的現代世界中,古典的審美、古典的意境更能契合現代人孤苦的靈魂。古典審美中那種直通宇宙洪荒、直視天地蒼茫的大境界,更令現代人癡迷和不斷地追尋。意境是中國古代藝術審美理想的核心,這體現出一種對待生命的獨特意識:順應宇宙萬物變化,遵從天命,與天地萬物合一而並生,形成一種寧靜的生命形態。在古代哲學的照耀之下,並在敬畏之心下聆聽來自天地的聲音和啟示,最終讓自我與自然之間親密無間、和諧共一。由此王維「人閒桂花落,夜靜春山空」的生活之境,以及「採菊東籬下,悠然見南山」的生活情趣,也成為處於城市機械轟鳴之中的現代詩人的最高詩學模本。現代詩人也無不陶醉於這種人與自然的「共在」關係,迷戀於自在自為地演化生命的天人之境。四川詩人常常迷戀著這種「境」,沉迷於這種氛圍和氣場,並以之作為詩歌的最高標準。在他們的詩歌中,儘管有著主體的世界對於客觀世界的主宰,他們也始終以遠離「物」、呈現「物本身」,讓事實、讓真實自然朗現出來的詩學願望。雖然他們具體路徑不同,但他們都不願去主

〔註5〕翟永明:《寫詩是一種心理治療》,《詩刊》,2011 年,第 2 期。

宰世界萬物，他們似乎沒有征服和去改造世界的願望，他們似乎也不願去打破自然界的和諧秩序。讓生命自己說話、讓世界自己表達，讓命運自己輪迴，這是他們所認同的詩歌境界，這也是他們所看重的詩歌的首先標準。

　　在當下，詩或遁隱，或被放逐；詩時時登場，詩卻處處面目全無。不喜詩、不知詩、不能詩、不會詩，是我們與詩相遇的悲慘境遇。而四川，奇峰峻嶺褶皺重疊，江水綽約多姿、婉轉婀娜，更有千古傳奇、民物豐殷，成為了詩所鍾愛的土地，成為了詩在大地上的居所。四川現代詩人們既對詩歌有著無比的熱情，以及投入於詩歌的激情，也有著無拘無束的自由姿態和充滿批判、挑戰的個性精神，張揚著湧動不竭的創造力，使四川之詩，閃耀著生命、自由和創造的火花。由此，20 世紀以來，四川詩界以詩歌的開放承擔中國思想文化的改革，將自我的追求演化為推進中國藝術在新時期實現全新創建的基礎，這些引人注目的四川詩人，他們繼承了大半個世紀以來的中國新詩傳統，更在藝術的創新方面銳意探索甚至無所顧忌，為新時期的四川詩歌與中國詩歌創造了更多的新質，並構築出一道道燦爛而獨特的現代「新情緒」路景。明代何宇度曾說，「蜀之文人才士每出，皆表儀一代，領袖百家。」有著漫長而深厚的歷史滋養的四川當代新詩，在當代新詩走向集大成之時，值得我們期待。對於百年四川新詩發展歷史的展示，其意義就不僅在於四川，更在於中國。

　　總之，與眾多的「詩歌邊緣化」、「詩歌已死」的悲觀論調不同，從四川詩歌發展來看，我認為當代詩歌充滿了生機與活力，並釋放出了璀璨的生命之光。當代詩歌作品已經深入到個體生命的各個領域，鍛造出了屬於我們這時代的充沛詩性，並成為了當代人精神的一個重要組成部分。而當代詩歌通過各種活動、朗誦、研討、頒獎等形式引起了廣泛的社會關注，在經典閱讀、啟蒙教育、文化產品、社會景觀等方面，已經多觸角地介入到當代社會的日常生活，成為了我們生活的一部分。可以說，在社會大發展、詩歌大繁榮的時代，詩歌的美好明天值得我們期待。但與此同時，更為重要的是，對四川詩歌界乃至中國當代詩歌界來說，隨著社會改革的全面推進，社會就必然要向當代詩歌提出磅礴史詩的必然要求；隨著中西文化交流的深入，時代就必然要向當代詩歌提出集大成的必然要求；隨著人們精神生活走向豐富，讀者就必然要向當代詩歌提出深邃精神的必然要求……。而當代詩歌要完成社會、時代、讀者提出的這些「必然要求」，就需要詩人們湧動起更加充沛與豐盈的詩性精神與生命活力，還需要詩人們更加鍥而不捨馳而不息的探索、實踐與創造。